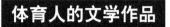

体育人的文学作品

岁月无声

——致"60后"不老的青春

◎ 梁林 著

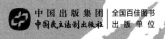

中国出版集团

中国民主法制出版社

全国百佳图书
出版单位

图书在版编目（CIP）数据

岁月无声：致"60后"不老的青春 / 梁林著 . —
北京：中国民主法制出版社，2022.3

ISBN 978-7-5162-2780-0

Ⅰ.①岁…　Ⅱ.①梁…　Ⅲ.①长篇小说－中国－当代
Ⅳ.① I247.5

中国版本图书馆 CIP 数据核字（2022）第 038647 号

图书出品人：刘海涛
出版统筹：石　松
图书策划：梁　栋　刘险涛
责任编辑：张佳彬　刘险涛

书　　名 / 岁月无声——致"60后"不老的青春
作　　者 / 梁　林　著

出版·发行 / 中国民主法制出版社
地址 / 北京市丰台区右安门外玉林里 7 号（100069）
电话 /（010）63055259（总编室）　63058068　63057714（营销中心）
传真 /（010）63055259
http://www.npcpub.com
E-mail: mzfz@npcpub.com
经销 / 新华书店
开本 / 16 开　710 毫米 × 1000 毫米
印张 / 36　字数 / 528 千字
版本 / 2022 年 4 月第 1 版　2022 年 4 月第 1 次印刷
印刷 / 三河市宏图印务有限公司

书号 / ISBN 978-7-5162-2780-0
定价 / 88.00 元
出版声明 / 版权所有，侵权必究。

　　毋庸置疑，每个人的今天都无不带有成长历史时代的烙印。红旗下生、红旗下长的"60后"是共和国的一个特殊群体，他们随着共和国三年困难时期结束后的第一次生育高峰急急忙忙地来到了这个世界。"60后"的父辈们所处的是一个不知疲倦地追逐人类乌托邦式梦想的激情岁月，他们就像一群只顾着在朝圣道路上匆忙行走的、虔诚的信徒，他们一味地向前、再向前，从而无视身边的风景。他们高擎"执着"与"坚定"的大旗，仿佛除了心中的炙热信仰，已然忘掉其他，这当然包括对生命以及自身的关注。他们的孩子也理所当然斗志昂扬地跟在他们朝圣的队伍里，咿呀学语时就开始追随父辈的脚步，聆听着他们从胸腔内迸发出来的铿锵有力的口号。眨着一双纯净的眼睛，在惊讶中蹒跚而行。我们在那激越而又匆忙的脚步声中打量这个世界，也打量着我们自己。既然是朝"圣"，那么，追求纯真、纯美和纯善世界大同的理想便成了这支队伍精神文化的主流。跟着父辈的"60后"也就执拗地笃信着，固执地模仿着了。不同的是，"60后"在父辈们"摔倒"的地方开始审视并关注自己生命的本身与价值。

　　于是，"真诚善良"与"责任担当"自然也就成了"60后"品格的底色，"敢爱敢恨"和"求真求善"也就自然成了我们行为的表现了。性格决定命运，一个人尤其是一个男人的性格与家国情怀的发育、形成是有其生活地域和家风土壤的。爱情是美好生活的永恒主题，美得震撼心扉，让人不惜用所有的生命去追寻、去守候、去捍卫。那个年代的根植于心的至真至善的爱情宣言"爱她就让她幸福快乐"也就成为"60后"一生爱情生活的伦理引领与实践指导了。那又是一个激情燃烧的岁月，"60后"所受的主流教育就是励志成才为伟大的祖国建设承担责任并开创属于自己的美好生活。这种教育的精神积淀也自然延续至今。

这似乎又是一部隐隐的励志小说，它粗线条地记录了"60后"主人翁从一个懦弱的矿工子弟成长为行业精英，渴望社会担当，实现个人发展过程中的现实坎坷以及迷惘纠结的心路。

这似乎又是一部爱情小说，但也不全是。它只想记录、怀念那段延续至今的真实生活历史。说它是爱情小说，是的，它用了几个"60后"兄弟姐妹来源于真实生活的故事综合构建了一个完美的爱情世界。它的爱情价值观对"60后"自身以及他们的后代都会有爱情生活的指导与借鉴意义。时过境迁，男女主人公的从少年时代起就刻骨铭心的爱情延续至今。当然，他们也不可避免地滑入欲罢不能的境地。面对真实的社会评价与道德挑战及对真善之爱的坚守，主人公们也不可避免地陷入焦头烂额甚至是遍体鳞伤的纠结自责中。当爱无法继续时，是继续憔悴不堪地厮守，还是逃离深渊，彻底回到真善真爱的起点、回归家庭？这就成了必须抉择的问题。尤其是当一方身处厄运危难之时，

最能看出经过特殊年代洗礼的"60后"那建立在真爱、真善基石上的爱情价值观。透露出他们的磨难纠结，也是具有警示的意义。

"60后"生活的时代，周围世界变化之快是令人目不暇接的，是让我们时刻感到惶恐、无奈和措手不及的。我们经历了共和国从完全计划经济的单一文化向市场经济多元文化过渡的激荡旋涡。我们这些人生命中的大部分时光几乎都是在思想的不断蜕变中度过的。我们纠结过、彷徨过，但唯一未变的就是对真善美的执着追求以及努力发展自己为社会担当的情怀。我们在跌倒与爬起间、在迷茫与探究间痛苦挣扎着，一路向前。不觉已两鬓染霜，像极了凄风冷雨之后吊挂在苍劲有力的古树枝丫上金黄色的叶子。虽半生蹉跎，但对真善真爱的不懈追求，对失去与得到的深刻反思，似乎让我们"60后"对这个世界、对生命有了更为独到的看法与认知。于是就有了《岁月无声——致"60后"不老的青春》这部书。

其实，在开始萌发写这部书念头的时候，我因为脑梗偏瘫住院治疗，勉强出院没多久，正处于康复治疗阶段。作为一名长期工作在中国体育战线上的战士，有一个算不得什么梦想的想法多年来一直像一粒种子一样，深埋在我的心底。那就是中国文坛应该有一本纯体育人自己的纯文学作品，而这本书又应该是书写真实生活的。它忠实于生活本身，忠实于我们内心最为真实的对生活的感受。巴尔扎克说"小说被认为是一个民族的秘史"，但在我看来，小说至少可以是一个特定群体的"秘史"。并且，这一特定群体的"秘史"也可以成为未来研究、检索人类整个真实历史跨越背景的关键词。如果小说不能记录并思考特定的历史，是没有意义的。

于是我拿起了笔……

一位作家说过，作者写的都是过去或是别人的故事，但却都是创作者当下心情的反映和现实生活里身边人的影子。

在这部书的写作过程中，我仿佛重新活了一次，仿佛再次增长了生活经验与文学经验。我认为这样的书写是自己跟自己命运本身的较量，更是与生命中所有逝去的情感与时间的较量。当我用笨拙的单指在键盘上敲下一行行文字，我惊讶地发现自己越来越不像是一个写作者了，而完完全全地变成一个执拗地打捞时光记忆碎片并沉醉其间的孩子，甚至于有时都是灿烂地微笑着的。我相信我清晰地看见了"60后"生命中那神性的光芒。这部书马上就要出版了，我一直都在为自己在这部书中所讲述的故事，为自己在"文学"方面的功力忐忑着、犹豫着，但文学的真实让我找回了自信。我坚信自己用真情实意带领读者朋友们走进的是一个真实的世界，我坚信营造这个世界的一砖一瓦都凝聚着我对命运不屈抗争的热血与撼天动地的人类对这个世界的挚爱。每一本书，都在寻找它的读者，正如每一个人都在寻找自己的真爱。我希望拙作能够找到爱它的人们。

追求完美的快感就必须承受残缺的痛苦。我承认，我受俄罗斯文学和日本国民作家渡边淳一以及我国当代作家贾平凹先生的写作技巧影响很大。本想写一部波澜壮阔历史画卷背景下的爱情伦理小说，但受创作驾驭能力的限制，没有写全更没有写透，遗憾至极。好在其间的思考给未来的创作留下了宝贵的选题。这些都是收获。作为从业20年的职业编辑，我自然知道这些来源于真实生活感受的选题策划之弥足珍贵。它们是对本书的补充或称之为本书的外传更为合适，也必将成为我未来文学梦想道路上的灯塔。书中没有展开但又是最想探讨的当今被认为是时尚的红颜与蓝颜知己产生与纠结的命运只能在《红与蓝》中完成了；其中牵扯到的农民工进城因其固有的小农意识与残酷现实的碰撞挣扎改变的命运探索要在《寻梦京华》中呈现了；受父亲去世时爷爷的表现给我的震撼影响，必须要写一本以爷爷为原型的从民国初期、抗日战争、第二次国内革命战争、"大跃进"直至改革开放时期大跨度地反映皖北农民家国情怀的《老把式》，他们凭借世代传承的广结善缘、勤劳智慧和勇于奋斗的家风，驾驭着生活，也驾驭着多舛的命运，涉过苦难的河流，走向美好的生活。这种家教或家风又是可以被传承的，这一思索也为本书第一章"皖北男人"的创作奠定了基础。

写作者是幸福的，他更像是一个无所不能的超人，可以在他营造的世界里肆意地挥洒自己的爱恨情仇，并按自己的历史与现实形成的价值观去塑造自己认为的完美精神世界。

今天书稿杀青，也是我患病五周年的日子，随着身体渐渐康复，策划的多个体育文化创意项目也落地在望。于是，又有了"把酒酹涛涛，心潮逐浪高"的情绪。按惯例还是用一首诗歌祭奠之。

七古·终会复起金谷园
——脑梗偏瘫五周年祭

飞将续写龙城事，笑倚阴山夜举樽。

齐鲁侠客回从前，荡气回肠泰山巅。

唤醒无定河边骨，告慰春闺梦里人。

东风终与周郎便，铜雀二乔锁自溶。

院降王谢堂前燕，小杜情怀扬州路。

孤狼跋涉近草原，爱女大婚心自安。

付梓相城老把式，岁月无声内功练。

盛日枯萎台城柳，春江岸草仍萋萋。

日暮东风欢啼鸟，终会复起金谷园。

完成"60后"题材的作品，同龄人总会问到同一个问题："60后"的男人究竟是怎样的一群人？那么，我就用一首曾经发表过的诗歌来作答吧。

"60后"男人自画像

　　　　他们的教育生活经历使他们成为当今社会

　　　　对家庭、朋友与单位最有责任感的群体

　　　　他们学工学农学军兼学别样

　　　　回头想那是最好的素质教育了

　　　　在生活工作中他们都是多面手

　　　　他们经历了那个疯狂岁月最疯狂的阶段

　　　　他们有保尔·柯察金一样的

　　　　保卫建设祖国的豪情与担当

　　　　当然也希望在寒冷的冬季遇见冬妮娅

　　　　他们有冉·阿让一样的慈悲仁心

　　　　去完成所有的承诺无论是对谁

　　　　他们有鲁滨逊一样抗拒孤独寂寞与艰难的毅力

　　　　也有卡西莫多一样渴望艾斯美拉达爱情的情怀

　　　　更有基督山伯爵一样江湖快意恩仇的情结

　　　　甚至还有堂吉诃德的理想

　　　　还时常会有一点儿阿Q的小精神

　　　　他们心里很苦但又密不示人

　　　　他们看似神秘其实一点儿秘密都没有

　　　　他们貌似坚强其实内心深处又十分渴望柔情的慰藉

　　　　他们都已年过半百

　　　　走过的路够长但未来的路似乎更长

　　　　他们大都深刻领悟了列夫·托尔斯泰的名言

　　　　幸福的家庭都是相似的而不幸的家庭却各有各的不幸

　　　　他们年少时的梦想大多没有实现

　　　　但梦想又常被唤醒或者说还在努力

　　　　让梦想之花绽放在有生之年

他们在从全面禁欲到全面开放过渡的旋涡中激荡纠结

在物的繁华与心的诱惑面前

在情与爱、灵与肉的思考里

也许他们有过迷失

但心中追求完美的梦想从未曾泯灭

爱她就让她幸福快乐

就是他们的爱情宣言不变的承诺

自豪的"60后"

是历史让他们

不愿更不会落在民族复兴的道路上

鲜明的血性

含蓄的个性

非凡的创造性

不屈的韧性

神一样的人性

这些都是他们厚重的名片

感谢我的书记、文学博士曹卫东先生和副书记邢尚杰先生，他们的鼓励与认可给予了我莫大的创作勇气。

感谢我的亦师亦友亦兄长的中国管理科学研究院体育发展研究所的所长潘志琛博士，他在挫折磨难里表现出来的勇气以及不变的人文情怀和事业担当的大格局给予我深情的激励。

感谢亦友亦兄长的于振峰教授，他对我的事业发展始终给予的指导、大力支持和鼓励，尤其是在我康复中的长情陪伴与家人般的慰藉。

感谢编审杨海蒂女士、作家杨健棣和苍虹，以及文学编辑吴琼！是他们的专业建议与辛苦手把手地指导才有了本书的模样。

感谢我的妻子汪巧琴女士，她给予我在病中无尽的关爱和许多的宽容以及创作中的许多灵感。

感谢我的女儿、儿子和身边的大侄女梁茹博士、二侄子梁志伟硕士，还有外甥周梁硕士，他们都很优秀，我贡献的微力可以让我在父母的墓前问心无愧。

感谢我的大哥和大嫂与弟弟、弟媳和妹妹、妹夫，他们的关爱与呵护给予我重新站起来并飞跑向前的原动力。

感谢我的已经故去的父母，让父爱和母爱一直围绕在我的身边，没有片刻离去。感谢我的两位干妈——滨州的姜秀峰女士和北京体育大学的李国盛教授，在我最消沉的时候总是对我说："林儿好样的！林儿加油！"让我铭记永远，也让我变得意气风发。

感谢我的一批"60后"老炮兄弟姐妹，我们是没有血缘的亲人，是他们无私的心迹袒露给予我丰富的创作素材与完成创作的豪情。

感谢我的同事和助手李志诚主任、原子茜和米安女士，是他们用善良和爱心保持了我的"孤狼居"的整洁舒适，每个清晨让我能嗅到四溢的茶香、能看见昨日结垢的玻璃烟缸重现水晶般的明亮，还要为每天的午餐和项目拓展执行以及安全外出讲学活动保驾护航。

感谢我的故乡烈山媒矿中小学同学、安徽师范大学体育系1981级本科同学、北京体育大学1994级硕士同学和1998级博士同学，是他们的陪伴让我把漫长的孤独变成热闹的欢愉。

感谢我的体育启蒙老师高奎新、朱训德和王士峰先生！感谢大学导师王守奎教授和已经故去的硕士生、博士生导师马元康教授！是他们的高尚品德和丰厚的学识让我找到了人生坐标并为我后来能取得一点成绩打下坚实的基础。

感谢家乡淮北市文联陈辉主席与作协姜峰主席，他们为我的中篇处女作《老把式》召开创作讨论会，提出了许多建设性意见并使之刊登在家乡的《相城》文学刊物上，给予我宝贵的动力。

感谢我的康复美女教授啦啦队的全体队员！还要真诚地感谢那些在写字楼里给予我一句关切的问候、一个关心的眼神、一次帮我按下电梯按钮的陌生的人们！

感谢睿泰公司北京分公司总经理祁兰柱先生、中国民主法制出版社刘险涛编辑与多年的兄弟刘宏宾、刘科、李鹤先生，他们在选题策划、审稿定稿、封面设计以及排版等工作中都给予了鼎力帮助。

感恩所有帮助鼓励过我以及曾经不喜欢甚至恨我、诅咒过我的人们！

感谢文学创作，她给了我苦难里顽强求生与渴望变得更好的强大精神力量。也让我对近年来不辞劳苦地奔赴各地演讲的"体育精神文化与民族伟大复兴"主题有了深刻的认识。可以说，是与厄运抗争的艰难创作过程使我更加明晰并总结了体育赋予人的"五性核心"精神文化，即血性、个性、创造性、韧性和人性。

而这五种品质恰恰又是民族伟大复兴不可缺少的民族精神底色。

2021 年 5 月 16 日

目 录
Contents • •

第一章　皖北男人

1. 老塘沿

皖北大平原地处华东，北顾黄河，南嗅长江。从空中俯瞰，千里沃野阡陌纵横，村庄如织。黄、颍、新忭、浍、泄五条大河由北向南依次排列，奔流豪迈，气概万千。

过了泄河再往南走，就是淮河了。淮海战役中，陈官庄和双堆集就在皖北一带。离着泄河南岸五里地，有个不大的村落。村子名叫"老塘沿"，是由村东头被唤作"老塘"的水塘而得名。村子在老塘边上，村名自然就被称为"老塘沿"了。水塘面积不小，村里人说是本来就有的。

老塘东侧的高坡上，有一眼水井。水井边有棵大枣树，树瘤叠生，黑色树干有两搂抱粗，几根碗口粗的树根犹如巨蟒交错着向四周蜿蜒，呈抓握状有力地插入四周泥土中。大枣树有上百岁了，或许更长，一直枝繁叶茂，犹如神仙掷在大地上的一把巨伞。地上裸露的树根之间，散放着有些年头的石磙和石碾子。很明显，大枣树下，是村里人聊天聚会的好去处。

老辈人说，一百多年前，从山东曲阜一带逃荒而来的大户梁姓人家在此落户，从此繁衍生息。因此，村里有一半人家姓梁。梁家有兄弟四个，梁家老大这一支世居于村东老塘边的祖屋院落。村里另一半主要是当地土著人家，大多姓王。

曲阜一带自古就是兵家必争的通衢之地，兵祸匪患不绝。也许深受儒家思想熏陶，梁家人背井离乡逃荒南下时，先前的辉煌不再。又因逃难途中多受路人恩惠，损失的人口过多，梁氏家族至今仍牢记着团结互助、勤劳勇敢、广结善缘、乐善好施的祖训，因而就有了极力恪守发展人口、有人就有一切的家族传统。

民国初年，经过几代人努力，村东头梁家老大一支已经成了村里及方圆几十里的旺族大户，不仅建造起了深宅大院，而且在以老塘为中心在四周广置良田已逾百亩之多。

梁家大院坐北朝南，是一处两进两跨的院落。红色斑驳的木质大门是典型的皖北明清风格，宽阔的门廊两侧，各有一块以青石为基搭建可供人歇息的青石板，都有一拃多厚。从开阔的大门望进去，能看到两道深深的车辙，车辙的尽头，是大院东侧大草棚下的那辆四个辘辘的笨重大车，车轱辘用硬木包裹着铁皮打满了铁钉制成，车身全是槐树、枣树和榆树等硬木料。大草棚下，三头公牛正在槽头悠闲地吃着草料。

每当公牛拉起笨重的大车出入梁家大院时，无论是晨曦初起还是夕阳西下，梁太公挥舞的长鞭、健硕公牛隆起的颈部以及从颈部向后延伸到牛车前端六条黑色铁环绷紧的粗绳索，梁家都给人以生机勃勃的力量和欣欣向荣的强烈印象。收获时，牛车从地里运回来的粮食，能把西偏房的几个粮囤堆得像小山一样高；农闲时，牛车上搭起大大的遮阳棚，就成了全家人赶大集、走亲访友的代步工具。梁家大院里，常有十来个长工模样的庄户人里里外外地忙碌着。

堂屋的正门开着，正厅房墙上悬挂着写有"天地君亲师"字样的横幅。横幅下的长条几两侧，各摆放着一只白底青花大瓷瓶。条几下是一张八仙桌，桌子两侧是靠背高耸、木质光滑的太师椅。堂屋高高的屋脊上，有两个土块与杂草包裹着的燕子窝，燕子不时扑棱着翅膀飞进飞出。堂屋东面厢房是卧室，最明显的是那张古色古香带有踏板和镂空雕刻额匾的床以及全套的明清样式的家具。西偏房内几个高高耸立的粮囤，显示出梁家殷实、富足的气派。

1919年，第一次世界大战结束，因中国在"巴黎和会"上受到不公正待遇和北洋政府的无能，席卷全国的五四爱国运动爆发了。眼看社会局势动荡不安，几代单传的梁太公很希望正有孕待产的妻子能够诞下个男丁来延续香火，守住家业。

那一年，梁太公已经五十多岁了。天命之年喜得贵子，梁太公喜上眉梢，八方来客纷纷前来祝贺。儿子满月那天，梁家大院四周停满了前来道贺人家的各式车辆，长工们内外穿梭着帮忙搬下车上的贺礼，然后再解下拉车的牲口牵去南边的小树林里喂料饮水。

梁家张灯结彩，在大院里办起了当地多年鲜有的流水宴席，杀猪宰羊大宴宾朋。院内临时搭起的大棚下，每张桌上都摆着密封贴的红纸上写有"口子酒"的酒坛子。无论是亲朋好友还是流浪过客，只需表示口头祝贺即可以随时入席，享受美酒和八大碗菜肴的当地上等规格款待。

今天的梁太公神情爽朗，一身乡绅打扮，正笑吟吟地站在大院门口迎着来自八方的亲朋好友、故旧高邻。司仪在门口不时地向院内大声通报着来客身份与贺礼清单。

"恭喜恭喜！梁先生为公子所取何名啊？"本村王姓大户王福田把用红纸封包的一通银圆放在门口的礼桌上后，即向梁太公拱手道贺。

"同喜同喜！王先生学富五车、才高八斗，梁某为小儿取名凤云，你看可好？"梁太公拱手回礼，含笑请教道。

"凤云，甚好，甚好！大有为人中龙凤遨游天际之意。"王福田一副学究气地评价道。

光阴荏苒，老塘沿与大枣树几番寒暑变换。小凤云已经可以满地跑了，不过，小凤云玩耍时身边总有精壮长工跟随看护。

老话说"三岁看小，七岁看老"。凤云十岁那年，就显现出了爱动、爱交朋友、敢于担当的性格了。他整日带着本村一帮同龄孩子野跑疯玩找乐。那年夏天，梁太公坐在牛棚边或堂屋太师椅上抽旱烟、喝茶时，时不时地就有邻居或长工匆匆跑来告状。

告状的内容无非就是下老塘捉鱼、上树捅马蜂窝、去田里偷瓜果之类。

"梁先生，你也该管管凤云了。我看见你家公子和前后庄的几个半大小子学桃园结义，结拜把兄弟，还喝了酒呢。一定是偷了你家的酒菜跑出去的。"王福田提着个长烟杆也来告状了。

然而每到此时，梁太公似乎并无多少不悦，而是手摸下巴笑吟吟地自语："这孩子像我小时候，爱动、会交朋友，乐善好施，那都是男人安身立命的生活本领啊。四处野跑疯玩、攀高爬低落得一副好身板，我看也不是什么坏事，只要不伤着胳膊腿就行了。"

梁太公还发现，凤云特别喜欢和伙伴们挤在大人堆里听游乡艺人说书。每当发现凤云的身影，梁太公都会悄悄过去塞给凤云几个铜板，并嘱咐："散场子的时候，你要把铜板交给说书人表示感谢。他们说书卖艺养家也不容易。"

一个男人的英雄主义情结可能在很小的时候就被埋下了。

小凤云也一样，他喜欢跟着长工去田间小道上遛牛。很快，凤云就可以开心地骑在宽阔舒适的牛背上挥舞着柳条或自制的短鞭，就像大鼓书里威风凛凛的大将军一般神气。长工们很惊讶，小凤云与自家牛的关系竟然那么融洽，似乎人与牛之间可以对话一般。一天，公牛们突然在牛棚里暴躁起来不听指挥，长工们和梁太公一筹莫展。这时，凤云自信地挤过来叽叽咕咕地对牛说了一通什么，又用手拍了拍牛头和牛背。很神奇，刚才还暴躁的牛们竟然立即就安静了下来。

"儿子还有什么本事？都拿出来显摆显摆吧。"梁太公鼓励道。受到父亲的赞赏，凤云给那头最大的公牛发出了口令。在众人惊讶的目光中，大公牛顺从地完成了前后左右移步的动作，甚至还完成了抬蹄子和卧倒这些高难度的动作。

"真是惭愧，这些能让牛上辕下辕、进圈出圈都需要的动作，少东家都能手拿把攥地做到了。他才多大点儿呀，真是大户人家的少爷！我看少东家就是个天生能发家的老把式啊。"对此，就连养牛多年的长工也啧啧称奇。

长工哪里知道，小凤云与牛的融洽友好都是他用自己的辛劳付出换来的呢。凤云在牛棚里常常一待就是小半天，整理草料、梳理牛毛、驱赶蚊虫……这可都是让牛们舒服至极的事情。夏天，凤云拉牛们去老塘洗澡；冬天，则时不时地领牛们在院子里晒太阳；春天，凤云经常背着一筐专门割来的嫩草匆匆放入牛槽，然后从西厢房那几个麻袋中抓些玉米和黄豆返回牛棚，边挨个地喂边拍着牛头："别急，都有。老伙计们辛苦了，我犒劳你们一下。"

这些庞然大物需要凤云、更信赖凤云。牛们高兴，小凤云就更是快活。每天傍晚，凤云都喜欢骑在牛背上，抱着牛脖子亲昵地梳理着牛毛玩耍说话。牛不但不恼，还时不时地回头伸出长长的舌头，舔舐凤云的小手。

"你是怎么做到让牛喜欢的呢?"梁太公观察了好一会儿,慈爱地问凤云。

"你对牛好,牛就会对你好,还能听你的话。"凤云抚摸着牛头大声地回答。

"牛可是我们大户人家的看家宝,你能知牛懂牛我很高兴。以后,你在家里就多学着照料这几头牛吧。"梁太公抚摸着儿子的脑袋开心地说。

转眼凤云十二岁了,那年春耕时节,田里一派忙碌景象。

"犁地翻土施基肥,是保证一年收成的打底农活,你要能干会干。今天带你来学点真本事。"去田里的路上,梁太公郑重地告诫凤云。

临近黄昏,眼看风雨欲来,还有最后两垄地没有犁翻完。就在这个节骨眼儿上,牛们却突然不管不顾地耍起了"牛脾气"。长工们包括梁太公自己都使出了浑身解数,可无论如何发号施令,倔强的牛们愣是钉在原地,动也不动。

"唉,一旦雨后地湿,再想犁地就别指望了。今天犁不完,会耽误春播的。"梁太公抬眼看天,心急如焚。

"让我来试试!"凤云在一旁观察良久突然跃跃欲试,主动请缨。

"犁地是咱农民的看家活计。铁犁把头要扶得稳,扶重了犁得太深牛拉不动,扶轻了犁得太浅又没用,还容易出危险。我看少东家别逞强了,还是让牛歇口气,等会儿还是我们接着干吧。"一个长工担心地说。

"你要是觉得有把握,就去试试吧,反正犁地都是你早晚要学会的活计。"梁太公琢磨好一会儿即发了话。

凤云开心极了,他从长工手中接过长鞭,先往手心吐了口唾沫搓搓手,又学着大人的样子把长鞭搭上右肩,然后沉稳地左手扶住犁头把,右手抖动拴在犁把上的三对缰绳。"驾!驾!"凤云手里的长鞭甩出,鞭声清脆,鞭梢轻落在中间那头驾辕高大的公牛背上。只见那头老牛一声低吼,三头健硕的公牛居然步调一致匀速地向前走去了。一时间,犁头稳健,土花翻滚,牛们卖力前行,似乎是在努力配合着小主人的首场农活演出一样。

凤云又是一声鞭响,扶犁深耕,一连串动作娴熟老到。

梁太公看着儿子日渐宽阔远去的背影,欣慰地点燃一袋烟,开始与长工们兴奋地点评起凤云的农活首秀。

凤云早就到了读书的年龄，可世道不太平，军阀混战，匪祸不断。

这时的梁家家境相对殷实。梁太公就专门为儿子请了私塾先生，他还让一帮本家与长工的适龄孩子和凤云一起读书，这些孩子里，就有凤云的好伙伴凤翔。

旧式私塾教授的内容枯燥乏味，教学方式呆板，自然被天性好动的少年所抵制。没过多久，凤云开始厌学了，他找出各种理由与伙伴们逃学出去玩耍。私塾先生既生气又无奈，又不敢使用戒尺惩戒，那是梁太公和夫人绝对不允许的。

"打也打不得，骂又骂不得，这群孩子我教不了。尤其是你家少爷，他很聪明，可就是天生好动坐不住啊。"私塾先生找到梁太公发牢骚。

"男孩子哪有不好动的？我看能不能折中一下，基本的常用字要认得会写，对那些'四书五经'，就不必再要求会背诵了吧。"梁太公提议道。

私塾先生沉吟良久，于是说："太公所言极是，死读书的确用处不大。孔圣人说过'教无定法'，我看凤云他们都喜欢听故事，要不我就多讲些人文典故历史故事，让他们从中学习做人做事的道理与智慧吧。"

"我看行，那就试试吧。"梁太公点了头。

没有了私塾里刻板的说教，凤云和伙伴们更加活跃起来。放学后，农闲时，枣树下、老塘边，凤云一伙常常抻着脖子，挤在大人堆里听游乡艺人的大鼓书、评弹书、泗州戏、丝弦等地方土戏。故事里，那些江湖豪杰行侠仗义劫富济贫的传奇故事，酝酿了少年们英雄主义、浪漫主义与爱国主义的男人气概，家国情怀也悄悄融化在了少年们的血液里。凤云常常和伙伴们兴奋地议论着岳飞、杨家将精忠报国当英雄的事儿，幻想着有朝一日也能够纵马沙场当大英雄建功立业。

"你家公子天资聪颖，记忆力超群。这才两年，老夫主要用讲书方式完成了私塾课程。凤云聪慧，有股子血性，太公若把少爷送去县城新式学堂继续读书，将来必成大器。也是老夫我无能，凤云总吵着要习武练功夫，可老夫也不会啊。如今世道太乱，军阀混战不休。凤云好动，身体也灵活，我看，太公还可以给他请个拳师教教他。"两年后，私塾先生离开时诚恳地向梁太公建议。

"我可不去县城读书！我在家能帮着干些活儿，还能照顾您和娘呢。"听了太公的建议，凤云满脸的不情愿。

"看你一片孝心，当下县城确实太乱，我和你娘也不放心。你可以不用去县城读书，但技不压身。你在家要保证看书、练字，再跟会些功夫的叔叔伯伯练练拳脚。还有，就是要跟我学着做些生意，帮忙学着料理家事。"梁太公有条件地答应了凤云的请求。

"大英雄杨家将和岳飞用的都是长枪，关云长用的是青龙偃月大砍刀，岳云用的是锤，李逵用的是大板斧，我们就只有烧火棍了。没有什么趁手的家伙什，一辈子也当不了大英雄的。"某天在村头大枣树下，凤翔对正在徒手比画着招式的凤云失落地说。

"谁说没有称手的家伙什，我有宰牛刀。"凤云嘿嘿一笑。那是他软磨硬泡，刚从长工手里讨来的一把宰牛刀，刀身略带弯曲，坚硬锋利。

从讨来宰牛刀那一刻，凤云就把玩得爱不释手。他的脑海里，时常浮现出大鼓书里的英雄豪杰们，路见不平拔刀相助，急公好义仗义疏财的情景。每每想到故事里那些武功高强的侠客，凤云常常自言自语地比画几下，仿佛是受了莫大的启发。他自创了不少手持宰牛刀的技击动作并反复操练，加上会些功夫的长工不时指导，凤云竟也练得有模有样了。一段时间下来，他结合着步伐刺撩挥劈，楞是把宰牛刀挥舞得娴熟刚劲、虎虎生风了。

"刀是好刀，可惜太短，威力不会很大。"一日凤云比画着宰牛刀，情绪低落地自语。

"一寸长一寸强。关键时候，你把宰牛刀甩出去，就成了武林高手的飞刀了，威力就会大很多。关键是要让刀飞得远、飞得稳、飞得准、飞得有力才行。"长工点拨凤云道。

"好玩，好玩！我现在就开始练飞刀绝技了。"一语点醒梦中人，凤云向院中的空处试了几次飞刀，大呼道。

从此，院内牛棚边就多了一只挂在院墙上的木质大锅盖，那是凤云用来做飞刀靶子的。

"第一步是体会出手与力道的感觉，先能够把刀稳稳地扎在锅盖上，接着再拉远距离，最后才是练习准确性。"凤云颇有心得地告诉站在一旁的长工。

"对！你这样子坚持练下去准没错。"长工鼓励他。

寒来暑往，又一年过去了。凤云已经不再满足于完成基本的飞刀动作了。或许是要成为英雄的萌动，也或许是要成为江湖侠客的昭示，他开始变着法地尝试在各种身体姿势下随时出手飞刀。在大人的夸赞喝彩中，凤云甚至可以在身体失去平衡的状态下投掷出宰牛刀，而且还越来越准确有力了。

社会动荡不安，时有匪患，不得不防。

为保护家人和财产，梁太公在扩建的老宅子四周又依势建起了围墙，围墙高大宽绰，人可在上面自由行走。围墙的转弯处，还建了可供瞭望四周的塔楼。尽管加强了防范，但梁太公还是不放心，索性又花重金从江湖朋友手中购得了十几条长短枪，并请人教精壮长工练习打枪。

从此，收工后就有人在老塘边教精壮长工使用长枪。站姿、卧姿、蹲姿持枪，练得热火朝天。

"大伙辛苦，如今匪患不绝，咱也有枪了。以后你们就白天劳动，夜里都机灵着点，保护大院也是保护你们自己。年底自然给你们加工钱。"大院扩建院墙加固完毕后，梁太公把大伙召集起来宣布道。

"东家仗义，您就放心吧。"长工们拍拍手中的枪。

"人命关天，有人就有一切。为保证万无一失，还要在牛棚边的地窖里再储藏足够的粮食。另外，在院中还要挖口水井，再把那头老牛宰了，把牛肉腌制了埋入地下或者吊在水井里，以备不时之需吧。"太公接着安排道。

"做人要互相帮衬，全村就我们家有枪、有高墙大院。如果匪患情势紧急时，你要在门楼上敲锣，敞开院门接族人和乡亲们进咱家大院来保命避难。凤云你千万记住，有人就有一切，保全别人也是保全我们自己。"梁太公又转头对凤云说。

凤云点点头。其实这话，梁太公已经嘱咐过他多次了。

"东家，东家，不好了！我看见前村来土匪了，附近村子都闹腾了好几天了。"没过几天，就有人一路小跑着来向梁太公报告。

"现在就敲锣，就当是先试试，免得到时候手忙脚乱的。让大伙来大院躲上几天，先保住命过了风头再说。"梁太公发话。

话音刚落，风云锣声骤起。听到密集的锣声，族人和乡亲们按约蜂拥着涌进了梁家大院，这一躲就是好几天。尽管土匪最终没来村里，但梁太公的善行义举还是得到族人和乡亲们的真诚拥戴。

"多亏了梁先生，即使土匪来了，看我们有枪也不敢随便欺负我们了。"

"梁先生高义，我们王姓族人此番在贵府，白吃白住了好几天，甚是叨扰。我代表王姓家族来略表心意。"匪患过后，王福田带着两个族人提着鸡鸭和酒来大院答谢梁太公。

"王先生见外了，王、梁两族本就该互相帮衬的。我家祖上落难刚来此地时，也是受了你们王姓人的恩惠才有今天的。广结善缘是我家的祖训，所以万万不敢接受您的礼物。"梁太公婉拒了王姓的答谢礼物。

"儿子，你要明白乱世存粮、散财聚人保命再图发展的道理啊。无论何时都要仁义善良、义气、忠厚。从长远看是不会吃亏的。"每当别人表达感激时，梁太公总是这样不失时机地教导风云。

民国初期，军阀混战不息。

某年冬季，从北方逃难而来的人流不期而至。寒风中成群结队、扶老携幼悲怜无助的难民涌在了老塘沿的村口。梁太公虽然于心不忍，但也不能全部请进院内安置。

"老王，你干脆带人去老塘边大枣树下搭几个草棚，再支几口大锅赈济灾民吧。都是穷苦人，我们能管多少就管多少。"梁太公在院内安顿了几个特别需要救助的人后，看着门口凄惨的难民对一个老长工吩咐道。

寒风瑟瑟，在漫天飞舞的雪花中，老王指挥着几个长工搭建草棚、垒灶台。难民们交头接耳：

"遇见好心人了呀，这么冷的天没有落脚的地方非冻死人不可。"一个怀抱小孩的妇人感慨。

"这是遇见活菩萨了，咱可不能忘记了恩人啊。"一个老太太念叨着。

"还有灶台，看来是不会被饿死了。这是个什么村？恩人姓啥啊？"一个怀里搂着孙子的老者问。

"这里已经是在安徽地界上了，这里是老塘沿村，东家姓梁。他是我们这里出了名的大善人。"老王边搭草棚边回答。

"孩子们一定要记住这里叫老塘沿，记住梁恩人啊。即使我不在了，你们也一定要回这里来报答救命之恩。"一个穿着还算体面的中年男人，含泪叮嘱身边的孩子们。

一连几天，梁太公带着夫人和长工们一起上阵，照顾安慰着几个大棚里的难民。梁太公还拿来一副完整的羊骨架吩咐老王："熬羊骨汤给大伙暖暖身子。不要总是喝粥，身体弱和生病的，隔顿还是要给他们蒸馒头。"

几日后的一个黄昏，大雪纷飞，枣树和大草棚上满是积雪。残阳在呼啸寒冷的北风里迷离了原野，老塘里也结上了厚厚的冰。凤云、凤翔和几个小伙伴正在覆满了积雪的冰面上玩耍。

"又来人了，又来人了！"凤翔眼尖，大喊一声。

凤云往通往大枣树的斜上坡望去，只见一辆如南方乌篷船一样的板车，正在泥泞不堪的雪地上艰难地爬坡呢。两个年轻男子一人拉车，一人推车。车轮深陷，脚底打滑，看上去就要支撑不住的样子。

"来，来帮个忙啊！"寒风萧瑟中，拉车男子焦急的声音传来。

"凤翔，我们赶紧过去帮忙。肯定又是逃荒的，一下午来好多人了，棚子里肯定住不下。怎么办啊？咱们先去推车，我再回家告诉我大。我大说过，让我多盯着点儿的，说来的都是穷苦人，我们还是要尽力帮助的。"凤云招呼着伙伴向岸边跑去。因为跑得太急，凤云还滑了个大跟头。

凤云跑到近前才看清楚，板车芦席棚下躺着个中年妇人，面相斯文，肤色白皙，奄奄一息。推车的男子跟自己年龄相仿。他们好像是母子三人。凤云和伙伴们二话不说，俯身推起了板车。肆虐的冷风穿透芦席，几片雪花飘落在破旧的棉被上，瞬间就没了踪影。

"娘，再坚持会儿，前面有几个草棚，进去就能暖和了。"推车男子俯身安慰母亲说。

板车来到草棚前时，已经有几个背着破行李卷的人或蹲或站在草棚门边了。

"娘，进不去了，人满了。"拉车男子失望至极，他眉头紧锁，从额头到下巴上的那条刀疤，在寒风中看起来有些狰狞。

"我娘快不行了，挤挤吧，行行好，腾一个人的地方就行，帮个忙！"刀疤脸嚷嚷着，撩开门帘就要硬往草棚里闯。

"先来后到，这是规矩，懂不懂？"门里门外的人都不干了。

"贵儿、义儿，别犯浑！娘快不行了，你们要活下去。求人要有礼，咳咳！不要惹事，别让我再担心了。"妇人断断续续地咳嗽着，"娘若死了，就找个乱坟岗子先埋了。你们哥儿俩是李家的根，等灾年过后要回老家去，记住把娘也弄回家和你爹埋在一起。"

"娘，娘！我们不会丢下你的，呜呜……"小儿子李义伤心欲绝。

"我们再到村里去看看，会有好心人的。"大儿子李贵四下张望着，安慰着母亲。

"快去我家里吧！我大会给你们弄点吃的，就是那个有大门廊的院子。凤翔你陪着。"一旁的凤云动了恻隐之心，给那兄弟俩指了指自家的方向，拔腿就要回家去报信。

"娘病得重，去人家里不合适啊……讨口吃的来，再喝口热水，我们就走吧。"中年妇人嘱咐两个儿子。

"别磨蹭了！我看大婶病得厉害，让我大找个郎中给您看看就会好的。"凤云见娘儿仁没跟上来，遂回身催促道。

兄弟俩救母心切，不再犹豫，如旱船一样的板车很快就停在了大院门廊前，凤翔前头带路，大家七手八脚连抬带架地搀扶着中年妇人来到院中。而凤云早就一溜烟地跑去跟梁太公报信去了。

"进屋不合适啊，待在棚子里要口热水喝，避避风就知足了。"妇人看得出来，这是个善良的大户人家，刚进院她就看见东墙下的牛棚，就越发不愿给人家添麻烦了。

"大妹子，你就别客气了，谁能没个七灾八难？我儿子说你还病着呢，先进屋暖和暖和再说，一会儿郎中也该到了。"梁太公从屋里热情地迎出来。

刚才凤云三言两语地把经过说完，梁太公已经吩咐人去请郎中了。

娘儿仁进了堂屋，被梁太公安排围坐在火盆边。一碗热汤面喝下去，中年妇人的脸上渐渐有了精神。

"贵儿、义儿过来，快给恩人跪下。"妇人长吁一口气，忙喊正在大口喝热水啃馒头的儿子过来，齐齐跪在梁太公的面前。

"使不得、使不得，救人危难是梁家祖训，我们家也被别人救助过。快快请起。"梁太公边说边搀扶起两兄弟。

"梁先生，我来了。"郎中背着笨重的木药箱进来，挟裹着一阵寒风。

妇人听郎中称呼恩人为"先生"，愣了一下，越发感激，就与梁太公攀谈起了来到此地的原委："我们李家早些年是河南开封一带的名门望族。孩子他爹两年前死于中原战乱，加上天灾，家里实在不能活人了。为保住李家的根，我这才带着大儿子李贵和二儿子李义背井离乡，加入逃难人流中去南方寻亲渡难的。还有个最小的女儿水花，也托付给她姨妈照看了。我们离开家的时候，原本有马车和用人跟随，可是途中遇到土匪拦路抢劫，大儿子李贵拼死抵抗，面部被砍，我也只能破财消灾保命，现银尽失。这才用随身首饰换了一辆板车，两兄弟拉着我风餐露宿一路乞讨着南下，天太冷，我可能是患了风寒，这才流落至此。"

"李夫人，总是先要保命的。只要有人，将来还会有家业的。先养好身体再说吧。"梁太公安慰道，遂起身让郎中为李夫人瞧病。

郎中把脉后告诉梁太公，李夫人患了重伤寒，要差人去高庄集镇按药方再抓一些药回来。"看来，李夫人需要调养一阵子了。"郎中说。

"不能再给恩人添麻烦了，伤寒病会连累你们遭殃的。"李夫人强撑着插话。

梁太公想起自己先辈遭难，逃荒流落至此安家的往事，自是感慨唏嘘："不瞒李夫人，我家原也是北方大户落难流落至此的，都有过难处啊！这该死的世道，也不知道何时才能太平？你看上去病得不轻，就先住下来养好身体，再去南方寻亲渡难吧。"梁太公安抚着早已感激涕零的李夫人。

李夫人千恩万谢，留了下来。

半个月后，李夫人身体渐渐有了起色，慢慢地可以下床活动了。

李夫人闲不住，就请求梁太公："我去门口帮着恩人照看那几个收留难民的大棚吧，贵儿去帮忙做些力所能及的农活，义儿就跟着少东家照料牛棚吧。"

李义与凤云开心了。他俩年龄相仿，习性相投，没过多久竟偷偷地义结金兰拜了干兄弟，整日在一起玩飞刀游戏不亦乐乎。既然是兄弟了，李义自然称呼梁太公为义父。凤云也就每顿饭都邀请李义与自己同桌，兄弟情义日渐加深，有时干脆一床同眠，好像有说不完的要当江湖大英雄的悄悄话。

"义弟对我恩重如山，苟富贵勿相忘，若是我将来有出头之日定报答义弟。"李义常对凤云如此说。

"我们既然是兄弟，义兄以后就不要再说这样的话了，都是兄弟该做的。"凤云每次都这样回答。

梁夫人把凤云的衣服拿给李义穿。李夫人对聪明伶俐又说话做事礼貌周全的凤云甚是喜爱，还把凤云收为了义子。李夫人出身书香人家，没事就拿起凤云的书教授考问凤云和李义。看到李义健康快乐地成长自是感激不尽，于是身体刚见好转，李夫人就主动帮梁夫人做些家务了。

快乐的日子总是过得飞快。第二年的四月间，春暖花开，大枣树重新披上绿装生机盎然，李夫人的身体也完全康复，甚至还胖了些。

"半年了，我也彻底养好了。该走了，不能再给恩人添麻烦了。"

半年相处如同一家。梁家久留不下，只好准备送行。那辆破旧的板车早已被整修一新，梁太公又馈赠了一匹毛驴驾辕拉车。

临行前夜，梁太公吩咐设宴为李夫人一家饯行。席间，李夫人自是反复感激梁太公一家危难之中的收留救助，不时泪流满面，又从贴身的衣兜里摸索着掏出个物件来："梁先生，梁夫人，我这里有一对祖传的陪嫁翡翠麒麟玉佩。今天我就给李义一个，另一个就赠给凤云，他们是好兄弟，算是做个纪念。我也想让我的儿子永远记住梁家的救命之恩，若有回报之时定不惜一切。"

次日清晨，大枣树下。

"两个孩子是干兄弟，两家算是有缘，今日别过，好好珍重！这些钱不多，穷家富路，你就拿着路上应急吧。"话别时，梁太公拿出一沓子纸币和一把银圆赠予李夫人。

"你们一家是好人、善人，必有好报。我会再回老塘沿来感谢恩人的义举。"李夫人看着早已凋敝的几个赈灾草棚，禁不住潸然泪下。

凤云与义兄李义恋恋不舍，凤云跟着板车送出村口老远。

赈灾义举过后，梁太公乐善好施、仗义疏财的美名迅速在十里八乡成为美谈。梁家的生意也日渐兴隆，来梁家大院谈各色农产品以及牲畜生意的江湖商人络绎不绝。

2. 牛刀传奇

风云十七岁那年的春节前，一个假扮成游乡货郎的土匪发现了梁家大院的殷实。一日晌午，货郎挑着担子直奔这个村里最大的院落而来，来到门廊下的石板上坐下假装休息。

货郎坐下后就贼眉鼠眼地往院内张望，手中的拨浪鼓摇得震天响，嘴里还不停地吆喝："针头线脑、花生糖，针头线脑、花生糖！"

"花生糖"对风云有着极大的吸引力。听到吆喝声，他的脑海里立即浮现出用冬季地窖储藏的红薯熬制的黏黏的糖稀，与炒面和炒熟的上好花生米混合，有时还要撒上薄薄一层炒熟的芝麻粒，碾压平整后再切成块状的吃食，味道香甜、筋道可口。

"等一等啊！"听到叫卖声，风云对门口大声回应着，同时已经从院内移到堂屋正厅上方挂着"天地君亲师"横幅的长条几前。他知道，长条几下的麻袋里有成串、成吊和散放的铜质制钱。风云匆匆抓起一把制钱就往院门口跑，边跑边把手中的制钱胡乱地往口袋里塞，制钱撒落几个都无暇去捡，他显然担心货郎等他不及而去。

这一幕，恰被踩点土匪装扮成的货郎看得清清楚楚。

风云买了一包花生糖转身回到院里。土匪心道："就是这家吧，老子一早下山都转了好几个村了，累死了。回去告诉大当家的就算齐活了。"

"大当家的，累死我了！总算发现了一个大户，这回一定不会错的，好像是叫老塘沿村。"货郎土匪下午回到山里的匪窝即邀功似的向土匪头子报告。

"你当真确认是老塘沿？"坐在土匪大当家旁边的二当家模样脸上明显有长长疤痕的土匪脸色一惊，急迫地追问货郎。

"贵弟，有什么不妥吗？"土匪头子询问刀疤脸土匪。

"大当家的，如果确是老塘沿，就别下手了吧！我和大当家的说过，老塘沿救过我全家的命！我是不能做出这种不仁不义之事的。"刀疤脸解释说。

"不行！快过年了，我不能坏了规矩！二当家的不方便，就在家里留守好了，我亲自带弟兄们去。"土匪大当家的拒绝了刀疤脸的请求。

土匪大当家带领众人离开山寨后，刀疤脸就骑马追了出去。

这天夜里，夜色漆黑，梁家大院一片静谧，只有院墙塔楼上，隐隐有一点光亮。农村里人睡得早，好多人早早地就进入了梦乡。

"东家，东家！不好了！从西南边来了一伙骑马打着火把的，看上去像是土匪。"值守站岗的长工大惊失色，从塔楼上跑下来拍着梁太公的窗子大喊。

"慌什么，先抄家伙上楼，看清后再来喊我。"屋里传来梁太公镇定的声音。

"年前总会有土匪出没，听说附近村子的几个大户人家都被打劫了。你别担心！不管发生什么事，你都别出屋。"梁太公告诉身边的妻子。

梁太公不敢大意，穿好衣服从床下拿出一把短枪揣在了怀里。接着又快步去了隔壁，那是凤云的房间。

"凤云快起来，今晚可能要闹土匪。"喊起凤云，梁太公又回屋拿了一支短枪递给凤云，"防身用，小心别走火，我让你打，你才能开枪。"

"枪就不用了，我也使不利索，我有自己的家伙什。"凤云说着，从床下拿出了那把宰牛刀揣在怀里。刀柄上早已用麻布条缠好了，甚是可手。

凤云随梁太公疾步走上塔楼时，院外已被火把照得红彤彤一片了。几十号人各持长短枪和刀具，恶言恶语，骂骂咧咧，甚是蛮横嚣张。

"还真是土匪，都机灵着点。"梁太公把凤云揽在身边嘱咐众人。

带头的土匪骑着高头大马手握短枪，几个喽啰前呼后拥，跟着带头土匪乱糟糟地叫嚷："快开门，快开门！我们只图财不害命！"

"哪里来的滚回哪里去，我们也有枪！"梁太公神色坚毅，在他的周围，十几个人岿然不动。

"敬酒不吃吃罚酒，你们也配有枪？那老子可就不客气了！"这伙土匪连着洗劫了附近几个大户，从没碰到过抵抗。对于眼前这区区十来个人，他还真没放在眼里。土匪头子不屑一顾，抬手就往塔楼上开了一枪，子弹在土砖上擦出火石般的光花，气氛骤然变得紧张起来。

"快过年了，大家日子都难过。你们若是缺吃的，我可以送你们一点粮食。别的，我看就算了吧。"梁太公努力与土匪头子周旋。

"少啰唆！十里八村谁不知道你家有大洋？奉劝你还是破财免灾，把大洋都拿出来！"土匪头子狮子大开口，要是为了几粒粮食，派几个兄弟下山就够了，才不会化装踩点，又这么倾巢出动呢。

"你家有个少公子吧，嘿嘿，你不给面子，别怪爷手黑，他躲得了初一躲不了十五！"土匪头子继续威胁。

"那就别怪我不讲情面了，打！"梁太公见土匪们竟打起了儿子的主意，怒火中烧。

梁太公一声令下，院墙上面十几条枪同时开火，长工们居高临下占尽地形优势，瞬间就有几个土匪应声倒地。一时间，本来平静的村庄枪声大作。土匪们一边开枪还击，一边后撤，竟然往后退了不少。

"我是山上二当家的，楼上当家的能下来说话吗？"见强攻不行，有个土匪提马上前喊话，他的脸上，有道长长的刀疤，在火把照映下显得狰狞可怖。

"贵弟不是留守吗，怎么也跟来了？"土匪大当家听见刀疤脸的声音很是吃惊。

"我放心不下！这还真是救我家性命的人家啊！"刀疤脸匆忙回道。

看到事情有转圜余地，梁太公就想息事宁人，准备出去会会这帮土匪。

"大，你不能有闪失，还要照顾我娘，就让我出去会会他们吧。"凤云仿佛瞬间长大了，有血性担当地向梁太公请求。

"我料定土匪也就是为了些财物，还不至于伤你性命，你小心些，权当锻炼一下江湖能力吧，你长大了，迟早都要经历这些。"梁太公同意了。

"下来了，二当家的，给你的面子，我们不用强！你去看看弄点现大洋就走。"土匪头子见塔楼上有人下来，顿时面露喜色地安排刀疤脸。

凤云举着火把，顺着楼梯走下瞭望塔，土匪二当家的下马上前，在摇曳的火把光亮中依稀看见凤云胸前挂着的那块玉佩，大吃一惊。这时，有个立功心切的土匪喽啰自作主张地跑了过来，一把抱住凤云就来到大枣树下的水井边，做出欲投井恐吓的样子。

"他是我的兄弟！快放下！"刀疤脸大喝一声，竟是李贵。

"先住手！我有话要问。"李贵高举火把，朝前走了几步，仰脸问道，"楼上老东家，您一定是姓梁吧？就是前年在塘边搭棚子放粮，救济难民的梁先生吧？"李贵双手抱拳，向塔楼上谦恭地问道。

"正是。"梁太公也大吃一惊，此人莫非旧识？

"梁先生，我是李贵啊！后辈有眼无珠，冒犯了恩人，我们马上撤走！"说罢，李贵回身紧走几步，来到土匪头子面前，"大当家的，这就是救过我全家性命的恩人，我不能无情无义，我们撤回去吧。"

"等等，贵弟，这哪行！在这儿栽了面子，坏了名头，以后咱爷们儿在这一带还咋混世？"土匪头子断然拒绝了李贵的请求，不由分说地抱起凤云横撂在马背上，翻身上马欲掠人而去。

凤云双手还算自由，情急之下他掏出宰牛刀尽全力刺向身后。土匪头子刚刚上马，冷不丁被刺中了胸部，惨叫一声滚落马下，挣扎了几下便没了声息。

凤云趁机从马背上滚落。而此时众土匪早就乱作一团。

"大当家的死了，大当家的死了！给大当家的报仇吗？"

"别嚷嚷了！我们都得听二当家贵哥的！"

土匪头子突然被杀，让这群乌合之众一时不知所措。

"恩人，凤云兄弟没事。我这是造了大孽呀！恩人别害怕，我真的是李贵。"趁乱间，梁太公被几个持枪长工簇拥着也走下塔楼。李贵赶忙拉过被吓蒙的凤云愧疚地迎上前去。

"还真是李贵。你娘还好吗？进屋再说。"梁太公借着火光，这才看清，眼前这个年轻的后生，果然是曾经在自家住过半年的李贵，一时间惊喜交加。

"弟兄们，你们驮上大当家的先去村外小树林里等我，不可再惊扰了乡亲们！我一会儿去找你们。"李贵吩咐喽啰们，随后满脸羞愧地拉着凤云随梁太公进了梁家大院。

李贵进屋后就跟梁太公叙说了分别以后的事情。

"那年春天，我们一家离开老塘沿后一路向南，走到县城附近又遭遇土匪劫道，他们抓住了我娘和弟弟，抢夺了财物还硬逼着我入伙。为了救家人，我只能保命要紧，就暂时栖身在了土匪窝。好在我讲义气，又识文断字，没多久就做上了二当家的，我就把娘和弟弟带在身边照顾了。"

"别再做伤天害理打家劫舍的土匪营生了。听说日本人在北面闹得挺厉害，你们有枪，你可以带领山上的兄弟去参军报效国家，将来还能有个好的前途。"梁太公劝说李贵。

"恩人的话，晚辈记住了！"李贵郑重地点了点头。

"干娘还好吗？"一旁的凤云插话问道。

"娘和李义被我安顿在我们落草为匪不远的一个村子里。放心吧兄弟，我能常去看望他们。"

"大，走的时候让李贵兄给我义兄和干娘带些白面和香油吧，快过年了。"凤云提议道。

李贵匆匆吃完饭，把梁太公馈赠的两袋白面和一桶香油放在马背上，含着眼泪千恩万谢地去了。

杀死了土匪头子，击溃众匪，还保护了一方百姓，梁太公父子奋力抗匪的义举被上报到了县衙。县里还派官员来到老塘沿，给梁家父子颁发了除暴安良模范的嘉奖令。

"我看你家少爷很勇敢，身体健壮又会些功夫，我推荐他去南方上武备学堂学习吧，将来也好建功立业。"官员听了那晚经过，反复端详了凤云半天，对梁太公恳切地建议道。

"承蒙官家抬爱，他还太小啊。再说，好男乱世不当兵也是梁家传统。"梁太公婉转拒绝了对方。

凤云虽然有些心动，但无奈只能听从父命。

3. 杀鬼子

1937年全面抗战爆发了，时局也变得更加动荡不安。

"凤云也十八岁了。我现在就是想让他尽快成婚生子，以延续家族香火，添丁进口复兴家族的事了。关键是凤云要收心待在家里。我看他总是想着去战场当英雄，这样下去可真不行。"梁太公和妻子商量。

"谁说不是呢？儿子整天带着凤翔几个舞刀弄棒的，做梦都想当大英雄。没准儿哪天脑子一热，真就离家去当兵了。就按你说的，尽快给他成婚。他有了自己的女人和孩子，就能收心待在家里了。"梁夫人也同意尽快给儿子成婚。

梁家少爷要娶亲的消息传出后，上门提亲的大户人家和媒婆一时大有踏破门槛之势。

"梁老先生仁义，谁家女子能嫁过来，就是老陵冒青烟等着享清福了。"

"谁说不是咋地，红线钱肯定也是少不了的呀！"

"你们就别掺和了，前些日子我就说定了高庄崔家大户的贤惠漂亮大小姐了。今天就是来定日子的。"

大院门口，几个媒婆各怀心事地议论交流着。

凤云大婚后不久。

"听说十里洋场的大上海和国府南京相继都被日本鬼子攻占而沦陷了。"一日，外出归来的王福田来梁家大院串门，忧心忡忡地对梁太公说。

王福田还说，京沪铁路沿线也随之繁忙了起来，逃难的百姓与撤退转移疏散的政府机关和部队川流不息。

"政府和国军都是吃干饭的？没血气的孬种！"凤云在一旁气得咬牙切齿。

"还有呢，日本鬼子不是人，简直就是恶魔！他们在南京搞大屠杀了，听说杀了数不清的老百姓呢。真吓人！南京离我们这可不算太远。"王福田又补充说。

当天傍晚，村里人端着饭碗，像往日那样聚在大枣树下边吃边聊天。

"我还听说，省城县城里的大官和有钱人早都跑了，有的还去了新国府重庆呢。"

"传说中国就要灭亡了。凤云，你家有钱还有大车，也赶快收拾收拾南下逃命去吧。"

"要跑你们跑吧。这是我的家，日本鬼子要是敢来，我也有枪，我就干死他们！"凤云血性倔强地表态。

老塘沿在惶惶不安中熬到了十月间。

"共产党的八路军在山西一个叫平型关的地方跟日本人干了一大仗，一次就干掉了一千多鬼子。"北面过来的生意人难掩兴奋，给梁太公通告了令人振奋的好消息。

"平型关打了大胜仗，现在国人都受鼓舞。有共产党，中国就不会亡国灭种！"凤云坚定地评价道，"国家兴亡，匹夫有责。我和凤翔几个兄弟也会些功夫，干脆我们也去北边找八路军杀鬼子当大英雄吧。"

凤云又摩拳擦掌了。梁太公知道，血气方刚的儿子早就嚷着要带一群儿时的伙伴北上，参加八路军打鬼子了。

"听说日本人就要打过来了，老塘沿也需要你们保卫。只要是真男人，在哪里都能抗日，在哪里都能找到机会杀日本鬼子当英雄的。"梁太公冷静地对凤云分析道。

老塘沿秋波荡漾，大枣树上挂满了青红相间的果实。

"生了、生了，是个大胖小子！恭喜老东家得孙子了！"随着婴儿一声嘹亮的啼哭，接生婆挑开东厢房的帘子兴奋地跑到堂屋来报喜。

坐在太师椅上焦急等待的梁太公夫妇和凤云开怀大笑了起来。

"哈哈，我梁家人丁兴旺，我有孙子了！凤云，快去给四邻报喜。对了，套上牛车多带礼物，再去多煮些红鸡蛋。还有，你要亲自去你媳妇的娘家报喜！"

"大，你大孙子叫啥名字呢？"

"我早找先生测过了。先生说我的第一个孙子命中缺水，再说孙子也是井字辈的，大孙子就叫'井环'吧，有环锁在井边一生都不会缺水，一辈子都平安幸福。"梁太公笑吟吟地对妻子和凤云说。

1941 年太平洋战争爆发了，日本鬼子在中国土地上的形势一片灰暗，开始垂死的挣扎，也变得更加疯狂。

"听做生意的朋友说，共产党的部队与沿着京沪铁路两侧北上南下的日本兵常有战斗，我们也该有所准备了。你娘身体不太好，你姥姥那边现在还算安静，我看你先把你娘送回你姥姥家，过一段再看情形变化吧。"有一天，梁太公从集镇一回家就忧心忡忡地对凤云说。

"日本鬼子还真的打到我们的家门口了。徐州到蚌埠的铁路线离咱家可不远，这回我们可以上前线杀鬼子当大英雄了。"凤云热血沸腾，跃跃欲试，天天摆弄家里的枪和宰牛刀，重新嚷嚷着要去前线打鬼子当英雄的事。

"现在遍地烽火，在哪里都能抗战报国当大英雄。再说，男人保卫好家庭亲人也是本分。"梁太公坚决不许。

"还是先干些实际点的事吧。谁真心抗日，我们就支持谁！咱先盘盘家底，大户人家要带头拿粮食和银圆支援前线抗战的共产党队伍。凤云和凤翔你们去给附近的大户下帖子，就说后天高庄逢集，我要在老塘沿带头捐赠抗战。"梁太公安排道。

到了赶集那天，高庄大集上人头攒动，梁家牛车上红纸黑字的横幅"出钱出物，支援抗战"分外抢眼，唢呐班子正在卖力地吹着地方小曲招揽众人。

"老少爷们儿，现在国家有难了，日本人快打到我们的家门口了。鬼子坏事做绝，老蒋也带着军队跑四川了，我看是指望不上了。只有共产党八路军和新四军有血性，还在拼命保卫国家，他们打得很艰难，我们再不济也有口饭吃。做人要讲良心！共产党为咱老百姓拼命，我们拖儿带女的不能去前线帮忙也就算了，但要尽全力支持。我带头先出五百块大洋和一千斤麦子。拜托大家有钱出钱，有力出力……"梁太公站在牛车边慷慨激昂。

大集上热情如潮，四邻八乡的村民纷纷捐款捐物，好一派踊跃捐赠抗战的热闹景象……

1942 年全国抗战已是如火如荼。那一年，凤云的第二个儿子出生了。

"我看他体质虚弱，就叫石墩吧，结实好养。"梁太公笑吟吟地为二孙子取好了乳名。虽然梁家再次添丁进口，让梁太公开心得合不拢嘴，但日本鬼子要来的消息却让他的心口像压着一块巨石。

某天傍晚，老塘沿的村民围着梁太公聚在大枣树下议论纷纷。

"我在县城里听说已经有小股鬼子四处下乡抢劫，甚至还有屠村的事，太吓人了。"

"我还听说，鬼子为了节省子弹，会把一群人赶进一间草屋，然后堵死门窗放火烧死。"

"还有呢，天杀的小鬼子不是人，到处祸害女人，老的少的都不放过。"

......

大家你一言我一语，神色惊恐不安，说罢纷纷看向一直沉默不语的梁太公。

"老塘沿已经处在敌后了，家家都要机灵点，都要坚壁清野，最好再挖一个简易的藏身地道，紧要时先把粮食和妇女孩子藏进去。我家有院墙也有枪，老规矩，本族人要把值钱的随身包裹整理妥当，听到锣声就要赶紧进来躲避。"梁太公神情严峻地发表了自己的意见。

第二天清晨，远处果然传来枪炮声，枪声一会儿密集，一会儿稀疏。

"战场应该是在淮河、浍河一线。"梁家人正在吃早饭，风云支棱起耳朵听了一会儿，判断道。

果不其然，正午时分，一小队鬼子就大模大样地来到老塘沿村西。他们见人就抓，见牲畜就抢，稍有不从就开枪杀人，还放火烧了几处人家的房子。太阳在浓烟滚滚之中魑魅般地出没。

"大，发枪、发子弹吧！我带人到村西去拦截鬼子，保卫村庄！"得到放哨长工的报告，还没等梁太公发话，风云就主动请命。

"胡闹！鬼子有多少人多少枪你知道吗？还是先上院墙，看看再说。赶快敲锣招呼族人进院，坚守不出或能保命。"梁太公冷静地布置着。

清脆急促的锣声响起来，很快族人乡亲扶老携幼地涌进了梁家大院。但是，锣声也吸引了那队鬼子兵的注意，他们由村西向村东迅速围了过来。一时之间，梁家大院情势危如垒卵。

"女人和孩子快下地窖，拿枪的全部上院墙，男人找铡刀、铁锹、斧头这些家伙什准备拼命！"不等梁太公安排，风云果断下达了指令。

借助有利地形，一阵密集的子弹迎头射向刚才还趾高气扬的鬼子。鬼子们似乎没什么准备，更没想到在皖北的小村庄里，竟会遭遇如此顽强地抵抗。梁家大院外，空旷平坦，没有掩蔽物。鬼子匆忙还击，丢下几具尸体就在万分诧异中狼狈后撤了。

风云打开大门迅速打扫战场，捡回五六条"三八"大盖枪和子弹、手雷等。

"不要追了，退回院内上院墙，防止鬼子反扑！"有人持枪要追，当即被凤云拦了下来。

众人退回院内。

"持枪的上院墙警戒,其他人家伙什不离手,妇女们准备做饭。"凤云沉稳地指挥着。

梁太公看着有条不紊的场面,满意地点点头,脸上露出一丝微笑。

"有两个鬼子押着一群村民往村西头去了,里面有王福田老先生,好像都是王家人。"凤云刚刚扒拉了几口饭,放哨的长工就跑来报告。

"凤云,赶紧救人,不是族人,也是咱的乡里乡亲,不能被鬼子给祸害了。"梁太公也急了。

"凤翔,还有多少子弹,抄家伙,走!"凤云从土炕上跳下来。

"坏了,刚才只顾打痛快了,子弹所剩不多了,好在多数鬼子被打跑也不会很快回来报复了。"凤翔搓着手说。

几个人开始鼓捣刚缴获的几支大盖子长枪,可谁也不会使用。看着鬼子的手雷就更一筹莫展了,只能暂时作罢。

"不好,鬼子刚才吃了大亏,不会是赶人去集体屠杀报复吧?"瞭望塔上,凤云心中猛地一紧。想到这里,他提着短枪,拍拍腰间的宰牛刀,带上凤翔等几个族人悄悄出了门,离着鬼子不远不近躲躲闪闪地跟了上去。

果然,其他重新集结的鬼子正吆喝着在村子里继续寻找着抓人,就两个鬼子押着一群二三十个王姓人正往一间草料屋里赶,嘴里还用半生不熟的汉语叫喊:"烧死!通通地烧死!"

凤云凤翔他们躲在离草料屋不远的杂物垛后,眼见着村民们被赶进去,屋里一下子传来阵阵撕心裂肺的哭喊声。一个鬼子已经点燃了火把,另一个则端着枪守在草料屋门口。

"就他妈的俩鬼子!站着撒尿的老少爷们儿,拼了!!"凤云大喊一声。

听见凤云的喊声,身边几个族人爆发出一声炸雷:"跟鬼子拼了!"几个人呐喊着吼叫着冲了上去。两个鬼子瞬间醒过神来,门口那个冲来人开了一枪,见没打中,端着刺刀就迎了上来。另一个鬼子将火把往房顶上一扔,顺手捡起地上的一根长木棍也冲了上来。火焰在屋顶发出"噼噼啪啪"的声响,随风蔓延开来越烧越旺,屋内顿时传来更加绝望的哭号声。

"弄死鬼子！晚上喝酒发大洋！"凤云额头青筋暴突，低头弯腰一个虎跳过去，就搂住了那个端刺刀鬼子的后腰。鬼子难以摆脱凤云近身纠缠，即从长靴上拔出短刀向后要刺。凤云手疾眼快，宰牛刀早已扎进鬼子的胸肋，鬼子闷声向前扑倒在地上，蹬了几下腿不动了。凤云起身飞起一脚，踹开了草料屋的木门。

凤云回头去看，另一个鬼子已在凤翔几个人的围攻之下，一命呜呼了。

受困村民争先恐后从草料屋里破门而出，草屋顶"轰"的一声塌了下来，瞬间火星四溅，一片火海……

当晚，梁家大院喜气洋洋，长工挂上了过节时才用的几只大红灯笼。

院子中间，两张八仙桌围满了村里兴高采烈的男人。孩子们则兴奋得如过节一样，用树枝挑着鬼子的钢盔嬉闹着跑来跑去。厨房里，风箱"呼哧呼哧"地拉响，灶膛里的柴火正旺，映照着女人们红扑扑的脸庞。

"凤云好样的！我们王家人欠了你一个几十条命的人情。"劫后余生的王福田流着泪对着凤云竖起了大拇哥。

"王先生说哪里话，都是乡亲一家人，就要互相帮衬。今天高兴，把那个大坛子口子酒也搬出来，大伙儿喝痛快了！日本人也不是铁做的，不能乖乖地听话等死。干就干了！这不也挺过来了吗？"梁太公用旱烟管敲敲鞋底，招呼大家开始喝酒。

"感谢凤云冒死相救，不然我们王氏家族几十口子就烧死在草料屋里了。我借花献佛，代表全家族敬梁先生和凤云一杯。"王福田端起酒杯，起身对着梁太公和凤云含泪鞠躬。

"我大说得对，鬼子也不是铁做的，我们爷们儿也不是好欺负的。他们烧我们的村庄，杀我们的亲人，我们就是要反抗，抱成团保卫家园。"凤云一仰脖，一碗酒见了底。

"凤云说得好！抱成团保卫家园，把日本畜生赶滚蛋，我们回去也要凑钱买枪。"王福田也干了一大碗酒。

"光靠我们这些人这几条枪怕是不行。我听说共产党的部队是真心打鬼子的，对老百姓也好，你们还是想办法找到他们才是长法啊。"梁太公抿了一口酒。

"梁先生说得有道理，但在没找到共产党的队伍之前，我们还是都听凤云的吧，他胆大仗义，敢玩命，大家都看到了。鸟无头不飞，人无头不走。"一个王姓男人端起酒碗说。

"我们都听凤云的。"大家一致拥护。

"承蒙大家看得起，我就多担着些了，一会儿咱们再好好合计合计。"凤云欣然接受了大伙儿的推举。

"日本鬼子占了县城，在集镇和乡下都修了炮楼子，主要是抓劳力，抢粮食，帮助日本人做事的都叫汉奸。"凤翔说。

"做了汉奸就是卖国贼，不得好死，人人得而诛之！不管是谁，只要是为鬼子做事，就别怪我凤云不讲情面。"凤云喝了一口酒，站起身来愤愤道，"大家回去后先把粮食藏好，一来我们自己要靠粮食保命；二来绝不能给了日本鬼子。王先生要筹钱买枪，那就抓紧些，我教你们打枪。我们村里人多枪多，就不用再那么害怕了。"

"听说镇上大户崔家大儿子崔富贵当了汉奸，那可是你媳妇的娘家堂亲啊。"王福田看向凤云。

"我听说了，估计他也是被逼无奈。这事也不能全怪他，崔氏家族几百口子人啊。先敷衍着再说。上次去镇上，他还跟我说，每个村要推选村长和保长呢，反正我不干。"凤云说。

"凤云啊，你读过书见过世面，头脑转得也快，要是真到了那一天，咱们村都得靠你出面来保全啊，我们大家就都听你的。"王福田恳求道。

一个秋阳高照的午后，镇公所的崔富贵来了。他的身后，是几个推着自行车挎着盒子枪的随从，这伙人是来老塘沿村征粮的。

"日本人在河北、山东、山西都吃了大亏，粮食吃紧，现在要在咱们这里征集大批的粮食。"崔富贵倒是开门见山，一点儿也不见外。

"他娘的全都饿死才好呢！一粒粮食都没有，谁都不许给！"凤云很强硬。

"凤云啊，这次是我带镇公所的人来，都是沾亲带故的，不会太为难你们。可要是我们征不到粮，过几天鬼子兵亲自来征粮，可就真不好弄了。"崔富贵在凤云跟前，有点胆怯，他知道凤云身上的本事，"你多少出一点，几百斤也行，要不回去我也不好交差。咱们是亲戚，老崔家几百口子的命还在鬼子手里攥着呢。"

富贵见软的不行，只能把姿态放得更低，口气已经近乎乞求了。

"那我就出五百斤，别人家一粒粮食都没有了。这总可以吧？"凤云见崔富贵够可怜的，拿了个折中方案。

"唉，走一时看一时吧。这回征不到粮，过几天日本人肯定会亲自来的，你们可要好好合计合计。"崔富贵无奈，顺坡下驴。

"这次我一人交了五百斤，可躲得过初一，难躲十五啊。要想个既能保命又不损失粮食的万全之策才行。"崔富贵走后，凤云担心地跟在场的乡亲们分析道。

"我们都听你的。"大家异口同声。

"说说你的万全之策吧。"王福田焦急地催促。

"不就是一条命吗？大不了我们拼命抗征。"凤翔拍拍胸脯，环顾四周豪言道。

"死还不容易？可我们死了，靠谁保护村里人？要死也该日本鬼子死。崔富贵说，过几天鬼子肯定会来，看来我们得抓紧时间找义兄他们商量一下了。别怕，一切都等我回来再说。"凤云一锤定音。

众人散后不久，王福田就带来五个精壮的家族青年，每人还背了一条长枪走进梁家大院。他们是来跟凤云学打枪的，枪有些破旧，子弹也不多，可有胜似无。

是夜，凤云带上短枪，怀里揣着宰牛刀骑马出了门，快马加鞭直奔县城附近的深山老林而去。上次与李贵分别后，李家兄弟听从母亲吩咐，专程又来了一次老塘沿，临走留下了李义的地址。凤云知道李贵他们行踪不定，所以直奔李义而来。

"义弟怎么来了？"李义开门见是凤云，吃惊不小。

"你哥他们现在哪里？快带我去见他，老塘沿有难了。"凤云顾不上跟义兄寒暄，开门见山说明来意。

"义弟别急！我哥做了山上大当家的，劫富济贫已经有几十杆枪一百多号人的队伍了。"李义让凤云放心，他这就带他去找李贵。

两人一路狂奔，终于在老林深处见到了李贵。

"硬拼不是办法，鬼子有重武器，硬拼只能是白白地送死。我记得老塘边有个小树林子，我的人马不少但枪不多，得动动脑筋。"听凤云叙述了原委，李贵动开了脑筋。

"我们家还有十来条枪呢，王家也有四五条，能打上一阵子。"凤云插话说。

"那就好办多了。鬼子要是这几天去老塘沿，那我们就蹲守几天，我们兄弟可以唱一出前后夹击的好戏。"李贵兴奋地一拍脑袋。

兄弟仁商量着细节，直到黎明方散。

"那就一言为定！"凤云与李贵兄弟揖手相别，一路策马赶回了老塘沿。

鬼子真的来了。

就在凤云回村的当天下午，崔富贵引着一小队鬼子和十几个汉奸进了老塘沿。他们进村就直接来到了梁家大院。走在前头的是个腰挎东洋刀的鬼子小队长，崔富贵一进门就喊："大堂哥，山下太君来看望你了。"

凤云低声吩咐凤翔："打起精神头看我的眼色行事。"

"山下太君，这是我的大堂哥。上次征粮，就是他带头交了五百斤麦子，是个大大的良民啊。"进了堂屋，崔富贵讨好邀功地向鬼子山下小队长介绍道。

"你大大地有良心，皇军不会亏待你，你的就是这个村的保长了。马上召集村里所有人，我要训话！"山下眯着眼打量着凤云。

"太君，他们都胆小怕事，没什么余粮，要不，还是我们家再交点？"凤云周旋着，查看着山下的脸色，院里一下子涌进来了这么多鬼子汉奸，凤云的心里也有点打鼓。

"不行，每户都要交！崔富贵，让你的人去！"鬼子山下断然拒绝道。

这鬼子可不像汉奸那么好糊弄，凤云心想。

"还是我去吧，我人头熟。"看到鬼子铁了心肠要挨家挨户征粮，凤云虚与委蛇，决定亲自去通知。

村边小树林边，有条唯一出村进村的小路，树林子茂密，杂草丛生，林子边上到处是乱坟圈子。那是凤云和李贵商量好的藏兵蹲守之处。

小树林子里，黑压压地倒伏着几十个人，和衣抱枪。李贵和众兄弟吃饱喝足，跟林子里的兄弟们交代道："大伙儿多睡一会儿，鬼子也该来了。老塘沿有恩于我，到时候打起精神来给老子长脸啊。干完这一票回山论功行赏！"

除了不在村里的，全村两百多男女老少被召集在了大枣树下，就连梁太公和自己的两个孙子也被拉到了大枣树下。凤云见了心里一紧。

山下叽里呱啦说了一通，鬼子的话村里人大都听不懂，只是木然地听着，谁也不吭声。刚才凤云挨家挨户通知的时候就保证说，鬼子一粒粮食也拿不走，让大伙伺机行事。

见自己一通废话如放屁一般没人响应，山下抽出指挥刀，他要杀一儆百了。

"好汉不吃眼前亏。"凤云小声提醒大家，然后大声道："太君辛苦，每户还是要多少意思意思的。"结果是，每家每户只拿了一小袋就回来交差了。

"没有粮食就抓鸡牵牛！"感觉被戏耍的山下狠狠地踢了一脚地上一个小粮袋子，震怒无比地吼了一声。

"牵了牛我们还怎么活啊？"

"逼急了就拼了吧！"

骚动不安的人群恰如一堆干柴，只需要一个小火星就能燃起冲天烈焰。

"爷，爷，这里不好玩，我要回家！"凤云的两个儿子挣脱了梁太公的怀抱，从人堆里大声地嚷嚷着往外挤。

人群又开始骚动起来。

"把那两个小家伙给我带过来。"山下恼羞成怒地下令。

凤云的两个儿子和几位愤怒的村民被强拉出来，单独在山下面前站了一排。

"不交粮食就死啦死啦的！"山下急红了眼。

几个鬼子"哗啦"拉响了枪栓，一个鬼子趴在地上架起了机枪。枪响的瞬间，梁太公扑过去护住了两个孙子，自己却倒在了血泊之中。凤云扑过去，把浑身是血的父亲抱在怀里。

"记住，不要硬拼……有人就有一切……报仇，去找共产党……"梁太公断断续续吃力地说完，就永远地闭上了眼睛。

"我大放心，儿子记住了！"凤云的眼里噙满泪水。

"太君要的几千斤粮食就从我家拿吧，别再难为乡亲们了。"凤云强忍悲痛和怒火与山下商量。

"不行，牛羊鸡的都要，那两个小家伙很可爱的。"山下再次恐吓道。

"好吧，就请太君把我家的牛牵走吧。"凤云忍痛道。

凤云带着几个汉奸和鬼子来到自家的牛棚，他挨个拍了拍公牛的脑袋，又嘀嘀咕咕地说了些什么。接下来，不可思议的一幕出现了。

任凭几个汉奸费尽吃奶的力气牵拉，牛们竟纹丝不动。就在鸡飞狗跳场面混乱的间隙，凤云轻声告诉凤翔："通知义兄做好伏击准备，不能放走一个。"

旋即，凤翔悄悄地溜出后门，撒腿往小树林跑去。

黄昏时分，一小队鬼子和汉奸赶着粮车要回高庄据点了。这回鬼子的收获不少，抢了几千斤粮食，牛、猪、羊还有一些鸡鸭，沿着老塘北岸通往高庄的那条小路，缓缓前行。

待鬼子、汉奸全部进入了伏击圈，李贵率先对着那个骑着高头大马的鬼子扬手就是一枪。那鬼子正是山下。山下哀号着捂住受伤的左肩滚落马下，受惊的战马嘶鸣一声跃入了路边的青纱帐。

树林里五六十条枪一起开了火，嚣张跋扈的鬼子、汉奸猝不及防，瞬间就被打倒了一片。但鬼子毕竟训练有素，侥幸活着的鬼子迅速爬进身边旱沟里，负隅顽抗。一时间，小树林那一带枪声如爆豆，火光四起。

夕阳西下，硝烟弥漫在田边地头、林间小路久久不散。子弹如风一样从李贵的耳边穿过。李贵心急如焚，就想冲出去拼命，弟弟李义和另一个兄弟拼命按住了他。就在僵持不下的时刻，敌人刚才还密集的枪声竟然稀疏了下来，鬼子身后传来一片喊杀声。凤云带着十几人尾随上来从鬼子背后开火了。

形势急转几下，鬼子和汉奸扔下几具尸首狼狈逃窜……

凤云和李贵兴奋地指挥自己人打扫战场，各个兴高采烈，肩扛手提着战利品集中到了小树林边的乱坟岗里坐下来。

"反正是和日本鬼子干上了，你们还是下决心去找共产党的队伍吧。"凤云认真地向李贵建议。

"兄弟说得对，我早就想投奔共产党的队伍了。"李贵豪情满怀地说道。

"我们这几年闹得动静挺大的，国军去年就派人来谈收编了。日本人也不断地过来拉拢，还给了不少的枪支弹药和钱粮呢，要我们参加皇协军。我们才不干呢，就先混些他们的东西再说，反正不要白不要。"李义在一旁补充道。

"日本人早晚会被赶出中国去。许多从解放区过来做生意的朋友说，共产党是真心为老百姓做事的。穷人都分到了土地，就凭这一点，共产党干得就让人口服心服。国民党在安徽南边对抗日的共产党新四军背后捅刀子，这事早就失去民心了，让人心寒。"李贵能带队伍去投奔共产党，凤云由衷地感到高兴。

"兄弟放心，我会带领弟兄们尽快找到共产党的队伍。"李贵说。

"后会有期，照顾好干娘。"凤云揖手嘱咐。

"后会有期，我们是一辈子的兄弟，我们也会常回老塘沿的。"

4. 支援前线

1945 年 8 月 15 日，日本宣布无条件投降了。随后几年，国民党不顾民意妄想独吞抗战胜利果实，为实行独裁统治又挑起了内战事端。

1948 年春天，解放区日渐繁荣。

梁家大院一派祥和景象。

"恭喜少东家，再添一个小子！真是人丁兴旺啊！"还是那个接生婆子的大嗓门。

"我家人丁兴旺，是托了共产党解放军的福。就为老三取名叫军吧。"凤云当即为三儿子取了乳名。

那年冬天，代表人民利益的共产党与反动的国民党蒋介石集团的关键决战，实际上是在江苏徐州至安徽蚌埠一线辽阔的淮海地区展开的。因此，这一决定民族前途的决战历史上就被称为"淮海战役"。

经过辽沈、淮海、平津三大战役后，国民党的主力几乎损失殆尽。为收缩力量布置长江防线做困兽犹斗，竟然企图要实现所谓的"划江而治"。因此，蒋介石的当务之急就是要把淮海战役中的残余力量撤到长江一线。为实现这一战略构想，首先就要黄维兵团的几十万人南过淮河继而南下布防江南。战役的焦点就落在了皖北的双堆集一带。人民解放军决定围歼黄维兵团于浍河南北地区，以华东野战军主力分别阻击徐州、蚌埠可能增援的国民党军，以确保围歼黄维兵团作战之成功。人民解放军歼灭黄百韬兵团后，黄维兵团就被围堵在狭小的双堆集一带动弹不得了。在浍河一带双方都要修筑大量的作战工事。

深秋的一个上午，如往常一样，凤云与一群村里人聚在大枣树下交流着内外信息。

"我看见一队国民党兵来老塘沿了，他们见人就绑，还抢钱！"凤翔跑来向凤云通报，"国民党兵抓壮丁是补充兵员，抓劳力是挖作战工事当炮灰的。"

"先别急！我早看透了国民党军官无心恋战和贪财的本性了。还是我来想办法吧。"凤云胸有成竹地安慰凤翔。

在村里小道上，凤云坦然迎着走向一队国民党士兵。

"老总辛苦了，借一步说话？"凤云谦恭地给一个国民党军官敬上一根烟，挺挺腰杆，又顺势拍了拍吊在腰间那个鼓鼓囊囊的钱袋子。

"老百姓已经够苦的，看你也是农民出身吧？我看壮丁的事就免了吧？"凤云奉上钱袋子。

"都不容易。"军官接过钱袋子掂了掂分量，满意地点点头。"我看村里也没什么青壮了，壮丁就免了。但是，总要带几个人去做做样子修工事吧？不然，我也没法向上峰交差啊。"军官一脸贪婪。

"好说，好说。老总是好人，我看你就好人做到底吧。村里真没年轻人了，抓几个老家伙去也不顶事。我再想办法去筹集一些大洋，劳力的事干脆就也免了吧？"凤云谦恭地央求道。

"爽快！上峰也不好说话，再弄个 20 块吧。"国民党军官也不客气。

"老总也是辛苦，打点用度少了不合适，就 50 块现大洋吧。"凤云怕夜长梦多，主动地加码承诺。

"那感情好，这样就妥了！这一块儿归兄弟我管，这两天抓壮丁、征集劳力的期限就要结束了，拿了钱回去好交差，绝不会再来叨扰了。"军官喜笑颜开地对凤云保证道。

在村口大枣树下，军官拿上凤云再次送来的50块大洋，心满意足地坐上吉普车招呼着一队士兵扬长而去。

没过几天，一个身穿旧军装的乡干部直接上门找到了凤云。

"凤云好，现在，我们和国民党在双堆集打上了。如果能快点干掉他们，淮河以北就太平了，离全国解放也就为期不远了。战斗打得很艰苦，我们急需老乡支援前线啊。"乡干部进门就拉着凤云的手言辞恳切地说明了来意。

"没问题，解放军是咱老百姓自己的队伍。你就说让我们干什么吧。"凤云似乎比来人还着急。

"战斗很激烈，部队伤亡很大，需要我们帮助我们的部队从前线往下抬伤员，再就是把作战物资送上前线，还要帮助在浍河一带挖堑壕工事。"

大枣树下。

"老少爷们儿，乡干部来找我商量事情了，说是前线需要我们的帮助，咱们可不能不讲良心啊，拜托大家克服困难，有力出力。"凤云通报了上午的情况，鼓动大家。

"我们都听你的！你就安排吧！"

"前面战事吃紧，现在最需要人手。各家各户就都出一个壮劳力吧。部队还要求自带挖土工具，干粮就全部从我家里出了。我保证把大家带出去再安全地带回来。我们去前线后，拜托大家互相帮衬一下，乡干部说，不会有太长时间的。"凤云道出了自己盘算好的计划。

"凤云你就放心吧！解放军是为咱老百姓打天下的，他们连命都不要了，我们出点儿力是本分。"王福田带头表态。

"王老先生说得对！"树下众人纷纷附议王福田的意见。

当天夜里，寒风料峭，凤云带着凤翔和十几个村里的青壮年扛着担架、工具在田间小路上疾行，遇沟跳跃、遇坡爬坡。来到前线后，他们在硝烟弥漫中来回抬伤员、搬运物资、修工事。

双堆集的战斗异常惨烈，炮弹落在我军战壕两侧，国民党军的飞机飞得不能再低了，呼啸着反复对我方阵地空投着炸弹，机身上的青天白日旗标志都清晰可见。

"快隐蔽！敌机轰炸过后马上就要发起地面进攻了。老乡们要立即撤到后边的掩体里去！"敌机一阵扫射与炮火疯狂轰炸过后，一名解放军大声呼喊还在补修堑壕的凤云等人。

敌人果然进攻了，子弹雨点一样落在四周，打得战壕上的尘土飞扬。解放军战士的伤亡也很大。

凤云还在奋力地挖土加固战壕。

"小心！卧倒！"凤云身边不远处一声巨响，掀翻的土块在热浪里像一张网一样地向凤云压了过来，凤云抖落身上的泥土，才发现一名解放军战士正趴在自己的身上保护着他。

"义兄！"那名解放军战士竟然是李义。

"义弟！"李义兴奋地喊了一声。

国民党士兵黑压压如同黄蜂一样向阵地上扑来。

"快开火！"凤云随手抓起身边的步枪熟练地拉栓上膛发射。

激战了一个下午，战斗间歇哥儿俩拿出各自的玉麒麟端详着唏嘘不已。

"义弟，前边在陈官庄我们打掉了黄百韬，再干掉这里的黄维兵团，国民党的气数就该尽了。国民党已经没什么家底了。反正就是不能让他们突围过淮河，要是让国民党退守长江防线麻烦就大了。听说老蒋的儿子带着装甲车也要过来解围，可愣是过不了淮河的大铁桥。"李义兴奋地讲述着。

"上次伏击鬼子后，我哥带着战利品回到山寨说明了今后去向。少数兄弟领钱回家照顾老人孩子去了，多数都跟随我哥投奔了新四军的皖北游击队。八路军和新四军整编为中国人民解放军后，我哥做了连长，我先是担任团长的警卫员，解放战争打响后我就下连队做了排长。前线太需要人手了。领导说会发动这一带的村民支前，我就知道你可能会带人来了。只是没想到咱哥儿俩会在壕沟里见面！"李义继续讲述着。

"国民党飞机空投的武器弹药和食品好多都落在我们的阵地上了。天太冷了，国民党士兵缺衣少食、伤兵满营，已经开始成群地投诚起义了。等打完了这一仗，就该过长江去南京了，然后解放全中国！"李义越说越兴奋。

"我要随部队继续南下了。你会使枪，还会耍飞刀，反应也快，团长的警卫员牺牲了，你干脆也当兵吧。我们还能待在一起。"李义向凤云建议。

"说实话，我也想去。你在老塘沿时就知道我一直都有报效国家建功立业当大英雄的念想。可是我家里还有老婆和三个儿子，一大家子人需要我照顾呢。再说，我也必须把跟我出来支前的民工带回村，那是我来前就答应过的。我不能失信于村人。"凤云道出了苦衷。

双堆集围歼黄维兵团的战斗胜利结束后，凤云他们一批村里人被评为"支前模范"，戴着红绸子制作的大红花荣归乡里。

5. 土 改

1949年10月1日，中华人民共和国宣告成立，接着抗美援朝、土改工作就拉开了帷幕。

"解放了，老塘沿村也要成立农会组织。今天请大家来，就是要选举老塘沿村的农会主任。"一个干部模样的男人宣布了此次聚在大枣树下的主题。

毫无悬念，凤云被村民一致推举为农会主任。

农闲时节，大枣树下又成了村里人们爱聚集的去处，大家谈论着去年的收成与来年的打算，以及沟通交流着外面的信息。外面的信息都集中在"土改"上了。

"我老婆娘家那个县已经开始土改了，所有农民都分到了土地。"

"我也听说了，没房子的还分到了房子呢。"

"那都不算什么，还有的分到牛了呢。"

"别胡扯了！哪有那么多地、那么多牛？"

"怎么没有？土改是要根据土地、家产划分成分的，有地主、富农、中农、下中农、贫农和雇农，主要就是要分雇有长工的恶霸大地主家的土地。"

"听说后村有土改工作队已经来了，就在农民家里同吃同住同下地干活，还天天晚上开会了解谁干了什么坏事和好事呢。"

"照这样看，我们村也快了。"

"听说邻县有个大地主都被枪毙了。"

"枪毙的都是罪大恶极的恶霸地主。"

"我们村就凤云一家是大户，我再穷也不会要他家的地。还是让我在凤云家做长工好，不然我也娶不上老婆。"

……

"你们的大鼓书都白听了？历朝历代几千年了，领头起事的时候都说坐了龙庭大家都有地种，老辈人说的太平天国洪秀全、汉朝沛县的刘邦，还有附近凤阳县的明朝朱元璋都是这样说过的。可是到头来，得了天下他们都当上了皇上自己享福，穷人还是'狗咬尿胞一场空'。我看共产党就干得对，真心为穷人着想。都过上好日子有什么不好？到时候要是分我家的地都有好日子过，我真的没有意见。"一直在听大家议论的凤云起身发表了自己的看法。

"还是凤云仗义啊！"

"凤云家从闹土匪、闹鬼子到双堆集战斗就没少帮衬过我们，反正我不要他家的地。"一个村里人动情地说。

"该积肥了，先去干活吧，等等再说！反正都得听共产党的话。"凤云抬眼看看太阳，再次起身算是做了总结性发言。

大家很快散去干活了。

几天后，凤云进城送货，回家后晚上怎么也睡不着了。他的眼前浮现的都是上午进城恰巧赶上的公审恶霸地主后被枪毙的画面。本村只有自己的土地能算得上地主，他担心的倒不是村里分自己的地，而是被划上了地主成分该咋办？也被枪毙？

初冬的一天夜里，凤云起身披衣带上烟袋踟蹰着向荒野里走去，不知不觉间就走上了通往自家农田的小路。他心里盘算着明年开春后的农活，恍恍惚惚间竟走到了家族的老陵祖坟旁，起起伏伏的坟包下，躺着梁家祖上五六辈的先人。

夜深人静，凤云向老陵瞅了一眼，心中一惊，老陵深处似乎有个人蹲跪在那里。凤云心中诧异，点燃一袋烟大着胆子上前查看。

"李义来看望您老了。"那人念叨着。

来到近前，听那人说话，凤云吃了一惊。自从在双堆集前线分别，李义随部队南下后就再也没有了音信。这大半夜的，他怎么会出现在父亲的坟边？

"义兄怎么来了？怎么不回家里？"凤云恍然间对着黑影问道。

两人百感交集地携手坐下。

"全国解放后地方急需干部，组织上照顾我，考虑到我对这一带比较熟悉，这里也缺干部，就安排我转业到地方的公安系统工作了。土改工作范围广，工作量大，急需人手，我刚被临时抽调到土改工作队来负责这一带的土改工作。再就是我也很想来看看恩人和义弟，这不就来了。"李义简单说了分别后的情况。

"土改工作原则性很强，你要有思想准备。"李义进一步解释说。

"乡里几天前就通知我说土改工作队要下来了，还是我带人收拾了农会给工作队住的房子呢。上午你们来时我忙晕了头也没注意到你也来了，还是队长。但是，我知道农会的地方不大，你们几个同志住在那里吃饭和工作肯定不方便。别人家里吃得也不好，共产党最讲实不讲虚的，你们还要工作的，没有个像样的地方成何体统？我家房子多，也许吃不好但吃饱饭还是没有问题的。"凤云也说了自己的见解。

第二天上午，乡里干部陪着李义和其他几位土改工作队的同志就一起走进了梁家大院。

"李队长是共产党员，曾经在这一带战斗过，他跟你有缘，对这里的情况很熟悉也很有阶级感情。凤云，你是农会主任，工作队的生活保障就交给你负责了。快过年了，乡里会给你一些补贴的。"乡领导简要介绍道。

"乡里也不宽裕，不就是几顿饭吗？在自家吃饭补贴就免了。"凤云道。

"李队长，你就住在西屋里，敞亮能办公。其他几位同志就住在院子里的偏房吧。"凤云安排妥当。李义在凤云的引导下，走进当年他随母亲落难时住过的西偏房，百感交集中眼圈湿润了。

"义兄别难过，一切都过去了。干娘和贵兄都会没事的。"看到李义的情绪变化，凤云上前小声安慰道。

"是啊，都过去了，哥哥和娘应该都挺好的。若是太公……你都有三个儿子了。好人必有好报。"李义反过来又安慰起凤云来。

土改工作很快开始了，第一步就是扎根串联。"扎根"就是通过调查访问，摸清情况，找出苦大仇深的贫雇农，然后住到他家里去。"串联"就是让调查清楚确定的贫雇农再去发动其他贫雇农，动员他们，要团结起来，斗争地主。

几天下来，凤云无意间听到了村里人对工作队摸底情况汇总的议论：

"全村共有三百多亩土地。"

"凤云一家就占有了一半往上。"

"我看能称得上是地主的可能只有凤云一家了。"

听到这些议论，凤云神情又严峻了起来。

"我还有一瓶从省城下来时带的好酒，看你整天闷闷不乐，我们把它干了，聊聊义弟的心事吧。"一日下午收工回来，李义提议。

二人坐在土炕上。

"义弟，实行'耕者有其田'是这次土改运动的基本方针。土地改革、抗美援朝和镇压反革命都是为巩固新中国政权必须要完成的工作。"李义先讲了国内的大形势。

"村里人们都说划上地主身份就要被枪毙的。"凤云道出了自己的担心。

"义弟，你先别瞎琢磨。枪毙，那只是对恶霸地主的政策。你又不是恶霸！但你家的土地确实太多了。你也种不完，还不如……"李义安慰的话语，更像是开导点拨。

"长工们跟了我们家许多年，早就是一家人了。说心里话，我早就想分地让他们自立门户了。"凤云道。

"那你还等什么？我记得义父生前常爱说的一句话就是'有人就有一切'。"李义说。

"谢谢义兄的点拨！是的，我家的长工本来是一家人，有人就有一切。"凤云喝下一杯酒，豁然开朗。

第二天早上起来，凤云把长工们召集在大院中央。

"辛苦一年了，下地干活时留下几个人在家宰头羊。凤翔！你再去集镇上打酒，所有人下午都要早点收工，晚上我请所有人和工作队的同志们喝口酒。"

傍晚，梁家大院如过节一般地在堂屋摆上了两张八仙桌，厨房里的风箱呼呼作响，灶膛里柴火正旺。

"工作队的同志们辛苦了。快过年了，今天我请大家喝杯薄酒，我一会有事要说。"凤云先热情地招呼大家入座。

众人入座，凤云端起酒杯道："在座的雇工伙计在我家辛苦了很多年，早就是一家人了，我的家业里也有你们的一份。你们多是我的本家，也有几个外姓。我们一起风风雨雨地度过了最困难的战乱光景，好在我们都活了下来。活着就有盼头，有人就有一切。现在解放了，不兴再雇工了。老话说得好，'树大分叉'，现在天下太平了，你们也该有自己的家业，也要发展人口，壮大家庭，兴旺家族了。我决定了，只留下老塘边和祖坟老陵地周边的十几亩土地，够种够吃就行，其余的都签好了地契，大院内外的几十间房屋，我只保留三间正屋和东西四间偏房的祖上小院子，够住就行了。多余的农具和耕牛明天大伙再商量着分了吧。我敬大家一杯。"凤云拿出厚厚的一叠地契和房契，逐个交到了长工们的手上。

"做人要讲良心。我不分东家的地。"

"我也不分，去年东家才给我说的媳妇。"

"我不走！我是在这里出生的，反正我舍不得离开老东家。"

大伙拿到地契和房契后，反倒是悲戚戚地哭成一片。

"我的家业本来也有大家的份儿！咱们分家不分心，都有好日子过，有奔头也是我大的心愿啊！就是我大活着，看到你们都有了自己的家业也会感到高兴的。你们不会让我大在地下还不高兴吧？"凤云情真意切地安抚起大伙来。

土改工作结束后，凤云和李义在大枣树下道别。

"义弟，这一带的土改工作基本结束了，我也要奉命回省城报到复命了。我会在清明或春节时回老塘沿来看望义弟，给义父上坟祭奠。"

"义兄保重！"凤云与李义握手惜别。

分家过后，凤云看到家里的三头大老犍也像是通人性似的不愿离开大院。最后凤云决定："还是由我来照料这几头牛吧。它们对我有感情，谁家需要谁家就来牵。如果你们使唤不动牛的时候，还是由我亲自来干吧。"

土改过后，梁家昔日的长工分成了十来户簇拥着梁家老宅竟成了半片村落。每当黎明和黄昏时刻，凤云还是会习惯地拿着旱烟袋在大院内外和四周巡视一番。

每每看见炊烟袅袅、户户欣欣向荣时，凤云总是有说不出的喜悦和莫大的成就感："还是有人好啊！有人就有一切。"

农闲时，大枣树下仍旧聚集着往日的伙伴簇拥着凤云谈天说地；农忙的时候，总有过去的长工自发前来大院，有条不紊地为凤云一家帮忙。凤云也当仁不让地成为这片村落的主心骨与梁姓家族的族长，谁家遇到红白事，都有凤云以族长身份出席操持的身影。

在凤云的带领与凝聚中，悄悄扩大了的老塘沿村的这一角落实际上成了这个村落里最大的互助群体了。

6. 分种子粮

20 世纪 50 年代后期，凤云的长子环这时已经在县城读初中了。环的相貌与性格都像极了父亲，环知道体恤家里。学习特别用功吃苦，环每周从县城学校步行回老塘沿一次，回家就是来拿上计量好够一周的干粮和自制的咸酱菜，回校的每餐都是用开水配干粮。

"环儿要初中毕业了，接下来有什么打算？如果想继续读书，家里就支持你。"环一次快毕业前回来，凤云征求环的打算。

"现在社会主义建设热火朝天，校长反复说国家需要大批的技术工人，我想考煤炭学校，两年就能毕业进城当工人按月拿工资了。那样，我也能帮上家里了。"环说出了想法。

"出去读书就好好混吧，要记住祖训！你是长子，家里还是要靠你支撑的。"

时光在一派祥和静好中无声飞驰，史称"三年自然灾害"的最困难时期来了。

各村都按上级要求办起了大食堂，各种标语贴满了村子里的土墙。全体村民同吃同劳动，都是团结一心地要赶超西方发达国家的豪情。

1959 年底的一天，天气渐凉。接近晌午，全村人都在等大食堂开饭的钟声。所谓的钟是一节一米多长的废弃铁轨，挂在大枣树上。每到开饭时间，

"钟"声就"哐啷哐啷"地响起来，村里人就知道，可以到食堂吃饭了。可今天的钟声却迟迟没有响起。

"去大食堂看看怎么回事？太阳都过头顶了，孩子们可饿得受不了了。"

几位吵着要去大食堂一探究竟的妇女，不一会儿又都失落地回来了。远远地就传来了她们七嘴八舌的议论：

"说是不开饭了，没粮食了。"

"邻村的食堂也办不下去了。"

"我娘家那边都有人出去'跑反'了。"

"跑反"是当地的俗语，是与逃荒、流浪乞讨无异的意思。

人群开始骚动起来，饥饿的情绪被不断放大无声地蔓延开来。

"还是自己想办法吧，不能干等着啊。"

"别耗着了，快去田里挖野菜吧，马马菜、巴根草、洋槐花都能吃的。"

"老人说 1942 年大饥荒时榆树叶和皮也能行。"

"要把盐保存好，盐水煮野菜树皮也能对付一阵子。"

一群人纷纷发表着意见，也贡献着计策。

"煮牛皮带也行。"一个不甘寂寞的孩子插话道。

"你爸用的就是牛皮带，吃了他的皮带，他就不用总显摆他的军用牛皮带了，没有皮带系裤子就露出黑老二了。"村民们嬉笑着带着困苦中的乐观，打着趣。

"老鼠洞里会有一点粮食。我家去年修偏房，老鼠洞里粮食还真不少，居然还有花生米呢。"

天更冷了，还是在大枣树下。

"大队的食堂也关张了，大食堂真的办不下去了。"

"老鼠洞里一粒粮食都没了。"

"地里的野菜也没了，再去看看吧，有点野菜根也行。"

在一阵子创造性地寻找食物过后，鼠洞里的回报早已枯竭。曾经世代提供给他们食物的田野也终止了最后的慷慨。早春的田野依然有成群的妇女在苦苦低头寻觅，只是不能再发现可以充当食物的任何草叶。

断粮十几天了，几近绝望的村民开始将目光瞄向了生产队耕牛的槽头，有人在石质槽头的缝隙里抠出过几粒麦子和黄豆。

凤云负责饲养生产队的耕牛，此时他郁闷地蹲在一旁吧嗒着嘴抽着旱烟，眼前浮现出了为牛等牲畜的过冬在上个秋天准备的粗麦麸、豆皮和大量的干红薯秧等饲料。他无奈地试着用剁碎了的干红薯秧掺上麦麸蒸了几个窝头，很碜牙，有一丝甜，全家人勉强可以吃，只是难以下咽。

"唉，与喂了多年出过大力的牛争食，让人心里不好受啊。侵占集体财产，如果上纲上线为破坏'大跃进'，这个罪名是要'蹲蹲子'的，怎么办呢？"凤云自语。蹲蹲子，就是坐牢蹲监狱的意思。

乡亲们看凤云的目光里充满期望，就好像只有凤云能为他们变出食物似的。

"听说乔庄那边又死人了，都是饥饿加上生病给闹的。"

"我老婆娘家鲍集那边也有了。"

饿死人的消息让众人陷入了巨大的恐惧之中。

"人命关天，政府不会不管的。"凤云安慰着大家。

凤云开始悄悄地拿些饲料送给最困难的村里人，后来情况恶化到几乎家家户户都绝粮了。

"我今天把所有能勉强下肚的饲料都集中起来了。你们说分不分？"凤云征求大家的意见。

"人总比牲口金贵，当然是分了先救人要紧！"有些村民表示同意。

"可是，谁敢做主啊？私分公家的东西，出了事蹲蹲子怎么办？"胆小怕事的村民没人敢明确做主分掉集体的饲料。

凤云长叹一声："唉，救命要紧，有人就有一切！今天我就做主分饲料先保命了。如果出了事，就由我一个人承担。但大家必须保证，等过了贱年，都要加倍地还给公家。"

村里人在保证过后欢呼雀跃地分得饲料回家了。

"我们靠着饲料暂时渡过难关了，可凤云一早就被公社给逮走了。"几天后的上午，大枣树下有个早起的村里人对大伙说。

"凭什么啊？"有人纳闷。

"说是凤云监守自盗，做主私分了公家的饲料。"那人接着说。

谁都没想到，两天后凤云就从公社安然地回来了。

"上面的领导发现了有饿坏人的严重情况，传来'不能给"大跃进"抹黑'的上级指示。人命关天，在青黄不接的时刻，要求村民创造性地想方设法渡过难关。还要开展帮扶互助活动。凤云用饲料加野菜、上季红薯秧蒸窝头的经验，还要在全县推广呢。"陪凤云回来的公社干部向村里人解释道。

"太好了！凤云没事，不用再担心蹲蹲子了。"凤翔如释重负地评价道。

无穷的创造性代替不了荒芜的现实。不久村里人即再次陷入了困境，而且情况更加恶劣。家家都有因饥饿而全身浮肿奄奄一息的人了。大家聚在大枣树下围着凤云悲悲戚戚，就好像凤云总是能够带领他们走出苦难一样。

"我爷爷和几个孩子饿得快不行了。"

"我老婆快生了，要是再没有点儿正经粮食吃……那可是两条人命，这是要逼死我啊！"一个大男人哭得稀里哗啦的。

"只有一个办法，你们都知道队部小院里偏房是储放集体粮种的地方。可是谁敢带头啊？"有个男人胆怯地说。

"粮种还有很多呢，我就见过前几天王保管员往外拿过。他管着粮种，拿着方便，这不公平啊，集体粮种应该人人有份儿。"

"现在老少爷们儿家家难过，只要能保住了人就会有一切。"凤云看着苍茫冷清的天自语。

"人命关天，顾不得许多了。通知各户一会儿都去队部粮种库房门口，分粮种救命，还是由我来承担。"凤云收好烟袋，下了天大的决心对众人说。

村里人蜂拥跟着凤云，来到队部小院的粮种库房门口。

"把门打开！人命关天，如果人都死了，要粮种还有球用？"凤云敲门，对王保管员喊话。

"你们要干什么？哄抢粮种，那可是要'蹲蹲子'的！凤云你想好了，枪打出头鸟！粮种丢了，我可赔不起。"

"我早想好了！没说让你赔，把粮种记在我凤云个人头上，来年我还。"凤云语气坚定。

"你们都要证明，可不是我开的库房门，是凤云带头硬闯的。"王保管员怯怯地对大家声明。

"是我们一起硬闯的，不是凤云一个人的事。"大家异口同声。

"少废话！快开门，有几粒煮煮也能救命！"凤云提高了声音。

王保管员低头出来，又用大链子把门锁锁好，就悄悄地绕开激动的人群溜出了院门。

"都闪开！"凤云随手把靠在土墙上的铡刀拿在手上，手起刀落劈开了门锁。库门洞开，人们立即蠢蠢欲动，就要进屋抢粮种。

"公家的粮种人人有份儿，谁要是硬抢，我照样劈了谁！"凤云断喝。

看着手握铡刀门神一样的凤云，人群最终安静了下来。粮种有小麦、玉米和高粱。会计有条不紊地记账，每户按人头每人两斤发放了。

"王保管员家有五口人，把他家的也给送过去。"凤云特别提醒道。

靠着最后的粮种接济，村里人度过了最最难熬的时候。

"虽然没有饿死一个人，但破坏春耕生产可是坐实了的罪名。"凤云第二次被大队带走交代反省时，大队领导说出了带走凤云的原因。

凤云被关押了大约一周后，大队领导喜笑颜开地亲自打开了关押凤云的房门，态度温和地就在大队部请凤云喝了口酒，居然还罕见地有点肉菜。

看见凤云满眼疑惑，大队领导解释道："因本大队比其他大队外出跑反的人少，而且没有因饥饿死人的情况，上级表扬了咱们大队，我可能还要被提拔到公社呢。"

半瓶子土酒很快见了底，凤云直勾勾地看着盘子里的几块小肉片，眼前浮现出离家时妻儿尤其是石墩因饥饿而浮肿发青的肚皮。

"老塘沿还一直没任命正式的队长呢，我看你行！你有很高的觉悟和很深的阶级感情，你就回去当队长吧。眼看过了年就要春耕了，你是种地的老把式，把老塘沿交给你我们放心。"分别时，大队领导说。

"当干部我不行，但我养牛、犁地、甩大鞭，前后村还真没有几个人能干得过我。"凤云推辞。

"这是领导的决定，你先回去，我明天就去老塘沿开会宣布。我们早调查过了，你有群众威信，历史上也立过功，一心一意为乡亲们着想。你就好好干吧。"大队领导态度坚决。

"可是，粮种没有了，你是知道的。"见推辞不掉，凤云提出了面临的困难。

"不怕，上级会统一调拨救济粮和粮种的。说实话，领导多是农民出身，难道不知道粮食产量的真假？现在好了，不会再有饿得外出跑反的事情发生了。"

第二天一早，老塘沿废弃铁轨的钟声就传遍了村庄的每个角落。

"大队决定由凤云担任正式的队长。"大队领导宣布了的消息。

"凤云公平仗义，我们都服气！"

7. 饥 饿

有了救济粮，村民们总算安稳地过了大年。有了种子粮，看到了来年的希望，人们的脸上又有了难得的笑容。

可救济粮哪敢敞开了吃，年后没多久救济粮很快也见底了。

让凤云雪上加霜的是，妻子还因营养严重不良也患上了重病。寒夜漫漫，北风如刀，大枣树的枯枝发出凄凉的呼啸。凤云看着虚弱不堪的妻子无力地躺在身边，眼前浮现的是孩子们还有族人由于饥饿浮肿发出青色光亮半透明的肚皮，他再也睡不着了。

"总不能看着妻儿和信赖自己的族人陷入绝境吧？"他准备实施最近几天来反复考虑的那个最后计划了。就是"必须弄点有油性的东西吃，什么都行。"

凤云下定了决心，开始起身。

万籁俱寂，凤云披上灰色棉布长袍，从床下摸出那把曾捅死过日本鬼子的宰牛刀。他不声不响地来到院里，趁着微弱的星光蘸着冰冷的水嚯嚯地磨起刀来。凤云不时地用大拇指腹刮刮刀刃，直到他认为足够的锋利，才用块破花布包了揣在腰间。

做好这一切，凤云又从牛棚的横梁上扯下一个大麻布口袋搭在肩上。出门前，他蹲在门廊下，掏出旱烟袋，随着火柴的小火苗在烟锅上划了一圈，深蓝色的烟雾就从他的鼻孔和嘴里徐徐地吐了出来。清冷的鼻涕落在了凤云坚硬的胡茬上，他接着打了几个响亮的喷嚏。

"他大，深更半夜的你干什么？你要是冻病了可怎么得了啊？"屋里传来病妻的声音和几声干咳。

"过了今夜就好了。"凤云说。

知夫莫过于妻，妻子披衣出屋，追问道："你要去干什么？咱可不能干'蹲蹲子'的事啊。"

"放心吧，我天亮前一准儿回来。环儿上次回来说，他今年煤校毕业就能成为国家的人，按月领工资了。这孩子孝心重，参加工作就会有办法帮衬家里的。等熬过了贱年一定都会好起来的。"凤云安慰着妻子。

"对了，有几天没见着凤翔了。我很担心，听说他也病得厉害，我天亮回来就去看看他。"凤云突然想起曾与自己出生入死的兄弟了。

"唉，都是饿的，凤翔媳妇年前就病死了，他的儿子小井沛该多可怜啊。要是能有点吃的就好了。"凤云的妻子伤心地说，寒风中又是一阵干咳。

凤云没有回答，看看天色决定不再耽搁。他扶起虚弱的妻子送回屋里，又往即将熄灭的火盆里加上些干枯的树枝，屋里暖和了起来。

凤云再次推门出来，寒风呼啸，他摸摸腰间硬硬的刀，不再犹豫，硬朗的身体无声地消失在黑夜里。他的目的地是邻村乔庄生产队的牛棚，他知道那里有一头不能再下地干活的衰老公牛。

凤云深一脚浅一脚地来到乔庄村口，一条夜里游荡的狗警觉地叫了起来。凤云旋即转身就绕到了村后，他决定从这里进村。一条几丈宽结满薄冰的浅水沟横在了面前，冰面泛着青紫色的寒光。凤云坐在沟边，脱下棉鞋提在手里，赤脚踏入还没有完全结实的冰面，一脚一咔嚓地蹚过了水沟。破碎的冰碴如锋利的小刀割破了他的小腿，小腿上的鲜血在疏星淡月下，如簇拥的蚯蚓或夏季雨后吸附在人腿上的蚂蟥。凤云走的每一步都无比地艰难。

蹚到对岸，凤云坐在一团松软的枯草上，一边喘着粗气一边用枯草简单地擦去脚上的污泥，又抓起一把松软的冻土搓搓冰冷的脚面。迅速穿上了鞋子后，立即就感到脚下有股暖流涌来。凤云振奋精神摸索着避过有亮光的人家，悄悄来到村子队部的大房子前。

凤云定了定神，贴着墙根悄无声息地走入牛棚，找到那条老弱的公牛。凤云先用黑布蒙住了牛眼，可能是用了只有他和牛能够沟通交流的方式解下了绳索。牛很安静，凤云直接牵住牛的笼头，绕开其他卧牛出了牛棚。牛很温顺地跟着他在黑暗里走着。风云没按原路返回，而是直接走大道出了寂静的村庄。不一会儿那条野狗的狂吠声就淹没在了清冷的凌晨里，只有风在树梢盘旋，拍打着寒夜继续发出凌厉的呼啸声。按原定计划，风云不想把牛直接牵回本村。

风云牵着老牛在黑黢黢的旷野中走着，来到野地一角的大旱沟里。他掏出那把宰杀过无数牛羊的尖刀。老牛似乎预感到了什么，竟开始拼命地挣脱并发出了很大的声响，风云轻轻拍打着老牛的脖子喃喃自语："我也养了一辈子牛了，你就行行好，你就救救我们族人和村民吧！来生我会好好地养着你，就不让你再下地干活了。"那一刻，老牛竟然有了片刻的安静。

风云咬咬牙，趁机把锋利的尖刀从老牛颈部下方刺入到它的身体……

东方泛起了一片鱼肚白后，太阳也仿佛点燃了东方的天际。风云把刀上的血迹擦去包好重新揣在了腰间。

"乔庄的乡亲们，等度过了苦难，我一定会加倍奉还的。"风云把大块还在滴着血水的牛肉小心装入布袋扛在肩膀上急步回了自家院里。

既兴奋又紧张的风云支起一只勉强还算完整的瓦罐子，割下一小块牛肉，在天亮前燃起救命的篝火。火苗带来了温暖，袅袅的炊烟带来了生的希望。

风云给特别年长和虚弱需要救助的族人和村里人悄悄地送上一些，并反复嘱咐不得声张后，才又悄悄地回到家里。回到院里，风云点上了一袋烟陷入了沉思。像是猛然间想起了什么，挎上装着牛肉块的柳条编筐又快速走出家门，他挨家挨户没有遗漏地走了一圈，或把一块牛肉放在窗台，或挂在门上，或放在门口最显眼的位置上。

"我大可能快死了。伯伯你快去看看吧，他有话要对你说。"风云回家，如释重负地松口气，刚拿起烟杆，风翔的独子井沛就跑来找他。

风云抓起了一大块生牛肉，急忙跟随井沛去了风翔破旧低矮的家。脸色苍白、骨瘦如柴的风翔躺在靠墙阴暗的床上。

"井沛他娘年前就死了，我也不行了。我就这一个儿子。哥，看在多年一起打鬼子上前线的份儿上，我死以后，井沛就托付给你了。你要答应我，让他活下去，延续香火，我不能断子绝孙啊……"风翔用尽力气抓住风云的手嘱咐。

"兄弟放心吧，任何时候我都不会丢下井沛的。"凤云肝肠寸断。

"我放心了，来世再报答哥的恩情……"凤翔永远地闭上了眼睛。

凤云带着族人把凤翔安葬在祖坟老陵，回到村里已是晌午时分。

大队干事来到凤云家里下通知："大队通知各生产队队长去大队部开会，说是有非常重要的事情要紧急传达。"

凤云忐忑地赶到大队部时，其他几个生产队队长已经到齐了，正围坐在一起边用报纸自制卷烟抽着边小声议论着什么。凤云围过去找个角落挤挤蹲下，他急切地想要从大家的表情中搞清楚此次开会的主题。

一会儿，大队长神情严肃地走了进来。让凤云心惊的是大队长后面还跟着一个穿制服的公安和公社的民兵营长。民兵营长是公社的治安负责人，凤云跟他认识。

大队长轻咳一声，这是他即将发言的信号。大家停止了议论。

"大家别瞎琢磨了，都坐过来吧。我们先请县公安局治安科王科长通报一个情况。"大队长也不打哈哈了，神情严峻。

"昨天接到公社报案，你们大队乔庄生产队的一头老耕牛被盗了。上级很重视，认为这很可能是一起对人民公社搞破坏的现行反革命案件。"王科长简单地通报了情况，也给案件基本定了性。

一丝不安闪过凤云的眼睛。

"现在生活很困难，我们分析，最大的可能就是老牛被人偷盗后宰杀吃了。如果是这样，问题就更严重了。偷宰耕牛是犯罪行为，而且是大罪。"王科长重重敲了一下桌子。

破案工作很快展开，每个村子都要进行拉网式排查。

所谓拉网式排查就是挨家挨户寻找线索，问的大多是"看见谁家吃牛肉了""有没有闻到牛肉味""有没有发现牛蹄子印、牛皮、牛骨头"之类的问题。

在老塘沿挨家挨户的排查也开始了，凤云的心也悬了起来。

想到救命牛肉也用竹篮吊在院里牛棚边水井井壁上了。他反复交代妻子"不到万不得已不要轻易动水井里的牛肉"！所以当公安到来时，凤云心里已经踏实了不少。

然而，凤云最担心的事情还是发生了。

一个本家耐不住饥饿，燃起了炊烟。公安顺着炊烟找到了他家时，发现他正在用破瓦罐子煮一小块牛肉呢。

"牛肉从哪里来的？老实交代！"公安盯着破瓦罐厉声问道。

"不知道谁给的，一大早我在家门口发现的。还有几家也有一点。都是在自己家门口捡的……"本家支支吾吾地说了几户人家的名字。

办案人员顺藤摸瓜，很快就在那几户人家搜到了牛肉。作为偷牛宰牛的重大嫌疑人，这几户人家的户主被带走了。凤云作为生产队队长，自然随这几个人一起被带到了大队部。

"如果不交代，你们都要蹲蹲子！"公安严厉训斥道。

"我家上有老下有小啊！"

"我家孩子还病着呢！"

几个人窝在大队部墙角，一副可怜兮兮的模样。公安犀利的目光看向凤云。

"算了吧，他们都是我的本家，都困难得很。好汉做事好汉当，就不连累村里人遭殃了。是我一个人干的，他们吃的那点牛肉都是我硬给的。"凤云从墙角站了起来。

"你还挺讲义气！你想清楚了，一个人担责，那罪过可就大了去了。"公安提醒凤云道。

"早就分完吃净了！是我一个人偷的，一个人宰的。"

"再给你最后一次机会，你确认要一个人承担责任吗？"公安再次提醒，表情复杂，不知道是钦佩此举还是破了案子感到高兴。

"感谢公安同志的提醒，的确是我一个人干的。求您放他们回家吧，他们都是家里顶大梁的，不回去整个家就完了。我的父母过世早，儿子们都大了，我没负担，我跟你们走。"凤云认真地表态道。

县公安局的吉普车上的警灯闪烁，凤云被带上了警车。老塘沿多年见不到警车，就连公社民兵营长下乡，骑辆破自行车都能让村里人围着看上半天，更别说闪着警灯的吉普车了。对老塘沿的村民来说，这可是个新鲜事儿，引来很多人围观。

大队部门前聚集了许多村民，居然还有赶来看热闹的乔老汉。

"原来是凤云干的，乔庄的牛是我养的。我和凤云认识，都是养牛的老把式，他还真能下得了手。唉！我们生产队还怀疑是我干的呢。"当凤云被押着走过来，乔老汉疑惑地对周围的村民说。

凤云被押上警车时，许多村民尤其是受了牛肉恩惠的族人都围了过来。大家的眼神是复杂的，有同情，有不解，但更多的似乎还是感激。

"众位乡亲，帮我给环他娘带个话，让她跟儿子好好地活下去。我若不死，一定加倍奉还乔庄的牛！我若死了，就让儿子们记住，把牛加倍还给人家！"凤云大声对围观的村民们说。当然，凤云也看到了人群中乔老汉那副不解的表情。他这话，更像一句承诺，对乔庄，对乔老汉的承诺。

"你放心吧，我们一起还。"几个族人回应着并难过地低下了头。

凤云被押到县里，没几天法院的判决书就下来了："鉴于案犯'下中农'的成分且尚属初犯，又有同村多户担保加倍偿还耕牛以及公社和大队的陈情，以及战争时期立过功的证明，决定从轻判处有期徒刑十年。"

很快，凤云就被送到皖北的砀山监狱去服刑劳动改造了。

8. 蹲蹲子

"服刑犯的主要劳动改造内容就是夏秋季收割芦苇，冬季修建农田水利设施。每月有几块钱的津贴，当月发，你可以买些日用品或积攒起来寄回家里。要守纪律，认真改造学习，积极劳动。我们会定期告诉你家里的情况，你也可以写信由我们帮助邮寄。"凤云一入监狱管教就宣布。

"本监舍所在的二大队基本上都是因饥饿偷盗集体和邻居家食物性质的劳改犯。放风时可以交流交流改造心得，但必须遵守监规、配合改造。"

监狱苦熬的日子是漫长的。

凤云当然深知财散人聚的保命道理。也许是"广结善缘、广交朋友"的处世之道早已深入骨髓，或许是善良本性使然，在监狱的日子，凤云把多余的钱大都拿去帮扶更加困难的狱友了。凤云干活不惜力又仗义，渐渐有了一个好人缘。

兴修水利设施，其实就是清淤挖河。冬季的泥兜子死沉死沉的。

张管教是一位与凤云年龄相仿的转业军人，不忙的时候，他很爱和凤云聊天。

"为加快工程进度，农场要添一批牛马用来拉车，养牛、驾牛是技术活，津贴也能多一些。这应该是每一位农民劳改犯都想干的活儿。"一日张管教与凤云聊天时，有意无意地说。

"我行吗？不是瞎说，整个二大队养牛、使唤牛没人能和我比，我从小就和牛打交道，我家曾有过三头大老犍呢。"因为关系融洽，凤云在张管教面前很放松。

也许与张管教的关系良好，也许是受过凤云恩惠的狱友们的推举，凤云作为与牛打了近半辈子交道的行家里手，顺利地干上了养牛驾车的工作。自从干上养牛驾车这活儿，凤云的劳动强度减轻了不少，自由度大了，津贴还多了一点。手头宽裕了，凤云一如既往地继续帮扶困难狱友，他的威信更高了。

一日傍晚收工后，凤云与几个关系较好的狱友在监舍外的农具堆旁闲聊。

"还有更好的工种铁匠铺呢，津贴最多也不是太忙。"

"听说铁匠铺有个狱友就要刑满出狱了，如果能调到那里可就太好了。"

"凤云老弟，你和张管教平时关系不错，可要盯住了这个空缺啊。"狱友李老头善意地建议道。

"都别瞎琢磨了，为了鼓励上进，领导决定由大家投票选举才能确定谁去铁匠铺顶替工作。天不早了，快回屋睡觉，明天还要下湖出工呢。"张管教恰好路过，听到议论嘱咐了两句就离开了。

"如果选举推荐，我看非凤云莫属。可是就怕汪癞子出来捣乱，那可是个狠家伙，就是个流氓狱霸。"李老头好心提醒道。

"是啊，那个家伙心狠手辣诡计多端。除了凤云没被他打过骂过，我们谁没有受过他的欺负？"

提起汪癞子，众人心有余悸。

灯光昏暗的监舍内，汪癞子正和一群马仔狱友聊天。

"老大听说了吗？铁匠铺有个哥们儿要毕业了，又该要找人接替了。"一个尖嘴猴腮的马仔讨好地告诉汪癞子。

"我早瞄着呢，必须搞到手，津贴多活儿不累，看管还松，没准还能有机会逃出去呢。"狱霸汪癞子摸了摸头皮，嘿嘿一笑。

"老大，听说这回要投票决定谁去。可能只有那个挺会收买人心的凤云能跟你争了。老大，你得撂个狠招，我们都听你的。"另一个疤瘌眼狱友趁机献媚道。

"先礼后兵，实在不行就杀一儆百，我看谁敢不投我？"汪癞子头发快掉没了，显得头上那块大大的黄癣很醒目。

"对，明天下湖就先从李老头下手，他和凤云走动得最近。"疤瘌眼马仔提醒说。

"到时候你们一起帮忙，肥差到手都有好处。"汪癞子很兴奋。

寒冬的芦苇荡里，大家正在忙着清理河道。

"凤云老弟，上次老婆来看我带了瓶濉溪大曲，晚上请你喝一口？咱俩都有希望去铁匠铺，帮忙投我一票。跟着我混吃香喝辣的，我罩着你，往后没人敢欺负你。"王癞子来到凤云身边，把铁锹往地上一插。

"大家都是农民，最好还是谁也别欺负谁，好好改造，到日子就回家了。"凤云对王癞子素无好感，没接话茬。

"敬酒不吃吃罚酒，老弟，那可就别怪老子不讲情面了！"汪癞子朝地上狠狠吐了口唾沫，悻悻离去。

"大伙注意了，去铁匠铺都要给我们老大汪哥投票啊！谁不给老大面子，那就给他颜色看看！"在汪癞子授意下，疤瘌眼公开跳了出来。

"凭啥听你们的。"李老头小声道，还给对方一个鄙视的眼神。

"呦呵，真有作死的！"汪癞子二话没说，一拳挥在李老头的脸上。李老头一个趔趄摔倒在地，汪癞子雨点般的拳头落了下来。旁边几个马仔跳脚助威，其他狱友没人敢上前劝架。李老头双手抱头，躺在泥浆里惨叫连连。

凤云侠义心起，怒火中烧。

"住手！"就在汪癞子欲伸脚踹向李老头时，凤云大吼一声冲了上去。

"别管闲事！老子是打断了别人的一条腿才进来的，再打断一条还能咋地？大不了再蹲个几年！"汪癫子大惊之下，丢下李老头，虚张声势。

"爷爷是偷宰了一头牛进来的！"凤云血脉偾张，气势如虹。

汪癫子恼羞成怒，拎起铁锹恶狠狠地向凤云抡了过来。凤云情急之下，随手捡起一块小石头下意识地就甩了出去。小石子像一颗出膛的子弹，不偏不倚正中狱霸鼻梁。汪癫子惨叫一声，丢下铁锹与凤云扭打在了一起。

汪癫子的几个马仔咋呼着上来助阵。众狱友见状，压在心中的怒火终于爆发了："是男人的，一起上，帮凤云啊！"

随着一声呐喊，原本是两个人的单挑变成了群殴。

混战中，凤云脚下一滑，那块贴身玉佩的红绳被扯断，滑落出来掉在了泥水里。拼了命的汪癫子顺手抄起一把铁锹，情事万分危急。

"放下铁锹！不然开枪了！"危急中传来一声大喝。众人回头看去，只见一名身穿制服的干部，从腰间拔出了手枪。群殴立即平息了下来。

凤云也回头去看，那人竟是李义！

"还真是义弟啊，飞刀投石那一下，我就猜是你。这里不是说话的地方，我先简单处置一下，你跟我去办公室。"李义疾步过来，捡起泥水中的玉佩擦去泥水，对凤云小声说道。

张管教也赶了过来。

李义带着凤云来到堤坝上一辆军用吉普车旁，两个人的双手紧紧握在了一起。

吉普车一路颠簸着，车上两人百感交集。

"怎么是你？义兄不是回省城工作了吗？"凤云流下了激动的泪水。

"土改工作结束后，我就继续回省城公安系统工作了，先是担任了治安管理处副处长，去年又被提拔到了监狱管理处处长岗位上。这次下来检查工作，刚到就遇到了你。"见凤云一脸疑惑，李义解释道。

"弟妹和儿子们都还好吗？"李义询问道。

"总算躲过了一大劫，那也是几十条人命啊。留下来的牛肉应该能让家人们渡过最艰难的时候。"凤云道。

"你出事那年的清明节前，我去给义父上坟，就知道了你的情况。弟妹和孩子们都熬到了上级下发的救济粮，真是多亏了那些牛肉啊！在对你的案件进行复核时，我就注意到了你的卷宗。还是我如实提供了你抗战和双堆集战斗时的立功表现证明，这才保住了义弟的性命呢。"李义感慨万千。

"义兄又救了我一命啊！土改时要不是听了义兄的点拨，我可能早就被评成地主或富农了。这次就生死难料了。"凤云感激地说。

"别这么说，义父和你都救过我们全家的命，要不我和哥哥也不能参加共产党的新四军，要不现在我哥也不能带着我娘回老家重整家业安享幸福的晚年了。"李义握住凤云的手，久久不愿意松开。

聚短情长，两个人之间有说不完的话。

……

与汪癫子冲突过后，农场领导在大量深入调查的基础上，并经上级审核后作出了裁决：狱霸汪癫子因恶习不改影响生产、破坏改造被加刑六个月；凤云则因有见义勇为情节，且平时一贯关心团结狱友、认真劳动、诚心接受改造而减刑三个月。

还有好消息是，凤云被一致推举调换到了铁匠铺当助工。

铁匠铺助工就是抡大锤，津贴自然又有所增加。时常还会有大大小小的领导来到监舍就各种改造工作征求凤云的意见。凤云的处境改变了，但他依旧仗义疏财，低调为人。

年底综合评比，凤云所在的二中队还被评为改造先进集体，多人受到表扬和减刑的奖励。凤云也俨然成了狱友们的主心骨。

9. 流　亡

一个人的情商往往可以改变命运，尤其是在逆境之中。情商大概就是"与人为善"，让和你在一起的人都感觉到舒适的能力吧。

转眼两年过去了，张管教与凤云竟成了心照不宣的朋友。当他知道凤云的传奇往事后，对凤云越发刮目相看。凤云表现良好，经常受到表扬，诸如，"帮扶狱友先进个人""劳动标兵""改造积极分子"这些具有减刑奖励的荣誉几乎都被凤云得到了。

可是在监狱的这两年，凤云更加思念自己离家时还在重病中的妻子，更牵挂他的三个儿子。家里托人写信说，老大环在矿山参加工作了，还分了一间砖瓦房，好像还有了相好的女友。二儿子身体太弱，最让人担心。小儿子军身体还行，只要能吃上饭就不会有太大问题。凤云多想回一趟魂牵梦萦的老塘沿以解忧心啊。

"必须出去，必须回家，哪怕只是看一眼也好。"有一阵子，这个想法一度占领了凤云的脑海。

后来有几个狱友越狱跑掉了，好像也没有全都被抓回来。见人心浮动，监狱明显加强了看管，出工在外与收工回监舍的途中，都有人不间断地在周围警戒。

入狱第三年春末，张管教给转来了凤云的妻子病逝的口信，凤云思乡之情更甚了。从那个时候起，凤云就开始琢磨着要不惜冒险回老塘沿一趟，但始终苦于没有合适的机会。

三年最困难时期过后略有好转，监狱即开始了改善伙食的工作。伙房需要增添人手的消息一传开，大家立即跃跃欲试。谁都知道，伙房的劳动强度比工地要小得多，关键是或多或少能在嘴上占到点便宜。凤云也想去伙房，但在他看来，伙房工作自由度相对较大，外出机会多，这才是对自己最大的诱惑。

监舍院内，张管教组织开会。

"最困难时期快要过去了，监狱伙食改善，伙房需要增添人手。老办法，由大家推举出表现良好，还能识字算账的人优先考虑。"

推举会现场，大家自荐、推举，众说纷纭。

"经领导长期考察，凤云工作认真负责、守纪律、念过书又会打算盘，就由他暂调去伙房担任杂工和采买工作了。"经民主推荐，张管教定下了人选。

晚秋的一天，监舍伙房内。

"工地最重要的堤坝加固工作按时完成了，农场决定要加餐犒劳鼓励一下。凤云，你去会计那里支些钱做好准备，明天一早去集镇多买些菜回来。"下午收工时张管教安排道。

第二天一早，凤云挑着挑子，由一名背着长枪的狱警陪同着向集镇出发了。

头天晚上，凤云就想到了借机逃跑这事儿，并准备伺机行事。他当然知道外出时逃跑属于越狱行为，一旦失败就是重罪。但是，那份越来越迫切的回乡心情还是冲淡了他的恐惧。

临近晌午，满满两筐菜压在凤云肩头上，沉甸甸的。两人顺着浩瀚芦苇荡间蒿草丛生的小路往回走。

"不急，晚上加餐来得及，你要是累了就歇歇。"狱警很和善，不时会同意凤云放下挑子歇歇脚。

皖北农村大都很相似，田野里传来老牛的低吼声，那是凤云熟悉得不能再熟悉的声音，仿佛就是老塘沿的亲切呼唤。凤云下了最后的决心——先跑出去再说。

恰巧狱警走进芦苇丛背身准备小解。机不可失！凤云把早已整理清楚的采购清单和剩余的钱款，连同半截铅笔摆在了菜担子上最显眼的地方，转身钻进了熟悉的芦苇荡，轻易就甩开了跟随的狱警。

凤云蹚水过了一个小河汊，在对岸芦苇丛里猫腰躲了起来。果然，那个狱警端枪也蹚水过来，搜索一番，鸣枪示警后也就返回去了。凤云在浅水中一直躲到深夜，才敢出来一路向南狂奔。

"先去看看大儿子，交代他几句。"

那个秋天的夜晚，月明星稀。凤云顺着大路疾行近百里，一路打听着来到了矿山，直到第二天夜里，才找到位于工人村主街道的第一排红砖平房。

"大，你出狱了？"环开门大为吃惊。

"环，别问了，你把家里能做干粮都给我做了。我要出去一段时间。"凤云答非所问。

环把一摞子烙饼都捆好，又拿出仅有的十元钱。

"往后不要想着联系我。你是长子，要多多照看家里，我若活着就会回家，若死了就在外边了。千万不要找我，更不能说我来过这里。记住，要是结了婚就早要孩子。有了人，家里就有希望。"

凤云背上干粮和环给的几件衣服，趁着夜色出门，一路向西顺着雷河大堤就来到了青龙山火车站，顺着铁路旁的小路向南疾行。

"只要能回一趟家，哪怕再被抓回去加刑枪毙也在所不惜。白天绝不能乘车，到固镇车站就能找到回家的路了。"凤云默念着，加快了脚底的步子。

凤云一路狂奔，过浍河后直奔姚集，又过谢河直奔高庄……离老塘沿越来越近，还剩最后30里路了。凤云把几件衣服与干粮仔细藏在固镇车站外的一个乱坟岗里，开始了回家的最后跋涉。

到了高庄，凤云的心情既兴奋又害怕。兴奋的是，再走最后3里路就能回到他朝思暮想的老塘沿了；害怕的是，公安可能会在老塘沿正张网等他。

凤云来到老塘东岸，借着月光已经能够看见村头那棵大枣树了。凤云的心剧烈地跳动了起来。踉跄着脚步来到老塘边，捧起老塘水就是一通畅饮，他从未有感觉过老塘水竟是那样的甜。

与老宅隔水相望，凤云泪眼迷离，那里有他用生命护卫的家人和他的牛棚以及过去所有的记忆。凤云远远地望着，祈祷着。那一刻他居然祈望自家门能突然打开，从里面走出来哪怕是一只鸡鸭也好。

秋风渐凉，他多想敲门而入啊，但他不能。

"我是个越狱的逃犯，家人知情不报就是窝藏包庇罪，也要蹲蹲子啊。"凤云愣愣地想着，踉跄着往自家祖坟走去。

"我犯了罪，蹲蹲子了，没有照顾好家人。愧对祖宗，我从此流浪天涯，但我一定会回来的……"凤云跪在父母坟前，怆然念叨着。

抹了一把眼泪，一路向东就踏上了数年的流亡路。

在固镇火车站，凤云爬上了一列北上拉煤的火车。

凤云不知道火车开往何处，反正是火车停了他就下车搞水喝、搞吃的，然后回来继续爬火车。原来那列火车开走了，他就再换一列，继续往下走。

"走得越远越好，绝不能连累家人。"凤云想。

一晃半个多月过去了，他最后一次爬上的是一列拉木头的长长的货运列车。感觉又过去了几天，破瓦罐子里没有了一滴水，凤云感到饥渴难忍。列车终于在爬一个陡坡时慢了下来，凤云跳下车，因为他看见了铁路边水沟里清澈的水。

凤云扑过去，一通牛饮，而列车早已不见了踪影。

好在行囊是紧紧捆在自己身上的。凤云犹豫片刻，壮着胆子沿着铁轨向前走。也不知道走了多久，揉揉眼睛，就看见了一个小车站，站牌上的字像蚯蚓一样，反正不认识。凤云小心翼翼地绕出车站，向人打听，原来自己已经辗转来到新疆地界了。

车站门口的布告栏里贴满了公安的通缉布告。凤云壮着胆过去看，都是罪大恶极的杀人犯和越狱犯的通缉令。凤云这才放下心来，向站外的大路走去。

大概远离了城市，天蓝地阔，眼中牛羊成群，不远处竟然还有低矮的砖房院落和零星的帐篷。公路上不时有军车和警车呼啸驶过，不过刺耳的警笛还是会让凤云心有余悸。

凤云干脆下了大路，漫无目的地向荒野深处走去。

一路上遇见院舍就过去讨些吃的，多数时候可以讨到馕甚至还有牛羊肉。好在这里溪流密布，金黄色的树林绵延不绝，渴了就喝溪水，累了就在树林里休息一下。日出日落，又是几天过去了。风中不时有零星的雪花飘落，凤云裹了裹衣服，感觉天气越来越冷了。

一天黄昏，凤云翻过一道陡峭的山梁。他累坏了，找了棵大树下和衣而卧，一觉睡了过去。等他醒来时，竟感觉身上轻飘飘的，浑身发烫。凤云跌跌撞撞地下了山，经过山坳里一个大帐篷前的时候，两腿一软，就倒卧在了地上。

"妈妈快来！这里有个人！"凤云听到有个男孩在喊。

很快，有个女人从帐篷里出来。那女人显然动了恻隐之心，和那个孩子扶起衣衫褴褛的凤云进了帐篷。凤云被安置在门后的一个小炕上，在温暖久违的气息里，凤云躺下就睡着了。

凤云迷迷糊糊中也不知睡了多久，终于醒了过来。

"醒了！妈妈，这个人醒了！"有两个男孩大呼小叫着。

"看来这个人的命大，总算醒过来了。"妇人放下手里的活计走过来。

"这是哪儿，我怎么会在这里？"凤云努力睁开眼睛。

"你可真够吓人的，睡了两天两夜了。你先别问这是哪里，看你也是个汉人吧？你是从哪里来的？"妇人端来一碗水，扶起凤云。

"是你们救了我。"凤云挣扎着坐起来，"实不相瞒，我姓梁，是从安徽流浪来的，我们那里很穷又遇上了大灾年，活不下去了。我扒了一辆拉木材的火车，下来才听说到了新疆石河子。一路流浪乞讨，就到了这里了。"

"梁大哥，我们都是汉人，你也真不易啊！这里是天山南边，离石河子火车站少说也有几百里地呢，你就是一路走着来的啊？再往里走就要进山了，冬天山里风雪很大，你没有住的地方，没有粮食和牛羊，是不容易活命的。我看你还是养好身体就回去吧。"妇人听了凤云的经历，恳切地建议道。

"大妹子也不是新疆本地人，你怎么来新疆了？"见妇人面善，凤云关切地询问道。

"我姓李，喊我'水花'就行了。我老家是河南的，那里的日子也艰苦，常有水灾。1956年响应国家号召来新疆支援农垦，那一次就来了几万人呢。这里地多人少，还算风调雨顺，总比在家乡生活得要好一些。"水花介绍道，"靠组织介绍，我嫁给了当地哈萨克族牧民。孩他爸去转场了，每年冬季前都要把家里的牲畜转往山下的冬季牧场，春天来了再转回山里的牧场。过一段孩他爸转场安顿好，就该回来接我们下山了，我一个人带两个儿子大强和小强住在山里也不安全，主要是常有狼出没，也有偷盗犯结伙来偷转场留下来的牛羊。盗匪一般不敢对有男人的家里动手，梁大哥安心养病，就一直待到孩他爸来接我们下山吧。我有时还真有点害怕，孩他爸回来可以给你多付些工钱的。"水花说完，腼腆一笑。

"多谢水花妹子！留下来帮忙没啥问题，给工钱就是看不起人了。反正我也不知道到哪里去，如果你不嫌弃，我待在哪里都一样。"凤云想到自己无处可去，救命恩人需要自己帮忙，也就欣然同意了。

"梁大哥一定饿坏了吧？"水花关心地问道。

不等凤云回答，水花就干练地忙活开了。她往火炉里添了几把捆扎好的干柴，火焰立即升腾了起来。不一会儿，奶茶、牛羊肉和馕就端上了小饭桌，还有吃羊肉的一拃长的小刀。这是凤云流浪以来吃得最丰盛也是最安心的一顿饭了。

真是个善良的女人，凤云在心里默念着。

在水花的悉心照料下，几天后凤云的气色大好。凤云伸伸手臂，关节一阵乱响，他待不住了。

"水花妹子，我总不能样吃饱了什么都不干，干闲着吧？"清晨，凤云走出帐篷，来到正在忙碌的水花身边。

"这些活儿，我一个人就够了。你安心养好身体要紧。"水花放下手头捆扎柴草的工作转头告诉凤云。

"我的身体没事了。"凤云看到院里牲口圈里还有几头牛和一群羊就闲不住了。他熟练地清理起了牛羊圈，先把牛羊粪铲出圈外，再堆成一堆就像在老家时做得那样，那是积肥，准备春耕施基肥的常规性工作。

"梁大哥，你不用费力把它们堆成堆的，直接把牛粪摊开在地上或者糊到帐篷上晾晒干就行了，冬季不好砍柴，就指望它们当过冬柴火的。"水花解释说。

"多可惜啊，这些上好的肥料春耕就能用上了。我看周围有不少的树林子，去弄些过冬的柴火应该没有问题。"凤云觉得可惜，没有停下手中的活计。

凤云言出必行，每天早晨清理晾晒完牛粪后，就径直去周边小树林捡干柴。他模仿着水花储存干柴的做法，把大块的木材劈成小块再在外层包裹捆扎一些干草或枯叶。半个月下来，帐篷前已经摆放了整齐得如小屋一样的干柴堆了。

一日午后，在风雪间隙，太阳趁机探出头来把阳光洒进院落。

"梁大哥，家里没羊肉了，两个孩子都急了。唉，我也不会杀羊，等杀羊的上门来不知要到猴年马月了。如果等孩他爸回来再杀羊，孩子们非急疯了不可。看来要请梁大哥帮忙了。"水花在围裙上搓着手，对正在院里捆扎柴草的凤云说。

"我来试试吧，我在家时也看人干过。你去牵羊，不能让大强小强急坏了。"其实，凤云只在老家集市上见过宰羊的营生，他自己除了宰过乔庄那头牛，宰羊这活儿他还真没有亲手干过。

"梁伯伯真厉害，我们有手抓肉吃了！"大强小强欢呼跳跃。

羊很快牵了过来。凤云不再犹豫，凭着记忆，他先把羊的四个蹄子捆扎住，准备好放血的刀和大盆。宰杀过程还算顺利，在水花的帮助下，把羊钩挂吊在帐篷边的树上即开始剥皮开膛破肚。接近尾声时，院外不远处小树林里突然传来几声凄厉的呜呜声，接着就是大片的呜呜声。

“不好，一定是林子里昨夜就来的狼群闻到羊的血腥味了。每个冬天，狼在深山里熬不住，都会成群结队地下山祸害牧民的牲畜。这可怎么办啊？”水花惊慌地说。

“不怕，你带孩子们先回屋。我用大棒守着门，不会有事。另外，你再把你家吃肉用的小刀都给我拿来。”风云极力安慰道。

“狼钻进羊圈叼羊了！来了，来了！朝我家里来了！”正在门口玩耍的大强和小强发出惊慌的呼救声。

风云疾呼一声，抄着大棒就往院门口跑。

“给你刀子……”水花吓得脸色煞白，把几把小刀往风云手里一塞，也冲向院门口。

已经来不及了，两个孩子吓得愣在原地，那只健硕的头狼已经扑向大强和小强。说时迟那时快，就在头狼张口高高跃起的瞬间，风云手中的一把小刀也飞了出去——

小刀如闪电利落地扎进头狼的大嘴里，头狼重重地摔在地上。其余几匹狼张嘴龇牙，前仆后继地扑了上来。风云抖擞精神，越战越勇，刀无虚发，顷刻间已有四五匹狼在地上哀号。风云和水花趁机冲过去，抱起被吓蒙的两个孩子，冲回院子关紧院门。待水花和两个孩子钻进帐篷，风云手提大棒，守在帐篷门口。

狼群重新组织后，发疯般地跳过栅栏向风云围堵了过来。

一个皖北男人与一群红眼饿狼的搏斗，在天山脚下开始了。

风云大棒翻飞，死战不退，不时有沉闷的撞击声传来，那是大棒横扫在狼头上才会发出的声声闷响。一会儿，风云四周已是哀号一片。风云自己的身上也到处都是抓痕，破碎的衣服下是流血的肌肤，贴身的翡翠玉佩也从领口滑落出来了。

群狼见无法取胜，退出院子，在院门口对峙着，准备着下一波攻击。

“梁大哥你也进屋吧，损失些牲畜不要紧。快把那只剥了皮的羊扔过去，狼就会散了。”水花担心地探出头来，提醒着这个浑身是血的玩命男人。

“我没事，你看好孩子，晚上还要吃手抓狼肉呢！我在，狼就没有便宜占！”风云大气粗喘，顶天立地。

很快，狼群重新集结，发动了又一波攻击。

这一次，人与狼都借助各自地形周旋着斗智斗勇，这一战，从傍晚鏖战到了天黑。可能是狼们也感觉到了再战下去无望，也可能是水花急中生智，从帐篷里扔出来两个熊熊燃烧的火把，让损兵折将的狼群感觉到了无边的恐惧。风又起雪又飘时，狼群呜咽着嗅嗅地上的同伴，越过栅栏朝沙砾戈壁遁去了。

"水花，水花！我回来了，这是怎么了？"水花的丈夫叶丹转场回来了。

火把下，叶丹体形健硕俊朗、浓眉大眼，隐隐的络腮胡，腰间垂坠着一把带鞘的短刀。

"该死的叶丹，你总算回来了。"水花出门一下子扑到丈夫怀里。

"他是谁？"叶丹初见手持大棒浑身是血的凤云，右手向腰间的短刀摸去。

"叶丹不要犯浑，那是救了我们的恩人梁大哥，进来再说吧。"水花知道，脾气暴躁的丈夫一定是误解了。

两个男人进了帐篷坐下，水花叙说了今天遭狼群围攻的事儿。

"要不是梁大哥拼死相救，我们娘儿三个早喂狼了。"水花泣不成声地说。

"梁大哥好身手，我数了数地上大小有十几只狼呢！梁大哥这是拼了命了，刚才冒犯了，原谅叶丹有眼无珠啊。"听完水花惊神未定的讲述，叶丹面露钦佩之色，愧疚之情更浓了。

"水花妹子和你的儿子是我的救命恩人，我自当以死为报！"凤云真诚回应道。

"你也救了我一家，咱们有缘，我们扯平了，以后就都不要再客气啦。水花，上肉上酒！我要认下梁大哥！"叶丹爽朗地大笑起来。

两个男人大碗喝酒，大口吃肉，兄弟相称，你来我往，其乐融融。

"大哥以后有什么想法？"叶丹端起酒碗问道。

"继续漂吧，暂时是不能再回安徽老家了。"凤云悲从心来。

"刚才听水花说你会养牛，这太难得了！我看大哥哪也别去了，就留下来给我帮忙，我们兄弟合力，合适的时候我再分你一些牲口。你这么能干，再帮你娶个媳妇就在这里安家落户算了，我还能多一家亲戚呢。"叶丹殷切地道。

"我老家还有三个儿子呢，他们没娘了。再说我还有一件大事没办，我出来时在我大的坟上磕头说过的。"凤云伤感地解释说。

"大哥有什么要完成的大事？我们是兄弟，我帮你。"叶丹很好奇。

"既然兄弟坦诚相待，我也就不必再隐瞒什么了。"凤云喝下一碗酒，从头到尾讲起了自己流亡的原因和经历。

"大哥做得对啊！男人不能保全家人，活在世上还有何用？新疆这里内地犯事流亡来的人很多，有犯流氓罪的，还有就是杀人犯，对这些人我们当地人很看不起。杀人偿命，天经地义，有本事杀人就要有本事承担。大哥你不一样，为了村里人活命偷杀了一头老牛犯了事，何况还发誓要加倍奉还。兄弟佩服！如若是我，杀十头牛我都会干的。"叶丹听罢，大呼凤云是男人气概。

"好吧，那我就留下来，但我分文不取。"凤云答应留了下来。

10. 回老家

价值观一致让彼此的心贴得更近，在兄弟互相体恤中，四年过去了。

凤云本来就是养牛、种植的老把式，做生意也是把好手。叶丹有凤云鼎力帮助，家庭经济迅速发展了起来。尤其是棉花连年增收，牛羊规模越来越大。

这四年，凤云也是充实快乐的。叶丹的一伙兄弟经常来让凤云给他们传授养牛和种植技术，自然欢宴不断，常有民族融合一家亲的和谐场面。

"今年的收成又增了不少，我看就在附近再建个更大的院落，更大的帐篷。水花，你也抓紧带几个漂亮女子给大哥看看，相中了就办喜事成家。"叶丹夫妇开始急着给凤云张罗起在新疆成家的事情了。

叶丹夫妻的热情反而让凤云的思乡之情更深，他想回家了。

到了1966年凤云在新疆的第五个年头上，一次兄弟俩小酌。进城卖皮货的叶丹带来了令人振奋的好消息："这几年在新疆流浪的特别多，现在困难时期过去了，说除了罪大恶极的，都既往不咎了，劝大家回去抓生产。大哥，等忙完这一季，你也可以回安徽老家看看了。家里日子好，你就留下。要是日子难挨，我看你就把全家都搬到新疆来，我们还能互相照应着。只要你回来，我的一半家都是你的。"

凤云就要回安徽老家了，回乡前夜，帐篷里灯火通明，叶丹一家给凤云送行。

水花终于要解开心中多年的疑问了，就是凤云的那只翡翠麒麟玉佩。

"大哥，那年冬天你与狼群打仗，我看到你有块很漂亮的玉佩。我觉得你的那块翡翠麒麟玉佩跟我哥哥佩戴的那一块一模一样。大哥你姓梁，家在安徽，那大哥可知道老塘沿这个村子？几年了我每天都想问梁大哥的，又没法贸然张口。大哥明天就要走了，我必须要解开这个长久的心结！否则，我今后也无法安生了。"水花殷切地想知道答案。

"水花妹子，我老家就是老塘沿的，你是怎么知道的？"凤云深感惊奇。

"恩人，天底下真有这么巧的事呀！"水花就泪流满面，而一旁的叶丹却大惑不解。

"这块玉佩是我妈妈的陪嫁，一对儿两件。那年战乱饥荒，我还小，妈妈把我送到姨妈家，随后变卖了家产，带着两个哥哥去南方投亲避难。路过梁大哥他们家老塘沿时，妈妈贫病交加，还是老太公和大哥收留，并把病治好的。后来，我哥也还是听了梁大哥的话才去打的日本鬼子，参加了新四军的呢。"水花含泪又补充道。

"哎呀，闹了半天，水花妹子是义兄李义的妹子呀！"凤云一时间感慨万千。

几个人举起酒杯，为这不可捉摸的命运而唏嘘不已。

"你跟李贵和李义还有联系吗？干娘还好吗？"凤云欣慰不已。

"妈妈常给我写信，她跟我大哥在河南老家很好，要不我哪能知道那么多老塘沿落难救命的事情。现在二哥每年都能回家几次。妈妈反复告诫我们，不要忘记过去，更不能忘记了老塘沿，还要我们多做好事善事，积德为人。"

几个人感慨万分。

"种下善良就会结福报的果，埋下恶就会结出恶报的果子。我们哈萨克人就是这么说的。让我们的孩子都能记住这个故事，永远地做个好人。"叶丹总结说。

"大哥，你回去时要经过兰州、西安，经郑州转车到徐州才能回家。到了每个城市就下来看看吧。"叶丹话题一转，拿出一沓子人民币。

"不用这么多，能买张车票，再带些干粮就行了。"凤云坚守自己几年前答应留下来，分文不取的诺言。

"买牛还人家总需要钱吧？不能失信于太公啊。再说，以大哥的身手就是帮别人家几年的工也不止这点钱的，何况我们还是一家人。你身无分文地要走几千里地，叶丹和我怎么能放心啊？"水花劝慰道。

两千块钱，在当年那可是一笔巨款了。那时的农村，全家起早贪黑，一年忙到头能攒下几十块钱就很不错了。靠回乡务农挣工分还人家牛，何况还承诺要加倍奉还，就是白日做梦了。想到这里，凤云不再坚持，含泪收下钱揣在了怀中。

次日一早，叶丹套上马车，全家人一起送凤云出山。

天高云淡，晚秋原野上的枯草已经掩盖不住裸露的沙砾，金黄色的树林绵延不绝，溪水潺潺。一只苍鹰在空中盘旋，时而俯冲下来，时而又箭一般地直冲云霄。凤云的心与头顶上的苍鹰一样自由。凤云在大鼓书里听过长安（今天的西安）和古都北京的故事，他小时候游历九州的梦想就是南北二京（南京和北京）和南北二州（宿州和徐州），那也是老辈人心目中遍地繁华的都城了。

凤云想着即将到来的这次游历，心中竟有了莫名的激动。

中午时分，马车来到了公路边。凤云将在这里搭乘过路的长途汽车，然后再去石河子火车站。五年相处，亲如一家，分别的时刻来了。

"大哥保重，这里永远都是你的家。"水花递过行囊嘱咐道。

"大哥保重，后会有期，记住我这个哈萨克兄弟！"叶丹与凤云紧紧拥抱。

"伯伯！我们不想你走，我们想你了去哪里找你啊？"大强小强过来抓住凤云的衣服，难舍难分。

"水花妹子，叶丹兄弟，我们是一家人。大强小强不哭，等伯伯回老家安顿好，你们可以去，我也可以再来。我还带你们玩飞刀。"凤云也忍不住离别的伤感，两行热泪悄悄涌出眼眶。

石河子、兰州、西安、北京……凤云一路走一路逛，既兴奋又紧张。

离开北京，凤云坐上开往徐州的绿皮列车。列车刚进河北，凤云就看见了原野上有了成群的牛，他的心怦然一动。

凤云在一个叫沧州的地方下了车。他记得大鼓书里说，梁山好汉八十万禁军教头林冲就是被发配到这里的。凤云随人流出了车站，溜达着竟来到了集贸市场的牛市。凤云爱牛养牛，也会相牛。与卖牛人一阵攀谈，几经讨价还价，他买了两头看似体弱生病的小母牛牵着，就出了市场。这时候他才想起来，牛是买了，可怎么才能把牛弄回老家呢？坐火车肯定不行，火车拉人不拉牲口。

正在踌躇间，凤云就听到有个男人喊救命。他看得真切，不远处，一群凶神恶煞般拿着棍棒的家伙，正把一个中年男人打得满脸是血，浑身是伤。

"有话好好说嘛，打死人是要蹲蹲子的。"凤云牵着牛，大声劝解。

"你是外乡人，走你的路，别管闲事！"一位旁观的老者善意地提醒凤云。

"就没人管一管吗？人命关天，这样打下去真会出人命的。"凤云焦急地道。

"这伙人是放高利贷的。你还是快走吧。"老者劝他。

"人命关天，我不能见死不救！"凤云态度坚决。

"唉，也是可怜啊！被打的这人，是我们村的。他家太穷，他老娘从病到死到接着下葬借了他们不少的钱，利滚利的就是神仙也难还清了。"老者长叹一口气。

"孝子就是好人！那我就更要管一管了。"凤云态度更加坚决。

"先别打人，有话好好说。"凤云上前，和颜悦色地询问那群打人的。

"他欠了我们钱，你来替他还啊？少管闲事！"带头打人那个家伙是个光头，一脸横肉。他手下喽啰见有人替欠债人出头，挥着大棒向凤云围过来。

"这事我管定了，你们欺负人，我也不客气了！"凤云怒火升腾，用余光扫了眼四周。真是天助凤云，地上有不少散落的小石子，圆的方的三棱的都有。

在对方大棒挥舞砸来的瞬间，凤云闪电般地弯腰抓起地上石子，拧腰挥臂步伐交错，手中的小石子纷纷飞刀一样地甩了出去！当即，几个喽啰就捂脸抱头地蹲在了地上。

"小心！他有暗器！"一个喽啰捂着面门发一声大喊。

光头横肉的那个家伙一惊。沧州是武术之乡，隐姓埋名深藏民间的高手实在是太多了。见凤云身手矫健利落，光头疑心今天遇见高人了，刚才还很嚣张的气焰居然收敛了不少。

"好汉息怒，都是同道中人，一边茶棚坐坐聊聊？"光头抱拳向凤云建议道。

"欠账还钱，干吗要动手伤人呢？"凤云扔下手中紧扣的石子，抱拳还礼，算是同意了。

"他家老娘从生病到下葬前后借了我两百块钱呢，看在好汉分儿上，利息就免了。可我好几个兄弟也被你打伤了，这事咋办？一口价，五百块！还了钱，我们不会再去找他的麻烦。"

"这么多的钱叫我怎么还得起啊？"被打的孝子欲哭无泪。

"我替他还了，五百块，一分不少。但你要签字画押，他和你清账了！"凤云数出钱放在桌上。

围观众人散去后，茶棚下只剩下凤云、老者和孝子三个人了。

"谢谢大哥舍命帮我！我家里还有老父和几个孩子，我伤成这样，这往后的日子可怎么过啊？"孝子悲从心来。

"有人就有一切！我就再给兄弟一百块钱，先去瞧病吧，你的家还要靠你支撑呢。"凤云侠义心起，随即就决定善事做到底。

"请问大哥尊姓大名？哪里人氏？我叫丁山，沧州人，等日子好了，我一定登门奉上您的救命钱。"丁山感激涕零道。

"丁山兄弟也是个孝子，就不要再多想了。你我有缘，做善事交个朋友。"凤云言辞恳切，并告诉让丁山，还钱的事不要放在心上。

"恩人仗义，总该让兄弟知道你是哪里人，高姓大名，不然我如何心安啊？"丁山眼含热泪。

"是啊！你帮了我们这么大的忙，丁山总要记住恩人的名号啊。"老者在一旁帮衬说道。

"区区小事，没什么。我姓梁，是皖北农民。"凤云道。

"我记住了，我会让孩子们也记住的！"丁山起身，对凤云深深鞠了一躬。

"这一路上牛市很多，可也不怎么太平，恩人千万要当心才好。"老者和丁山告诫凤云后，走出去很远才揩手离去。

牵着两头瘦弱的小母牛向南走，凤云思量："我是个越狱逃犯，贸然回乡前途未卜。既然火车坐不了，那我干脆就走着一路赶牛贩牛回家吧，没准还能赚上一笔呢。"对于流浪技能，凤云并不陌生，他考虑周全即定下了主意。

凤云牵牛顺着京沪铁路旁的乡村小路一路南下，与牧民无异，只是沿途遇见集镇就去牛市看看。在快出河北界的时候，靠着剩下的一千多块钱，他的两头小母牛就奇迹般地变成了四头能下田干活的公牛了。

凤云就这样一路做着买牛卖牛的生意，进入了山东德州地界。

那日黄昏，突然狂风大作，阴云密布，没多大一会儿，豆大的雨点噼里啪啦地就砸了下来。凤云在风雨中艰难前行，七八头牛也骚动着低吼起来。凤云眼见南下受阻，抬头就看见了路边有一个大院，门口"店"字灯笼在风雨中狂摇不止。

"伙计们不要急！前面有个骡马店，咱们有地方歇脚了。"凤云紧紧腰上的包裹，大喜过望。

店家迎进凤云，把牛赶进大院草棚安顿好，就招呼凤云返回有两排大通铺的屋内先安排坐下。其间店家不停地打量凤云，他把凤云安排到了大通铺的最里边，那是个很整洁稍宽敞的铺位，而且不等凤云张口，就端上了酒菜。

"你我非亲非故，店家为何这样待我？"凤云按着腰间的包囊，警惕地问道。

"我猜想着你一定姓梁，而且还是皖北的吧？"

"你这个店家还真行，还能看出我是哪里的人，姓什么。佩服佩服！"凤云见店家并无歹意，开了句玩笑。

"梁大哥你放心！我叫马福，在这里照看生产队的骡马店有很多年了。我与沧州的丁山是姑舅表兄弟，丁山是我的表哥。月前舅舅去世，我去奔丧，才知道表哥被追债殴打，被一个皖北赶牛人相救的事情。表哥说梁大哥沿铁路赶牛南下，一定会经过我们这里。叮嘱我务必细细留意，如果有幸遇见你，一定要代表他请你喝杯酒。自打你一进店，我见你的穿着、听你的口音，再算算日子，我就猜一定是恩人到了。"马福坦然一笑，道出原委。

"原来是这样。唉，谁都有迈不过不去的坎儿，爬不过去的山。再说，哪有见死不救的道理？"凤云真诚道。

"我们都是庄户人家，这六百块可不是个小数目。表哥说你出手相救，连眼都没眨，小弟只在大鼓书里才听过，那都是行侠仗义的大英雄啊！梁大哥，那么多钱就给了素昧平生的陌生人，你就不心疼吗？"马福很想解开心中的疑问。

"我们都是农民，六百块钱不少，说不心疼是假的，但我绝不后悔。救人危难是我们皖北农民的性格。见死能救而不救，那还是个男人吗？"凤云真诚地说。

"梁大哥快些眯一会儿吧，我一会儿叫人去把你的牛喂上，明天我会陪你走出本县界。这一带近些日子不太平，有抢劫南来北往歇脚客的，还有抢夺大车和牲口的呢。梁大哥带着这些牛，不把你送到安全地方我不放心，更别说要对得起表哥的叮嘱了。"

两人喝着聊着，不知不觉就到了深夜。

"不瞒梁大哥，在我这里住店的什么人都有，我结交了不少各路朋友，信息也灵通，有团伙还要拉我入伙呢。天地良心，我绝不会帮他们！得到消息，我都会通知赶牲口的歇脚客注意防范。梁大哥要买牛贩牛，我告诉你本地和省界一带的大致行情……"马福知道的牛市真实行情，对凤云来说，这简直是雪中送炭了。

11. 归　来

1966年春末，凤云赶着十几头牛进入安徽时，口袋里竟然有了不少现金。

顺着京沪铁路线的辅路前行，凤云到了淮北地界。淮北是座新兴的能源城市，他的大儿子环就在这里工作。路过青龙山火车站时，凤云很想去看看环，但最终理智战胜了情感。他还是要先去逃亡前的劳改农场看看，确认自己是否获得了真正的自由。这是他离开新疆前就想好的事。

凤云花了点钱，把牛群寄放在车站附近的一户老农家里，就朝砀山劳改农场出发了。按着他终生难忘的逃亡路线，两天时间就到了那片熟悉的茫茫芦苇荡。

黄昏时，凤云终于来到了农场监舍熟悉的大门口，恍惚如梦里一般。他拍打着监舍的铁门环，指名道姓地呼喊着张管教的名字。看门人一出来，他们竟然立即就互相认了出来。

"张管教改看大门了？"凤云见门卫竟然是张管教，吃惊不小。

"是凤云！你可回来了，活着就好，活着回来就好！"张管教欣喜异常。

张管教热情地请凤云在传达室里小酌叙旧，絮叨起往事。

"我早就退休了。因为娶了当地的媳妇就留在当地返聘工作，也是为了照顾家庭还能多挣点补助。那年你逃走后不久，省厅的李处长就来了，说是要找你了解核实一些情况。他很关心你，农场传说你与李处长是亲戚呢。你逃走后，我估计他的日子也不会好过。你们到底是什么关系？不方便就不要说了。他好像又被提拔了，还听说如果没有你的事，他早就该是厅长了。他是个好人啊！我能返聘回这里工作，也是李处长帮的忙。"张管教喝了口酒，一阵唏嘘。

"唉，也都是怪我当年实在是太想家了，没有影响到他的前程就好。我们没有亲戚关系，但我们是兄弟。"凤云歉意地话题一转，"我那年逃跑没有牵连到你吧？"

"看到你还能活着回来，我受点委屈也值了。好在你当时把买菜的公款都留下了，否则我可就成了资助逃犯，那样我的麻烦就大了。你的本质不坏，我们还是朋友。"张管教欣慰地拍了拍凤云的肩膀。

"即使你不逃走，也早该释放了。三年前就有了新政策，复核了一大批案件，许多人都提前释放回乡务农了。已经接到了文件，要抓革命促生产搞运动了。"张管教说。

"我也听说过这事，那我这情况咋办的呢？"凤云充满希望地问。

"你有历史贡献，在狱中表现良好，又受到多次减刑奖励和改造表扬。李处长为你的事找我调查了好几次。几年前第一批提前释放名单里就有你的名字了。"张管教告诉凤云。

"这么说，我可以名正言顺地回乡务农了？"凤云还有点不放心。

"那是当然。你的提前释放文件转到你们县公安局了。我估摸着，这事也早就传达到你们公社了，你就放心地回家吧。"张管教肯定地说。

听到了天大的好消息，凤云一刻都不想留了。

告别张管教，凤云归心似箭，连夜启程，第二天傍晚时分就来到了烈山矿工人村主街道的小平房门口，那是大儿子环的家。

"大，是大！您怎么来了？我前两年回老塘沿，就听大队干部说您已经被提前释放了呢。"环见到父亲，大喜过望。

"孩子们，你们的爷爷来了。"环接过父亲的行囊，大声喊着。

"乖乖，你有俩孩子呢，男孩还是女孩？"凤云来到外屋，一看心里就乐开了花。

"都是小子。大的4岁叫旗，很乖；二的3岁叫林，调皮捣蛋。里屋还有一个刚断奶的小子呢。"环的妻子芳抢答道。

"我有孙子喽，我老梁家又要人丁兴旺了。"凤云喜上眉梢。

凤云带着孙子们盘桓了几日，三个孙子绕膝，凤云每天乐得合不拢嘴。天渐渐冷了，凤云想起来那些寄在老农那里的牛，决意要走了。

"我也又有两个月没回家了，我就请几天假陪您一起回吧。弟弟们在家里也还过得去，只是大弟石墩的腿好像出了点问题，但不影响下地干活挣工分。我想再过一阵，还是把石墩接来矿上医院好好瞧瞧。"

凤云父子来到青龙山车站，找到老农取回了牛群。凤云和环赶着十几头的牛继续顺着铁路辅路向南、向南。

在外独自漂泊了六七年，凤云豪迈地走着。他想起家族落难南迁的情景。他有理由豪迈，靠着祖辈流传下来的生存之道，自己没有死在流亡的路上，现在有了孙子，有了钱和牛，仿佛家族复兴的梦想就在眼前。

父子俩走了一个白天，终于在天擦黑时来到了浍河边。找渡船运牛，用了几个来回才浩浩荡荡地过了河。凤云想起自己越狱逃跑当晚蹚水渡河的情景，他心情愉悦，再也不用偷偷地赶回老塘沿了。

乡音渐浓，近乡情怯。

次日中午，路过高庄时凤云特别交代要环去多买些酒菜带上。

下午，凤云父子赶着牛群进了村口。来到大枣树下，凤云不禁潸然泪下。他疾步过去蹲在老塘边洗去脸上的风尘，双手捧起池塘里的水喝了一通。

环先跑回家去报告喜讯。

平静的村庄一下子涌进来这么多的牛，村里人哪里见过？大枣树下，族人乡亲越聚越多。

"大，你总算是平安回来了。"凤云的儿子围上前来。

"凤云，这些年你跑到哪里去了？这是混发达了呀。"同龄伙伴也围上来，问这问那。

"你们都先回家等着，我要先去乔庄把事办完再回来。族人老友晚上都来我家坐坐，环儿买过酒菜了，我要请大家喝上一口。"凤云挑出两头健硕的大老犍牵在手上环顾告诉众人。

"凤云这是要去乔庄加倍还给人家牛了，我们也跟着去看看吧！"有人想起来凤云当年的承诺。

早有人飞跑着去乔庄报信了。

当凤云牵着两头大公牛来到乔庄村口时，那里已经聚起了几十个老少爷们儿。被人搀扶着站在中间的正是当年的看牛人乔老汉。

凤云愧疚地走到乔老汉近前，缓缓地跪下仰天长叹："我来还牛了，当年对不起你们，我给你们磕头了，是你们村的牛救活了我一大家人的命啊。"

"不说了，不说了！人命总比牛金贵，都过去了，不提了！都是乡里乡亲，快快起来吧。我知道你后来蹲蹲子了，你也吃了大苦啊！能活着回来就好。"乔老汉也掉了泪。

凤云如释重负缓缓起身。

一个蹲蹲子越狱逃跑，连着六七年杳无音讯，突然有一天赶着一大群牛又回来了，无论如何都是老塘沿和十里八村的特大新闻。

傍晚，凤云的族人同辈和前后村的朋友闻讯赶来了。王福田也拄着拐杖被人搀着颤微微地赶来了。来人大都带着卷烟和酒肉，有的干脆把菜做好了端来，一副今晚不醉不归的兴奋模样。

一向门可罗雀的梁家大院突然间又热闹起来了。

屋里酒席摆不开，就在当院支起了几张八仙桌。王福田不会忘记凤云当年与鬼子搏斗救人的往事。大家记得三年困难时期分饲料、劈仓门分种子粮的凤云。族人们最感激的，当然还是凤云偷宰邻村耕牛渡过生死关……

"不论是家人、族人还是乡人，积德为人，广结善缘、互相帮助都是正道。只要有人就有一切。"凤云举杯动情地说。

"堂叔说得太好了！家庭、家族、全村、全国都应该这么做，血性正义，积善行德，广结善缘，互帮互助，我们就能过上好日子。不做违法事就不会怕事，多做善事就一定会有好事。"一个本家侄子大声说。

欢天喜地举杯频，觥筹交错不夜天。

"我欠村里的太多了。我蹲蹲子让人看不起老塘沿。这些年我不在家，村里也没少帮衬我家。我就把这些牛都捐给生产队表达我的心意了。"

老塘沿又有了牛群，这个一度落寞的村落又活跃起来了。

大枣树下，凤云与一群村里人讲着一路上的见闻。

"伯伯，我是井沛。"一个二十多岁的小伙子怯怯地来到凤云身边。

"是凤翔的儿子吗？井沛，你成家了吗？"凤云惊喜地问道

"伯伯，我家里条件不好，还没呢。"

"你那么懒，谁会嫁给你才怪呢？"一个本家插话道。

"远近好歹说了几家，到他家里一看最后都拉倒了。外面下大雨，他家老屋里就下小雨，那就是个火坑，谁家闺女愿意嫁过来？"

"我答应过凤翔。我们一起出力，先翻盖他的老屋，翻盖好老屋再想办法。"凤云沉思良久发话了。

井沛家院子里，杂草丛生，墙皮斑驳。

凤云带人在井沛家破屋前热火朝天地翻修起了老屋。几天过后，大体上翻修一新。凤云又安排人去南边自家的小树林砍来一棵大柳树，打一张新床、柜子和几个桌椅、小板凳。

在凤云邀请下，媒婆如约来到井沛的家。

"这家也太穷了吧？床上什么都没有，连个洗脸盆都是旧的。我听说井沛还是出了名的不正干，我没法给人家张口啊。"媒婆屋里屋外转了一圈，难掩失望。

"你就劳累再去说说，等说定了日子，就什么都会有的。这些你先拿着，我保证，井沛一定会走正道，好好过日子。聘礼和你的红线钱都会按规矩来，你难道还不相信我吗？"凤云给媒婆递上一卷子纸币，庄重地承诺道。

"有你担保，我还怕什么？方圆几十里谁不知道你说话算数。一言为定，你们就准备接亲吧。"媒婆把钱塞在兜里，美滋滋地走了。

井沛大婚前几天。凤云等几个族人在井沛家商量做最后的准备。

"我看就差新衣服和床上的东西了，你们让人去趟县城的大商店里抓紧买齐了。另外，提前一天把我家的那头猪也杀了。我再拿几百块，你们先用着，不够就来我这里取。还有其他的菜和酒、鞭炮、唢呐班子，安排好用队里的牛车去接亲。要热热闹闹的，就办流水席，全村的人都要请到的，还有就是让井沛去通知他的姥姥家也要到。你们是本家，你们就看着出力帮衬吧。"凤云安排说。

"井沛，你就要成家了，你也给叔叔、伯伯表个态度吧。你的坏毛病到底能不能改得掉？"凤云提醒井沛。

"我向伯伯、叔叔们保证，我成家后一定会走正道，不再给老梁家丢人现眼！"井沛满眼泪花，拍着胸脯子保证。

井沛婚后一年，大儿子就降生了。孩子满月，井沛带着媳妇抱着儿子来到梁家大院。

"我大不在了，还要伯伯给我的儿子起个名字。"井沛喜不自胜地请求道。

"按辈分是'长'字辈了，你大善良义气，我看你的第一个儿子就叫长善吧，也希望你和你儿子都能像你大一样，做个善良、义气的男子汉。"凤云满怀希望地给孩子起了名字。

"谢谢伯伯，我大有香火了。以后我再有了儿子，就叫长义、长根、长贵了。"井沛很满意地说。

看着井沛一家欢喜地离去，凤云老泪纵横。他对身边的二儿子石墩和小儿子军说："我做到了，我说话算数，答应过的就要干成它。我总算对得起我的凤翔兄弟了。"

12. 传 承

时光飞逝，转眼进入了20世纪70年代。

凤云的长子环已经育有三子一女，是个六口之家了。环也升迁当上了矿办主任，成了让人羡慕的中层领导干部了。环一家的日子有了明显改善。

在环升职后重新安置的新家里，环和芳夫妻俩在陪凤云聊天。虽然仍是平房，但却是有屋檐下走廊和天花板的那种两室一厅的大平房。大平房每户门外都有一个防震棚和交错的晾衣铁架，房头有两个公用自来水龙头。客厅里摆放着一对单人沙发，沙发间有一部黑色拨盘电话，天花板上是个大吊扇。客厅半面白灰墙壁上贴满了奖状，足见大人和孩子们有多么努力。

"石墩年龄大了，又患上了坐骨神经损伤，没法下田劳动了，相当于半残疾了。"凤云叹口气。

"二弟的婚事一直都是我们最大的心病。"环也忧心不已。

"我在医院上班，我看，还是先把二弟接到我们身边来看病，养好身体挣些钱再寻机会吧。"芳充满希望地建议。

环利用休息日把二弟石墩就接到了身边，芳也把在医院工作的优势发挥到了极致。在环和芳的悉心照料了，半年后，石墩就能够从事些轻体力活动了。

"大哥，我总闲着也不是办法，听说矿上有木工房，你就帮我找个工作吧，能挣一点是一点。"

"我也是这样想的，我知道你本来就喜欢木工活。木工房正好缺人手，每月有几十块钱临时工工资。二弟学一门养家糊口的手艺，将来有些积蓄才能解决成家立业问题。"环胸有成竹地答应了。

就这样，石墩穿上崭新的工作服开心地进了矿上的木工房。

石墩通过不间断地系统治疗，身体渐渐好起来。新的机会也终于出现了。

一天上午，医院急诊室里来了一位喝了农药的农村年轻女孩。

"因为家庭矛盾吵上几句就喝农药寻死，可惜了。"围观的人议论纷纷。

女孩的父母伤心地蹲在一边，不停地悔恨加自责：

"女儿这辈子算是完了。喝农药多丢人啊，在农村还有谁会娶她呀？如果女儿大难不死，就别再逼她了，也别想着要彩礼了，有个好人家能嫁就嫁了吧。"母亲痛哭不止，沮丧至极对老汉说。

"你说得倒轻巧，哪有这样的好人家。"老汉大口地抽着烟。

说者无心，听者有意。一旁正准备抽血化验的芳插话安慰道："你们别太难过，这么俊的女子还愁嫁不出去？"

"医生，一看你就是好人，你就帮帮可怜的孩子吧。"女孩母亲仿佛抓住一根救命稻草。

"当真？我家小叔子还没成家，就是……"芳欲言又止。

"你家叔叔也是在矿山上工作的吧？"老汉面露欣喜。

"我想喝点面疙瘩汤。"女子被抢救了过来，可怜兮兮地说。

"玲啊，离家这么远，做不了啊，要不我去买点饼干凑合一下吧。"母亲无奈地说。

玲一脸失望。

"这个好办，我回家做点儿，很快送过来。"芳说完，立即回家做鸡蛋疙瘩汤了。

"看你着急忙慌的样子，发生什么事了？孩子们该放学了，你还是快做饭吧。"中午下班回家，环见妻子不同往常，纳闷地问道。

"是好事，咱家石墩可能有媳妇了。你先准备些饭菜，我可能会领人来家里吃饭。"芳埋头准备着保温桶，兴奋地说。

芳端着保温饭捅一路小跑回到医院，又帮着喂玲吃下。

玲的父母感激不尽，紧紧拉住芳的手："医生，你刚才说的话还作数不？家里说说去？"又转身对着女儿说，"玲，你命真好，遇见贵人了。"

芳求之不得，当芳带着玲的父母回家时，环早已做好了饭菜。石墩换上了干净衣服，腼腆地坐在门口，神情窘迫，不时回头看着兄嫂与未来极有可能的岳父母进行的一场关乎自己能否进入婚姻殿堂的谈话。

"先吃饭，边吃边聊。"环热情招呼。

"不急，还是让我们先看看你家叔叔吧。"老汉提议。

"我二弟石墩相貌堂堂，就是走路瘸点，但不影响干活，还能骑自行车呢。"环如实相告。

"你家叔叔也是在矿山上工作吧？"母亲求证道。

"是，他在矿上木工房工作，但是个临时工，每月有几十块钱收入。如果加班会多些。"环说的都是实情。

"好，在木工房上班那就是木匠了。木匠是手艺活，在农村打家具能挣很多钱的。"老汉很开心地评价道，话锋一转，"如果他们结了婚，住在哪儿，矿上能分公房子吗？"

"我弟弟只是临时工，不能参加公房分配。"环认真回答。

"他这个临时工，还能做多久？"老汉看起来有不少担心。

"我问过二弟的领导，领导说石墩手艺还不错，如果愿意就一直干下去。将来成了家，大不了就暂时先住在我家里。"环承诺。

"那感情好，你家条件多好呀，是我女儿的福分。可我看你家孩子也挺多的。"老汉环顾四周，将信将疑。

"我正准备在门口翻盖那两间防震棚呢，我家男孩都出去住，他们的房间腾出来做新房就妥了。先成家以后再回老家翻盖新房子。"环道出自己的安排。

"那我问一下，你在矿上是干什么工作的？"

"在矿办做主任。"环笑答。

"那可是个矿上的大官！那我就放心了。那么将来我家烧煤也算是有着落了吧。"老汉想法挺多。

"我尽力而为。"环加重了语气。

"我们对你弟弟和家庭都没有意见了。"老汉夫妇表态，算是同意了。

"那就让我弟弟和你家闺女尽快见个面吧，还是要他们都满意才行。"芳难掩兴奋地提议道。

第二天，等四个孩子上学以后，芳就安排刚出院的玲来家里与石墩见面了。

石墩憨厚有问必答，玲甚是满意。

很快就到了谈婚论嫁的阶段。芳拿出所有的积蓄，以及布票、煤票与环商量："我们就这些家当了，可感觉不太够，毕竟人家是大姑娘。要不你再出面借一些吧。"

"石墩能娶亲不容易，咱不能让人家说我们小气。家里积蓄都用了，二弟婚后还要暂时住在家里，以后的生活你就多受累了。我想办法借点儿。"环很感激芳的通情达理。

"环，小弟军也到婚娶年龄了，干脆也接到矿山做个临时工，挣点钱以备成家吧，免得到时候我们做兄嫂的手忙脚乱。"芳精心地做着安排，又安慰环说，"我们精打细算，生活不会太辛苦。以后每月给我父亲打酒的十块钱就不用再给了，还有四姐、五姐和哥哥他们呢。"

婚期定在了春节前，接到消息，凤云第一时间从老家赶了过来。石墩的婚礼简而又简，但程序一样也没少。

石墩和玲欢天喜地进了洞房，从此有了自己的小家庭。

环的小弟军此时也来到矿上做了临时工。家里一下子添了三口大人，开销渐渐大起来，芳有点吃不消。她和环坚持不允许兄弟们补贴家用。石墩和军十分体谅哥嫂，只好悄悄地暗补一些，经常下班顺便买些菜带回来。

在芳的辛苦操持下，一大家子相互支撑着，一年很快过去了。

石墩婚后一年，玲产下一子，小家伙白胖喜庆，芳做主起名叫"喜"。全家人高兴坏了。喜满月后，玲主动承担起许多家务。从此，石墩过上了幸福生活。

环又将父亲接来共享天伦。每日有酒有肉，家庭经济开始捉襟见肘。石墩和军就合计着做点什么小生意来补贴哥嫂的家用。哥儿俩商量到最后，还是在凤云的建议下，选择了不显山露水的买羊宰羊卖羊肉的小生意。

一日，哥儿俩凑了点钱，还真从附近农村集市上牵回一头羊，把羊拴在门口，就兴冲冲地向全家宣布要宰羊卖肉赚大钱了。

冬季苦寒，头天下午哥儿俩就忙活开了。在凤云的指导下，宰杀，剥皮，剔骨……哥儿俩眼里充满了"买羊卖肉赚钱，再买羊再卖肉再赚钱，让大哥和大嫂开心"的美好愿景。

"第一次能收回本钱，学学门道，哪怕就是赚点羊肉回来也算是赚得了。"石墩和军去市场前，凤云嘱咐道。

天刚蒙蒙亮，哥儿俩就来到雷河大堤上的菜市场，抢占了市场入口处的有利位置。生意果然不错，羊腿、羊排骨肉很快就卖完了。

没多大工夫，凤云腰里别着烟竿也来到了市场——哥儿俩第一次卖羊肉，他有点不放心。一见面凤云就提醒石墩盘点经营情况。还好，基本已经收回本钱了。

卖掉还剩下的羊头、羊椎骨与羊下水就是净赚的了，大概能有个十来块钱的赚头。兄弟俩心里盘算着，他们准备去买一头更大的羊接着干。

接近晌午，肉摊前来了一老一小，像是爷孙俩。爷爷六十岁上下，身上的棉袄破旧不堪，狗皮帽子早就掉光了毛，灰白色的鬓发从狗皮帽子下顽强地钻出来。小男孩约七八岁光景，冻得满脸通红，手里拿着个凉透的烧饼不停地啃着。

"刚杀的羊，保证新鲜。第一次干这营生，保本就卖。"凤云从老人眼里看出了他对羊头的渴望，在一旁帮腔招揽生意。

"这副羊头骨架熬汤最好，还能烩菜吃，五块钱就归你了。这是你孙子吧？他看着可冻得厉害，也饿得不轻。羊头上肉不多，但有上好的羊脑，回去煮上一锅，放上大白菜和粉条，保准喝过一碗浑身暖乎乎的。"石墩与老人寒暄着。

"确实是副好羊骨架子，孙子上回喝羊汤，还是去年过年那时候呢。可家里实在没钱了。去年刚过年，我儿子就在矿上那场事故中死了。儿媳妇在矿上家属营上班，拿不着几个钱。我是从老家赶来帮忙带孙子，顺便再带些粮食来的。"老人打量着羊骨架说。

"爷爷，我要喝羊汤！今后我不吃肉了，我保证！"男孩央求道。

"听话，爷爷没钱了，那几块钱是你妈让买粮食的。"

"我不！我就要喝羊汤！"小孩扯着老人的衣服不依不饶。

"唉，我知道去年那场矿难，我大儿子也在矿上上班。那一次就死了十来口子啊。"凤云悲悯地接过话来。

"我姓宋，原来也是矿上的正式工人，前年就办了提前退休。儿子是顶替我招工进来的，我本想让儿子离开农村进城当工人过好日子的，都怪我呀！"老者自责起来。

"你也是好心！老宋，别难过了，卷袋烟抽。"凤云给老宋递过去卷烟纸，又拿出烟丝荷包。

"我俩的儿子都在矿上，也算是有缘分。商量个事，我想买两块钱的羊椎骨，有一小节够煮碗汤给孙子喝就行了。"老者盯着羊骨架，商量道。

"那怎么行，不能糊弄孙子啊！我能做主，这副羊骨架你都拿走吧，不要钱了。熬上一大锅，天冷能放些日子，炖菜吃也能对付几天。"凤云心里泛起阵阵酸楚。

老宋千恩万谢，牵着孙子的手离开了。

石墩和军顿时傻了眼。

"羊下水咱不卖了，我自己还有三个孙子要喝羊汤呢。收摊回家熬羊汤。"凤云发出指令。

"你们是好人，求求就行行好给我点吃的吧，我们一家半个月都没沾油星子了。我是从外地来看病的，儿媳妇得了痨病，我们住不起店，就住在大桥下面桥洞子里。带来的钱看病早花完了，现在就靠我要饭过活了。"这时，一个拄着竹竿行乞的老婆婆也来到近前，伸出枯柴一样的手有气无力地说。

"大娘，真没有了！肉早卖完了，连骨头都没了。钱也没赚着，要不就算了吧。"军实话实说。

"还有副羊下水能对付着补补营养，不嫌弃就拿走吧。"石墩于心不忍，拿出羊下水用草绳系好直接递了过去。

行乞婆婆离去后，整理摊子准备回家时，军在筐底角落里发现了一对羊蛋和一块巴掌大的板油。军对着凤云憨憨地笑了起来："还好，咱还是赚了！"

"羊蛋可是大补。你们做得对，帮助他人、广结善缘是祖训。"凤云说。

兄弟俩第一次买羊宰羊卖羊肉的赚钱行动，以净赚两个羊蛋和一块羊板油的结果悲壮地结束了。

石墩和军为了减轻兄嫂的生活压力，就想搬出去另外开伙。芳和环起初坚决不同意，但见兄弟二人主意已定，环实在拗不过，就在矿上的轮窑厂为他们找了一处简陋的砖瓦房。

"我听人说，用板车往市里送货，尤其是送木材能挣钱。"军透露了一个信息。

"要不咱也试试？"石墩认为可行。

"我们也存了点钱，明天就去买两辆板车吧，再买个打气筒就成了，还要准备些捆货的长绳子。"军进一步建议道。

哥儿俩当即决定了买板车做送货的生意。

板车装满了，得有几百斤。军还好，毕竟年轻力气大，可石墩不一样，毕竟石墩是个只有一条腿能用上劲的瘸子了。尽管如此，哥儿俩每次还是尽可能地多装货，只要有时间，就结伴早出晚归地拉活。遇到上坡，军就先拉二哥的车，石墩在后面推。弄上去一辆再回来弄第二辆。有时，环也会在周末让自己的三个儿子去帮忙。环有自己的考虑，一是要让儿子们早了解社会，知道赚钱不易；二是要教育儿子们为长辈分忧、增强家族亲情观念。

如此利用闲暇干了两个月，兄弟俩兴奋地开始盘点。

"看来收入还行，每人净赚一辆板车还稍有结余。要是干到年底，就能发笔小财了。"军算着账，很欣慰。

"中秋节快到了，我俩多买些酒、月饼还有侄子们喜欢吃的馃子去哥嫂家过节吧。"欣喜之余，石墩提议道。

中秋节当天，石墩和军肩扛手提着礼物来到哥嫂家。只是石墩进门时一瘸一拐的样子，似乎比从前厉害了。

凤云有些担心石墩："虽然说石墩和军有了临时工作，每个月都能挣钱了，可除了花销剩不下多少，若是回家盖房没钱还真不行。我不能在家白吃饭，我过去也是做过小生意的。石墩身体不好，成家有了儿子，但我看玲好像又怀上了。他拼命拉板车送货也是要减轻家里的负担，可是他的身体不允许啊！"

"大，我和环能帮助石墩和军，也能为您养老，环也不会同意您去做小生意挣钱。这事传出去，别人还以为我们虐待您老了呢。"芳坚决反对。

"你们还有四个孩子，本就够辛苦了。我的儿子结婚成家，我理当出力。我凭本事挣钱吃饭不丢人，能干不干赖在家里白吃饭才叫丢人呢。"凤云决心已下。

大家拗不过，也只好任由凤云准备做小生意了。

此时正是 20 世纪 70 年代中后期，农民在集市上卖些自留地里自产的农作物、自养的鸡鸭鹅猪羊，甚或在市场上倒腾这些东西是被默许的。

可是在市场内就地倒腾这些东西，的确有投机倒把的嫌疑。老塘沿有烟草，凤云决定，还是做自己熟悉的烤烟叶生意。

认准了做生意的方向，凤云很快开始准备起来。正赶上孙子们放暑假，凤云说要带三个孙子回老塘沿过暑假，一是为了记住梁家的根；二是能减轻环和芳既要工作又要照顾孩子的压力，一举两得。

回到老塘沿，孙子们开心极了！他们整天跟着爷爷掰玉米、砍高粱杆、掰烟叶、绑烟叶、炕房上烟、烧炕房、下烟，以及分拣烤熟的烟叶。尤其是黄昏时分，与同村那些半大孩子下老塘戏水洗澡是最开心的事。晚饭后，孙子们就搬出用麻绳编织的软床在老塘边的大枣树下听凤云讲故事。故事内容无非是祖上先前的阔绰，尤其是属于他自己的那些江湖往事。凤云每每讲得荡气回肠，孙子们听得津津有味。故事主题多是男人的血性、正义担当，还有济困扶弱、善恶有报的天道轮回故事。在潜移默化中，凤云就成了孙子们，尤其是二孙子林心中的偶像了。

暑假结束回城时，祖孙四人背回来许多烤好的烟叶。

"我都看过了，街上有两家卖烤烟叶的，看上去卖得还行，但烤烟质量太一般了。我不骗人，我们带回的都是'金一'等级的烟叶，一定能卖得比烟厂固定收购站的价钱要高许多。"凤云逛了一圈市场，回家时显得信心十足。

老塘沿农民几乎家家种植烟叶，还有属于自己家的炕房。夏季把收获的生烟叶整齐绑在竹竿上，然后再架到有从下到上土火龙的炕房里升温烘烤，烤熟的烟叶按品相与脱水程度分为金一、金二、金三和青一、青二、青三。当然"金一"色泽金黄，叶片宽大杂梗少，是烤烟中的上品，烟叶揉碎了直接装入烟锅里就能抽；再精细些的烟民，还可以用快刀把烟叶切成细丝，再喷上酒卷在纸里抽，就显得高档多了。

"家里有秤，再给我弄条破席子和一个小板凳，准备些零钱就行了。赶早不赶晚，明天就上街，我看街上八个四岔路口就很不错，路过的人多。抽烟叶的老工人也喜欢在那里玩纸牌。"对于卖烟叶，凤云胸有成竹。

动静弄得挺大，效果也不错。出摊第一天，林中午放学顺路喊爷爷回家吃饭时，凤云一早带去的烟叶基本都卖光了。

"今天一上午卖了好几块钱呢，明天就有钱给孙子们买卤肉吃了。卖东西要讲信用，我说是'金一'就是'金一'！他们尝了都说有味道。有人没钱就让他们先拿几片去尝尝好了，他们能回头来买一次，我就赚了。看样子下午要多带些去了。"吃午饭时，凤云很开心。

"太好了，有热馒头夹卤肉吃了！"孙子们欢呼雀跃。

"还能吃炒花生和三刀子、麻饼、羊角蜜呢，你们几个想吃啥都行。"凤云摸着下巴，很有成就感地保证道。

孙子们满是期待，爷爷说的这几样点心，那可是过年时才能吃到的呢。

自从早出晚归卖起了烟叶，凤云的烟摊就成了孙子们放学后回家路过必去的地方。一是要按父亲环的要求，帮爷爷收拾烟摊一起回家吃饭。二是每次去，凤云总会给上一角两角的零钱，让孙子们去买玻璃球或零食。那个时候，几分钱就能买一个花心玻璃球或者一大捧加了糖精的煮山药蛋了。

林是爷爷烟摊的常客。或许觉得这个爱动调皮、浑身流淌着江湖习气的孩子身上有自己的影子，凤云格外疼爱这个最不让家人省心但个性极强的二孙子。林说话有点口吃，甚至有点懦弱，但祖孙俩只要在一起就有说不完的话。

凤云的英雄主义以及在江湖游历中显现出来的勇敢、善良与担当，深深地感染着林这个内向而倔强的少年，自然也激发了林要成为英雄好汉的梦想。林最喜欢待在爷爷身边，缠着爷爷讲闹土匪、打鬼子、越狱流亡的事。这些往事，每每都让林听得热血沸腾。

凤云卖烟叶时林就在一旁观察，林发现爷爷具有与人交流的高超技巧。只要是在烟摊边蹲下来的人几乎都不会空手离去，或多或少都会买一些。遇见想要烟叶但身上又没钱的人时，爷爷都会先赊账或干脆大气地送人一些。凤云由此在集市上落了个好名声，经常能带些蔬菜、水果、炒花生甚至大块肉回家。原来都是同一条街上拿过免费烟叶的小贩将剩下的甚至根本就是故意选好的蔬菜、水果等回馈给凤云的。

每当家人疑惑风云整日忙碌也没见得挣多少钱，但却乐此不疲时，他总会说："烟叶不值钱，有人喜欢我的手艺，我就高兴。既消除了寂寞，还交了朋友。再说，就是用烟叶换回些吃的也是收入嘛。你们要是不服气，也拿些烟叶去市场上，看看能不能换些肉回来。"说到这个，风云总是很骄傲。

"我们可没这个能耐，还是我大有本事。"芳总是配合着风云，这让风云很开心。

秋季连天小雨说来就来。一连几天阴雨霏霏，让风云的烟叶虽然还能发出金黄色的光泽，但已不再挺拔了。

"这几天如果卖不掉，就算是废了。"风云对依偎在身边的林说。那是个星期天，林做完作业，就跑到爷爷的烟摊前。

"这不是老梁吗？怎么不卖羊肉了？"有人热情地向守着烟摊的风云打招呼。

"是老宋？你还在矿上带孙子？"

"老梁，是我呀！孙子还小，我一直没走得开。"

"来，歇会儿，尝尝我自己种的烟叶。"

"味道很正，不比'大前门'和'百寿'卷烟味道差多少。"老宋接过风云递过来的烟袋，品尝几口，心诚悦服地评价道。

"爷爷的烤烟叶手艺真不是吹牛的。"林在一旁小声道，"可卖不出去呀。"

"这样好的烟叶还发愁卖吗？"老宋一脸疑惑地看向风云。

"如果不是连天阴雨，本来是不愁卖的。你要是觉得口味还行，就拿两把回去抽吧。"风云解释道。

"那怎么行？你做生意不容易。这样吧，我经常去退休工人的老头队带孙子玩，那里有些朋友，他们大多是抽烟叶的。抽谁的不是抽？我带上一把去给你问问，让他们都尝尝，应该没问题。明天上午还在这里见。"老宋说完急匆匆地抓起一把烟叶走了。

"这就是多做好事广结善缘的好处。"风云讲完与老宋的相识经过，总结道。

林很想看看宋爷爷能不能为自己爷爷分忧。次日中午放学后，雨很细很密，林一路小跑着来到爷爷的烟摊前。巧得很，林果然见到了宋爷爷。

两个老人兴奋地蹲在烟摊前，一锅接一锅边聊边抽烟。林心想，看两人兴奋的样子，应该有门。

"家里还有多少？全都拿来，老头队给包圆了！"老宋很兴奋地说。没等爷爷吩咐，林又是一溜小跑回家，把剩下的烟叶全都扛了过来。

"应该够那帮老家伙们抽到中秋节了。就辛苦你中秋节时再多带些回来，要保障供应才行。"看着一大捆烟叶，老宋叮嘱道。

"放心，保障供应还不涨价，决不食言！"风云一言九鼎。

亲眼看见爷爷的小生意就这么有了长期稳定的客源和销路，林更佩服爷爷了。

林特别喜欢听爷爷和父辈讲述的所有故事，尤其是家族荣耀和爷爷浪迹天涯的传奇经历，而打上文化烙印的家风是可以代代传承的。

林的父亲环也是位硬朗睿智血性极强的汉子，很像风云。环也是林的第一位偶像和人生导师。林的第一次血性现场教育课就是环上的。

一次，当矿山下班的人流与车流通过狭窄的雷河大桥入口处时，环骑着自行车在车流中缓行，林坐在自行车后座上。一不小心，环的自行车被人狠狠地别了一下，父子俩和车子同时摔倒在地。对方体格魁梧，是个比环要小很多的采煤工人，那人年轻气盛，不仅不道歉，而且出言不逊。

"你小心些，没看见车上坐着个孩子吗？"环扶起自行车和林，不满地批评那人。

"你带个孩子，我就要让着你吗？"那人推了环一把，力气很大。

此时正是下班高峰，大桥入口处围观者越聚越多。

"你大小也是领导，就别跟个工人蛋子一般见识了。"有个熟悉的工友小声地劝解环。

"你是领导，领导就能仗势欺人！你敢不敢跟我这个掏煤工人下河去摔上一跤？"听说环是领导，那人不退反进。摔跤是矿工们发生争执后解决争端的手段之一；再说，矿上干活的，大多会个三招两式。

环本想息事宁人，见对方不依不饶，越发跋扈。环的火气腾地从心底蹿到头顶："都是矿工，难道我还怕你不成？"说罢，环锁好自行车，拉上林，父子俩径直向桥下河边那块开阔地走去。

矿办主任要和工人蛋子摔跤？看热闹的不怕事儿大，纷纷跟着下了桥。

环脱下外套，摘下手表交给林收好，上身只穿件白色背心，旋即与那人扭抱在了一起。那人力气极大，几个回合下来，环就被摔倒在了河滩裸露的狗牙石上，左肩膀被豁开了一条大血口子。

那人得意地环顾四周，抬腿要走，环大喊一声："按矿上规矩，三局两胜！"

那人停下脚步。

环把背心脱下来，用右手与牙齿配合把背心紧紧地缠在左肩上，鲜血马上沁透了白背心。

再战，那人猛扑过来，想故技重演。只见环低头弯腰，突然抱住对方的一条大腿，接着两腿蹬地发力起身，那人被扛起来从环的肩头上栽了过去。对方在栽下去的瞬间，有意抓了一把环左肩上的伤口。

"他用阴招！不守规矩！"有旁观者大声叫道。

环肩头上的血迹瞬间变得更大了。

"一比一平局，结束吧。"有人出来打圆场。

"三局两胜，愿赌服输，天经地义！"那人觉得刚才是自己轻敌才输了一阵，他从地上爬起来，继续向环挑战。

环咬牙坚持三战，黄豆般大小的汗珠滚落在脚下的沙土里。林在一旁，感受到父亲强忍着的剧痛。

那人求胜心切，一个"饿虎扑食"扑了上来。环身形左闪，右腿疾出，正绊在对方小腿上，同时侧身发力，右臂顺势向后一推。那人重心不稳，一个"嘴啃泥"就重重摔倒在地。

林振臂跃起："我爸赢了！二比一！"

"仗着年轻有力气，欺负人是不行的。"环过去拉起那人，拍拍他身上的沙土，平静地说。

在周围一片叫好声中，环戴上手表，拉着林直接去了雷河北大堤下的医院急诊室。环肩上的伤口挺大，缝了好多针。回到家里，环不失时机地给林复盘讲解，但让林最受益的是环的总结：

"男人要有血性，就是不畏强手血战到底！我们不惹事，但也绝不怕事！一个国家、一个民族、一个家庭都需要有血性。

"有虎气，也要有猴气，遇事首先要沉着。无礼之人大多声张虚势，抓住机会就要动脑筋，果断顽强地出击！对方越是觉得稳操胜券，他的漏洞就会越多。你越是撑不住的时候，越要坚持下去，因为对方可能比你更加撑不住。"

风云在一旁插话："现在林喜欢练武术我就支持，男孩有武艺傍身很好，但不能恃强凌弱。"

从那以后，林对风云和环的崇拜又多了几分。几十年后，当林成为体育学者时，在《弘扬体育的"五性精神"文化，助力中华民族伟大复兴事业》《拒绝娘炮：体育与血性培养》等专题讲座中，他经常引用环的这段往事。

环从煤校毕业时一无所有，到退休时已成为矿级干部，得到的帮助无数，也帮人无数。环后来自豪地告诉林："我一辈子从不媚上，却和群众能打成一片。"在成年后的林看来，父亲环的身上就闪烁着男人的血性、不卑不亢的个性魅力。

那时煤矿子弟学校的孩子大都很调皮，打架斗殴是家常便饭。林的上面有哥哥，下面有弟弟和妹妹，他在家里排行老二，身体运动能力突出又学了些武术，于是环常常告诫林，要保护好同在一个学校读书的兄弟小妹。

"你能打过人家的，绝不许欺负人家！如果让我知道你欺负弱者，不管什么原因回家后你都要挨揍。但你打不过的，如果别人欺负了你，你不还手或者装孬种，回家后也一样会挨揍；如果还手了，打不过人家，吃亏了，爸爸可能会帮你一起去揍他。"这种血性教育几乎贯穿了林的中小学时代。

有一天林在上自习课时，小弟玉拖着哭腔突然出现在了教室门口："二哥，你出来一趟！"

林跑出教室，一眼就看见玉的眼角挂着泪痕。

"我们班的大个子打我，当着全班同学的面。我反抗了，可打不过他。真丢人！"玉委屈地说。

"不怕，二哥帮你找回面子。"林安慰玉。

课间操时，玉带着林指认出了那个欺负他的同学，那同学比玉高一头，也强壮得多。林不由分说，快步上前三拳两脚将其打翻在地。玉跟上前去夸张地踢了几脚，算是在同学面前挽回了尊严。见巡视的教师赶了过来，林让玉先撤，而他自己则被带到了校长办公室。

"你破坏学校秩序，必须写出深刻检查，并要在学校广播中由你自己朗读。"校长立即就做了处理决定。

"我保护弟弟天经地义，何错之有？"林愤愤不平地争辩道。

辩解是徒劳的，林还是得写检查。林想捉弄一下不听他辩解的校长，就提笔模仿刚学过的文言文写了份检讨书：

"课间操打人者，林也，初二四班人氏。惊闻家弟被强人所欺，吾甚怒！逐出于惩戒之心对其还以拳脚，故将其制伏委地痛殴。但使其鼻有血，吾之大过也。然，如其再辱吾弟，吾必复重击之。让其惧而不敢再犯者也。诚然，吾亦必引以为戒不再犯同类过错……"

林在校广播朗读检讨书后，老师和同学们一时议论纷纷。

"是矿办梁主任吧？你的儿子可了不得了！我们学校是教育不了了，还是你自己亲自来把他领回去自己教育吧。"校长怒冲冲地打电话给环。

环放下手头工作，急匆匆地来到了学校。

"你自己看看吧！你儿子的文字水平比你这个矿办主任可要高多了。"环一踏进校长办公室，校长就指着桌上的检讨书说。

看过检讨书，玉看着一脸委屈坐在一角的林，父子相视隐隐一笑。

放学回家后，玉怯怯地一言不发，林则等着挨剋。

"检讨书写得确实不错，语句通顺，意思表达也算完整，咱的学没有白上。保护弟弟妹妹是做哥哥的责任，家里的男人就是要担负起保卫家庭和每一位家庭成员的责任。"环的脸上并没有多大的怒色，反而幽默地说。

又一天晚上，林下晚自习刚回来，就看见许多人围在自家门口，原来是母亲芳正与与邻居大妈吵架。邻居大妈五大三粗，出言无所顾忌，泼妇一般。芳是知识分子，肮脏话骂不出口。大哥旗和弟弟玉还没回来，只有妹妹胆怯地站在母亲身边，吓得流泪。

对方有个二十多岁的儿子和两个女儿助阵叫骂，人多势众，邻居大妈明显处于上风，越战越勇，邻居们拉都拉不住。年近六旬的凤云站在一边好言相劝，仍旧无济于事。

邻居大妈撒泼向芳靠拢，还不断地做出抓挠动作，众人纷纷拉住她劝解着。林见状箭步上前，先把小妹和凤云拉回了屋里。当林从屋里回来时，手里多了一条齐眉棍，他顺手带上房门，虎视眈眈地站在了母亲身旁。

当邻居大妈又一次张牙舞爪地冲上来时，林二话不说抢起长棍劈了过去。对方的儿子冲了过来要夺林的手中棍，林将母亲一把捽到后面，一时间棍花纷飞，双方乱战扭作成了一团。林虽然英勇，但以一敌四体力渐渐感到不支，脚下一个趔趄，被打倒在地。林顽强地站起来，指着对方的儿子大喊一声："你要是有种，让女的都回家，咱俩单挑！"

不知何时那男孩手里也多了根大棒，闻听此言，不肯示弱，当即大棒挥舞，直接冲了上来。

危急时刻，下班回来的环一声大喝："欺负女人孩子算哪门子好汉，都住手！不然我不客气了！"

见环动了真怒，对方四人明显愣了一下。邻居们见状，纷纷再次劝解，对方借坡下驴，被邻居连推带捽地拉回家去了。

环拍去林身上的尘土，拉着芳招呼着凤云也回屋了。检查一下，林的手臂上有抓痕，芳心疼欲哭。环把林揽在怀里，语重心长地说："你今天做得对，无论何时，绝不能让家人受委屈。儿子保护母亲孝敬母亲天经地义，这是男子汉必须做的事情。"

林看着父亲，点了点头。

20世纪70年代中期，林和伙伴们放学后最爱去的地方是雷河大堤。大堤上总有几摊子流浪艺人在说大鼓书，《水浒传》《杨家将》《三国演义》《岳飞传》什么的应有尽有，可以免费轮听。英雄好汉杀富济贫、行侠仗义、替天行道与兄弟情深的故事，慢慢地感染着林和他的伙伴们。

"我们也拜把兄弟吧，打架时也好互相帮忙，谁也不许当孬种。"一次听了三国里"桃园结义"那段，一个小伙伴提议道。

"好主意！"大家一致认同。

"拜把兄弟要有个仪式，要有酒有菜才像样子。"另一个伙伴提出了问题。

"酒好办，我来弄！"林自告奋勇。

第二天，其他人凑了五毛钱，买来一斤咸榨菜和一大捧子山药蛋子，下酒菜有了。林则趁中午放学回家，偷了环的一瓶酒。

下午放学后，众人结伴来到工人村后的铁路边。几人学着大鼓书里的样子，集体跪下高声同语："我等今日结成异姓兄弟，有福同享有难同当！不求同年同月同日生，但求同年同月同日死！"然后，林拧开酒瓶盖，每人喝了一口，随后按年龄改口称兄道弟。那一刻，众人豪气干云。一瓶酒还剩下一小半。

林提着剩下的小半瓶酒，摇摇晃晃地往家走。路过房头时，他拧开自来水龙头，把酒瓶灌满水，想蒙混过关。林怀揣酒瓶回到家，把酒瓶放回原处，若无其事地坐在饭桌前等环回来吃晚饭。

那段时间凤云常给老客户送烟叶，环下班回来总要陪凤云和兄弟喝一口。环刚抿了一口就感觉到了酒不对味。

环大怒："谁干的？"

林的脸还泛着酒后的红光呢，只有如实承认。这还得了！环担心林染上江湖习气学坏了，盛怒之下，林免不了受了一顿皮肉之苦。在林的记忆中，这是自己第一次挨父亲的狠揍。

"不要打孩子，勇于承认错误就是好孩子。再说，林爱动，男孩喜欢交朋友，学些江湖能力也许是好事。"凤云拉过抹眼泪的林，护在了身后。

"爷爷还偷过老太爷的酒呢！老太爷也没打过爷爷。"有了爷爷这尊保护神，林竟破天荒地顶撞了父亲一句。

"男人就像小鱼儿，是要有江湖的。没有江湖的鱼儿就成臭鱼干，活不成了。朋友兄弟就是男人的江湖啊。我能渡过七灾八难，就是因为朋友兄弟多。但交朋友要交肝胆相照的真朋友，酒肉朋友是靠不住的。"凤云不失时机地对林说。

石墩婚后第二年，玲又有了身孕，天遂人愿产下一女。石墩夫妇儿女双全，更加感激大哥大嫂了。没过多久，军面临回老塘沿成家立业的问题，石墩就准备和军一起回老塘沿，兄弟二人这才算真正与哥嫂分开。

临行前，芳张罗购置了大量衣物和农村少见的食品，并拿出几乎所有积蓄让兄弟二人带回老家，以便置办家业孝老敬亲。石墩和军各有一辆板车，也要带回家使用，环就为他们准备些煤炭，还有积攒的铁丝等器材工具一并带回去发展生产。准备好这一切，环还是不放心，遂决定全家一起返回老唐沿。只是凤云带着儿媳与孙辈们乘火车回，兄弟三个拉板车回。

天不亮出发，天摸黑全家老少就在老塘沿老宅聚齐了。

全家人欢天喜地，每当有族人和村人过来小坐，芳总是分发带来的奶糖，环则掏出卷烟招待乡邻。

看着儿孙满堂，凤云喜不自禁，感慨道："都回来了，我原来最担心的是石墩，他的身体不大好还儿女双全了。军也快成家了，还是家里人口多好啊！以后，环还要在外面继续奋斗，你们就在老家全力发展生产，不要总给你们大哥大嫂增加负担了，这些年他们帮助家里够多了。你们都成家了，早晚都得单干。靠本事吃饭，我们要先盖房子了。树大分叉，分家不分心。"

林大二那年下学期，用尽储蓄豪情接待了儿时伙伴南下暂躲严打后，在旗和玉的帮助下总算渡过了生活难关。春节放假回到家，当环了解到了林他们兄弟间互助的事后特别欣慰地说："你们兄弟间能够自觉地团结互助，是我们家过年最值得开心的事。不仅是现在，将来一辈子都能主动为兄弟着想，我和你妈也就彻底安心了。"

"爸爸放心！我们都是从您关心照顾叔叔们的事情上得到的教育。"兄弟们异口同声地回答。

后来，兄弟三人当然都做到了……

每当邻居们夸赞羡慕林的家族幸福和睦，林就更加怀念感恩爷爷和父亲留下的宝贵精神遗产。

13. 分田单干

20世纪70年代中期，农村集体经济积累依然十分薄弱，农民手里还是没有多少闲钱。

一个秋末的傍晚，劳作了一天的村人们像往日一样，端着饭碗聚蹲在大枣树下，谈论着收成，交流着外界的信息。作为队长，凤云当然是大家的主心骨。

"秋收马上结束了，我知道，大伙现在最关心能分到手的口粮和年底分红这两件事。正好生产队副队长、会计和记分员都在，多数户主也在，今天就当是队委和户主开商量会了。"凤云磕了磕烟袋锅子说道。

"今天各家各户来得挺齐。我就想问问队长，今年分的口粮能超过去年吗？我家老二就要娶媳妇了，我是答应了人家，来我家能吃饱饭，人家才许下这门亲事的。"一个跟凤云年龄相仿的老者率先问道。

"是啊，我们家也吃不饱呢。"

"孩子们都大了，我家粮食也不够吃。"

"队里能多分红点现钱吗？房前屋后自留地里种的那点青菜，卖点钱还不够买盐、打洋油呢。"

"……"

老者的话似乎像个药引子，招来一片诉苦声。

"谁家的日子都不好过。我看今天大伙儿都在，就一起好好议议，本来等过几天起完地里的芋头，大伙也要一起商议这事。"凤云用他惯常的民主方式，鼓励大家发言。

"梁懒蛋出工不出力，天天磨洋工，工分拿的和我一样多，这不公平。队长，他是您的本家，您可不能偏心眼。"一个王姓村里人发牢骚说。他说的梁懒蛋，是井沛的外号。

"是啊，都是乡里乡亲的，每年按人头分口粮，我没意见。可分现钱要靠工分，要是不管是勤是懒，都拿得一样多，我也不出傻力气了。"另一个王姓户主附和道。

"梁懒蛋能偷懒，还经常偷队里的芋头、玉米。谁不会偷懒？谁不会偷集体东西啊？"看来王姓村里人对井沛的怨气挺大。

"井沛是懒，做得也不光鲜，我会找他说说。可说到底，还是粮食产得少，地里的庄稼不是自己家的就不上心。"凤云发话。

"听凤阳的亲戚说，他们那里有村子已经悄悄分地单种了。也没耽误完成国家任务，还能多得粮食。吃饱肚子最要紧，总不能再像'三年困难时期'吃树皮、野菜、跑反了吧。"说话这人眼里，充满对拥有自己土地的渴望。

"要是也单干，按地多少上交国家任务，队里留点后，多余的全归自己，我就是累死了都干！"有人立即跟着表态。

"土地还是归国家集体所有，只是换了一种生产方式，国家、集体和农民都得利，我看行！'四人帮'倒台了，政策肯定会变得越来越好。"副队长发表了意见。

"单干有劲头！"

"上面没政策，分地单干是犯法。"

"凤云队长，还得你拿个主意！"

凤云听着大家的议论，心里也下了悄悄分地单干一季试试的决心："邓小平同志又出山了，老百姓该有好日子过了。只要能完成国家给的任务又能有利于改善社员生活，保持集体经济，土地还是国家的。这事我看行，要不咱就悄悄地试一季看看？"凤云的目光扫过副队长和几名队委，以及在座的各位户主。

"老少爷们儿的口风都扎紧点，日子刚过好，不能让队长再去蹲蹲子了。"

"集体的牛和工具，大家就商量着使用吧。"

"队长是养牛种地的老把式，还是队长看着分配使用吧，我们都听队长的！"

就这样，老塘沿在保持集体原有的种植计划不变的基础上，自愿合伙，把地悄悄地给分了。

"完成不了规定的产量，可别怪我翻脸不认人！"分配完用地与任务，凤云沉声说。

自愿合伙互助分组时，凤云一想到井沛就头疼不已。

当初凤云操持井沛婚事时，井沛发誓要走正道，延续家族香火好好过日子。答应的是挺好，可江山易改本性难移，婚后没多久，他就露出了本色。日子没过好不说，孩子还生了一大堆，结婚六年，做了五个孩子的爹，使本就艰难的日子雪上加霜。

让凤云为难的是，井沛不正干。井沛媳妇忙着照看几个孩子，每天晚出早归，大家也不好说什么；可井沛整日出工不出力，各家各户对给井沛记一个整劳力工分这事，早就有意见了。生产队里多是族人和乡邻，之前大家看井沛一大家子可怜，睁只眼闭只眼也就过去了，反正吃的是大锅饭。可现在要悄悄单干了，谁还愿意带上个懒蛋，背上沉重的包袱？最后，村民按平时关系亲疏与生产资源，自愿结合成了几个互助小组。

凤云从一开始就担心井沛一家不会有着落。

果然，几天后在大枣树下聚集谈论自愿合伙互助这事时，只有井沛形单影只、垂头丧气地蹲在一边抽闷烟。原来，他也去找了几户人家请求合伙互助，可都被拒绝了，还挨了不少羞辱。

"都是本家亲戚，你们见死不救，是要逼死我一家人啊。"看着别人兴高采烈地商量合作发展，井沛顿时觉得自己被鄙视、被抛弃了，竟呜呜哭了起来。

"你还有脸哭?！"凤云恨铁不成钢地训斥道。

是夜，凤云睡下时，脑海里都是大枣树下井沛那绝望的眼神。他睡不着了，想起了当年对老兄弟凤翔的承诺。

"不能看着凤翔的独子一家就这么完了。井沛还知道哭，知道羞愧，说明他还有救。"想到这里，凤云起身披衣，摸了一瓶酒——他要去找井沛聊聊。

凤云推院门时，院门很沉，像是被什么挡住了。凤云用力推开院门一侧，这才看清，月光下竟是井沛坐靠在门前。

"伯伯！救救侄子吧，我保证都听你的！求求你别撇下我！"井沛发出一声哀鸣，头如啄木鸟般，不断地磕在大门上。

"别在这里丢人！哭管个屁用？起来跟我走，我再给你最后一次机会，你自己去跟你的亲大去说。"凤云说完，径直向村外走去。

井沛怯怯地在后面跟随着，不敢吭声。

凤云走到祖坟一角，在凤翔的坟前掏出酒蹲坐下来："老兄弟，我没照顾好大侄子啊。他还有点良知，老哥哥敬你一口酒，你就托个梦和孩子好好唠唠吧。你家香火旺，你有五个孙儿，毁了就可惜了……"凤云满脸清泪，拧开酒瓶往凤翔坟上倒了半瓶，又一口气喝光了剩下的半瓶酒。

"亲大啊，都是我不好，连累了我的好伯伯啊！大，你放心，都有两只手，我也是男人，我保证走正道，保证给你老养好孙儿。我发誓，不会再让人看不起我，瞧不起咱们家……"井沛信誓旦旦地保证着，凄厉的哭声打破了祖坟的宁静。

凤云言出必行，把井沛一家拉到了自己的互助组里。按照计划，过完春节，在开春前正式分完了土地和种子粮。

良知未泯的男人觉悟后会也许变得很神奇。

春耕开始，井沛像换了一个人，精神面貌焕然一新，竟然起早贪黑地开始主动找活儿干了，甚至还在空闲里去帮助其他互助组。井沛的声名渐渐好了起来，一度竟到了人见人爱的地步。人都是感恩别人帮助的，人都是顾念好声名的。井沛妻儿的脸上也挂上了难得一见的笑容，一家人的日子终于在凤云的拉扯下一点一点地红火了起来。

井沛的变化，一定是凤云用胸怀和爱唤醒了他沉睡的男人血性和自尊吧。

老塘沿悄悄单干两年后，有一次凤云从大队开会回来，一到大枣树下就兴奋地宣布："凤阳有个叫小岗村的生产队把地分了明着单干，好像也没人被抓去蹲蹲子。"

1977年11月，中共安徽省委召开农村工作会议，制定了《关于当前农村经济政策几个问题的规定（试行草案）》（以下简称"安徽六条"）。"安徽六条"的颁布有力推动了农村生产力的发展。作为第一份启动中国农村改革的开拓性文件，它强调生产队必须有自己的自主权，要建立起农村生产责任制；甚至允许生产队下面组织作业组，且允许责任到人，并鼓励农民经营自留地和家庭副业等。

此举为影响深远的"家庭联产承包""包产到组""包产到户"的全国农村改革奠定了实践基础。

"这下好了，我们干得没错！"又一次从大队开会回来，凤云总算松了口气。

20世纪80年代初，由安徽部分农民自发创造性地在保持集体经济基础上改变生产方式、提高生产积极性，从而大大提高生产效率的做法，终于获得了中央的认可，从而正式拉开了全国农村改革的序幕。

借着改革的东风，老塘沿焕发了勃勃生机。

在皖北一隅，凤云像个老把式，驾驭着老塘沿这辆在艰难岁月中爬出来的"老牛车"，在千年不变的寒来暑往、日出日落中，迎来了 20 世纪 90 年代的春天。

而那个时候，凤云已经有了九个孙子和五个孙女了。

第二章　追风少年

1. 忘不了的日子

烈山煤矿是国家皖北煤炭基地淮北矿务局的第一对矿井，人们习惯上也叫它"一矿"。

林出生在 20 世纪的 60 年代，就在矿山上长大。上小学时林的话不多，时常的口吃，这让他给人一种腼腆甚至是懦弱的印象。

林是从什么时候落下的口吃，无人知晓，或许他自己也不能够说得清楚。就这样林成了一个常常被同龄人取笑欺辱的有"缺陷"的孩子。林愤愤不平却无力辩解。

20 世纪 70 年代初的一个冬天的下午，烈山矿学校旁边的雷河大堤上，三五成群的学生有说有笑地嬉闹着走在放学回家的路上。林羡慕地看了看一群群快乐的学生，低下头暗自神伤继续孤独地向前疾行，当路过几个同龄的男孩子时，如林预想的一样，那群孩子骂骂咧咧地开始对他找碴儿并推推搡搡，接着就是辱骂和取笑找乐子了。

"笨蛋！你说话啊！"

"让他唱歌！听说结巴唱歌好听着呢！"

"快唱！就唱'智取威虎山'！不唱就要挨揍了！"

"打这个结巴笨蛋！"

林涨红着脸，倔强地摇摇头，咬着嘴唇，眼睛向周围欺负他的一群孩子喷出愤怒的火焰。

"他还敢不服气？揍他！"带头的一声令下，群起围攻就开始了。林咬牙拼命地反抗，但一会儿还是被拖倒在地上了。好一阵子对林拳打脚踢，他们仍然没有住手的意思。

这时，一个漂亮的小姑娘站了出来，大声喊道："快别打了！他是我的邻居，叫林。他不会说话！你们天天欺负一个不会说话的结巴。哼！我告诉老师去！老师来了！"

围攻的孩子们一哄而散。

林很感激为自己解围的女孩儿，她是邻家的小女孩，也是同学，叫敏。

校园内，课间活动时间。

三五成群的女生在玩跳皮筋、跳房和掷沙包的游戏。男生们则结伴地蹲在地上玩弹玻璃球和拍烟盒的游戏。林独自一人在一旁弹玻璃球玩。几个调皮的男生路过时不怀好意地评价道："结巴蛋的玻璃球真不错！快拿来送给我！"接着就把林推倒在地不由分说地抢走了他的几个玻璃球。

课堂上，老师点名提问林，林憋红了脸，呀呀地说不出来一句完整的话来，引起全班的哄堂大笑。"报告老师！林是个结巴，是个笨蛋！"林听后委屈含泪自卑地坐下。

在一次的语文课堂上。老师说："下面我读一篇本次作文作业《我的班主任》的范文。大家都要认真听一下！真想不到你们班中还能有人写出这样通顺的作文！你们想知道是哪位同学的作业吗？"

在同学们的相互打量猜测中老师大声宣布了范文的作者："就是林！"

"怎么可能？他连个话都不会说！他肯定是从哪里抄袭来的！"

林想辩解，那就是我自己写的！我没抄袭！可他干着急，一句话也说不出来。

想必老师的肯定对唤醒一个学生的自信心是至关重要的。林对自己的作文能够被当作范文暗暗自豪开心了许久。老师的认可也让林确信自己并不是笨蛋，并且可能还比那些经常欺负自己的同学要聪明得多。

然而，林因口吃还是陷入了深深的自卑之中，他没有几个真正的好朋友。

林整日缄默，形影相吊，没想到这些却造就了他的身体语言优于常人。这可能就是人们常说的"上帝关闭了你的一扇门就会给你打开一扇窗"吧。林特别喜欢运动，而且他特别喜欢在清晨和夕阳里一个人跑步。只有在身体运动时，林才感觉自己是自由、快乐的，他就是这样一个被孤立的腼腆还多少有些自闭的男孩儿。

林在家人面前吭哧吭哧说不出几句流畅的话来，在生人面前就更不敢说话了。就连上课也从不敢主动举手回答问题。如果被点名回答问题，林也会因为过分紧张而憋得满脸通红，张口结舌，苦不堪言，经常成为课堂上的笑料。

但林却常常对着镜子和自己说话，看着镜中的自己，倔强地自言自语道："喂！会说话很了不起吗？谁不会说话？我，我只是懒得和你们说，我若说出话来会吓死你们！"由此，林发现和自己说话从不结巴，于是他坚信自己不是个结巴，而是懦弱自卑，只是不喜欢和别人说话。

林渐渐发现，运动可以让他把自己的想法更好地表达出来，这样他就不会再感觉那么孤独了。于是，林找到当地的武术老师，看人家习武的动作，然后回家偷偷练习，林梦想着成为武林高手就没人敢欺负他了。林乐在其中，还比葫芦画瓢地自创了许多"绝招"，也由此也养成了他爱独立思考的习惯。

有一天，林在吃饭的时候突然拍着饭桌说道："思考比说话更有意思。"林说完，全家人都愣住了，因为林一点儿都没有结巴。

1974年的元旦，学校组织了长跑比赛，就是从学校大门跑到矿山的大门口，折返大约4000米。

四年级的林在众目睽睽之下第一次坚定地举起了右手，略带胆怯地说道："我……"林本来想说，"我想报名"，但还是紧张得只说出了一个"我"字。林举着右手，目光坚定，同学们吃惊地看着他，第一次没有嘲笑他。

那一天的4000米，林感觉实在是太短、太短了。他多想就这样在同学们的欢呼声中一直地跑下去啊……

"爸、妈，我得了长跑第一名！"林拿着奖状哭着跑回了家，人还没进门，声音就已经传了进去。

芳为林揩去泪珠，抚慰地说道："得了第一应该高兴，哭什么啊？这孩子。"

也许，所有人都不知道这个第一名对于林这个看似懦弱的少年来说意味着什么。一个因为结巴不敢说话并有些自闭的少年，用这个4000米的冲刺唤醒了沉睡的自尊和自信，因为他做到了别的"会说话的孩子"所做不到的事情。

从此，讥讽林的同学居然越来越少了，林也在自信的心境里逐渐有了自己的好伙伴。

架在高高的铁架上的高音大喇叭，就在林家的对面。从林记事儿起，每天清晨6点，那个高音大喇叭准时播放《东方红》，下午6点准时播放《歌唱祖国》。嘹亮的歌声在一矿灰蒙蒙的天空上飘来荡去，日复一日、年复一年。那是属于那个时代的歌儿，标志着那个时代的信仰。那个时代没有名牌、没有豪宅，但每天踏着这熟悉的曲调迈着铿锵的脚步，活得很有精气神儿。

1975年，高音大喇叭不分白天黑夜在那里嘶鸣，无半点儿倦意，倒像是打足了鸡血，越来越精神了。它反复播出"两报一刊"（《人民日报》、《解放军报》和《红旗》杂志）的社论或是组织庆祝游行之类的通知。

那时的煤矿都有自己的办学系统，从托儿所、幼儿园到小学、初中直至高中，甚至夜大都一应俱全。

已经读小学五年级的林最开心的莫过于是参加大型集会游行活动了，那些活动都是学校组织全体师生与矿上职工家属一起参加的大型活动。那场面蔚为壮观，游行队伍的前列总是有荷枪实弹的骑兵，战士们手上握着的、腰里别着的可都是真家伙。后来知道那是解放军"支左"，在矿上驻扎了一个骑兵连，也有的说是一个骑兵排。林平时很少能看见想象中的骑兵战士挥舞马刀的训练场面，但是每次游行他们都会在队伍的最前面开路以壮声势。大都在电影里才能看到的武器装备就在林和伙伴们的眼前了。看得眼热，如果有谁能大胆地上前摸一下真武器，心里就能美滋滋地舒服半天，当然这种举动也会被伙伴们羡慕至极。就有一个离战马很近的同学伺机摸武器。不知是哪个调皮的同学用游行配发的竹子小旗杆故意捅了一下战马的屁股，结果那个可怜的打算择机摸武器的同学不仅没有摸着真家伙反而被受了惊吓的战马用后蹄子蹬了一下额头，顿时血流如注。长长的队伍每人都配发了一面用五颜六色的彩纸制作的、粘在细竹条上的三角形旗子。满大街的墙壁上都里三层外三层地糊满了大字报，并用大号排笔刷满了那个年代才有的特色标语。

同学们高举着纸旗子一路嬉闹地跟随大人们喊着口号，当然最期待的还是中途择机结伴溜掉，跑到雷河大堤或是田野或是矿山或是工人村后面的铁路上去玩耍了。那时候，不用在课堂上受煎熬，对天性好动的少年来说总是一件无与伦比的好事。

社会上闹哄哄的，校园里也不太安静。动辄就停课参加游行、去听报告、出黑板报，尤其是摘抄报纸写千篇一律的心得体会，让同学们不厌其烦。但也确实通过写心得体会之类的作文让人了解了不少的国内外局势，还确实提高了搜集材料写作的能力。任何题目的作文开篇必是"大江南北红旗招展，长城内外歌声嘹亮，在祖国形势一派大好的背景下……"结尾必是"社会主义祖国繁荣昌盛"之类。

无疑，"学工、学农、学军，兼学别样"是同学们当时最喜爱参加的社会实践活动。那是毛主席对教育工作的最新指示。

学工，就是到矿山参加地面辅助生产劳动、电工基础操作甚至是带电作业都是必须学习并要求掌握的内容。电线的串联、并联，扯灯布线和电焊，以及操纵车床既好玩又实用。

学农，就是去学校自备的农场或附近的农村帮助翻地、播种、施肥、插秧与收割各类庄稼。通过学农，学生至少是学会了识别主要农作物的种类外观，了解了农作物从种到收的艰辛过程，不仅培养了劳动技能，也快乐无边。

学军，对林一帮同学而言就相对熟悉得多了。那时矿山上的露天电影反复放映的都是战争片，如《南征北战》《地道战》《地雷战》《英雄儿女》《打击侵略者》《铁道游击队》《林海雪原》等，伙伴们对匍匐前进、跨越障碍、钻铁丝网、投掷手榴弹等基本军事技能大都有感性的认识，那也是孩子们平时自发创造游戏的重要内容。

兼学别样，就是学生们对生活、生存技能五花八门创造性的表现了。蒸发面馒头、杀鸡、宰鹅、钓鱼捕鱼，洗照片、补车胎、织毛衣、踩缝纫机、补鞋，甚至砌墙、做家具等都是同学们学期期终上报的成果。其间发生的趣事也是数不胜数。

运动在不断深入着。一日校园里突然锣鼓喧天、鞭炮鼓乐齐鸣，正在教室里上课的同学们被紧急通知到篮球场集合开会。原来是欢迎"工宣队"进驻校园。临时搭建的主席台上原来常是校长坐的位置上坐着新来的工宣队队长，工宣队队长是位六七十岁的饱经沧桑耳朵根儿还夹着根烟卷儿的老工人。老工人讲话结结巴巴，但激情满怀，一时竟激动得泪流满面。校长毕恭毕敬地站在他的身后不时为他续水倒茶。每每讲到动情处，老工人便大口地吸烟，接着就剧烈地咳嗽不止；这时就会有人带头高呼口号，连同台下的口号声震耳欲聋。

工宣队进校后，给人的印象就是忆苦思甜的大型集会多了，经常发动学生挖野菜、采摘红薯叶，自带玉米和高粱面粉在学校食堂蒸窝窝头发给师生们吃。工宣队队长俨然就是校长，大会、小会都是工宣队队长坐在校长原来的位置上。一次大概是几个教师不满活动太多影响了正常的教学秩序与工宣队发生了争执，也可能是观点不同发生了争论，工宣队队长对着带头的教师就是一记响亮的耳光。工宣队队长年龄不小，但力量却很大，竟一巴掌将那位教师从台上抽到台下去了。那位教师满嘴流血地被工宣队队员扭送着带去了工宣队的办公室，至于有没有继续被打，大家就不太清楚了。反正后来在校园里很久没有见到过那位被打耳光的教师。

工宣队最重要的工作似乎还是严查阶级斗争新动向，像阶级敌人就隐藏在校园的某个角落里随时都会作案似的。一日校园里竟然出现了难得一见的市公安局的警车，师生们大为吃惊，接着也高度紧张了起来。

原来是有人发现了在教学楼背后墙上的宣传栏上被人用粉笔画了一个叉，被工宣队定性为"现行反革命事件"并被逐级上报到了市公安局。市公安局一行人来到近前又是拍照又是拿出专业工具测量附近的脚印什么的。紧接着破案工作就开始了，全体师生被要求在一间教室鱼贯而入并在黑板上按要求画同样的叉字，说是用来对照笔迹。又被要求脱掉鞋子看脚印，一时教室里臭气熏天，搞得人心惶惶，几日后不了了之。

在频繁的集体活动中，林竟慢慢地变得开朗起来，隐隐有了同学们之间普遍倡导的是非与正义感，家族文化中善良正义的特质也逐渐有所表现了。

校园里没安静几天，又出了一件大事。原来是一个女音乐老师和一位男体育老师谈恋爱被人举报说是搞不正当的男女关系与贪慕资产阶级的生活方式。音乐教师是位上海的知青，她是被学校从附近的知青点临时借调来代音乐课的。她身材苗条，长发及腰，漂亮和善，声音甜美，落落大方，很受同学们尤其是女生们的喜爱。体育老师是省体工队退役的一名体操运动员，他身体健硕，能轻松地在单双杠上翻飞自如，是男生们的偶像。他俩在学生心中就是天生的一对。在林看来，他们的般配没得到别人的祝福反而都是嫉妒，尤其是那几位所谓出身贫寒的学校临时工和工宣队的几个男性队员。

悲剧还是不可避免地发生了。

说是他们被"捉奸"了，就是在拥抱时被人窥探到了。一伙"义愤填膺"的人把他俩堵在了音体美教研组的办公室内。不由分说，体育老师被打得鼻青脸肿，头上还被剪了一个囫囵的"十字花"，那是当时被批斗的人常见的发型。音乐老师美丽的披肩长发也不见了，她被几个泼妇般的女教师扭拉着按下了她平时高昂的头颅，脖子上还被人挂了几只串在一起的破鞋子，林当然知道那是当时羞辱警示生活作风不正的女人被抓住后的标配物件。

林和伙伴们恰巧下午放学路过那里。林透过玻璃窗看见如血的残阳射到音乐教师被剥去上衣后赤裸的雪白的上半身，像是被泼了一层红漆的石膏雕塑一样。那是林第一次清楚地看见年轻女人的身体。体育老师则被五花大绑着跪在了办公室的一角。热恋中的两个人羞愤地咬牙对视着却不能去安慰和保护对方，只能任屈辱的泪水肆意横流。后来林上大学后，每每回忆起这一幕，心就会越揪越紧。那几个男性校工与工宣队员的目光龌龊地死死盯着音乐老师赤裸的上身。那几位女教师满脸则是幸灾乐祸与解气的神情。林和伙伴们很为自己喜欢的教师感到不平，拼命挤到前面叫喊着让他们为音乐老师先披上衣服再继续批斗。但林的声音旋即就被更高的声音所淹没了："滚出去！哪个班的？明天一起处分！"

"这是人民内部矛盾！"此时只想让音乐教师脱离尴尬的林急中生智竟然大喊了起来。

"惩前毖后，治病救人！"其他伙伴也跟着恰到好处地配合高呼口号。

反正是把能记住的时代流行口号都背诵了出来。林和伙伴们的努力居然有了功效，随后赶来看热闹的几位年龄较大的女教师神情黯然地挤过去给音乐教师披上了被撕破的花布上衣。那几个扒她衣服的泼妇教师居然在幸灾乐祸过后脸上也有了一丝羞愧的表情。多年以后，林分析她们当时的羞愧也许并非是为自己的野蛮行为感到不安，而是因为她们自己也是女人，因为丢丑的不是一个美丽的音乐教师，而是在场的所有女人。

在雷河南大堤坡下有一处独门独户的小院子。这里是林和伙伴们上下学的必经之地，只听说是市里被赶下台的一位老干部一家住在这里。

1976年一天中午放学路过时，看到这个院子门口停着一辆卡车，就一起下去看热闹。院墙上贴满了"打倒牛鬼蛇神！""打倒历史反革命！""老实交代是唯一出路！""顽抗到底死路一条！"等大幅标语。大字报更是千层饼似的糊满了院内外所有能够张贴的地方。乍一看这处青砖红瓦的院落倒像是个放大版的祭奠死人时用的纸糊的房子，院内站满了戴红袖章手拿红白色相间"专政辊"的男女青年。领头的是一个40岁左右干部模样的人大声命令："都来过几回了，这个老特务很狡猾。这次就是挖地三尺也要找到电台！""他家有海外关系，一定弄了不少的情报。"那群人义愤填膺七嘴八舌地说着。

老头儿和老太太麻木地坐在院中间葡萄树下的藤椅上，看着一群如狼似虎的青年人从家里跑进跑出。他们把家具几乎都搬了出来，翻箱倒柜找所谓的电台和发报机，院内一片狼藉；那个干部模样的人继续发话："把属于'四旧'的东西也都小心抱到车上送到我的办公室去！还有收音机，那一定是接收敌台用的。"又补充说："搜仔细些！把现金、粮票、金银首饰都收好也上交到我的办公室。那一定是他们的活动经费。"

"我在床底下发现了一个大家伙！"一个青年抱着一个大大的青花瓷瓶慌里慌张地跑了出来。也许立功心切跑得太急，瓶口撞到了门框上，接着"哗啦"一声脆响，瓶口上就破了一个大豁口。只见老者颤巍巍地强撑着站起来就吐出一口鲜血，悲哀地大声说："作孽呀！作孽！求求你们小心些，那可是国宝！我上缴国家还不行吗？都来了七八回了，干脆把我这把老骨头拉去枪毙算了。"老太太过来用手帕擦去老头儿嘴角的血迹，还用手正了正老头儿胸前佩戴的半个巴掌大的铁质像章。老头儿还想要说什么但终未能说出一句话来，只是无助地呆坐在那里任由两行浊泪洒在布满灰尘的衣襟上。

在林看来，所谓的抄家最后实际上则变成了哄抢，好一点儿的衣服甚至是古色古香的家具都被抬走了。那群人还互相使眼色各自炫耀着自己的战利品，兴奋得如打土豪分浮财一般。几个女队员还为一件真丝或是绸缎衬衫争抢得不可开交。林看得真切，还有人趁乱去了偏屋的厨房抓着几个白面馒头忙着往嘴里塞着。还有女的把丝巾或发卡之类的小物品往自己的衣服里面藏，至于是否上交抄家的物品，只有鬼知道！

令人匪夷所思的事情似乎没完没了。

一个周末林跟着父亲到矿上值班，环忙着赶写材料，林就在机关大楼的门厅宽阔光亮的水磨石地面上玩弹玻璃球。突然听到了一声瓷片坠落在地的脆响。林好奇地走了过去一探究竟。

只见一个戴眼镜的机关干部模样的人蹲在摔碎的瓷片前痛哭流涕道："我对不起您啊！不小心把瓷像章摔碎了，我会把它重新粘好的！"边哭边说地把碎片小心翼翼地捡起来放在铺在一旁的白色手帕上。这时，其他办公室的人出来路过也看见了这一幕。楼道里的脚步随即变得嘈杂起来，开始有人向这边聚集了。

环当然也走过来了，看到惊慌失措蹲在地上的人就安慰道："你快点儿收拾好。回去尽量粘好吧！人来多了就不好办了。"那人感激地看了环一眼，恐惧地说："主任，我真不是故意的！"说完刚要起身离去，但已经来不及了。就听到有人高喊："×××用心恶毒，是现行反革命！"随着喊声，就有几个戴着红袖章、着了魔似的人即把他扭送到保卫科去了。

那人起初还拼命地挣扎辩解："天地良心，我是不小心脱衣服甩下的。我是贫农！"那人在挨了一阵拳脚后声音渐弱，被带到了位于楼道尽头的保卫科。环拉着林回到办公室叹了一口气幽幽地说："×××算是完了，保卫科整天正愁着没事儿干呢。"后来听说，那位不小心摔碎瓷像章的人真的被定性为"现行反革命"。保卫科还去了他的家乡外调，好在他家在土改前很穷，土改时被划为贫农，不是"历史反革命"。但"现行反革命"却是坐实的罪名，结果被判了有期徒刑。

还有一件事，林感到心理很是不平衡。自己和几个好伙伴很积极努力地参加各种活动依然没有被批准加入红小兵组织。要知道，加入了红小兵组织，上了中学才可能参加红卫兵组织，继而就可以参加坐火车不花钱还有人管饭的大串联活动了。林几经努力不能如愿，自然感到委屈。而有一个同学则由于揭发了自己的爸爸所谓偷听敌台，就被直接批准加入红小兵，还被表扬为"阶级立场坚定"和"大义灭亲"，并被评为那个学期的"三好学生"。

原来是有天深夜，他的爸爸听收音机，可能是调频搜索到了一个外语台，谁也听不懂，只是几秒钟的时间，他的儿子居然就报告班主任了。层层上报、层层分析就成了儿子告老子偷听敌台的"大义灭亲"的"先进事迹"了。事实上他爸是个地地道道的文盲。大概是因为他的父亲有亲戚是"黑五类"，最后以"历史反革命"的罪名被判处了两年的有期徒刑。反正这场闹剧过后，许多家长不敢在夜里再听收音机了。

学雷锋做好事、拾金不昧在当时是被大力提倡、宣传表扬的。就有个别的同学偷了家里的钱和粮票说是在路上捡的上交班主任而被表扬的事例。自然也就闹出许多令人哭笑不得的事来。

有了初步荣誉感的林和几个伙伴当然也想做些光荣的事情，被表扬的感觉还是很好的。

夏季的一天，放学的路上，大雨瓢泼，雷河大堤上泥泞不堪。林和几个伙伴看见前面有几个低年级的小女孩在泥坑里并排艰难地走着。"我们把她们背着送回家吧？这一定是学雷锋的好事，肯定会得到表扬的。"有人建议道。林几个也认为这是好主意，于是就统一快步走上前去蹲在小女孩身前不由分说地每人背起了一个小女孩，有的女孩拼命挣脱还骂了他们耍流氓。"做好事的！不要喊！是背你们回家的！"林背起的是一个胖胖的女孩，好沉！林没走多远就感觉有几个脚趾头从灌满了泥水的塑料凉鞋里滑了出来，塑料凉鞋上沾的泥巴也越积越重。胖女孩的家偏偏又是在工人村的最后一排平房，林好不容易才来到了女孩家的门前，放下胖女孩，雨水和汗水混在一起在林涨红的脸上流淌不止。

"学雷锋做好事的！"胖女孩立即对一脸吃惊的父亲解释说。"谢谢！真是个好孩子！是哪个班级的？得空告诉你们的老师去。"胖女孩的家长很感激地表示说。

"这是我应该做的！"林回了一句事先就想好应付感谢的话后立即转身冲回到大雨里。林回到家把塑料凉鞋冲洗干净又用破布擦干，再用烧烫的钢锯条把断裂的塑料鞋构件焊接好、磨平。这些活儿是矿山的男孩子在"兼学别样"活动中都要学会做的技能。林每每回想起得到胖女孩家长的赞扬就会很开心，那是一种被人需要与被人肯定的美好感觉。这种感觉从此也就记在他的心里了。但是，林与其他几个伙伴也一样有点儿隐隐的失落，那是因为他们终究没有等来老师对他们的公开表扬。自此，这些倔强的少年渴望能够得到公开表扬的心愿就一直挥之不去。

冬季，一个周六的下午，几个伙伴放学后顺着雷河大堤玩耍不知不觉就来到了青龙山火车站的附近，饥肠辘辘。有人提议去火车站的食堂学雷锋做好事，其实就是想去看看能否弄点儿吃的，如果再能搞到一封表扬信就更完美了。

一行人来到车站的大食堂并说明了来意。一个胖胖的工人师傅大喜过望："学雷锋做好事？太好了！正愁食堂用餐后怎么打扫卫生呢。"胖师傅把林一伙儿人带到一堆扫帚、拖把和抹布面前后就躲一边抽烟去了，一会儿还过来监工似的转悠转悠发号施令。给林的感觉是他把他们明显当成免费的劳动力了。好不容易干完活儿，感觉更饿了。有伙伴就问："能给点儿吃的吗？"胖师傅倒也爽快："当然！我与主任说过了，等会儿肉包子蒸好了，你们每人两个。"林一伙拿到包子开心了，包子是猪肉萝卜粉丝馅的，一咬一口油。

"您能给我们写封表扬信吗？"林吃着包子但不忘正事。

"表扬信？当然可以写！但你们还要再来几次才行！最好是下午的这个时候来，那时这里会特别忙。每次都会给你们包子吃。"胖师傅的小眼睛狡黠一亮地说。

林一伙儿人为了一咬一口油的包子，也更是为了那封表扬信，按胖师傅说的，就又去了几次。开始还只是打扫卫生，后来就连择菜、洗菜等食堂后厨的杂活儿都一并干了。每次都对得到表扬信充满希望，也就特别地认真，自然也就特别得累。一双双小手冻得通红，简直就是忍辱负重才终于换来了那封朝思暮想的表扬信。胖师傅把林一伙儿人领到被称为主任的看上去比胖师傅还要胖一圈的女人面前，林把每个人的名字工整地写好交给她，她很期待林他们还会经常来义务劳动。怀揣着来之不易的表扬信，回去的路上伙伴就嘀咕："真把我们当成童工了。鬼才会再来！"

周一上课，林把表扬信交给了班主任，班主任又立即上交到了学校，工宣队领导把此当成了工宣队思想政治教育的重要成果和学校的荣誉，在校广播站反复地播出宣传，林和伙伴们很自豪。终于等来了骄傲的公开表演并在小学毕业前最后一批如愿被批准加入红小兵组织。林一伙的行为后来还真是带动了多伙人到附近的工矿企业和农村去义务劳动做好事，但很少有带回表扬信的。倒是听说有不少人到农村借做好事之机偷窃农民红薯、玉米棒等农作物的事。

当时受社会上武斗的影响，学生们也是打架成风，本就有习武保身传统的皖北地区，习武之风日甚，武术流派众多。林道听途说了练习硬功的方法，就在家里的墙上订上厚厚的草纸练习冲拳，在米缸里练习插掌，还练习单掌开砖、靠墙倒立，压腿踢腿、上蹦下跳，把家里搞得鸡飞狗跳。

林的一伙兄弟们还常常按普遍公认的正义价值观出手打抱不平。或许，任何一个小团体的维系与其存在总是有自己特定的主流文化的。这群不谙世事的少年凭借着各自的经历、家庭教育环境，也在互为影响，慢慢地形成着自己的价值观。

"我是义字当头，打架时'四不碰'：老人不碰、女的不碰，小孩不碰，身体有病的不碰。"林率先表达了自己的打架原则。

"孝子不碰。"

"家里生活不好的、可怜的不碰。"

"孤儿不碰。"

"有福同享、有难同当！为了兄弟，我不惜一切。"

"你们的父母，就是我的父母。谁不孝，我就和他断绝兄弟关系。"

伙伴们七嘴八舌且正义感十足地表达了自己的江湖原则。

那时拜把兄弟的团团伙伙很多，互相认为对方不正义或者看不顺眼就约架打，学校里整日都有头上缠着绷带的同学。

一次在放学途中的雷河大堤上，林一伙勾肩搭背地横着一排往前走。

"没有吃、没有穿，自有那矿上给我们送。"一个伙伴高声地唱着当时流传的改了词的歌谣。

"别唱了，先别唱了！我听有其他一伙人说，他们在矿上废弃的坑道里捡到了小段的铜质电缆，去工人村东头的收购站换了不少的钱。去附近的县城买了许多连环画，还吃了油条和小笼包呢。"又有人透露说。

"这也太美了吧！兄弟们也动手吧？好事不能都让他们给占完了！"林激动不已。

林一伙悄悄潜入矿内，找到了那个机电科旁边的废弃坑道。借助于洞口射进来的自然光，果然看见了有粗粗的废弃电缆，大家拿出事先准备好的钢锯条就急着要开干。

"大家还是先住手！你们学工时都忘记了吗？要安全第一！是不能带电作业的。"林说着就先掏出试电笔在电缆裸露的地方试了几下，确信没有电流安全后才指挥大家动手。

"把电缆锯成四五十厘米长的一节就行。别贪多！"每人都把一节电缆藏在袖管里，小心翼翼地带出了矿山来到了田野里。

"先用电工刀剥去最外层的橡胶皮。"

"去收购站吧！"有人迫不及待了。

"不行！这样不被人发现才怪呢。太新了，人家不会相信的！"

"那就再用火烧去包裹铜线的塑料皮。把铜线撒上湿土砸成一团显得是废弃的才可以去收购站换钱的。"

第一次就卖了近10元钱。一起兴高采烈地步行去了附近的濉溪县城，在新华书店每人买了好几本小人书，终于在县城东关的大堤旁如愿吃到了最出名的油条和小笼包。

"我爸爸是保卫科的，听说有一伙人偷锯电缆时触电死了一个。"在又一次打算偷电缆时一个伙伴心惊肉跳地透露一个令人恐惧的信息。

"太危险了，搭上性命太不值得！弟兄们也必须金盆洗手终止这个买卖了！还是练武、拜师学艺好玩！有少林拳、大洪拳、形意拳都是很厉害的。"本就受风云的影响喜欢自练武艺的林不失时机地建议。

"但我们也没有江湖武术师傅传授啊！"一个伙伴倍感郁闷。

"这个好办！我爷爷就会飞刀！就是他自己练成的，很容易！我知道是怎么练成的。"林胸有成竹地表态。

林在家里用钢锯条在磨刀石上打磨成飞刀的形状，再用电工使用的绝缘塑料胶皮缠在刀柄上，制作了好几把小飞刀，并小心地将它们藏在了书包里。

林一伙在大堤的小树林里席地而坐，身边散放着书包和连环画，热烈地探讨着自练武艺的事情。

"我听说，许多武林高手开始都没有师傅教，而是自己创造的功夫和招式。我们也可以从连环画和电影里看到的武打动作琢磨自学开始。我爷爷小时候自练飞刀时还没连环画和电影呢。他只是听了大鼓书里描述的功夫和招式！"林翻着连环画给大伙鼓劲说。

大家一致同意后，这群怀有武林英雄梦想的少年就在小树林里练开了。大伙凭借各自的记忆与连环画里的武打招式形象，上蹿下跳、冲拳踢腿、地上翻滚，练得不亦乐乎。

从夏季到冬季，每天下午放学，他们都会一起来练习。第二年春季的一天下午，像往常一样又聚在一起。

"练了很久了，我们每个人也该试试自己的绝招了。"林坐在草地上提议。接着，每人的绝招展示随即就开始了。

"直捣黄龙、保头护蛋！进攻防守都有了。"林的提议当然由林率先展示，林振振有词，接着就做了左腿侧踹树干后又收回成高虚步，同时左手护在裆部，右手握拳置于额部前。

"看我的！猛龙出海！"一个同伴上弓步双掌大力推向树干。

"黑虎掏心！"又一个上马步左冲拳接着上右步同时向左拧腰右手上勾拳，差点把自己都闪倒了。

"鹰击长空！"再一个助跑几步凌空弹腿。

"断子绝孙！"只见他低头猫腰短促出拳抓握进攻假想对方的裆部。

"现在我们每人的绝招都有了，以后再打架时就要报出自己的江湖名号、还要用自己的绝招，当然还要注意保密！不要外传出去被别人破解就不灵验了，我们还要给自己起一个江湖武林名号才像样子。"林看大家依次展示完毕后又故作神秘地建议。

这下可热闹了。

"下山虎""烈山鹰""草上飞""雷河大侠""龙王爷"等自认为响亮的名

号都出来了。

从此，这帮孩子平时练武游戏就都以江湖名号互相称呼了，合伙打架时也是先通报自己的名号，然后再使用自己创造的招式。他们甚是快乐，沾沾自喜于江湖豪杰的身份之中。

自发的练武游戏确实培养了这群少年的血性、个性和创造性的学习能力，以及能吃苦的韧性品质。

漫长的暑假又到了。林一伙兄弟们除了自练武艺、下河嬉闹，就是晚上结伴睡在大堤上纳凉避暑了。

一天深夜，林一伙在大堤上纳凉。

林发现有另一伙人在旁边叽叽喳喳地说个不停，好像还在津津有味地吃着什么。

"过去打探情况！"林说一声就继续躺下了。

"林，我们也行动吧？他们可真行！刚从附近农村的菜地里弄来了黄瓜和西红柿，正在得意扬扬地享受呢。"同伴打听回来羡慕地说。

"还等什么？行动！我们也去搞几个黄瓜解解渴！"林一听就来劲了。

林几人各自披着被单子消失在了黑夜里，回来时每人都背了一大兜裹在被单子里的黄瓜和西红柿。林想到太多也吃不完，扔了挺可惜的，家里也许需要，就背着送回家了，还希望能得到表扬呢。深夜，林背着吃剩下的黄瓜和西红柿回到了家里，环得知原委后，没有言语就是一顿拳脚。这是林记忆中挨的父亲第二次狠揍了，"再穷也不能偷！不能抢！马上跟我一起给人家还回去！"环拧着林的耳朵，林背着蔬菜就要去往林他们偷蔬菜的菜地。

"环儿，还是我去吧？你值班回来累了，就早点儿睡吧。"风云看环盛怒担心会继续打林就主动要求带林去菜地里给人家道歉、还菜。

林感激地看了一眼风云，羞愧地先走出了家门，在前面带路。

祖孙俩一到菜地，就看见看菜棚里出来一个老农正打着手电筒在菜地来回巡视呢。风云上前先客气寒暄地敬了一颗烟，反复道歉说明原委，林立即就因爷爷为了自己的行为给人低头求情而无地自容。

此后几天，风云与林多次谈了做人的道理。

"不到事关生死的时候，就不要想点子去弄吃的。但如果真的快要饿死了，还不知道去想方设法弄点吃的就是傻蛋了。保命最重要，有人就有一切。但不能失德！你要记住了！知错就改，欠了别人的就要还。尤其是当你危难时得到的别人恩情，要滴水之恩当涌泉去报答才算是真正的男子汉。"林很感激，也记住了这次教训。每次想起偶像爷爷为了自己的过错给人低头，林都会羞愧难当。

"太丢人了！被我爸打了一顿，还害得我爷爷给人家谦恭地低头敬烟。真是大不孝啊！从此，是我的兄弟今后就'金盆洗手'，不做偷盗的事情了。我们都是孝子！咱们也好好上课，也该让家里省省心了。"次日林羞愧诚恳地告诉伙伴们。

"好、好！林哥说得对！小偷小摸也确实配不上我们的名号。要不我们也认真地上上课？学习好一点，父母的脸上也有光。"因为"大英雄都应该首先是孝子"是这伙少年都认可的主流观念，大伙就一致同意了林的意见。

林在身体运动中似乎才有自信的感觉。林坚持自练武术，但一直都苦于没有正规的武术教师指导来取得更大的进步。

机会终于来了。林五年级末时，学校要成立武术队，由体育组的朱老师和物理组的段老师负责教授武术，同学们都传言两位老师是同门师兄弟，他们的功夫相当了得，会轻功还能翻空心跟头。这可是个天大的好消息！但报名者众，公布的名单上没有林。

林只好回家央求在矿上担任中层干部的父亲。校长碍于情面，就同意林与一批没报上名又都求到校长的同学先去试试看。林格外珍惜来之不易的试训机会，一个月下来，弓、马、扑、虚和歇步都练得有模有样了。最后是测试学习的接受能力，现场学习现场演练，朱老师示范的是初级长拳第三路的第一个动作"虚步勾手亮掌"，林看得仔细，一学就会，林转头看见两位老师相视一笑，知道自己有戏了。

林果然被录取，正式进了校武术队。进行正式武术训练后，每天的两次训练是固定的。清晨五点多起床，练到六七点，下午放学后练到五点半。放假期间练的时间会更长些。开始最艰苦的是"开筋"，就是拉开韧带，增加身体的柔韧性。最终要求是可以下纵叉和横叉，体前屈时下巴可以碰到脚尖。同时，也开始了练习武术基本功，就是正踢、侧踢、里合、外摆与弹、蹬、踹等各种腿法，以及掌、拳、勾等手型和各种步法组合训练，枯燥乏味又疼痛乏累。

在训练中，伴随着老师的肯定与否定的评价，林的好胜心也开始迅速萌芽。因为在只靠行动不需过多言语的武术活动中也能得到老师的肯定与同伴认可。

成为武林高手的梦想支撑着林刻苦训练，并帮助他克服了一次次的退缩情绪。

初一年级时，林的几个腾空动作如飞脚、旋风脚、摆莲腿以及旋子也基本能正确完成了。但就是"聂子"即"侧空翻"还需要在老师的保护帮助下才能勉强完成，林很郁闷。因为只有会侧空翻才会被认为是高手。

少年成长的节点有时真的很难说清楚。元旦期间，校武术队被邀请在矿上的灯光篮球场为即将开始的职工新年篮球联赛开幕做暖场汇报演出，就是演练武术的全套基本功。

在场外热身活动时，许多队友竟然都能轻松地完成侧空翻了。围观者众多，不时鼓掌叫好，还大声评价说谁家的孩子真棒！林大受鼓舞，心想必定要争得这份荣誉感。

正式演出时，腿法和步法基本功演示完毕后，就是腾空动作的演示了。最后一个腾空动作自然是难度最高、观赏性最强的侧空翻，前面出场的队友都顺利地完成了，当然也获得了阵阵掌声。

按顺序该林出场了，林清楚地看见环坐在主席台上投来的殷切鼓励目光，不知是潜意识里要为家庭增光还是要用自我表现来证明自己。林不由得加快了助跑，左腿起跳有力，提腰低头，居然身体在腾空后高飘舒展地右脚着地，竟第一次漂亮地真正完成了侧空翻动作。但是，由于林落地时身体惯性造成了重心不稳而如醉步踉跄的样子。眼看就要倒地，这时也不知为什么，林居然临时自作主张创造性地趁势增加了一个擅长的旋子动作。旋子落地后又接了一个前扫堂腿动作，掌声骤起。林机灵的临场发挥自然受到老师的褒奖。此后，林信心大增。

进入武术套路学习阶段后，林训练也更加自觉、更加努力，不久就成了主力队员。这就意味着林可以经常参加学校宣传队外出的慰问演出活动了，这当然是一件值得荣耀的事。林的自信心与自尊心也随之剧烈萌动起来。

为使武术表演节目更加丰富，老师开始教授器械了，就是刀枪剑棍的初级套路。队里发的器械是可以带回家的。林很兴奋，常常着迷一样地加练，回到家里也是器械不离手。浓厚的兴趣激发了创造性和韧性。一段时间后，林居然凭借脑海中老师的动作形象加之自己的摸索竟练成了高难度动作：旋子扫棍和扫剑。

也许，自己不断努力探索获得的成功更加可贵。成功不论大小，多次反复的小成功一定会为少年留下通往成功的心理模式和行为模式，这才是努力的意义！林隐隐感觉自己只有在身体运动中才会有自信与荣誉感和伙伴们常议论的英雄行为呈现。

暑期的一日集体游行中途逃脱后，林与伙伴百无聊赖，就想换个玩法打发无聊的时光。由于刚看过电影《铁道游击队》，有人就建议去工人村后面的铁路上去扒火车学飞虎队。无疑，飞虎队是真正的大英雄。几人来到铁路边，没敢贸然去扒正常行驶的列车。

林建议选择在轨道转弯处，或者列车刚启动或快要停下来的时候练习扒上跳下。在火车转弯的慢速状态下，伙伴们几次得手。不亦乐乎。

伙伴们总结经验体会后一致认为，上下车时身体运动要与车速相当才好得手。后来上物理课后才明白就是运动学中相对静止的原理，他们在实践游戏中早就掌握了。从此，林也爱上了物理课，物理课程中运动学部分的成绩也是最好的，并且一直受益到做硕士论文。

一段时间过后，扒慢速列车已经明显不过瘾了。他们开始唱着"爬上飞快的火车，像骑上奔驰的骏马"对正常行驶的列车跃跃欲试了。都说得挺好，到跟前又都畏缩不前了。

"还是看我的吧！你们都是胆小鬼！我才是大英雄！"已经练习了一年多武术的林自认为有功夫、身体素质最好，就自告奋勇要争第一。林勒紧鞋带先蹲一蹲，又沿着铁路边的小路疾跑了一段，算是做了行动前的准备。列车裹着风驶过身边，林边跑边盯住最后一节押车车厢的梯子和扶手，加速起跑，待跑动速度与列车基本一致、身体与列车平行的一瞬间飞身一跃，牢牢抓住了扶手，登上列车后就骄傲地回头向伙伴们招手。几十米过后，林选择路基旁还算平整的小路，飞身跳下，顺着惯性又疾跑一段才刹住了脚步。总感觉列车轮下有一股强大吸引力的风要把自己吸进去一样，林还是吓出一身冷汗。回来与伙伴们会合并介绍了经验后，林又把瞄了一眼车厢里面的情况添枝加叶地描述一番："押车的车厢里与电影里的一样，有一圈座位还有小桌子什么的。快活得很！"说得伙伴们心里都痒痒的。

再等一列，为保险起见，扒车路段还是选择在了较大的转弯处。伙伴们学着铁道游击队战士的样子先拉开距离等候在铁路边的小路上，又一起竖起大拇指相约在车上见。又是林打头阵，第一个登上押车车厢，坐在了里面，从小窗口骄傲地向外探头、伸手为同伴加油。列车转弯过后，发现少了一个伙伴；林带头陆续跳下了列车，急忙一起往回走去寻找那个缺失的伙伴。很远处就看见了那个卧倒在铁轨上的伙伴，大伙儿都吓坏了。有人开始胆怯地嘀咕："不好！不会是被轧死了吧？"急匆匆地跑到近前查看，倒在血泊里的同伴的一条小腿已经与大腿分离了。"赶快送医院，还能把腿接上！"林哭喊着，大伙儿七手八脚地把他抬到了本矿工人村医院的急诊室，林用衣服包着伙伴那条血肉模糊的小腿，大胆地拎在手上，紧跟其后。

一时间急诊室里乱了套："谁家的孩子被轧断了腿？"引来了无数当班的医生前来查看。命是保住了，但也永远残疾了。林的母亲芳在医院的血液检验科工作，正忙着验血，准备输血，自然看见了被吓蒙了的林，也知道了事情的大致经过。晚饭时环震怒，严厉训斥了林。

"男人当然要有英雄主义，但英雄主义不等于不自量力的冒险，冒险就是傻蛋了！男子汉可以勇敢但不能冲动鲁莽！"环给儿时林的最深印象就是特别会民主地做思想工作。

铁道游击队的事情是做不成了，但暑假还在继续。刚走出悲剧阴影的伙伴们还是要继续玩耍的。暑假作业都完成得差不多了，又有人兴高采烈地建议："听说矿山里面更好玩，有的同学捡到了废弃的橡胶手套，那可是做弹弓的顶好材料，比橡皮筋的力量大多了。"

"那还等什么？今天下午就各自从家里突围在大堤上的老地方会合吧。"林兴奋得难以言状了。

下午一见面才知道大家不约而同地都用了同一个脱身的理由，那就是

"去××同学家集体读报纸"。

盛夏的知了在被烈日晒蔫了的树叶上无力而不休地鸣叫着，伙伴们个个大汗淋漓。林想起环的警告就建议暂时别去矿山里冒险，还是下河消暑比较实际些。这当然也是个不错的主意，没准儿还能抓住大鱼呢。但又都不会游泳，当然又是林带头脱光了衣服下河了。看来有同样想法的同学还真不少，蜿蜒的河边早有不少的同龄人正在嬉戏。不会游泳自然不敢往深水区去，就趴在岸边打扑通也快乐。一会儿原本清澈的岸边浅水区就浑浊不堪了。个个如泥猴儿一般，但也确实凉爽了不少。

一段时间过后，只是趴在河边打扑通就没意思了。他们开始尝试着往深水里走一走再往岸边打扑通回来。就这样，又过了一段时间后，他们用所谓的狗刨式居然能沿着河边的浅水区游了十几米远的距离了，但还是不敢往深水区里去，尽管他们都知道那里的水一定会比岸边的泥浆汤要干净清澈也舒适得多。

或许，加速少年成长的方法就是在少年世界里来自同伴的激将法吧。

一次，看见有另一伙同学游到了河对岸挑衅似的向林一伙这边连喊带叫地挥手。林这一伙瞬间就感觉像是丢了天大的面子。"干脆我们也游过去吧！"林倡议道。说完竟带头向河心狗刨着游去了，当林游到河中间感到很惬意的同时也感觉到了下面的深水明显有点凉，还能够清楚地看到深处的水草随暗流鬼影一般地摇摆不止。小腿隐隐地抽筋让林感到了莫名的恐惧，林特别想掉头往回游。但是，潜在的个人英雄主义表现欲已不能使他再回头了，抑或求生的本能使然，林奋力加快了脚的打水和双臂"狗刨"的频率，林终于脚能够得着地了，感觉脚站在水下的稀泥里也是那样的踏实。林无比自豪地抹了一把脸上的水回头看看，自己竟然第一次游过了四五十米宽水面的雷河。

夕阳的余晖洒在了河面上，工人村的高音喇叭也传来了高亢嘹亮的《歌唱祖国》。这是一大批孩子都要在父母下班前必须赶回家的时候了。

林有点胆怯了，但衣服和书包尚在身后的对岸。不能赤裸着跑回家，更不愿意再跑一大圈从桥上回去，"兄弟们能游得过来，就一定也能游得回去。"林就坚信地鼓励同伴。

　　林一伙成功了，关键是收获了水中的自信。林匆匆穿衣背起书包跑回了家，父母和哥哥、弟弟、妹妹已经在吃晚饭了。林做贼心虚的样子没有逃脱环锐利的眼睛。环让林来到身前，用手指甲在林的腿上只是轻轻地划了一下，一道白色的痕迹立即就显现了出来。

　　"下河玩水了？"环愠怒地询问。

　　林只有坦白。

　　环担心与关切地说："能游过雷河了？还真不简单呢！但要特别注意下面的杂草，万一腿脚被缠住了，千万不要着急去硬挣！一般顺着水流方向水草会自然松开，或者用另一只脚去轻轻挑开。先去洗干净再来吃饭吧。"

　　"以后绝对不能再偷偷下河玩水了，医院暑假以来已经抢救了好几个溺水的孩子了。"芳依然极其生气地不依不饶。

　　环却宽慰芳道："男孩子调皮一点是正常的，家的旁边有河，水面积更大、更深的煤矿塌陷区，夏天男孩子们戏水很多，会游泳是件好事！我本该亲自去教孩子游泳的，现在儿子自学成才了。但安全第一！最好在人多并且有大人的地方下水！"

　　"男人要有个人英雄主义，但英雄主义不等于冒险，任何情况下都要首先保护好自己，不做无谓的牺牲才能做更大的英雄！"环拍拍林的头再次强调。

　　环循循善诱的话语让林终生铭记。但在可以连续游过雷河几个来回之后，林一伙的自信心大增。随之，雷河在他们心中也就显得太小了。

　　由于不久前才看过电影《渡江侦察记》，一天下午，林居然倡议这群十三四岁刚会狗刨游泳的伙伴偷偷去了附近杨庄煤矿（被称为淮北市南湖的大塌陷区）。背诵着刚刚学过的"到中流击水，浪遏飞舟"的诗句，准备要冒险征服水面足有几百米宽的煤矿大塌陷区了。因为当时只有那些能够游过塌陷区的同学才会是被同学圈钦佩为"水中英雄"。伙伴们下水前还兴奋地议论如果能游得过去就可以做电影《渡江侦察记》里的战士了，那当然是英雄行为无疑了。伙伴们还兴致盎然地给此次横渡冒险行动取了几个颇有霸气的名号，前三个公认名号分别是"浪里白条"、"水中蛟龙"和"飞鱼"。

　　男孩子们的游戏里一旦有了竞赛、荣誉和尊严的意味，大家就奋勇争先了。大家一路奋力狗刨、打扑通，游到中间时湖面上突然起风了。竟然还是不小的顶风，长长灰白色的波浪像巨大渔网的绳索顺着风就围了过来。

最前面的林呛了一大口水，狗刨游进时顶风昂着脖子的姿势让林感到太不舒服了。林在不知觉中顺着波涛起伏自然变成了侧泳的姿势，省力多了。为使呼吸更加顺畅，林又大胆尝试了仰泳，也就是用双臂在体侧上下摆动维持身体平衡，面部朝上能够轻松呼吸，主要还是靠双腿蹬水行进的姿势，林居然成功了。姿势不是太美却很实用。肌肉得到交替休息的林勇气倍增了。事实上，对于生活技能的培养，同时也发挥着身体的本能和精神的作用，效果可能才是最好的。此举为后来林去江城上大学第一次游长江和工作后首次下海游泳时体验"不管风吹浪打，胜似闲庭信步"的英雄行为都奠定了强大的心理基础。

最终，林凭借着出色的耐力、毅力及荣誉感第一个登上了对岸。自然也赢得了"浪里白条"的骄傲称号。

在岸上聚齐后，伙伴们大为开心了。因为，有人在旁边芦苇丛的深处发现了一条倒扣在水草上的破旧小船，附近的蒿草地上还有一张破烂得不成样子的渔网。

"那还等什么？出海打鱼！我们可以划船回去了。"林兴奋地鼓动伙伴们。

"好啊！可以玩'渡江战役'了。"

"把渔网也带上！"

"搂草打兔子撒网捕鱼。"

大伙欢呼雀跃，七嘴八舌地发表建议，大家齐力把船正过来并拖到开阔的水面，但大家立即傻眼了：那是一条摇双橹的船，谁也没有玩过。

"那是我的船。你们快放下！渔网也是我的！"伙伴们正在尝试摇橹时，岸边突然出现一个赤裸着上身、头戴草帽、手里拿着长烟杆的老汉，他边跑边大声地呵斥阻止着林他们。

伙伴越急就越紧张，虽然拼命摇橹，可是船就是在原地打转转。

"快停下！水深危险。让我抓住你们，打断你们的腿！"老汉看到几个小子没有罢手的意思也愤怒了。

"准备突围！'水中蛟龙''飞鱼'跟我下水推船！其他人用手划！先冲出重围再说。"林情急之下跳进水里大声建议。

很快，三个人推着船离开岸边终于越来越远了。船到河心他们认为安全了，筋疲力尽的三个人才爬到船上来休息。林喘着粗气，脑海里却在记忆的长河里搜寻着有关操纵摇橹动作的片段。白洋淀的雁翎队、微山湖突围的飞虎队和渡江战役中摇橹的画面逐渐清晰了起来。

"让我来试试吧！"林信心满满的样子。

生活经验多是经历或是见闻的再现。只见林弓步站立在船舱里交叉扶住橹柄，协调用力地让橹板出水。身体前倾，接着在橹板入水后再用力地向后拉。很神奇，一个孩子的潜力就这样在紧急状态下被激发了出来。在众人不停地用手划水的配合下，小船终于开始能够平稳而迅速地向前移动了。林边摇橹边传授着心得，大家都跃跃欲试了。轮流学习摇橹，玩得兴高采烈。

少年们的社会性与创造性一定是在社会游戏协作的土壤中形成与发展起来的。

"警报解除！我们到岸边浅水区撒渔网玩吧！"有伙伴提着渔网的一角充满渴望地建议。

看着渔网，大家又是一脸的迷惘。伙伴们倒是在雷河边经常能看到有人撒网捕鱼，但是实际操作起来太难了，几乎都是一坨子铅坠砸下去的，张不开网别说捕到鱼了，就是有鱼也早被吓跑了。正在伙伴开始绝望之时，林清楚地看见有几个鱼雷样的黑影在船的一侧游弋闪现一下就不见了。

"我有一个办法倒是可以试试！"林在思考中突然说。

林的办法就是，让几个伙伴把撒网尽可能均匀且大面积地扯开，同时再协同一致地盖在水面上，还挺好玩的。随着林第二次发出口令："放！"

"可能有货！"林拉网时明显地感觉到了缠在手腕上的网绳有重重的晃动。

"那就拉网吧！还等什么？"大家都有些急不可耐了。

"都来帮忙啊！一定有大货！"随着渔网越来越近，林也感到越来越沉，接近水面时就看见有一条长长的黑影疯狂地在网中乱蹿乱撞着。

齐心协力，还果真是条大鱼，好不容易才弄到了船舱里。只见它圆不溜秋的，像小孩儿一样胖胖的，足有五六十厘米长，脊背处的鳞片竟有二分钱硬币那般大小。

"是条草混子！最少有二三十斤！"

"是条大鲤鱼！有十几斤！"

"发财了！怎么处理呢？"

"都是林的点子，当然是让林拿回家了。"

"有福同享，有难同当！想办法把它吃了也好补一补游泳耗费的体力，今天下午太累，也饿了。"林在伙伴的议论中充满江湖豪气地表态。

"矿上也该下班了，也是真饿了！可是怎么才能吃了它呢？"伙伴们一筹莫展。

"这个好办！'河水炖河鱼，原汤化原食'。分头回去悄悄地拿来锅、碗、火柴和盐就成了。我和'飞鱼'留下杀鱼，准备柴草。"林愉快地说了不知是从哪部大鼓书里听到的话，又做了分工。

一个少年的组织力或领导力也一定是由其在实践中为特定小团体组织所做的贡献决定的。

众人领令散去后，林拿出用钢锯条磨制成的飞刀。

林带着"飞鱼"在水边杀鱼，去鳞，掏内脏，清洗干净，又在露出水面的石头上把大鱼切割成几段，放在树丛荫凉的草地上等候。接着就开始捡拾柴草，还用芦苇和树枝制作了几双简易筷子。闲着也是无聊，他俩就用柳条拴上鱼的内脏做诱饵，在芦苇中居然钓上来了十几只火红的小龙虾。

各路人马返回后，岸边的小树林里热闹了。用石头借助于坡地架好装满湖水的锅。点火烧火，一副荒野求生快乐无边的样子。一会儿工夫，另加了十几个小龙虾与鱼汤的香味在夕阳的炊烟里随着轻风四处飘散开了。

"得把船和网给人家还回去吧？如果不还回去的话，人家肯定会把我们当小偷的。"有伙伴吃完鱼肉喝完乳汁般的鱼汤，抹抹嘴拍拍肚皮看看水中飘摇的小船和草地上的渔网即担心地建议道。

"当然是要还回去的！好借好还再借不难！"又有伙伴补充说。

无疑，"小偷"名声是身处当时社会的少年最不能接受也是最丢人的心理暗示阴影。

"我实在是太累了！"

"我必须得尽快把锅送回家的，要是被我爸发现了我又要挨揍的。"

"我能把船划过去，可是再游回来我就心里没底了，他们说太阳落山后就会有水鬼出来拉人的。"

大家都有难处，最后就把复杂的目光都投在了林的身上。

"我船划得快，'浪里白条'水性好、有长劲儿。还是我和'飞鱼'去还船和渔网，你们都快回家吧！"潜在豪迈的个人英雄主义使林不想让伙伴们对自己失望，林说着就搂起"飞鱼"向小船走去了。上了船后，林又像是想起来了什么，接着就下来向炖鱼的小树林里跑去。"'贪污和浪费是极大的犯罪'！顺便摘片荷叶把剩下的鱼肉包了放在船上做好事送人吧。"林走出树林时，手上多了用柳条串起的两块洗好但还没炖的足有六七斤重的鱼肉。

当林和"飞鱼"顺利地交替把船划到了对岸时，那老汉居然还坐在草地上抽旱烟呢，就像是在专等他们回来还东西一样。

"大伯好！我们是来还船和渔网的。"林一上岸就歉疚地招呼并说明来意。

"还给您送了点儿鱼肉。""飞鱼"胆怯而讨好地补充。

"我的老伴生病了、身体不好，我下午来这里本是想撒几网的。谁知你们几个兔崽子把船弄走去玩，还把我的破渔网也拿去了。害得我白来一趟瞎耽误工夫！正打算抽完这袋烟去对岸找我的船呢，你们又给送回来了。真是好孩子！"老汉看到船回来了也很是欣慰。

"这条鱼看上去可不小，我在这里多年都没有捕到过这么大的鱼了。你们是怎么捕到的呢？"老汉接过"飞鱼"递过去的大块鱼肉打量一下，疑惑地询问。

"你们真的很聪明，天热大鱼会去岸边清凉的芦苇丛里觅食的。如果你们会撒网就会抓得更多。大鱼都是成群的，我明天也去你说的那个地方去撒几网试试。"林说了大致的情况后，老汉遗憾又显得很有经验地评价道。

"太阳落山就会起风，再说水太深也很不安全，依我看，你们俩就顺着岸边绕着走回去吧。"夕阳随着湖水波浪跳动了几下就落山了，老汉拎着鱼善意地提醒林他俩说。

"没事！我是'浪里白条'，他是'飞鱼'，我们会注意安全的。谢谢大伯！"林自信而豪情地回答准备离去的老汉。

"真要起风了。'飞鱼'，我们也快游回去吧！大伯也要赶快回去给大妈做饭呢。"看着灰黑色的水面随风涌起的密密的涟漪，林不敢再耽搁，告别老汉拉着"飞鱼"就向水里走去。

"真不行了，累死了！都喝了好几口水了。我的胳膊也软了。能歇歇就好了，我不会被淹死吧？""飞鱼"游到湖中心时体力有些不支、嘴唇发紫，胆怯极了。

"别怕！你就在我的身上扶一会儿休息一下就好了。你是'飞鱼'！"林靠过去鼓励"飞鱼"说。

林用尽全力半驮着"飞鱼"游了几十米后感觉自己也开始浑身无力发软了。

又过了一会儿，林感觉"飞鱼"已经不再用力蹬水而是完全趴在了自己的后背上双臂搂住了自己的脖颈。林发现"飞鱼"的身体越来越沉，几乎全是靠林在拖着飞鱼游进了。看着依然遥远的对岸，林背着完全趴在身上的"飞鱼"才真正感到了前所未有的恐惧。

"我趴不住要松手了。你自己回去吧！不然咱俩都会淹死的。""飞鱼"眼神悲哀迷离，像是在说着临终遗言似的。

美好的人性中一定有善良和英雄主义神性的光亮。

"我不会丢下你的！你要坚持住！搂紧我！我们再拼一下，过几天还要去矿上搞橡胶皮手套做弹弓玩呢。"看着脸已经变成青紫色的伙伴，林坚定地表态。

精疲力竭的林还是调动了最后的肌肉力量和求生的本能意志力……

"快把手伸过来！上船！"绝望之际竟然传来了老汉的声音。

"是大伯？"两人在老汉的帮助下用尽最后一丝力气瘫坐在船上后才睁大了疑惑的眼睛。

"我原本已经走出很远了。看风越来越大，实在是放心不下，这里每个夏天都会淹死几个半大小子。人要有良心，我就划船跟着过来看看了。看来我算是来对了！如果再迟一步，唉！我对不起良心啊！我是看着你们下的水啊。不说了！我还是赶上了！赶上了啊！"把两人弄到船上后，老汉欣慰极了。

"谢谢大伯！是您救了我们！我们真的快要撑不住了。"林和"飞鱼"大难不死，激动得更是吓得泪流满面。

"不要谢我，这都是我应该做的！好孩子自有老天爷的保佑。要不是你们冒险还船还送了我鱼肉，是好孩子。我还真不敢保准一定会回来看看你们呢。"

人与人之间的善良与被理解的感觉很好也很美！回家一路上林不停地感慨着。

"若没有你，我就一定被淹死了。你真讲义气，够朋友！谢谢林哥！""飞鱼"真诚地反复感谢。

"应该的！我决不会丢下你的。我们是兄弟！"林涌动着浓浓的江湖情结回答。

两人冒险的经历被"飞鱼"传扬出去后，林的威信也相应地更高了。再加上凤云有意识地引导，林的血性品质与正义感都大大加强了。

初中一年级末时，林终于在教室里被同学欺负时进行奋力血性反抗，竟把带头欺负他的同学摔在了讲台的边沿，一声闷响，那位同学的前臂骨折了。从此，在学校里就没有人再敢欺负林了。

林有一个原来同样懦弱也时常被欺负的同学叫军。军在五岁时父亲就去世了。林很同情军，林居然可以保护他免遭欺负了。军每天上学就先去路过的林家找林一起去学校，放学也是紧随着林。很奇怪，军在看到了林反抗几次过后，竟也走出了骂不还口、打不还手的屈辱阴影。几十年后，已经成为国内著名影视导演的军拍了电视剧《暗剑》，后来与林见面时还一再地感谢并深入地探讨了青少年血性品质培养对于人成长的意义，并还打算拍一部此类题材的电影呢，这是后话了。

从此，林身边的朋友才真正逐渐多了起来。

人的个性品格的形成有时可能只需要一次体会深刻的经历就足够了。

暑假里有一日没有训练，伙伴们无聊。就又想起做弹弓打鸟消遣时光的事来。弹弓架子很容易弄，可以使用老虎钳子自己制作，有一节8号铁条即可，但用橡皮筋就显得太过老土了。几人决定去矿山里碰碰运气，结伴钻过矿山周围代替围墙的铁丝网，来到矿里的灯房，这里是矿工下矿井前领戴在安全帽上独灯的车间。独灯大概是用硫酸和乙炔反应做电源的，腐蚀性很强。在这里上班的工人都是戴着防腐蚀的橡胶手套工作的。所以，只有这里才有做弹弓皮条的上好材料。果然，车间入口处的架子上就挂了几双长长的橡胶皮手套，但旁边有工人休息。林几个人眼睛放光地死死盯着那几付手套，慢慢向手套靠近；这时，一个工人就起身吼了起来："快走！快走开！又是来偷手套做弹弓的吧？"被人看透了图谋，难以下手了。

林居然想起了电影里声东击西对付鬼子的办法。一阵耳语过后，几个伙伴分成两组在车间门口假装吵骂，接着就扭打了起来，车间门口一时乱哄哄的。引得休息的工人过来围观劝架。趁局面大乱，一个伙伴拿了两只橡胶手套揣在了兜里。还没等工人们反应过来，这伙孩子就四散逃去了。按原定计划，他们在距此不远处通风区的压风机房小院子里会合了。清点"战利品"，够每人做两把弹弓的皮条了。先藏好，就在安静的小院子里玩开了。

院内有一棵老葡萄树，好不容易在低矮处发现了几串葡萄，摘了吃，酸的居多。这时有人惊呼，高处还有！林顺着伙伴手指的方向望去，果然看见几大串红得发紫的葡萄，但是暗棕色的葡萄藤是顺着高大的白杨树缠绕着生长上去的。稍矮处的，一个伙伴爬上去摘了下来分着吃，很甜。但也遗憾，高处还有一串更大、更紫红的，一定很甜。但是也太高了，可不敢再爬了！一时没人表态敢往上爬了。

林顿生豪气："胆小鬼！关键的时刻还是我这个大英雄来吧！"

那串葡萄的位置也确实也太高了。林仔细观察，大概是在白杨树向上的第六七个树杈处，距离地面怎么也有十多米高。这时又有伙伴开始起哄："君子一言！驷马难追！"这是伙伴们对承诺过的人时常说的激将话。

畏缩不上就意味着是小人、是孬种了，这当然是林无法接受的群体评价。林一时气血上涌，就学着电影里大英雄出场时的样子大喊了一声："我—来—也！"说罢即做了个夸张的登场亮相动作，脱掉塑料凉鞋开始攀登。艰难地爬上第四个树杈时，林的上臂因用力过度就有点发抖了。但他已经看得见那串大葡萄了，只有咬牙坚持继续向上攀登了。越往上树干就越细，居然还能听到耳边吹过的风声了。林再往上爬就感觉树干也随风摇晃了起来。林屏住呼吸终于努力登上了最后一个树杈，总算是颤微微地摘下了那串超大的葡萄。林把葡萄放在空书包中背好，即抱紧摇晃的树干开始一点一点地往下移动。显然，下树比上树要艰难得多了。突然来了一股大风，林的上肢越发颤抖，腿也夹不紧树干了。脑子就蒙了一下注意力全无，接着脑中就是一片空白，只能听到两耳生风，感觉身体在急速地下坠着。求生的本能让林两臂拼命胡乱地合抱，接着林就感觉前胸肚皮和两条大腿内侧火辣辣地疼。原来是在坠落过程中林幸运地抱住了粗糙的树干，只是抱住树干后身体又随惯性往下滑了一小段。

林无比艰难地下到地面，他英雄一样地把装有葡萄的书包交给伙伴："君子一言！你们可以吃了！"再细看自己，胸前白色的背心已经被撕成了条状，上面染满了山水画一样的血迹，肚皮也被拉出了无数条沁着血丝的伤痕。

综上，林的这三次英雄主义的"壮举"也被伙伴们佩服了许多年。每次都差点要了林的命！

一个人品质性格里某些特质的形成或许就是因为一两次的行为经历，这也成为了培养林血性英雄主义的印象最深刻的经历。

2. 运动吧少年

自从林在那次元旦全校长跑中得了第一名后，当林再次走在校园里面，就不再是那个形单影只的孤独少年了。他感觉和别人交流比自言自语更好、更有趣。正式进入学校武术队后，他渐渐有了一起谈论学校和社会趣闻的朋友，孤独感也在渐渐地远去。

对于一个在一次偶尔的成功带来的自尊和荣誉感萌动的少年来说，他便会努力去不断地复制那种成功模式了。没人督促林原本自发的跑步锻炼，但是林却更加自觉地锻炼了，因为他太想在每年周期性的元旦长跑比赛中重现那种通过行动换回的美妙感觉了；而且，那种美妙的感觉在少年群体中一定有"传染"与"辐射"的作用。在林的影响下，跟随林自发锻炼的伙伴越来越多了。似乎，这些伙伴都想在比赛中得到同学的欢呼和老师的认可。不懈坚持和努力的林在小学四年级后就再也没有让全校元旦长跑冠军的荣誉旁落，直至林到1980年高一时获得全市的元旦长跑亚军。

想必，班主任对少年跨过成长的节点具有推波助澜的作用，前提是他必须清楚地了解自己的学生才行。

1976年春季开学后的教室内，班主任正在讲话。

"学校一年一度的春季田径运动会下个月就要举行了，现在要同学们预报名，每个项目每班限报2人。"

"我报跳远！"

"我报跳高！"

林想举手报名参加跑的项目，但终未能举起手来，因为他惧怕万一说话结巴又留笑柄。

有的男生报了400米和800米，老师竟然让他们先等会儿。

"元旦长跑，林又得了第一名，就让他参加400米、800米和1500米的项目吧！"班主任为林做主，竟然帮他连报了3项。

"是！"林声音洪亮地答道。在同学诧异的目光里，他自信地挺了挺胸脯坐直了身体。

转眼间，运动会比赛开始了。

上午是400米的项目，这个项目在学校自建的周长200米的操场地上要跑2圈。预赛时林起跑后就一直冲在最前面，直到撞线。决赛也是如此，林获得了第一名。

下午，初一男子组800米分组比赛按成绩决定名次。在老师和同学们的欢呼声中，2圈过后林越跑越快，来自敏的加油声音最大。成绩又是第一名。

第三天上午是1500米不分组的决赛。20多人排成弧线站在了起点。发令枪响了，蓝色的烟在黑色的烟屏上格外醒目地停留一下便四散开来融化在了蓝天的背景里。跑道上挤作一团，跑过第一个弯道后前三个跑进集团就基本形成了。这个场地要跑7圈半才能完成1500米。第4圈后，第一集团就只有林一个人了。

在班主任和同学们的加油声中林继续加速。突然，林一个趔趄，接着就用一条右腿单跳了几步。林满是痛苦的脸上渗出几颗豆大的汗珠，倔强的泪花也在眼角聚集。在第7圈的北侧弧道上，林竟赶上了跑道上的最后一名选手。"林套圈了！套了一个人了！"同学们兴奋地欢呼。跑下弧道就能看到红色的终点带了。林咬着嘴唇跑完了最后的100米。"又套了一个。加油！就剩最后50米了！"同学们挥臂高喊。

林侧目一看，被套圈的竟是以前经常带人欺辱自己的那个学生。那一刻，林竟越跑越快了，一切都不需要语言。

林冲过终点线后，还回头看了一眼，依然没有停下脚步的意思。林的胸前自豪地挂着长长的红色终点带随风飘舞，似乎是在告诉别人他还有继续快跑下去的能力，他的第一名是具有绝对优势的。

"林，停下！快停下！你已经跑完了！"几个同学拦下了林。林又是右脚单跳了几步才坐在了跑道边的小树下。班主任急忙跑了过来，关切地询问道："怎么样？没事吧？先喝口水！哪里不舒服就告诉老师啊！"

"老师，没事！左脚疼得厉害！"林在痛苦中平静地回答。

"快去喊医生过来检查一下！"班主任焦急地吩咐。

校医背着药箱很快来了。林更加痛苦地脱下布鞋，矿上发的草绿色的工人劳保袜子的大脚趾部位已经是暗红的一片了。袜子根本脱不下来，医生只好用手术剪刀剪开了袜子。老师和同学们关切地围了一圈，当剪开到大脚趾部位时，血肉与袜子的棉线早已粘连在了一起。

班主任兴奋地宣布："林一个人的三个第一名就为班级集体的总分贡献了24分！我们班第一次有希望获得团体的名次了。"林很疼，当听到班主任的话后竟咧开嘴开心地笑出了声。

周围的同学们都高兴得鼓起了掌，那几个从前经常欺负林的本班调皮男生居然掌声最为热烈；这一定是通过自己的努力给集体带来的荣誉感！林偷偷瞄了他们一眼笑得更加灿烂了。

那一刻，林真切地感觉到了语言永远都是贫乏的……

人的命运被改变时似乎从来都没有任何的征兆。

在运动会后一个极为普通的日子，林被叫到了学校体育教研组的办公室。黑塔般的体育组长高老师看着局促的林，问道："你就是林？"

林低头看着脚尖儿回答："是！"

"你喜欢跑步？"高老师又问。

"嗯！"林真诚地点点头。

"学校要成立田径队，准备参加明年暑假举行的矿务局中学生田径运动会，你愿意参加吗？"

林吃惊地抬起头："就我？我当然愿意！"

看到林憨憨的样子，高老师充满怜爱地笑了笑，继续说道："光喜欢还不够，还要能吃苦、能坚持。"

"我保证不怕苦，我保证能坚持！"

体育老师在所有中学生的心目中都是无所不能的男神。是男生的偶像，是女生的梦中情人。而林能够成为学校田径队的一员，似乎也成为学校男神级别的人物了。

林喜欢走在学校的运动场上，因为走在那里他很骄傲，他分明能看到从女同学眼里飘过来的艳羡。此时的林，他的寡言已经不再是缺陷，而是一种冷峻了。伴随着这种美好的感觉，林的尊严感与自信心也被再次唤醒而且不会再沉睡了。

在冷峻和骄傲的背后，林也隐隐约约地藏着一种遗憾，那就是他没有一双真正的运动鞋。他穿着矿工子弟普遍都穿的用矿上废弃运输机皮带做鞋底的鞋子跑步，鞋底不到半个月就被磨透了，再用熬化的橡胶补上继续穿。耐磨的工人劳保棉线袜子在冬季训练出汗后脱下来就能直挺挺地立在那里。每天清晨沿公路从学校跑到选煤厂折返5000多米是固定的，每次跑完都是大汗淋漓。正式进入春训，训练量稍减但训练强度逐渐提高了；专项练习多了起来，同时各种力量训练也加上了，异常艰苦的训练换来了成绩的突飞猛进。

在来年的春季运动会上，为了全面检验冬训成果，高老师为径赛项目队员报了几乎所有的径赛项目。林的100米接近13秒、200米30秒出头、主项400米首次达到了1分、800米2分10秒、1500米4分30秒、3000米9分多，林每次获得冠军时，女生尤其是敏的叫好与加油助威声都让他感到了前所未有的美好。每当有男生羡慕地看着他时，林都会不由得挺起胸膛。

进入夏训，就是围绕专项问题补短板了。赛前2周进入了暑假，雨水也多了起来，高老师设计自建的黄土混有少量煤渣的跑道因经常不能使用而耽误正常训练了，只能在教学楼走廊的水泥地面上训练，既影响其他学生上课，又使队员们难以承受。

高老师心急如焚，眼看训练就要被迫完全停止的时候，他找到校长，但是校长双手一摊，明确表示："学校就那么点经费，我也无能为力。"

看着闷闷不乐的高老师，队员们都沮丧得要哭了。林突然感觉如果不训练他不知道自己还能干些什么，这大概就是书上说的迷茫吧。

高老师望着被雨水泡成烂泥斑斑的跑道大手一挥，说道："我们自力更生！"第二天，高老师从校外弄来一辆板车，从学校锅炉房装了整整一板车的煤渣，奋力地撒在跑道上……高老师带着队员们，在两天之内把学校锅炉房积攒多年的煤渣都转移到了跑道上，但还是填不平跑道上的那些被雨水冲刷成的沟沟壑壑。

"高老师，我爸爸是矿上医院的院长，可以从医院的锅炉房搞到大量的煤渣。"队员小田自告奋勇。

林的母亲也在医院工作，也常去医院玩儿，早与门卫混得脸熟。于是，高老师就把晚上拉煤渣的任务交给了林。林很认真负责，通过这次实践，林对团队工作的目标、分工、合作与协调有了一定的理性认识，也锻炼了这些能力。

在接下来的半个月内，林带领十几个队友夜里经常一干就到大天亮，辛勤劳动终于换来了修整一新的煤渣跑道。铺设完毕，在高老师的带领下，大家又开始在平整的跑道上挑拣出较大的不利于安全的煤渣；另外，他们还用石灰粉画了漂亮的分道线。队员们终于亲手铺就了一条通往理想的跑道，第一次对跑道的分道线与宽度、前伸数以及跑道的内外环排水沟都有了感性认识，也加强了团队意识。

集训结束后，田径队队员们自豪地穿上了印有"烈山矿中学"字样的红色短袖上衣和白色运动鞋，主力队员还配发了比赛用的钉鞋。下发运动鞋那天，林特别兴奋，他终于拥有了一双朝思暮想的运动鞋，他没有用家里的钱，是靠自己挣来的。穿着钉鞋，林感觉身轻如燕。

转眼间，矿务局中学生田径运动会即将开赛。出发的日子，每人自带了被子，都用背包带捆成行军一样的豆腐块样的被包背在双肩上，又用一个尼龙网兜装了脸盆、毛巾等洗漱用品，军人一样地登上矿上的解放牌敞篷大卡车。

卡车启动那一刻，林对着家的方向在心里默默地说："爸、妈，我出发了！"

烈山矿的卡车来到张庄矿中学的时候，已经有十几辆卡车和几辆客车停在校园里了。在那个年代，提倡勤俭办赛，运动会承办单位只提供住宿的地方和简单的三餐，交通要自己解决；每个矿学校代表队男女各一间在教学楼里铺好地铺的教室，就是在麦秸草垫子上铺好了席子的大通铺，像极了电影里的骡马大店。带队老师报到完毕，下发了比赛期间用的花花绿绿的餐票。

林第一件事就是小心地收好餐票，因为他除了饭票浑身上下没有一分钱，丢了就只能挨饿。收拾好行李，林就和队友主动地去比赛场地进行适应性训练了。

场地上已经有许多穿着印有不同学校名称运动背心的学生。林注意到有些运动背心上却只印有"淮北"两个字，他们大都流露着难以掩饰的优越感，而且动作技术也显得专业老到。打听后得知，他们都是市体校田径队回来代表原学校参赛的队员。

高老师特别提醒道："他们才是最有实力的对手。要多看他们的技术动作，多向他们学习！"

场地也是煤渣的，只是煤渣更加细、面更平整。

林的参赛项目是 800 米、1500 米和 3000 米。

第一天上午是 800 米预赛。同组有穿"淮北"字样背心的选手，林没有任何紧张。因为，他脚下的煤渣跑道让他感觉太亲切了。林竟然没有任何悬念地顺利过关。下午前八名进行决赛，林得了第二名，第一名和第三名都是市体校的，林的自信心大增。

第二天的 1500 米分组比赛是按成绩排定名次，林又得了第二名。

最后一天下午的最后一项是不分组的 3000 米决赛。由于是最后一项，围观的人也最多，各为各的队友加油鼓劲儿，助威声在豪迈的运动员进行曲中此起彼伏。高老师带领全队为林加油，8 月中旬的夕阳依然在努力地逗着最后的威风，林汗流浃背，流进嘴角的汗珠带有淡淡的咸味儿。林第一次真正体会到了什么是运动场上的血性斗志，什么是团队精神。林奋力地在跑道上奔跑，他太想赢得一个冠军了。然而他拼尽全力还是第二名。他赢得了三个亚军，所有队员都向他祝贺，但他还是很沮丧。老师统一领了奖状和奖品说是回到学校要在开学后在广播操时间由校领导颁发。第一名是球鞋；第二名是翻盖上印有"为人民服务"字样的军用挎包，也是被同学们拿来当作为书包使用的。

开学第一天，在全校师生的注目礼中林3次风光无限地上台领了3张奖状和3个书包。校领导的表彰和同学们的掌声都没有让林高兴得起来，因为林最想要的还是球鞋。

芳做了好吃的等林飞奔回家来报喜。可是林却蔫蔫地回来了。把书包往地上一扔说道："妈，第一名是球鞋。"

芳却露出开心灿烂的笑容安慰说："三个第二名，我的儿子也是学校最棒的！"

饭后，芳悄悄拿着3个书包去了合作供销社，回来时居然给林带回了一双他朝思暮想的"回力"牌高帮球鞋。因为，那时学校里已经刮起了一股强劲的课外玩篮球之风。林高兴得蹦了起来："妈！您是怎么才做到的？您才是最棒的妈妈！"原来，是芳托熟人用3个书包按原价兑换了一双球鞋。

林终究舍不得穿去打球就放在柜子里了，直到脚长大了一些也没舍得穿过几次。

颁奖过后，林成了班级和学校的名人，俨然明星一般地受人仰慕，就连学校公认漂亮的女生都主动和林打起了招呼。

那时矿区学校体育竞赛格外频繁。矿务局秋季中学生田径运动会后，接着又要举办矿务局冬季中学生篮球比赛了。林当然又被选进了学校的篮球队。教练是教体育的高老师和王老师，他俩原本都是矿篮球代表队的主力成员。尤其是王老师的右前锋技术在全矿是出了名的。他的突破上篮和急停跳投动作潇洒漂亮，被同学们竞相模仿。林的协调性好、反应灵敏、速度快、有耐力，就被安排打右前锋的位置了。

一个人的一生追求，唯有热爱是最大的动力。林本爱篮球，现在又得王老师亲传。在老师和队友的夸赞声中以及越来越自信的心境里，林的篮球技术提高得很快。在队中，林的身体条件不是最好的，但很快就成了绝对主力与场上的核心。由于林在场上能起到提醒防守与组织协调进攻的作用，所以深得老师和队友们的信任。

两个月的集训结束后，比赛就开始了。烈山矿中学还被选作南部赛区的比赛地点。南部赛区有 8 支代表队，赛制采用单淘汰制。烈山矿代表队携主场之利过关斩将。如果能够在倒数第二场半决赛中赢下附近的杨庄矿中学代表队，即可与南部最强的对手选煤厂中学代表队相逢决赛。如再幸运胜之，即可代表南部赛区去市里与北部赛区的冠军队争夺总冠军了。

因此，要首先拿下杨庄矿中学代表队。老师抓住宝贵的赛程中间休息调整的几日，做了精心的战术部署。其中就有围绕林上篮的速度优势安排的几套快攻战术：

一是后场队友抢得篮板球后迅速传给接应的后卫，这时埋伏在中线附近的林就开始快下，准备接长传球直接上篮。

二是在前场抢得篮板球后，双队员为林做交叉掩护，拉出空当，以便林在罚球线至 45 度角一带跳投，或为林创造与对方形成一对一进攻的机会。中距离跳投与一对一突破是林比较擅长的技术，有较高的成功率。就是突破不成也能造成对方防守混乱，可以择机分球给位置较好的队友得分。

芳所在的医院女性居多。女性多的地方通常就会有攀比，芳当然也不例外。芳经常在吃饭时和环唠叨，林也略知一二，她们的攀比一般都是先比自己的丈夫如何。环相貌堂堂，为人豪爽，又是矿上的中层干部，善交际颇有人缘。因此，芳在这一点上是占上风的。其次，就是比各自的穿着。环非常宠爱芳，在可能的条件下总是能够尽量满足芳的穿着材质与款式需求。环出差的机会较多，总是能带回让芳满意的礼物。什么的确良面料、纯毛华达呢的大衣、羊绒围巾和各种时尚女包，甚至上海的大白兔奶糖等。芳在这一点上也是有骄傲资格的。

第三，就是比各自的孩子了。芳的一个同事的儿子是林在篮球队的队友。他的身体条件与篮球技术在队中都是出类拔萃的，他比林高出一头。两位母亲可能是也知道了下午篮球半决赛的事，不知怎么又比了起来。大概是各说自己的儿子更优秀些，争执不下竟相约要带了几个同事到现场去观看见证一比高下。

那天中午吃饭时，一般很少关心赛事进程的芳竟郑重要求林下午要好好地表现，说是有医院的几个阿姨要去现场观看比赛。下午出发时，林换上了珍藏已久的芳用3个书包换来的"回力"牌高帮球鞋。

两队自然都知道此役的重要性，尽遣全部主力。上半场前半段竞争就比较激烈，比分咬着不分高下。高老师果断叫了暂停，要求换招实施以林为核心的快攻战术，以寻求局面改变。重回场上，在对方进攻时，林就有意地稍拖后埋伏，没有参与后场的拼抢篮板球。队友得到篮板球后，完全按预先的演练套路执行。球到接应后卫手中时，林已跑到了前场端线前跑弧线准备接队友长传球切入篮下了。一记精准的长传，林顺势接球上篮命中，竟然连续3次得手，连得了6分。

对方教练见势不妙立即叫了暂停，开始布置重点防守林的快攻战术。对方安排2人拖后防守，林只有埋伏在中线一带准备拿球了。这样前半场就成了林个人表演的舞台。

林拿到球后，对方两位队员拉开距离前后梯次防守阻拦。林看见了几个穿白大褂的人就站在端线一副评头论足的样子，其中就有妈妈。林平添了许多勇气，那是林的篮球史上能记得住的少有的几次突破重围上篮得分的得意场景。林运球的速度起来之后，对第一个扑上来的防守者采用虚晃假动作，顺利从防守队员左侧突破。当第二个再扑上来防守时，林用背后运球接转身运球，又从防守队员右侧成功突破。上篮时还临时空中表演性地换手，用左手打板入框，流畅华丽的动作一气呵成。芳读书时就爱体育活动，她当然知道这一串连贯动作的精妙，带头鼓起掌来并大声夸赞："我的儿子是好样的！"带动了本校啦啦队齐声呼喊加油，全队也大受鼓舞，越战越勇。用几套快攻战术屡屡得手，终场毫无悬念地以大比分取胜。林竟独得了50多分，晚饭时芳还沉浸在兴奋之中，反复地对环自豪地说："她们都看见了，还是我的儿子厉害！"环笑得更加开心："当然是你的儿子更厉害一些！"

后来就更有意思了。初中毕业时，林和几个队友相约去报考了当地中师学校的体育专业班，只有芳的那位同事的儿子考上了。那可是当时了不起的事情，因为中师毕业后当体育老师就意味着是国家干部身份有铁饭碗了。那位阿姨不仅在每个科室广而告知，还发了喜糖。芳则像是在关键比赛中输掉了一局那样郁闷。两年后林考上了大学，毕业后回到当地的教育学院做了大学老师。当年考上中师的队友竟戏剧般地回到已经升格为大专的母校，为获得大专文凭而成了林的第一届学生。

"还是我的儿子厉害！"一个周末，林回家说了巧遇队友的事，芳欣慰极了。

"当然是你的儿子更优秀一些！儿子总算为你扳回了一局。"环依旧开心地配合着。

母亲因儿子而骄傲的笑容永远定格在了林的心中，也成了林奋斗的巨大动力。努力用出色的表现回报母亲的宠爱，可能就是男孩子骨子里的神奇之处吧。反正只要是母亲殷切希望的事情，林都会努力地去实现。后来，在芳与同事的孩子中，林是第一个考上硕士也是唯一考上博士的儿子。林晋升正教授资格后到父母亲墓前告慰时，仿佛还听见了父母的对话：

"还是我的儿子厉害！"

"当然是你的儿子更优秀些！"

林一时间泪流满面。

林在矿务局中学生篮球赛后，接着就被选拔进入市体校代表本市参加省中学生田径运动会，并打破了保持多年的男子 800 米市纪录后，竟奇迹般地在任何情况下说话都不再口吃，见到陌生的女生也不再脸红了。林的局促腼腆完全被自信大方所取代了。林坚定地认为：自己自信心的找回和自尊荣誉感的确立与自己在身体运动方面的经历和获得的成绩密切相关。

1976 年，林上初一，上课时也敢主动从容地回答问题了。血性完全战胜了懦弱，自信张扬的个性取代了自卑与自闭，长期艰苦的体育训练也培养了林的创造性和韧性品质。

自信心的确立自然给林带来了更加大胆的梦想，也为现实的理想插上了腾飞的翅膀。

1977 年的 9 月，一矿的父母们都在奔走相告着一个好消息：国家就要恢复中断 10 年的全国统一高考了。并且，考上大学的人毕业时国家都会按干部身份统一分配工作。这可是天大的喜讯！

父母们尤其是自认为孩子学习成绩较好的父母常聚在一起兴奋地谈论着、憧憬着，仿佛他们的子女成为人中龙凤、光宗耀祖的希望马上就能实现了。林所在学校的各级领导和班主任更是不厌其烦地大会动员、小会报告、班会讨论。苦口婆心地奉劝同学们努力学习，让大家为国家建设、为家庭荣誉和个人前途而努力学习考上大学。

这时，已经读初二的林也在思考"考大学"这件能为自己彻底赢得尊严、为父母挣得荣誉的大事了。无奈，自己的文化课基础实在太差，就只能把这个小心思深埋在心底。同学们大都写了三年后参加高考的决心书，并被老师集中贴在了教室后墙的宣传栏里。写决心书的同学还经常能得到各科老师的表扬与格外关注。

一天，班主任突然对闷闷不乐的林说："林，你很聪明！语文、政治和历史课的文科成绩也不是太差，你的体育成绩很好，你将来是可以考体育大学的，毕业当个体育教师也是挺好的选择。"这些话让林茅塞顿开。

此前都是推荐工农兵上大学的体制，大学生被称为"天之骄子"。上大学绝对能称得上是件光宗耀祖的大事！林的父母也开始不停地念叨此事了。林的大哥旗性格乖巧，学习成绩也比较好，又比林高一年级，会提前一年参加高考，家里自然把希望放在了旗的身上。已经靠体育运动建立起自信、自尊、自强的林也跟着嚷嚷："我也想上大学，大学里也有体育学生的。"关键时刻又是环因势利导地教育："光有想法是不行的，你现在已经读初二了，每门课程都要学好才有希望的。学习不好，到时候指望撞大运只能是丢人现眼的结局。"

至此，林就开始上课认真地听讲了。无奈，林的基础实在也是太差了，就是听不懂重要的数理化课程。每当这时，不甘心的林居然都能靠丰富的想象力清楚地看见几年后高考落榜时自己尊严全无、父母脸上无光的难堪局面。绝不能让这种局面出现！

性格、品质是可以在不同的社会活动之间来回迁徙的。林常想："学习再难、再苦也总不比1500米冲刺的时候更难吧？"

已经下定决心的林血性地决定从头再来。好在，小学的课本都按环的要求还完好地保存在家里，血性意识已经觉醒的林竟决定要从小学四年级的语文和数学自学补起。

语文还相对容易自学，数学就得从四则混合计算开始补习了。遇到数学的文字题就是一头雾水，林就一字一句地读懂题目，再创造性地用笔在稿纸上形象地画出图形以帮助理解。

林刻苦自学了一段时间，刚有点心得后，春节也就要到了，这也意味着林与伙伴们期盼了一年最快乐的时光就要到来。为能保住已经取得的学习成果，同时也为了顽强地抵抗住来自伙伴们花样翻新、不断升级的假期游戏的诱惑，更为保证有充足不间断的学习时间，整整一个寒假，林每天都像往日课后一样翻窗进入如冰窟一样的教室里，把课桌垒成独立安静的空间封闭自己，以蚂蚁啃骨头最原始的方式倔强地硬是把小学四年级的语文和数学课程自学完毕了。接着就开始攻克五年级的内容，林越学越有信心，学习方法与理解能力也得到明显的提高。就这样坚持到了1978年初三上半学期，林感觉已经基本能够跟得上老师的教学进度了。林似乎发现自己与学习好的同学又重新回到了同一条起跑线上了，暗自窃喜的同时林学习自觉性与自学能力也进一步增强。跟上队伍来之不易，林就舍不得让自己再掉队了，因为林想的是：学习文化课程与中长跑比赛可能是一样的道理，只要能紧紧地咬住第一集团，按部就班地跟随，跑到最后的冲刺阶段自己就可以主宰比赛了。

转眼到了1979年9月，林读高一了。高老师通知林可以进市体校训练了。后来知道是市体校田径队的田教练在矿务局中学生田径运动会上就注意到了林。高老师点名要林去市田径队试训并准备参加1980年的第二届安徽省中学生田径运动会，林的主项是800米，兼项为400米和1500米。

从此，林自豪地穿上了内心期盼了许多年的胸前只印有"淮北"字样的运动服。在同学、队友的羡慕里，林带上简单的行李第一次离开了家，开始了长达两年的体校集体生活，住在灯光篮球场看台下面4人一间的宿舍里。

每天3次训练，很是正规。田教练是上海人，曾是全国少年田径十项全能冠军。他技术全面，训练信奉"三从一大"（从难从严从实战出发，坚持大运动量）原则。田教练的十几个男女队员多是来自农村和矿区，或是家境不好的市区学生，都特别能吃苦，都有通过刻苦训练来改变命运的决心。田教练常对队员们说大家出路有三条：一是成绩优异被选拔到省体工队，成为有工资的省田径代表队的专业运动员；二是上省体校，相当于中专毕业出来后被分配到中小学校做体育教师；三是考上体育学院或师范大学的体育系，毕业后国家包分配，可以在大学当老师或做教练员。三条出路可都是"金饭碗"。因此，大家都刻苦训练，全市最优秀的同龄"中跑"选手都云集在此，互不服气，似乎还都有"行动胜过言语"的心气，竞争也格外激烈。这居然是林潜意识里所喜欢的氛围。

林当然选择的是第三条出路。一门心思要迅速提高成绩的林训练时自觉努力还总爱提问、爱钻研，因此深受田教练的喜爱。

一日，田教练拿来世界800米纪录保持者、英国最优秀的中跑选手塞巴斯蒂安·科的途中跑连续动作技术图片，林没事就拿出来着迷似的观看研究。林在苦苦思索中有一次感觉自己竟随着图片的动作同步地跑了起来，步履轻盈开阔，很有节奏感，仿佛全身的肌肉都在运动。田教练说这可能就是国外流行的"意念训练法"起了作用并要求林要坚持下去。这种感觉太美妙了，每次训练途中跑时，林就有意识地在脑海中再现图片里的技术动作感觉，刻苦训练与独立思考钻研技术促使林的成绩进步很快。一年过去了，林在队中800米项目上已无对手，也就是在全市第一。

出征前的全市中学生田径运动会，也是最后的组队的选拔赛，林轻松夺冠，第一次有资格代表本市去省城合肥比赛。

林上午入住招待所，下午就去了省体育场适应训练；那是标准的400米8条跑道的全塑胶场地，在准备活动后，林换上钉鞋适应性地跑了几个200米，感觉弹性与抓地感都特别棒。这是林第一次见到并踏上塑胶跑道，兴奋得难以言状。

正式比赛日，上午800米预赛的成绩使林顺利进入到了紧接着的复赛。田教练分析了对手们的预赛成绩，要求林以保存体力的方式参加复赛，只要确保取得小组前三名进入决赛，决赛取得前八名就算完成预定的参赛任务了。

紧接着复赛就开始了，林和各地的对手也许都是太想进入决赛了，都很兴奋霸气张扬，互不相让奋勇争先，竟然不约而同地把复赛当成了决赛。林第一圈 400 米过后也是自乱节奏，没有按教练事先布置的自己擅长的从倒数 200 米处再开始发起冲刺。而是顺着疾跑的人流，体能毫无保留地一冲到底，虽以小组第一的名次进入了决赛，但体能也消耗殆尽。

下午就要决赛，不可能有调整的时间了。林虽然拼尽全力也是强弩之末，仅获得了第四名。田教练和随行的高老师却兴奋异常，原来林两分多一点儿的个人历史最好成绩还是打破了市保持了多年的 800 米纪录。回到淮北，高老师作为林原学校的启蒙教练参加了市体委的表彰大会，还领到了纪念品。市纪录保持者就是本市这个项目的王者，林当然也非常享受这个项目的王者荣耀，林更加自信了。为了保持这种美妙的"王者"感觉，林的训练也更加自觉、刻苦。

省中学生运动会后，林要读高二了，也就意味着 7 月份毕业就要紧接着参加高考了（当时高中是两年学制）。高老师冷静地分析了林的学习和体育成绩现状，很是担忧：林的体育成绩应该没有太大的问题，问题是文化课，建议林高一留级一年，再好好地抓抓文化课，明年再参加高考。这也是林几经权衡后所担心的。回到家后，林把想法告诉了环，环还是惯常的民主："你自己权衡决定，如果文化课确实心里没底，就留一级吧，大不了晚一年参加工作。"那时候，矿工子弟高中毕业就有可能通过内部招工参加工作而衣食无忧了。父亲同意留级，林就更不敢放松自己了。

8 月下旬，先一年参加高考的旗被省城的一所中专录取，这已经是天大的喜事了。登门道贺的亲友络绎不绝，可是父母的脸上总是有一点儿美中不足的样子，毕竟中专不是"标准的"大学生。林的家族责任感和荣誉感随之也变得更加强烈了，而后就以破釜沉舟、背水一战的心态激励自己；同时把旗用过的复习资料全部搬去了体校，又在看台下狭小低矮的床头布置了一个独立安静的学习小空间，就像开始发奋学习时在教室里用课桌垒成的封闭小空间一样。

林把业余时间几乎都泡在里面自学复习了。田教练也很为林着想，训练内容也就有意识地围绕林的高考 4 项进行安排。即专项 400 米、素质 100 米、引体向上和原地向上纵跳。参照历年成绩分值对照表，林信心满满：专项跑进 55 秒、100 米跑进了 12 秒、引体向上 20 个就满分了，原地向上纵跳若能过 80 厘米，体育成绩就应该绝对没问题了。根据对以往的体育成绩核算，文化课总分能过 180 分，综合分就能达到本科的录取分数线了。

林的上肢力量相对比较弱，最差的就是引体向上，平时用尽吃奶的力气最好成绩也就只有 15 个。找到了弱点，林在每天早上和下午专项训练后就自主加练引体向上和俯卧撑。还创造性地设计了多种克服自身体重练习上肢力量的方法，进步明显。在 5 月体育加试前的一次测试中，林终于可以轻松标准地完成 17 个了。多年后，林在各种体育论坛上还总结过体育对于青少年发展的重要意义：体育可以有效培养人的个性、血性、创造性、人性和韧性即五性品质。此外，其中的"创造性"的总结提炼就得益于这段创造性地利用克服自身体重的方法来练习提高上肢力量的思考探索产生的心理经历。

林的体育加试地点设在宿县师专，环不敢大意让林独往加试就陪同一起去了。后来想想，若不是环在跟前的心理辅导与后勤保障，林可能就真的完蛋了。

第一天是身体素质加试，上午的第一项就是 100 米跑。上道起跑前，林的内裤松紧带不知怎么就突然断掉了。环急忙找来一根备用鞋带胡乱地捆住林的松松垮垮的内裤。林起跑后总觉得短裤头要随时滑落一般，注意力分散，不敢发力。原定的 11 秒 8 以内的成绩结果才跑出了 12 秒 6，林的心理落差太大，感觉丢死人了，也沮丧到了极点，就想放弃考试回家，明年再来考。中午环带林去了一家饭馆吃饭，点了一份酱牛肉，那可是当年的稀罕物；环用自己的经历开导林："不能遇到挫折就放弃。我当年煤校毕业闯荡淮北，冬天扒开棉袄就露出肚皮了。冬天过后再把棉袄里的棉花抽出来就是两件单衣。就像你打架一样，不到最后一刻谁也不知道谁才是胜利者。大不了就当今年来摸摸底，考完全过程积累个经验也好啊。半途而废就不是我的儿子了！再说你的其他几项还是可以的。你对自己要有信心！"环把最后一块酱牛肉夹在林的碗里。环作为林的偶像用慈爱与殷切的眼神自然给了林强大的勇气，父子俩饭后信心百倍地赶回了考场。

下午的第一场加试是引体向上。林前面几位考生的成绩多是十五六个。考场就设在室外，有很多的考生和家长围观。环就在林身后几米远的地方蹲在地上陪考，那一刻林竟然感觉父亲突然苍老了不少。林出场了，很顺利地默数过了 17 个后，林的上臂突然开始不停地打颤难以支撑就要脱手掉下来的样子。"儿子加油！"声音很小，是环的，林听上去却如打雷一般。林暗暗发誓不让父亲失望，林随后深吸一口气拼尽全部潜能，又奇迹般地连续标准地做了下去，当考官报出了"20 个"时，林扭头寻找环的目光，会意对视一笑，满分。

第二场是原地纵跳。场地设在室内，考官喊到林的名字时，环亲昵地抚摸了一下林的头："儿子加油！"林已记不清父亲上次宠爱并鼓励地抚摸自己的头是什么时候了，只感觉可能是自己很小、很小的时候，可能是刚学步时的鼓励，也可能是委屈时给予的安慰。林紧张的心态竟然完全地平静了下来。成绩是 86 厘米，与预定的差不多。高老师总结分析说："3 项身体素质的综合成绩还行，关键是看明天上午最后的专项 400 米加试了。"

"看来牛肉还真能带来牛劲！"晚饭时环又心理暗示地要了份酱牛肉。还是看着林把它吃完后给予了林最大的鼓励："专项是你的强项，放开去跑，我看过你在市里的比赛。你一定能行！"

次日上午去考场前，环竟拿来了一条崭新的紧身三角内裤嘱咐林在赛前换上。不用再穿那条匆忙间用鞋带捆在腰间松松垮垮的贴身短裤了，新内裤舒适而合体。林欣喜，后来知道那是父亲前天晚饭后跑了多家商店才买到的。

考前检录过后，林开始慢跑做热身活动。看到田径场附近的一间教室的窗外聚集了不少人，还不时发出叫好声。林看看还有时间也好奇地跑了过去一探究竟，原来那是武术专业的加试考场。林练过武术，当然不想放过观摩的机会。挤到近前正看到一位女考生出场，她有着圆圆的红苹果般的脸庞，身着一袭白色的绸子练功服，大大的眼睛英气袭人；加试的专项是单刀，她一亮相就有掌声。单刀最典型的"缠头裹脑"动作干净利落，拳谚云"单刀看手，双刀看走"。只见她的左手与右手持有的单刀配合得天衣无缝，刀影纷飞。劈、砍、刺、挑、挡动作力度到位，潇洒飘逸。最后一个结束动作侧空翻接纵又更是高、飘、美、险，可能是她的体力不支，或是场地打滑，她竟将膝关节重重地摩擦在室内的水泥地面上了。大片的血迹瞬间就染红了白色练功服膝关节的部分。观众顿时一片惊呼，那女孩儿看上去也是疼痛难耐，眼眶里满是泪水，可她硬是咬着牙没让泪水落下来。

"丽，加油！"陪考的教师或是家人为她鼓劲道。从此，林就记住了那张坚毅美丽的脸庞，也记住了她的名字叫"丽"。同时也备受鼓舞，心中暗赞："一个女生尚且如此顽强，我也该在考试中拼搏一下才好！"后来林进入大学后竟与她成了同学，选专业时两人还成了武术专业的队友，还开启了一段神奇的感情之旅呢。林现在想来也是第一次的相遇给了他深刻的记忆。

林斗志昂扬地站在了最后专项加试的起跑线上。发令枪响后，环就转移到离终点约 50 米远的地方，与高老师站在了一起。他们当然都知道，那是林跑 400 米冲刺最艰难的地方。

"加大摆臂、高抬腿！深呼吸！"这是高老师大声的专业提醒。

"儿子加油！加油啊！"声音有些嘶哑却如战鼓轰鸣一般，那是环发出的。

林是小组里第一个冲过终点的，53 秒 4，历史最好成绩。"7 月就文化课考试了，就看文化课了。"这是环回到家对林说得最多的话。

回校后高老师即向学校汇报了林的体育加试情况。学校目前还没有体育生考上大学的纪录，近两年学校高考本科录取率都很低。学校就要求各科老师重点辅导有希望的考生，这当然也包括林。各科老师的重点辅导对林而言，是荣誉更是动力。

7 月盛夏时节，林日夜奋战，挥汗如雨。环把家里仅有的一台摇头电风扇也给了林学习专用，有时环干脆就在林的背后摇着扇子陪读直至深夜。一个人的创造性表现，大概就是在艰难的条件下能够找到高效解决问题的能力吧。林每一次独立学习时都要把考试的全部数理化、语文、政治、英语、生物 7 门科目资料像砖头一样整齐地摆放在书桌的左侧，逐一看一遍转移到书桌的右侧再固执地摆放整齐。时间再晚也必须搬完，一旁陪读的环就将这种耗时吃苦但却反复记忆高效的学习方法命名为"搬砖复习法"了。这个方法看似很笨却很奏效。

高考过后 1 个多月，终于等来了高音喇叭传来的本矿学生高考分数的公布。林的文化课居然超出预料地考了 240 分。对照公式算算，林的体育文化综合分应在 60 分以上了。该填报志愿了，这个分数可以填报三个本科院校和五个专科学校。北京体育学院和上海体育学院是林的梦想，可是为了保险起见就没敢填报。环做主，三个本科都填报了安徽师范大学体育系。

在等待录取通知书的日子里，林保持着每天的训练，或是玩玩篮球保持身体运动能力，以备今年万一考不上还要继续训练。有时候也看看电影休息一下，一日下午林正和几个伙伴看电影，电影院负责人李叔的儿子突然跑过来大喊："林哥，伯伯让你马上回家！你考上大学了！"原来是录取通知书寄到了环的单位，环打电话到学校，学校值班的说没人看见林在球场，这才把电话打到了电影院。林火速回到家，家里已经聚集了不少知道消息的邻居。环和芳一边笑逐颜开地展示着录取通知书，一边请大家喝茶抽烟。

环把通知书递给林并催促说："快去高老师家，把通知书给他汇报一下。不要忘记了他是你的恩人！"林一路小跑来到了高老师的家里，高老师的眼睛高兴地眯成了一条缝："真不容易！没有你，今年我校的本科就剃秃子了。晚饭再找几个队友就在我家喝一杯，庆祝一下！"原来那一年全校就林考上了本科院校。那晚，林第一次喝了不少白酒，通过不懈努力换来的自信心与尊严、荣誉感也油然而生，林与大家分享着成功的喜悦。这种只有靠努力才能换来的美好感觉从此就印在林的心头。

几日后，环带领三个儿子一起回老塘沿看望爷爷并祭祖。林为备战高考已经有两年没回老家了。凤云没什么大文化，但他也知道前后村谁的孙子考上了大学，他的理解很朴素：大学生相当于以前的秀才，当然是光宗耀祖的大事。凤云听着环讲述着林的成功，满脸沟壑般的皱纹竟瞬间平整舒展了许多，随后就带领儿孙来到家族老陵，60岁出头的凤云双膝跪下，在念叨着什么，一通鞭炮、一堆纸钱，青烟接着就笼罩了祖坟，那种家族荣耀的场面让林震撼。

从祖坟回老宅的路上，凤云不时地指着原野上的土地说："土地改革前，这块地是我们家的，那块地也是我们家的。总共有100多亩呢！家里还有3个大老尖（健壮的公牛）和4个轱辘的牛车，常年雇10多个长工；还有十几支看家护院用的枪，那时年头乱有土匪。"凤云说着眼里充满了对家族过去辉煌的怀念和对家族复兴的渴望。林又联想到：外祖父常年身穿马褂，戴着瓜皮帽，还留着一个短短的小辫子，顿顿喝酒，还爱看线装书，并常说他小时候家在县城有一处七进院子的大宅子；街面上有酒坊、染坊和店面，乡下还有大量的土地。这大概就是林后来常自诩为贵族的主要原因。

当一个人认同并以自己的家族或国家的历史为荣的时候，他就一定努力去复兴自己的家族或国家了。很是神奇，林看望爷爷和祭祖回到矿上的家后，竟然不觉地就有了承载家族希望的责任感和自豪感，暗下决心要努力奋斗为家庭、为家族甚至是国家的荣誉尽一份力量。

入学前的日子也是环和芳最开心的时光。不足 17 周岁的林给家庭带来了让全矿山羡慕的荣耀。学校送来了喜报和学习用品，还请了环去矿上做了关于如何培养孩子的经验报告。后来环告诉林，其实所谓的经验报告就是去讲讲如何把一个开始懦弱到后来全矿调皮捣蛋出了名的儿子培养成大学生的。重要经验——家长要培养孩子的血性，理解尊重孩子，同时要会民主地给孩子做思想工作。许多阿姨也来找芳取经。整日门庭若市，全家人都沐浴在荣耀的光环中。只有自家人时，环还是会对芳打趣："还是你的儿子更优秀些！"每当这个时候，林总是会被幸福感包裹着。

虽然此时的林早已不再口吃，但林还是会经常想到"行动与结果总是比语言要美妙得多"的自我暗示语。

3. 酸涩之恋

那个年代，煤矿学校里的男女生关系还是相当矜持而神秘的。如果身边能有漂亮的异性同学一起玩耍则是件被人羡慕的荣耀事儿。少年男女生之间异性相吸的神秘感，总是会让人产生一种被唤醒的心灵悸动与说不清的甜蜜感。

林身边的队友，或者文化课学习成绩好的男生似乎都有了隐隐约约的"对象"。所谓"对象"就是他们可以在上学或放学的路上结伴而行，最多就是偶尔一起看场电影，在没人注意的时候匆匆拉一下对方的手指而已。即使是这样简单的情感体验，在情窦初开的同学之间被渲染放大后，也会被人羡慕至极。优秀的学生如果没有"对象"，往往被人看不起。

林读初中后，因出色的运动表现进入公认的优秀学生行列，也开始在运动场上常被漂亮的女生所关注了。自然，林也就有了与女生亲近的向往。

　　敏是林的邻居也是小学直至高中的同班同学，她善良而富有正义感。敏不是特别漂亮，但是她那摆在胸前的两根乌黑的大长辫子、白净的圆脸，还有一对深深的小酒窝，还是吸引了众多优秀男生的目光。与邻家小女朝夕相见，近水楼台，林每当看见敏的背影，心中都会有一种懵懂的亲切波澜。敏的目光也总是与林游离而过。

　　一年的 4 月初，学校煤渣田径场。飘荡着高昂的《运动员进行曲》，各个项目场地都有比赛。"你的号码簿别针歪了。"是敏银铃般的声音。敏提醒着就大方地过来帮林重新别好并送上鼓励："加油！"蚊子一样的声音。

　　林在学校运动会上第一次拿到几个冠军后回家的路上，隐隐地感觉有几个女生在自己的背后指指点点议论纷纷，其中就有敏的声音。林的心中第一次有了被同龄女生关注的快乐。

　　一天晚自习后，林在铅笔盒里发现了一张敏写的小纸条："我害怕！晚自习后在校门口会合，我们一起回家好吗？"

　　林看到纸条心慌意乱，但他最终"有贼心没贼胆儿"，偷偷高兴之后却没有赴约。因为学校里的"对象"风潮早已传到家长们耳朵里了。环和芳对林下了死命令："决不允许谈对象！决不能影响学习和训练！"这时的林已经决定要考大学了，这是摆在林眼前最大的事了。关键还是当时运动队里也盛传："如果和女生靠近，阳气就会被吸走，就跑不动、跳不动，运动成绩就会停止了。"这让林恐惧万分。

　　然而，青春的萌动就像 4 月间顶破土皮的草芽，倔强而又顽强。夏季的一个周五下午，训练结束得比较早，林就约上几个队友去学校边的雷河戏水玩耍。太阳开始西沉，天边的云彩把雷河水都染红了，水面瑰丽而温柔。

　　天气实在是太热了，数不清的知了在岸边没有一丝风的树梢上声嘶力竭地叫个不停，水里嬉闹的队友们突然听到岸上传来几声女孩儿的嬉笑。

　　林和队友们看见有女生在观望他们，就不约而地同唱起了当时学生自编的男女生都会传唱的情歌："我的眼泪往下流，你为什么把我丢？我把一切都给了你，你为什么还是跟着别人跑？我的眼泪往下流……"

　　矿山上的女孩子本就泼辣，竟不甘示弱地同声合唱了起来。一时间青春的歌声响彻雷河，随着河水在河道里激荡。

队友们继续挑战，开始反复地同声喊道："疯丫头，你们有种也下来啊？"

"谁说我们不敢？走！我们也下去蹚蹚水，凉快凉快去！"

竟有带头的女生，拉起同伴，挽起裙摆，脱下塑料凉鞋，向河边走来了。

"敏，你看！林也在。"林这才看见：穿着连衣裙的敏羞涩地提着长长的裙摆，仅露出莲藕一样的小腿，胆怯地站在水边四顾张望。女生刚一下水站稳脚跟就率先对准预判的目标发起了泼水进攻。

敏的目标当然是林。

要强的女生用双手掬水以加大"火力"，裙摆自然也就落入水中了，大胆不羁的矿山女孩儿竟将裙摆挽至腰间向更深的地方摸索前进。敏的裙子比较长，少女的矜持让她最高只把裙摆上拉到膝关节稍上一点儿的位置，只能让人看到她白皙、健美的小腿。

敏从男生的目光里显然是发现了自己的不妥和林些许的不满，竟索性地放下长裙任其坠落在水中，也随着她们往前蹚。突然敏的身体扭动了一下，她大声呼喊道："林，快来扶我！"

林以为敏有了危险，就迅速地移动了过去。敏早已站立不稳蹲坐在水里了，两根大辫子漂在水上荡漾着，全身也湿透了；尤其是她额头上的几粒粉刺豆此时在她无助、委屈的脸上竟显得是如此的可爱。

林边搀扶起敏边安慰道："现在好了，有'浪里白条'的保护，你没事的！只是你回家要挨骂了。"敏委屈的泪水夹带着河水顺着白皙的脸颊往下淌，埋怨地嗔怪道："你快别看了！都怪你，跑得那么远，我是想去追你泼水才会这样的。"

"对不起！我不跑了。就扶你上去！"林这时才收回紧盯着敏看的目光，极不自然地说。

"嗯，这还差不多。"敏破涕为笑，接着就是一大捧水洒在了林的脸上。

"好心当作驴肝肺，我救你，你还偷袭我，欺负我？"林拉起敏的手，帮她提着重重的裙摆，佯装埋怨道。

"我就是要欺负你！我就喜欢欺负你！你别管我啊！"敏一副理所当然的

无理模样。

一群心情悸动的花季男女生一直闹腾到高音喇叭传来嘹亮的《歌唱祖国》。林与满脸羞红的敏一前一后地走进村，要先路过敏的家门口。敏的父亲一眼就看见了他俩的窘状。开始大声呵斥："你一个女孩子家家的，怎么能和男孩子一起玩水？"

"什么啊？我们班下午大扫除，学校停电、停水了，我们就到河边去取水。我不小心滑到河里去了，还是林跳下去拉起的我呢，你看他也是一身的河水呢。"不知道"敏"这个名字是谁给起的，反正此时她的敏捷反应与她的名字实在是太相称了，敏当即反驳了她的父亲。

敏这样一说，不仅把下河戏水的事轻易地掩盖了过去，同时也换得了父亲对林的夸赞："你还别说！林调皮归调皮，但还是个好孩子。"

这天晚上，林赤裸着上身来到公共自来水龙头的池边冲凉后就准备洗上衣。

"嘻嘻，下午一身的泥浆，你回家也挨骂了吧？注意水凉，别生病了啊。把你的八号背心递给我，我也帮你一起洗了吧？看你笨手笨脚的费劲样儿。"夜莺般的声音传来，竟是敏！

林感觉端着水盆准备洗衣服的敏应该站在一旁看着自己很久了。八号背心是林在校篮球队的号码，下午穿的就是这件。

"就让'对象'洗吧。"林把换下来的背心扔在敏的盆里，一副大男人的甜蜜口气。

"衣服洗好就晾在你家的门口。你快去睡吧！"用冷水冲过，林坐在书桌前没有感到凉爽反而越发燥热了起来。一会儿在防震棚门口又传来了敏甜甜的声音。1976年唐山大地震后，防震棚是每家每户都必有的设施，自从林的二叔成家回老塘沿后，现在基本上就成了林单独学习和休息的地方了。

林的心海荡起莫名幸福的涟漪，躺在床上久久无法入睡。敏的声音与下午在河里看到敏浸泡在水里的那一幕再也挥之不去了。那是兴奋、激动与渴望亲近的涟漪推着他如浮萍一样摇动的心向更远的地方涌动。

9月份，一开学就要举行校秋季田径运动会了。对林而言，那是确保自己拥有优秀的标签而绝对不能有任何闪失的大事。因挂念敏而导致训练注意力不集中，林将这种自责、羞愧艰难地平息过后，那种难以抗拒的快感却留下了深深的印记，对亲近敏的向往也变得越发强烈。

运动会过后的一个星期天，上午没有训练课。

晨跑结束，林就在防震棚里看书了。

临近中午，天又热了起来，林正在挥汗伏案苦读，忽然感觉后背有阵阵凉爽的微风袭来。

"天太热了，喝口水再看书吧！"原来是敏摇着蒲扇，端着一个充当水杯的大罐头瓶子，不声不响地站在了林的背后。

"真好喝！像是卖的冷饮。"林晨跑后没喝多少水，这会儿还真感觉有些焦渴难耐。林转过身合上书接过敏的大水杯就牛饮一通，竟是凉凉的白糖水。

"你将来要干什么呢？"敏注视着林喝完她送的水，用有些担心他们将来的口吻问林。

"我当然得上大学了。如果考不上我就会去流浪，就像《我的童年》《在人间》里的那样。"林自信洒脱地答道。

"那，我也陪你一起去流浪吧？"敏羞羞地询问道。

"不行！流浪是男人的事情，流浪是很苦也会是很危险的事。带上你，我还要保护你！"林认真地说，就好像他就要去流浪而不愿让敏陪着自己受苦一样的语气。

"那，总要有人给你洗衣、做饭吃吧？"敏靠近了一些又怯怯地问。

"那你也努力考大学吧，如果我们能一起上同样的大学就太好了。"

"我就努力试试吧，但我的成绩不太好，肯定不行的。"敏显得很泄气。

"我们一起努力，一定可以的。"林就鼓励。

他们是快乐的。一起上学、放学，一起做作业，一起梦想未来。在运动场上，漂亮的敏总是带着一群女生来当林的忠实粉丝，林是骄傲的。

敏当然也是骄傲的，因为她的"对象"在显示男性力量与勇气的运动场上总是能获得最多的掌声。

在学校的田径运动会上，总有敏端着大大的充当水杯的装满凉白糖水的大罐头瓶子跟在林身旁的身影。当然敏也陪着他取得一个又一个冠军。

林高中去了市体校训练后，和敏的接触少了许多，但敏也会编造理由抽出时间偶尔去市里探望一下。那时他们才可以无忌地牵手浪漫地徜徉在霓虹灯闪烁的街头，也可以偶尔在街角屋檐长长的黑影下轻拥。

高考过后，林成了本届同学中唯一考上本科院校的学生。敏虽努力学习但没有按预想与林考上同一所大学，但与林共同努力的结果还是让敏顺利通过文化考试被招工进了市里的纺织厂。

在等待入学的日子里，林与敏见面的机会又多了起来。防震棚就成了他们青春礼花绽放的天堂。他们偶尔可以学着成年恋人的样子嬉笑嗔怪，偶尔也会拥抱，偶尔也会有蜻蜓点水式的吻，那种吻就如微风掠过顽强生长的嫩芽，没有留下一丝的痕迹。

"江城很远，大学里漂亮的女孩子肯定很多、很多，不要忘记我！"这是敏与林见面时说得最多的话。

林入学的日子临近了。初秋的一个的晚上，林又是辗转反侧难以入眠，就索性起身到门口溜达。竟然在房道头遇见了同样难以入眠出来转悠的敏。不需要言语，他们就一起走向村后的农田。

初秋稍凉爽的田野里。静悄悄的夜幕掩盖了少年男女的矜持与羞怯，他们模仿电影里成年情人的样子牵手躺在麦秸垛上仰望着天空。

"我想抱抱你，都好长时间了。可以吗？"黑夜给了林勇气。

"我的比她们的好看吗？"敏的面颊辐射着火辣辣的烫，无比羞涩又骄傲地反问。

林知道敏不会拒绝。

"那你爱我吗？"敏扣上纽扣第一次这样严肃地问了林这样的问题。

"哦？我真的不知道什么是爱，但我喜欢你，你就像吸引我的磁铁。"林真诚地说。

"但，我好像是爱你了，每天都想和你这样。"敏呢喃道。

"那不是爱，那只是喜欢，我们这个年龄还不知道什么是爱情的。"林很紧张地回答。

空气越来越凉爽，叫不上名字的虫子隐在各个角落里没完没了地吟唤着。月儿挂在高高的苍穹之上，蓬松的麦秸在湿润的空气中也有了潮湿的感觉。

"你冷吗？我们回家！"林碰了碰敏的胳膊说。

"我冷，我要你再抱抱我。我知道，你去了江城就不会再和我这样了。多抱我一会儿吧，我好怕！"敏伤感地反复说。

"不怕！我假期还会回来。"林安慰道。

"我爸说我已经工作了，要给我介绍对象了。好像已经有人来提亲了。怎么办啊？我都烦死了。"敏开始在伤感中有了浓浓的焦虑。

"你的幸福最重要，我离开后，你要好好地照顾你自己。"林冒出了不知是从哪本小说里还是什么电影里学到的情人分别时有责任感的男人都会常说的嘱咐话。

"你去干你的大事业吧，别总想着我！但我会一直想着你的。"敏潸然泪下，也说了一句林怎么听着都也像是句台词的话语。

他们显然都被彼此临别式的嘱咐感动了。

林先从麦秸垛上滑下来，张开双臂示意敏也滑下来。敏落地的瞬间顺势搂住了林的脖子，把头深埋在他的胸前再也不愿松手。

"你要答应我，你去江城上学的前夜，我给你送行好吗？"

"一定！我也要和你告别的。"林保证。

清晨的阳光渐渐扯下秋老虎天气晨曦里最后温柔的面纱，顷刻他们就被刺眼的光火一样的热笼罩了。汗珠与泪花都挂在了那是怎样羞红美丽的脸庞上啊，他们紧紧地拥抱着。此时，任何语言都是多余。

高音喇叭里的新闻联播都结束了，这是他们必须离开的时候了。他们温柔地除去对方身上的碎麦秸，再无顾忌，牵手离去。

就要走出打麦场踏上田间回家的小道时，他们同时转身回头凝视着像座矮茅屋一样的注定会留下他们一生酸涩与甜蜜记忆的麦秸垛，似乎不久以后就能回来相依仰望夜空一样。

林出发去江城上学的前几天，家中门庭若市，送行的亲朋好友络绎不绝。林几次看见了形单影只的敏站在不远处的自家门前向这边张望，四目相对却欲言又止。

离家前夜，环和芳要林自己去向左右门邻告别，这是规矩。

林终于可以名正言顺地走进几米之外的敏家了。

"感谢伯父、伯母多年来对我顽皮的包容！我明天早上就要出发去江城了。还望对我家继续关照啊，你们也要多保重！我会记得你们的！"林的话好像是对敏一个人说的。

"真是个好孩子，调皮捣蛋出了名也没耽误考上大学。去了大学就不要太皮了。要学些真本事啊，将来你的父母就有盼头了。要是……"敏的母亲夸赞、嘱咐后欲言又止。林和敏当然都知道她妈说的"要是什么"的真实含义。

"妈，您别说了！我一会儿还要去纺织厂上夜班呢。我和老同学还有话要说呢。就让他喝口水吧，他还要去和其他邻居告别呢。"敏打断了她妈的话，直接拉着林去了自己的小房间，房间的墙壁上贴满了只有那个年代才有的铜版纸质的样板戏宣传招贴画。东墙底下一张大床，西墙底下一张小床，床头摆放着敏的照片。

敏指着小床说道："人多房子少，这张小床是我的，你就先坐一会儿，我去给你倒杯水。"敏转身去倒水，林就打量敏的床头，有一本用挂历的铜版纸包了皮的书，书里面夹着一封信。

亲爱的林：

这样称呼你，真是难为情。我每天晚上都会想到我们在一起时的快乐，我想每天都和你在一起，让你紧紧地抱着我，如果那天和你……我们也许就永远在一起了。你是要干大事业的男人，你去流浪去实现你的理想吧。我也要参加工作了，我知道我们是不可能在一起的。心里真是难受极了！你要好好学习啊！假期回来再抱抱我啊！

永远祝福你！只求你别很快就把我忘记了。

你的同学、你的对象敏

此时，敏从外屋进来，她端的还是那个充当水杯的大罐头瓶子。

"信是给你的，你拿去吧，明白我的心就行了。快喝水吧！还有点烫，你小心点儿！我给你拿送给你的礼物。"敏说着就放下罐头瓶，从枕头下拿出一个同样用挂历纸精心包装的纸包。林打开纸包，里面是一个漂亮的丝质布面的笔记本和一支钢笔。

林喝了一口有点烫的白糖水，心就被甜蜜和温馨包裹起来了。

"时间不多了！"敏说道，林这才想起敏还要赶着去十几里之外的纺织厂上夜班呢。

"我说过要送你去的，一定不会迟到的。"林是想多与敏待一会儿。

"我再收拾一下，5分钟之后房头会合，就骑我的车！"敏像是决断一件摆在眼前的大事情，果断地说。

在房头会合时，敏穿上了那件在河边下水时穿的、林记忆深刻的长长的白底红碎花的棉绸连衣裙。站在26式自行车旁边，车把上挂着一个小布包，顿时显出温柔的成熟而美好。

林骑着敏的自行车，敏坐在后座上自然地就搂紧了林的腰，这种姿势让敏的头也只能贴在了林的后背上。

林的表现欲让他显示了强大的腿部力量，借助为数不多的路灯和苍茫的夜色，车轮飞转。即使在路过村西边铁路长长的斜上坡时也没有丝毫地减速，岗上通过铁轨时的颠簸让她把他搂得更紧更紧。

穿过县城，目的地就快到了。

早已是汗流浃背的林放缓了车速，敏开始用小手为扇给他的后背扇风。

"你真厉害！只是太累了吧？你也许这一辈子就只能送我这一回了吧？"

"一点儿不累，这不算什么。我的主项是中长跑，距离越长我的优势就越大。"林极力表现着大男人的气概。

"我可不想让你那么累，你出了那么多的汗。"敏竟有了心疼得要哭的腔调了。

"如果有凉凉的白糖水补充能量就好了。等我假期回来，如果你还没有确定对象，如果你还住在我家的隔壁，如果你还有夜班，如果你还需要我送你，如果……我一定会送你上夜班的。"林安慰着敏。

"烦死了！你别如果、如果的了！我本想着每个夏天都给你凉白糖水的，家里给我介绍的对象也基本确定了。纺织厂给我分配了宿舍，我以后也不会和你是邻居了。你假期回来，我们也没有多少机会见面了。都怪你！我不想离开你，也忘不了你！"敏难抑委屈，大放悲声。林有些慌乱。

自行车停在了纺织厂大门对面不远处的几颗大树下，月光穿过稀疏但宽大的树叶在地面上投下片片斑驳的影子。在大树背后停好自行车，他们再也控制不住离别的惆怅，无所顾忌地相拥，做最后的道别。

"再等一下，我也有礼物送给你！"林从口袋里拿出几天前就悄悄准备好的一条粉红色的纱巾，递给了敏。

"真漂亮，我要你给我系上！"敏一副小女人的模样。

"傻瓜，还没到天凉起风的时候呢。"

林为她简单地系在脖子上，敏才依依不舍地朝着大门的方向踌躇挪步，仿佛双腿是走在泥沼中一样。

终于走进厂大门的敏突然扯下脖子上的纱巾，转身，举起来向林招手。

"快走吧！回去慢着点儿骑，来信啊！"敏喊着又跑了回来。昏暗中敏手中的纱巾像只大大的黑色蝴蝶，扑在林肩头的敏嘤嘤地抽泣着。

"我还要你抱抱我！忘记了问你一句话，我们算是谈过恋爱的吗？"

"我们至少是恋过。爱太重，我们还无力承担啊！但是，我们的恋与爱哪里还能分得清啊？"林说得没错。

"恋与爱有区别吗？"敏竟有了探究欲。

"当然有！恋是物质的，是第一性的。爱是意识的，是第二性的，物质决定意识。这是马克思主义哲学的基本原理。"林不知怎么就想起了高考复习政治时的内容来。后来想想，这竟还是林第一次主动运用哲学原理来分析、指导现实生活的问题呢。

"怪不得你高考的政治考及格了呢，你就再说说吧。"敏夸赞并鼓励林继续发表关于恋与爱的见解。

"恋主要是指迷恋对方的外在身体，是本能的深深吸引，这主要是物质的、感性的。你是美丽的，我很迷恋你的一切。爱是理性的，是物质感性的升华，也会反作用于恋。爱考虑的因素也会更多、更全面。"

"我还真有点明白了，你真的比政治老师讲得好多了。我开始也是单纯地迷恋你的身体，尤其是你在运动场上的时候，别的女生多看你一眼我都会很不开心。可是到了后来，当我想嫁给你的时候，我才发现自己是爱上你了。我们班的女同学都说你考上大学肯定就不会要我了。我才不管呢，她们若再问，我就说我们在恋爱呢。你喜欢我的身体就说明你也是爱我的，你说对吗？你说、你说啊！还有在你家的防震棚和麦秸垛上你干的坏事，我们除了有恋就没有爱吗？"敏幸福而忧伤地喋喋不休。

"与你在一起的时光是我的少年时代仅有的一次恋爱，谢谢你给了我许多，让我顺利度过最烦躁不安的少年时代，走进大学的校门。我会长久地记住你的！是你让我在男同学中非常骄傲，因为我的对象最漂亮。"林骄傲地承认了对她的爱恋。

"那是当然了！如果能成为你的老婆，我同样也会是最漂亮、最能干的老婆。现在好了！你终于承认了我们至少是谈过恋爱，下次与她们见面我就要找回面子了。你比她们的对象都要优秀！"敏重新又变得开心起来。

当看到厂门口鱼贯而出的人流时，林揽她入怀，第一次用力吻了她的唇，随后说道："再见吧！你要上夜班了。"

"明天我下夜班到家的时候，你也早该去青龙山火车站了。我会很难受，你就保重吧！我会给你写信的，你送的纱巾会陪伴我直到下次再见到你。"敏无助而忧伤地说。

9月初，大专院校的开学季到了，大学的一切对在矿山长大的少年来说都是新鲜的，林对新环境满是好奇。

走进如本市政府一样庞大厚重的教学楼的林不再是那个邻家的小子，也似乎很快就淡忘了那个邻家的小妹敏。林很快就有了波、远、力几个无话不谈的同室好哥们儿。渐渐地，学习训练之余，他们有用不完的精力，开始用来谈论爱情和女人。

此时，逐渐被淡忘的敏在林的心中又越发清晰了起来，这种说不清的滋味让林烦恼不已。

临近大学的第一个寒假，林收到了敏的第一封信。

林：

你好！

我在女同学面前找回面子了。其实，也没有什么面子不面子的，与你有过一段快乐时光就是最大的面子了。最美好的时候把最美好的送给了最美好的彼此。谢谢你！你用哲学原理分析的恋与爱给了我许多启发。我们美好的恋是青春萌动的吸引，美得让人心疼。我们经历了难以忘怀的少年懵懂之恋，没有辜负那个酸涩的年代。只是时间太短，但也值了！毕竟我们得到了许多同龄人没有得到的东西。遗憾的是年少不懂爱，距离爱还很远。感谢你让我有了那比恋更丰富的爱的萌动。

其实，我每周有轮休还会回我们的工人村。每次回去我都会看到你学习和睡觉的防震棚，只是心里不再难受，还有点甜蜜的感觉。别笑话我，那是爱的感觉。美极了！原来那就是爱啊！就是希望所爱的人能幸福快乐！想到那个我挂念的出色男孩儿现在一切都好，也许他还在挂念着我，也许时常还会想起我，我站在那里就会傻傻地笑。

另外，我的对象也确定了，明年春天就要结婚了。家会安在市里他工作的地方，这样我就不能常回去看那个留下美好记忆的防震棚了。我一切都好，勿念！你好好学习吧！你流浪的起点很好，在人间你一定能干出你想要的一番事业。你要努力！我可不想让我年少时的对象输给她们的对象，你不会让我失望的，就像你在每次学校运动会上的表现一样。

你曾经的对象敏

林读完敏的信，酸甜苦辣杂陈。林思虑了好久，还是难舍，就决定给她写封回信。

林回信时钢笔没墨水了，就随意抓起一支红色的圆珠笔写了回信。

敏再也没有回信，林后来才知道用红笔写信就是绝情、绝交的意思。

林寒假回家时，敏托人把红纱巾还了回来，就此表明恩断情绝。林因此懊恼不已，但也无法挽回。林的第一次"恋爱"也就此宣告结束了；但敏赠的笔记本和钢笔却伴随他度过了4年的大学时光。林这一次经历的最大收获就是，有了"要爱一个人就努力要让她幸福快乐"的最初认识，这也成为了林一生都在坚守并在同学兄弟中极力倡导的爱情价值观。

当林再次见到敏的时候，已经是他们初中同学毕业30年在母校的聚会上了。

已经博士毕业并工作有成的林意气风发，驾着私家车回乡参加活动。活动当日上午，林驱车沿着走过千百回的雷河大堤缓缓地前行。在接近学校大门口的时候，前来参加聚会的同学逐渐多了起来。林开始不自觉地寻觅分开了30年的同学们，林摇下车窗不时地打着招呼。

"你们看！好像林也回来了。"几个衣着光鲜的女人回头惊喜地提醒。林看清了里面有敏，林知道她们在初中时就应该是好闺密朋友了。敏的长发被高高地绾起，一身精干的职业装，黑色的短裙下是穿着黑丝长袜的笔直的腿，一双红色的高跟皮鞋，更有魅力。林停下车，敏拉开车门欣喜地说道："只知道你离开教院读了硕士和博士，留在了北京工作。还会开车了？你回来一趟可真不容易啊！"

"我是每年寒暑假都回来的。只是……"林欲言又止地回答。

"哦！你很忙、你很忙的。可是……"敏似有了一丝埋怨。

"敏上车，快上车！我们也沾一沾坐专车的光！"一个女生用意有所指的口气说道。

几个女生上了车，敏当然坐在了副驾的位置上。车继续前进不远，敏看着河岸转头对同伴说："你们快看啊！就是这里，林他们表演过《渡江侦察记》的地方。"

"还害得我们都下了水！浑身上下都湿透了呢。"有女生补充道。

林侧了侧头，看见了敏更加温润白皙的脸庞，心中激荡起来，心思似乎也回到了那个多情夏季的河边。林幽幽地感慨说："都30多年了，那时还有落水的小白兔子呢。"后一句是轻声讲给敏一个人听的。

"都是同学，不许窃窃私语的。大声点儿！什么小白兔子？小声说话肯定没好事。"后排的女生发出了不满。

"去、去！你们别起哄，哪儿有什么小白兔子？"敏含羞岔开话题。

"都30多年了，让他们多聊聊吧！我们还是别再插嘴了。"一缕惆怅开始在林与敏的心中弥漫，只是两人都不再言语。

在篮球场上拍合影照时，当年所谓的"对象"们就像拍初中毕业照时的那样不约而同地就站在了一起。少年不识愁滋味，而今他们都处在了不惑之年，早已为人父、为人母了。褪去了酸涩、多了些许从容的他们站到一起就能回到从前吗？他们都真的"不惑"了吗？他们对视着，岁月沧桑的印记掩盖不住少年时微笑的温馨和对回到从前的渴望。

合影结束后，当年的好伙伴或三五成群，或一对对地散落在了校园里。同学们都对当初有对象的同学给予了最大的理解与宽容。没有了当年的嬉笑评价，只有会心微笑地祝福。他们最终没有走到一起的原因或许已经不再重要，重要的是那份在这里的少年感觉依然还是清晰的。

林与敏并肩默默地走在田径场上，大概是走到了印象深刻的地方敏笑出声来了。

"还记得当年的运动会吗？你不累啊？我都为你累，一圈又一圈地你一直领跑在最前面，直到终点。许多项目你都是第一名。女生们都嫉妒我，我那时真的很有面子！就是在今天的聚会上，我还是最有面子的女人。哼！她们当年还和我比呢。"敏的笑声成串地洒在明媚的春光里。

"30年弹指一挥间，现在如果再跑，我还能得第一名。"林受敏快乐的感染也开怀大笑了起来。

"那是当然！我的'对象'永远都是第一名！"敏笑得更加灿烂。

"那可都是当年你的凉白糖水的功劳啊。谢谢你！"林沉浸在了甜蜜的回忆里。

"在那个困难的岁月里，那是我能做到的最好了。要是现在……"听到"白糖水"，敏突然变得多愁起来。

"虽然回不到过去，但我有回到过去里的感觉了。如今，你功成名就了。你这一圈流浪的时间好长、好长啊，流浪的地方好多、好多啊。你一定吃了不少的苦吧？你还记你年少时要去流浪，有一个傻傻的邻家女孩儿要陪你一起去流浪给你洗衣、做饭吗？"

"你真是傻傻的。我怎么能忘记呢？那是我少年时代最宝贵的记忆了。你不知道它伴随着我走过了多少的苦难啊？那种纯洁唯美的感情也是一种力量、一种精神的寄托啊。曾经在极端孤苦的时候，我都是靠着对一位美丽多情的邻家女孩的恋爱才度过去的啊。"林情不自禁地拉起了敏早已在他手边的手唏嘘不已。

"都是一样的！由单纯的恋到爱的感觉情绪，就是不停地想啊，不如意时真的就更想了。"

他们的表白感动了彼此，重逢的快乐一时冲淡了不少离别后长久的愁绪。

聚会的午餐被安排在离学校不远处风景如画已成为市民休闲湖的大塌陷区内，这也是当年林冒险横渡获得"浪里白条"称号的地方。这里已经被建成了国家级的地质公园了。布置有主席台礼堂式的大餐厅就位于杨柳依依的岸边。餐前老校长发表讲话后，作为本年级唯一回来参加活动的博士，林也被要求代表同学们讲话。林饱含深情地回顾了同窗之情，也深切地感谢了老师和学校的培养教育之恩，博得同学们的如潮掌声，当然来自敏的掌声最为热烈。

从主席台上走下来，林就被安排到前排的主桌落座。

主桌就座的都是老领导、老教师和现在担任了政府企事业单位领导的同学。主持人宣布其余同学可以自由组合落座后，林不自觉地用目光迅速扫了一圈去寻找敏的身影，瞬间的对视，敏会意即快步来到最靠近主桌后方的桌子，先拉开与林背靠背的椅子坐下。然后又拉开旁边的椅子，把包放在上面，宣告了此座也会有人来坐。

分别30年再聚首，几番快意畅饮，几番回忆感慨。觥筹交错正酣之时，担任主持人的高老师宣布可以献歌助兴，并要求从主桌开始。林意气风发，又是从首都而来，就被老校长点名鼓动先唱。林无法推辞，便点了一曲《友谊地久天长》。

林激情唱罢自有一批好友起哄再来一首。这次林选择了童安格的《忘不了》，唱到动情处，林看见敏已是泪流满面。他情不自禁地想过去安慰她，想抹去她脸上的泪花。林就拿着无线麦克风任由心情牵着自己来到了敏的身旁，牵起敏的手走回舞台上。自然流露的情真意切引起了同学们的强烈共鸣。

"就一起代表当年的好同学唱一曲吧！"林征求意见后就与敏合唱了一首

《相思风雨中》。大屏幕上的歌词、画面与回响在大厅里的凄婉旋律让他们立即回到了过去的那段懵懂酸涩的少年心路旅程。再牵手回来，他们自然地相邻而坐。

"都过去了，又见面了，过得都好就是对过去最大的回报了。"知情同学免不了又是一轮觥筹交错和宽慰的祝福。

敏对敬酒来者不拒，竟陪着林也一样地豪饮了起来。酒意很快让敏满面桃花了，她那羞红的酒窝里如同挂上了两片怒放过后飘落的玫瑰花瓣。林看得痴迷，内心也掀起了汹涌的波涛。如果说那时的敏还是一朵含苞待放青涩花蕾的话，那么现在的敏就是完全成熟的芬芳诱人的果实了。

服务员大喊一声："上硬菜了——红烧野兔！"这才把林从与敏的酸涩之恋的遐想中拉回到了现实里。林侧身流露着忧伤对敏耳语："上一次还是30多年前在河边看到过落水的小白兔呢。"

"一个女人瞎逞什么强？快老实坐下吃主食！"敏不言语，只是主动与人喝酒，几乎就要站不稳了。林起身扶她坐下并用训斥的口吻对她说。

"你做什么好人？我不要你管！都怪你！一走就是几十年，现在不声不响地又突然回来了。我——恨——你！"敏突然情绪失控，声嘶力竭地喊道。

"敏，你就别闹了！林不是回来了吗？"

"大家几十年都在奋斗，重逢就是胜利！好日子才刚刚开始！"

"林回来一趟不容易，大家都要好好的有一个好心情吧。"

突然失控的敏，引得林和敏的好友纷纷过来劝慰。

林不知所措地长吁短叹，无所适从地闷头离去找同学们喝酒去了。面对好友的关心与担心，林说得最多的就是："友谊地久天长，生活不易，岁月无声也如风。我们可以努力忘掉过去，但却无力抹去从前啊。珍惜眼前，不能再有伤害了。"

黄昏时分午宴才结束。依依不舍的同学们在附近小范围拍照留念。林和敏互相搀扶着，就没有再分开。由于林远道而来，几个队友相约晚上还要继续趁兴小聚。因为参加的都是当年的所谓"对象"，敏也就一起陪同前去了。当年太多的对象谜团一一解开，自是在欢乐的气氛里尽情地回忆、尽情地感慨。

尽兴散场已是午夜了。看着林东倒西歪地上了车，要独自驾车回几十公里以外的家，敏忧心忡忡地坐上副驾就是一通埋怨。

"你还好意思说我逞强？你看你都醉成什么样子了？不让你喝你就是不听话，害得我还要留下来陪你。你一个人开车是绝对不行的。唉！还是我陪你醒了酒再走吧。总是让我担心你！"

"对、对！酒驾太危险！还是让敏陪着我们放心！敏也会开车的。"好友善解人意地说道，更像是鼓动他们能在一起多待会儿。

林头昏脑涨的，为振奋精神用自来水冲了头，一时清醒地回来后就集中了全部精力发动了车。当车缓缓驶进路过熟悉的梦里回来千百回的工人村的主街道，高高铁架上的高音大喇叭居然还在。物是人非，高音大喇叭的声音与骑兵开道的游行队伍仿佛天亮都会出现似的，林感慨道：

"往事不堪回首，原来的家应该就在附近了吧？也不知每家每户的防震棚还在不在？"说着竟将车头转向依稀还记着的原来家的方向，然后停在了路边。

"回家看看吧？下次也不知道何时能与你一起回来了。"疲倦中的林伤感连连。

"年龄大就爱怀旧了，我路过时也会回来看看的。但还是别看了！早拆光推平盖楼了。你看那个楼，就是我们原来平房家的位置。"敏伤感地依偎着林，给他指了指原来家的方向。

"酒也快醒了，我们就在附近走走吧？"林牵起敏的手建议道。

"好吧！好在工人村主街道与附近的大模样还在。"

"只是太口渴了，要是有凉白糖水该多好啊！"

"你都是博士了。还这么调皮？"敏羞涩地嗔怪道，低下头重重地掐了一下林的胸肌。

带着难以忘怀的记忆，他们自然来到了工人村后面那片曾经牵手躺在麦秸垛上仰望天空的田野里。打麦场已经变成了菜地，麦秸垛子早没有了。原来的地方是一个新建的大草棚，大概是菜农为堆放农具或是看管菜园子时使用的。

"麦秸垛子没有了！不能仰望天空了。"来到跟前，敏遗憾至极。

林拿出打火机点亮后看了看说:"反正没人,有我不怕!你知道我是练过武术的。我们进去看看,没准儿还是专门为我们故地重游准备好的呢。"

大着胆子,林走了进去。脚下感觉有点儿松软,芦席墙边堆着各种农具,一地厚厚的麦秸像是为牛羊春季青黄不接时储存的饲料。月光依然可以透过草棚顶和四周大大的缝隙驱赶棚内的黑暗,他们一起整理好厚厚松软的麦秸。

"折腾了一天腰酸背痛、太累了,有席梦思可以仰望天空了。喝口饮料庆祝一下吧?"敏舒心地躺在"席梦思"上面,拧开饮料瓶,他们牵着手就像上一次躺在麦秸垛上一样。

"我们都长大了,我理解你,你把爱看得很重,女人更是如此啊。女人如果没有爱是绝对不会迈出这一步的。我真的很心疼!在你我一天的对视里还看不出我们的思念与需要彼此所受的煎熬吗?上次在这里我们没有由恋到爱就已经让你难受,让我后悔了。有时真想知道,如果那个秋夜……结果会是什么样子?"

敏温情里的善解人意让林的怜爱升腾:"因为那时不能决定娶你,所以我是不会的。我的家教也不允许我对喜欢我的女孩子造成任何的伤害!但是,如果……我就一定会娶你的。现在说也无益了,反正我是不会忘记你的宽容和你对我的好。多少个初秋之夜我都是呼唤着你的名字才睡去的啊,也只能强忍着不去打扰你的生活。你的幸福已经是我默默祈祷的了,我又怎会再去找你啊?即使找到你又能如何呢?不过是解了一时的想念而已,但也一定会给你留下无尽的麻烦。那时我如何能面对的啊?我喜欢你,就真心希望你一切安好!"

林除了感动没有任何别的情绪了……

白茫茫的苍穹没有了一颗星,敏的手机响了。他们牵手走上回归的小路,没有再回头。因为他们的心里有了真爱的家园,春风和煦,丽阳高悬。

4. 往事并不如烟

林刚刚上大一,离开父母的学生都很思念亲人。于是,就有人组织了同乡聚会。大家聚在一起,可以不用再说被逼无奈刚学的别嘴的普通话。可以痛痛快快地、放肆地说着家乡话，以解思乡之苦。另外，这也是男生女生相互认识追逐的大好机会。那些刚刚脱离了父母和学校监管的中学生，就像是脱缰的小野马一般在校园里撒欢。好像上大学最开心的事就是，在校园里男女学生可以公然地拉着手。在大学里如果不轰轰烈烈地谈场恋爱，就是对青春的犯罪一样。

与林同年级的中文系有一个同乡女生叫琳。她有着高挑的身材，一头飘逸的长发，白白的皮肤，一双像极了日本电影《追捕》中真由美的眼睛。细语轻声尽显优雅的柔美，举止超然脱俗。琳显然成为众多同乡男生心目中的女神。所以，有时候同乡的聚会就更像是追逐爱情的运动场。

林与邻家的敏结束爱恋正处在爱情的迷惘之中。同乡聚会上林第一眼见到飘然走过身旁的琳，心立刻就像中了一枪。

林思前想后还是没有敢贸然行动。

辗转几夜，林悄悄地跑去听了同级中文系的学术讲座《文心雕龙》。林找了个离琳不远不近的位置坐下，整个一堂课心猿意马，什么也没听进去。再次聚会时，林还是鼓起勇气上前搭讪："你好！我是体育系的林。"

琳似乎对林并不陌生："你好，老乡！上周在我们课堂上就见到你了。怎么你对文学也很感兴趣？"

林有一些得意："哦，我是比较喜欢。"

琳很俏皮地笑了："体育系的人听我们的课，你还是头一个，那你对《文心雕龙》有多少了解啊？"

林的脸涨红了："这不是请教你来了吗？"

琳便和林谈起了《文心雕龙》，琳如数家珍一般地讲了好久，林难以插话，大为受挫。既已开场，林是不甘无功退却的，林搜肠刮肚地硬着头皮又与琳谈起雨果的《悲惨世界》，这是林前不久才读过的书，也是只知皮毛。琳又兴致勃勃地和他谈雨果："雨果是法国最伟大的浪漫主义作家，除了《悲惨世界》，他还有震惊文坛的许多作品，《巴黎圣母院》就是其一，你了解多少呢？"琳对于林的班门弄斧多少有些不屑。

这就让林更加尴尬但还是强撑着回答："你是中文系的，我只是喜欢欧美文学，今日承蒙赐教，获益匪浅。过段时间我会再来请教！"

这时林几乎是瞬间就决定了即使追不上琳也要挽回颜面。

聚会结束后，林就去了人民路的新华书店。仅有的几本欧美小说价格都贵得要死。转了许久，林在书架的角落里终于发现了一本《欧美文学精粹》，林粗略翻看一下后即大喜过望，里面都是欧美文学经典作品的作者简介、创作背景、故事梗概和名家点评。这些内容用来显摆文学修养简直是太合适不过了。林忍痛花了两块九买下，如获至宝。回到宿舍，林就开始研读起来，还认真地做了笔记，不过瘾就去校图书馆尽可能地借阅原作品。同时，林开始广泛地参加其他系的各类学术讲座，反正是文学作品就翻看一下。与同学辩论时也时常拿出来复述总结，再用自己的观点评价一番。

20世纪80年代初，正值西方文化思潮大量涌入中国，堪比我国春秋文化繁荣之时，什么萨特的存在主义哲学、经院哲学，以及各种冠以人本主义的哲学流派，林都是那时接触的。也不可避免地开始系统研究马克思主义哲学。林还兴致勃勃地参加了政教系学生自发成立的"毛泽东思想研究会"。紧接着"鲁迅热"兴起，大学里的思想空前活跃起来，不同系别的学生时常组织自由辩论。为避免在辩论中出现没有独立观点而无话可说的尴尬局面，林又下决心开始研读《鲁迅经典小说全集》。

林一时间成了学习的狂魔。这也给他创造了不少找琳交流心得的机会，有几次在辩论中林竟占了上风。

为了解更多的中文知识，当然也是为了有更多机会接触琳，林居然开始在没课的时候就去中文系与琳一同听课。一次老师提问时，林竟不自觉地举手回答，反正老师也不知道林是否是本班的学生。林回答问题时，有意瞄了一眼不远处的琳，琳的目光开始变得有几分赞赏了。林越发自信，越发努力，并开始尝试诗歌、散文与小说的创作。林从外系同学那里借来了《普希金抒情诗全集》和《拜伦诗选》开始恶补。普希金诗歌的奔放浪漫豪情与拜伦诗歌的忧愁善感多情深深地打动了正处于迷惘失落甚至是绝望中的林，林似乎找到了自己的精神家园并对诗歌开始有了热爱。没有多余的钱去购买，林就干脆用笔记本把整书都抄录下来。也开始模仿着写下自己的心路历程。激情有了明确的指向，这才是诗歌创作的原始动力。许多诗作都是以琳为倾诉对象的，写完后就在晚自习时送给她读。不懈地努力，终于换得了几次琳同意晚自习后送她回女生宿舍楼的机会。

一个冬夜，夜幕下的校园格外寂静。林像保镖一样地走在琳的身旁，听着踩在脚下的冻雪上发出了咔嚓、咔嚓的声响。

林突然来了灵感，就有感而发道：

> 咔嚓的声音就如残忍的匕首
>
> 在反复刺捅着我滚烫的心
>
> 让热血滴在脚下的积雪上
>
> 如破碎心形的小花
>
> 为身旁长着一颗冰冷心的女人
>
> 铺设一条通往温暖安全的小路
>
> 心爱的女人
>
> 你放心地走向温暖的地方吧
>
> 我腰间的长剑随时准备
>
> 为保卫你而出手
>
> 我后背的六弦琴
>
> 在你孤独的时候
>
> 无论春夏秋冬
>
> 都会为你弹奏出
>
> 让你开心的歌谣

"没想到你这么厉害！有点普希金的味道了，也有了一点儿拜伦的影子。"琳沉默了许久才开口评价。

林大受鼓舞，在下坡时林绅士般地搀扶了琳的胳膊，琳没有拒绝。但当林企图顺势牵起她的手时，她的手竟如触电似的倏的一下就躲开了。月光下林分明看到了琳白皙的脸上鼻翼翕动，像是充满了不屑。也许是琳不经心的表情刺痛了林，林回到房间就拿出文学类书籍苦读起来。

室友阿远他们发现了林近来的反常。

"阿林是受了什么刺激吧？还是想转系？都快考试了，想补考啊？还整日抱着文学书不放手。"

"没事的！考试是小菜。该做的都必须要做好！"林自信地回答。

林说得容易但还是不敢大意，毕竟尊严就在眼前。《运动解剖学》是体育系大一必修的毕业理论考试科目。需要死记硬背的居多，难度也最大，尤其是骨骼的构造、肌肉的起止点与基本功能。林除了挤出点滴时间备战考试外，还借来比较复杂的踝关节和腕关节骨骼标本放在床头陪睡以方便随时观察形象记忆。努力没有白费，结果竟考了 100 分，取得了全年级第一的成绩。教解剖的白老师说："你对人体学科是有感觉的，将来可以考虑考研究生了。因为对你们术科学生而言，考研就难在解剖、生理等学科上。"白老师的赞赏和点拨让林对考研有了最初的想法。关键是，通过解剖课的复习过程与成绩，让林在收获了自信的同时有效地掌握了适合自己的一套大学的学习方法，而学习方法是相通的心理模式技能。

大学一年级最难通过的科目要算是《大学英语》了，林在上大学前连 26 个英语字母都不能顺利写完。《大学英语》第一册对林来说就无异于天书了，虽然努力但还是跟不上进度。林面对期中考试就犯难了，只好与阿力、阿波哥几个坐在英语成绩较好的同学周围，准备靠作弊蒙混过关。

没想到考试时老师监考得却格外认真，时间一分一秒地过去，林抓耳挠腮、如坐针毡。在最后的时间里，林情急之下竟铤而走险了，居然大幅度侧过身去看英语较好的同学的试卷。那位同学却丝毫不留情面。还嗤之以鼻道："你抄别人的答案就是小偷。"呵斥完还故意用手臂把整个试卷都遮盖了起来。他的话、他的眼神，尤其是他的动作深深地刺伤了林的自尊。

"自己无能才遭受如此奇耻大辱！"痛定思痛，林决定知耻而后勇。林拿出了决定参加高考时从小学四年级课本补习起的勇气，开启了自学英语的模式。最难的不是记忆单词，而是一窍不通的语法。现有课本的单词靠死记硬背就解决了，对语法就一筹莫展了。

真是上苍都怜悯有心人，一位青年教师请林帮忙搬家，林发现老师的书柜里有一本蓝皮覆膜的作者是薄冰编写的《简明英语语法教程》，由浅入深，通俗易懂。林借了过来，看完一般现在时、过去时、完成时与将来时后，很有感觉，一个月的废寝忘食竟把一本书也抄写完了。一本书仔细研读完毕，基本语法问题就算是解决了。这已经是林第三次完整地抄书了。抄一遍书，除了省钱，最大的好处就是记忆深刻了。

看着林发疯地学习中文和英语，阿力戏言："阿林除了可以转中文系也可以转外语系了。看来受些刺激也不是什么坏事啊！命中注定阿林一定是不受刺激就不会有前进动力的家伙。"没想到阿力一语中的。

英语期终考试前夕，开始有心里没底的同学悄悄找到林说："林，考试时照顾照顾，回头请你喝酒。"

林很有成就感地回答："没关系！都是同学本该尽力帮忙的。"

预料之中，林的英语成绩终于名列前茅。而且成绩还列在了那位期中考试羞辱过自己的同学之前。然而，悲剧还是发生了。林在接着的《体育统计》课程考试中却没有及格。当时的统计老师，就是后来全国著名的体育统计学专家凌老师很生气，恨铁不成钢地对几个补考的同学发火说："这么简单的课程都还需要补考，你们靠什么去完成毕业论文啊？干脆退学算了！"

林再次感觉面子大大受损，又开始了新一轮知耻而后勇的反击，林没事就去找凌老师甚至去他的家里请教。毕业论文设计时，在凌老师的鼓励与指导下，林偏偏挑战性地选择了运用当时比较先进，但计算也很复杂烦琐的多元回归方程方法作为毕业论文的主要研究方法。林选定的题目是《百米成绩与相关因素的多元回归分析》。这一研究涉及大量的指标测试采集，具有一定的科研难度。那时没有计算机，林只能用计算器整理统计和计算杂乱无章的数据。寝室停电后就点蜡烛夜战，林又一次靠着蚂蚁啃骨头的毅力，最后居然完成了看似不可能完成的整个四元回归方程的研究。凌老师颇为满意，还在林毕业后不久就把林的论文推荐参加了省运动训练科研论文报告会。因为林的字迹潦草，凌老师居然在百忙之中亲手将林的论文用圆珠笔在三百格稿纸上工整地誊写了一遍，然后寄给了林，让林在正式投稿时使用。

遇上一位好老师就是学生的福气！林从此竟然爱上了《体育统计》课程，并受益于整个学术生涯。从考试不及格到后来可以教授这门课程，再到可以编写出版这门课的教材，支撑林后来一路逆袭的行为表现可能就是靠体育生涯培养的不服输的血性品质吧。

在那段疯狂学习的日子里，林作为体育人的血性、个性、创造性、韧性和人性，即他后来总结的"体育五性精神"在自己的身上有了进一步的显现，并一直幸运地延续到未来。林似乎感觉琳就在不远处冷冷地看着他，目光就像一条沾了水的鞭子，狠狠地抽打着他，这使林不断砥砺前行。

男人的每一次蜕变似乎都和爱情有关。

又一年新生进校逢老乡春季聚会，相约去郊外远足踏青。当林再次出现在琳的面前时，俨然已经是一个踌躇满志的文学青年了。林一口气就把《漂亮朋友》《十日谈》《包法利夫人》《茶花女》，以及托尔斯泰的《安娜·卡列琳娜》《复活》《战争与和平》这些烂熟于心的作品用自己的见解倾囊倒出。琳开始还插话点评，最后干脆一言不发了。交流成了林的独角戏。

琳显然是吃惊不小，又隐隐出难题似的把话题扯到了当时流行的汪国真和路遥的现代诗歌创作上来。似乎要故意考一考面前这个自信不羁的体育生："听同乡同级数学系的龙和我们系的健说你也经常写些现代诗，现在能否根据我们这次的远足来一首助助兴啊？"

龙和健马上起哄道："来吧！都是老乡没关系的。"

"恭敬不如从命！那我就试试！还请琳专业指教啊！"林不羁地看了一眼琳，然后环顾四周，沉思片刻便自信地脱口而出：

远方就是梦想的尽头
——有感路旁不屈于卑微的小花

你看那

蜿蜒曲折的小路旁繁花似锦

却没人为它们喝彩

有时还要忍受路人的践踏

但它依然昂着高贵的头颅

在偶尔掠过的风里

摇曳着属于自己的舞蹈

证明着自己不屈于卑微的存在

生在哪里

它无法选择

但它可以选择

高傲地活着

自信地存在着

它所能做的就是

把最美丽的容颜奉献给了大地的春天

它做到了

这就是它怒放的使命

但你可知它

经历了怎样的冬的风

耐住了怎样的寂寞孤独

我们在远足

空空的行囊

疲惫的心

我们要去哪里

能去哪里

我们卑微

但我们意志顽强

走向远方

就是我们的使命

更是我们的宿命

远方不是天涯海角

而是梦想的尽头啊

好在

还有路旁小花的陪伴

好在

还有风的拥抱

雨的洗礼

更有孤独寂寞跟着我

让心强大

所有的人都沉默了。突然，琳情不自禁地带头鼓掌道："太棒了！尤其是'远方不是天涯海角，而是梦想的尽头'这两句我真的很喜欢！文字优美，寓意深邃，吟诵也很有感染力。能不能成为作家我不好下结论，但凭直觉，我认为林的想象力与激情的结合，假以时日，做个民间诗人应该是没有任何问题的。"

"诗人要做！作家也要当！我需要的只是阅历和时间而已。"林有些得意忘形，放出豪言。

"你只是有了初步的文学欣赏与写作水平，距离公开发表作品还差得很远啊。不过，你们体育生一辈子也不可能搞文学创作的。也没必要花费那么多的精力和时间去研究文学。"琳很诚恳地建议。

"据我所知，目前我国的许多大作家、大文豪也不都是你们中文系的科班出身吧？有了基本的写作知识与技能，创作就要靠生活的积淀与感受了。苏联的高尔基和我国的老舍，当然还有法国的雨果、司汤达都是如此。若干年后，你也一定会看到体育系学生的作品！"林像是受到了莫大的刺激，个性十足的林立即反驳道。

"你讲得头头是道，那，你也发表一首诗歌或是弄个短篇给我们看看？"琳似乎又在故意刺激林。

"你以为我做不到？你就等着吧！总会有与你结账的那一天。"林涨红了脸，为了尊严强撑着回答道。

"那我们就拭目以待了！"琳说完后竟伸出漂亮的小手示意击掌为约。

"成交！"击掌声在旷野的小路上格外清脆。

琳柔软的纤手似有万钧之力，撞在了林的心头。与女子击掌为誓还是林的第一次，而且还事关尊严与爱情。从此林不断蹭课与自学，竟坚持着学完了中文系的全部本科课程。后来，林开始公开发表诗歌作品时，琳却早已经远走法国。琳没有看到林的作品，但她或许会记得那个春日在江城郊外发出的击掌声。

而那击掌声却时时在林的耳边响起……

第三章　青春之歌

1.两个人的站台

林大三那年，18 岁，寒假结束，一个普通的返校日子。

林早早起床，开始收拾行李。几个孩提时的伙伴儿推着自行车已经候在门口了，一年 4 次的接送都是他们，很有仪式感。

3 辆加重自行车驮着行李和人上路了，顺着儿时常在那里玩耍的雷河大堤一路向西。林不时地环顾四方，手提肩扛包裹的人也逐渐多了起来。覆盖路面的白雪上密集的脚印和自行车辙印都是通往火车站方向的。

看来弄个座位不会是件容易的事了。十几个小时啊！林心里暗自嘀咕。但他看看身旁的几位兄弟，又有了不少的信心。因为，他们每次送站最重要的工作其实就是在列车员打开车门的一瞬间挤上去，冲进车厢里安置行李与寻找座位。

果然不出所料，站台上已是人山人海。在发出哨音的凛冽寒风中，不少乘客在原地不停地跺着脚，个个摩拳擦掌，预示着争抢座位之战的惨烈。

一声长鸣，火车从远方隐约地露出头来，两侧喷出的蒸汽像极了年迈老头儿白色的八字胡。

"车来了！终于来了！"

焦躁的人们潮水般地涌向站台边，逾越了安全黄线。

场面眼看完全失控了。"刚过完大年！都不要命了吗？"安全员歇斯底里、脏话连篇地喊也无济于事。

列车还没完全停稳，车门口等待挤上车的人就早已围得水泄不通了。

林绝望了，提着重重的行李跟随着缓缓爬行的列车慢慢地走着。直至疲惫的绿皮列车在喘完最后一口长气后完全停了下来，面前的车窗居然向上提了起来，一个身着红毛衣、学生模样的姑娘向外张望着。一头长发如黑色的帘飘舞在寒风之中，她嘴里呼出的气瞬间化为白色的雾，拂过林的面庞，那种有点温暖湿润的感觉让他记住了许多年。

林清楚地看到了她身边靠着过道的座位还是空着的，但旁边已经挤满了等待的人。

林焦急而充满希望地脱口而出："哎，同学您好！帮我把你身边的空座位先占一下好吗？"

"别急，没问题！"那女孩说着就伸手接过林递上来的书包，放在旁边的空座位上，还扫了一眼旁边几位虎视眈眈地盯着这个座位的人，似乎在告诉他们："这个座位已经有新的主人了。"

就这样，在姑娘的帮助下，抢座战役还没发起猛烈进攻就取得了完胜。

"长途不会寂寞了。有美人相伴，就看你的运气了。这是天意！"伙伴趴在林耳边揶揄着。

在那个年代，情窦初开的青年男女听多了在旅途中邂逅奇遇爱情的故事。当然，也就时常渴望这样浪漫的好事情会发生在自己的身上。

简短的告别仪式后，弟兄们挤眉弄眼地离开了车厢，迅速消失在了车站的入口处。

列车剧烈地颤动一下终于启动了。看到车厢里人头攒动、拥挤不堪，林长舒一口气、倍感幸运地坐了下来。

从青龙山这个三等小站乘坐由阜阳始发来的过路车出发到江城北站有时要耗费十几个小时，其间要跨过新忾河、浍河与淮河，经省城合肥、巢湖，最后才能抵达长江北岸的江城北站，几乎纵贯了整个皖北。其间上下旅客无数，拥挤的车厢里一直在闹腾，可以想象如果没有个座位会是怎样的辛苦。

列车驶出很长一段时间后，车厢里才逐渐安静下来。帮忙的姑娘从随身的包里拿出一本书看了起来，这时林才想起来还没有感谢身边帮了大忙的姑娘。

"真的谢谢你啊！"林真诚地道谢。

"不用客气的！看你也是个学生吧？"她莞尔一笑。

"是的！我在江城的师范大学体育系，你呢？也是个学生吧？"林从她的语气里判断她也一定是在江城读书的学生，江城有几所高校，除了师范大学外，还有皖南医学院、鸠江机电学院、安徽财政学校等几所大学和中专学校。

"是的！你的判断准确，我是读财政学校的。"她很顽皮地眨眨眼，声音非常悦耳，而且是标准的普通话。

那个年代能够操一口流利普通话的人凤毛麟角。

"你的普通话真好听！"林心中顿生好感，不由得脱口夸赞道。

"当然！我的语文挺好的，我还是学校的播音员呢。"她显得很自豪。

"是个难得的好姑娘，可以深入地聊一聊。"林这样思忖的同时，也开始用眼睛的余光细细打量身旁的女孩儿。毫不夸张地说，她是林有生以来见过的最漂亮的女孩子。

她的人中笔直而清晰，殷红的嘴唇很薄，美丽的唇线则无法用语言描述。

女孩可能是发现有人正在近距离地观察自己，羞涩地把头低了低，这样一来，她小巧尖尖的下巴就被俏皮地衬托出来了。

林也注意到了她鼓鼓的胸部，心中一阵狂乱，一丝无声的尴尬在两人之间弥漫开来。林赶紧收回不舍的目光，林为了掩饰慌乱的思绪也拿出一本厚厚的书开始阅读起来，书名是《德拉克洛瓦日记》。

"你们体育系的学生也读这类书啊？"她瞄了一眼林手里的书，表现得很惊讶。

"偏见！体育系的人除了会运动就不懂看书吗？"林的内心多少有了那么一丝不快。

女孩的脸立刻微红了，赶紧解释："我真没有贬低你的意思，我只是觉得你跟他们不一样。"

"德拉克洛瓦是 19 世纪上半叶法国的浪漫主义画家，想象力丰富，才思敏捷，是印象主义和现代表现主义的先驱。他的艺术继承了文艺复兴以来的威尼斯画派，善于运用色彩；造型技巧可同提香或鲁本斯相媲美。作品富于表现力，和谐统一。"林显然是有些卖弄了。

林看到女孩很感兴趣，便接着侃侃而谈："事实上，师范类大学由于普遍具有人文学科积淀的传统优势，所以才有可能成为每次社会大变革中引入与传播社会新思潮的主要阵地。目前恰逢中国改革开放初期，经历了多年单一的文化过程，紧闭的国门悄然打开了一条缝隙，西方文化从各种渠道迅速地渗透进来。中国人尤其是青年学生对多元文化的需求就像饥饿的婴儿遇见了乳汁，根本无须鉴别，先喝上几口再说。在西方文化思潮涌入的过程中，人们似乎发现了迷失中的自己，也找到了丢失的自我。恰恰西方文学又多是建立在璀璨的人文精神的基石之上，呼唤自由、民主与科学精神。我们从中发现了肉体，也发现了灵魂。开始关注个体的存在与发展，关爱自己，尊重人的情感，有了个体的存在感，崇尚通过个人奋斗去实现个体价值并获得属于自己美好的生活。例如，世界十大名著在我们学校就很受欢迎，同学们都在竞相阅读，没有读过的就被视为是土老帽了。"

"我的同学也在传看国外的小说《红与黑》，听说还是本禁书呢，都显得很神秘的样子。你了解这本书吗？"她的语气开始变得有几分崇拜了。

林顺势接过话题，说道："略知一二，上学期刚好看过这本小说，就给你讲个大概吧。《红与黑》是法国著名作家司汤达的代表作。主人公于连是小业主的儿子，凭着聪明才智，在当地市长家当家庭教师时与市长夫人勾搭，事情败露后逃离市长家，进了神学院。经神学院院长举荐，到巴黎给极端保王党中坚人物拉莫尔侯爵当了私人秘书，很快得到侯爵的赏识和重用。与此同时，于连又与侯爵的女儿有了私情。最后在教会的策划下，市长夫人被逼写了一封告密信揭发了他，使他的飞黄腾达毁于一旦。他在气愤之下，开枪击伤了市长夫人，被判处死刑，上了断头台。《红与黑》是 19 世纪欧洲批判现实主义的奠基作品。小说围绕主人公于连个人奋斗的经历与最终的失败，尤其是他的两次爱情展开描写，广泛地展现了 19 世纪前 30 年间压在法国人民头上的历届政府所带来的社会问题；强烈地抨击了复辟王朝时期贵族的反动、教会的黑暗和资产阶级新贵族的卑鄙庸俗、利欲熏心。因此，小说虽以于连的爱情生活作为主线，但毕竟不是'爱情小说'，而是一部'政治小说'。因书中有大量细腻的男女爱情与偷情场景以及心理的描写，这也许就是它时常被列入禁书行列的主要原因吧。"林一口气讲述了故事梗概与自己的认识。

"原来是这样。谢谢！看来你知道得还真不少呢！"女孩的语气里明显有了些许的羡慕。

"没什么，还有许多书没看呢，但已经列入阅读计划了。"林显然也是受到了不小的鼓舞。

有艳羡者的谈话总是令人愉快并且能够激发人的潜能的。

"如果有时间，我建议你读读列夫·托尔斯泰的《安娜·卡琳尼娜》、《复活》与《战争与和平》，塞万提斯的《堂吉诃德》，雨果的《悲惨世界》和《巴黎圣母院》。如果没时间就采取速成的办法，我刚好花了两块九买了一本《欧美文学作品精粹》，它收录了近百年以来的欧美经典文学作品的作者简介、创作的时代背景、故事梗概与权威评论。如果能够读完原著再读这本'精粹'就更好了。"林的语气就好像他已经读过多数原著似的。

不得不承认，长期从事体育训练的林有着超乎常人的记忆力、想象力与理解力。事实上，林并没有完全读过他所谈到的那些文学名著，这都是他通过听讲座、读书的前言以及与同学交流所了解的相关知识，他几乎都能记下来并在需要的时候再用自己的理解讲述出来。

这一能力实际上就是信息的接收、筛选、储存和利用的能力，或者说就是学习的能力。这也可能是体育锻炼的让身心共同参与的特点所形成的。这一能力不但能让林和女孩子迅速拉近距离，也让他慢慢成功地从一个体育学生转变为知名的体育人文学者。

列车一路向南，逢站必停，到达省城合肥站时已是下午3点多了。灰蒙蒙的天空又开始下起了雪，虽不大但很疾。

省城合肥是个大的中转站，下车的旅客特别多。坐在他们对面的乘客开始提前收拾行李了，林瞅准时机坐到了女孩对面靠窗的座位。可以与这位有好感的女孩儿面对面地交谈了，眼神交流时更不必再扭转脖子了。

眼神交流有效增加了信息传递的量与强度。开始供应午餐了，靠窗的座位空间较大，他们拿出各自随身携带的食品。这让林想起并自语出了看过无数遍的电影《铁道游击队》中的一个片段来：几个日本鬼子在车厢里吃着烧鸡、喝着酒，满口流油。这个画面对经常不能饱食肉类的矿山男孩子而言，这种诱惑是挡不住的，这也曾经是林的一个奢望。

那女孩儿变戏法似的从食品包里竟拿出一整只烧鸡来，同时大方地说道："这可是家里让我带给江城姑妈的礼物。学生喝酒不好，那就以水代酒吧！就算是我们初次见面的聚餐。"女孩与林共享着彼此的食物，对林显然没有反感。

"哦，谢谢你！上学的城市有个亲戚真好，可以周末去加加餐、打打牙祭。"林很羡慕，也表示了感谢。

"好什么好？我都烦死了。她整天唠叨个没完，就知道给我不停地介绍对象。"她抽动着漂亮的鼻子，流露出了强烈的不满。

"那是够麻烦的，让别人主宰自己的命运。"林听到这儿，心竟莫名地痛了一下，很是奇妙，居然是那种自己的恋人将要被别人抢走了似的感觉便立即发表了意见。

"他们管不了我的，我自己能给自己做主。"她看着林的复杂表情倔强地说。

"这就好、这就好！就应该大胆地追求属于自己的幸福。"林听了她的回答，一时慌乱的心立即平静了不少。

"先实现你的小理想吧。在列车上吃烧鸡！"她不想再继续这个令她烦恼的话题了。

疲倦的绿皮列车在大喘了几口粗气后到达了终点江城北站时，女孩儿看了看窗外漆黑的夜晚和越来越大的风雪不无担心地说道："已经晚点了，如果再赶不上最后一班轮船过江可就要糟透了。"

"没事的，还有我呢！"林不失时机地表现出男人保护女人的责任与担当。

"我们开始整理行李吧！能合并的合并，我负责大件，你就负责几个小件吧！"林像战场指挥员一样果敢地下达了战斗命令。

他们开始忙碌起来，林手提着两个大件，肩上还挎着两个书包，她则温顺得像个小媳妇，亦步亦趋地跟着林顺着逃荒似的人流涌向轮渡码头的售票大厅。

"站在这里看着东西。不许乱跑！我去弄票！"林就像在对一个需要他保护的小女儿那样说话，话音未落，林就冲进售票窗口前的人群中去了。

"嗯！"她的眼神和语气充满了顺从和希望。

林费了九牛二虎之力才挤到窗口，看到的却是刚刚挂出来的牌子："由于天气原因，过江轮渡停运，明天早上8点第一班。"

"看来只有在这里过夜等到天亮了。"林满头大汗地回到她身边的时候，她一脸的失望。

从熙熙攘攘的嘈杂声中她早知道了轮渡被取消的信息。

"唉！塞翁失马焉知非福？随遇而安吧，我的大小姐！"林试图用轻松的语气缓解她的不安情绪。

"也只能这样了。"她环顾一下四周，仅有的两排长椅子上早已坐满了人，旁边还堆满了小山一样的行李。

所谓的候船大厅一看就是专为春运而临时搭建的芦席大棚，甚至没有一个取暖炉，四面透风，室内外温度相差无几。

尤其让人受不了的是空气中弥漫着劣质卷烟的味道，沾在身上就挥之不去。她皱起了眉头，用白皙纤细的手指把散落的长发向后拢了拢，无助而可怜的样子让林心疼了。

"这儿条件也太差了。你待在这儿别动！我出去看看有没有更好的地方吧。"林果敢担当地建议。

"雪大，你小心点儿！你要快点儿回来啊。"她充满关切的叮嘱与淡淡的依赖让林顿时感觉温暖了许多。

"真是天无绝人之路。带上行李，我们走！"原来，林在大厅的不远处找到了一家临时休息室，每人一块二可以待一宿。

休息室其实就是一间很大浴池的更衣室，条件不能与正规旅店相比，但与芦席大棚比较算是天壤之别了，至少不是太冷。

休息室里配有有几排躺椅，那是洗浴后供顾客更衣休息的地方。他们在室内过道尽头处找了临近的两张躺椅安顿了下来。过道的中间正好堆放行李。下车后的一阵负重狂奔，使他们相对坐下时仍然气喘吁吁。

"快点儿休息吧！明天一早还有一场战斗呢。"林关心地对面前这个看上去已经疲惫不堪的女孩说。

林看到她眉头紧锁，用手不停地弹着临时充当被单的大浴巾，知道她非常担心这里恶劣的卫生条件。

"哎，你将就着吧，你可以和衣而眠，再把大衣盖在身上就行了。"林显得很有经验地建议道。

"你别总是哎、哎的，好吗？人家是有名字的。"她轻声细语地埋怨道。

林这时才感到这一路上确实很唐突，她帮了大忙，自己竟然连她的名字都还不知道呢。

"抱歉、抱歉！很是失礼！请问姑娘芳名？哦，我当先自我介绍：本人淮北人氏，名林，煤矿工人的儿子，年方十八，兄妹四人，在下排行第二，现就读于师范大学体育系三年级。"

听了林文绉绉的类似相亲式的自我介绍，女孩扑哧一笑，不甘示弱地答道："本姑娘阜阳人氏，农民之女，名灵，四姐妹，我排行老四，芳龄十六，现就读于省财校二年级。"

"正合适，好姻缘哪！俗话说'男大二，一辈子都会恩恩爱爱'。"林信口胡诌起来，也顺利地完成了他的第一次试探。

"你想得美，追求本姑娘的人最少也有一个加强排了，难度还是很大的。不过你到目前的表现还可以，希望继续保持，以观后效吧。"灵的幽默语气里也流露了对林明显的好感。

"从你的话里我得到几个关键信息。你看对否？一、你还没有明确的对象；二、对我的印象还不错；三、承认我进入了你的追求者行列。"

"总结得很好，累死了。睡觉，晚安！"灵轻柔地回答。

"晚安，灵！放心睡吧，我会保护好你的！"林的回答更加轻柔。

昏暗摇曳的灯光迅速催眠了本已疲倦的灵。想想也是，从下车到轮渡售票大厅约有一公里的风雪路，还要负重前行，这对于林这个专项中长跑的体育生来说最多是一次突发的强度训练；但对一个柔弱的女生而言无疑就是一次强迫的军训考核了。很快灵就发出了细微均匀的鼾声。

灵的睡姿看上去真的很美，她把两只手交叉着枕在头下，就像一位睡在吊床中的公主；这种睡姿在昏暗摇曳的灯光下将她本就比较丰满的胸部凸显得更大也更温馨，林忍不住多看了几眼。

周围的男子似乎也在死死地盯着那里享受着免费的眼福，这绝对是林所不能容忍的。仿佛自己最宝贵的东西被别人觊觎了一样。林感到了不安，不由自主地站起身来绕过行李堆走到灵的躺椅前把她滑下的大衣往上盖了盖。

灵伸了下懒腰，睁开眼睛看看林，说道："林，你也快睡吧！我不冷。"

"好吧，灵！有事就喊我。盖紧些吧，露多了不好。"林小声提醒说。

"放心吧！"灵听到这里扫了一下周围，看到其他男人的眼神，好像也敏感地意识到了自己有什么不妥，就下意识地将大衣往上拉了拉，几乎把整张脸都藏了进去。

半夜时分，可能是躺椅太窄了，抑或什么别的原因，林把右手臂伸展开放在过道的行李堆上，距离灵近了许多。突然，林的手感觉被人握了一下，柔软而温暖。林悸动用力地回应着，是灵的手，就这样他们安然睡去。

深夜，室内温度骤降，他们的手不约而同地也握得更紧，林的手指下意识地钻进了灵的毛衣袖管里。灵也尽力地回应着。一会儿，与其说他们是握着彼此的手，还不如说是握着彼此的前臂，温暖多了。他们的手开始不约而同地向着更温暖的地方摸索前进。

"还冷吗？"林关切地小声问道。

"好多了！"灵的回答很温馨。

林发现他们的手指都快嵌入彼此的肌肤了，只是分不清谁的力气更大。

"太冷了、太冷了！老板快加煤球！煤炉早熄灭了。"有顾客开始维护自身权益。

"不能再加了，要加早加了。室内通风不好，容易煤气中毒！"老板一脸的委屈。

"也确实不用加了，也快该起来赶路了！"林看看手表，已经凌晨6点多了。

"快起来吧！小姑娘，还要排队买票呢。"林竟非常自然亲昵地称呼灵为"小姑娘"。

其实，当男人自然地称呼一个有好感的女子为"小姑娘"的时候，他表达的真实意思就是有义务并且要主动地照顾她了。

"嗯，起床了！我先去卫生间，你也麻利点儿。"灵认同了林对她亲昵的称呼，很温顺地回应。

林还没有完全整理好，灵就回来了。

"不行、不行！脏死了，地上都是冰，很滑，根本站不住、下不去脚。怎么办呢？"灵的人没露头焦急的声音就传过来了。

"没事、没事！活人怎能让尿憋死？小姑娘跟我走！"林安慰着先迅速穿好自己的棉军大衣，再绅士般地帮她穿上她的黄色羽绒服，羽绒服是柠檬色的黄，很漂亮，那时能穿羽绒服的多半是家境很好的人家。

"小姑娘的日子过得不错呀！还有这样的大衣！"林打趣道。

"好什么呀？我家都穷死了。这件衣服是在商业系统工作的姑妈给我弄的。她烦人归烦人，但对我还是挺好的。"灵马上翘起小嘴。林听明白了，她说的"姑妈烦人"可能指的就是总给她不停地介绍对象的人。

林像是突然再次感觉受到了威胁，竟情不自禁地拉起灵的手就向外走去。

"我有点撑不住了！这是要去哪儿呢？"灵焦急而可怜地脱口而出。

"走！上江堤。那里一定有地方的！"林胸有成竹地答道。

"那不念'ti'，应该念'di'！"灵马上纠正了林的发音。

灵说过她是学校的播音员，看来以后和她说话还真的要注意些喽，否则会丢人的。林在心里嘀咕着。

走上长江大堤，视野豁然开朗，初春早上的空气格外清新也格外清冷。大江宛如一条巨大灰白色的带子从远方延伸到了脚下，雪地上顽强挤出的密密簇拥的嫩草芽预示了春季必是江草萋萋的葳蕤景象。

林匆匆地观察了一下，静静的大堤上白雪皑皑，不远处有个看上去还算是茂密的小树林子。

林拉着灵一直走进到了小树林的深处，来到一棵大树背风的地方。

"就这儿吧，大小姐请！"林说话的同时还做了一个很绅士范的就像在舞池里邀请女子起舞的动作，动作幅度很大，双膝微屈，极其潇洒漂亮。

"我还是有点害怕！你站过来，与树并排，再给我遮挡着点儿，背过身去，不许偷看！"灵担心地强调说。

"林，你还要用双手捂着眼！"灵又不放心地追了一句。

"谢谢！睁开眼吧！"灵迅速整理好并且站起来了，地上的原本平整的雪也已经呈狭长状陷了下去。

"快看！你可以做地图测绘家了。你的作品多像安徽省的地图啊！"林开玩笑似的想缓解尴尬。

"背过脸去！该我了！"

"与树并排，再给我挡着点儿，背过身去，不许偷看！用双手捂着眼！"林尽力模仿着灵刚才的语气。

"讨厌！谁会偷看呀？"为表示决心，灵竟将围脖拉上去眼罩一样地蒙住了双眼，样子羞涩得让人顿生爱怜。

"现在好了！我帮你完成了真正的安徽地图，安徽地形狭长，中间要有淮河和长江横过才算完整的。"

"讨厌啊！亏你干得出来。快回吧！"这时传来江中大轮汽笛的长鸣，灵显然是不想再围绕着她的作品主题讨论下去了。

走出小树林有一个小土坡，林三步并作两步就登了上去。

"等我一下，不管我了啊？"灵伸出手，噘着小嘴，一副可怜的小女人撒娇模样。

"怎么能不管你这个小姑娘呢？脚站稳用力，我发力了啊。"林回身拉起灵的手。

灵抓得太紧，加上林用力过猛，在灵即将登顶的时候，惯性使然或是灵有意捉弄，灵做出双脚踩空的样子，突然张开双臂迎面扑了过去并钩住了林的脖子，身体还故意往下坠。林下意识地降低重心、张开双臂，迎上去顺势环抱住灵的腰，灵即要赖似的把头埋在了林的胸前。林嗅到了她长途疲倦后头发散发出的干燥味道，也当然感觉到了她的柔软。林即索性一不做二不休，抱住她就原地转了一圈。

灵的腿太长了，脚上的皮鞋在积雪上画了一个不规则的圆。

"别闹了、别闹了，再闹我就松手了！"林口是心非地埋怨警告说。

当他们自然地手牵着手一路嬉闹着回到休息室时，其他客人早已不见了踪影。只剩下他们俩的行李还静静地堆在过道尽头的中央，他们稍事休息，面对面地坐在彼此的躺椅上，林明显感觉到了她躺过的地方剩下的余温，很温馨。

"哦，对了！你在火车上看的那本书能借给我看看吗？你把你的通信地址留给我，看完后我就邮寄给你。"灵收拾完毕说道。

"没问题，只是别损坏或是弄丢了，那是我从学校图书馆借的。"林求之不得，正想着分别时找什么样的借口再次联系她呢，便满口答应下来，并迅速拿出纸笔与她交换了通信地址。

登轮渡船还算顺利，挤过一层最拥挤的人群，他们终于在第二层甲板的一角安顿了下来。位置还不错，可以凭栏眺望长江。

可能是都预感到了即将的分别，互有好感的青年男女莫名的淡淡忧愁情绪开始相互影响。那分明是一种不得不结束愉快旅途的愁绪，他们注视着一江春水静静地向东流淌，听着渡轮切开江面时江水拍打船体的哗哗声。

灵幽幽地吟诵出："问君能有几多愁？"

"恰似一江春水向东流。"林当然要接过灵的话。

他们都感觉到了脚下向大脑传来一声沉闷的撞击声，那是为缓冲船体靠岸时巨大的冲量，捆绑在码头与船体上的废旧轮胎靠岸时发出的挤压声，最后的分别已不可避免。

他们的身体也随着船体的摇晃神奇地紧紧偎依在了一起，十指也早已紧扣。他们都感觉到了彼此的力量，生怕一松手对方就会坠落湍急寒冷的江水中一样。

上岸后，他们慢慢吞吞地在路边的小铺子吃完早点，不停地谈论着彼此学校的趣闻逸事。他们在温馨轻松的气氛里，像恋人那样牵着手磨磨蹭蹭地来到轮渡客运站附近的公交车站时，竟已接近了中午时分。

当他们不得不开始分拣行李时，天空又飘起了如盐粒子一样的南方特有的冻雨，它们雨不像雨，雪不像雪，风疾打在脸上还很疼。

林主动站在迎风的那一边，冻雨打在灵的羽绒服上，啪啪地响。灵的小手冻得红红的，吃力笨拙地捆绑着行李。

林一时竟看着心疼起来，说道："还是我来吧！"

林说着走过去情不自禁地就把灵冰凉的双手捧在手心里怜爱地哈了几口热气。

公交车进站了，灵才依依不舍地抽出双手。

"记住一个大件，三个小件，下车时检查一下啊！吃完饭好好睡一觉，捂捂暖就好了。"林把灵送上公交车后又反复交代着。

"你也快回去啊。再见了！我会给你写信的。"

车子启动了，灵把手贴在窗子的玻璃上，林当然领会她的意思，也把一只手五指分开贴了上去。隔着冰冷生硬的玻璃窗与她的手心贴在了一起，感受着想象里的温度。

车轮碾过冻雨烂雪的路面溅起团团黑色的脏雪，实在跟不上了，林的手才无力地滑落了下来。那一瞬间，林分明看到了灵发红的眼圈，嘴角的颤动似乎想要说什么。林的心一阵紧缩，也充满了爱意。

他们隔窗不停地招着手，直到看不见对方。

林回到宿舍时，他的几个死党兄弟同学——阿力、阿波和阿远都已于前几日就返校了。

体育系成绩好的同学间有个不成文的传统，开学先来的要给后到的兄弟接风。

接风仪式很简单，就是各自拿出带来的家乡春节特产，再弄瓶酒就行了。这种接风聚餐通常是非常愉快的，话题也是相当轻松有趣。保留话题就是"艳遇和女人"。

其实，大家也没有多少艳遇或经历过多少女人，主要就是靠道听途说和想象力的发挥。大家乌七八糟地就此说了一通，没边没沿的。

"这个问题很诱人，要知道梨子的滋味就要亲口尝一尝，没有调查就没有发言权吗。看来，兄弟们也要抓紧探索一下了。讲的都是外行话，丢人现眼！"阿远故作高深地说。

"得了吧！连女朋友都没有，探讨个啥呀？"阿力点到了问题的关键。

"都大三了，看来弟兄们也要抓紧时间找一个了。"阿远又急切地建议道。

林不甘落伍，借着酒精的作用还是没有忍住就向弟兄们通报了旅途的"艳遇"。

"我看有戏！关键是看下一次见面时的进展了，如果能探索到我们讨论的就算成功一大半了。什么时候让我们也看看，帮你把把关。"阿远、阿波一脸的坏笑。

开学正式上课后，日子过得很快也很无聊。由于各自要忙着备战 4 月份的校春季田径运动会，整天教室、食堂、运动场、浴室来回打转转，单调而乏味。

林的专项是中跑，主项 800 米，副项 1500 米。

一天下午林上强度训练课回来。课上跑了 5 个 400 米（每个 1 分钟左右）和 2 个 800 米（每个 2 分 10 秒以内），累得浑身像散了架一样；回到寝室灌了一大杯水，躺在上铺的床上若有所思地看着天花板发呆。

"阿林！你的信。"生活委员熟悉的声音在门口响起。

"是财校的！"睡在下铺的阿力一个箭步冲过去把信抢在了手里。

"阿力帮我打一下晚饭！饭票在枕头下。"林一翻身就从上铺跳了下来，夺过阿力手中的信就冲了出去。

"让我也看看吧！"当阿力扑到门口向楼道里打量时，早已没有了林的身影。

"刚才还累得像条狗，现在一眨眼就精神了，看来爱情的力量是真大啊！"阿力不满地嘀咕着。

林一口气跑到楼外田径场看台一个安静的角落，小心翼翼地打开了这封朝思暮想的信。

刚看到第一句称呼他的心就醉了。

亲爱的林：

你好！

请原谅我这样冒昧地称呼你。公交车站分别的那一刻，车在拐角处，我看着你还在风雨中向我招手，当时我的心真的很疼、很疼。竟想冲下去把你也拉到车上来，紧紧地抱着你，不让你再感到寒冷。这是我第一次控制不住在内心反复这样称呼一个男子。我们相识的旅途虽短暂但十分美好，是让人终生难忘的。你的英俊潇洒、强壮果断，还有你的才华与幽默敲开了我的少女心扉。我喜欢，不！是爱上你了！渴望与你见面！

永远爱你的灵

林生怕漏掉一个字，幸福就会远去，也不知道读了多少遍才重新折好放回怀中，甜蜜地返回宿舍。

"怎么样、怎么样？"林刚刚踏进宿舍门，阿力就焦急地问。

"还好，还好！"林从怀中拿出信，给阿力看了一眼信开头处的称呼。

"哎呀！真酸！肉麻！"阿力夸张地叫喊着。

晚饭后，林去了教学楼203，这是他们年级的教室兼自习室。打算给灵写回信。

亲爱的灵：

　　能这样称呼你这样美丽的姑娘，真是幸福！谢谢你！你的信移走了压在我心头多日让我喘不过来气的巨石，给我送来了安心和幸福。分别后你可爱顽皮的样子仿佛一直在我眼前出现，来吧！我渴望拉着你的小手，紧紧地拥抱你，不再让你离去。我是矿工的儿子，我会好好爱你！我恨不得马上就飞到你的身边。再过两周就开运动会了，运动会结束后我会去你的学校找你。

　　　　　　　　　　　　　　　　　　　　永远爱你的林

校田径运动会如期举行，简易的环形看台上已经坐满了各系的啦啦队，在《运动员进行曲》的旋律中，不时传来播音员甜甜的通知检录和成绩公布的声音；林对这种场面习以为常，这是进校后林第二次参加这样的全校田径运动会。林也对即将进行的比赛充满了期待。

在20世纪80年代初的文化活跃浪潮中以及与中文系同乡琳的纠葛里已经初步接受了人文精神洗礼的林太需要不断地证明着自己。林还给自己确立了于连式的没有最优秀只有更优秀的奋斗目标。

林的第一项是1500米，在标准田径场上需要跑3圈零300米。当林跑完第三圈时裁判员鸣了一枪，这是告诉运动员还有最后一圈。

林习惯地用余光瞄了一下前后，发现自己正处在第六的位置上。

"林，加油！"是一个女生的声音，林原以为一定是本年级的女生啦啦队在为他助威，便顺着声音望去想看看是谁。

在终点附近看台上的女生堆里，一件黄色的羽绒服在早春的绚丽的阳光下格外醒目。林怔了一下，不会是灵吧？就是灵！她标准的普通话以及她的动作姿势早已深深刻在林的记忆里了。

林很想奋力奔跑，只是双腿就像灌满了液体的铅，难以呼吸，林当然知道这是中长跑中的生理现象"极点"已经如期到来了。林无数次地体验过"极点"的感受，只有靠毅力、深呼吸、适当降低步频并加大摆臂，才能克服眼下的困难，"极点"过后就能呼吸顺畅、步履轻松了。

按照自己的能力与战术安排，林应该在最后 200 米处发起冲刺。

"这个冠军必须拿下。千万不能丢脸啊！"林告诫自己，同时也决定提前开始发起冲刺放手一搏。跑到1300米时，林已经处在了第四的位置上了。跑到南侧弧道顶时，林已经能看得见黄色的羽绒服抬高了位置在向他招手了。

"向着目标前进！"林给自己加油。突然就像是吃了速效兴奋剂，摆臂有力、步履轻盈开阔。步频也越来越快，跑到最后 60 米时已经追赶上了第一集团。

林急切地注视着终点，黄色羽绒服已经移到了终点前大概 30 米的地方。林看得真真切切，灵用力地挥舞着手臂，当林跑过灵的面前时，"林，加油！"的声音也更加急促响亮。

林往右侧一看，灵正在看台上面一直伴跑呢。"这个傻姑娘，那么多的人，摔倒怎么办啊？"林一边跑一边在心里还甜蜜地埋怨着她。事实上，灵的伴跑给了林神奇般的力量，这也成了林当晚第一次真正亲吻她的导火索。

从未有过的完美冲刺，林第一个撞上了终点带。灵已经在终点延长线的看台上对他骄傲地竖起了大拇指。

当林脱下钉鞋走上看台穿好老蓝色的运动棉衣时，身边已经围满了本年级上前道贺与慰问的同学们。

林的额头和面颊上依然挂着汗珠，灵拿出一块叠好的方格手帕递了过来："喏，快擦擦汗。小心别感冒了！"亲昵的动作和语气没有丝毫避讳周边同学的诧异。

手帕很香，是花露水的味道，那时香水还属于奢侈品，社会上还不普及，女生大多都用花露水代替。

有灵的味道总是迷人的。

"谢谢你！"林顺从地擦好脸和脖子后随手要将手帕递还给灵。

"我还是洗好后再还你吧！"林看到手帕上满是脏兮兮的汗渍，腼腆地补充说。

"谁还要你用过的脏东西，就送给你好了。"灵嫣然一笑。

林心中一喜，他当然知道，那个时代男女生之间送个手帕或笔记本之类的小东西都有定情信物的含义。

灵在看台上卖力地助威早被林的同学们注意到了。

"她是林的女朋友吗？真漂亮！以前好像没见过，是哪个系的？"女生们好奇地小声议论着。

"是的！我是林的女朋友，省财校的。"灵显然听到了议论，大方地承认。同时把落在胸前的马尾辫骄傲地甩到背后，似乎在向她们宣布：这个冠军男生早已经是属于自己的了。

"走吧，吃饭去！下午还有比赛呢，林，中午多搞几个好菜聚餐啊。"阿波向林挤挤眼提议道。

林当然心领神会，这是弟兄们在给自己创造机会呢。

"当然、当然！打回宿舍一起吃吧。"林知道弟兄们要借机宰他一刀了，但他心甘情愿。

所谓的聚餐就是大家从食堂里多打几个菜，再从食堂门口的小摊儿上买几个地方小菜而已。

还算丰盛，高高低低的饭盆、饭缸摆了一大桌子。

有特殊的美女新成员加入，聚餐气氛是相当热烈而轻松的。

"林的运动成绩好。"

"林的文化学习也好。"

"林看书多，有才华，中文和英语都特别棒。"

"林关心兄弟，讲义气。"

"很多女生还有外系的都喜欢林呢。"大家七嘴八舌、搜肠刮肚地为林唱赞歌。溢美之词越发不着边际，弄得林都有点不好意思了。灵不言语，只是在一旁痴痴地笑。

"你怎么来了?"林转移话题,想给自己也是给灵解围。

"我知道你们学校这两天开春季运动会,就过来会会老乡,也是顺便把借你的书还回来;没想到还能正赶上你的比赛。"灵轻描淡写地回答,努力避免局面太窘迫。

这时田径场的大喇叭传来熟悉的《运动员进行曲》,下午的比赛看来就要开始了。

"我下午的 800 米就一枪,明天上午还有两枪,一会儿去场地转一圈后就带你到附近的赭山公园玩玩。"

一般来说,田径比赛的一枪是指预赛,二枪是指复赛,三枪是指决赛。林表现出"气吞万里如虎"的气魄,就好像通过下午的预赛进入明天的复赛和决赛如探囊取物一般。

800 米是林的主项,他知道自己的实力。林去对面的水房迅速穿好比赛服,再回来套上保暖的长款运动服,提着跑鞋在前面走出楼道。灵端着水杯紧跟在林的身后。这一幕让林突然就想起中学时邻家小妹敏跟在他身边参加比赛时的情景来,林的心里立即就泛起了一阵阵的甜蜜。

来到了赛场,检录完毕后,林简单做了准备活动后便脱下外套,换上了钉鞋。

灵抱着林换下的衣服,提着运动鞋,像个跟班似的随着林走向起点。林上道前,灵又为林整理一下胸前的号码簿并把他的背心往短裤中塞了塞。

"加油!赛完给你奖励!"灵看到林要走向起跑线时最后鼓励道。

"你的奖励我要定了!我也会给你奖励的。"林回头对灵做了一个飞吻动作后说。

伴着灵的呐喊助威,没有任何悬念,林得了小组第一,顺利进入复赛。

林再无顾忌,牵着灵的手径直走上看台来到成绩公告栏前。确认进入复赛后,他们也注意到了上午 1500 米决赛的成绩单。

"你真厉害!我的男朋友真棒!比她们的都强过一百倍。哼!过几天你也去我们的宿舍啊!我也要让她们知道我是大大的厉害!"灵心花怒放地说道。

"没问题，我还可以把阿力、阿波和阿远他们都带上！看谁还敢欺负我的女朋友？"林以为是灵在寝室受了同学的委屈便立即满口答应下来。

其实这正中林下怀，林早就想去看看灵的学校环境以加深感情了。

他们来到学校背后的公园，牵手遛着所有能被称为景点的地方，来到公园最高处的六合砖木结构的瞭望高塔附近时，半个塔身已经沐浴在落日的余辉里了。

江南黄昏的春寒还是非常明显的。走了一大圈了，灵微微发汗的身体在日落后的风中不住地打着冷战。

"快了，这附近好像有几个供游人休息的长靠背椅，可以在那里休息一会儿。"林牵着灵的手安慰着、继续前行寻找着。当他们找到长靠背椅时，它早已被其他的恋人坐上了。

"看！亚当、夏娃已经在伊甸园了。"林用力握了一下灵的手轻声浪漫地提醒说。

"坏死了，谁要看？快离开！打扰热恋中的人是不礼貌的。"灵显然也是看清楚了那对情侣的亲昵动作，害羞地回应了一句。

"走，去那儿吧！去那里就可以坐下休息了。"林看到距长靠背椅不远处的小树林中央有一块不大的草地，林兴奋得就像是在沙漠中发现了绿洲。

他们雀跃地走了过去，还真不错。新草刚刚露出头，枯黄的旧草也未腐烂殆尽，恰是一张厚厚的、青黄相接的松软草垫。灵蹲下身子，很快地从随身挎包里掏出一张塑料纸，铺下，转眼上间，塑料纸上面就摆放好了进公园时买来的饮料和小食品。

"我的英雄，你可以入席了！"坐下后，灵向前伸了伸长腿，又接着做了一个夸张的伸懒腰动作。

"累死了、累死了！脚有点出汗，现在停下来感觉冷冷的、麻麻的。"说着一双求助的眼睛盯着林。

"好了、好了！小女孩把你的臭鞋子脱掉吧！你累了，还是我好人做到底吧。"林温柔地帮她脱掉鞋子，接着又把她的双脚捧起来放在自己的怀里一边捂一边揉捏。

"真感觉好多了，谢谢你！"好一会儿，灵抬头幸福地说。

"那是当然！你享受的可是专业的按摩服务，《运动按摩》是我们体育系大一的必修课。"林很自豪地回答。

"如果你愿意，我是可以天天给你按的。"林不失时机又进一步讨好地试探。

"你要说实话！上午你 1500 米最后冲刺时看到我没有？你的冲刺很有力、潇洒漂亮，有我的功劳吗？"灵明知故问且很骄傲地询问。

"当然！看到你在看台的人丛中为我伴跑，听到你喊我的名字为我加油助威，我的身体就随即充满了力量。"林甜蜜如实地回答。

"明天你的 800 米复赛和决赛，我不在，你能继续想着我，去夺取冠军吗？"灵继续幸福怀想地要求。

"一定会的！"林坚定地答道。

"你要诚实！我们分别后你时时刻刻都在想我了吗？"灵很满意林的回答，又含羞追问。

"嗯，是的。那你想我了吗？"林心中依然没底地轻问。

"是的！就像我给你的信中写的那样，一直都在想你！"灵含情脉脉浪漫而多情地看着林认真地回答。

"这还差不多，我以后会更想你的！"林加重了语气回答。

"脚暖和多了，腿又麻了。我想起来站站，亲爱的拉我起来吧！"灵撒娇地要求。

"遵命！"林愉快而顺从。

"坐在地上股后肌群长时间处于拉长的状态，连带膝关节过伸确实不会舒服的。"林先站起来做了几个深蹲，专业性地解释道。

还是像在长江大堤时的那样，灵站起身来双臂环钩住林的脖子又要赖似的故意往下坠。林这一次早有准备，双臂环抱着她的腰原地又转了一圈。只是转完一圈后，林没有再急着把灵放下，而是紧紧地抱住了她。

灵的个子挺高，也很丰满，没想到她的腰却是那么细。林用力抱着她的细腰，她不得不紧紧贴在林的胸前。灵不但没有挣脱的意思，反而还挑衅似的回应着。

落日的余晖终于悄悄地隐没在了塔尖，美丽的上弦月躲在塔尖的背后开始不时地探出头来张望着人间的伊甸园。

"暖和了吗，亲爱的？"林热血涌动，与她耳鬓厮磨时关切地问。

"笨蛋！在长江大堤上时我就想让你这样拥抱我了。"灵柔情似水的回应也抱得更紧了，滚烫的唇开始寻找它的归宿。

"我讲过要奖励你为我伴跑的，我要兑现承诺了。小姑娘准备好了吗？"林也是温情无限了。

两张久久渴望的唇终于触在了一起，令人窒息、天旋地转。

他们在享受甘甜爱情的同时也承受着难耐的折磨，那是一种本能欲望与传统道德的约束以及学生固有矜持的缠绕、撕扯在一起的折磨。

激烈的抗争过后，林突然想起了与阿波他们的关于那个诱人问题的讨论来，探究的欲望战胜了一切。

灵的身体战栗了一下，但终究没有抗拒。

只有黄豆粒般大小……

"原来如此啊！"林舒心地吐出了一口气自语。

"你肯定使坏了。什么原来如此啊？"灵含羞宽容地嗔怪。

林把大衣铺在草地上，伸出手臂半坐半躺了下来。

"你提供了垫被，我就提供盖被好了！"灵说着脱下羽绒服，温顺地坐下，半躺在林的臂弯里，蒙住头盖好大衣缱绻在他宽阔的怀中，恰似一只疲倦的小羊羔依偎在牧羊人的身旁。

"亲爱的！记住了啊！这里也是我们的伊甸园，你若敢背叛我，我会恨你一辈子！"看着小山的夜空中弥漫的城市之光，灵面颊滚烫，幽幽地说。

"我以前从没有在任何一个女人面前如此地动情过。与你才有了一种灵与肉完全统一的感觉。我会好好地爱着你，我想娶你。你会比我早一年毕业，你分配到哪一个城市，我就争取也分到哪一个城市。你也可以要求分配到我的家乡，那是一座新兴能源城市，那里有两所高校，我进去应该不会有什么问题。实在不行，你可以分回你的家乡，我家距离你家也不是太远。"林爱怜而深情地要求说。

"没有那么简单，我家的那个小县城太穷了，条件很差，我也不想再回去了。我爸爸说，我姑妈正在想办法争取把我留在这个城市，据说也已经办得差不多了。"灵有些惆怅。

"不好！我留江城工作太难了！留校工作几乎不可能，留在当地的中小学又于心不甘。"林的心咯噔一下。

"别太担心！只要有爱就一定能在一起！"灵善解人意地安慰林。

就这样他们诉说着爱恋，憧憬着未来，直到早晨锻炼的老人们寒暄着走过旁边的小径。

林看到晨曦的光透过稀疏的枝头柔纱般地泻到彼此的身上，他们知道凌晨了，必须要分别了。

林看着小睡醒来的灵脸上还挂着笑容，可爱至极，笑容下的两道泪痕也格外分明。

林的心中升起无限怜爱，情不自禁地俯下身来吻着她的泪痕。

灵完全醒了，温柔地用双手抱住林的头，生怕一松开就会永远也见不到了一样。

"亲爱的，听！我们伊甸园的小鸟开始为我们的爱情讴歌了。"灵的话浪漫而富有诗意。

林这时才注意到一群叫不出名字的小鸟正在林间叽叽喳喳地来回穿梭，像是在提醒这对初坠爱河的情侣在它们的领地上逗留了一夜，到了该离开的时候了。

"再见了！我们的伊甸园。"他们又紧紧地拥抱在一起，没有了最初的羞涩矜持与些许的不安，这是一次长久热烈地拥吻。有的只是自然与从容，他们尽情地享受着爱情的甘美。

"林，我们还会回来吗？"灵留恋万分，担忧地询问道。

"我发誓，一定会的！而且我们还会有更多属于我们自己的伊甸园！"林坚定而深情地回答。

"嗯，我相信！只要心相属就一切属于彼此。只有我们在一起，走在哪里，哪里就是我们的伊甸园。"灵挂着晶莹的泪花更加坚定地说。

走出公园的大门，早春清晨的阳光洒在他们的身上，暖洋洋的有点刺眼。

公园门口的早点飘溢出的诱人的香味儿一直飘荡到街头的拐弯处，油条、小笼包子、馄饨、豆浆、豆腐脑儿，还有阳春面。

"你多吃些补补！"灵咪咪地笑，似有深意。"上午还有比赛呢！"灵又补充道。

"是该多吃点儿的，比赛必须拿下，也是对你昨夜提前奖励的回报！"林的回答更有深意。

"千万别把这些告诉你的那些死党兄弟啊！"羞涩的红晕又爬上了灵的面颊。

"啊哦，差点忘记了，下周末我们学校有大型舞会，你可一定要来露露脸啊，让她们也看看我的亲爱的。"分别在即灵恍然大悟似的又要求。

"我肯定会去，让女生们羡慕你，让男生们都死了心。"林自信满怀地答应。

踌躇地吃完早餐已近7点。

"老板，再打包4屉带走！"因为是周末，林要给兄弟们带些回去。

回到宿舍，那帮家伙还都赖在在床上。

"我回来了！有公园门口的小笼包子啊。"林一进门就把他们喊醒了。

"怎么样？怎么样啊？野跑了一夜，再不回来我们就打算报警了！拿下没有？"最后一句才是阿力他们最感兴趣的问题。

"还好、还好！"林想搪塞过去。

"摸了没有？"阿力穷追不舍。

"摸了，当然摸了。摸的是手！"林还是想混过去。

"折腾一夜就只摸了手，你是骗鬼的吧？"

"信不信由你们，我去食堂再给你们打点儿稀饭。"林说完神秘一笑，从枕头下抓起一把饭票又随手在门后拿起一个脸盆就又走了出去，把敏感的话题留给他们去猜想了。

上午的比赛很顺利，林取得了800米比赛的第一名。

午饭后，林向兄弟们通报了周末去财校参加舞会的事，他们个个摩拳擦掌，都表示了要全力支持配合兄弟恋爱事业的意愿。

时间过得很快，转眼到了周六，林中午从食堂刚回到宿舍，生活委员就送来了灵的信。

亲爱的林：

　　我的爱人！你是强盗，你抢走了我的心。痛苦地分别后，我整日沉浸在伊甸园的爱河中，什么也做不了。盼望着周六我们的相聚。讨厌的室友们还要搞什么寝室全家福，她们的男朋友都会来参加舞会。还计划舞会前在寝室里聚餐，你可一定要早点儿来，我周六下午 4 点起就会在财校车站等你。精神点儿啊！我不想输给她们。

永远爱你的灵

林一口气读完信，兄弟们也都陆陆续续地回来了。

"抓紧时间休息，养足精神，我们下午 3 点出发到财校，先聚餐再参加舞会。都精神点儿，别给哥们儿掉链子啊！"林大声向兄弟们通报。

"放心吧！保证把财校的小女孩儿和那些歪瓜裂枣的男生全部给震住！"

"没准儿还能有意外的收获呢。"

"那就看兄弟们的本事吧。"

大家附和着林七嘴八舌地议论起来，个个显得信心满满。哥儿几个对舞会自然是有信心的，他们是上学期在校集体舞比赛中体育系拿了冠军的主力队员，平时也没少参加其他系组织的舞会。

本着资源共享的兄弟传统，西装、领带、皮鞋、衬衫等舞会行头都拿了出来重新配置。

皮鞋是跳舞很重要的装备。林好在上学期末用结存了好几个月的八块五买了一双华侨皮鞋厂生产的棕色皮鞋，平时根本舍不得穿，只是在学校、系里的舞会等重要场合才穿。

阿远又贡献出珍藏已久的头油，弟兄四人都胡乱地抹了抹，尽可能地把头发梳理得油亮整齐。

"打狼小分队出发！"阿波看看手表以大哥的口吻下达了作战命令。

那时把泡女生叫打狼，个个精神抖擞、器宇轩昂。

约 4 点公交车到达了财校公交车站。此时，灵与另一位小巧玲珑的女生已经等候在那里了。

"5 点开饭聚餐，我们俩先带你们在校园里四处转转。"她俩当起了向导。

·191·

林他们 4 个人的身高都不低于 1.76 米，齐刷刷地走在一所中专校园内还是很扎眼的。

阿远走在最前面，他是军人的后代，腰板笔直，军裤下的黑皮鞋熠熠生辉。

女生逐渐多了起来，有的成群结队端着脸盆，有的端着饭盒，像是刚从浴池或食堂赶回女生宿舍楼的样子。有些交头接耳地向这边张望，林一伙博得的回头率明显增加。

"弟兄们，看来阵地快要到了。看看阿远！"阿波提示道。

"哪里的？这是女生宿舍。"女生楼看门的大妈警觉地盘问，眼神就像是发现了不轨之徒。

"他是我哥，师大的，带同学来给我搬东西的。"灵机智地指着林回答。

"晚上 10 点前必须离开！这是学校的规定。"看门大妈强调一句后也就放行了。

一群人上了三层，楼道里能晾衣服的地方都挂满了女生的各式衣物，就像大商场里集中展示挂着的年货一样，有几次都碰到了脸上，有的还在不停地滴着水。

"不好意思啊。小心点儿！女生楼就是这样的。到了，到了！"灵抱歉地推开了寝室的门。

后来，林几个承认这是他们所看到过的最干净整洁的女生寝室。

窗明几净，一尘不染，4 张上下铺铁架子床，上铺上的行李箱等杂物都用纱巾或白纸遮盖得整整齐齐，显得空间立马增大了不少。每个下铺上都有一些主人的照片或大个的毛绒玩具等女生特色的物品，墙上错落有致地贴着一些那个时代的大幅电影女明星人物宣传画。

"林，你到这里来坐！"灵招呼林坐到自己的身边来。

灵的床铺是在里边靠窗的地方，床头摆放着一个镶嵌了一张 8 寸黑白艺术照片的木质相框。照片比起真人竟还要漂亮许多，披肩长发与整齐的刘海儿很有动感，眉目含情，长长的睫毛像洋娃娃那样上挑着，白皙的面庞线条分明而柔和。

这时其余 3 张床的下铺上也已经分别坐着一对男女。

"这应该就是全家福的成员了。"林心里想着，由于大家互不相识，气氛有点隐隐的尴尬。

阿力、阿波和阿远更是无所适从，主人们显然也感觉到了这种气氛。

"时候不早了，还有舞会，要不先开饭吧？坐下来再介绍吧。"有人提议。

姑娘们随即忙碌了起来。迅速把放在房间中央的两张桌子对在一起，铺好了桌布；房门后的小桌上堆得像小山一样的饭盆、饭缸一转眼又都转移到了铺好桌布的临时大饭桌上；摆满了一些直接放在食品塑料袋与包装纸中的诸如盐水鸭、烧鸡、卤豆干、炸臭豆腐干之类的熟食，还有一大包五香花生米和油炸蚕豆花。

借助于长桌两侧的床，11个人围绕饭桌很快安坐了下来。

"灵，你们是新成员，就从你开始介绍吧！"坐在林和灵对面的、也是陪着灵一起去车站接林他们的女生，长得小巧玲珑，肤色较黑，比较活跃，应该是寝室里的老大角色。

"她叫海霞，我们的大姐。坐在她身边的是她的男朋友，叫王富贵，皖医的。"灵开始介绍。

林开始细细打量，王富贵的身高至少有 1.8 米，看着有些营养不良，清瘦得像颗豆芽菜。但竟然长了一个大蒜一样还有点发红的鼻子。

"此人的酒量应该不错。"林在心里判断。

"这位叫春华，她的男朋友叫李强，是你们师大地理系的。下一个是我们寝室最小的叫彩凤，她的男朋友叫王帅，是我们的同学。"灵一口气介绍完了她的室友及室友的男友。

春华和李强都是矮胖矮胖的，尤其是李强满脸的凹凸不平，真是学地理专业的，脸部的地理地貌很符合我国的地理特征。王帅的父母可能是太自信了，王帅虽然长得不是太难看，但距离帅绝对是差得太远了，小鼻子小眼儿，尖尖的下巴，乍一看有点像一只发育挺好的猴子。

灵清咳了一下，林知道该介绍他们一行了。

林脱掉了外套，挺直腰板。林上身穿着一件草绿色的薄毛衣，那是芳用环的旧毛衣改造的，略小，正好勾勒出了林的原本不大的三角肌和胸大肌的阳刚轮廓，英气袭人；高高的鼻梁上架着一副黑框眼镜，显得格外温文尔雅。

"这是我的男朋友，叫林，师大体育系的中长跑冠军。另外三位是他的好兄弟阿波、阿力和阿远。"灵一边介绍一边含情脉脉地歪头注视着林。

"不就是搞体育的吗？身体好！身体好！好在我带来了3瓶酒。"灵刚介绍完林一行人，王富贵就和李强有点不屑地交流起来。声音虽小但还是被最近的阿波捕捉到了。今晚聚餐火药味的不和谐也就此埋下了伏笔。

"身体好怎么了？搞体育的就没有脑子吗？酒倒是可以领教一下。"阿波竟发出声来。气氛忽现尴尬紧张了起来，男人们都低头不语若有所思了。

"介绍完毕！吃饭吧！"灵看出林有点愠怒的表情立即宣布。

鬼知道姑娘们为了这次全家福做了怎样的精心准备，居然有3瓶白酒，还有1瓶红酒，酒具还算齐全。

寝室老大海霞和她男友王富贵自然承担起主持饭局的责任。

安徽地处华东，北顾黄河接淮河南临长江，位于南北方文化交汇的江淮大地，酒文化甚为发达。

仅是地方名酒就有阜阳地区的高炉酒、种子酒、古井贡酒，淮北的口子酒，蚌埠的大曲酒，滁州地区的迎驾贡酒等。

逢年过节、招待亲友更是无酒不成席。这群来自全省各地的年轻人早已在酒桌上熏陶多年，对酒桌规矩都是门儿清。

林爱吃盐水鸭，就下意识不时地盯着那盘鸭子看。灵看出来后就直接起身夹过来一只肥得流油的鸭大腿，含羞环顾四周说："不好意思了！我家林的运动量最大，这条鸭腿就给他吃了啊。"林感激地侧目看看满脸娇羞的灵，林最享受的是灵的那句"我家林"。

阿远显然也听明白了其中的含义，就配合着说："我家林确实运动量大需要补补，好事成双，这一条大腿也给我家林先存上吧。"说完就直接把另一只大腿也夹了过来，还与灵对视一下。这样刚刚开席，一只鸭子事实上近一半就转移到了林的面前。

王富贵寒暄几句后，就把酒瓶拿到自己的面前。先给自己倒上3杯。牛眼泡杯，每杯约半两。

"我喝了这 3 杯司令酒，大家可就要听我的安排了。"王富贵说完连喝了 3 杯。完成了开场仪式后继续发话："下边的程序还是先打'通关'吧！这可是个脑力活。都是不见外的朋友，每人都要参加，女生可以找自己的男朋友替代。先从我来。"酒司令继续张罗。

"通关"就是庄家与在座的每一位都要通过游戏的方式至少赌一杯酒。以今天 11 个人而言，庄家如果运气好的话，一圈全过关却不用喝一杯酒，如果运气不好，全输则要喝 10 杯。

游戏一般是"猜拳"，也叫"划拳"，即双方同时伸出不同数目的手指，以猜对总数的为胜；"老虎棒子鸡虫子"，即棒子打老虎，老虎吃鸡，鸡吃虫子，虫拱棒子；"猜有无"，即取一根火柴杆或一枚硬币放在手里，让对方猜；还有"翻扑克牌"，即事先约定颜色，猜错的喝酒；再就是"压手指"，即大拇指压食指，食指压中指，中指压无名指，无名指压小指，小指压大拇指，循环制约。

猜拳行酒通常是男人的专用，拳猜得好往往有靠运气和技术的双重因素；高手一般都会尽量观察对手的习惯动作与数字，提前判断；有时气势也非常重要，从心理上获得优势，迫使对手因胆怯而发挥失常。

猜拳从 0 到 10 一般都会配上相应的语言以壮行色。常见的有：宝（0）、一心敬你（1）、哥俩好（2）、三星高照（3）、四季来财（4）、五魁手（5）、六六大顺（6）、巧七梅花（7）、八匹马（8）、酒你端去或九老长寿（9）、十全十美或全来到（10）等。

作为司令首先通关的王富贵战绩辉煌。10 战 7 胜，仅输给林、阿力和阿波。接着李强坐庄通关，拳法华丽，气势凌人，6 胜，输给的全是林他们 4 个。

客观地讲，林他们生性豪爽，平时酒局也多，他们 4 人在宿舍时也经常因为该谁打开水、买早饭、洗袜子而猜拳游戏，猜拳的竞技水平在年级里还是比较高的。王富贵、李强他们流露出很是不服的表情。

"女的休息，司令，我们男的每人加一个 3 杯的通关如何？"李强和王富贵对了一下眼色，看着全场，用有点挑衅的口气向王富贵提议。

"看来这哥俩儿平时没少在一起喝酒。而且还自认为猜拳技术和酒量全行，咱哥们儿也出手吧？"阿远小声地做着内部交流道。

"我先来吧！左为大，我就从富贵大哥这边开始了。哥儿几个学习学习啊！"林自告奋勇地接受了李强的提议，林的真实用意有三。其一，第一次在女友和她的朋友面前，要显示出男人的气魄；其二，弟兄们是跟着自己来的，有人挑战，自己不能认怂，否则今后就无法抬头了；其三，前两阵6杯酒共要猜18拳，他是要弟兄们探探对方的习惯套路，弟兄们自然心领神会。

一旦喝酒游戏有了竞赛的性质，饭桌上的气氛就会骤然地热烈起来。明显已经分成了两大阵营，你来我往。王富贵和李强竟有如神助，越战越勇，胜多负少。

阿远的酒量相对最弱，率先有了醉意，阿波上身也开始摇晃。

依仗着酒量大出许多，又受到海霞、春华和彩凤的媚眼鼓励，坐在阿远对面一直保持沉默的王帅瞅准时机开始向阿远明显地发难说："远亲不如对门。我先敬阿远3杯！我先干为敬！"王帅一饮而尽，阿远无奈只能也连喝3杯才不至于失礼。

"虽是初逢，但相见恨晚！"

"一见如故！阿远好风采。"

王富贵、李强抓住机会，如法炮制，阿远又是连着6杯下肚，阿远醉意渐浓了。

"不好，他们这是要集中火力攻我方一点，是要彻底打垮掉一个啊。不能这样坐以待毙！"林心中一惊，便给阿波、阿力使个眼色，决定反击一下。

林想到这里便提马杀出建议说："今天弟兄们酒兴都不错。真是一见如故、相见恨晚！我和司令换个节目来个插曲如何？"

"好、好！要的、要的！"阿波、阿力齐声附和。

"那就先来一个'潜水艇'和一个'深水炸弹'吧。"林说着站起身从对面王富贵面前拿过酒瓶，同时喝了3杯所谓的"夺权酒"。

"潜水艇"就是在一个稍大的玻璃杯中先倒上一杯红酒，再用小的白酒杯倒满一杯，然后连杯带酒一起沉入装满红酒的玻璃杯中。"深水炸弹"正好反过来，是在一大杯白酒中沉入一小杯红酒。

这是林春节回乡跟队友学的很有杀伤力的一招，今天情急之下正好用上了。但这一招也颇具冒险性。万一输掉一定会放倒自己。两种酒掺在一起酒劲儿会更大，就像围棋比赛中的胜负手，用得好可以一举定乾坤，反之则可能满盘皆输。

灵用肘碰碰林，是担心也是鼓励。

"猜拳女生们看不懂，我们还是玩'老虎棒子鸡'！这可要全凭脑子了。"林主动求变，看了一眼弟兄们，似乎胸有成竹地说。

大家都看得懂，加上赌注新颖刺激，林和王富贵马上成为全场的焦点。两大阵营又兴奋又紧张地关注着这场焦点之战。

男人之间的任何争斗或游戏一旦与男人的荣誉和尊严联系在了一起，他们就会调动自己全部的潜能。王富贵看着"深水炸弹"和"潜水艇"，手微微颤抖着悄悄地点燃了一支烟。

林不经意地也用中指和食指摸摸嘴唇，阿波知道这是林也想来一支烟的下意识动作，阿波会意随即点好递了过来。

林深吸了一口徐徐吐出。这个动作被灵后来提过多次，说是这个潇洒的动作平添了大战在即的从容和男人的成熟与睿智，简言之，就是大男人味十足。

多年以后林还在思考，自己的抽烟习惯与灵的赞美是否存有直接的关系。

"为了节省时间，我们还是一拳定终身吧！"考虑到对方的反应也很快，如果采取三拳两胜，自己不一定有完全的胜算。林想速战速决，即决定上来就用他屡试不爽的杀手铜。

玩"棒子、老虎、鸡"游戏的关键是心理素质要好。秘诀就是要看对方的口型，正确地做出预判。再就是用兵不厌诈之计，具体方法是猜拳前先向全场宣布自己要喊什么。例如，事先告诉对方自己先喊老虎，对方就一定会下意识地喊棒子，而你呢实际上就喊虫子。这一招优势有二：第一，先声夺人，有不把对手放在眼里的含义，具有心理优势；第二，如果输了，观众也会认为对方胜之不武，因为，事先已经告诉要喊什么了。

第一杯潜水艇，林看到王富贵腮帮子微微一鼓，不出所料，王富贵的"虎"字刚喊出，林即气吞万里如虎地大喝道："棒子！"一举将其拿下，干净利落。

"赢了、赢了！我家林赢了！"灵看懂了便欢呼起来。

"喝吧、喝吧！"阿远也听得真切。

第二杯深水炸弹，按预想计划，林预先声明先要喊"鸡"，引诱对方喊"老虎"，对方一时蒙了没反应过来是圈套竟如期入瓮，林又是一声断喝："棒子！"

如果说王富贵喝潜水艇时是皱着眉头勉强为之的话，那么，再用颤抖的手端起深水炸弹时，就要加上硬着头皮了。

"愿赌服输！"有人不阴不阳地说了一句。

王富贵进退维谷，欲言又止。

"小本生意不赊账的！先结账再说吧。"阿远适时地又跟进一句。

也许是王富贵不能在女友面前丢面子的男儿血性爆发了，只好一饮而尽。

常喝酒的人都知道4杯红酒与几乎4杯白酒混在一起同时喝下去的感受。只见王富贵头往桌子上一趴，身体向后一撤，接着就哇哇地吐了起来。张海霞试图从床下找个盆去接，但已经来不及了。只能轻轻连续地拍打男友的后背，以便他能吐得能酣畅一些。

"富贵兄好酒量啊！"阿远讽刺地赞美着，大有一箭之仇得报的快感。王帅看出来了再这么继续玩下去，他和李强都得赔进去，就急忙求变。

"甘拜下风！这个游戏有点野蛮。咱们还是换个文明点儿的游戏吧？"王帅说着也连喝了3小杯白酒，算是坐上了酒司令的位置。

"玩猜谜语或歇后语吧！一方出题一方猜，猜不出或想知道答案就得喝一杯。"王帅看大家没有反对就接着说道。

王帅的话把两大阵营的现实完全地明确下来，在座的都有了团队归属感，也就有了团队荣誉感。

这是显示应变能力和才华的游戏，气氛再一次活跃起来。

"'茅厕里发大水'，打一成语。"李强是文科出身，率先出题。

"小儿科，'奋（粪）勇（涌）向前'。1：0。"阿力不屑一顾地回答。

"小儿科一小杯，就给你来个成人科的，那就换'潜水艇'！"李强说完也学着林的样子制作了一杯明显加大的潜水艇，足有小半瓶红酒，接着出题："'炸弹落在茅厕里'，打一成语。"这题对于体育系的男生而言有些专业了，几兄弟搜肠刮肚也找不出合适的答案，但是好奇心又让他们继续下去。

"我喝了，说答案吧！"阿力端过酒杯干了。

"'奋（粪）发图强（涂墙）'。"李强说完，得意又不怀好意地笑笑。

"该我们提问了，来而不往非礼也！3个'潜水艇'啊，我们也来点儿文科的吧？阿林你出题，让兄弟们也见识一下体育系的文科水平。"阿波开始反击，建议林继续出战，林有些为难了。

"你在中文系混了那么多课程，搞几个题应该不是问题吧？免得他们说我们只会运动。"阿波激将林耳语说。

林没有退路了，再看灵还在等着呢。

"就说大家中学课本上都学过的诗词吧，我说上句，你们不停顿地接出下句就算赢了。"

"好！大家都是近几年才考的学，中学课本都是一样的，很公平没问题，你就开始吧！"李强看看王富贵和王帅竟信心满满地催促起来了。

"忽闻水上琵琶声，"

"神女应无恙，"

"应是良辰好景虚设，"

林说的确是"60后"语文课本上的内容，但是对方都是似有印象的表情，但是要不停顿地回答上来也不会是件容易的事。

"说答案吧，我们喝！"

"哈哈！答案分别是白居易中的《琵琶行》的'主人忘归客不发'、毛主席的《水调歌头·游泳》的'当惊世界殊'，以及柳永的《雨铃霖》中的'便纵有千种风情'。还要我全背诵出来吗？"

"不用、不用！佩服、佩服！我们喝！真是改变了我们对体育系的看法。"王帅边说边端起了酒杯。

王富贵吐过了，没有再喝。女的心有余而力不足，李强、王帅只好勉强喝下。

"还有吗？继续！"李强还是一脸不服的样子。

"可以！但要上'深水炸弹'！"阿波想一鼓作气把他俩都征服了。

"好啊！君子一言！"王帅孤注一掷。

"'男子篮球运动员'，打一食品名。"

"说答案吧！"李强知难而退了。

"是'蛋糕（高）'！"

李强、王帅没有食言，在阿波的大笑中各自饮下了一个深水炸弹，先后趴在桌上不言语了。旋即两人相互搀扶着走出宿舍，说是出去透透气。他们的女友不放心，也立即跟了出去。

林他们相视一笑，心知肚明。

"你们笑什么啊？"灵迫切想知道原因。

"那三个家伙根本就不了解体育生的体力、智力和应变能力，远非他们想象的那样，不尊重人尤其是体育人是要付出代价的！"阿波幽幽地回答。

阿波的话音刚落，李春华和牛彩凤就各扶着一个进来了。

"今天是绝对不能再喝了！他们都快吐死了。"

"舞会也快开始了，再找机会聚吧！男生们先去楼梯口等着，我们换衣服，一会儿我和彩凤先带他们去食堂，那是举办舞会的地方。春华和海霞辛苦一下，先大概收拾、收拾！"灵心情挺好，俨然老大的样子分配接下来的善后工作。

"亲爱的，没事吧？你今天表现不错，回头再给你奖励！"灵很开心。

"我现在就要你的奖励！"楼道无灯，靠沿途寝室泛出的光亮他们绕开晾晒的衣物低头前进。

一行人快到食堂门口时，林他们就看到有四五个学生模样的男子站在那里像是在等人进场。灵她们各自挽着男友的手臂路过他们面前时，一个留着浓重小胡子的男子冲着灵她们几个女生就吹口哨，语气轻浮地说："行啊，好像都换男朋友了啊？"

"关你事！"海霞不客气地回应。

"混大胆了！"小胡子身旁的一个留着乱糟糟长发的青年目光猥琐地声援。

"什么玩意儿？"看女友受辱，王富贵怒言，他的声音还挺大。

"别惹事，他们是我们学校的几个混混儿，仗着有些家庭背景，整日欺负男生，打伤过多名，还送医院了呢，学校也拿他们没办法，他们还经常调戏女生。同学大多不敢怒更不敢言。"灵小声地介绍情况说。

"看来今晚教训恶霸有戏，老子的手有点痒痒了。"阿力竟然有点兴奋。

"既然来了，就先玩玩儿，看看情况再说吧！"阿波抑制一下阿力的兴奋情绪。

走进食堂，舞池正前方的4个"庆祝元旦"的大红灯笼高高地悬挂着，拉花和彩色气球装点着四周，看来这里是学校经常举办舞会等大型娱乐活动的地方。

耀眼的灯光下，林开始细细观察他心目中的公主，灵上身穿着一件大娃娃领的红色毛衣，白皙修长的脖子上系着一条白色底子点缀青瓷碎花的丝巾，很是妩媚迷人。下身穿着一条社会上刚流行时尚的黑色紧身弹力裤，脚蹬一双黑色的中跟皮鞋，这样就把灵本来就很长的双腿衬托得更加修长。

主持人先请一位领导模样的人讲了一通大家听了上句就能猜得到下句的令人生厌的套话之后，终于宣布舞会开始了。

阿远他们久经舞场，早已瞄好了目标，第一曲熟悉的《大海啊，故乡》音乐刚起，他们三人就快速用华尔兹舞步滑向对面的目标，那里站着几位正在等待邀请的身材高挑的漂亮女生。几乎在同一时间，小胡子和长发男也带着几个喽啰模样的人快步走到了近前，对面几位漂亮高挑的女生显然也是他们事先就瞄好的目标。还没等小胡子开口，阿波他们就已经摆好姿势随着音乐邀得女生起舞而去了。

"敢和我们抢女人。真不知天高地厚！"小胡子悻悻地打了一个响指，招呼弟兄们转而扑向新的目标。

半曲过后，林他们4人就成了舞会关注的对象，他们都是体育系参加全校集体舞比赛冠军队的主要成员，腰板笔直，器宇轩昂。

他们滑向舞池的中央，潇洒的动作标准、一致，尤其是林和灵这一对。林本来领舞技术就非常精湛，首次亮相，更是大意不得，他努力地发挥着自己最高的水平。

林的花步组合令人眼花缭乱，灵依偎在他怀里高傲地仰着美丽的下巴，灵性十足；在林努力地指挥带领下，他们动作幅度开合有度，推拉、旋转、重心起伏紧跟节奏，两人的舞姿极具表演感染力，慢三步的舞姿宛如一对热恋的人相拥着在大海起伏的波涛上优雅地散步。

逐渐开始有人在旁边模仿并学习他们的舞步组合了。林更是得意，连续做了几个融为一体的旋转后，左腿前弓，右膝点地，左手背在身后，右手拉着灵围绕自己走了两圈。这是林最拿手的华尔兹动作组合之一，具有极强的宫廷绅士范儿。

"真漂亮！"有人赞叹着。

灵伸展外侧手臂和修长的腿，绷直脚尖儿不停地划着美丽的弧线，像常青藤缠绕着高大的橡树，又像是白云依恋着高山。阿波他们也使出绝学，围绕在林这一对的周围，尽量使用相同的舞步组合，像是伴舞又像是保驾护航。

"他们是哪里来的？是来砸场子的吗？"

"好像是灵的男朋友，在校园里没见过。跳得真棒！什么时候让灵介绍一下，也来教教我们呗！"

"他们是学生会的，不教他们！谁让他们平时都趾高气扬的。"灵听到了议论，用力握了一下林的手，贴耳说道。

一曲终了，《蓝色多瑙河》舞曲的前奏即接着响起。

"这是快三步华尔兹。你能行吗？"林担心地询问灵。

"没问题！只要你能带得好！"灵一副很自信的样子。

这个舞的要领是旋转时两人髋部要尽量贴近，上身打开略后仰以加大旋转半径，同时维持平衡。男士左腿要快速插入女士两腿之间，脚跟着地，右腿摆动跟进。前后动作衔接流畅，要像陀螺一样不停地旋转。

舞程线要求舞者在舞池里必须逆时针方向行进，但这里好像没有多少人遵守这一常识。一时间挤靠碰撞不断，林怀里拥揽着灵，如驾驶一叶扁舟自由自在地穿梭在沸腾嘈杂的人流之中。

看着别人不停地碰撞，灵不时发出咯咯的笑声，也越发崇拜、欣赏眼前这个自信又有点不羁、首次在同学面前亮相的男友。

"哎哟！"这是牛彩凤发出的，原来是小胡子他们横冲直撞地旋转过来了。确切地说，他们根本就谈不上是旋转，搂着舞伴简直就如推车一般，明显是故意找碴儿似的横冲直撞。

瘦小的王帅和牛彩凤被小胡子的车——一个身高马大的女生给撞散开了。蛮横张狂的小胡子见轻易就撞散了一对，他们又转而向灵的后背撞来。林已有所准备，抱紧灵，在对方大块头女伴的后背接触到灵的一瞬间，林身体向侧后撤步，借力发力用暗劲拨转，对方由于惯性太大而不能控制平衡，一个趔趄双双向前扑倒在地。小胡子狼狈地压在了女舞伴的身上，一时间舞池的这一角哄堂大笑不止。

小胡子恼羞成怒地说道："散场后等着瞧！还没人敢在我的地盘上撒野呢！"一副不肯善罢甘休的样子，说完拍拍屁股，拉起一脸怨气的女舞伴，嘴里还不干不净悻悻地离开了。

"散场门口不见是孬种！"阿远也不甘示弱地回敬了一句。

"哥儿几个都打起精神来吧。各自保护好女友！"林这话主要是讲给王富贵、李强和王帅听的，他知道自己和阿远他们自保绝无问题，弟兄4人配合打架也不止一次了。

"今日舞会到此结束！"随着主持人宣布散场，人流便像潮水一样地涌向出口。

林他们留在了最后，本意是为了避免与小胡子一伙在拥挤中发生冲突。

"知道害怕了吗？还不走？舞跳得不错，不会是假牙吧？有种的就出去比画比画！"偏偏此时长发男和小胡子又向林下战书似的挑衅。

"看来真要打起精神了！"林再次提醒兄弟们。

看着林他们开始紧紧皮带和鞋带，王富贵他们也学着整理一番。走出大门时气氛骤然紧张了起来，几个女孩儿紧紧靠在自己的男友身边。

"不怕，有我呢！"林发觉灵的手心有点出汗，安慰她道。

"嗯，有你在，我不怕！"灵就像是在风暴来临前一只躲在大树旁可怜的小鸟。

"老规矩吧！"阿波不放心地又对兄弟们叮嘱一句。

"没问题！"兄弟们自信地异口同声回答。

"老规矩"是他们打架时约定俗成的安排。即当与对方人数相等时，每人负责自己认为最有把握的一个；当对方人数较多时，先集中力量拿下对方领头的或最有实力的，同时还要尽量兼顾其他兄弟的战局进展，随时施以援手。

食堂门口正对面是回女生楼的必经之地，是一个水泥地面的篮球场。月明星稀的夜晚，看得真切，小胡子周围簇拥着七八个横横的小子，明显是在等着林他们出来，还有几个似乎在舞会上见过的女生。

双方在相向走近的过程中都在调整着阵形。对方一字排开，对方个头最高的小胡子穿着一件长风衣，被簇拥着站在中间的位置。

看到小胡子的装束，林他们心中一惊。他们多次经仗，当然明白"对阵时不怕对方光膀子拼命，就怕对方穿长衣"的道理，因为长衣下往往藏有致命的杀器。

阿波最高，慢慢地走在了本方的中间，林和阿力紧随左右，王富贵、李强和王帅拉着各自的女友怯怯地跟在周围。阿远抱着膀子右手紧扣一块儿不知什么时候捡起的半截砖，漫不经心地藏在左腋窝下，站到阿波身后。林知道，那是阿远最狠的一招，紧要关头往往能起到"一砖定乾坤"的救命功效。

"哪里来的傻大个儿？敢泡我们学校的女人！"快走到近前时，小胡子手指着王富贵就破口大骂道。

后来知道小胡子曾经调戏过小巧玲珑的海霞，但没有得逞。

新仇旧恨涌上心头，王富贵怒言："老子早想教训你这个臭流氓了。"

王富贵个头虽高，但也太过单薄了。冲过去一个照面就被小胡子左手抓住胸前衣服、右手一个直拳给打趴下了。

李强、王帅今晚喝酒时就与王富贵在同一阵营了。也可能是平时就玩得不错，他俩呼喝着很义气地同时向小胡子拼命一样地扑去。当即竟被小胡子两个漂亮的左右侧踹又踢翻在地。

"还有灵的男友呢？舞跳得不错，今晚出尽了风头，不知是不是个真男人？如果是，就也赶快滚出来过过手吧！"小胡子很是得意猖狂地谩骂叫阵。

"今晚全家福的4个主要男人两个回合就被撂倒了3个，这关乎灵和自己的颜面。"林想到这里，想不出手都不行了。

"对必打之人，要么不出手，要出手就不要留情。因为你的战斗很可能是你死我活，狠招能用多少就用多少！"武术老师的告诫在林的耳边响起。

林看了看对方的位置和姿势，即暗暗地设计好了进攻的招式组合。就是用梅花螳螂拳的捕蝉进攻步伐快速贴近对手，只要能贴近对方的身体，即可使用形意拳的龙形动作将自己的右腿置于对方的身后，再用裹横加挤靠的手型身法，一定会让高大的对手因失去重心而人仰马翻。之后，再视情况决定是否接着使用后扫堂腿或大力下劈腿。

这套实战组合是林习武多年研习苦练屡试不爽的看家本领，这次全神贯注地使用当然也很顺利。

在对方四脚朝天的瞬间，林拧腰转体就是一记利落飘逸的大力下劈腿正中对方胸部，完胜。

林正要退回本阵，不出所料，小胡子爬起身时手里就从长风衣下抽出了一根短木棒。挥舞叫喊着就追了上来，如果他的一棒子砸下去，后果谁都难以预料。

"阿林小心！"阿波一个箭步冲上前去，绕过林挡在了小胡子面前，小胡子像输红了眼的赌徒，不顾一切地挥棒又朝阿波的面门就打了下去。

"哎哟！"在还算宁静的夜里，一声格外凄厉的惨叫响起。

但倒下去的不是阿波。

原来在千钧一发之际，阿远使出了狠招，把半截砖拍在了小胡子的后脑勺上。

"快送医院，再去喊人啊！"对方的几个女生哭喊着大呼小叫。瞬间，单挑就变成了群殴。

看来对方一定是早有准备，一下子围上来十几个人，有的居然还拿着长棍和短棍。

灵和海霞等几个女生大胆地走上前来站在了双方之间，试图用身体隔开以此平息争端。

"闪开、闪开！不然连你们也一块儿修理。"对方的长头发和小平头狂妄地喊骂着，竟然还动手推搡起灵她们几个女生来。

那个年代讲究男人打架时必须要遵守江湖认可的道义规矩，就是在任何情况下都不允许对老弱病残妇幼动手。

"这帮坏了规矩，弟兄们动手吧！都出手狠点儿，注意速度！先解决拿棍的。"阿力提醒道。

话音刚落，他们就非常默契地将本方的女生们拦在了身后，保护了起来。

阿力、阿远率先冲入阵中，直奔拿长棍的而去。

阿波快速绕到拿长棍者的背后，拦腰将其抱住，使其暂时不能挥舞长棍。

阿力一个垫步蹿至近前，以迅雷不及掩耳之势的一记右手摆拳直击对方面门，速度之快，力量之大，可能连阿力自己都没能想到，对方直挺挺地向后倒了下去。

这边的林已被五六个拿着长棍、短棍的人围在了中间，林的身后是花坛，已无突围之可能。

"阿波，阿力！"灵看到了林的危险，情急之下开始呼救。

"阿林，接着！"阿波捡起刚才缴获的长棍，用掷标枪的动作把长棍掷了过来。阿波在月色下的动作舒展漂亮，就像古希腊竞技者掷标枪人的浮雕一样。

林让过棍头，拦腰接住长棍，接着后撤一大步，将灵她们按坐在大松树下花坛的矮墙上。确信她们安全后才从树下出来，林掂量一下手中的长棍，接着就顺势舞了几个棍花。这是练武之人的习惯，舞几个棍花便大致可以了解棍的分量与长短是否可手。

"这小子会武术！兄弟们要小心啊！"小平头惊呼地提醒同伴。

"刚看出来？老子是会武术，还更会打流氓恶狗！"林语气自信，气势雄壮。

"来吧！先尝尝老子的'提撩棍'法！"看到对方几人手持器械悄悄地往前逼近，林就大喊一声，随后即舞起了提撩棍花。

舞棍花的声音犹如战旗在风中被刮得呼呼作响一般。林然后再接肩上横扫棍法，刚才还气势汹汹的七八个人抱住头开始往后撤了。

既然危机已经解除，林当然知道肩上横扫棍法力大势沉，万一击中对方头部麻烦就大了。于是把重心略降一些，基本上都是有控制地横扫在对方的前胸和后背部上了。

危机已除，林开始支援阿波他们，灵她们也战战兢兢地出来观战了。

"打群架了！打群架了！"不知什么时候球场边已经围满了看热闹的人。

林他们越战越勇，一会儿对方的十几个小流氓多数躺在了地上，剩余的几个开始抱头鼠窜。

"打到这个份儿上，教训流氓、除恶务尽！不把对方全部撂倒是不可能了，传扬出去可就好说不好听了。"林豪情万丈地告诉兄弟们。

"追吧！"阿波提醒一句。

他们各自选好目标就追了出去，王富贵、李强、王帅和牛彩凤等三个女生也跟了上来，他们的任务也就是助威、出气了。

林他们追上一个就放倒一个，王富贵他们就上前狠踹上几脚骂几句出出恶气。

还剩下最后一个，竟然是为虎作伥的长发男，只见他向田径场跑去。跑得挺快，动作还算协调。

"阿林，那小子就交给你收官了！"阿远大声喊。

哥儿几个经常下围棋，当然知道"收官"的含义。

后来回到学校，阿远还向林解释："当时让你追，是因为想让你得到最后的荣誉，好在女朋友面前表现一下。再就是我们实在是太累了，你是跑中长跑的，追那个小流氓应该没问题的。"

阿远的分析是正确的。长发男跑到田径场竟不再慌张，而是顺着跑道跑了起来。真是奇观！大半夜的，像参加运动会一样，两人你追我赶，旁边还有各自的啦啦队。

两圈过后，林有点上气不接下气了；的确，刚才的斗殴集中了他的全部注意力和体力。

"既然较上劲儿了，开弓没有回头箭啊！更何况灵还在身边，意义重大，就拼一下吧。"林想到这里，运动员的好胜心与男人的尊严感被彻底地激发出来了。

其实，按照林的实力，只要稍加努力、加快几个步频就可以追上，并将前面这个已经跑得动作开始变形的长发男按倒在地，然后一顿拳脚，整个战斗也就算彻底结束了。

但林没有选择速战速决，而是选择了猫戏老鼠一般地不紧不慢、不远不近地跟着跑，又是两圈下来，前面的长发男突然捂着肚子蹲下身来瘫坐在了跑道上。

"跑啊！怎么停了？"林跑到他背后踢了他一脚。

"小流氓，你不是挺能跑的吗，起来接着跑，不然老子可要动手了！"阿力这时也赶过来插话说。

长发男在刚才混战时一定是领教过阿力拳脚的苦头，只好强撑着站起来歪歪斜斜地继续向前跑去，还没跑出十米远便又一头栽在了跑道上。

"我实在是不能再跑了，饶了我吧！"长发男一手撑在地上，边吐边哀求。

正当大家认为今晚的闹剧应该到了结束的时候，两方助阵观战的人都围了过来。

"跟我的男朋友比，就你这样的坏蛋，他能跑死你。你信吗？"灵挤过人群来到林身边，挽起林的手臂，解气又带着炫耀的口气大声说。

"还打吗？"阿远看到两方的人马似乎都已到齐了，就以胜利者的口吻向对方挑战。

"甘拜下风！甘拜下风！"不知什么时候小胡子包扎好了头也回来了，满头的绷带活像电影里的敌人伤员。

"我们会常来的，不管你们有什么样的背景，如果你们再敢耍流氓欺辱同学尤其是女生，我们就见一次打一次。"林适时地对大群的观众做起了总结性发言。

林的话一下子就把今晚的斗殴提升到了是为铲除邪恶而战的义举高度，阿波带头鼓掌，竟然还带动了一大片的掌声。

"不敢、不敢！误会、误会！我们是和同学们闹着玩的，今后绝不会再发生欺辱同学的事情了。"小胡子就坡下驴表态说。

完美收官，灵她们各自挽着男友的手臂以胜利者的姿态率先离开田径场，心里都有说不出的喜悦与自豪。

"灵，你还挺勇敢的，几次竟还想冲上去帮我，真不需要的。你今天太漂亮迷人了，我想好好抱抱你。"在送林他们去往车站的途中，林对灵深情地表达着爱意。

来到公交车站，阿波擦根火柴看看班车时刻表，最后一班是晚上 10 点的。

"现在都过 11 点了！我们过来抽根烟，让阿林他们单独告别吧。"阿远善解人意地建议道。

灵拉着林来到车站旁边一棵大树后面的僻静处。

"怎么？又要画地图吗？"林想起在江北大堤上小树林里的情景来。

"你坏，谁要的啊？快快抱紧我！"

两张滚烫的唇寻找着吸在了一起，就像是劫后余生情人相拥时的吻。

"吓死我了！以后可别再这样打架了。好吗？就算是为了我！"灵呢喃着说。

"放心！我们体育生都不是惹事的人，但也绝不是怕事的主儿。"林听话地表态。

"嗯，我放心！反正我不许你受伤，否则我会心疼死的。"灵在柔情中再次告诫道。

"亲爱的，再找机会吧！你的兄弟等急了，会骂你重色轻友的。"

"是的，我是该过去了。今天多亏兄弟们捧场了，我明天请他们吃一顿。"

"好的！我刚才在你口袋里放了几块钱。你明天用来请客吧！"

"有老婆真好！"林感激地吻了她。

那时师范大学是包生活费的，每月 28.5 元，吃饱饭足够了，家里每月寄来 10 元零花钱就算是多的了。

8 公里左右的回程距离，步行本不算什么。可就苦了林了，打架时倒没有什么感觉，和长发男跑圈时脚就已经被磨破了。

这些都没事，只是可惜了这双新皮鞋了。

一路上兄弟们有说有笑，各自得意地做着从聚餐、舞会到打架时出色表现的自战解说。

一路步行到大学南二楼宿舍院墙外的拐角处时，时针已指在了快第二天凌晨 1 点的位置上了。

天上开始飘起了小雨，不远处的馄饨摊子还有依稀可见的炊烟。

"真饿了，也是，喝酒时没正经吃什么东西。接着跳舞、打架、长走，干的可都是体力活儿啊！谁有钱就都捐献出来一起吃夜宵啊！"阿波个头最大想必也是最饿的了。

林拿出灵在分别时塞给他的钱，不是几块钱而是十来块呢。

"吃吧、吃吧！一群猪！这是灵要我明天请你们吃饭的钱。明天就免了啊！"林先声明道。

"看来将来会是个好媳妇！"阿远夸赞着，一副吃了人家嘴短的模样。

最后结账，共计吃了 8 碗馄饨、20 碗阳春面。

雨点似乎越来越大了，馄饨摊的大油布伞上有了清晰的噼啪声音。

看着地上的积水，阿力毫不犹豫地脱下被他称为喝茶时（出席重大场合）才舍得穿的黄牛皮鞋揣在了怀里，赤脚一路小跑从学校的正大门回寝室了，其他几人几分钟就翻过院墙回到南二楼的寝室里。

回到房间，卧谈会开始了。兄弟们开始如数家珍地汇报交流此次行动的收获，无非就是跳舞的时候摸了哪个舞伴的屁股、蹭了那个美女的胸部之类的话题。

当然，为了显示自己的魅力，免不了都有添枝加叶的成分。

"阿林说说吧！收获不少吧？就说说你们在公交车站的大树下的事就行了。"阿力把矛头指向了林。

"比我预想得要好，比你们预想得要差。"林得意地把想象的空间留给了他们。

自分别后一个月，林又收到了灵的来信。

亲爱的林：

上次聚会一别有一个月了吧？我真的很想念你，我一直回想着分别时在你怀抱中的温暖与甜蜜。你和你的兄弟们那天表现得都太完美了。尤其是我的你，喝酒时的大气与幽默，跳舞时的潇洒与俊朗，打坏蛋时的勇猛与沉着，都给室友和同学们留下深刻的印象，她们都非常美慕我能有你这样体育专业的男朋友。我为你更为自己感到自豪与骄傲。我近来很忙，无法进城去看你，千万别怪我啊！我多想马上飞到你的身边，一起去我们的伊甸园。我今年毕业，七八月份要去皖南的歙县实习，你一定要时时刻刻地想着我。我近期要进城去看望姑妈，到时我们就有机会见面了。等着我！你们学校漂亮女孩儿那么多，你可不许去爱别的女孩子。

永远爱你的灵

林回信一封。

亲爱的傻瓜：

　　我做梦都在想你，想你的一切，我有时真受不了啦，想天天拥抱你、吻你！想回伊甸园里要你的一切！

　　我进入了校文工团和武术协会，选择了武术专业，毕业后好找工作。有了工作，我们就可以结婚，一天都不分离了。下次来时，你把放在床头的你的那张放大的黑白照片带给我吧，我非常喜欢你的那个样子，可爱极了，就像你在火车上我们刚认识时你的模样。

　　另外，我还有最后一项游泳普修课程没有上呢。听说七八月份也可能会安排在黄山脚下的绩溪县体校，你说你在歙县实习，如果我真在绩溪上游泳课，我们就有机会共同游览黄山、领略皖南美景了，那该是多么的幸福啊！

　　还有，你要看望你姑妈，我很紧张，她还在不停地给你介绍对象吗？把我带给你的姑妈看看吧。

永远爱你的林

7月的一天傍晚，宿舍里就林一个人，灵推开虚掩的门，娉娉婷婷地出现在了林的面前。

"亲爱的，我是来与你告别的。后天我就要去歙县实习了，晚上我们一起吃晚饭，然后看看能否再去看场电影吧？"

"太好了！我要你带来的东西带了吗？"林指的是灵的那张黑白照片。

灵从包里取出照片递给他。林喜出望外，接过照片吻了一下，把它放在床头后转过身来抱住了她。

他们来到公园附近的小饭馆，匆匆吃完，两人的脸上都是汗津津的。

灵掏出手帕擦擦自己粉红的面颊和脖子。这时林也把脸凑了过来，灵怜爱地又顺手擦了擦林的脸和脖子，一股浓郁的少女气息涌入鼻孔，这也许就是香汗的味道。

"不会是那块手帕吧？"林打趣地问。

"当然是！乖，擦干净，一会儿带你玩儿。"听灵的语气，就好像林是一个顽皮的孩子，在外玩耍后灰头土脸地回到了妈妈的身边一样。深爱着一个男人的女人总会情不自禁地流露出母性的成分，也会在男人的感动中强化彼此的依恋。

他们走出饭店又买了两瓶饮料，手拉着手走向他们梦想已久的家园。

走到瞭望塔下，已经能清楚地看到小树林旁的那张长靠背椅了。

"我累了，我要你背我过去！"灵撒娇地边说边绕到林的背后，趴到他的后背上，两手交叉在他的脖子前，再也不肯下来了。

"把你胸前的纽扣解开吧！它硌得我背疼。"

"不行！不行！坏蛋加油！表现好才能有奖励的！"灵说着就带有惩罚性地故意把身体往下坠了坠。

"你使坏，还敢耍流氓？我要惩罚你。放我下来！"说着灵滑落下来又绕到林的前面。

"我要你抱着我上去！要像欧洲的绅士抱着公主那样才行。"灵搂住林的脖子开始耍赖，这是那种恋人在完全信赖里才会有的幸福的无礼。

"最近的伙食不错啊！"林打趣地评价说。

"说我胖就明说，用不着拐弯抹角。你还敢嫌弃我？"灵又是一通嗔怪。

嬉闹了一会儿，夕阳就完全落在远方的山后面了。出过汗的身体感觉到一丝凉爽的惬意。

能够抢占到这张长椅，不用再坐在草地上了，他们都很高兴。

"亲爱的，我们回家了，回到了我们的伊甸园，这里留下了我们太多的美好！我真的好想你！"灵依偎在林的肩头含情脉脉地说。

"我也是，几乎天天都梦见我们在这里。你后天就要走了，离我会越来越远了。如果我想要抱你、吻你该怎么办啊？我是你的，你也是我的。"一股浓烈的惆怅涌上了林的心头。

"虽然我的身体离你远了，可我的心会留下来陪你。只要两颗心相属，我们的一切都是属于对方的，就永远不会分离的。但愿你能去绩溪上游泳课，那时我们一定会重逢在美丽的皖南。到时候，我一定会送给你一份像样的大礼！"

"会的！会的！即使不去绩溪上游泳课，我也会争取去看你。"

"我一到地方就给宝贝写信。"

林的心情有些复杂，他们就这样依偎着缠绵着⋯⋯

天色已近拂晓，喊山晨练的老人已经过去几拨了。

"我必须要去姑妈家告别了，明天就要出发！"

"好吧！看来婚后没有个好身体是不行的啊！"一脸疲惫的林甜蜜地感慨着。

"别感慨了！乖乖地听话，天天想着我！你好饿，这只是小餐，下次见面再让你吃大餐，会送给你一份真正的大礼！"灵无比柔情地收拾妥当，然后他们相拥下山。

"再见了，我们的伊甸园！"难分难舍地别离。

"记住我说的话啊！我到实习地点就给你写信。"

分别约一周后，林终于等来了灵的信。

我亲爱的男人：

乖吗？天天想着我了吗？我们一行三人被安排在县商业系统实习，也就是帮忙规范地做做账，再就是去下属的旅社、商店、照相馆、饭店之类的营业网点检查、监督财务一类的琐事，很忙，倒也不累。这座县城山水环抱，风景秀美，古色古香。但是，我却无心欣赏，夜深人静的时候我的满脑子都是你和我们的伊甸园。少女的相思之苦你不会理解的。我一定是得了相思病了！每日睡前都要拿出你给我的仅有的几封书信，反复读后放在枕头下，枕着你的名字、体会着爱你的感觉才能入睡。思念的泪水打湿枕巾是经常的事啊。快来吧亲爱的！飞到我的身边，让我依偎在你的怀里，记住我的地址：县城古街东头转弯处的一家二层土木结构的小旅社。如果我不在，你就问一下里面的财务人员。

也有令我非常烦心的事情，实习前与姑妈告别时，姑妈又提介绍对象的事。对方是她上级的儿子，在北京读研究生，说是硕士毕业后准备去美国读博士，如果我同意，婚后可留在江城工作也可去美国陪读。

让我最为难的是，我姑妈无子女，我有四姐妹，在我很小的时候，爸爸就把我送到姑妈身边了。我的小学、中学和财校都是姑妈供我读书的，姑妈、姑父把我视为己出，我也早把他们当成亲生父母了。姑妈、姑父为我付出颇多，我实在不愿看到他们伤心。

另外，我姑妈的工作能力很强，也一直很要强，几次该提拔为科长时都因为局里没有得力的关系而泡汤了。姑妈看着身边的比她还差的同学一个个都得到了提拔重用，我能理解她的郁闷心情。我也很想帮她可又无能为力。如果我答应了这门婚事，这一切或许都有希望。但是让我背叛你，我无论如何也做不到啊。实习结束后，我要再与他们谈一次，相信我！我会竭尽全力去捍卫我们的爱情！

每天想你吻你的灵

林读着她的信，第一次感动得眼角湿润了，品味着灵的称呼由以前"亲爱的林"改为"我亲爱的男人"的含义。

林顾不上吃饭就匆匆赶到生化楼的阶梯教室最安静的一角给灵回信，诉说他的爱恋。

我亲爱的女人：

我何尝不是患上了相思病啊？没有你的日子，我的生命似乎全无意义。每天躺下侧脸看着你的大照片就成了我一天最幸福的时光。我们已经确定去绩溪上游泳课了。相信有一天我会突然出现在你的面前或从后面抱住你。写了一首小诗给你。

思　念
——写给我女人的情书

思念是三月的原野对春雨的期盼

思念是对远方的你满满的牵挂与祈祷

思念是大雁欲南飞的冲动

思念是对原始依恋的放飞

思念更是漫漫长夜里的呢喃

你快回来

思念是对欲见不能、无奈委屈的诠释

思念是对再一次拉起你的手

不停地说"爱你想你"时那种甜美感觉的反复想象

思念是不老的传说与不能辜负的情愫

我永远都想和你在一起

希望你能理解我的思念。

每天想你的林

林终于熬到了 8 月初的暑假。

两辆大客车载着全年级的同学出发了。

一路上，林无心欣赏窗外皖南丘陵起伏间的茶山竹林与溪流美景，心里盘算着如何请假以便尽快去见自己心爱的灵。

经过两三个小时的颠簸，大客车终于驶入了绩溪县城。露天游泳池就在县体育场的后面。

林他们就被安排在看台下面的运动员宿舍里。

这样的环境，林一点儿也不感到陌生，在地方体校训练时，他住的就是看台下。

上午理论课，下午训练课，周日休息自由活动，黄昏时分与兄弟们到体校后面宽阔的溪边玩耍，或者进城喝两杯、看个电影什么的，日子过得倒也惬意。

两周过后，林去请假，说是要去不远的歙县探亲。

周五上午，林穿上来前从吉和街服装市场买的老式夹克式军服，背上只有运动员才经常使用的马桶包。

走在个头普遍矮小的皖南深处的县城街头，林显得格外英武，这给林添了不少的自信。

林来到火车站，顺利买上去歙县的过路车票，也就两三站的路程，绿皮列车就到达了歙县车站。

来到县城，按图索骥，很快找到了那个古色古香的小旅店。

一进门，林就看到了那个坐在柜台后面的、他熟悉得不能再熟悉的正在伏案拨打着算盘的漂亮女孩儿。

"灵，我来了！"林强忍着想冲过去拥抱她的冲动，隔着宽宽的柜台柔情轻声地呼唤。

"哦，来了，等我算完这一笔。马大姐，这是我的表哥，在绩溪实习，来看我了。麻烦去二楼打开那间靠街道的小房间，他要在这里住一宿的。"灵边工作边做了安排，装作一副漫不经心的样子。

"好的！"那个被称为马大姐的女人爽快地回应着，同时从墙上拿下挂着的一大盘钥匙。

"谢谢马大姐！把钥匙盘给我就行了，我来送表哥上楼。"灵赶紧接过钥匙盘，"你先忙着吧！这会儿该上客了。"

"那好吧！不急，不急，我把账核好给你吧，你先去照顾你的表哥。"马大姐说完对灵和其他几个女店员一通挤眉弄眼。潜台词很明了，就是"鬼才相信他是你的表哥"。

灵逃离柜台，拿过钥匙盘，一把抢过林手中的马桶包："走，跟我上楼！"

他们上得比较急，木制的楼梯被踩得咯吱咯吱地响，林真担心如果再用一点儿劲儿的话，楼梯会坍塌下去。

快上到二楼时，楼梯居然颤动了一下，林下意识地回头看看灵，想伸手拉她上来。

"快上！快上！"灵不仅没有伸出手来，反而紧上两步把林推了上去。

走进房内，灵先把靠街道的窗子打开，通风透气。还没等灵转过身来，林就从后面搂住她的腰："亲爱的，我想死你了！"说着就拥着她退回到床前一起坐了下去，又是巨大的一声"咯吱"。

还没有完成久别后的长吻，灵就挣脱起来，跑到门口向外张望一番，回手又把门轻轻关上。

"她们是长舌妇，被她们添枝加叶地传出去，我就没法儿在这里实习了。"灵用食指压住嘴唇，像个地下工作者一样。

"不！我渴了！也饿了！"林说着又起身拦腰抱住灵。

"乖啊！这里人多眼杂，我要下去了。你安心休息，晚上不要外出！明天早上我来接你，中午我给你做顿饭。"灵又意味深长地回头笑笑，百媚婉转。

是夜，有点失落的林辗转反侧。

夜深人静了，楼下街道上的小酒馆里还不时传来喝酒人的吵闹声，林披上衣服循声信步而去。

两个小菜，半斤老酒，疲惫的身躯、失落的心情，加上酒精的作用，林竟然有了睡意。

回到楼上刚要躺下，撑开的窗子上竟有雨点敲击的声音。林知道皖南的8月是多雨的季节。下雨时总会让人多愁善感，林索性拿出纸笔写下一首诗：

雨夜归来

雨夜归来
指间有了浓浓烟草的味道
这不是你喜欢的
我没有忘记
你说过你只喜欢我的
淡淡烟草的味道
对不起
忧郁烦恼中的我

是如此喜爱

火柴不停擦火的声音

和它在酒香中的火苗

烤烟在唇间肆意地燃烧

烤焦我的双唇也在所不惜

反正当蓝色轻盈的烟圈

散去的时候

我的心里会好受些

再喝一杯吧

要有咕嘟声的那一杯

我也知道酒无法解忧

只是想你

但酒可以让我一时麻醉

哪怕只是一瞬间

能让我抵挡不能与你相拥的苦楚

一气呵成，林稍感轻松。

林在半睡半醒之间感觉到了楼梯急促地震动，随后听到有开门的声音，林知道这一定是灵来了。

林揉揉惺忪的眼睛，看到几缕阳光已经挤进窗的缝隙射在破旧的家具上，墙上的挂钟正指在6点不到的位置。

一会儿林就感觉靠在床外侧的手被人捧在了手掌里，林完全睁开眼睛，看到的是灵抽泣中红红的噙满泪水的双眼。

"傻瓜，我读了你昨夜写的诗歌。我能想象出宝贝昨夜的孤独与忧伤。我知道你爱我、想我，离不开我。可我们就要见面了啊。你不能再这样糟蹋自己的身体！你是我的，你明白吗？我很开心你能如此地爱我，但我也更心疼你啊。都是我不好，昨晚不该把亲爱的独自留下。"灵的泪水与自责缓解了林的忧郁与惆怅，但也更让林难过。幸福的泪水夺眶而出，流进嘴角，感觉有点咸。

"久别重逢的我们应该开心才是!"

他们相互安慰着,擦干脸上的泪痕。

"起床,出去走走!一起去逛早市买菜回家做饭庆祝重逢。"灵把上午的时间做了大致的安排。

距离古街不远,就是县城最大的农贸市场。各种蔬菜、鸡鸭鱼肉,应有尽有。

灵温馨地挽着林的胳膊,头靠在他的肩上,一副新婚燕尔的甜蜜模样。在熙熙攘攘的人群中,他们博得了超高的回头率。

"亲爱的表妹,你就不怕被熟人看到了吗?"林故意逗她。

"什么表妹?今天我是你的老婆!亲爱的,想吃什么?"灵假装生气撒娇地说。

"老婆做什么我就吃什么,什么都不做,我就吃老婆。"林的幸福溢于言表。

买好了鲜肉、香干、土豆、盐水鸭等。

"夫妻双双把家还喽!"灵很满意自己的采购,拉着林的手逆着人流走向农贸市场的入口。

"我们以后还能一起来买菜吗?"林很留恋灵挽着他逛市场的甜蜜感觉。

"当然会!这是我的梦想,就在不远的将来。"灵喜悦而肯定地回答。

"回到家我来做饭吧?老婆辛苦一周了。"

"是个好男人!表现不错,我会给你一份真正的大礼!"灵很满意林的表态。

走过一段古老的街道,徽式建筑鳞次栉比,白墙黛瓦。

幽深的巷子,栩栩如生的砖雕门廊,七拐八抹地就走上一座长长的小石桥。宽阔的溪流在阳光下的微风中怒放着白色的浪花,过桥后就到了所谓的"家"。

这是一个类似仓库的大院子,院门上挂着一个书有"商业系统职工宿舍"的长木匾。

走进院落内的第一排平房,每间房子的门口都有一小间临时搭建的小厨房。

"回家了！"来到平房西头的第一间，灵如释重负地把菜兜子丢进厨房，打开房门。

"热死了！热死了！先凉快一会儿！"灵嚷着，随手拉了一下门后的吊扇开关绳子。

"他妈的！还好今天没停电！"这是林第一次听到灵口吐粗话，但是听上去没有反感甚至还有点小可爱。

破旧的吊扇开始吱呀吱呀吃力地转了起来，林坐在吊扇下小饭桌旁的竹椅子上，喝着灵沏的绿茶，感觉凉快多了。

林开始审视这个家，墙壁不久前显然被粉刷过，玻璃窗上还有贴过双喜的痕迹，家具虽然破旧但还算齐全。

让林吃惊的是，单身宿舍居然还是张双人床。林好奇地走过去坐下，床单整洁且柔软舒适，有灵的气息。

床头放着一本厚厚的小说，是《安娜·卡列尼娜》。林真想立刻就躺上去。

"条件不错啊！"林很欣慰。

"哦！还没来得及告诉你呢。这原是一位职工的新房，来实习前，他们分了新房子才搬出去的。这是姑妈给商业系统的同学打了招呼，我才能住进来的。否则，晚上连个安静看书的地方都没有，其他实习生是两人一间的。"灵看出了林的疑惑，赶忙解释。

在凉爽舒适的环境中，一夜几乎无眠的林眼皮开始打架，感觉无比沉重，灵看出了林难以招架的困意了。

"亲爱的，撑不住就先躺会儿吧。男人劳作回家，还是老婆做饭吧，这是规矩。"灵心疼地说着，走过去给林脱了鞋子。

"真臭！袜子也脱下洗洗吧，一会儿就干了。"

"嗯，谢谢老婆大人！"林甜蜜地回答。

林躺下身来侧过脸看看这个被自己称作老婆的女人，很是享受。

灵麻利地换上花格短袖衫，系上正面有大幅卡通猫图案的围裙。就是莲藕一样的手臂上套着的护袖有点不伦不类。

"真美！劳动创造美啊！"林舒心地小声地自言自语。

"好好睡，别乱看啊！"少女是敏感的，即使是在自己心爱的男人面前也是如此。灵故意顽皮地对着林的目光摆动了几下切菜时翘着的臀部。

睡得真香，林甚至都能听到自己的呼噜声。

一阵闷雷过后，窗外的树梢在烈日下疯狂地摇曳了起来，吊扇却戛然而止。

"该死的！又停电了！天气如此热怎么过啊？不过起风了，好像要下雨了，这里几乎每天都有一场雨，雨后就会非常凉快的。"灵先是埋怨，继而又自我安慰，嘟囔着小嘴，甚是可爱。

又过了许久，终未等来期盼的雨。林已经是满头大汗，枕巾也被沁湿了一大片，浑身汗腻腻的感觉极不舒服。林坐起来猛灌了一大杯水，拿过蒲扇使劲儿地扇，汗反而出得更凶了。

"表哥饿了吧？"灵温柔顽皮地询问。

"不饿！身边有你，秀色可餐，吃你就行了。我是饿了，现在就要吃你。"林看到灵忙了一中午饭桌上也没什么成果，倒是有一堆洗好切好的原材料，便打趣笑着说。

林说完竟跑过去抱住她就要吻她的面颊。

"别闹了！都是汗臭。我先带你去河边走走，你一定会喜欢的！"灵赶忙制止。

林有些沮丧地跟着灵走出大院，顺着院墙走到尽头，看到一个土堤，林翻过去看到的不是北方严格意义上的河，实际上是一条宽宽的山溪。河岸的石头向河床蔓延，遍布的鹅卵石在阳光下泛着青灰色的光。

他们手牵着手踩着参差不齐的石块向上游走去，不时能看见成群的孩子或牵或骑着水牛从溪中走过，忽又见一群青年男女，男的赤裸上身，女的上穿短袖衫下穿大花裤衩在较深的水域戏水纳凉。

"羞死人了！"灵的脸一时变得羞红。

"'真是有理的街道，无理的河道啊'。在我们那儿也是这样的，这里还好，我们那儿可都是全裸的，那样才有生活情趣啊！走，我们也加入吧？"林建议道。

"我知道你热得早想下去了。走，我带你去'仙女池'！"

他们又继续往上游走了不久，皖南的原始风貌渐渐浓郁了起来。乱石嶙峋，荆棘丛生，山坡上密不透风的杂树几乎蔓延到了溪边。

他们很快来到溪边的一块巨石旁，这块巨石足有一间房子那么大，不知道是几千几万年前什么神秘的力量把它从附近的高山上弄下来的。

"巨石的后面就是了。"灵欣慰地对林努努嘴。

果然是个好去处，这是溪流的转弯背阳处的一个十几平方米的水坑，正符合那句"积水成渊"。波光粼粼，清澈见底。

林迅速脱去短运动衫和裤子就率先跳了进去，酷暑顿消，看到灵还在犹豫就催促道："你还等什么？快下来啊！"

灵再次环顾四周确信无人后先褪下长裤，露出红色的短裤，又脱去短袖衫，仅穿着红色吊带的胸衣来到水边，很专业地撩起水在身体裸露的部位拍一拍以便适应水温。

虽然在背阳处，灵的一身红色还是格外鲜艳，一眼望去就像是当年影星穿的时尚比基尼似的。

猩红色的衣，白色的肤，湛蓝的水，交映成辉，给人以无限遐想。

当清澈的溪水没过灵的腹部时，她突然双手抱胸站住不动了。

"猛地蹲下就好了！"起初林还以为是她害羞或是怕凉。

"快过来！我的脚疼！"灵可怜兮兮地呼唤。

"怎么了？怎么了？"林急忙过去站到她跟前扶住她的上身，然后心海激荡地顺着她的大腿向小腿和脚部摸索着，之后林下蹲没在水里检查，原来灵的右脚卡在了两块鹅卵石的中间了。林把她的右脚拿出放在旁边较为平整的石块上，暗示她站稳，然后猛地蹿出水面。

"是被一条大鱼咬住脚趾了，现在好了！我拉着你过去吧？"林抓住灵的两手就要往前牵引。

"我怕！我要你抱我过去。"灵抽回两手反而撒娇地搂住了林的脖子。

"好吧！我抱你过去！谁让你是我未来的老婆呢！"林其实正想体会在水里抱她的感觉呢，表面上还装出不情愿的样子。

林让灵的上体躺在他的右臂弯里，左手托起她的臀部，像抱着一个婴儿那样地抱着她向深水区前进。

"心里特美吧？还不情愿，据说只有唐明皇在华清池里才这样抱过杨贵妃的呢。"

"也许吧，相爱的人在任何环境中都会拥抱的。爱的体验是他们的权利！"林接着灵的话进一步地发挥。

"有人吗？有人吗？"就在这时巨石的另一面传来一个女人的询问声。

"不好！是马大姐她们。"灵紧张起来，"快把我的上衣拿来！"灵刚刚把上衣穿上就传来了马大姐的询问声："是灵吗？"马大姐显然看到了平铺在石头上的灵的裤子。

"是的，是的！"

"你不是平时胆子挺小的吗？怎么一个人来了？难怪我们去找你，你不在。"

"马大姐没回家啊？"

"天要下大雨了，我就到小李这儿凑合一宿。"

"再等一会儿，我马上就好了。"

在她们一问一答间，林早已上岸并穿好了长裤。

"灵，你的泳衣真漂亮！在哪里买的？"

"哦！是吗？是我上学时姑妈从上海带来的。"不知什么时候马大姐已经从巨石背后亟不可待地探出身来。

这时灵已匆匆套上长裤，站在林的身边了，林下身穿着军裤，赤裸着的上身发达的肌肉在原始风貌的环境中更显得野性与强悍。

"太热了，我一个人害怕，就拉上表哥来给我望风了。"有一丝尴尬的灵看着林对马大姐做着最后的解释。

"正好，正好！我们也去泡一会儿凉快一下，就让你表哥也为我们站一会儿岗吧。"马大姐的话让灵心存感激，至少马大姐认同了灵的表哥仅仅是来护驾而不是来鸳鸯戏水的。

"没问题，没问题！晚上一起吃饭。"灵满口答应，还发出了善意的邀请。

在林看来，邀请吃饭就是纯粹地讨好了。

"起风了！看来憋了一天的大雨就要来了。你们也快点儿啊！"灵对着池中一群穿着大花裤衩与短袖衫的女人们大声提醒道。

灵浑身上下湿漉漉的，在风中不停地哆嗦，好在还有一件林的运动短衫是干的，就放在烤热的大石头上摊着呢。

林拿起热乎乎的短衫递给灵："去找个没人的地方赶紧换上，否则一定会生病的。"

灵换装回来。本来就身材修长的她，穿上林的运动衫更显得亭亭玉立、英姿飒爽。短衫的下摆紧紧地包裹住了她湿漉漉的臀，如超短裙一样性感袭人。

灵对新装束也很满意，挺了挺傲人的胸部又来到池边："表哥明天要走，饭后还要送他回旅店，我们就先走了。你们自己多注意点儿，也快回啊！回到大院再见了。"灵说完就拉起林原路返回了。

回到大院附近的土堤上时，残阳如血，宽阔的溪流汩汩地流淌，附近农家的炊烟袅袅可见，几个农妇在溪边的青石上快乐地浣衣戏水，晚归的牧童在牛背上欢快地挥舞着充当牛鞭的枝条，好一幅皖南田园山水图！让生在北方的林看得如痴如醉。

"你好好欣赏着。我先回家准备，你半小时后就下堤顺着院墙回家啊。"灵说完就径直小跑消失在了林的视野里。

"搞什么鬼名堂？一起欣赏皖南美景多好！"林心想，看灵走得坚决，他也就任她而去。

林溜达一会儿感觉到已有零星的雨点飘落。

推门进屋，一种家的浪漫温馨瞬间就包裹了林。一对插在瓶子上的大红蜡烛摆放在小饭桌的中央，已照亮了整个房间，双人床上也收拾得整整齐齐。

"老婆辛苦！我回来了。"林看到仍在忙碌的灵便从后边抱住她。

"今天注定是我们重逢的大喜日子，我陪你喝一杯！白酒，红酒？算是赔罪，昨夜让你难受了。"

"好吧！男人当然要喝白酒，你就喝红酒吧。"

灵居然拿出半瓶白酒和两瓶红酒以及两个高脚的玻璃杯来。

"音乐起！"灵说着回头拿过一台日本产的"三洋"牌早已放好了磁带的

如一块砖一样的单卡录音机，是《邓丽君金曲集》。

灵把按钮按下，第一首就是《你问我爱你有多深》。

深情婉约的旋律与歌声立即如泣如诉地回荡在烛光小屋中。

"喝一杯交杯酒吧！"林提议。

"还是先跳一曲吧！"灵改变了林的提议。

在缠绵悱恻的旋律里，他们紧紧相拥，分别后的忧伤与惆怅顿时烟消云散，化作缕缕爱意，融入到他们身上的每一个细胞之中。

"你想知道我要给你的大礼是什么吗？本想等到我们的新婚之夜再给你的，可我等不及了。我真的害怕我们无法左右的力量会摧垮我们的梦想，我要兑现在伊甸园里我对你的承诺了。"

"我当然想知道你的大礼！是什么都行，只要是你给的我都会视若珍宝。不过有你在我的身边就足够了。"林幸福而充满期待地回答道。

"从你的眼里和给我的诗歌里我读懂了，你是真心爱我的，我也是真心爱你的。未来太长，也许我们无力把握，但我们能把握现在！我说过我是你的，心每时每刻都在你这里了。今天我们就结婚！我要把我的全部都给了你。这样我们就能完整地属于彼此了，从此再也不会分开了。"灵天真浪漫而又深情似海。

"别说不吉利的话！我们的心和身体永远都不会分开的！"他们的对话有无奈，但更多的是誓言。

"我怕极了！亲爱的，我们的幸福才刚刚开始，我们永远不会分开的，对吗？"恐惧中的林只能乞求灵用肯定的回答来托住他坠落往死亡深渊的身躯。

灵看到了林的害怕，看到了林不停流下的热泪，灵也跟着抽泣起来，心疼地把林抱在怀里，就像母亲安慰一个受了惊吓的孩子。

"我们结婚吧！"林想到仪式是一种承认、是一种责任更是一个新阶段的开始后果断同意了灵的提议。

灵拿过来一条席子，铺在房间的空处，他们对着燃烧正旺的红烛跪下。

"你的学问高，你主持吧！"灵把这神圣的仪式交给了林。

"我千辛万苦地娶到灵，我会爱她一生一世，绝不让她吃苦受罪！极尽所能让她幸福快乐！"林难抑激动。

"我嫁给林为妻，无论未来有多少艰难险阻，我的心都属于他，相夫教子，无怨无悔！我永远是他的人！"

"仪式最后一项，送入洞房！"他们相互搀扶起来。

"即使维纳斯不残疾也没有你十分之一的美！"林兴奋而骄傲地夸赞。

"讨厌鬼，该你了！自己调水啊！"

"唉！不仅是个讨厌鬼，还是个懒鬼。第一次，就让你看看我做贤妻的潜力吧。"灵很幸福也很无奈。水盆边的林立即就感觉一股被呵护、被宠爱的甜蜜油然而生。

"宝贝乖！妈妈给你洗！"灵的语气温柔得如棉如絮。

"真是个好妈妈！我会很乖的！"林在爱的氛围里努力配合着她的母爱释放。

当一个女人全身心地爱着一个男人时，她的角色里一定有母亲的成分。男人的"恋母情结"会持续终生，当有了自己的女人后，这种情结自然就转移到心爱的女人身上了。在漫长的生活互动中，彼此的依恋会逐步深化成为牢不可破的亲情。

当灵擦到林的腹部时，林故意用了用力，两排腹肌清晰地凸显了出来。

"真漂亮！比那个古希腊雕塑什么掷铁饼者还要俊美十倍！"灵抚摸着学着林赞美她的口吻说。

"哦！那是希腊雕塑家米隆的铜质作品。"林补充完整。

林说完，原地又接着做出一个掷铁饼时最后的用力的技术动作。

"真像！就是这个样子，宝贝儿听话不表演了。上床去睡觉！"灵的话音未落，林就一个鱼跃躺上床去了。

邓丽君的歌声还在小屋里弥漫，仿佛不把小屋里粉红的烛光撕得粉碎就不会罢休一样。

"灵，睡了吗？"当两人刚躺下时，便有人"砰砰砰"地敲门。

"不好，一定是马大姐来喊我去吃饭了。"

"来了，来了！你先回去，我马上就过去。"

"亲爱的，你再等一会儿！我若不去，她们就要说我的闲话了。我一定快去快回！"灵很不情愿地起身穿上长衣出去了。

回来时灵的刘海儿有点潮："太好了！终于下雨了，今夜不会太热了。是天意给了我们这个美好的夜晚。"灵打开半扇窗让风能吹进来，又小心地拉好窗帘，然后才心满意足地回到林的身边躺下。

"我告诉她们了，你是我远亲的表哥也是我的男朋友。其实她们下午在仙女池早看出来了。她们都说你很帅、很棒，一定会有许多女孩子喜欢你，要我抓紧时间把你拿下免得后悔莫及。我的男人当然是最优秀的！对，今晚就必须拿下！"灵爱意浓浓地说道。

"这就是我深思熟虑后送给你的大礼！亲爱的，满意吗？我是完整纯洁的女人，今天交给了你，我第一个深爱的男人。今生无悔了！"灵如释重负地说。

"我当然满意，这也是我梦寐以求的礼物啊。其实，即使……我也不会在乎你的过去。因为正是过去的一切才造就了现在的你，既然我爱的是现在的你，当然就不会在乎你的过去。我会记住这个雷鸣电闪的夜晚。雷鸣是我们新婚的礼炮；电闪是上天祝福我们的礼花；大雨是我们幸福的泪水；我会好好地爱你，只要你幸福就好！"

那一刻他们都流下了激动幸福的泪水。

"我发现你有些文采，你的语言、你的诗歌都能打动我的心扉。真的！努力一下，将来没准儿你还能成为作家呢。女人都会为自己有文采的男人而骄傲的。"灵幸福地要求。

"好吧！只要你喜欢，我就努力试试！那也确实是我的一个小小的梦想。"林自然不会忘记与琳的那次击掌。

他们就这样缠绵相拥地聊着，听着窗外阵阵雨打树叶的天地和声睡去。

"明天周一了！"黎明的到来，让林感到无限伤感。

"两情若在久长时，又岂在朝朝暮暮？"灵极力地安慰林。

天亮时分，风停雨住了。

他们拥抱得令彼此窒息，生怕一松手就会令对方落入万丈深渊似的。

"你陪我到小旅馆就行了，从那里我能找到去火车站的招手停车站。"男人的坚强让林率先提出离开。

"再看看我们的家吧！这里将是我梦中永远的家园，哥哥，将来的某一天你一定会明白我的苦衷和我的爱恋。

"运动衫很适合你，就留给你了。想着我，回江城给我写信。"

"我真的很喜欢它，主要是有你的味道。"

他们走到小旅馆，灵又突然改变主意说："不去火车站了，我送你去长途汽车站，那儿有熟人；车次多、比较方便，还能有座，关键是距离我开会的地方也比较近，我还能多陪陪你。"幸福有点突如其来。

"太好了！在一起多待一秒钟也是好的。"灵挽着林的胳膊穿过古街就来到了长途客运站。

灵很快就带着一个售票员装扮的女人来到站在候车大厅门口林的面前："这是王姐，这是我男朋友林，去绩溪。"灵介绍一番。

"刘会计放心吧，保证把你的男朋友安全送到绩溪！这一班还有一个小时才发车呢，不急，你们先去我的宿舍喝口茶等着吧。"王姐很热情，一看就是一个不会放过任何一次拉关系机会的精明女人。

王姐的宿舍就在车站的院内，两分钟就到了。

"她们一早都出车了，很安静！我8点再过来接你们。"王姐指着宿舍里的4个空床铺说。

"桌上的玻璃茶杯里泡好了茶，走时加水，拧紧盖子让林带在路上喝吧。"

王姐交代完后匆匆离去，灵从自己的手包里拿出两盒有过滤嘴的大江牌香烟和一个汽油打火机。

"这个你也能搞得到？"林把玩着打火机很惊讶。

这可是林一直想弄到的东西。

"你忘记你的爱人是在商业系统实习的了吗？"灵露出几分得意的样子。

"急的累的时候就抽一支，但别抽太多，对身体不好！我爸爸经常咳嗽可能就是因为抽烟太多。"灵又关切地补充。

"我现在就想抽一支，还想要你给我点上！"幸福中的林也要求。

"好吧，好吧！家里的男人要出差，爱人理应点一根送行。"灵撕开烟盒拿出一支递给林。随着一声清脆的声音，汽油特殊的香味飘了过来，火苗就在眼前，林深吸一口，徐徐吐出。

"还有 50 分钟呢。"林看看表若有所思。

"哥，想什么呢？"灵仰着美丽的下巴温柔地问。

"想你啊！"趁着灵去端茶杯的工夫，林从后面抱住了她……

王姐准时来敲门，三人走上长途车。王姐把林安排在第二排靠窗的位置上："这里空间大，不会太颠，还不热，也能看到车外的风景。"

"多谢王姐！拜托了！我要开会去了。"

"我是你的！我的心会跟随你去任何地方。想着我！我在你包的夹层里放了一些零钱，我们实习是有补助的。路上注意安全！回江城再见了。"灵下车并没有离去，而是绕到林的车窗旁。

"放心吧！各自保重！宝贝再见！"泪水迷离双眼，林艰难地抽回紧握的手，他们的手隔着玻璃窗又贴在了一起，就和第一次在码头公交车站分别的那一刻一样。

长途车经过近两个多小时的行驶来到绩溪县城，林坐着人力三轮车赶到体校驻地时，兄弟们都已经午睡了。

"情况如何？见到没有？"阿波关切地询问。

"一切正常！"林说着掏出过滤嘴烟发了一圈，又用汽油打火机一一点上，算是对兄弟们关心的感谢。

"乖乖，这打火机真不错！在哪儿弄的？"阿远很羡慕。

"还没吃饭吧？中午多带了几个包子，你吃了就休息一会儿，下午实践课还要下水呢。课后进城给你接风时再细聊吧！"阿力提醒。

一个月的游泳课结束了，系里安排同学们游览距此不远的黄山。准备考研的同学要提前返校复习并办理报名手续。

林回到学校，去系里资料室交考研报名表时收到了一封来自本市饮食服务公司财务科的信，这一定是灵寄来的信。她说过要留在江城工作的，看来一定是毕业分配过了。

林拿着信的手有点发抖，他的心中升起一种强烈的不祥之感。

林没有马上打开信封，而是来到公园瞭望塔下他们的伊甸园最为僻静的一角，坐下平稳情绪并再次看清地址后才慢慢撕开了信封。

亲爱的林哥：

　　长途车站分别后一周我就结束实习回校了。

　　靠姑妈的帮助，很顺利地分配到了本市工作。条件很好，工作也不重，还能经常去看望姑妈他们。我们痛苦地分别过后，我每时每刻都在不停地想你，我是你的，永远都是。爱情与亲情每天都在折磨着我，我感觉如在地狱一般。一边是生养我的家人，无法放弃的亲情；一边是我不能背叛的天地见证的爱情；我该何去何从？真快疯了！没有爱的结晶算什么爱啊？亲爱的，请你一定要相信我们的爱是神圣的，是任何力量都难以摧毁的。更要相信我爱的勇气与决心！

　　他们已经在催促我开单位证明领证，讨论明年5月份完婚的事了，我该怎么办呢？

　　我想过私奔那样古老的传说，但是私奔没有几对是有好结果的啊。我想等你明年分配工作后再下私奔的决心，好吗？看到我的信，就按上面的地址给我来信啊！没有你的音信我真是生不如死啊。

　　　　　　　　　　　　　　　　　　　　永远爱你的灵

读完来信，林就打好了回信腹稿。

亲爱的宝贝：

　　我回来了！我们又在同一个城市了。我在赭山砖塔下我们的第一个伊甸园里读完了你的信。我的心已经碎了，七零八落，仿佛鲜血浸湿了草地。

　　我对你的思念已不能用苍白无力的文字去表述了，只能用泣血的回忆、我们相识后的每时每刻去感受了。列车上邂逅娴雅的你；江北雪夜休息室里温柔的你；大堤上顽皮的你；轮渡上忧伤的你；给我第一封信时多情的你；全家福聚会上骄傲的你；舞会上美丽的你；群殴中从容的你；伊甸园里善解人意的你；仙女池里活泼的你；还有你的来信里誓死捍卫爱情的你、无奈无助的你。

傻妹妹，千万别胡思乱想了！现在能有个大城市的工作不容易。你如果你能嫁个好人，幸福地生活，你的父母也心安了。这是你对父母最大的回报！你的姑妈很爱你，你就好好孝敬他们吧，这是做人的本分。

至于你说的要爱的结晶的事，我当然想要，可我是不会答应的！如果那样你的一生就毁了。你将无法面对你的家人和传统社会舆论，你将不再幸福，那是我最不想看到的局面。你不幸福，我又怎会好过？我会坚守"要爱你就让你幸福快乐"的誓言！

爱你！你会感觉到，每天你入睡前，我会给你道晚安，还会给你一万个吻！

永远爱你想你的林

一日傍晚，楼道里突然热闹了起来，是同学们游览黄山归来了。兄弟久别重逢，一番小聚在所难免。

从镜湖边上的水上酒馆里出来后，顺道去小公园散步，走上公园内的通幽小径，一个刺痛林很多年的场景出现了。

幽暗的树丛中，靠近围墙栅栏的石板椅上，坐着那个天天浮现在眼前的女人，那是灵。她旁边坐着一个戴眼镜的男人，这个地方是他们以前来过的，所以每次路过时，林都要向那里多看几眼。

灵抬头时与林似乎有一个短暂的对视。灵一定感觉到了林眼里的不解、怨恨——不，更确切地说，是仇恨。

林想，眼镜男应该就是她姑妈给她介绍的对象。林是真的不愿为难灵，几个兄弟就骂骂咧咧地走开了。灵突然起身跑了过来，林停下脚步，他们就拥抱在了一起。

"我会给你写信。"但旋即就分开了，林不想再听她解释什么。

在周五下午的暴雨中，林等来了灵的信。

亲爱的林：

我知道，几天前公园里的不期相遇，你受到了莫大的伤害。从我们分别的拥抱中我感受到了你爱我的力量和决心。我更加想你和爱你了！回到宿舍，我拿出方格手帕捧着哭了一夜。请相信我绝对没有背叛我们的爱情！他就是姑妈给我介绍的对象，是姑妈领导的儿子。我是你的，我会守护好自己的。相信我！

前天晚上我去姑妈家了，她总算如愿被提拔为科长了。我把我们的事告诉她了，求她成全我俩，看来希望也不大。她还说最近要我爸妈来施压。这是我最烦心的事，爸妈年事已高，他们若苦苦相逼，我该如何面对啊？我已经告诉姑妈了：如不退婚大不了我一死了之！众叛亲离的局面已经不可避免，要不你就再找个好女孩儿吧。你是如此完美，我一旦成家就配不上你了。我们也一定会痛苦万分的！不是我想背叛你，也不是不爱你了，更不是想攀高枝，我是想要你也能过上平安幸福的好日子啊。我已经度日如年了。我真的心疼你！不愿看到你陪我受煎熬。

我想你了！快死了！你来看我啊！我想要你天天陪我！我住在江边公司仓库后面的单身二层筒子楼宿舍的206室，两人一间，室友基本上周六日都去会她的男朋友，你一定要来啊！我在这里，这里就是我们的家。回家是你的责任和义务！

想你快要疯的灵

林躺在床上看着灵的照片读完她的信，林被灵炙热的爱所感染，林对她的挂念与爱恋不能自已了。

林想："一个能够为自己去死的女人，就一定不能辜负了她的情！不能让她独自承受苦难。必须去陪她！哪怕多一秒钟也好。"

热血沸腾的林打定主意立即回"家"，翻身下床，穿上运动鞋与他最钟爱的比赛时才穿的田径短裤，把背心系在腰间。多年练中长跑的林本来就喜欢赤裸上身在雨中奔跑，今天就尤其想让凉爽的雨水冲刷他滚烫的身躯了。

跑出校园往右一拐就跑上了通往江边的人民路。

"注意抬腿摆臂，三步一呼吸，你的途中跑平均步长是 2.3 米。"林默念着动作要领与要求，感到前所未有的轻松，只想尽快见到他日夜思念的灵。

人民路的尽头就是江边了，顺着江边的防洪堤再跑约 5 分钟就看到服务公司的仓库大门了。

绕过仓库院墙，就看到了一座红色的二层小楼，林的心止不住地怦怦跳了起来。

林忐忑地走进筒子楼的门厅，被看门的老头儿拦了下来。

"小伙子，干吗呢？"

"我找 206 房间的会计，她叫灵。"

"不巧！看见她刚才出去了，还没见回来呢。小伙子进来等吧！门道里风大。小伙子是在跑步锻炼吧？"他看林一身水，反正自己一个人也无聊，就热情地招呼林进传达室里坐坐等候。

"是的！顺便过来看看表妹。"

"我也喜欢跑步，都是在清晨的江边。可能是老了，最近脚脖子和小腿前面总是疼得厉害。"

"可能是您的跑步动作不正确，缓冲不好导致了胫骨压力太大，很可能是得胫骨骨膜炎了。"林从专业的角度做出初步诊断。

"小伙子很在行啊！我去医院时骨科大夫好像也是这样说的。可是我要怎么治疗呢？"看门大爷继续咨询。

"您先换一双好的运动鞋，跑的时候要用前脚掌着地以加大缓冲；疼得厉害的时候就休息几天再跑；休息时可以热敷，过几天应该就没问题了。"林真诚地给他建议。

"灵，有人找你！"看门老头儿对外张望后喊道。

灵回来了，手上提着一个大兜子。

"小伙子，谢谢你了！你快去吧！"

"灵，你的表哥真不错！他给我讲了许多的跑步知识，欢迎常来啊！"看门老头儿对着灵就是一番夸赞。

"哦，张大爷！他是我表哥也是我男朋友，以后会常来的，还要您多多关照啊！我们上去了。"灵趁机拉拉关系。

"没问题，没问题！你的表哥是个好小伙子！"张大爷满口应承。

走进 206 室，灵就欣喜地抱住了林，说道："怎么不坐车？下次不许再这样了，你若生病我会心疼。快过来换衣服！"看见林浑身上下都是水，灵就埋怨。

灵说着拉林到一个拉链式的旅行衣柜前，命令道："拉开拉链！第二层是你的。"

灵拿出一条白色毛巾为林擦头、擦身。林站在灵的面前，立即就想起在她实习的宿舍里她为他擦身时的情景，那时的灵是多么健康、靓丽啊！再看看现在的灵明显憔悴许多的脸庞，林的心一阵紧缩，两行酸楚的泪流了下来，落在了灵拿着毛巾的手背上。

"宝贝不委屈！我们不会分开的！这里就是我们的新家了，我们不老的伊甸园。"灵感觉到了林的心理变化就安慰起来。

灵居然为林准备好了全套崭新的短裤、翻领短衫和睡衣。

林委屈而忧伤连连。

"女主人现在就宣布家庭纪律：这是你的家，除周六日必须回来之外，平时想回来就先去前面大楼的财务科找我。我每月拿到手的工资、奖金和加班费一共有五十几块钱呢，足够我们俩的花销！以后需要钱就回家取。不许在外边借！更不许找别的女人借！经研究决定：从本月开始，为支持爱人上学，每月补贴 10 元！如果不够还可以申请。"灵一副新婚妻子的幸福模样，郑重宣布了家庭纪律。

灵说得没错，当时大学毕业每月也就能拿 50 元多一点儿，但就能养活一大家子的人了。

灵认真严肃的样子让林忍俊不禁。

"不许笑！必须全面不折不扣地执行！宣布完毕！鼓掌通过！下面吃饭！"

灵说完拉着林到床边坐下，床边的书桌就成了温馨的小饭桌。

单卡录音机里再次传来邓丽君金曲循环播放的旋律，仿佛又把他们拉回到了那个激情澎湃的夜晚。

"你信不信我知道你今天一定会来？本市的信一般两天肯定能收到了。

所以我坚信这个周六，也就是今天，你一定会来看你的爱人！半只你最爱吃的盐水鸭！老字号，我跑了两条街，在吉和街的教堂前排队好不容易才买到的。你要多吃啊！"

"谢谢你！我从寝室跑来现在还真觉得饿了！有酒吗？"

"爱人辛苦上学，周末回家当然有酒犒劳。"

"一会儿就下速冻水饺。团圆的饺子，分手的面。宝贝饿了就先煮饺子吧。"灵从大布兜子里迅速拿出几个凉菜：盐水鸭、卤豆干、花生米和腐竹海带丝。另外，她还拿出了一瓶白酒是林家乡的口子牌，真是个善解人意的好女人啊。

林看着眼前这个美丽贤惠的女人，她穿着长长的花格衬衫，衬衫如超短裙一般包裹着丰满的臀。

林想着明年5月灵就会成为别人的新娘。这种场景也许还会不断地出现，只是男主人不会再是自己了。林苦闷地大口喝着白酒，陷入了沉思。

这种难以名状的痛苦反复袭来，林把双手插入浓密的长发下不断抓挠着隐隐作痛的头部。

"怎么了，亲爱的？是不是下午跑步累了，受凉了？我来给你按摩一会儿吧。"看到林痛苦的表情，灵无限柔情地问。

灵上床坐在在林的背后，把他向后拉到自己的怀里，熟悉的味道涌入鼻孔，林温顺又胆怯得像一只迷途后再次回到母亲身边的羔羊。

"我不能离开你，要永远都这样待在你的怀里。"

"宝贝，我是你的灵儿，我们还会有小灵儿。我们不可能分开！放心睡吧！"

灵说的"小灵儿"让林提高了警惕。

"她还是想要爱的结晶啊。不行！那样会害了她的，要爱她就要让她幸福！不能让她得逞！"

"今天周日，我要去一趟姑妈家，免得她又唠叨个没完让人烦了。你再躺会儿！起来吃点儿饼干、喝点儿水，等我回来。"清晨，灵说着就要起身。

"不！我也去见见你的姑妈吧？我早想见见她和她谈谈了。"林提议。

"好的！看看老顽固的反应也好，没准儿她能让步呢。"打定主意，他们起身洗漱。因为林昨天是穿着短裤、背心跑来的，灵这才发现林没有合适的衣服。

"走！先去吉和街服装批发市场，给我的爱人打扮一下。你本来就比那个小黄要帅气得多，我看姑妈还能说什么。"灵显得很有信心。

"帅气只是一个方面，若论综合条件，我可能真比不了他啊。"林还是担心。

"张大爷好！我们去趟姑妈家，借您的自行车用一下好吗？午饭后回来还您。"

他们借了张大爷的加重自行车。

"改革开放就是好啊，全市倒腾服装的大商贩都集中在这条街上了。"灵兴奋不已。

"明星刘晓庆在这里还拍过一部电影呢。"远远看到教堂的塔尖。

"看看我的审美水平吧！"停好车，灵拉着林就钻进了熙熙攘攘的人流。

"我比你更了解你的身体！"林每次要试穿时，灵都会这样宠爱且自豪地说。

最终，他们买了一堆：一件老板号称是出口转内销，现下最流行的浅灰色袖边，领口对襟处镶着咖啡色布边的列装式样的短袖衫；一条派力司面料的银灰色西裤；一双棕色仿牛皮人造革系带中跟凉鞋；一条褐色皮带；又花费8块多买了一块圆盘式电子表。由于林的肩带肌肉比较发达，穿上短袖衫后尤其显得肩宽背阔，健硕挺拔。

"亲爱的真帅！"灵很满意自己的眼光。

被一个女人牵着买衣服，还花她的钱，林还是觉得很不舒服。

"亲爱的，将来我会带你买最漂亮的衣服。"林在她为他系鞋带时深情地告诉灵。

总不能两手空空地去姑妈家。于是，灵又买了些时令水果和两大盒华而不实的糕点。都用一个尼龙网兜装了，挺像样地挂在车把上。就这样，灵一个月的工资也花去了大半。

灵坐在后座上，双手搂着林的腰，头贴在他的后背上，喜悦写在脸上，一副新媳妇周末回娘家的模样。

这是一个破旧的小区，墙面上有斑斑驳驳的水泥修补过的痕迹。

3栋联排，这是市商业系统的福利分房。20世纪80年代初，国有企事业单位的职工一般还都是住平房，能住进这样的小区楼房肯定是件极不容易的事。

"看来你的姑父、姑妈混得还不错的。"林不禁夸赞。

"什么啊？这里还有我的功劳呢。这是我同意与局领导的儿子见面，姑妈被提拔为科长以后才分到手的。"灵很不开心的样子。

"灵回来了？快回去吧！你爸妈可能来了。"进大院时，传达室的门卫师傅就告诉灵。

"看来姑妈还真搬救兵来给我施压了。不管他！烦人！没用的！既来之则安之吧。你别怕！也好，都挑明吧！"灵叹口气说。灵把车停放在传达室旁边的车棚，鼓励有点发怵的林。

"我是绅士！我英俊潇洒！我没什么可怕的。"林给自己鼓劲儿。

走上二号楼东侧楼梯的二层，灵敲门："姑妈，我回来了！"

开门的是一位四十五六岁的妇女，戴着一副黑框眼镜，薄薄的嘴唇，面无血色，看上去特别精明干练。

"不好对付！"林心想。

走进不大的客厅，最显眼的地方安放了一部电话，电话上盖着一块白色方巾。里面靠窗的双人沙发上还坐着两位中年男女，那应该是灵的父母。

旁边的小方凳上还坐着一位。"真是冤家路窄啊！他是来见灵的父母吗？"林心想，那人居然是公园里见过的眼镜男。

"你就是林吧？"一丝尴尬在客厅里无形地升腾，灵的姑妈寒暄着。

"你还是学生。买什么东西啊？"看到林手里的一大兜礼物，灵的姑妈又接着说。

林尽量表现出绅士风度，定神回答道："是的！您是姑……刘科长吧？"到嘴边的"姑妈"终究没喊出口，林看到对方听到"刘科长"后眉角轻微上扬且很是享受的样子，便放下心来。

"经常听灵说刘科长非常地疼爱她，本想早来拜访刘科长，只是一直没有机会，许久没见灵了，今天从这附近路过顺便看看她，也就一起来了。一点点东西不成敬意。唐突前来，多有打扰，还望刘科长海涵啊！"

林的一番话滴水不漏，彬彬有礼，对灵的姑妈也是恭维有度，灵投来一个赞许的眼神。这时林也注意到灵的父母也一直在盯着自己看呢。

林备受鼓舞，不自觉挺了挺胸，胸大肌在新衣服下轮廓毕现，很是精神。

反倒是身边的眼镜男局促不安起来，用蒲扇使劲儿地扇着风，额头上细密的汗水还是不停地往下流。刘科长显然是注意到了这个细节，赶忙把眼镜男介绍给灵的父母："这位是小黄，是我们黄副局长唯一的公子，在北京读研究生，今年毕业！已经分配到我市工业局工作了。前途无量！"她在介绍时特别加重了"研究生"三个字。

灵的姑妈话音未落，小黄就快速起身站到了灵的父母面前说："爸，妈好！"亲昵地喊完，接着一个深深地鞠躬，屁股上撅，快接近了坐在灵父母对面单人沙发上刘科长的丈夫，刘科长的丈夫一脸的不屑。

"不急，不急！"灵的父亲边说边扶起仍然弯腰撅着屁股的小黄，小黄也就只好退回原位坐下喘粗气去了。

灵的姑妈接着又把林介绍给灵的父母："这位就是林，师范大学体育系的在读本科生。"加重了"体育"和"本科生"几个字。前后对比，倾向性十分明显。

林也起身来到灵父母跟前："伯父，伯母好！昨天旅途劳顿，休息得还好吗？皖南比我们皖北热，要多喝水，注意防暑降温啊。"说完就重重点了一下头，同时腰板笔直，上身略微前倾，整个过程既问候到位又礼数周全。

如果这是集体相亲的第一轮，毫无疑问是林取得了优势。

但给林的感觉是，刘科长一边倒地支持小黄，刘科长的丈夫和灵的父母立场不明。

"都饿了吧，也到中午了，就一起吃饭、边吃边聊吧。"为缓和尴尬局面，刘科长开始张罗吃饭。

刘科长的丈夫几乎是马上就去了厨房。

"灵！我们也去厨房帮忙！"林说着就一起随灵的姑父走进厨房，语气就像指挥自己的媳妇。

一会儿又随灵的姑父回到客厅，并在客厅里摆上圆饭桌。灵坐在父母中间，小黄坐在刘科长身边，林自然坐在刘科长丈夫的旁边。

无酒不成席，刘科长很老练地为大家斟好酒，寒暄着带领大家先喝了三杯酒。

刘科长的丈夫端起酒杯想说什么，或许是想要彰显一下男主人的家庭地位。刘科长瞪了他一眼，他竟顺从地放下了举在半空中的酒杯。

"是个弱势的男人！刘科长才是家里内外真正的一把手。"这是给林的基本印象。

酒过三巡，大家开始各自寻找目标表达问候并且敬酒，这是安徽酒文化的入门知识。

"刘阿姨为了我的事多有操劳，我先敬刘阿姨一杯！"小黄迫不及待地抢先给刘科长敬酒。

林看到灵的父母被晾在了一旁，就举杯起身，先给灵的父母敬酒："那我就先敬伯父、伯母了！二老长途劳顿，小喝一杯正好可以解乏，多多保重！好日子才刚开始，你们随意，我喝三杯！"岁长远道为尊，先干为敬，这是常识。

林说完一饮而尽，灵夺过姑妈手中的酒瓶为林斟满第二杯后，就拿着酒瓶站在林的身边，等候斟第三杯。

林连喝三杯后，灵的父亲发话了："灵儿过来，也给我满上！按家乡的规矩，我要回敬一杯。"林只好又陪了一杯，尽显礼仪和尊重，赢得灵的父母相视一笑。

"伯父忙碌了一中午，才有如此丰盛的午餐！我敬您一杯！"林接着又敬了身边有些郁闷的刘科长的丈夫，又是三杯连干。

"现在社会上思想很活跃，林在师大，我是1975级师大历史系毕业的，我们也算是校友了。现在学校还经常有学术讲座和辩论活动吗？"灵的姑父看来在类似的场合很少受到如此尊重，所以很是开心，话便多了起来。

"学长们开创的优良传统一直在被发扬光大。我就很喜欢参加历史系、中文系，尤其是政教系组织的各种讲座与讨论，获益匪浅啊！学习了大量人文社科知识。"林不想扫了学长的兴致，更是为了拉住这个潜在的同盟军，也就顺着他的话继续了下去。

"社会和个人的出路是一样的。关键是哲学道路的选择！"学长继续发挥。

"是啊！哲学是世界观，也是方法论，我们选择马克思主义哲学，就是历史唯一的选择。"听到"哲学"，一直沉默的小黄来了精神，就开始插话。

"但也不能一概而论！哲学是一个庞大的思想体系。"学长似乎不太感冒小黄的插言。

"学长说得极是，哲学是一个庞大的思想体系，马克思主义哲学就借鉴并吸收了黑格尔辩证法的合理内核与费尔巴哈唯物主义的基本内核。目前流行的哲学流派还有萨特的存在主义哲学、经院哲学，以及号称人本主义哲学的众多流派。但是，马克思主义哲学是经过实践证明了的科学的无产阶级革命学说，中国取得的成就就是靠马克思主义为理论基础的，这一点毋庸置疑！"林把前不久听到的哲学讲座信息整理一番，正好派上了用场。

"很有道理！你学习体育还能了解这么多社科知识是很不容易的，你也改变了我对体育系学生的看法。"学长对林的见解表示了赞赏，又接着教诲："多思考问题对将来是有好处的。社会即将巨变，必是大江东去浪淘尽，风流人物辈出的时代啊。"

"学长何不吟诵一下宋代文学家苏轼的词作《念奴娇·赤壁怀古》，我也想温习一下。"见学长意犹未尽，林便借机鼓动他。

学长就借着酒劲儿开始吟诵："大江东去，浪淘尽，千古风流人物。故垒西边，人道是，三国周郎赤壁……"突然卡住了。

"乱石……"林小声提醒。

他便接了下去："乱石穿空，惊涛拍岸，卷起千堆雪。江山如画，一时多少豪杰……"又卡住了。

"老了，记忆力大不如从前了。好在有学弟在，你就代劳后一段吧！"学长自嘲地替自己解围。

"恭敬不如从命，学长抬举，我就班门弄斧了……一樽还酹江月。"林挺身而出。

"好！我敬学弟一杯！"气氛终于热烈了起来。

"好！好！喝酒！"灵的父母也许听不明白，但受气氛感染，也跟着附和。

又是一轮敬酒高潮。

"学弟还会什么诗词，不妨再贡献几首助兴，你背一首我便喝上一杯如何？"学长是有意抬举，或是想进一步考考身边的这位学弟，就问林道。

"学弟虽然已是江郎才尽了，但即使搜肠刮肚献丑一番，也要让学长多喝上几杯！那就先来白居易的《琵琶行》吧！"灵爱慕地望着林，林的斗志被激发出来了。

"浔阳江头夜送客……江州司马青衫湿。"

此文篇幅巨大，林一气呵成，心中甚是感激中学语文老师当年硬是逼着全班每一位同学都必须会背诵了。

"精彩！此文甚长，有618个字呢，我喝三杯！"学长兴奋异常。

"好听，好听！我也喝三杯！"灵的父亲也加入进来。

林这时也注意到刘科长使劲儿不停地给小黄递眼色，明显是暗示他也主动请缨展示一下才情。但是小黄还是极力地避开，低下头若有所思，刘科长露出不悦之色。

"听说林是武术专业的。我想请教一下：中国武术什么拳种最厉害？"小黄沉默良久后终于发话了。

"中华武术源远流长，流派众多，精彩纷纭，绝没有谁最厉害一说。都是万变不离其宗，都是以踢、打、摔、拿为基本手段，以制伏对手为最终目的的。简言之，就是谁能制伏对手谁就最厉害！"小黄的话，林怎么听起来都觉得有点发难的意味，但林还是自信满满地回答了这个问题。

"再问一个，怎样才能练到武术的高境界？"小黄继续发问。

"拳谚说'一力降十会'。关键是速度和力量在踢、打、摔、拿中的合理利用！即战术和技术的综合效应。小黄若有兴趣，找个机会我们可以比画比画。"林把对手的发难变成了老师和学生的对话，还隐隐露出了为爱情不惧决斗的信息。

"是这个理儿！我小时候也练过一阵子。"灵的父亲接话说。

"我哥和嫂子都累了！上主食吧！"刘科长看出来风向有点不利于小黄，

再继续下去小黄文武都不会占到上风，就想早点儿结束。

学长又是一阵忙碌，当然有灵和林陪着。

"林表现得不错，知识面很广，投你一票。"在厨房里忙里偷闲时，学长回过头来看着学弟说。

"谢谢叔叔厚爱！"这一次林没称呼他为学长。

"姑父一定要帮我们啊！"灵不失时机地央求。

"林明年该毕业了吧？准备考研了吗？考一下吧！"学长冒出一句。

"原也是打算考的，已经报名了，现正在复习，年底就要考试了。"林如实回答。

上热菜时，灵先给父母夹菜，接着就不断给林夹菜。

小黄不知所措，脸上白一阵黄一阵的。

"小黄别客气，自己夹菜啊！"刘科长出来助阵。

"灵儿送一下林和小黄，我们还有事要聊聊呢。"还没等完全吃好饭，刘科长就下了逐客令。

"那就告辞了！你们好好休息！有机会再来拜访你们！"林彬彬有礼地说道。

三人下了楼，灵在中间，走到院门口，尴尬不可避免。

灵习惯地挽着林的胳膊走向车棚，小黄感受到了巨大的压力。

来到大路口，小黄不愿看到灵与林的亲近，更不愿等他离去后灵仍陪着林，就大声建议："灵先回去吧！前面就是车站了。"

灵也觉得这样与林一起离去有点欠妥。就拉过林小声说："你先回去还车，拿好钥匙回家等我吃晚饭。我回去做工作！我真不喜欢小黄，他一直盯着我看。"

林看看虽然远去但还不停回头张望的对手，便示威似的搂过灵："亲爱的，不急，我做晚饭！"

"你回去睡觉，我回来做吧。"灵说完就匆匆回去了。

林回到筒子楼，躺在床上，脑海里像过电影一样出现上午的情境。

学长惧内，灵的父母对自己的印象应该没有什么大的问题，但看上去缺少主见。

综合分析，希望不大，考研是必须的！这是林得到的唯一结论。

林昏昏沉沉地睡了个把小时，想着要做饭的事就起来了，拿着布兜，开门准备去附近的市场买点儿菜，但身无分文；恰好路过传达室看见张大爷，就借了 5 元钱出去了。

林打开记忆的闸门，仔细想着会做什么菜肴；还好，还真会做几样，青椒土豆丝、红烧鲫鱼、西红柿鸡蛋汤，再买几个馒头。

林买完菜回到宿舍一阵忙乎，把饭菜摆好，房门虚掩后又躺回床上假装睡着，他是要给灵一个惊喜。

"亲爱的！我回来了！弄得还挺像回事吗。"灵看见了桌上摆好的饭菜。"起来吧，别装了！"灵坐在床沿，吻了他一下。

"给你带了你最爱吃的盐水鸭呢！今天我们以茶代酒，不喝酒了！以后你的烟也要少抽！对下一代不好！"灵接着要求说。

"是的！你要结婚了！"林酸楚地附和着。

饭后，灵大致说了家庭会议的情况。说着说着已是泪水横流。

最后灵极其伤感地说："亲爱的，不是我心狠绝情，实在是亲情难以割舍啊。你在身边，我看着心都要碎了。小黄是研究生，你还是走吧！忘了这一切！就当我们是什么也没发生过的路人吧。等你也考上研究生再来找我吧。"

"唉，自己不行，怪不得别人！好吧，我走！我要回去复习了。"林听后长叹。

林起身掏出房门钥匙拍在桌上，脱去上午的新衣，找出来时的衣服鞋袜换上，依旧赤裸上身将背心系在腰间悲愤满怀地说："我会记住你的话！我也会记住这个家和它的女主人！我是贵族，是绅士！你要记住，我会用 5 年、10 年甚至一生去夺回我失去的尊严和我的一切！请你记得代我去还给门房张大爷的 5 元钱，那是我做饭买菜借的，但我会还给你的。一定会万倍十万倍地还给你！"林极其伤感留恋地环顾一下这个让他一生都没有忘却过的小家，决然摔门跑了出去。

"你回来！你回来啊！"灵跟着跑到楼下，凄凉的声音没有让这个越跑越快的悲愤男人停下脚步。

林这一跑，就跑上了往后几十年为荣誉、为找回尊严而战的道路。

"我是贵族，至少是精神上的贵族！靠战斗去赢得一切！要成名！要成家！要发财！要让这些势利眼、鄙视我的浑蛋们去后悔！去哭泣！发现尊严危机的男人是可怕的，可能也是无敌的。我最终要感谢这群浑蛋的，如果没有他们，我将来或许就不会有什么成就的。"想到这些，跑在大街上的林居然仰天大笑起来，黄昏时分的街道仿佛也在他的大笑里颤动，真是酣畅淋漓。

回到学校的寝室，因是周末，弟兄们正聚在房间里小聚喝酒聊天。

"阿林，你这两天死哪儿去了？回来得正好！快坐下喝一杯。没出什么事吧？你和灵还好吗？"阿波还是大哥一样地关心。

"以后谁也别再提她了！她要嫁人了。"林抽了几颗烟、猛喝几大口酒，就唉声叹气地爬上床躺下了。

次日一早有人急促地敲门。

阿波开门后惊呼道："灵！来得这么早？这帮家伙还没醒呢。阿林、阿林快起来！"

"又喝酒又抽烟！真不听话！"灵进来后就把两大包东西砸在还躺在床上的林身上，她看到了满桌的残羹冷炙和一地烟头，生气极了。

"周末回家！我走了，包里有信。"灵提醒依然睡眼惺忪的林。

关门声响，紧接着是一串皮鞋响钉的声音消失在周末安静的楼道里。

林的心紧了一下，他有一种想追出去的冲动，但终究没有动。

林拿出包里的信。

亲爱的林、我的哥哥、我的爱人：

看着你满怀悲愤委屈地跑出了家门，一直没回头地跑出我的视线。那种生死别离的情愫就揉碎了我的心！我知道是我绝情的话语伤害了你神圣不可侵犯的自尊！我错了！别离开我，我跟定了你。考研并非易事，但是为了我们永远的爱情，你就拼搏一下吧。说实话，考上或考不上我都不会离开你，就像你也不会离开我一样。

两包东西，一包是昨天买的衣服；另一包是奶粉和一些饼干，是让你学习时加餐的。注意身体，少喝酒、少吸烟，若是身体差了，我绝对饶不了你！信封里是家里的钥匙，最小的一个是书桌抽屉的，里面有钱。要千万记住：我给你宣布的家庭纪律啊！如果你还爱我就一定要执行！

永远爱你的灵

寒假前，考研结束了。学校给每个学生发了 10 斤花生作为福利，但需要学生拿票自行去饮食服务公司仓库领取。

拿到花生票后，林看见上面的取货地址，立刻就想到那里是灵上班的地方，离那个所谓的"家"也不远。

去领花生还是不去，林很纠结，如果去，就有可能见到灵，而林真不想再去撕开在艰苦考研中刚刚愈合一些的心灵伤口。更不想回忆起那句令他失去尊严的话："等你也考上研究生再来找我！"

取货的日子，还是有一种神秘的力量驱赶着林随着兄弟们向江边的码头的仓库走去。这是他曾经奔跑过多次的路线，那时奔跑的尽头是灵魂爱恋的归宿。这一次，路的尽头等待他的将会是什么呢？

"你来了啊？你的几个同学兄弟好像也都来了。"临时的柜台前站着的正是灵，林的心里咯噔一下。

"嗯！这活儿你也干啊？"林心不在焉地回答。

"机关都下来帮忙了。一会儿就完了，带上你的朋友中午回家吃顿饭吧。这一段时间怎么不回家？你知道我有多担心你吗？"灵幽怨地低声询问。

"好的！刚考研结束就忙着元旦晚会了。考得不好！"林的心七上八下。

"阿林，要当断则断啊！搞不好你们两人都会很痛苦。"阿波提醒。

"林回来了？有日子没见了，按你说的方法，我的腿好多了。"门房的张大爷依然热情地打着招呼。

"今天我家林和同学们来领花生，顺便来家里坐坐。"灵恍惚间回答了张大爷的问话。

"我家林"说得很清晰。

"你们是散不了的。顺其自然吧！别太苦了你们自己。"上楼时阿波又小声充满同情地对林说。

"是啊！我也是真的无法忘记她。"林忧伤地回答。

走进熟悉的房间，林忍住了想立即去抱她、吻她的冲动。

好在灵先发话："先坐一会儿喝点儿茶吧，林知道茶叶放在哪儿的，我去下楼弄饭去了。"

不一会儿，灵开心地回来，两瓶白酒、几个凉菜就摆在了小桌上，当然有盐水鸭。

灵先拽下一条鸭腿，说道："不好意思了！这是我家林最爱吃的！"说完就递给了林。

都是老朋友了，惆怅中白酒很快就见底了。

"阿林，与尔同销万古愁！"阿远冒出一句后就干了杯中酒。

"是我对不起林！希望你们能原谅我，理解我！但林依然是我最爱的人。"灵大概是看出来了大家对她隐约地不满就抢先表态。

"没有的事，我们都希望你能幸福。尤其是阿林常说'爱一个人就一定要让她幸福快乐！'"阿力看到灵眼睛红红的要哭的样子，立即安慰她道。

灵越是自责，林就愈发的难过。一时间，忧伤惨淡的气氛笼罩了房间。

饭后离去时，林和灵还是不由自主地留在了最后。

"你放寒假回老家也要想着我！何时回来一定要提前写信给我啊。别折磨我了！有一天你一定会知道我是多么地爱你。"灵泪水奔流。

"亲爱的灵妹，我每天都想'回家'来看你啊。可是，考研不理想，我事实上已经失去得到你的最后希望了啊。我难受极了！我爱你就不能耽误你的幸福啊。"林的心都要碎了。

林的寒假结束了。

还是那个时间的那趟车，还是晚点，还是雪花飞舞。

绿皮列车缓缓驶入江城北站，林心中的那丝期盼竟越发地强烈，林临行前一周写信告诉了灵他的归期。

一个与去年一模一样的灵就站在出站口的一侧。

"不用去了！我们回家！"在通往轮渡码头途中路过那间旅客临时休息室的门前，灵拉着林的手甩下一句话，继续向前疾走。

"不用再吟诵'问君能有几多愁，恰似一江春水向东流'了。我们有自己温暖的家了。"在轮渡的二层甲板上，灵很兴奋。

张大爷的加重自行车驮着他们回到了宿舍。

"哥，你先闭上眼睛！"走进二楼"家"的房门时灵说道。

当林再度睁开眼时，一股暖流就随即涌上了心头。

邓丽君金曲的旋律在室内萦绕，两根大红的蜡烛在燃烧。桌上摆着丰盛的菜肴，还有一瓶红酒，场景竟然与在灵实习的宿舍的那个夜晚有些许神似。

"为什么去车站不穿得厚一些啊？小手冻得冰凉冰凉的。"林捧起灵的手心疼地埋怨。

"傻瓜！还不是为了让你一出站就能够看见我吗？我才穿了与去年一样的衣服。就和你领花生时的一样！"

"这里的暖气很好。坐了一天车乏了吧？"灵的语气和过去一样，只是更多了些母性的怜爱。

"假期没喝太多酒、抽太多的烟吧？"为林换衣时灵认真地问。

"真乖！这就好，这就好！"听到林的肯定回答后，灵很欣慰。

爱的火焰也许从来就未曾熄灭过。

灵又打开衣柜，拿出了一件红底全棉镶了黄色缎子宽边的睡衣递给林。

灵外面也罩了一件款式与林一样的只是镶了红色缎子宽边的睡衣。

"这叫情侣睡衣，是我专为迎接你回家好不容易才从友谊商店里搞到的！"灵很得意地解释。

林当然知道，从友谊商店里买到的都是稀罕物，在那个年代在那里买东西是需要用外汇券的。

"我怎么觉得我们有点像皇上和皇后。"他们站在一起互相打量，林想起电影里的某个片段。

"那是当然！我爱你，心中有你，你就是我的君王。"灵柔情无限。

灵换了一盘磁带，是萨克斯独奏，节奏是温柔的4/4拍，典型的慢四步舞曲。这应该是一首反映美国西部风光的曲子。林情不自禁地在悠远豪广的旋律里把灵揽在怀里，恰如置身于广袤的原野、丛林中的小溪边，在乡村的小酒馆里与所爱的人对酌。烈酒让他搂着她策马狂奔，牛仔帽的绳系在他叩削般坚毅的下巴上，手中的左轮手枪已经击毙了步步紧追的情敌。

他们的心灵也在冲破羁绊、无拘无束地自由飞翔。

江上的霞光映红了屋内的白墙，两根红烛也早已流干了泪水。

周五的下午春雨霏霏。林在体操房练完力量就被一种神秘的力量驱使着直接长跑出发了。跑到江边灵的楼下，门厅紧锁，张大爷不在。林绕到楼后，捡起一块小石子掷向 206 的窗子。

"哈哈！刚准备好晚饭，我去开楼门！"灵打开窗子用心有灵犀的口吻回答。

"不怕感冒啊？自己去拿浴巾擦干！衣柜二层都是你的衣服，换好衣服吃饭。"一种家的温暖让林的疲惫立时消散了大半。

"没事的，别担心！我跑习惯了，这样是既省钱又节约时间还能早点儿见到你的方式。"

"跑了这么远的路，我给你洗洗脚吧！下个月可能机会就不多了。"饭后，灵温柔中夹杂着莫名忧地伤说道。

"怎么了？你是要出差了吗？"林心里一惊，伤感地追问。

"是的！我可能要出一个长长的差，你一定要来送我。姑妈说我父母要来了，他们已经商量好了'五一'我结婚；还要我后天就搬回姑妈家里去住呢。但唯一高兴的事是，我与单位说了，婚后想尽快上班，因离家较远还要经常加班，希望能保留我的单身宿舍，单位同意了。"灵给林洗好脚，红着眼圈抽泣着解释。

"我不管！我每个周末都会回来看看，如果是周末的雨夜，我一定会回来转一圈的。"林也已是泪眼婆娑了。

"但是，我出嫁那天你必须要来送我啊。你不来我害怕！那可能是我们爱的坟墓，即使是火坑，你在，我就不会怕！"灵柔肠寸断地提出最后的愿望。

"你是我的妹妹！哥哥一定会满足你的愿望来送你上婚车！"林的爱情价值观让他必须保持最后的风度，更是肝胆破碎苦涩地答应了。

"嗯。谢谢哥哥！我知道让你看着你依然深爱的女人去上别人的婚车对你很不公平，你会比我更难受。但我就是要让你来送我！让我最后再看你一眼,一言为定!不许骗人!"灵听到了林的保证终于露出了苦涩里的一丝微笑。

"五一"节那天上午。

林和哥儿几个穿戴整齐,如期来到灵姑妈家的小区大院门口。大院里住的多是本系统的职工,科长嫁女,副局长娶媳,自有许多人来献殷勤,忙里忙外热闹非凡。

大院门口张贴的一对大红的双喜字格外耀眼,刺得林心里阵阵发疼。

来到楼下的不远处,一辆车头扎满鲜花的上海牌小轿车停在那里。林瞄了一眼,里面坐着一位穿着西装、戴着眼镜的斯文青年,那是小黄。这大概就是来接亲的婚车。

"时候不早了。快让新娘子上车吧!"不时有干部模样的人里外穿梭不停地催促。

一会儿,身穿大红旗袍、胸前佩戴红花的灵被两个伴娘似的人物搀扶着下楼来走向轿车。

"不要,不要上车!我要等我哥来!哥哥……"灵的喊声歇斯底里,引得人潮向轿车涌动。

"这娘家人也是的。都几点了?还磨蹭!"林听到旁边有人议论。

"林,你可来了!快去劝劝灵儿吧!男方那边还等着举行仪式呢,电话都催了几遍了。"4个中年人走到林他们身边,是刘科长夫妇和灵的父母。一行人来到轿车前。

"灵儿,你哥来送你了。别闹了!好好地出嫁吧!"刘科长走上近前小声劝慰灵。

"我有东西要交给哥哥。回去一下,回来马上就出发。"灵突然发疯一样甩开拉着她的小黄的手,冲下轿车。

灵拉着林的手径直跑回楼内,4个老人面面相觑也只好跟着返回。

"哥哥,你坐一下,我给你说最后一句话:忘记我!你是最优秀的,毕业就找个好姑娘成家吧,我会记住一生你对我的好,你是我永远的好哥哥。"灵认真地嘱咐说。

"我的爱没有儿戏!我从此就离开了,本来也是爱你就要让你幸福快乐的。如果有缘，任何时候如果需要我的帮助我都会尽全力而为的。我曾对你说过的每句话都是诺言！"林庄重地回答承诺。

"我的每句话也是诺言！"他们紧紧地拥抱着……

"灵儿，快点儿！"刘科长急不可待了。

"哥！我要你抱着我下去！"

灵的哀怨让林的心在流血，从未抱着她走过楼梯的他骤然爆发出了超人的力量。

一步一步地，她的头贴在他的胸膛，她含着满眼泪花听着他心房的跳动，像小鸟眷恋着天空，手臂环绕着他的脖子，像常青藤依恋着橡树。

短短的距离，他们仿佛走在永没有天亮的黑夜里，无尽的路艰难而漫长。林的泪珠从墨镜的底沿一颗一颗地滚落，滴洒在她满是彩纸花碎屑的头上。

灵一定感觉到了他的酸涩。

"你必须要记住我的话！"灵柔肠寸断地叮嘱。

"嗯！你也必须要记住我的话！"灵的坚定让林心疼不已。

林把灵放在车前，最后的拥抱后，灵含泪扭身钻进车内。

刘科长夫妇与灵的父母掩面抹泪。是后悔，是心酸，抑或是心疼，五味杂陈。

"谢谢林！"小黄从另一侧车门下来，走到林跟前说。

"不用！对灵好点儿！拜托了！"林拍了拍小黄的肩头郑重地嘱咐说。

"她有你这样的哥哥，我怎么敢对她不好啊？"小黄突然拥抱住林附耳保证。

林和小黄这对昔日暗暗较劲儿的情敌竟在众人面前握手拥抱起来。

婚车启动了。灵摇下车窗，对林几个招手道："哥哥，你们中午留下吃饭，别喝太多的酒啊！"灵最后给了这个看上去已经憔悴不堪、摇摇欲坠又强作欢颜的男人叮嘱了一句。

婚车在鞭炮声中离去……

众目睽睽之下抱着新娘子上了婚车，林一行当然以娘家人的身份留下来参加由娘家组织的婚宴。

婚宴在小区外的一家酒楼举办。

"刘科长为了灵的婚事劳苦功高，灵的幸福就全仰仗您了。我先敬您一杯！"林率先敬酒，话中有话。

"林啊！应该的，应该的！今天也多亏了你来得及时，不然，以灵的脾气还真不知道该如何收场呢。"刘科长的话竟让林他们觉得像吞了只苍蝇一般。哥儿几个交换了一下眼神，开始找机会轮番向刘科长这个他们认为靠出卖侄女的幸福攀附权贵往上爬的女人敬酒。

"敬刘副局长三杯！您得感谢灵啊！"阿波一开口，刘科长就无地自容了，这些事阿波他们已经听林唠叨过许多遍了。

"承蒙各位光临，副局长的事以后再说。如能如愿，大家都好，都好！"刘科长对着几位同事尴尬地寒暄。

一会儿这个女人就喝得满面红光、语无伦次、丑态百出了。

"伯父、伯母以后就能跟着女儿享福了。我敬你们三杯！"阿力的话把灵的父母也带进去了，他一直认为灵的事他们也没起什么好的作用。

小地方来的灵的父母极要面子，面对敬酒，来者不拒。不一会儿也是东倒西歪、胡言乱语了："我家女儿可怜！我能看出她不如意啊，要是我妹真能当上副县长那么大的官也值了。家里就没人敢欺负我们了！"灵的父亲语出惊人。

刘科长的同僚们议论纷纷，刘科长颜面尽失。

2. 风　华

中小学的经历与广结善缘的家风也让江湖情结在林的心里扎下了根。

1982 年，林大二的下半学期"严打"风更紧，家乡的有些兄弟开始向南方"跑反"以躲避风头。一日下午，林的七八个儿时伙伴竟跑到了林读大学的江城，居然还找到了林的宿舍；林在这里读大学他们都是知道的。林看到他们个个蓬头垢面，问清缘由，他们在家乡暂时难以容身是途经江城去马鞍山一带避风的。林重感情豪气升腾就带上所有的饭票和十几元现金，先去食堂门口低价把饭票从小贩那里兑换成了现金，腰里有近 30 元了，就说出了自己的计划，先去大学附近的赭山公园玩玩，再去码头公共浴池洗个澡，饭后送他们坐船去马鞍山。

大伙欢声雀跃，大赞林讲义气安排甚好。一行人从艺术系楼后院墙翻进公园，尽情玩耍后乘公交车来到码头，先去候车室附近的浴池每人 1 元购票洗澡后就在旁边的小饭店坐下了，游览了公园又泡了澡，兄弟顿感畅快淋漓，食欲大开，林买了大批的江城名吃灌汤包子，又要了几杯生啤酒，其间林反复告诫兄弟："总是到处乱跑也不是办法，你们也无罪大恶极的案底，顶多就是小偷小摸或打架斗殴，不会被判刑的。现在的出路很多，可以回矿上通过内部招工参加工作，可以报考对文化成绩要求不是太高的技校或职工大学，还可以报名参军，总之要走正道才好。不然，这一辈子就真算完了。"饭后林为他们买了船票。剩下的几元钱都买了水果送上。

林豪情接待送他们上船后，看着船向上游驶去才步行加慢跑地返回学校。林一把豪情接待的后果就是自己本月已经身无分文了，下半月的生计就成了问题。万般无奈，林就给在家乡读技工学校的小弟玉写了封求援信，说自己遇到了严重的"经济危机"。玉很快就寄来了 5 元钱，后来林知道玉也是变卖了饭票又借了点才凑够的；而玉读书时家里每周才给他 1 元甚至是 5 角钱的。靠着玉的雪中送炭和阿波、阿力几位同学兄弟的接济，林总算熬过了本月。

后来在合肥读书的大哥旗知道此事后，也理解了林的不易，当冬季来临前知道林要更换棉运动衣时，旗就从当月家里寄给的 10 元钱中拿出了 8.5 元给林买了一款天蓝色的腈纶棉拉链运动服寄了过来。

1984 年林大三，那年江南的春天似乎来得特别早，一进入 4 月，地处赭山北麓的校园便急不可待地布满了人工的和天然的各色花草，生机盎然。由于上一级面临毕业，大学的各种学生社团也随之活跃起来，都按照惯例开始改选或增加新生力量。学校文工团也要招收新人了，都说那里美女如云，社会交际多，是提高知名度与展现才华的最佳平台。林虽然来自民风豪放的矿山，但性格却稍显害羞，心理还是偶尔胆怯，尤其在陌生人面前有时还会出现脸红甚至口吃的现象。林深知这是困扰自己许久的弱点，要想成为社会精英，施展抱负，在琳和心爱的灵面前证明自己的与众不同，就必须要彻底克服这一弱点才行。林为自己能够成为真正的绅士和奠定强大的自信心基础，抱着就权当是对自己一次大挑战的想法，在弟兄们的鼓励下，林果断地选择了报考文工团，考试地点就在大礼堂的舞台上；看着别人展示才艺，朗诵、歌唱、表演哑剧和舞蹈，博得阵阵喝彩，林的自卑心理又开始作祟了，他想打退堂鼓了。

"林，上场！"主考官喊名字了，随着喊声，本年级的几个报考女生的目光也转移了过来。竟然还有丽，林在开学典礼上就见到并暗暗喜欢她了。开学典礼时，同学们都在互相打量，尤其是男生，都在寻找日后谈女朋友下手的目标；其实林一眼就看到了在宿州体育加试时见过的那个倔强的武术专业的女生了。开学典礼结束后，林故意走在丽的身后，没人注意时，林突然喊道："丽，你好啊！腿不疼了吧？"丽很吃惊："你怎么知道我的小名？"林很得意："哈哈！宿州加试时就知道了。"从那儿以后他们每次见面都只是笑笑，没有什么特别的含义。今天林被丽看得心里发毛。"来吧，拼一下！又死不了人。"这是林每每胆怯时就会给自己的心理暗示语。

"有何才艺或特长？"主考官大声提问。

"武术！"林脱口而出。

林演示了一节武术套路，感觉身体也活动开了。就干脆趁兴又做了一圈旋子，连续做了一圈有十几个，自我感觉高、飘、舒展轻盈。

"好！"赞叹来自丽，她可是正宗的武术专业学生。丽的赞叹让林有了不少的底气。林被录取了，主考官也就是他后来的舞蹈老师。政教系的高年级学兄晓刚告诉他，录取的原因是，当时现代舞比较流行，文工团舞蹈队准备排练现代舞，需要能够做出各种跳跃、翻腾动作的演员。丽也被录取了，特长自然也是武术，当然更有长相甜美的因素。本年级还有一位女同学也被录取了，她叫群，也很漂亮，身材苗条，是一名运动成绩达到专业水平的短跑和跨栏运动员。

紧接着学校的武术协会成立，林凭借扎实的武术功底顺利进入并当选武协常委，还担任了长拳教学组的组长，这样林与丽的接触机会也就多了起来。两人也能时常一起在教室看书或一起去食堂打饭了，并没有别扭的感觉。

这个4月可真够忙活的，体育系从开始专业设置改革，为适应社会需要增加了武术专业。林本是田径专业，但考虑到田径专业毕业时要考十项全能：3项跑，即100米、400米和1500米；3项跳跃，即跳高、跳远和撑杆跳；3项投掷，即铅球、铁饼和标枪；1项跨栏跑，即110米高栏。由于林的左肩关节有习惯性脱臼的运动损伤，上肢力量较弱，就十分担心撑杆跳高项目不能顺利完成。为确保毕业，也因自己有武术基础，加上受当时社会上武术热的诱惑，林就选择了武术专业，当然也有为了能进一步接近丽的意图。还好，林的武术专业课上得很顺利，除了原本武术专业的学生，林的基本功与学习接受能力应该是最好的了。

林一直因为灵的姑妈强势干预而没有底气与灵走向永远而闷闷不乐。兄弟们当然知道林的郁郁寡欢是因为与灵的关系不确定所带来的巨大心理压力。于是，兄弟们就经常一起在枯燥的生活里想方设法地找乐子自娱。

一个月底，饭票都不够用了。一日几个兄弟在食堂排队买午饭时，林看到服务员收饭票的纸盒子就在离窗口的不远处，不知怎么就想起了在上体校时用鱼竿粘饭票的趣事来了，就是把烤过的黏黏的避孕套胶团按在鱼竿梢头的最前部，从食堂的窗子伸进去，再从饭票箱子里一张一张地粘出来，每次也能粘几张出来。很是刺激好玩，是个找乐的好办法！于是，林就与弟兄们商量，具体是把一个有弹性的竹梢子头按上一小团胶事先藏在袖管里，几人打饭时分散服务员的注意力，声东击西，这边就可以动手了。

竹梢子好找，从楼道里打扫卫生的竹扫帚上弄一根就解决了，问题是胶还没有着落。"不就一个……吗？我来找！"阿远胸有成竹，他说可以从高年级的同学那里弄到一个，鬼知道是不是他本来就有的。按照计划与分工还是弄了几块钱饭票。但是考虑到风险太大，林就建议换招儿；新招儿就是去讨好献媚女服务员，因为确实有外系英俊的男同学打饭时，交五角钱的饭票买两毛钱的菜，美女服务员除了多给饭菜之外还找回一元甚至更多饭票的案例；这招儿不露声色、安全可靠，也许还能约到漂亮的女服务员呢。

大家集思广益，为确保成功率，几经商量决定由高大威猛的阿波或阿力出马，选择相貌不佳或者大家公认为长相最难看的女服务员下手。对她们大献殷勤，夸其美丽动人。女人最大的弱点可能就是对于夸赞自己美丽漂亮的辞藻都会欣喜地接受，这一招儿果然奏效，那两个相貌不佳的女人开始仅仅是出于感激而多给些饭菜，后来就有意无意地在找零时多给饭票了。初战告捷，之后加大火力，溢美之词越发不着边际，甚至趁热打铁约其散步、看电影。一来二去，兄弟几个都与这两个昏了头的自认为是江城美女的服务员混熟了，都能享受到阿波和阿力的红利了。被胜利冲昏头脑的兄弟们不知是谁不小心泄露了天机，一时间，打饭时所有的女服务员都是喜笑颜开的模样，可能是许多男生为了那点实惠都去献殷勤了。

5月的江城，气温升高得很快，中午时分有的女生就迫不及待地穿上了夏季的长裙子了。

一天中午林与阿波、阿远、阿力他们从食堂打饭出来，一起回宿舍。途中，阿波对兴致不高的林说："爱情带来的痛苦还是需要用爱情来化解的。"

"阿波高见！就像饥饿的时候，不一定非要只盯着吃米饭，馒头也许会更好。弟兄们都往前看！"阿远发表见解后又提醒大家。

前面几位端着饭缸、一字排开的女生多是本系的，上身穿着系里统一购置下发的玫瑰红运动T恤，像商量好的一样下身都是长裙，婀娜多姿。风撩起裙摆，修长的小腿时隐时现。

"怎么个意思？上！老规矩？"阿波鼓动大家。

这是他们常玩的打赌游戏。就是看到他们公认漂亮的女生，如果谁能搭讪成功，并能够约其看电影，或与之散步、牵手、拥抱，其余的都要请客，反之亦然。按位置对应的顺序，林对应的是左边的第一个，她竟是本班的丽；第二个身材最高，被阿波认领，是本年级的群；阿力认领的是第三个，是低一年级的艺术体操专业的芙蓉；最右边的大家都没见过，但阿远也只能认账。

按惯例时间两个月，愿赌服输。阿远认领的都没见过，他认为一定是个外系的，难度最大。

"时间不等人，哥们儿现在就要动手了。"阿远说完竟加快脚步追了上去。

"哎，哎！这位同学……"

"什么事？"

"家是合肥的吧？看上去有点眼熟。"阿远搭讪。

"是的！你有事吗？"

"你何时回家？就帮我带件东西吧！我是体育系的，你呢？谢谢！"阿远的运气不错，碰到的竟是同乡。

"没问题！生物系1981级的王云。"

初战告捷。年级、系别和姓名这些基本信息，是阿远施展搭讪女生手段常用的组合套路。

阿远马上行动，很快弄来了王云的课程表，也就知道了她所在年级的自习教室。师大每个系与年级都有相对固定的教室兼自习室。

一个周末的下午，学校足球队与外校足球队举行联谊比赛。阿远是校队的守门员，两队实力相差无几，比赛异常激烈。柔弱的女生似乎都特别欣赏勇敢强悍的体育运动，反正每次足球比赛，总能吸引学校大批的女生观战。一大群女生在距离球门最近的女生楼一侧的看台上为主队加油助威，其中有一个女生格外卖力地专为阿远加油。她对阿远的一些正常扑救动作，也是手舞足蹈地呼喊喝彩；对偶尔的惊险扑救，她更是兴高采烈地蹦高叫好，并向阿远招手致意。林他们定睛一瞧，原来是生物系的王云。

"有戏！阿远可能得手了。我们准备请客吧！"阿力很羡慕地评价。

果然不出所料，比赛终了哨声一响，王云就拿起一杯水落落大方地向阿远迎着走去了，似乎在宣布这位英勇的功臣守门员是属于她的。

照例又是寝室聚餐祝贺，王云当然出席了。

几经盘问，林几个就大致了解了阿远得手过程的经验。阿远先是在中午或下午下课时埋伏在王云的教室门口，假装偶遇，借机搭讪，进而邀其一起去食堂吃饭。那时候为少跑路，学生大多都是带着饭缸上课的，以便课后能在第一时间赶到食堂，还能省去不少饥肠辘辘时的排队之苦。

晚自习时，阿远干脆就直接坐到王云的身旁。下晚自习时，再殷勤护送其回女生楼。就这样一来二去地加强交流，吐露衷肠。再加上阿远作为高干子弟的优越感、一表人才的相貌，以及口若悬河的才华，俘获芳心也在情理之中。

林的机遇最好，进展也比较顺利。文工团为五四青年节和随后的毕业季要赶排一批新节目，舞蹈队以往都以集体现代舞为主，这次打算有所突破，要创新，于是推出了"双人"民族舞。编舞老师晓刚入学前是前卫歌舞团的专业舞蹈演员，是1979级政教系的学兄，他处处彰显着人文精神。一段时间的交往后，晓刚与林成了无话不谈的好朋友，还指导林读了大量哲学、历史方面的书籍。晓刚的舞蹈语汇与动作组合非常丰富，表演极富感染力。晓刚为林和丽量身打造了"双人"民族舞《雁南飞》，用的就是电影《归心似箭》的主题歌；展现的是一个山里女子送一名养伤的新四军战士恋人重返前线时的依依不舍、缠绵悱恻的爱情故事场面。当然，晓刚也知道林打赌的事情，为林和丽编排爱情题材的双人舞也有出于为学弟助力的用意。专业教师编排，加上林和丽自身具有的武术专业超强接受新动作的能力，编排进展得很快。

几次排练下来，就有了完整的一套"双人"民族舞的雏形。为了增加舞蹈的艺术感染力，晓刚决定再加上一些难度动作组合，典型的就是在音乐旋律高潮时加上去一个托举动作；动作大致过程是，女子从男子左侧连续做几个大跨步跳后，飞身跃进男子怀里，男子右手臂搂住女子的腰，同时左手扳住女子左大腿内侧膝关节靠上的位置，向后伸展使其上体完全躺靠在男子胸前，并让头靠在男子的右肩上。完成这个动作不是很难，但要做到动作衔接连贯、自然流畅并与音乐合拍，也不是件容易的事；这是整个舞蹈作品的点睛之笔，大意不得。晓刚就要求他们自觉加时练习，两人经常在排练结束后反复练习。毕竟动作比较亲密，肌肤接触不可避免，有几次丽都几乎把林撞倒，林搂丽的腰不紧几乎将她摔了出去，林的嘴几次还几乎碰到了丽的脸；更为尴尬的是，由于紧张，林的左手几次还碰到了丽的大腿内侧。

林在一次托举后故意做出要脱手的样子，因为那儿是丰满柔软的。丽自嘲说："接住啊！你想摔死我啊？我重吗？我胖吗？"

"不重，不胖，正合适！很有风韵！你真美！"林趁机赞美。

"你也不错！上课认真，也很有才气。你真不吃亏了，上了一个体育系却听了几个系的课程。"丽也赞扬了林。

互有好感的情愫似乎遇到了进一步发展的瓶颈，他们融洽的关系停滞在了说说笑笑及仅仅是接受彼此关心的地步而无法向前。

青年男女突破感情瓶颈往往都是寓于偶然之中的必然。机会终于悄然而至。

一次加练后，外面下起了小雨。下午6点多开始练习的，一直到晚上快9点了。两人都感到有点饿了。食堂有夜宵，也就是面包、馄饨和所谓的用一袋奶粉恨不能冲出一百杯的牛奶。他们决定一起去吃夜宵，出了门，天公作美，雨点随风竟越来越大、越来越急，只有丽的一把伞。他们穿着单衣，风裹着5月初的雨俯冲着扫过伞下，他们刚出过汗的身体还是感到了有点凉。丽的伞太小了，林就绅士地将半个身子置于雨中以便让丽能多一些伞的遮挡。

"快进来！我都不介意，你还装什么装？感冒了，想让我照顾你啊？"丽温柔又体贴地埋怨道。

"那就让我感冒好了，我就想要你照顾我。"林说着竟故意从伞下又跑到了雨里。

"讨厌！我走了！你自己跳独舞好了。"丽做出假装要离开的动作。

"你往哪——里——走？"林学着京剧的对白，迅速重新钻入伞下，夺过伞为她撑着，另一只无所适从的手也只能顺势搂住丽的腰。练习托举时已经搂过多次了，两人倒也都没有感到什么不适。但他们很快也发现了练习中动态地搂与伞下静态地搂还是很有区别的：动态的搂抱只是一瞬间，来不及体味与思考；静态的搂抱持续时间更长，多了些许亲昵缠绵的味道。走进食堂大门，他们生怕被同学看见，便开始保持距离；林没带饭票，丽却从口袋里拿出一卷子红红绿绿的饭票来。

"排练还带着全部家当。你可真够小心的！"林打趣地说，是想转移自己一时的窘迫，明摆着是让女生请客总是让林觉得不太自然。

"咱们是舞台上的一家人，没关系的。就算你请客吧，这些剩余的饭票本来也是要拿给你使用的。"丽幽默地缓解了林的窘状，同时把一卷子饭票塞进了林的口袋。那时，在体育系女生中刮起了一股强劲的"以骨感瘦为美"之风，她们主要的方法就是节食，甚至是绝食；因此，女生一般是用不完与男生同样多的伙食费的。节余的部分也就基本都拿去帮助男生了，通常没有什么特别的含义，但也多是帮助那些印象较好的男生。林接到饭票是非常开心的，至少丽对他的印象还不错。林主要考虑的还是灵的姑妈强势地给灵介绍对象的不确定因素，面临毕业还没有个正式的女朋友总是件没有面子的事；再加上与兄弟们的不能退宿的赌局，便增强了追求丽的勇气。

他们餐后走出食堂大门，驻足看天，雨小了不少，像是就要停住的样子。林就想，如果再像来时那样亲昵地搂着丽的腰走路显然是过于突兀了。意到言随，林竟大声地背出高尔基《海燕》中的句子来："让暴风雨来得更猛烈些吧！"

"干吗呢？干吗呢？不跳舞蹈改演话剧了？"这竟然是阿波的声音。林和丽抬头发现是阿波与群正挽着手大摇大摆地向食堂走来。

"看来阿波也得手了。"林嘀咕一句。

此时，黑茫茫的天际竟然霹雳地出现一道闪电恰如荒原干涸土地上的巨大裂纹，紧接着一个沉闷的炸雷，豆大的雨点竟接着瓢泼而下。

"说什么呢？真要下大雨了，你这臭嘴还真灵验！怎么办？就一把伞，快过来给我撑着吧！"丽竟用恋人间才有的嗔怪语气说话。

林心中大喜，走进雨里甚是感激老天爷的帮忙。他们如情侣般依偎在一起撑着小伞走向女生楼的方向，自然得不能再自然。路过田径场南边的荷花塘，原本只是盛夏时节才有的蛙鸣，此时竟然清晰地传了过来几声。

"你知道蛙鸣是雄性还是雌性发出的吗？那是雄性求偶的呼唤。声音洪亮说明身体条件较好，雌性听到后如果满意就会回应并向雄性靠拢。"没等丽回答，林就接着说了一通。

"听听我的洪亮吗？呱——呱——"林屏住呼吸学了两声蛙鸣。"赶快回应！"林接着用抚在她腰上的手用力地掐了一下她凸出的腰肌，直到丽羞涩地低声学了两声蛙鸣。

"我肯定睡不着了。还不如出去走走吧？"路过女生楼时，林没有松开搂着丽的手。

"嗯，只是不能时间太长了。"丽知道反正也挣脱不了或者是她也有此意，就干脆顺从地答应了下来。不知不觉他们顺着学校的围墙就走到了学校的大门口，已经能闻到对面镜湖里水草的味道了。沿着湖边来到镜湖公园内的小花园，这里早已成为师大男女学生恋爱的专用场所了；这里花草树木茂盛，路灯幽暗，绿竹曲径交织，又能湖边听涛。雨渐停，丽收起伞，他们搂腰的姿势也顺势换成了牵手。看见旁边的对对情侣在树下拥吻，林的心里又不安了起来。

"又下雨了！"走过一棵小树，林抬脚踹了一脚小树干，树叶上的积水瞬间密集地倾泻了下来。

"讨厌，坏死了！你还嫌身上不够湿啊？"丽口中埋怨，但也只能会意重新撑起小伞，两人的姿势也就神奇般地回到了原来的状态。滚烫的唇在澎湃的热血中也自然地完成了他们的初吻。

"不行！我太热了。"林说着拉起丽的手就向湖边大树下刚刚空出的长靠背椅走去。走到近前，林脱去T恤衫垫在潮湿的椅子上。"坐下！我先去凉快凉快。"林把丽按在椅子上坐好后就开始脱掉鞋袜，又把长裤也脱下来，一起扔在丽的怀里。

"你疯了吧？快穿上！夜里下水危险。"看到林要进湖游泳的样子，丽马上紧张得想制止，但显然已经来不及了。

"我是疯了，为爱疯了！我要到雨夜的湖里去表达我的爱。"话音未落，林就一个猛子扎进湖里去了。等丽再看到他时，他已经从十几米外的水面上钻出头来，奋力地踩水，露出上半身在向她招手了。同时大喊："丽，我——爱——你！"

"林，我—也—爱——你！别闹了。快回来！"

"我回来了！"林又一个鲤鱼翻身扎入水下，以同样的潜泳方式回到岸边，猛地抬起头来。

丽接过林伸过来的手，把他拉上岸来。转身从靠背椅上捡起林的短衫，开始为他擦拭身上的水珠，同时还在林强健的胸大肌上拍打几下说："小伙子不错，江边抬木头去。"她模仿电影《渡江侦察记》里的一句台词忍俊不禁地打趣道。看看短裤里兜满了水，林毫不回避地脱下拧了拧，冷风细雨吹打在赤裸的身上，他连续打了几个喷嚏。丽顾不上害羞，过来又为他擦拭了双腿。那一刻，林感觉到丽的细腻与母性浓郁的温暖居然如灵做得一般。林穿上长裤，但短衫和短裤是不能再穿了。看见林又打了几个冷战，丽心疼地过来抱紧他，尽量把体温传递给他。

"不听话！你一定会感冒的。明天你就睡个懒觉吧！我把早餐放在203

教室外的窗台上吧？"

"不要！我明天不去自习了，我要你把早餐送到我的寝室去！我穿长裤回去就行了，短裤、上衣和袜子就拜托你了。"

"好、好！得寸进尺，我给你送早餐、洗衣服！明天早上一起送去，但是衣服是绝对不能晾晒在我这里的。"

"那是，那是！男式短裤挂在你那里确实不合适，我以后也会给你洗的。"林故意逗她。

"不要脸！别贫嘴了！袜子可以不穿了，但鞋子必须穿上，小心扎破脚！明天晚上6点还要在礼堂排练呢。"丽那关心人的样子和语气让林觉得她与灵对自己是一样的呵护。

"我喜欢你！我们在舞台下也做对恋人，好吗？"林心花怒放地把丽拥在怀里，动情地询问她。

"嗯，笨蛋！难道你还看不出来吗？"就这样丽温顺地初步确认了两人的恋人关系。

林回到寝室，哥儿几个也像是刚回来的样子，正坐在床沿上兴奋地侃大山互相打探着对方的赌局进展呢。

"啊！阿林演话剧怎么演成这个鸟样子了？"阿波看到了林着长裤赤脚穿鞋、赤裸着上身的窘状就风趣如常地说。

"别提了，话剧是演得不错，基本定局！就是雨太大了。谁还有感冒药？给我拿点儿！我的头好像有些热。"林打个马虎眼，不想在这个问题上继续纠缠下去。

次日早晨8点多钟，轻轻的敲门声，阿波开门，丽进来扫了一眼安静的寝室轻语："一群懒鬼。林感冒了吗？告诉林这是他的早饭！袋子里的衣服我先晾挂在你们屋里，等林起来后让他挂到楼后去晒晒就行了，我还有事就先走了。"听到丽的声音，林就醒了。她果真来送早餐了，这几乎就等于是向兄弟们宣布了他们的关系。接着一串清脆的皮鞋声逐渐远去。

"阿林，你老婆送早餐来了，看来你们都进展得不错啊。这一次不会又是我一个人请客了吧？"阿力自顾自地说道，一副无助待援的模样。林下床，打开双层饭盒，看到上一层是两个包子和切开的变蛋，而且是用麻油、酱油和醋调过的。变蛋可是稀罕物，只有皖北才出产，想必是她开学时就带来的。下层是白米粥，米香扑鼻，也一定不是从食堂里打来的。"真是一个会照顾人的好女人！"林满是感激，心里评价道。

"听说丽在北京体院有个武术专业的同师门男朋友啊，阿林要处理好财校的那个灵啊。不要站在两条船上扯了蛋！"阿波提醒。

下午6点，林和丽准时来到大礼堂排练，舞台还没有空出来。他们只好坐在台下的椅子上等待。林把丽送早餐的饭盆洗好送还给她。

"谢谢丽啊！这是我进校以来吃过的最好的一次早餐。以后还能吃得上吗？我想要你天天给我洗衣服。"林递过饭盒主动找话。

"感冒好些了吗？你的上衣可真够脏的，袜子也臭极了。我可不再给你洗了，早饭也不给你做了，你还是去找你的小女朋友吧。"丽的最后一句话带着明显的不满。

"我还想问问你呢，你北京的男朋友是真的吗？我们该坦诚地谈谈了吧？"林也借机反问。

"好吧！是这样的，他是我的同门师兄，现在北京体院上大学，我们从小一起练武术，他对我也很好的，双方父母都定过了。"

"哦，是娃娃亲啊？"林酸酸地插了一句。

"唉！没有办法，他马上就毕业了，说是亚运会缺武术人才，他能够留在北京工作。家里逼得紧，要我毕业就结婚，婚后也能调去北京工作。我正烦着呢！说说你吧，这两天我也很难受的。进退两难，你要理解我，再给我一些时间啊。"

林这几天也在反复权衡。灵的青春活力、漂亮浪漫，但完全不能确定下来。丽的成熟端庄、共同的专业，未来的工作生活以及家庭的希望，反复在脑海飘过。理想很美好，现实很残酷。大学4年如能娶个好同学做媳妇总是件美好的事情。寻爱的天秤已经悄然倒向了这位舞台上的恋人。

"我理解你，我喜欢你但绝不会强求你的，你自己拿主意吧。但我是认真的！"林真诚地表明了态度。

又近暑假，林与兄弟们的聚会随之又多了起来。在常去的小酒馆里，他们谈理想、谈抱负、谈本学期的失落与收获。

"5 月初的打赌只有阿力还没有落实了吧？阿力又该请客了吧？"阿远突然问道。

"本学期好像还有两周多呢，鹿死谁手尚难定论。你们只顾自己也该帮帮兄弟才是啊。"阿力辩解的同时请求兄弟援手。

"对！我们是该一起想想办法了，一个低年级的女孩儿都拿不下，就不是阿力一个人丢面子了，我们兄弟的脸上也都不好看啊。"阿波讲到了问题的严重性。

阿力简要说了大致情况。基本信息是：女孩儿不反感，就是三番五次地约不出来。

"再写封情书表白吧！"林先建议道。

"如果还不行就送点儿小礼物。"阿远接着说，这是他屡试不爽的手段。

"还是一步到位用英雄救美之计吧。"阿波胸有成竹地建议说。

"还是先写情书吧！阿林，你的文笔好，你动笔！我看过你给中文系的那个写的情书。说是'万能情书'也不为过！改一改就成了。"阿力发话。

"好！明天交货！"林义气地答应，然后抽出宝贵的复习时间，把以前写给琳的信的底稿翻出来再次加工。

亲爱的芙蓉同学：

你好！

你可能觉得这一称呼极其冒昧，但这是我长久以来发自心底的呼唤，提笔写信只是自然地流露而已。

自你一进校，我就注意到了比我低一年级的你，正如你的名字一样，你超凡脱俗！我发现我爱的心扉就是等着专为你打开的。每次课间，我都会在教室外的楼道里寻觅你那熟悉的身影。看到你就愉悦一天，看不到你就惆怅一天。每当路过体操房，我都要驻足观望，去欣赏你那流动雕塑一般美丽的身形。我爱上了你！我陷在迷茫的爱情海已经不能自拔。梦里千百回，我牵着你柔柔的小手徜徉在江边，去看夕阳唱晚；雨中，在镜湖畔相拥，看成对的水鸟荡起柔柔的涟漪；夜晚，在赭山顶一起看弥漫的城市之光，一起遐思我们美好的未来。

也许你已经有了心上人。但是，我有信心更有能力与任何人竞争！因为我知道我是多么地爱你。

漫长的暑假即将来临，我不知道在见不到你的日子里该如何度过？如果可以，我非常渴望能请你看场电影，或者与你散步。恭候你的佳音。

默默爱你的阿力

林复习至深夜，回到寝室就交差了。兄弟们传看一下情书，都基本同意，阿力也觉得挺满意，遂认真抄写一遍，商定于次日上午课间时设法送到202教室，那是低一年级学生的专用教室，就在本年级专用教室203的隔壁。阿力在课间休息时顺利地将信递交给了在楼道里散步的芙蓉。

晚饭后，一名本年级的女生来到寝室，她说是受低年级同学之托给送阿力一封信。送信人匆匆离去后，兄弟们围坐在阿力身旁。

阿力同学：

你好！

收到你的来信，我很惊讶，也很高兴！更是感激！

我就是一个很普通的女孩子，能得到你的厚爱，我很紧张。我知道你在你们年级是非常优秀的男生。可是非常的遗憾！我入学前在体校时已经有一个男朋友了，他在上海读书。因此，真的很遗憾！我现在还不能接受你的爱。

非常感激你的学妹芙蓉

大家一起读完芙蓉的来信，逐字逐句分析后得出结论：门还没有关死，还可以放手最后一搏。

"就上送礼物和英雄救美的组合拳！"阿波果断决策。既然是阿波的方案，那么就由阿波负责整个设计：先送点儿小礼物探路，再择机实施英雄救美的策略。问题是送什么？大家就一筹莫展了。

"对娴雅的女孩儿送对的，对贫穷的女孩儿送贵的。"阿波显得经验十足的样子。

"我听说女生喜欢化妆品和围巾、帽子、手帕之类的东西。"阿远也提供信息说。

接着，阿远又补充道："我还听说，高年级的男生给女生送红糖的效果也很好！"

"你别大喘气了。还听说什么了？就一口气地说完吧！"阿力有点不耐烦了。

林也建议："我听说本年级的一个男生在额头上用红笔写上'我喜欢你！'就像用刀刻上去似的，去向一个叫红的女生表白，效果也挺好的。"

综合分析，化妆品、衣服等物品价格太贵，也不知道性能和尺寸，容易弄巧成拙；头上写字太夸张了；女生的生理期需要温补，重要的是有高年级同学的成功经验，最后决定还是先送两斤红糖为宜。阿波接着设计了英雄救美的完整细节。

晚自习后，阿力于不远处尾随芙蓉；阿波、阿远和林3人化装假扮成社会流氓青年，躲在芙蓉晚自习回宿舍的必经之路——生化楼前的松树丛中，适时跳出，先语言调戏，此时阿力应快步跟进，待语言调戏结束，流氓欲动手动脚的千钧一发之际，阿力断喝一声出手相救，打跑流氓后拉着芙蓉从容离去。情节的关键是，阿力的出手要掌握时机，不能早更不能晚。具体就是，阿远的手就要摸到芙蓉的脸时，阿力飞起一脚，阿远应声倒地，林上前帮忙，阿力使出一个直拳，接着是勾拳，再接着是阿力使用平时训练最潇洒、最舒展的凌空侧踹，林也应声倒地。阿力和林是武术专业，设计几个突出英雄高大形象的动作并非难事。计划就定在本周五执行。

周五中午，阿力托送信的那个女生给芙蓉送去了红糖。就等晚上实施英雄救美的计划了。阿力早就摸清了芙蓉上晚自习时的路线。有一次因跟得太近还险些被芙蓉当作流氓了呢；好在当时阿力急中生智地说是为了保护她，还换回芙蓉感激的一笑呢。

晚上10点半，生化楼的铃声骤然响起，按计划阿波带领阿远和林改装钻入松树下。不一会儿就看见阿力与芙蓉竟是一起走出生化楼。原来，阿力又因尾随太近被发现了。芙蓉干脆大方邀请道："阿力过来！天太黑了，还真有点害怕。就一起走吧！"

"计划有变。兄弟们随机应变吧！"重新设计救美情节已经没有时间了。阿波下达了作战命令。阿远和林簇拥着阿波站在路边，以便阿波看上去更像个社会流氓老大。看见阿力和芙蓉的身影时，阿波开始吹起了口哨，真的很好听；这是阿波的特长，吹的是《月亮代表我的心》。

"小姑娘真漂亮！来陪哥儿几个聊聊！"待芙蓉走到近前时，阿波止住口哨，开始变声换成了赤裸的语言挑逗。

"臭流氓！"芙蓉气愤地骂了一句。

"你的胆子还真不小！敢骂我的老大？"阿远的语气像个十足的小喽啰。

阿远看时机差不多了就示意林和他一左一右地上去调戏。阿远伸出手刚要摸芙蓉的脸，"你要干什么？"阿力挺身而出，站到芙蓉面前，同时飞起一脚。阿远按事先设计应声倒地。

"谁的裤裆烂了把你漏出来了？"林挑衅一句，后撤一步，阿力跟上两步助跑使用凌空侧踹，动作高、飘、舒展，可万没想到的是，林作为习武之人感觉到背后有人偷袭，竟忘记了是在演戏这茬儿，而是下意识地降低重心，顺势拧身来了一个自己最擅长的后扫堂腿。阿力凌空，右脚刚落地即被击中，应声落地。眼看阿力的高大形象即将全无，林上前小声道："乌龙搅尾！"

阿力会意，强撑着撩起右脚横扫在林臀部上，林夸张地向一侧趔趄倒地。阿力起身做出欲顽强追出的模样。

"老大帮忙！"阿远在远处的地上凄厉地呼唤。阿波只有迎上前去，一记假装的直拳打了出去，这是设计中没有的情节。没承想阿力应对不当，竟被击中，当场鼻子流血向后倒下。更不幸的是，后脑勺还磕在了路边的砖块上，也出了血。阿波等三人围上前来，暗示阿力站起来再比画几下即可结束表演。阿力推开搀扶他的芙蓉，大义凛然道："我没事！有我在，你别怕！"阿力强撑着站起来，左右挥拳，鼻子下的血迹在阴暗的夜色里像一只受了伤趴着的壁虎，阿波趁势招呼阿远和林落荒而逃。

在教学楼绕了一圈后，他们就直奔寝室而去了。等了一个多小时后，阿力头上缠满绷带，外面还罩了个固定绷带的尼龙网，一瘸一拐地回来了。

"我去校医院了。你们假戏真做，就是想真打死哥们儿啊？"阿力进门就是一通埋怨。

"入戏太深了，哥们儿能拍电影了。后来是什么个情况？"阿波打趣道，仍不忘主题。

阿力回答："不过还好，芙蓉一直搀扶着我去了校医院，又送我回到我们的楼门口。分别时还主动地抱了我一下呢！"阿力很满意整个计划的效果。

"阿力是值了！你还不如一脚直接踹死我得了！"阿远很委屈，一边还夸张地揉着屁股。

"局面在向着有利的方向发展，趁热打铁，就看这个周末的情况了。不出所料，芙蓉会在明后天来看望阿力。"阿波一副总设计师评价行动方案成功的口吻。

次日中午，芙蓉果真来了，还提着一大兜子水果。"我来看看见义勇为的大英雄！怎么样？阿力，还疼吗？"芙蓉放下水果关切地问候。阿力感到很甜蜜。

但芙蓉接下来的话则让阿力和弟兄们想找个地缝钻进去了。她接着说："我把阿力见义勇为的事情告诉了同学们，他们都说应该报告系里和校保卫处。一是对阿力的事迹提出表彰；二是要求学校尽快破案，抓住色狼保护全体女生的夜间出行安全。"

"好，好！应该，应该！抓住流氓！没准儿阿力还能入党呢。"不知什么时候隔壁的同学冒了出来。听了他的话，哥儿几个就像吞了苍蝇一般不是味儿。

阿波厌恶地回应："去，去！有你什么事儿？滚一边儿去！"

阿力发言了："芙蓉同学客气了！无论是体育系的谁遇到这种情况都会出手相救的，我只是赶巧碰上了而已。"

"是的，是的！谁遇见都会出手的！"那隔壁的同学又令人讨厌地发言了。他先色眯眯地注视着芙蓉，又羡慕嫉妒恨地看着阿力说："阿力行啊！名利、美女兼收！不是吹牛，若是当时我在，那几个流氓一个也跑不掉的。"说着讨好地看看芙蓉，换来阿力和芙蓉反感的鄙视。

"快放假了，明天也是周日，上午我们几个人的女朋友都会来帮助大扫除。阿力不方便，芙蓉学妹能过来帮忙吗？然后中午一起吃个饭，下午去赭山公园放松一下。"阿波赶紧总结，免得夜长梦多、言多必失。阿力一脸愕然，这个计划是阿波和林提前商量过的。

体育系的女生本来就有在放假前帮助男生清洗大件衣物、被褥的传统。周日上午，芙蓉终于如约前来。4个女生平时并不是太熟悉，但在这种特殊的场合，她们相视一笑，很快就基本明白了彼此的角色以及与这几个风趣男生之间的关系。林他们寝室对面的水房成了女生们的天下，几个女生嬉笑不断，彼此打听着与这几个男生的故事。忙碌了一上午，一个猪窝一样的寝室被她们收拾得窗明几净，楼前后的晾衣绳上挂满了各色床单枕巾和长短衣服，如万国旗一般。

兄弟们在5月初的打赌都没有输掉，聚会就AA制了。根据各自的能力凑了30多块钱，在公园小门口的简陋饭馆里坐了下来。女生们仍然在悄悄地继续着上午在水房洗衣时的话题，就是"如何被追上手的"？

女生们挑明主题，男生们也很感兴趣。

"都不是外人了，干脆就一个接一个地说吧。就说说是看上了对方的什么优点就行了。"阿波找到主持人的感觉了，气氛陡然变得热烈了起来。

"男生先来吧！"阿波提议。接着哥儿几个把赞美女人的最华丽的语言都给了各自的女友，充满了浮夸的水分。女生们的评价则相对要客观朴实得多。

按顺时针顺序，阿波的女友群说："阿波高大威猛，心细会疼人！我每月难受的时候他都会尽可能多地陪我，有时还会拿些红糖，陪我吃夜宵。他是女生心中大哥型的男友。"

"阿力善良、文采好、有功夫、勇敢！和他在一起，女生会有安全感和被呵护的幸福感！他是女生心目中侠客型的男友。正好我的上海男友另有新欢提出与我分手了，我从此就跟定阿力了。"阿力的女友芙蓉接着说。

"林的优点全系都知道，他多才多艺又浪漫，学习用功、热情有礼，他是女生心中白马王子型的男友。"林的女友丽第三个说。

"阿远有典型的军人气概，知识渊博！会爱人也会被人爱。他是女生心中梦中情人型的男友。"阿远的女王云友最后说。

愉快的餐后走出小饭馆时已是夜空星光璀璨。步入公园，阿波和林两对拉着手示范似的走在最前面，后面的两对自然地也就模仿了起来。顺着上山的小路一直到了瞭望塔下的小树林附近。"这里可是我和灵的伊甸园啊！"林想着，看看眼前物是人非的情景，心中升起一股悲凉，继而坚定信念："家是不能再回了，我要战斗！生活还要继续。""家"是指灵在江边的宿舍。

"我们一起玩个游戏吧！"林招呼大家。

"好啊，累了一天也该轻松一下了。"阿力第一个响应。

"玩什么呢？"又有女生附和。

"找找童年的感觉吧，就玩藏猫猫。"林拿出早已想好的方案。林与丽相处很久了，却还没正式约会过呢。就想着借此机会可以亲近一下了。4个女生以石头剪子布，决定了阿波一对先抓猫，其余3对四散开去躲藏起来，规定了范围以砖塔为中心、以50米为半径画圆；5分钟以后开始，30分钟后结束，回原地集合。

事实证明，这个游戏的私密空间性与广阔的自由度甚合每个人的心意。30分钟后只有阿波和林两对回到了砖塔下。4人开玩笑地说准备去看"现场直播"。第一个被捉到的是阿力和芙蓉一对，在高塔的长长黑影延伸到小树林边缘的矮树丛中，阿力头上的绷带如挂在枝条上的白色塑料袋般随风晃动着，他们正在缠绵拥吻呢。继续搜索，发现阿远和王云在一个斜坡巨石的背后，他们相拥着躺在草地上，传来让人耳热的呢喃。

又过了约半个小时，全体回到集结地点。兄弟们相视一笑，算是宣布了此次打赌的完美收官。

各自送女友回到寝室后，发现只有阿力还没回来。在焦急等待中传来楼道里急促的快跑脚步声，紧接着就有人更急促地敲门。林开门看见的竟是惊慌失措的芙蓉："快点跟我去女生楼！阿力还那里守着呢，我看清了女厕所里蹲着个男的。吓死我了！阿力叫我回来喊你们一起去抓变态的坏蛋！"

"可能是遇见真流氓了！王云也说过近来女生楼很不太平，经常丢小衣服，还说女厕所夜里的灯常不亮。就多喊些同学还要带上标枪以防万一！"阿远透露了让人惊恐的信息。

这下热闹了，阿波和林带队一路出楼道一路敲门喊同学去抓流氓。赶到女生楼时，林回头一看至少来了足有二三十位男同学。

林与阿波、阿远与守在女厕所门口的阿力会合，短暂的商量后准备行动。"里面的家伙自己走出来吧！"阿力对着黑洞洞的厕所里高声命令。

"别费劲了！我们的人多。还是冲进去抓吧！干完活儿好回去睡觉。"等了好一会儿没有任何动静，阿力不耐烦了。

阿波进门就在门旁找电灯的开关拉绳，林拿出汽油打火机点着举在头上看见的是地上的一截显然是被剪断的拉绳。"里面的可能有剪刀。要小心！快去拿手电筒！"阿波拿着短绳提醒兄弟并对楼道里大喊。

林举着打火机几人开始逐个用脚踹开并检查一排隔断的厕所蹲位的木门，当快排查到中间的蹲位时，发现最里面靠窗角落的蹲位好像有一声轻微的动静。

林对大家做个手势，大家没有直接冲过去踹门，而是像猫接近老鼠一样蹑手蹑脚地向最里面靠窗的蹲位靠近。一起踮起脚跟，往里看见的是一个身穿女士花上衣，短头发且背部宽阔的人低头蹲在那里，毫无疑问那一定是个男人。那人头跟前的窗子是大开的，看来他就是从那里翻进女厕所的，他的旁边还有一个编织袋。看到这一幕大家的心里都有数了。林示意大家悄悄地退回，阿波和阿远守门，林和阿力这才又悄悄回到蹲位前猛地拉开门，里面的男人惊恐地突然站起来并迅速抓住蹲位门的横梁跳到了窗台上就要翻窗而逃。身体都钻出去一半了，阿力手疾眼快，一个箭步冲过去就抓住了那人的后背衣领，拉下来转过身就是一记重拳打在那人的面部，谁知那人竟狗急跳墙似的爬起来就转身扑向最里面的蹲位，再转过身面对阿力的时候，他手里多了一把大剪刀，凶狠地对阿力威胁说："让开路！让我从窗子出去！否则，我也拼命了！"

正在这时几个女生拿着手电筒来了，几把电筒立即把厕所内变成了白昼一样。阿远的标枪发挥了作用，将那人逼在角落里。阿力瞅准时机一脚将那人踹趴在了地上，紧接着就上前踩住那人拿着剪刀的右手顺利缴获了剪刀。"打流氓！打流氓！"门口义愤填膺的女生高喊了起来。厕所里的拖把、扫帚和破脸盆都派上了用场，一阵暴打过后还不解气，冲进来的几个男生口里喊着："大半夜的把我们喊起来，也该我们实战练练手了！"又上前将那个已经头破血流的家伙提了起来。一定是把那家伙当成了武术课上训练的活沙包了，每人出手还都不甘落后地竞相报出动作名称"左摆拳""下抛拳""下勾拳""鸳鸯腿""卷地风"。保卫人员进来看见那个家伙已经被打得不成样子了，就冷静地提醒就如换班似的鱼贯而入的一群群进来欲练手出气的男女同学："差不多了！弄死就不好办了！还是扭送保卫处吧！"胸前挂着对讲机的保卫干部大声安排："把他捆起来带走！还要把那把剪刀和编织袋都带上。开始抓流氓的当事人也要一起去保卫处协助调查，其他的同学都散了吧！我们很快就会公布处理结果！"阿波和阿远随即显得很老到地用那半截开关拉绳将那家伙双手扭在背后即把他的两个大拇指紧紧地捆在了一起。

七八个手电筒的光柱聚焦在了始终低头、脖子上挂着那个编织袋、满脸流血、穿花女式上衣，被推着前行的男人。"是他？真丢人！果然是我们系的那个变态男！"一个女生指认判断说。走廊的两侧气愤的男女学生夹道欢迎贵宾似的又是一路拳脚相送。

"他应该还是在校生，你们几个先把他押去校医院处理一下，然后再辛苦把他送去保卫处的值班室。"走出女生楼保卫干部又对林几个安排。去医院的途中，林和阿波一左一右地架着已经很难正常走路的家伙，阿力提着编织袋和剪刀，阿远端着标枪紧跟其后，几个女生惊魂未定地依偎挽着各自的男友。

来到校医院的急诊室，约半个小时后，那个家伙全身像缠满白色绷带的活人粽子一样地出来了。"这次是真的见义勇为了！"去保卫处的路上阿远对阿力忍笑着说，阿力拥着芙蓉想笑却没笑得出来。"阿远，怎么？阿力还有假的见义勇为吗？"芙蓉敏感地反问。"见义勇为想假也假不了啊！但有时候演习也是必要的。"阿力嘿嘿一笑地回答了芙蓉。

紧张的审讯后，林几个也知道了大致情况。编织袋里都是他今夜从女厕所的窗子潜入女生楼偷窃的女生小衣服，准备返回时被晚回来如厕的芙蓉看见了他正准备翻窗的背影告诉了阿力才东窗事发的。原来，这个高年级二十五六岁的男生，他入学前在农村老家就有了个没有文化的老婆，面临毕业的男方一边正闹离婚，一边还在追求几个低年级的女生。未果后就认为被女生看不起而被故意戏耍了，这才产生了怨恨报复的变态心理。他经常穿上偷来的女生衣服深夜潜入女生楼偷窃楼道和厕所水房里挂晾的小衣服作案。最后公布的处理结果是，该男因道德败坏、严重破坏校规及携带凶器作案，影响极其恶劣被学校开除了。林几个则因见义勇为而得到了公开的表扬，相应地，也换回了各自女友的更加的好感甚至是崇拜了。

大三到了11月中旬，林终于迎来了艰苦卓绝复习后的应届硕士研究生考试。刚走出考场，林就知道英语考砸了。

毕业前的最后一个元旦临近，江城竟下了一场近年罕见的大雪。元旦下午，兄弟几个借了个海鸥120相机，来到镜湖公园拍照留念。看见白雪皑皑，湖面上升腾的薄雾如笼罩瑶池仙境的纱。林回首往事，感慨颇多：4年寒窗苦读，考研确定砸锅，心爱的女人无奈地离去。好在还有几个兄弟相伴，林遂想起并大声吟诵起"恰同学少年……到中流击水，浪遏飞舟？"

"我要雪中镜湖击水！可有同行者否？"这里也是那个雨夜与丽初吻后下水的地方。林顿生豪情。

寒风割面，雪花飘落在湖面，转瞬即逝。

"就陪阿林发泄一把吧！"兄弟们说着也脱去外衣，仅穿短裤，跳入冰冷的水中，一时引得围观者无数。林在冰冷的水中意气风发，变换着泳姿，居然感觉心情舒服多了；上岸后没有立即穿衣而是躺在厚厚的雪中，裸露的地方都用雪埋上只露出口鼻，照了几张照片。这使林第一次有了一种用折磨肉体而换取灵魂安逸的快感。

年级的元旦晚会在一间教室里举行，课桌摆在四周，空出中间的场地即可。林和丽的双人舞《雁南飞》是不可少的，随着凄婉的旋律，表达的主题也是恋人间的送别，两人逐渐进入角色，眼里竟噙满了泪水。

"结束后出去走走吧？我很想你！"在做托举动作时，林建议。

"嗯！就老地方吧。"丽接受了林的提议并指定了见面的地点。

他们的老地方是生化楼顶的大露台，他们以前在晚自习后来过几次。林先到了，楼顶的雪上已有了多条杂乱的双人足迹，在银色的月光下，它们像拖拉机的轱辘痕迹，伸向了各个隐蔽的角落。"看来这也是许多的其他情侣选择迎年的地方。"林想着就转身准备下楼去迎接丽。刚进楼梯口就见到了丽。"就在这里坐会儿吧！上面有人了。"林建议。他们就在四层楼梯处并肩坐下了，寒假即将开始，面临分别，淡淡的忧伤气息开始弥漫。

"下午冬泳了？冻病了怎么办？"丽的埋怨让林瞬间感到了温暖。

"我心情不好，想下去凉爽一下。"林轻描淡写地说道。

"反正你就爱走极端！心里难受也不能作践身体啊。"丽继续幽幽地埋怨。

"女人都不可靠！"林不着边际地回答。

"你和你的那位漂亮的小女朋友怎么样了？"丽经常能猜透他的心思。

"即将嫁为权贵妇，怎知书生心已死？过了年到春天她也许就是别人的老婆了。"林忧伤而无奈地回答。

"别难过！她也许本来就不是属于你的。你是优秀的，大英雄何患无妻？好女孩儿有的是！"丽的安慰反而却让林更加难受。

"我还大英雄？我爱你，你不是也要离我而去了吗？"林倍感委屈而无奈。

"我什么时候说过要离开你？绩溪游泳课时是你自己跑出去会你的小女友的。"林的话让丽多少有点伤感和无奈。

"唉！都过去了！"林不再想申辩什么。

楼梯口一股冷风盘旋着掠过，林的绅士习惯让他自然搂她入怀。"我爱你！你也能真爱我吗？你心里没我，才故意迟到。"林紧紧搂着丽动情地询问。

"我现在还不敢爱啊。你要理解我！"丽更加无奈。

"我当然理解，母命难违，你就顺从了吧！只要你能幸福快乐。"林的话显然感动了她，丽略转过身以便使脸能正对林的目光。林感觉到了丽的眼角也湿润了。

"我爱你！我不要你离开！我是要你天天给我做早饭的啊。"泪水流进热吻的嘴角，苦涩多于咸，这一刻也许点燃了后来他们挂念彼此一生的火焰。身体的安慰一时抚平了爱的伤口。有情侣不停地穿梭于他们身旁狭窄的通道，或上楼或下楼。

"起来走走吧！正好起来活动活动。"他们从艺术系楼后的赭山公园围墙的豁口进入公园。不知不觉地就来到了砖塔下的凉亭，这是以前他们也曾来过的地方。林坐下后，丽依然在原地跺脚，可怜兮兮地嚷道："冻死了！脚冻僵了！"林起身把她按坐下，竖起她的大衣领，又用围巾包好她的头。接着弯腰抬起丽的双脚就像对灵做的一样，除去她鞋子，丽的白色棉袜子像亭外的雪，可能是跳完舞走得急，脚出了不少的汗，捧在手里感觉湿漉漉的凉。林解开大衣把她的脚放在贴身的衬衣上面，用毛衣盖上，再用大衣裹上。就这么捂着，任风雪呼啸着扫过凉亭。林轻声哼唱着《雁南飞》，他自己都感到有点像催眠曲。

"你就别哼哼了！我都快睡着了。"丽口中虽然这样说着，却跟着林的旋律轻轻地唱出了："雁南飞，雁南飞，雁叫声声心欲碎。不等今日去，已盼春来归，已盼春来归。今日去，原为春来归。盼归，莫把心揉碎，莫把心揉碎，且等春来归……雁叫声声心欲碎。"

"我不要离开你！无论冬天还是春天！"林听到最后一句，放下她的脚，走过去抱住了她的头。

林蹲下身来委屈得像个丢失了心爱之物的孩子。丽柔情万千地把他的头揽入怀中。"我就是不要你离开我！"林伤心极了。

丽把手指插入林的头发里安慰着："别委屈了！不离开！不离开！我们要吃东西来迎新年了。"丽打开随身挎包，里面竟有苏打饼干、鱼皮花生米之类林喜爱的食物。原来，她在晚会结束后先回寝室拿了吃的才去的生化楼，她说明迟到原委。

"对不起！我还以为你是故意迟到冷淡我呢。"林不好意思了。

"你就小心眼儿，我还不是想回去给你拿你爱吃的鱼皮花生米吗？我下午买好本打算给你送去的，但你们几个去镜湖了。以后别再多想了。我把我们的事告诉了家里，毕业前，妈和大姐可能要来见你，一切都到时候再说吧。"丽平静而有一丝怀想地说。

丽的话给了林新的希望，同时也换回了更猛烈的拥吻。

丽无可奈何地说："不行啊，我们还需要时间！"丽娇羞中坚定矜持的美让林记了很久，很久。

来年大四的 5 月 1 日，林兄弟几个参加完灵的婚礼回到学校时，天已黑透了。林当时就只有一个想法，那就是尽快见到丽，林认为只有丽可以让他倾诉烦闷、排解忧伤。在丽居住的 8 号楼一层的宿舍窗外犹豫了半天，终于还是鼓起勇气来到窗前。

"满身酒气，你这个家伙一天都死哪儿去了？今天是五一节，本想约你出去逛逛呢。"丽出来一看到林的颓废样就是一通埋怨。他们来到训练馆后面僻静处的乱石上坐下。

"天都这么晚了，浑身都是酒气。什么事？快说吧！"丽还是不高兴的语气。

"我难受！就想在你的面前哭一哭。"林说着头就倒在了丽的肩上。

"哎，哎！坐好了！你还真哭啊？这得是受了多大的委屈啊？看样子没少喝！和你说过多少次了，心情不好也不要作践身体的。可你就是不听！是来寻求安慰的吧？"丽的语气已缓和了不少。

"我也只能向你诉说了！"林委屈极了。

"说吧，说吧！7 月就毕业了，憋坏身体就麻烦了。"丽搂过林的头，还是把手指插入他的头发里，似乎她谙知这个动作能够迅速让痛苦的男人平静下来的样子。

林噙着泪水一股脑儿地诉说了心中的苦闷和忧伤……

"爱她就祝福她吧！你不也是常说'爱她就让她幸福快乐'的吗？你要坚强！否则，她会更难过的。"丽的安慰顿时就让林感觉轻松了不少。

"活该！谁让你用情太深？不过，也许这正是你可爱的地方。"丽的话不知是埋怨还是夸赞。

"你离开时我也会这样的，只是不知还能找谁去倾诉？"林悲伤地说。

"别胡说！谁说我要离开你的？"丽似有了些许的怨气。

毕业前的 6 月初，校园里渐渐地热闹起来了，食堂门口的大公告栏与宿舍楼前都贴满了各种有关毕业事项的通知。毕业生拿着离校转单穿梭于图书馆、后勤处、系资料室与器材室之间，忙得不可开交。校文工团通知要开始准备最后的全校毕业晚会了。林和丽的双人舞《雁南飞》反映的是送别主题，当然也列在了节目单上。林和丽在一起的时光又多了起来。一次下午排练的间隙，丽告诉林："我妈和大姐已经来到学校了，主要是为了我分配工作的事，当然也是要见你的。今晚就在镜湖公园的水上餐厅吃饭，你收拾利索些，6点多就过去吧！"

毕业前诸事猬集的忙碌和灵结婚离去后的打击，让林面色憔悴，头发蓬乱无光而且后面还长到几乎披肩，前面也几乎盖住了眼睛。乍一看，林就像个街头流浪的老混混儿。坐下来相互打量。丽的妈妈穿一件白色真丝对襟短衫，面色白皙，鼻子向前远远地勾起，从侧面看像极了电影里的座山雕的剪影。"不好对付啊！"林暗想。丽的大姐与丽相像，只是肤色透着健康的微黑，宽厚祥和。"你是哪里人？家里几口人，都是干什么的？"……丽的妈妈如公安局问讯一般上来就提出了一大串问题，接着又说了自己家的条件是多么得优越，丽的男朋友在北京如何如何，甚至不让林有喘息的机会。林有点反感。不尴不尬的气氛伴随始终。

毕业晚会演出后在后台卸妆时，丽说："我明天就要离校了，一会儿几个练武术的高年级同学还要去一个武术老师那里聚一聚。"明天就要分别，林多么想今晚能够与她一起度过大学时代的最后时光啊。听丽这样说明显是想堵住林开口似的，林也就很难再张口了。"那好吧！我去你的寝室等你吧？也许你回来后还要捆扎大件的行李，我还能帮上些忙，也算是给你送行了。"林为了与丽能多待一会儿，做了最后的努力。

林来到丽的寝室，这里已是一片狼藉了，堆满了整装待发的箱包，到处都是女人另一面的凌乱。深夜，丽终于微醉着回来了。她面色通红，满头大汗。

"真是的，真是的！非让人喝那么多的酒！"丽说着就跌跌撞撞地来到自己靠窗的下铺，钻进蚊帐里。林突然心疼了，他知道酒后的难受感觉。林在她的桌子上找到一个还算干净的饭缸倒了暖瓶里早已凉透了的白开水递给她。看着她喝了又重新躺下。林就隔着蚊帐坐在床头的椅子上，忽然听见蚊帐里有击掌的声音，一定是有蚊子。林顾不了许多就撩开蚊帐拍打那几只已经喝饱了血的蚊子，然后就随手拿起床上的蒲扇隔着蚊帐给她扇风。但丽还是左右翻腾，难以入睡。天实在太热了！林想着，干脆再次撩开蚊帐把扇子直接放在里面为她轻轻地扇，不由自主地看着她酒后红润的面庞，回忆着与这个女人的快乐与酸楚。明天就要各奔东西，前路漫漫，与丽注定又是没有结果啊。林的眼前又浮现出《雁南飞》舞蹈时那难舍难分的眼神。"盼归，莫把心揉碎"的歌词反复在耳边回响。"归在何时？归在何处？她离去后我将会更孤独啊！"忧郁情愫升腾开来，林爱怜无限地俯下身吻了吻丽的面颊。

"真的对不起！我们不能在一起了。你好好保重吧！你会成就一番事业的，找个比我更好的女孩子吧。"丽不停地安慰林。林的手无意或是有意碰到了丽的身体。

"有人敲门！"丽下意识地自我保护。林长叹一声："唉！你去寻找你的幸福吧！有一天我必将会让你为我而感到骄傲的。"林说罢欲起身离去，又感觉丽想要拉住他，但林终究没有等到丽的手。

林受中西方文学的影响很深，这也让他终身获益匪浅。那就是中国唐宋的君子之风和欧洲的贵族精神与绅士风度。也就是积极向上的乐观心态、战胜困苦的勇气、在失败中反思，以及在失败后表现出来的样子。

"你这么多的东西没有男人的帮助肯定不行。明天早晨我还会来送你去车站！"林把悲伤暂时埋在了心底，与丽告别。

林回到自己的宿舍，与兄弟们交流了分配信息：阿波与群去了阿波家乡的一所师范学院；阿力分到家乡的一所中等专业学校；阿远去了省城的一所中专；林夫了家乡的一所成人高校；丽去了省城的一所不错的高校。

次日一早，林再次来到丽的寝室，丽的母亲和大姐已在做最后的收拾了，见面无语。坐公交车把几个大箱小包弄到火车站还真不容易。天热，每人都是汗津津的，办理好托运手续来到站台等候，林和丽似是有意地落在了后边，他们待在站台的一角，没有拥抱更没有吻别，只是相互注视着，千言万语都在那即将滚落的泪珠里了。一声沉闷的汽笛长鸣，列车员催促没上车的旅客抓紧时间上车了。丽的妈妈大声呼唤丽上车，丽走了几步，又突然回过头扑向林早已张开双臂等候的怀抱最后嘱咐："多保重！你也赶快收拾回去报到吧。我们是好同学！谢谢你给我的快乐，我们终会再见面的。"

列车远去了，林默默地自语："这又是无疾而终的爱情啊。但是，只要爱过的女人能幸福就祝福她吧。虽然自己很痛苦，但选择了自己的价值观必须选择的事也是令人欣慰的。"

"受刺激了吧？不让你去送，你偏不听！"林回校走进寝室，迎接的阿远看到林一脸的沮丧就直说道。

临近分别，回到屋内当然是要喝一杯的，林抿一口酒说出了后来影响了他一生的思考："我在想，真正征服一个你心爱的女人之前，你必须要把自己变得足够强大，只有把精神贵族变成真正的贵族才行，就是你不仅要有贵族的精神还要有贵族的实力。"

"对！实力包括软与硬两个方面，在当今经济社会，硬实力更加重要。我们兄弟总是迷茫纠结，我想，可能是我们在哲学层面还没有找到自己精神家园的缘故吧。我想毕业后彻底地研究一下哲学，干脆就努力报考哲学专业方向的研究生吧。"阿远补充。阿远做到了，他毕业不久就在家乡繁华地段开了一家金店，几年经营腰缠万贯，接着又努力考取了一所名校的哲学专业研究生。实现了他对爱他的人和他爱的人的承诺，也成了改革开放后为数不多的真正意义上的贵族。

林毕业回到地方的一所成人高校任职几年之后，林的工作进入正轨。随之而来的，是他的婚事也被安排上了议程。女友帆是林的学生，活泼开朗，身材修长，曾经是中师体育班女生中被公认最漂亮的一个。

林开始注意到帆这个学生是在学校举行的一次元旦舞蹈大赛上。林看着跳舞的帆，仿佛从她的身上看到了灵的影子。

舞蹈大赛结束的晚上，林和帆一起走在校园里面，由于白天刚下了一场大雪，整个校园白皑皑一片。帆穿着长筒皮靴走在雪地上，脚下发出咔嚓咔嚓的响声，同样地，帆身后的马尾辫也在左右摇摆，透露着不羁的个性。林痴迷地看着走在雪地中的帆，再次从帆身上看到了灵的影子，感觉灵好像就在自己的身边一样。

走到宿舍楼前的时候，帆突然一个趔趄，差点滑倒，林及时揽住了帆的腰，也在情急之中拉住了帆的手。

从那一刻开始，林和帆之间的感情发生了微妙的变化。

从相识，相知，再到相爱，林渐渐地把帆当成了生命中的一部分，对灵的思念也没有以前那般强烈了。

两年后，帆毕业了，林在家人的催促之下准备和帆完婚。

婚前，林第一次走进帆的家，帆的家住在城市边缘的一栋楼房中。帆的家庭条件并不好，父亲是普通工人，母亲靠给工厂打扫卫生，顺便捡拾废品等挣些小钱。另外，帆还有两个妹妹，大妹待业在家，小妹还在读小学。

帆的母亲算是个勤俭持家的家庭妇女，但是由于长期的生活窘迫，黄色浑浊的小眼睛里时时刻刻充满了对金钱的渴望。唯一值得她炫耀的就是她娘家的姊妹多，她是老大，其余的都在大城市徐州工作。

帆的父母反复询问林的家庭条件，同时不停地念叨："养女儿不容易！你们以后要多帮家里。"

林和帆都是工作不久，毫无积蓄，好在林的父亲未雨绸缪，在条件稍好的时候靠朋友帮忙打齐了成家所需的主要家具，还勒紧腰带准备了一千元钱给林作为安家钱。

结婚还算顺利，靠家里的一千块钱买了床上用品、锅碗瓢盆，以及帆的几套衣服。

婚后，在林和帆不断走亲戚的过程中，林发现了帆非常爱慕虚荣，而且死要面子。另外，帆的父母也不断地要求帆承担原家庭的责任，不定时地向帆暗示要钱要物。后来，林和帆的生活拮据起来。帆开始了不断地对林抱怨："跟了你，没钱、没权，也没势，我当初真是瞎了眼！"

自此之后，林和帆时常发生矛盾。

第四章　旋　涡

1. 大学里的田园

林与帆婚后，家就安在了林的学校内的两间平房里。一同分配来的好友龙住隔壁，与健前后排。每家的平房前面几乎都有几十平方米的空地，教院的前身是中师学校，农民意识的居多，工资又低，家家都在房前屋后开荒种地，还基本上都实现了蔬菜自给。

林、龙和健自然不敢落伍也积极参与了进来，哥仁找来工具大干了一周，建筑垃圾石块居多，林就发动学生运来好土填上，又找来竹竿树枝扎了一圈篱笆，土地整理得有点模样了，就等来年的春天播种了。作为体育生的林，他似乎在参加任何具有竞赛性质的活动中都要争先，于是，他考察了校园里所有比较好的菜园子并走访它的主人虚心请教经验。

有明确的目标才会有自觉努力的行动。林开菜园的目标是，在常见蔬菜基本自给的同时还能寄情于田园修身养性。林不愿落后，林深知掌握正确的理论才能指导正确的实践，他即利用寒假买了一本农业大学的《北方蔬菜栽培教程》仔细研究了起来，很快就基本掌握了辣椒、黄瓜、茄子、西红柿和四季豆等常见蔬菜的选种、育苗、移栽和田间管理技术。

"茄子栽荚、辣椒栽花"，就是说茄子苗移栽越早越好，而辣椒苗开了花都还能移栽。林看着孱弱不堪只有两个小荚，灰暗还有点打蔫的茄子苗很是心焦，长期体育生涯培养了林善于观察、个性与创造性鲜明的品质。林跑到附近农村的蔬菜大棚考察访谈了一圈回来后即决定大胆革新，为保证茄子苗的成活率，林就等到茄子苗长有五六片叶子时才开始移栽，只是根部要有足够湿润的肥土包裹才行。一个人的审美意识一定是创造美好生活的起点。为了灌溉节水且方便，林根据蔬菜种类区隔种植，在保证了蔬菜高低布局美观的同时，居然又根据地势和品种的喜水性不同设计了通畅还有几个小水闸的微型灌溉系统，大大提高了菜园的美观度和劳动效率。

每天清晨林起床的第一件事就是巡视赏心悦目的菜园，拔草松土，中文系毕业的健总是很羡慕地评价说林的生活真有点柳宗元"晓耕翻露草"的味道了。

俗话说，"茄子在耪，黄瓜在耢"，意思就是说茄子的根系发达，要求经常松土以便让营养、水分和热量能充分地深入根部，精耕细作带来了丰收的景象。让人不可思议的是，林种植的几颗茄子的挂果期竟然普遍持续到了"八面风"的地步，这当然是件很不容易的事，开始有邻居们来参观请教了。

林很自豪且毫无保留地介绍了经验："茄子是对生植物，第一个分叉处结的第一个茄子叫'门茄'，然后往上再有 2 个分叉结 2 个茄子叫'对茄'，然后再往上分 4 个分叉结 4 个茄子叫'四母斗'，结 8 个茄子时就叫'八面风'，再然后当然是结 16 个茄子就叫'满天星'了。要特别注意的是，门茄和对茄不要贪大，半斤左右能吃就可以摘果了，否则会影响发棵，缺乏后劲。种植前要深耕土地施好基肥，挂果期要灌溉配合追肥。"别人看到林的黄瓜也是硕果累累，问起经验，林同样是和盘托出田间管理的要点："要将叶片舒展开来，及时掐掉最耗费养分的自身攀爬的须子，这也就是所谓的'黄瓜在耢'。挂果期保证水供应充分、早晚各浇灌一次，大雨过后要及时放水，再用清水冲灌一下，以保证根部氧气含量。再就是黄瓜秧的主径生长到 20 多个叶片后要及时掐顶，以防瓜秧子疯长而无法结果。"

林的第一季就大获成功，多颗茄子挂果到"八面风"的水平，就是说一颗茄子结了 15 个茄子了，俗话说的"家有三颗茄，锅里顿顿来"看来并非虚言。有老教师戏言："如果教院改成农学院，林可以担任茄子系的主任了！没想到一个体育老师竟把蔬菜也种得如此棒！"林的心里美滋滋地回应："体育老师的专业训练让他们善于研究、总结经验，不怕吃苦，无论干什么都能成为行家里手。要么不干，要干就是绝活！明年我会把茄子种到满天星的水平，就是一棵要结 31 个茄子！你们信吗？"当然林没有食言。

秋天临近尾声，一个朋友来访，他的怀里鼓鼓囊囊的，一副神秘的样子说："阿林，知道你喜欢田园生活，地你有了，我给你弄了条狗，这样就更像农村的篱笆、女人与狗的田园了。"朋友说完从怀里抱出一只正在熟睡的白底黑花的像是还没满月的毛茸茸憨态可掬的小土狗来。林接过小狗，当即十分开心地为它起名为"阿狼"。

林大学时代就开始崇拜狼性。林认为，单个的狼肯定不是虎或狮的对手，但狼的团队精神就让虎或狮胆战心惊了，尤其是为了生存的孤狼，它的坚毅顽强与它的耐力智慧以及它的希望与梦想执着就更为林所推崇了，这也是林常常自比为狼的缘由。大学毕业，与心爱的灵疏离，但林一刻也没有忘记要努力奋斗，哪怕是像孤狼一样也要创造美好的执念。

送走朋友，林怀抱着婴儿一样的阿狼就去了商店，用仅有的余钱买了奶粉和奶瓶，阿狼很能吃，一个月就要消耗掉好几袋奶粉，林有点吃不消了。林看着阿狼可怜而依恋的眼神，干脆一狠心把抽烟的牌子从二块五一盒带过滤嘴的换成了不带过滤嘴的两毛钱一盒的香烟，劣质奶粉也就五六元钱一袋，阿狼总算是可以吃饱喝足了。

初冬时节，阿狼有三四个月大了，竟然可以狗模狗样摇摇晃晃地到处奔跑了，它的饭量自然也大了不少，可以随着林的进餐节奏吃些主食了。林就经常把自己碗里的肉丁挑出来，再放在用菜汤拌的饭菜里喂阿狼。天气渐凉，林在门廊下为阿狼搭建了一个精致的窝，在里面铺上旧棉被褥，并每天上午拿出来暴晒，如遇降温就把阿狼领进屋内，尽可能地让阿狼温暖舒适。功夫不负有心人，阿狼体型渐大也更通人性。林每天下班刚回到房头，阿狼就会一蹦三跳地跑过来迎接，欢快地扑在林的身上尽情地撒娇折腾一番。有时阿狼也会跑到离家不远处林上课的田径场上去找林玩耍一会儿，但只要林大声呵斥："阿狼回家等着！"它就会乖乖地返回，林和阿狼早把彼此当成了相互依存最可信赖的朋友了。林为它取名阿狼，当然首先就要培养它的勇敢不服输的狼性即血性。

那时家属区里已经有很多条狗了。一天林正在午睡，阿狼一瘸一拐地来到床前，脖子上有几缕脱落的毛发，阿狼用哀求的眼神看着林，林很心疼。林迅速起身下床穿好鞋，阿狼就撕咬着林的裤腿往外走，林跟着它走了出去，原来房头蹲着一条比阿狼体型大得多的成年狗，林顿时明白了，阿狼一定是被大狗欺负了。

　　人类饲养亲近的动物，都会不知觉地希望动物也能有主人一样的价值观。林随手拿起一根木棍激励："阿狼上！上去咬它！"阿狼应声扑过去即与大狗撕咬在一起，毕竟力量悬殊太大，一个回合阿狼就被大狗咬住脖颈按在了地上呜咽不止。林马上提着木棍冲上前去对着大狗的腿就一棍子打了下去，真可谓"打蛇打七寸，打狗先打腿"。大狗夹着尾巴落荒而逃了，阿狼胜利似的追着狂吠几声回头看着林，眼里分明充满了感激。林抱起阿狼兴高采烈地回到家中，林检出中午菜盘里仅剩的几块肉全部奖励了阿狼并表扬了它的勇敢。看着阿狼趴在自己的鞋子上睡着了，林想着狗咬架总是先咬脖子，还是放心不下，就想起小时候的做法，起身用旧皮带给阿狼做了一个项圈，并用半寸长的铁钉由内向外钉满项圈，自己不在家时就给它戴上。

　　这一招果然奏效，一次林带着阿狼散步时又遇见了那条大狗，冲突不可避免。大狗恶狠狠地冲过来张开大口就咬住了阿狼的脖子，但立即就松口满嘴流血地哀鸣着逃跑了。林悄悄观察过，后来狗们还是时常咬架，无论林是否在场，阿狼都从未装过孬种，也没吃过大亏。这是林最想看到的结果了，这件事给了林的启示就是"若想战胜强大的对手就必须勇敢而且智慧地去战斗"。

　　霜降过后，菜园子就算是彻底地荒芜了，田园已无农活可干。年底结课后，空闲时间越发多了起来。林和龙都酷爱下围棋，一个周末约来三五棋友在家中玩起了擂台赛，晚饭时帆外出归来看到屋内烟雾缭绕，知道棋局过后必是喝酒到深夜就河东狮吼起来。雷霆过后竟不顾林的颜面端起棋盘连带棋子一起撒到门口的菜园里去了。朋友们不欢而散，这是婚后他们的第一次剧烈的争吵。

　　林坚持只要帆道歉此事就告一段落并表示以后多分担家务，可是帆还是不依不饶，在朋友面前失去颜面的林想的最多的就是离家出走安静一下。正好这时林被选拔上代表教委队参加全市的元旦围棋比赛，每队3人，林担负第三台的任务。由于赛程紧张，二十几只代表队集中住宿，一周多的时间林白天比赛晚上弈棋复盘会友，自由的心灵得以放飞，很是惬意，出来的林对家已毫无眷恋。

　　一天比赛正酣，帆来到赛场要林回家住，但没有表示丝毫歉意。晚上回到驻地，林的大嫂带着帆来到房间，大嫂是林在家中除了母亲最尊重的女性了。当着大嫂的面，帆表示了悔意，大嫂也批评了林，林不好再坚持就答应赛完回家了。但帆至少是不贤惠、强势跋扈的这一阴影却留在了林的心里许久。顽强而调动了全部潜力的比赛过后教委队获得团体第三的历史最好成绩，林也因此获得围棋初段的资格。

赛事结束回家以后，围绕春节给帆家送礼的事又是小吵不断，帆不顾自家条件除了娘家要送之外还坚持代表原家庭去外地给她的姥姥、三个舅舅和几个姨走亲戚送礼。但是，婚后不久确实是囊中羞涩无法成行，帆就开始再次埋怨：“我嫁给你真是瞎了眼！要不问你家里借点？反正结婚时你家也没送什么彩礼。”林一听就火了：“你家也没有陪嫁啊！等条件好了再去吧？要去，就让你的父母去吧。他们看望自己的母亲和弟弟妹妹天经地义！我这边还有一大堆的亲戚呢！咱不要这个虚荣心行吗？”林心里感慨：“贫贱夫妻百事哀啊。看来是要找机会挣点钱了，不然这个家庭迟早得玩完。”

新年的第一场雪把大学的田园装点的格外纯洁，雨雪之夜煮酒是林、龙和健哥仨打发无聊时光的习惯。龙是老大，数学系毕业，思维缜密，分析问题透彻，常能给人启发。健是中文系的高材生，人文学科领域知识积淀深厚。他们小酌中聊得最多的除了蔬菜种植技术和家庭琐事烦恼之外，主要还是要通过奋斗改变命运。三人年终学生考评都名列高位，但无一不是受到平庸领导的打压，眼看在本校出头无望，哥仨都有无可奈何的怀才不遇之感。三人意见统一，就是不能就此沉沦，还要奋力拼搏血性地证明自己的才华。并分析了有两条出路：一是考公务员正式步入仕途。二是考研变换更好的工作单位。后来，龙率先考入被称为中国企业厂长经理摇篮的中南工业大学的研究生，健考了本市的公务员，十年奋斗，不忘初心，龙学成归来在市农行做了高管，健担任了某局的局长。

2. 雪 夜

一个周末大雪封门，恰巧三个人的妻子都回娘家了。哥仨又是雪夜小酌。

北风呼啸，天寒地冻，健长叹一声：“烈酒已经不能御寒，要是能有一锅老母鸡汤该有多好啊！想我兄弟三人大学毕业空有才华，苟且于此，抱负难展，竟无奈用田园生活打发大好时光。唉！无人路相假，知音世所稀啊。"

林也长叹："位卑未敢忘国忧，兄弟寄心田园只是一时，借此修身养性苦中作乐，逃避忧烦现实，不愿与恶人为伍，不屑陷于小人相倾轧争斗耳。"

一股寒风打着弯儿哼着民歌小调吹进了屋内，健随即就打了个大大的冷战。

龙豪饮一口放言："一只老母鸡有何难哉？二弟三弟如若有胆量与我一起去弄它几只如何？我等大学教师郁闷纠结受困于此，依然要铲不平路、惩治恶人的。好吗？"

林和健顿时会意。

原来，在校园东北角食堂边有一个面积不小的池塘，塘中有各种野生小鱼、小虾，龙酷爱垂钓，常拉兄弟们去消遣垂钓娱乐。靠池塘北岸约十米处有一个几平方米大小的湖心小土岛，长满了芦苇与杂草，周边自是下钩的好地方。一次久钓未得，龙正心烦，发现小岛干枯的芦苇晃动，杂草丛中有几只母鸡不停发出声响，兄弟们分析可能是母鸡捣乱的动静干扰了鱼儿们上钩。就拿起岸边石块向小岛上投去以驱赶那几只不安静的老母鸡。几只受到惊吓的母鸡竟展翅拖着沉重的身躯一起飞过水面落在了北岸，龙骂了 句："真够肥的！要是再耽误老子钓鱼，早晚给你炖了。"

夕阳西下，气温骤降，哥儿仨收获不多也只能收竿。刚收拾停当，又听到一阵翅膀扇动的声音，那几只母鸡又飞回岛上明显是准备过夜了。这时哥儿几个才明白，应该是谁家散养的母鸡发现了岛上是觅食栖息的好地方，因为芦苇杂草丛中一定有蚯蚓小虫等小鱼烂虾，高高的芦苇和厚厚松软的草甸既防风又能保暖。

三人刚刚收好鱼竿准备离去时，就听见一个中年妇女骂骂咧咧地跑来大嚷："谁让你们在这里钓鱼的？还打我们家的鸡！芦苇丛是我们家的鸡窝。走！走！真不要脸！以后不许再来了。"

兄弟们定睛一看，原来这个泼妇是一位学校中层干部的农村老婆，仗着男人是学校的老资格又是领导，平时飞扬跋扈习以为常。把自家的菜园子都越界开到别人家的门口了，左邻右舍多是敢怒不敢言。邻里稍有微词，她便跳脚叫骂不止。

"这个池塘是学校的公共水域，为什么我们不能在这里钓鱼？"林据理反驳。

"我家男人在池塘里放过鱼苗了，就是我家的鱼塘。你们就是不能在这里钓鱼！"泼妇不可理喻地狡辩道。

"你家男人若是在校园里撒上一圈尿，这个大学也是你们家的了？"龙也压不住火了。

泼妇被彻底激怒了："偷钓我家的鱼。你还敢骂人？"农村来的泼妇一定知道狗有撒尿圈地的习惯，接着又恶狠狠地威胁："走着瞧！我告诉我家男人，有你们的好果子吃！"说着竟拉开要跳脚骂人的架势。

一向斯文的键忍无可忍："我们是大学教师，秀才遇见兵有理说不清。你就告诉你家的男人吧！我们就等着吃好果子了。"说完就不愿再与这个不堪的泼妇理论下去了，拉着兄弟们扬长而去。果然泼妇开始了不休地叫骂。必须找机会教训一下这个人见人怒、狗仗人势的泼妇。

"今天机会来了，就先弄她的鸡窝吧。让她知道仗势欺人要遭报应的。"

龙找了一个编织袋，三人深夜冒着小雪向池塘北岸进发，出门时健还不忘幽默一把："风高月黑杀人夜，一时所迫也是惩戒恶人。今天兄弟们就干一把偷鸡越货的勾当吧。"健又胆怯地补充："不会被人发现吧？"

龙的老大风范再次表现出来："我下手，阿林接应，阿健你就负责在路口望风吧，这是女人都能干的活儿，你应该没问题吧？"健很不服，显得很专业的样子说："望风需要眼观六路耳听八方，那可是个技术活。一有风吹草动，我发信号，你们就扯呼啊！"

三人来到岸边，按各自分工到位。健轻步快速地走到路口蹲下，像个池塘的守夜人，林紧跟龙悄悄移动到北岸边，龙将编织袋递给林后，就从容地脱下鞋袜，玩起裤腿，镇定地向湖心岛趟了过去，龙赤脚踩在薄冰上发出了咔嚓、咔嚓的声音，林的心砰砰直跳，池水一定是寒冷刺骨的，林担心龙会滑入深坑。看着龙起伏飘忽一般的身影慢慢靠近了芦苇丛，林的心才安稳下来。龙身体前倾手臂前伸，托住了一只抽了回来，母鸡发出了咕咕的声音。只见龙一手按住母鸡，另一只手抓住母鸡的头与脖颈正反拧了几圈后，母鸡终于安静了。然后就用力掷回岸上，林急忙装入袋中。第二只刚入袋，键发出咳嗽声，林循声环顾四周一个鬼影也没有。龙在冰凉的水中仍然气定神闲地继续操作，就这样连续三只母鸡入袋了。龙上岸后没有穿袜子直接穿上鞋子，林准备给健发信号得手撤退，健早已不见了踪影，林和龙摸黑踏雪回到房间，健已在休闲地抽烟等候了，看来林和龙的担心是多余的了。

收获颇丰，袋中三只硕大的老母鸡气若游丝，龙脱下鞋子露出早已冻得红肿的双脚，这一刻龙的老大形象立时高大了许多。林赶快拿来洗脚盆调好温水，嘱咐龙暖暖脚并检查一下有无扎破的地方。龙淡然一笑："没事的！弟兄们有鸡汤喝才是最重要的。"同时不忘关心地问："阿健怎么提前就撤了？遇到什么麻烦了吗？"健嘿嘿一笑轻描淡写地回答："是那个泼妇的男人出来看看撒泡尿又回去了。"林埋怨："下次你确定了再发信号，如果那时老大若急回岸边，后果就不堪设想了。"龙很大度："算了，算了！你们赶快回家烧水，在天亮前把鸡收拾干净下锅炖上，明天清晨就能喝上鸡汤了，也不枉我们忙活一宿。"又提醒："把鸡毛等杂物埋到菜地里做肥料吧。"健还打趣："必须，必须，毁尸灭迹不留任何隐患才好。"林突然想起了什么事："哦！对了，明天还要请兄弟们帮忙和我一起盖我的厨房呢。"

次日一早，家属区的平房之间就传来了那个泼妇撒泼大骂的声音："是谁偷了我家正下蛋的鸡啊？真不要脸啊！"引来许多面露喜色人们的围观。与其说纷纷表示同情还不如说是幸灾乐祸："真可惜啊！池塘里的那几只母鸡我见过，真肥啊！每天还有几个鸡蛋啊！窝里还有吗？可要看好了！"一早来到林家门口的龙、健和几个帮助盖厨房的学生也围上去看热闹。健给泼妇出了个主意："大嫂可以挨家挨户地去检查看看谁家炖老母鸡汤了，或者看看每栋房头谁的垃圾箱里有你家鸡的鸡毛。"兄弟相视一笑当然明了健的用意，她若挨家挨户去搜必遭人骂；若去搜垃圾箱找鸡毛又必为人耻笑。

总算是出了一口恶气。林招呼："散了吧！开始干活吧！"厨房的建筑材料是早准备好的，那是林带领学生业余时间从校园里收集的砖块和废旧门窗，还有用几包香烟从建筑工地上换来的水泥和黄沙。对于有过学工学农兼学别样经历的哥儿仨而言，在门廊下依势设计而建两面墙合围成一间小厨房并非难事；但要把墙砌得直且坚固还要配置门窗就是技术活了。好在林中学学工时在学校参加过砌院墙，大家最后商量决定基础用"三六"墙，往上过度到"一八"墙，中间可用节省材料的"斗子"墙处理。忙活一天，厨房初具雏形，按常规要凝固几天后才可使用，看天上又阴沉沉晚来欲雪的模样，林就等不及了："开张吧！反正要雪夜煮酒的。好在有一只老母鸡在锅里保底。"帮忙的三个学生也是欢呼雀跃一致赞同并迅速回寝室拿来几瓶家乡酒和花生米，林将母鸡肉撕下用酱油醋凉拌。

健又美中不足地说："若能与菠菜和蒜苗一起凉拌下酒最好！最后用鸡汤炖大白菜和粉条吃得满头热乎乎地就算结了。"

"天都黑透了。上哪里买大白菜和蒜苗菠菜？就凑合着吧。"龙遗憾地说。

林胸有成竹地接话："这有何难？翻过院墙就是东庄的蔬菜队，田里和大棚里的菠菜、蒜苗与大白菜正处旺季，有无兴趣干上一票？就算是为枯燥乏味的日子找点儿刺激的乐趣吧。"

3个老师和3个的学生自然分成了3组。带上瓦刀、菜刀和编织袋翻墙而去消失在了夜幕里。

6个人顺着田间小路向荒野中的大棚摸索前进，大有敌后武工队夜袭鬼子据点的味道。快要接近大棚时，对面突然迎来一队拿着强光手电筒不时往田里和大棚边扫射巡视的人。

"干什么的？"对面刺眼的光柱照过来。

"饭后散步！你们是干什么的？"林壮着胆回答并反问。

"城南派出所治安联防队的。"对面的光柱似乎是没有照到了林几个手里拿着的工具和编织袋。

龙小声提醒大家："镇定！让他们先过去！"

几人靠路边佯装小解状让过了联防队。

"开始行动，不要恋战！白菜只取菜心！菠菜、蒜苗要少带土！速战速决回原地集合！"林回头看灯光已远，即下达了作战命令。

6个人就像6滴墨水洒在一盆清水里迅速消失在了菜地中。食指粗细的蒜苗一望无际，冻土松软，一把下去能拔出两三棵，蹲下挪动不过10米，已装满半编织袋了。进入白菜地，因要节省编织袋的空间只取菜心，工作量要大许多，撕下白菜帮的咔嚓咔嚓的声音不绝于耳。又过一会儿几个编织袋就被撑得鼓鼓囊囊的了。林带的学生旭这一组率先回到了集合地点，林看见远处有手电筒的灯光闪烁，心中焦急不堪，好在这时龙和健带着学生也回来了。

"好东西都在大棚里啊，有黄瓜和西红柿！来不及了，下次再解决吧！"林刚要埋怨，健解释说。

"感觉不好，快撤吧！"说着一行人就急速返回到了翻院墙出来的地方。他们刚把3袋子菜扔过院墙，联防队一行竟也赶到了近前，林看再翻墙突围已经绝无可能就果断下令："先把老大托过去！分散跑！回我家会合吧！"

林是出于龙最单薄、疾跑能力弱的考虑。龙还算灵活，大家迅速托着龙翻墙脱险后，林再一次大声下令："跑！"

林说完一个箭步跨过院墙下的小沟顺着院墙外的平整小路疾跑而去。三个学生也分三个方向散开跑去了。

"快追！快追！跑的一定是带头的。"林的身后传来一阵嘈杂。

本是中长跑运动员的林岂能让那几个缺乏训练体态臃肥的联防队员追上，大概5分钟后林就从容地跑进学校大门了。林回到家，第一个翻过院墙的龙当然在，健竟然也在，林很疑惑，因为他最担心的就是这个学中文的二哥。

健的脱险很传奇，也成了他在兄弟们面前长久的事迹。原来，健看同伴四散都跑开了，自己脚穿沉重翻毛皮鞋的他自知靠快跑脱险无望，情急之下，他干脆就以不变应万变，剑走偏锋，手提菜刀如将军守关似的立于墙下，一副拼命的架势又如张飞立于当阳桥般断喝："你们谁也别过来！谁来我就砍谁！"拿着绳索、电棍的警察和联防队员竟后退一步，恍惚之间，健已从容翻墙脱险了。

哥仨虚惊一场过后才想起还有三个学生没有回来，开始担心在校学生若被抓住后果不堪设想。龙大将风度依旧："换衣服！哥仨出去看看，找一找！"三人换了长款大衣走出校门顺着院墙向旷野走去，刚转过路口，就看见一辆印有警徽图案的130双排座车停在那里，车里亮着灯，车旁的黑影里蹲着三个被反绑起来的人。"不好！"林心里咯噔一下，定睛一看正是自己的学生旭、波和数学系的学生，救人要紧，哥儿仨过去敬烟明说求情。

林问候地说："警察同志辛苦！已经下雪了，夜里还在加班？"

"这三个学生怎么会在这里？我们晚上查房发现他们不见了，就出来寻找。"龙则一副领导的口气。

"警察同志辛苦啊！我是他们的班主任，他们犯了什么事？就让我们带回去批评教育吧！"健更加老练。

"近来菜农不断反映有人趁黑偷菜！我们已经蹲守多日了。你们回去吧，还跑了三个呢，这肯定是团伙作案，我们要带回所里讯问一网打尽的！"警察看林三人彬彬有礼也就客气地回答。

三个学生被押上警车的瞬间回头看了看老师，目光里流露出恐惧和求助。警笛划破冬夜的寂静驶向大路，警灯闪烁的红光里飞舞的雪花清晰可见。

三人回去的路上，林不担心学生会出卖他们，担心的是怕他们会挨打，因为他们常听说凡是抓紧局子里去的都要被先痛打一顿再询问的。健担心地分析建议："被抓进城南派出所是肯定的了，赶紧想办法捞人吧！问题是我们在派出所也没有熟悉的关系啊。"

开动脑筋，林就想到不久前住在学校附近的一个好像是交警大队姓王的领导，王姓领导曾找过自己希望能教他七八岁的儿子练武术的事来，都属于公安系统，他们应该是有联系的。哥儿仨主意已定就敲开校门口的商店买了两条烟，深夜前去拜访那位交警队的领导了。王姓朋友倒也客气："老师雪夜登门定有大事！快请说吧！"林很为难地说了大概情况后请求："只求王领导先找朋友打个招呼千万别打我的学生啊。"

王领导沏好茶就拿起电话开始疏通关系，看来效果不错，他最后放下电话说了大致情况："城南所确实抓了三个偷菜的学生，但他们的嘴很硬，拒不交代同伙，你们放心！他们不会挨打的，但也不会轻易放人！"林又焦急起来："如果通知学校去领人，学生的前途就要受影响了，请领导务必再想想办法！"王领导又是一通哀求的电话后长舒一口气："你们带上2000元钱一会儿就去派出所找办案人员交罚款直接领人吧。"又嘱咐："记住要悄悄地进村。"

千恩万谢走出王领导的家门，林回头诚心诚意地说："在方便的时候，请把你的儿子送到我那里练武术吧。"

哥儿仨回到家后林就犯难了，每月才50多元的收入，2000元相当于2年的工资了。健眉头紧皱："真是罚款太多了，这些菜加起来也不值50元，我手头本来就紧，这两天岳母身体不好还要来看病，我最多只能拿200元。"龙站出来大气地说："兄弟们别发愁，我来想办法吧！"龙的办法就是连夜找关系和经济条件较好的同事去借。为此林和健暗暗感激了许多年。龙以学生急诊为由借了多家才总算凑够了数。

哥仨各自骑一辆自行车去城南所接人，鹅毛大雪，顶着呼啸的北风，半小时到达后都是一身的汗水，额头却是冰砸的凉。来到派出所门口就看到了那辆覆满白雪的警车。门卫是一个披着破旧军大衣睡眼惺忪的老者，林赶紧递过去事先准备好的两盒高档烟说明来意。门卫老者揉揉昏眼说："知道，知道！值班的头儿刚吩咐过了，跟我来吧！"说着闪电般地抓起桌上的两盒烟揣进大衣里的侧兜里。路过有小铁窗的临时问讯室时，里面灯光摇曳传来阵阵地哀号声。老者殷勤地介绍解释说："这些人也真是的，一般不挨一顿是不会讲实话的，反正都要讲，还不如早说，也能免去皮肉之苦。"听了老者的介绍后林的心又紧张了起来，他倒是不怕被供出来而是怕学生受苦了。

林就问老者："不是说警察从来都不打人的吗？"

"是的！我们警察是从来不用动手的，也不敢动手打人，都是那些治安协管和联防队的人动手，他们缺少法律观念，就想尽快结案回家睡觉。天天深夜蹲守抓人也是够辛苦的！"

跟随老者来到值班室，煤炉熊熊，暖意袭人。林几乎一眼就认出了那位在地头路边有过短暂对话的值班民警。民警先开了口："你们的来头不小啊！深夜上头还来电过问的可不多，你们的学生可真嘴硬，就是不说出同伙，其实我们也理解学生，他们无聊就是偷个黄瓜西红柿闹着玩的，其实他们说出了同伙，我们也许就放人了。"龙接着："是的，是的！他们上学远离家人也确实无聊，就是闹着玩的。我们带回去一定严加教育！"林看时机差不多了就给龙和健使了个眼色，健会意即拉着龙说："陪我去趟洗手间吧。"老者却十分知趣："我带你们去吧。天黑路滑！"待三人离去后，林拿出装有 2000 元沉甸甸的信封："辛苦！不成敬意啊！喝杯小酒吧！"值班民警一阵假惺惺地推脱过后也就半推半就地拿起信封放到抽屉里了。

林正要借机离去，民警突然盯着林问："真可惜没有抓住那个带头先跑的大个子，他跑得真快而且持续时间还长，快把我们累死了！几分钟就被他甩掉了。"林真想说："在七八百米内，就是你们几个接力也难追上他，他曾经可是这个城市的 800 米纪录的保持者。"

林想着这群警察也许今后会遇见真正的坏人，看看眼前的这个肥头体胖的警察，本着对社会的责任感，林还是给出了专业性建议："关键是现在警察的专业体能训练方式跟不上时代的发展了。也许你们传统的负重长距离跑没问题，但是速度耐力素质已经很差了。"

"对！对！您说得完全正确！您讲得也很专业，能问您是教什么课的？"胖警察心诚悦服地表态。

"我是体育系的武术和田径教师，特别喜欢军事。"林也很感激能够顺利地领回学生就把谈话继续了下去。

"交个朋友，多给点建议，正好年底我们要上交总结和明年的训练思路了。"民警友好地递上一颗烟继续要求。

"根据时代发展与警察工作的特点，转变警察体能训练观念很重要！我建议你们研究引进与创新警察体能训练的特有方式。"林就好人做到底接着给出了进一步的建议了。

"您说得太好了！这倒像是我上次去省里学习时厅领导讲的话，只是没有这么具体清晰。我可以给领导写报告了。谢谢！今天太晚了，你们回去吧！有机会我请您坐坐再请教。"

警察说完就转身打开了办公桌后的文件柜，林瞟了一眼，里面就像个商店的烟酒柜台，名烟名酒堆成了小山。

警察顺手拿出两条烟用报纸包了递给林"抽着玩吧！谢谢您的建议与开导，后会有期！在我的辖区，以后有事请言语！"林拿起烟揣在怀里，警察竟客气地跟着把林一行送到门口，等在那里的学生看见抓他们的警察态度祥和且谦恭地陪着自己的老师还是有明显的纳闷。

"出发！"林轻语，随后自行车驮着学生雪夜返回学校。

回到林的屋内，学生就委屈地哭了。没有挨打，只是被捆绑得很难受，与真正的犯罪嫌疑人关在一起心理上还是很难以接受。

林很心疼："都是我的主意害你们受苦了。都过去了，热菜喝酒压惊！"同时又吩咐健："烫菠菜、蒜苗凉拌鸡丝吧！再用鸡汤炖粉条白菜心啊！"

健嘿嘿一笑："始作俑者多劳累是应该的！"

重新布置好饭桌，林为每人斟满酒，看着学生被捆绑勒红的手指，林端杯带头连敬了三杯压惊酒。

旭说："不能全怪老师！主要是过度紧张，没沿着小路跑，结果跑进了村子里的死胡同。"

波也端杯起身："给老师添麻烦了！花了不少的钱吧？两三米的小沟，平时双脚立定跳也能过去的，没想到被追近了一电棍就击倒了。只怪自己不够果断，早点儿起跳就好了。"

听到学生都不埋怨，林不好意思起来就宽慰他们说："只要你们安然归来，我们就欣慰多了。没花钱，是一个领导挺给面子，回来时值班警察还送了两条烟呢。"

龙和健面有疑惑，林说了大致情况后又强调："培根说得好'知识就是力量啊'。"

大家抽着警察的烟，终于喜笑颜开了。对饮到天亮，喝完最后一滴酒和最后一口鸡汤方才散去。旭和波毕业回到地方都是业务骨干，发展得不错。这件事给林的启发："体育专业融入服务社会相关行业才能获得真正的发展动力。"

人生的任何经历和经验都是财富。30年以后，林受邀去首都武警总队第14支队作的题为"特警体能训练"的学术讲座就有这次经历的影子。

3. 轮 回

20世纪80年代末，一个清明节上午，按当地习俗，凤云要带领儿孙族人到祖坟老陵扫墓祭祖。

"义弟、义弟！凤云、凤云！是我李义来了。"凤云走出堂屋刚来到院子里就听见有人拍打院门高声地喊着自己。

凤云一听是义兄李义自报姓名的呼喊，急忙过去打开院门。

"义兄怎么来了？还真是义兄！你还能找着家门？"凤云见是李义即百感交集地询问。

"那是我的专车！我一辈子也忘不了这个老塘和这个大院。"李义看到凤云疑惑地盯着院门口停放着的一辆公安使用的吉普车，李义急忙解释。

"还有呢，义弟再看看那一辆枣树下的新面包车，我们全家都来了呢！"李义又指着另一辆车兴奋地说道。凤云抬眼望去，看到的是几人搀扶着一个老妇人从那辆面包车上下来正朝院门这边走来，凤云和李义急忙迎上前去。

"干娘！"凤云情不自禁地来到近前激动地轻声呼唤。

凤云和李义搀扶起老妇人一时无语凝噎，执手相看泪眼。

"凤云兄弟，你看看还有谁来了？"李义提醒还如在梦中一样的凤云。

"伯伯、伯伯！"传来的竟然是凤云记忆深处的大强和小强的声音底色。

"大哥，我们全家也都来了！我就说过我们一定会再见面的！"原来是叶丹和水花，在他俩的身边是大强和小强，都已经是约三十来岁健硕英俊的男子了。

一群人走进大院，年迈的李夫人就泪流满面不停地念叨："我说过我会回来看望的。几十年了，做梦都想回来的。"

众人跟随凤云去老陵祖坟地的路上，远远就看到老陵上空竟有缕缕青烟缭绕，大家诧异不已。

梁太公的坟前已经围跪着老老少少有十几个人了，四周摆满了鲜花、水果、各色糕点和一个盖了红布的鲜猪头。在众人唏嘘感慨之间，不时地有男女老少提着篮子或包裹从田野四面八方的小径上走来。不出所料，都是来到梁太公的坟前默念着什么，接着放下祭品，点燃一堆纸钱，再放一挂鞭炮后就又悄无声息地向田野的四面八方散去了。

"每年的这个时候和过年时，还有爷爷的忌日，总能发现有认识的和不认识的人来上坟。"石墩对迷茫中的大家说。

"我知道！他们都是受过太公恩情的人和他们的后代。我去年问过一个陌生人，他就说是他的爸爸逃荒落难到老塘沿得到过太公救济过的人的后人。"井沛也进一步解释说。

　　大家正议论感慨着的时候，又有几辆小轿车停在了路边，下来的人还是如大家预想的一样都是来到太公的坟前就开始了祭拜。

　　但是，凤云最想知道的还是干娘一家究竟是怎么来的？几次对着李义欲言又止。

　　祭祖完毕，凤云安排族人邀请了所有今天来太公坟前祭拜的外地和本地人一起回村里设宴答谢。又是村里的人们帮忙在梁家大院支起了几张八仙桌。

　　席间凤云才解开了疑惑。

　　回到大院刚坐定李夫人即对面有疑惑的凤云说："按照我们河南开封一带清明祭祖上坟烧纸钱烧节前的传统，每年全家都会在清明节前聚会祭祖。今年水花一大家子也从新疆来到了开封，就决定一起来了。大强和小强也都成家有孩子了。"

　　"多年前水花回家，我就知道了两家恩情冥冥之中延续的事情了。又从李义的口中得知了凤云坐牢越狱流亡与已经释放的经历。我就更为凤云挂念担忧了。想想自己都八十多了，一直都没有实现重回老塘沿报答恩情的心愿。"李夫人对周围的人唏嘘不已。

　　"再加上大强和小强也时常想着要见梁伯伯。这才选定了在清明节当天一大早举家前来老塘沿祭奠太公。"水花补充说。

　　叶丹很自豪地接着介绍说："凤云大哥！现在国家的政策好，我又承包了许多的土地，国家收购棉花的价格也很不错。还是当年跟你学的养牛和种植技术呢，现在每年都有十来万的稳定收入了。你看我购置了新的越野面包车！冬季转场和进城，全家不用再坐马车颠簸了。"

　　"伯伯，伯伯！我们家还有好几辆拖拉机、播种收割机呢！"小强插话。

　　水花也接着自豪地介绍了家中的变化："梁大哥！你如果再去就不用住帐篷了。我们牧民都下山住进砖瓦的小楼房了！有人就是好啊，两个儿子都成家生子了。我们明年还打算建个牛羊肉深加工厂呢，也要为子孙的发展贡献些力量。"

　　"是的！我的家业更大了。反正兄弟我还是那句话，大哥什么时候来，一半家产都还是你的。"叶丹豪情依旧。

当年知情的老人和他们的后代济济一堂围坐在中间的凤云和年迈的李夫人周围。

"现在土地包产到户，凭本事吃饭，我们又有了牛和牛车了。还有吃不完的白面、喝不完的酒，日子都好过了。若不是当年在土改时得到义兄的点拨和狱中的暗暗相助，还有后来流亡新疆幸亏遇见了水花妹子……我就享不到今天的好日子了。"凤云的感慨令人动容。

李夫人听了凤云的话沉浸在了回忆中，不时地抹着眼角的泪水说："还是这个院子，我和贵儿、义儿在这里还住过半年多呢。若不是老太公仗义……我们是一家人，是没有血缘的亲情啊！因果轮回，好人自有好报。看着你们兄弟之间冥冥之中的互帮互助，那一定是天注定的亲情缘分。那两块玉佩都还在吧？我真想再看一眼啊！"

"娘啊，一直都戴在身上呢！"凤云和李义异口同声地回答。

凤云和李义同时从胸前摸索着摘下玉佩双手递给已经潸然泪下的李夫人。

"干娘保重啊！"凤云含泪安慰。

"娘，您保重啊！"李义也是泪流满面了。

李夫人把一对玉佩拿在手上抚摸端详良久。

"凤云、义儿，你们过来！娘要给你们再戴上一次！不要忘了过去，天道轮回让恩情永远延续，我们永远是一家人。你们是兄弟！"李夫人满含热泪无限慈爱地说。

"娘，难过什么？我们一家人不会分开！"水花过来抹去李夫人和自己脸上的泪水。

"伯伯！把您的飞刀给我们看看吧！可以吗？我也开始教儿子练飞刀了。"大强拉着自己的妻子和儿子腼腆地向凤云要求。

"饭前就给你们准备好了！男人保卫家庭、保卫族人、保卫国家天经地义！是天道！这把刀今天就送给大强了，留个念想。"凤云从怀中拿出了那把传奇的宰牛尖刀赠与了大强。

已经做了大学教师回来参加祭祖活动的林插话："这对玉佩真是一个现实版的因果轮回的传奇故事啊！能编一部小说了。"

"就是这把宰牛刀也可以独立写一本小说的。一出手，除暴安良杀土匪；二出手，怒宰鬼子救乡人；三出手，勇杀汉奸救义兄；四出手，无奈杀牛为族人。"颇具江湖豪情且熟悉爷爷往事的林继续随性发挥。

"好！梁大哥，你的这个孙子有些你的味道！"李义欣喜地对凤云夸赞说。

"李义爷爷，爷爷给我们讲了许多过去的故事，你们这一代人的家国情怀早已感动了我。你们这一代人身上的善良仗义和血性担当的品质应该被永远地传承下去。"林动情地表态。

分别是在夕阳里的大枣树下。又经历了一冬的黑色大枣树干更加苍劲挺拔，老塘春水荡漾，岸边葳蕤，枣树枝条上的嫩芽与春风相悦。

李贵、李义和水花搀扶着李夫人登上了李义驾驶的警用吉普车，叶丹一家坐上了新的面包车。

"把家里自产的花生、芝麻和香油带上。"凤云招呼家人。

"大强，拿下来我给你伯伯带的那几张上好的羊皮！让你们的伯伯做件大衣冬天御寒。"叶丹吩咐儿子。

4. 商　海

林工作第三年的年底，林从市教委团委临时帮忙结束回校工作。新来的教学院长是原来教委的职教科的岚科长，她的能力很强，也很想干出一番事业。岚在机关时对林就比较了解，她就把林安排在了学院教务处的教务科工作，也是有心栽培。林深得院领导的赏识，在外人眼里林的仕途一片光明，林也热情高涨地投入到崭新的工作领域中来。林创造性地利用体育统计的知识量化教务管理，抓考勤、抓考风、抓教学评价，工作干得风生水起。这时体育系的老李主任面临退休，接替者的话题再次被提了出来；老李主任推荐的接替者是他多年前留校的中师毕业生，明显不符合学院业务干部对学历的起码标准。林本科毕业，又有机关工作经验和公认的教学科研能力，还有分管院领导的器重，呼声很高。但老李主任却极力阻挠、处处掣肘，他最有力的理由就是林不是党员。消息传来反而更加强化了林的入党意愿。

林的入党情结，要追溯到他的大学时代。那时正赶上 20 世纪 80 年代初鲁迅热时研读《阿Q正传》与反思国民性的思潮。大二以后，林参加了政教系学生自发组织的"毛泽东思想研究会"，经常讨论"爱国、强国以及民族复兴与中国共产党的领导"等时事政治问题。

在政教系学兄晓刚的指导下，林阅读了大量党史文献，认真研究了中国共产党成立的社会背景与其发展脉络，以及对国家和民族的影响，之后得出结论：若成就一番事业，首先就要坚定并拥护中国共产党的领导，还要积极加入党的组织。于是，林激情澎湃地向年级辅导员汇报了思想与意愿，并递交了人生的第一份入党申请书，但最终却如泥牛入海。但是研究中共党史的经历让林受益久远，后来林读博士时能够与阿远一起写作"红色中国"5本系列畅销书中的2本，就是那段经历打下的基础。直到21世纪20年代党内开展"两学一做"教育活动以及全党学习党史时，林还可以游刃有余地为本单位党员与其他部门，甚至还应邀去了国家卫健委上了题为"是历史选择了中国共产党作为中华民族伟大复兴事业核心力量"的党课。

毕业参加工作后，林一直恪守"位卑未敢忘忧国"信念，在社会现实变革的大背景下，林自认为工作表现都不错，就开始再一次思考加入中共党组织的问题，愿望也更加强烈。林认为，现实情况下，只有入党才能更好地督促自己接受党的教育，进而努力施展才干，为党组织承担更加重要的责任。

当林把想法告诉好友和同事时，他们的说法几乎一致："想要在这所落后的小农思想占据主流的学校入党，谈何容易！看来要先主动汇报、沟通感情才行啊。听说此人与你们系的头儿是好朋友，一样守旧而嫉贤妒能、官味十足，尤其爱占小便宜。我们还是老老实实地凭良心上课挣工资养家算了。也省得去看那些人的脸色。"

对于送礼拉关系入党的不正之风，林无论如何也做不出来。一是他真没有多余的钱；二是这与他的价值观背离太大。林一直顽固地认为，"信仰不能染上丝毫的铜臭味"。

无奈之下，林还是按要求真诚地去找教工支部的那位被称为"爱占小便宜"的负责人，递交了人生的第二份入党申请书，并表达了个人加入党组织的真诚意愿；但那人果然官味十足，态度跋扈。当林想和他谈谈对党的认识以及对本职工作的建议时，换来的竟是他的不屑与白眼。那一刻，林想起的分明就是阿 Q 去找假洋鬼子表达"我要革命"意愿被拒绝的情景来。

"你也配姓赵？"

遭拒后闷闷不乐的林找到兄弟健，悲愤地诉说："看来兄弟们的说法都是正确的！假洋鬼子不让阿 Q 革命，就连报名都不允许。送礼给他，我实在恶心！但我坚信党是伟大英明的！继续不懈努力！有一天我若进入党组织，首先就革了他的命！为党更换一些新鲜的血液，让基层党组织重新变成纯洁强大的战斗堡垒。"

健一边分析，一边不乏幽默地安慰林："他本身就是个阿 Q，有顽固、狭隘、自私的品性。他怎么可能会给他通过取笑来寻求心理平衡的对象王胡和小 D 等下层之流施展才华的机会啊？可能我们也是阿 Q，只是我们革命的动机要比他纯洁、高尚得多，我们只想搬出土谷祠，改善生活，成就一些理想，让未庄的穷人都能有好日子！而他革命的目的就不仅是要赵老太爷的财产，可能连小尼姑和吴妈都不会放过的。"

林心灰但意未冷即倔强地回答："历史表明，中国共产党从成立到今天走过了 60 多年，表现出了强大的组织自我清洁与纠偏能力。我相信上级党组织的英明，不会不清楚基层组织出现的问题。出于责任也应该向上级党组织如实地反映情况、表达心声。党不会向先进分子关闭大门的！还是要顽强抗争的。"

满怀激情和热情的林感觉不仅被当头一棒，还被泼了一头冷水，倍感悲愤和委屈，体育人越挫越勇的品质竟被激发了出来。林这时想到了一个人，那个人就是刚从外地调来的学院党委吉书记。欢迎会上见过吉书记一面，他说话掷地有声，很有亲和力。在这所思想观念落后、由中师升格而来的守旧派居多的成人高校，吉书记被多数教师尤其是被近年来新分配而来的青年教师认为是学院的改革派。

郁闷中的林干脆晚上直接去登门拜访了。

吉书记思路开阔也很健谈，他们几乎把中共党史回顾了一遍。吉书记鼓励林说："你对党有很深刻的认识，很难得！不要气馁！教工支部负责人的事情不止你一个人向我反映了。国家正值改革开放，学校的发展和党的事业发展都是要靠你们青年人的。"

林的心情放松下来，就回答道："书记放心吧！基层支部的个别人代表不了党！多数党员干部依然是思想健康的。但极个别党员干部的不良党风确实会影响到党的整体形象。因为普通群众对党的认识往往是从个体的党员开始的。但他的态度丝毫不会改变我积极入党的信念！"

吉书记很欣慰就接着关切地问："林，你今年多大了？"

林忐忑不安地回答了年龄。

看到林有点紧张的样子，吉书记就极力让林放松心情："我正好比你大两轮，我们都是属兔的，我就给你讲个兔子的故事吧。记住了！我们属兔的人也要从兔子的身上学到些生活的启示。

"兔子的前腿短、后腿长，这就让它始终保持着蓄势待发的姿势，一旦机会出现，它就会出击抓住机遇的。

"兔子的尾巴很短，加上它的低调，别人就很难抓到它的尾巴制造是非了。

"兔子的眼睛又是红的，但那不是妒贤嫉能的红眼病而是看透一切的红外线。别人的花招诡计都逃脱不了它的眼睛。

"你再看看广寒宫里美丽的嫦娥，她天天抱着的是兔子而不是其他的阿猫阿狗！这就说明兔子很善良、很温顺，所以才会有这样的好运气。

"当然了，兔子也是有血性一面的，只是兔子的血性是隐藏不露的。所以才有了'兔子急了也会咬人'的说法。"

听完书记和蔼可亲又幽默十足的一席话，林再次表态："我会继续努力从本职工作做起，坚定信念不动摇！领悟一些兔子给予的生活启示。蓄势待发的'势'就是积累综合实力；有红外线一样的眼睛就是要认真思考，透过现象看清事物的本质。为人低调亲和，但并不意味着没有敢于战斗到底的血性。"

吉书记开心地笑了："这就对了！作为教师，毕竟业务能力与教书育人的水平是评价是否先进的重要标准。我党的大门始终是对先进分子敞开的！你要坚信我党加强基层党建的决心！"

与吉书记促膝谈话后，大概是吉书记在不同的场合提到过林，很微妙地，林的工作生态环境接着就有所改善了。林当时除了负责体育专业的《武术》《田径》《体操》实践课外，还一直要求能够负责一门理论课，以便理论与实践结合学术研究协调发展。但是这一愿望一直未能如愿。

系主任是几十年前中师留校任教的老人，墨守成规、不思进取；他对林等近年分配来的大学体育专业毕业生似乎有天然的抵触情绪，他与教工支部的负责人同被认为是学院守旧派的典型代表。

很明显，林与系主任之间隐隐的较劲半公开化后，终因吉书记的影响有了新变化。寒假结束前的一天，系主任竟然破天荒地主动找到林说："领导好像很器重你，下学期的《体育统计》课没人上了，你能上吗？原来都是请数学系的老师帮忙上的课。你敢上吗？"

"大学时，《体育统计》是我的专业课，有什么敢上、不敢上？感谢主任给我机会！我就上了。"系主任的最后几句话让林感觉很不舒服。

林很吃惊，好事来得也太突然了。但是，同事接着传回的信息又让林陷入了深深地不安之中了。

原来，系主任在排课会议上说："林真是不自量力，连我都不敢说能上好的课，他竟然敢说能上得好。就等着看他'挂黑板'吧！到时候他出丑可别怪我，也别再说我守旧，不给青年教师展示才华的机会了。下学期开学他是必须要上公开课的，如果他后悔，现在就让他来找我去求求数学系，换人可能还来得及。"

用心何其险恶？这是林听到系主任的说法后产生的第一感觉。"挂黑板"是指统计课程的公式较多或出现讲课卡壳、推导进行不下去的尴尬局面，那是所有教师都惧怕的最大耻辱。就如篮球场上被盖帽，足球比赛被穿裆一般难堪。

事关荣誉尊严与前途命运，展现血性、鼓起勇气背水一战就成了林此时的唯一选择了。林整整一个寒假废寝忘食，集中了几乎全部的精力，好在做本科论文时林积累了宝贵的应用经验，终于把北京体育学院张明立教授主编的教材《体育统计教程》啃完并基本融会贯通了；再加上，好兄弟龙是数学系的教师，他当然知道林与守旧势力的争斗只有胜利而不能失败对于青年教师发展的重要性，更是对林的专业疑惑不吝指教。

开学第一周的公开课如期举行，林的心还是悬了起来。原来，教室后两排坐满了院系与教务处的领导和支部负责人，以及原来帮忙代课的数学系老教师。他们都是来看公开课的，或者说都是被系主任请来看林"挂黑板"出丑的。林心里这样想着。

谁都没有想到，吉书记竟然在最后一刻也来到了教室。

林讲的内容是"数据正态分布下面积的标准差以及样本与总体的差异显著性检验 P 值对照表的应用"，下的功夫自然没有白费。毫无悬念！100 分钟的大课时间安排得严丝合缝，内容讲解生动，案例紧密结合实际，板书潇洒、公式推导连贯流畅。

系主任和支部负责人终于没有等到林"挂黑板"的窘态，似乎是更不想听到课后不可避免的好评，他们在课中间就万分失望地从教室的后门悄悄地溜走了。

"不能轻视体育教师啊。理论与体育实际联系得非常好，后生可畏！"数学系的老教师课后率先评价。

一时间，听课组成员如果没有好的评语就似乎是外行与业务不精一样。顺风倒的好评如潮也就在情理之中了。

"你是个好兔子！"吉书记离开时与林握手，难掩欣慰地轻语告别鼓励。

真是难以捉摸！公开课后，林的政治生态环境也随之明显好转了起来，支部负责人竟也主动地屈身找到林说是要征求教学改革的意见。林接着就被评为学院的"精神文明标兵"和市级"新长征突击手"的评选候选人。很快，由于林在学校活动中表现突出，文体工作能力强，就又被吉书记直接推荐去了市教委的工会临时借调帮忙组织教工篮球联赛。在外人看来，林的组织问题和工作前途一片光明。

随着吉书记主导的改革力度不断加大，学校各个领域生机勃勃，成绩斐然。不久，吉书记就因勇于改革而被上调，去了另外一个城市的大学担任主要领导工作了。

吉书记走后，学校原来的守旧势力都是一副弹冠相庆的样子。林的政治生态环境也随之急转直下了。当林从教委工会借调帮忙再次回来后，让林绝没有想到的是，最能表现他才华的体育统计课程也莫名其妙地被系主任剥夺而换成了数学系的教师负责了。林一时竟落得被晾在一边无课可上的地步。

正是在这个难得的空闲里，不甘沉沦的林开始了对他一生都意义重大的开大排档、贩卖衣服，甚至种植平菇的商海实践活动。还真是收获巨大，后来林的博士论文"田径服务市场营销管理研究"中的多数成果都是这段做小生意时感悟的理论升华与提炼。

因无课可上而做起小生意的林悲从心来，反正在教院入党是绝无希望了。但渴望入党为社会担当更大责任的心愿始终未灭。

到了 1989 年初，教学分管院长岚赴苏联考察。这个春天国际局势动荡不堪，东欧社会主义国家政府接二连三地垮台。

7 月岚考察回国后，学校政治环境也发生骤变，频频传出一贯坚持教学改革的岚不再受高层领导重视的传言。她的政治对手也四处活动散布一些不利于她的舆论。

林的处境更是急转直下。虽然有分管院长岚的庇佑，林还可以继续待在教务处做教务管理工作，但是县官不如现管。一天教工支部的负责人也是教务处的主要领导突然勒令林交出教务处的办公室钥匙，回系里上课。林感到一头雾水、莫名其妙，岚此时自身焦头烂额对此也无能为力。林快快地回到系里，老李主任却眉飞色舞地表示，正处在学期中间已无课可上。林当然明白这是他公报私怨找理由剥夺了自己的工作权利，把自己晾在一边工资照发但无课可上使其处于难堪的境地。林在教院加入党组织的进程也戛然而止。如此，林的业余时间反倒是突然多了起来。

偷菜闹剧暂时躲过劫难，但有重债压身总不舒服。一日龙与林商量应尽快赚点钱还债才是正事。关键是从何入手呢？中秋节临近，皖北地区送礼多以送大红公鸡为俗，紧俏时可达八九元一斤甚至更高。龙很有把握地建议："我们就从贩红公鸡开始。听说附近蒙城县的公鸡比较便宜，大概 3 元左右一斤，或者去那一带的农村去收购，我们去倒腾一下回来转手批发给本市的鸡贩子，每斤赚个两三元应该不成问题。"

能挣一点是一点，马上行动。龙很快买来一杆秤和半袋子玉米。

"买卖公鸡，你弄这么多的玉米做甚？"林大为不解。

龙的眼睛在厚厚的镜片后闪着狡黠的光说："你这个笨货，出手前你不让鸡吃饱啊？能多一两是一两！它若不吃就给它硬喂！"

"老大真是个天才的奸商！"林明白了玉米的真正用途是用来压秤就玩笑地赞叹。

龙反驳："这叫吃一堑长一智，我们吃的亏还少吗？哪一次买回的鸡杀完后有没有半斤玉米和黄沙啊？"

"那就在商言商吧！"林顺应。

选择一个周末，哥俩一大早带着秤和一个铁质的大鸡笼子乘长途汽车向蒙城进发了。一路上盘算着一次即使赚个200元，辛苦十次也解决问题了。起得早，长途颠簸，林竟昏昏迷糊地睡着了。林梦见蒙城农贸市场满街都是价格便宜的红公鸡，就像落在地上一片一片的火。一阵嘈杂中，长途车进站了，林也从美梦中回到了现实。哥俩顺着路标紧赶地走进农贸市场的家禽交易区。

结果大失所望，他们没看见一片一片的火也就算了。来到仅有的几团小火苗前，一问价格更加失落，蒙城的价格竟比本市的还要高出许多，没有差价就不可能有利润了。转悠到了中午，哥俩饥肠辘辘，一碗面条一瓶啤酒后也就万分失落地乘车返回以损失几十元的代价结束了第一次的淘金之旅。

此行也给了林宝贵的市场启示：市场产品信息才真正是市场营销行为的逻辑起点。

教委系统分房后，林和帆凭借教委双职工的优势在市内黄金地段的公园门口附近分得一套50平方米左右的小住宅。林在搬空的两间平房里只留下一张单人床与棋具，成了安静的围棋俱乐部。一日与隔壁粮校的一位王姓棋友下棋时闲聊到如何赚钱的事上来，王朋友很有把握地说，现在蘑菇尤其是平菇市场价格看涨，还不如在室内种植蘑菇赚钱呢。还说销路绝对不成问题，他的一个亲戚就在附近的高校食堂负责蔬菜的采购工作，每斤可以卖到2元多。有销路就干呗。但是林担心欠缺蘑菇栽培技术，王姓朋友说他略知一二，可以先干起来再进一步学习。

主意已定，林当晚就去了本校教生物的胡老师家里登门拜访。胡老师在门前的空地上用简易塑料大棚已实验性地种植平菇多年了，他的专业精湛，为此还写了一本科普专著《平菇四季栽培法》。他经常下乡指导农民种植蘑菇，有很好的口碑，人送雅号"胡蘑菇"。其实他干的就是后来流行的"科技成果转化"与"科技下乡、科技扶贫"的事，胡老师多次与校领导谈过他的抱负："成立学校农科所，大学的技术服务社会，一是可以扩大学校的知名度；二是还可以为学校创收。"但是学校很不重视，胡老师空怀一身技术，成果难以施展，只能做些零星的私活补贴家用，整日郁郁寡欢。

林的到来和真诚地请教与倾听给了胡老师些许的安慰。林从胡老师的身上看到了一名老知识分子渴望报答社会无门的忧郁情怀，正赶上饭点，他俩也就难得小酌畅谈人生事业与社会发展了。胡老师也早听说了林空有工作想法却频受排挤而郁郁不得志的遭遇。两人惺惺相惜，很是畅快。其间，胡老师把室内平菇栽培的关键技术倾囊相授，又签名赠送了他的专著。

林拿着胡老师的科普专著如获至宝，回到宿舍就开始认真研究起来。掌握了核心技术几日后，林便与王姓朋友筹措了基本资金迫不及待地开干了。室内菌类种植对环境卫生有严格的要求，他俩用一半天的时间打扫冲刷干净两间面积 40 多平方米的空处，接着就拉着借来的板车去了县城的农业科技服务站。选定了用棉籽壳作为基础苗床，随即用 100 多元购买了几百斤棉籽壳、几十袋像是装在避孕套里似的平菇菌种和温度计、湿度计，以及喷雾器、蘑菇收割刀、杆秤等材料用具，兴高采烈地回到驻地挑灯夜战。

第一步的工作量最大。就是要将买回来的棉籽壳捡出杂质，再洒水搅拌均匀后捂堆在一起，让其继续升温发酵以灭菌和杀死可能残留的虫卵。次日下午，长长的农用温度计插入堆里已显示有六七十度了，就摊开晾一下，再捂堆，如此几次操作后，就开始铺苗床播撒菌种了，待苗床布满菌丝结成板块后再扶起搭成两到三层口字形以利于蘑菇向各个方向生长，就算成功一半了。

没有种植模具，林就创造性地用洗干净擦干的砖在同样干净的水泥地上沿着房屋踢脚线垒成两层砖的约 20 厘米高的方形槽子，按照种植步骤，先在槽子里铺 5 厘米厚、处理过的湿漉漉的棉籽壳，然后在上面撒上第一层菌种后再铺 5 厘米的棉籽壳，略压实后撒第二层菌种，共撒 3 层菌种后洒水再压实，即种植完毕。

接下来就是每天的 2 次通风，按要求喷水以保证室内的湿度要求。劳作之余，哥俩就一壶茶一盘棋尽享隐居南山之趣。耐心等待一周后，发现砖槽里苗床的表面像是覆盖了一层白色的霜，哥俩兴奋不已，这是菌种终于发丝了。伴随着更加悉心的技术管理，又约一周后，苗床表面发育出点点簇拥的平菇苞蕾，结合喷洒营养液，又约10天过去，像伞形一样乳白色的平菇就争先恐后地探出头来并努力地向上生长以获得更大的生存空间。

第一次收割选择在了一个明媚的上午，林在空地上铺上一块大塑料纸，王姓朋友却提着一个装满水的大塑料桶走了进来，看着正在哼唱着《采蘑菇的小姑娘》忙得不可开交的林有些诧异眼神就狡黠地解释说："你傻呀，卖前你不要洗一洗啊？"结果就是洗前40斤的蘑菇洗后竟然神奇地达到了近60斤，王朋友得意地评价："应该可以收回大部分投资了，下次收割就是纯利。"

很顺利地收割两三茬儿，每人赚了200多元，王姓朋友又建议："等于多开了两个月的工资了。我看你们学校空置着的平房还有很多，要不就再弄几间，我们已经有成功的经验了，可以扩大栽培面积，甚至还可以雇几个帮手。收入一定会大大增加的。"这也是林的想法。

正当林要找地方扩大再生产大干一场的时候，来自系主任的不利舆论也传来了："林不务正业，利用学校资源种蘑菇自己挣了很多的钱。"结果可想而知，不仅没有得到更多的闲置房，就连原有的两间平房也被要求迅速清退了。林靠种植平菇改善生活的梦想在挣了几百元后立即粉碎了。清退房间时，布满菌丝的苗床板块上还有许多的平菇苞蕾，只要接着洒洒水就还会继续生长的。负责清退房间的领导指挥手下说："扔了可惜！把大块的搬回我的办公室做盆景吧！其余的你们需要就搬回家吧，扔了实在可惜，放在阳台的空地，没几天就能采收了。"旋即林看着十几块苗床被一抢而空，心在流血但无力阻拦。

林感觉遭旧势力排挤无望施展专业才华，再加之小家庭不和睦，整日惨淡，愁云凝结。与妻子渐行渐远又心有不甘。这时正处社会经商风潮正浓时，"下海趟一趟！免得帆总说我窝囊一无所有。"室内栽培平菇是做不成了，林就开始琢磨从哪里入手新项目了，思考观察的结果是贩烟或倒腾服装比较可行。与帆一说，正合她的心意。

没有本钱就从小的做起吧，恰好林听说老家的一个远房亲戚有香烟流通渠道。受欢迎的渡江牌香烟每条十一二元可以进货，批发给街头小店 18 到 20 元，小店再按二十五六元出售。林的一个小箱子摆两层正好能装 16 条烟，扣除进货差旅，每次能净赚 100 元左右，林常常一天两趟往返于淮北至怀远之间，一路上还小心翼翼提心吊胆的，生怕被稽查发现。风险太大利润也不高，这时有客户问能否搞到上海卷烟厂的牡丹牌香烟，牡丹烟在本地很受欢迎，正品即甲级或乙级烟零售市场售价在五六元一盒。听说上海西藏路有个地下烟市，那里二三十元可以搞到一条，本地批发三五十元。好在帆有个姨是徐州到上海这趟车的列车员。林每次带回一件 50 条丙级烟的成本在 1500 元左右，全出手可净赚 1000 元。这已经是林那时的半年工资了。但好景不长，列车稽查风声骤紧。

林只能另辟蹊径了，反正是不能闲着。林听说倒腾小服装利润可观且风险极小，就认真地考察了市场，目标客户最后定位在了青年女子的时装和市郊矿山的集镇人群。林一个周五和帆在商场街头溜达，发现年轻女子对一种叫珠丽纹面料的有电脑绣花的衬衫趋之若鹜。每件售价在六七十元，就它吧，林又千方百计地从售货员那里打听到了无锡附近的常熟服装批发市场可能有此货源。

时间就是金钱，带上所有的积蓄又从大哥那里借了一些，林和帆次日就从徐州乘火车出发了。按计划到无锡下车再转长途汽车去常熟的服装批发市场。林一走进市场就被震撼了，这里与本地市场上畅销的一模一样的珠丽纹面料有电脑绣花的衬衫批发价价在十一二元，就先进了 100 件，林又看到有全棉内裤 5 角钱一条，也进了 200 条。

为赶上次日的周末出摊，林扛着两大包衣服当天返回，林次日周六一早就骑上自行车去市里最繁华的商场门口抢占了预计人流量大的有利地形。林用一根竹竿绑在自行车的车把上当作衣服展示架挂上衬衫，又在地上铺了一块大塑料纸，将五角钱一条的棉质内裤胡乱地倒在上面堆得像小山一样。林带着草帽墨镜开始吆喝，中午就随便吃些盒饭。一天下来，货物竟卖掉了大半。回家盘点衬衫卖了 50 件净赚 1500 元；全棉内裤 5 角进货 3 元出售，卖掉 60 条，净赚 150 元；总计 1700 多元。周日一天几乎售罄，尾货就按成本价出售了。2 天有 3000 多元收入。林的信心大增。第二周如法炮制，周五去常熟当天返回，周六日出摊，也是辛苦异常。有时在列车上就把货物塞进座席下面，林在地上铺上报纸和衣躺下就睡着了，腿伸进过道多次被过往的旅客踩醒；但看到身边已有身孕的妻子露出难得的笑容，林也是乐此不疲，甚至开始盘算着再多挣一些钱租个店面大干一场了。

暑假前的一天，本校的好友善意地提醒林："你别太忙着挣钱了，还是看好自己的老婆吧！"这引起了林的警觉。一天夜里林出门去迎接很晚未归的妻子，在路口竟然看到帆坐在一个男人推的自行车的横梁上，满身酒气地回来了。

暑假中，林回矿上父母家小住时阑尾炎发病手术住院了。好友来探望，再次暗示了帆的不检点。林怒火中绕，当即决定突然回家一探究竟。伤口还没有拆线，林冒着酷暑乘坐公交车赶回市里帆的学校门口去蹲守等候帆，林戴着一顶宽沿草帽捂着不时阵痛的伤口，蹲在学校大门对面接补课孩子回家的家长人群中。果然，帆出来后就快步四下观望地走向学校大门斜对面的巷口，林忍痛悄悄地跟了过去。还是那个那天晚上送帆回家的男人推着自行车在等她，林的突然出现让他们和自己都尴尬不已。帆还想极力解释什么，林不愿听她的任何解释了。因为帆的慌乱表情与语气说明了一切。那一刻，林杀人的心都有了，奇耻大辱！回到家里，帆苦苦哀求看在已有身孕的份儿上要向林解释。她说是要谈合作生意的事，又说她家里太穷还要指望她。她是老大，父母极要面子，家里亲戚的事情大都要靠做教师的她出面。林很生气："让你出面可以，但没让你出身吧？都是你家的虚荣心！还是培根说得好'虚荣心很难说是一种恶行，但所有的恶行都由虚荣心而产生'。"

在这种悲催纠结的日子里，年底，他们的女儿出生让日子看似回归了平静。林也就搬到的学校分在市里公园门口附近的公房里去了。帆的虚荣心再次暴露得淋漓尽致，她埋怨而愤懑："你看看人家，换了房子就有电话、冰箱，还有欧式家具和摩托车，你真没用！"

搬进市里的新家后，帆变本加厉地追求金钱。她在外地纸厂工作的舅舅竟然在本市的学校里靠帆出面大肆地推销起纸张业务来，弄得满城风雨。如果这些林还能忍受的话，接下来发生的事，就触及了林的忍受底线。

一天晚上，林好不容易才安顿好女儿后，就下楼去走走，不知不觉就来到淮海路路口的一家歌厅门口，巧遇一个社会上的朋友，朋友问："干吗呢？你怎么不进去？你的老婆子好像也在里边呢。"林郁闷且有不好预感地走进了乌烟瘴气的歌厅找个没人的角落坐下来观察。果然，帆和她的舅舅正与几个男人很亲密的样子在喝酒唱歌呢，当看到帆与一个满嘴酒气还叼着烟卷的男人搂抱在一起跳舞时，林怒不可遏，走上去呵斥帆："干吗呢？女儿等你回家带她睡觉呢！"林说着就把帆拉扯出去了，她的舅也讪讪地跟着出来了。林气愤地指责："你做生意挣钱我管不着，可别让你外甥女出来陪酒、陪舞啊！"

从此，帆娘家亲戚自私自利的印象就刻在了林的心里。家庭的贪财与爱慕虚荣还是影响到了帆刚上初中的小妹身上。林听说帆的小妹失踪了，原来是跑到南方打工去了。帆的小妹在几个月后的一个周日上午突然又回来了，她穿着时髦暴露，浓妆重抹，口红刺眼，香水刺鼻，与初中生应有的表现相去甚远。她提着拉杆箱，走进家门就喊："我回来了，是坐飞机从泉州到南京再坐火车来的。还给爸爸带了酒呢。"帆的小妹吃饭时讲了在南方主要的挣钱方法就是在歌厅里唱歌，供客人点歌消遣，客人献花或给小费。在林看来，她妹妹的工作实际上就是个三陪歌女，在大把金钱的引诱下林没敢往下想她还能干出什么事来。就担心地说："三妹要千万注意安全啊！听说南方很乱的。"小妹不屑一顾地说："没事的！那边的生意人都很规矩的，工作之余就是唱唱歌、听听歌，跳个舞！他们点歌我唱歌，他们出手都很大方的，钱好挣得很！"林注意到听到这时帆的眼睛亮了一下，但她的父母拿着小女儿给的一些钱和礼物，却是一副很自豪的模样，还流露鼓励夸赞的眼神。帆的父亲本爱喝酒今天就更是喝了不少的酒，也就由原来的兴奋转为亢奋了。似乎小女儿又为家里开辟了一条新的生财之路。

吃完饭，帆的父亲本来就因嗜酒如命而圆鼓的眼就更加外凸仿佛要随时喷出血的样子说："今天高兴，女儿能给爹挣钱了！又能下去玩几把了。"

转眼到了暑假，帆也一声不响地竟失踪了。快开学时才回来，林的预感实实在在地发生了。帆竟与她的小妹一起去了南方的歌厅唱歌陪跳舞去了。帆带回了几千块钱，不停地数着炫耀着，并表示要用这些钱先安装一部家庭电话。电话安装以后就几乎成了帆的专用，有时深夜还有电话打进来，帆接电话时总是压低声音神神秘秘，更有甚者，有时林提前接了电话，对方立即就挂断了。搞得林不胜其烦。

看着可爱的女儿，林依然强压怒火地不停奉劝帆并反复阐明自己的价值观："希望你以后别再折腾想发财了，我们都是教师，做好工作、带好女儿也会很幸福的。再说，我也一直在不辞劳苦地增加收入。有一口饭，我饿死也不会饿着我的老婆孩子的。挣钱养家是男人的事，老婆整日在男人堆里挣钱，丈夫的尊严就没有了。"

"就指望你？猴年马月也别想发财！"帆再次极为不屑地表示。

没有固定的摊位，倒腾服装太烦琐辛苦也不是常事。林就又想着要换招了。反正是绝对不能闲着，林为了拉回妻子的心，甚至可以不要大学教师的面子还要去拼搏拓宽挣钱的渠道。

20世纪80年代末的一个秋天到了，恰逢夜市跳骚市场大排档大行其道。林观察几天后选择了卖水饺和朝鲜冷面的大排档项目。就和龙商量，意见一致。于其在单位空耗时间，还不如顺应时代潮流挣些钱安定家庭更有实际意义。合作者找了一位校友政治教师安和林的一个发小士刚，共4个合伙人，推举林为总负责。大伙凑钱到县城农贸市场购置了开张必须的物品，顺便又买了一袋50斤的面粉并加工成像粉丝一样的冷面半成品，半成品有七八十斤重，再就是锅碗瓢盆折叠桌椅、板凳和炉子之类的。

万事俱备了，林迫不及待地要选择周末就开张试水。出摊前的加工地点就放在士刚在市里距离夜市不远处，也就是士刚与岳父母同住的家中院子里。周末上午，4人全部参与了原料采购，买了芹菜、葱姜、面粉和偏肥的五花肉，共用去了几十块钱。

士刚统一指挥洗菜剁饺子馅，一起动手包了几百个饺子，又熬制了羊油辣椒油作为烫面的调料。士刚又张罗手推车、煤球炉等。第一次出摊大家都很兴奋，林高喊并要求大家附和："我们下海去！要游过宽阔的海洋。为老婆的微笑，我的面子不重要！"不大的铁质手推车装得满满当当的，顺着市区最繁华的淮海路浩浩荡荡出发了。

出摊地点就选在夜市入口处的淮海商场的对面，这是林和龙事先选好的地方。这里人流量最大，关键是路灯照明条件好还距离方便取水的小区比较近。到达时已有几个水饺摊子都已摆好了。"挤挤，挤挤！帮个忙腾点地！"听到士刚匪气十足的大嗓门，又见他身边还有3个大汉，几个摆好的摊位也就尽量地挪了挪，士刚趁机把手推车插了进去；还好，有点空地正好架上2套桌椅板凳，可供10个人同时用餐。从此，这块每天交两块钱工商税的地皮就成了他们的专用。按照分工，林和龙负责前台招揽客人和收银；士刚和安负责后台加工操作。

华灯初上，开始有客人了。水饺每碗10个卖2元，烫面每碗2元。熬到夜里11点多几乎都卖完了，士刚留下几碗饺子，又捞出煮饺子锅里的大块五花肉皮切碎拌了酱油醋，向林支了3元钱买了瓶潍溪高粱大曲酒，4人分喝了。吃了饺子和烫面就算是晚餐，收摊子喝酒也从此就被他们称为"收工酒"。盘点是件大家都高兴的事儿，第一次就净赚了300多元。安努力压抑着兴奋提议："平均每人80元左右，相当于一个月的工资了。分了吧？"士刚折中地表态："先分一点也可以。"龙没有说话，只是眼睛在厚厚的镜片后不停地眨着。林坚决不同意，因为他已经开始琢磨着要扩大再生产的事了。

一夜思考，第二天林在出摊前包饺子时总结了几点意见：一是大排档的客户群体基本一致，都是在家不做晚饭的、谈恋爱的，或是下班晚点的和溜达过路的；二是夜市两头同类摊点有20多家，卫生条件都不尽人意；三是潜在的竞争早晚都不可避免。因此，第一，沾沾自喜要不得；第二，台面卫生要改善；第三，仅一个蜂窝煤球炉火力速度跟不上，要再买一个火力更强大快捷的使用汽油的气化炉应急；第四，提高质量，把烫面的白水汤换成羊骨汤，根据客户对象适当地加大或减少分量；第五，为增加卫生以及质量的可信度，再竖块"教育学院青年教师服务队"牌匾。

"再拉个广告条幅或牌匾！"安建议。大家七嘴八舌地贡献了自己的广告词。最后以林的有点文化意味且诙谐的广告语为定即"秋风起秋风凉吃了我的饺子好上床"。意见统一。

准备停当，摊点焕然一新，也迎来顾客如潮。但是问题也来了，就是包饺子的速度跟不上了，原材料也无法及时补充。林这时发现相邻的一对老年夫妇的水饺摊点冷冷清清，便计上心头。林的计策就是收购他们的生饺子。

最后确定，以每个饺子一角钱的价格收购，皆大欢喜。那对老年夫妇用自己的材料包好就送给林，不用燃料费还省了不少麻烦。互惠双赢，收入大增。这件事给了林最原始的"贴牌加工"意识，启示：自己的品牌首先要过硬才行。

4人按部就班地稳定了一段时间。一天对面的摊点骤然热闹了起来，客人一波接一波的，安看着眼红，原来是他们增加了砂锅新品种。安过去看一下回来说："成本很低，就是在高汤中杂烩些白菜、豆腐、粉丝和火腿肠，成本最多两三元，他们竟卖六七元一份，利润在一半以上还拐弯了；只是需要一个多火口的炭炉子炖砂锅而已。"这天喝收工酒时安又旧话重提："干了几周了，分点儿吧？"

"每天用的煤球都是我家的，我家也成了加工车间，岳父母好像有意见了。"士刚呼应了一句。

"盘盘点，就分一点儿吧！大家早出晚归，分点儿回家也好交代。"龙也同意了。

林不好再坚持但很遗憾地说："本来我是想上炒菜、白酒、啤酒项目的，因为不断有客人询问是否有酒菜。我保证如果上，利润一定会大幅增加的！既然大家都有分点的意思，我也没意见了，本想再干一段时间积累多些再分的。"林就从腰包里拿出记账本把开业以来的收支情况尽可能细致地向大家做了说明。每人分了300元。

皆大欢喜，安胸有成竹地提议增加砂锅项目，龙提议再复制一个水饺烫面摊点以扩大收入，并表示如果人手不够可让他的老婆和岳母过来帮忙。林感觉到，安和龙早有自立门户的想法，就提议："等干完这个月吧！你们也有单干的准备时间。人各有志，只要大家能发财，分就分了吧！"

月底的最后一次收工酒，特地买了2瓶大曲酒。瑟瑟秋风中急雨如帘。没想到秋天也会有这么大的雨，夜市里的人都纷纷躲在街道两旁的屋檐下。林想天渐渐冷了，如果能有个简易大棚挡风避雨，生意一定差不了。在风中昏暗摇曳的路灯下，最后一次盘点分账。林的心中竟感到一丝大业未成兄弟分道的悲凉。几个月课余时间的相处，结下了深厚的情意。看到安冷得发抖，林就脱下运动衣送给他："安，穿上做个纪念吧！"安也是很受感动，掏出他心爱的打火机回赠给林做纪念。4人依依不舍，表示分家不分心，尽欢而散。

一周后，林和士刚继续合作，仍在原来的位置上经营；龙带着老婆和岳母在对面开了一家水饺烫面摊；安也在斜对面开起了砂锅摊，再次见面虽有尴尬，但也经常一起喝收工酒谈谈经营体会，只是都略有保留。

林和士刚是发小队友，意见容易统一。林可以完全发挥自己的经营思路。羊骨汤烫面，红红的一层辣椒油，货真价实；增加了简单的小炒品种配上白酒和啤酒；又添置了一把大的遮阳伞，在秋雨绵绵中生意渐火，回头客和收入明显增多。两人每天干到深夜才收摊，还是一块儿煮猪皮、一瓶大曲酒，兴趣盎然不辞劳苦。进入1992年，林开始想着还不如开一个正式的饭馆得了，一劳永逸地解决经营场所和持续稳定的收入问题。

初冬的一个夜里，冷风渐起，士刚去弄了一瓶高粱大曲回来建议："阿林，不会有什么人了，就喝收工酒回家吧？"

林看看还有几十个饺子、半碗切好的肉丝和一个莴苣，以及几个西红柿和鸡蛋，那都是为顾客点小炒时用的。就接着说："就剩下我们一个摊子了，再坚持一会儿，没准能买个好价！"

风更大了，还有零星的雨点落下。他们正打算收摊时，一辆外地的夜里穿行市区的长途大货车轰然停在了路边。接着两个壮汉司机就咋咋呼呼地向摊子走来："来2碗水饺，有酒有炒菜吗？"士刚忙乎半天把2个小炒、1瓶酒和2碗水饺端上了桌子。看来是累坏了的两个司机囫囵吞枣地就喝完吃完抹抹嘴不满地说："就这几个饺子？还不够塞牙缝的，再给加几个。否则，就不给钱了！"林一听就火了："想吃霸王餐吗？一碗就10个，你吃不饱可以再要啊！没钱就别捣蛋！"两个司机骂骂咧咧地抹抹嘴提上包就要离开。这时，士刚手提菜刀挡住了他们的去路并断喝："哪里去？先把钱付了再走！"士刚身高马大，一脸横肉，林常开玩笑说如士刚的胡子能再多些，演张飞或李逵根本就不用化装。这一刻士钢的气概义气和不惧强人的形象长久定格在了林的心中。恰在这时，一辆警车在摊子前突然停车，两个外地司机就坡下驴赶快付了饭钱匆匆回到车上就以最快的速度离开了。士刚还要追上去理论，反正钱付过了，就多一事不如少一事了。后来林问士刚："如果他们拒不付账，你又会如何？"士士刚委屈地说"想你我都是国家单位的人，若不是为了老婆孩子，谁愿意天天辛苦熬夜挣这几个小钱啊？男人得讲理守规矩，真的！少一分我都会劈了他们！"

警车上跳下两个穿着皮衣高高竖起衣领的看似疲倦的警察来到摊子前匆匆地命令："走！走！抓紧时间推上摊子跟我们去公园门口的派出所，桌椅板凳就不用带了。"

那里距离林的家不远。一路上坡，林和士刚很不情愿但也只能同意了。

"我们是犯了什么事吗？"林胆怯地问了一句。

警察不耐烦了："叫你们去，你们就去！肯定是好事！"语气不容反驳。士刚也无奈："这年头得罪谁也别得罪警察啊！"说着就开始收拾装车。

"我们是大学教师，每天都交过工商税了。是合法经营。"林不干了，刚才已经受窝囊气了，就去亮明身份再问警察。

"这不是兄弟们值夜班去抓赌刚回来，都饿坏了。是请你们上山去做饭的！价钱不会亏待大学老师的。交个朋友吧！"警察的态度好多了。

话已至此，林也不好再坚持了，其实林是真想回家带女儿的。两人顶风冒雨推着笨重的铁皮车一路上坡来到了派出所的院子里，就在临时关押房前的门廊下支起气化炉和煤炉，以及炒锅和煮饺子锅，拿出所有可以加工的食材，在昏暗的灯光下炒了一大盘肉丝莴苣片，又用一个鸡蛋三个西红柿炒了一个菜，同时煮了6碗水饺和几碗烫面，在民警的不断催促中端进了办公室，领导模样的人已经坐在那里等候了，面前的玻璃杯中已经倒满了酒。看着一圈警察大口喝酒大口吃菜，林和士刚的肚子也咕咕地叫了起来，他们自己还没来得及吃晚饭呢。林最担心的其实不是自己饿肚子，而是最后怎么结账。

半个小时后，一个瘦弱的警察也可能是治安联防队员把没吃完剩下的饺子端了回来同时神秘一笑地吩咐："味道不错！尤其是烫面的羊骨头汤货真味道正，领导说价格对大学老师一定要公道！但是嫌犯也是人，也是要吃饭的，你们再尽可能地多加工几碗，还有烫面什么的。"

"你们也够辛苦的，也要给饭吃的，这是我们的政策！"不一会儿就听到关押房里那个警察对嫌犯说话的声音。

"是的！是的！政府好！警察好！善待我们了！"警察的话赢得嫌犯们的交口称赞。

接着又听警察发话："我们是请了人专门来给你们做饭吃的，但你们是要付钱的！"

想必是嫌犯们在寒夜里也是饥寒得够呛就听到："当然、当然！多少钱我们都愿意掏！"

"每碗水饺 30 元，骨头汤羊油烫面每碗 40 元。"

身旁的警察提醒林："给他们喝点热面汤他们就感激不尽了。"结果，剩下的十来个饺子分了 3 碗，烫面的面不是很多但骨头汤就货真价实了许多，把精心熬制的羊油辣椒油多放了不少，至少可以御寒。林和士刚的心里才踏实了不少。所有的食材全部都处理完了。

最后结账时，那个警察胡乱地给林塞了一大把钞票感激地说"大半夜的辛苦你们了！味道确实不错！后会有期！"林和士刚回去一看竟是近 1000 元，这也是他们大排档卖饺子以来获得最大的一次利润传奇经历。

拖着疲惫的身躯，推着车下山路过林的家门口时，林就邀请士刚去家里吃点儿东西喝收工酒。哥儿俩把钱堆在桌角，就开始在厨房里正式喝收工酒了。盘点加上当晚夜市的营业额扣除成本净赚 1000 多元，太累了，为鼓舞士气，林就留下次日采购的必须成本后每人分了 500 多元。窗外夹杂着冻雨的北风呼啸，想着赚钱的不易，士刚这样一位铁塔般汉子的眼角竟泛起了一层泪光。厨房的动静还是惊动了熟睡中的帆，她来到厨房问候："你们辛苦了！看来今天的收获还不小呢！"帆显然是看见了桌角上的一堆脏兮兮的钞票。林把自己的大都是面额 10 元、5 元的纸币还有不少的硬币共 500 多元全都交给了帆："拿去吧！明天给女儿买些好吃的和她想要的玩具！"帆喜笑颜开地拿着钱回卧室了，离开时还转身留下了一个难得的鼓励还有些许关心的微笑。林为此还开心地喝了一大口酒。自己辛苦点不就是想看见妻子的微笑吗？从此林更加辛勤地劳作了，周末有时甚至要干到凌晨才收摊。就是为了卖完最后一碗水饺和最后一碗汤面。

一天夜里，由于帆很晚都没有回家，林就抱着已经 4 岁的女儿下楼去路口等待。

许久，一辆出租车停在了路口。帆下车后，有一个男人动作亲昵地送她走了过来。联想到此前的诸多传闻，林和帆回到家便开始了激烈争吵。一番争吵之后，气急败坏的林摔门而出。走在路上，林突然又想起女儿不听故事就睡不着觉的习惯，遂又返回家中想把女儿一起带去大哥家。

林站在门前，掏出钥匙开门，发现门是反锁的。林敲了好一会儿门，帆才头发凌乱地打开门。林发现了太不对劲，就快步走进卧室，发现的是一个满脸横肉的男人正坐在卧室的床上打电话，正是送帆回来的那个男人。

林恶向胆边生，回到厨房就去找刀，但又看到一旁女儿惊恐的眼神和蜷曲在沙发上无地自容的帆，林长叹一声："唉！跟别的男人又有什么关系呢？你若立得正，别的男人也上不了我的床。他做我的刀下鬼就太冤了。你这等不堪的女人不要也罢！明天上午我会回来和你谈！"林抱起女儿愤而离去。

次日回家，苦思了一夜的林本想着为了女儿再给帆一次机会。但是帆既无道歉之心，更无悔改之意，反而强势地承认了有外遇的事实，还铁了心地要离婚。

为了给年幼的女儿一个完整的家，林又去哀求帆的父母做工作，但是帆的父母一副不管不顾的样子，最后表示，林说什么都没有用，必须离，因为林在他们的眼中就是个穷鬼，连一棵草都不如。面对他们的恶语相向，林无奈，含恨离去。

恋爱看缘分，结婚看责任，离婚看人品。

两日之后，林含泪起草了离婚协议书。林想，毕竟相爱过，帆又特别爱财，自己也没有能力在物质上给过她什么；那么，凭着自身的价值观，带走女儿，留下所有的财产，平静地离开，展现最后的绅士风度就只能是林唯一的选择了。这时的林就想逃离这个让他伤心又丢掉了尊严的城市；于是，林把房子和其他的所有财产都留给了帆，只是除了女儿的抚养权。最后的协议核心是：林净身出户，女儿由帆暂时抚养，直至林有稳定的工作和较高的收入时。那时女儿的户口即迁往林工作所在地；随后，女儿的一切生活教育、医疗保险费用均由林承担。

上午，在民政局迅速办理了协议离婚手续。下午，无比悲怆的林带着女儿去照相馆合照了一张相片，林在心里暗暗发誓："排除千难万险也要努力奋斗，给女儿一个美好的未来，还要为她再找一位善良称职的母亲。"

次日取回照片，林在相片背后含泪给女儿写下了一段话："爸爸是一位经验丰富的老船长，爸爸会带着你驶向远方，直到你拥有了自己的一艘航船。"

5. 酒醉的探戈

排球专业的涛哥在体校和大学时都比林高一届，两人都是性情中人，是多年的好兄弟了。涛哥黝黑的脸上有一条长长的蚯蚓般的刀疤，那是他为朋友打抱不平时留下的标签，鹰一样的眼睛始终流露着一种女人们喜欢亲近的男人的忧郁、才气、杀气与霸气。

林无奈与帆办理了离婚手续后，8月下旬，从矿山回到市里的大哥家，打算再陪女儿几天就去京读助教进修班寻求发展机会。已经知道林离婚消息的涛哥来到林的大哥旗家，找到郁郁寡欢的林，不停地安慰："没什么大不了的！不就是个女人吗？好女人多得是，快去北京了吧？晚上找几个兄弟给你送行。身边没有女人的日子，你要慢慢适应才行，哥哥也离婚多年了，身边也没断过女人，这与婚姻无关。饭后带你去闸河路溜达溜达去，把烦恼丢在一边，生活还是要继续下去的。"

到了闸河路的"水中月"歌厅，很快布置停当，弟兄们开始开怀畅饮。一会儿涛哥邀请的几位原体校的发小女队友也花枝招展地如约到来。

"这是田径队的阿林，刚刚离婚没几天，几日后去北京，今天特意请大家来一起为他送行。"涛哥指着林介绍。

涛哥又特别将一位漂亮高挑，有着魔鬼般的身材，穿着白色超短裙的时尚女人安排在林的身边，对林说："这位是霞，当年排球队的，今天就交给你照顾了。"

霞大方中有矜持，矜持中又有些许妩媚，尤其是白皙圆润、微微上扬的下巴竟与灵神似，这是林喜欢的。林遂又想起"漂亮的女人都是相似的，丑陋的女人各有各的不同"那句话来。两人对饮了几杯酒话就自然多了起来，一起回忆当年体校共同岁月的美好心境里，拘谨慢慢地不见了。

霞的生活也不尽如人意，丈夫不是很争气，还整天对她的工作、生活圈子指手画脚，尤其对她与多为男性生意朋友的交往横加指责。多次弄得她在朋友面前全无面子，她与丈夫早已貌合神离，实际上已然过着单身生活了。相似的遭遇拉近了心的距离，彼此的孤独寂寞相互影响，彼此的心也都同样需要慰藉。

几瓶啤酒喝完后，听着台上跑调做作的歌声，霞对林说："他们唱得那叫什么啊？我给你唱一首吧？但千万别嫌难听！"

"我为发小队友林唱一首《酒醉的探戈》，他才华横溢，我为他的不幸而感到忧伤。但我相信他的不幸很快就会过去的，孤独寂寞是暂时的，美好的生活已经在眼前了。"霞走上小舞台，拿起麦克风，举止高雅地看着林做开场说。

霞的温柔话语如春雨滋润了林几近干涸的心田。

林开始仔细观察站在聚光灯下阔别了十几年的霞，此时的霞比刚才坐在台下昏暗烛光角落里要美丽得多得多。旋转的霓虹灯扫过她修长的腿，肌肉线条的柔与质感美得让人震撼心扉。霞的口中传来如泣如诉的歌声："我哭了，因为我寂寞，我寂寞，有谁来安慰我？"表达了无尽的忧伤寂寞与无助无奈。那一刻，林竟有了一种同是天涯沦落人的感觉，欲上前拥抱、安慰她。

"阿林，快去献花啊！"涛哥怂恿，林随手拿起插在小圆桌上的花瓶里的一枝布艺玫瑰花，风度翩翩地快步走上小舞台，深鞠一躬说："谢谢你的歌声！"接着很绅士地与她轻拥一下，换来台下的弟兄们掌声雷动。

"谢谢你！我真的很开心！一会儿请你跳舞啊！"霞接过花附耳轻语。

实话实说，霞的歌唱得非常好，几乎与原版无异。歌罢，霞婀娜多姿中尽显自信如模特般地走回座位，她的表现自是博得了满堂喝彩。霞然后又极其优雅地举起杯向大家敬酒同饮，表示了谢意。

怎么能来而不往？林乘兴回到小舞台上，笔直的身板略微前倾对着霞用充满磁性的普通话说："谢谢霞妹的歌声！我也回敬你一首《跟往事干杯》吧！"

"我就清唱吧！"工作人员鼓捣许久也没有点出这首歌，林自信而充满激情地说。说完，浑厚的歌声随即飘荡在大厅，当唱道"今日的酒杯莫再要装着昨天的伤悲，请与我举起杯，跟往事干杯"时，霞竟然不知不觉地端着两大杯啤酒飘在了林的面前，伴着清脆的碰杯声，他们深情对视，一口气饮下。霞敬酒后就留在台上，小鸟依人地站在了林的身边。似乎是要等着林接着唱出的最后一句："举起杯！跟往事干——杯！"林的声音拖得悠长而高亢，同时举起空杯，霞也恰到好处地配合举起了杯，随着林一起示意全场举杯，受台上极具表演风格的煽情性情绪感染，台下的碰杯声响成了一片，共鸣的情绪带动了全场激昂的气氛达到了高潮。曲罢，他们自然牵手，回到座位。

"祝贺演出成功！"又是一阵兄弟们的祝贺干杯。

舞会散场时突然大雨如注，歌厅老板是涛哥的江湖兄弟，就盛情地邀请涛哥一行在歌厅入口处的门厅里继续畅饮。旋即一桌简易的酒菜就布置停当了。林常爱说"下雨天歌赋喝酒夜"，如今结交了新朋友，又有美丽温柔的霞一直陪在身边，再加上兄弟们的有意安慰，林喝起来自是气吞万里如虎了。老板做东，就带领大家先喝了一筐啤酒。

"如此好光景，一群老爷们儿干喝有什么意思？"酒到酣处，涛哥一拍脑袋感叹。

"芹姐辛苦一下！朋友难得开心，来的又都是涛哥的兄弟。我喜欢！你就把晚上陪哥儿几个的女士都招回来一起喝个通宵吧！"老板会意，马上让一直陪伴涛哥的领班芹下去安排。

不多时，一群看上去还没来得及卸妆、被大雨淋花了脸的女人们就从雨中跑了回来，老板豪情地先安排这七八个花蝴蝶一般的女人各敬酒一圈。

一圈就是十几杯啊，每个敬完酒的女人都是面如桃花、大气不羁的模样。

轮到林回敬了一圈酒后，林也至少有二十几大杯喝下去了。霞担心地扶了一下已经有些站立不稳的林，悄声温柔地提醒："别逞强了！这些女人都是冲着你来的。"

"雨夜豪饮，我即兴作小诗一首助兴吧！算是送给霞妹和在座所有的女士！"林感受到了久违的女性温情，竟有了诗意，起身说。

“好！”霞第一个赞同。

其实，这是林在霞唱《酒醉的探戈》时就构思好的，林忧伤地吟诵着：

酒醉的探戈

风雨交加的夜晚

酒醉的我

站在廊桥的这一头

守候同样孤独的你

从廊桥的那一头归来

是流浪的心渴望在你的心房落脚小憩

酒醉的探戈

牵着你的手不再寂寞

我知道你也会最终离我而去

怀拥玉盘原都是水中的月

虚无缥缈但却美轮美奂

你的歌

我读懂了你的寂寞

我多想你若愿意

我陪你度过最孤苦伶仃的时候

“我愿意！你愿意吗？涛哥，太晚了！明天晚上就去我的饭店聚一下吧？”是霞的话，只有林能听到的声音。后一句是着重对涛哥说的。

“阿林行啊！体校的第一美女对你有意思了。明天去她自营的饭店，把她拿下得了。免得肥水流了外人田！”送走霞，涛哥回头对林玩笑地打趣。

“阿林还是文采飞扬，好福气，不要再为离婚的事悲情了！好女人真的太多了。”其他弟兄也趁机安慰仍深陷在沮丧里的林。

雨越下越大，似乎没有停下来的可能，雨水随风扫进门厅，大家都感到了阵阵凉意，加之啤酒过多，卫生间又在二层的舞厅旁，频繁上下很不方便。“撒个尿还这么费劲！换地方，换地方！到楼上舞厅里再接着喝吧！”老板发话。移师二层，把舞厅中央几张圆桌拼成长桌后，双双落座。几箱啤酒早喝光了，菜也没了，涛哥一行晚上只顾喝酒唱歌跳舞了，此时已是饥肠辘辘。

老板善解人意地吩咐手下："去大排档弄几百个饺子吧，'饺子就酒，越喝越有'啊！"

"再去库房看看还有啤酒吗，如果没有，就从吧台上拿红酒和白酒吧。"老板看着每人面前的空杯意犹未尽地继续安排。

不一会儿，各路人马返回舞厅，几百个饺子摆在桌上。先白酒后红酒，又是一轮豪饮。大家都喝得头昏脑涨的，外边大雨瓢泼，回家已经是不可能了。

"都很开心，难舍难分，委屈弟兄们了！就都在这里休息吧，权当体验生活了。好在有沙发地毯，再把库房和值班室的凉席都拿来。"老板再次显示了江湖男人充满人文情怀与万丈豪情的一面。

"一身臭汗，芹姐，你带妹妹们去附近的浴城冲一下，回来时再把浴袍一起带回来当被单子盖吧，下半夜有雨还是会冷的。待会儿我给浴城老板打个电话就行了，签我的单。"老板见没人有不同意见就接着做了安排。

"明天一早，我的小饭店还要接货。就不陪老同学了，我必须要先走了，涛哥你们也别玩得太过火啊。"霞对涛哥说完就快速离去了，林怎么感觉霞的话都是对自己说的。

当夏季雨后黎明强烈的阳光强硬地射进大厅内时，林发现自己静静地躺在一个叫梦儿的女人的身边。

"不好意思！昨晚喝得太多，没有失礼吧？"林揉揉依然疲倦的眼睛不安地询问。

"我还希望你失礼呢！是我不够有魅力吗？"梦儿打趣中竟显得有些许失落。

分别时梦儿真诚地说："林哥是真男人、真君子！你的朋友真多！你昨夜喝得也实在太多了。你睡得很老实，只是夜里你喊了好几个一听就是女人的名字，你的心里一定很苦吧？其实，你夜里做什么我都不会介意的。一看你就是个干大事的好男人，我愿意为你做些什么。但你还是要多多保重身体，你穿的运动短衫可真漂亮啊！"

"谢谢你了！若有失礼还请原谅！如果你真的喜欢这种衣服，有机会我一定会给你也弄一件。"林很感激。

林既然承诺就当回事记在心里了。

许多年以后，林回乡找涛哥时还千辛万苦地打听到了梦儿的下落。她早已回地方嫁人生子了，在郊区的集镇上开了一个调料铺子。

一年春节期间，涛哥带着林竟来到了梦儿的铺子前，看到铺子旁的婴儿车里有一个穿着脏兮兮的小孩儿，林当即就知道了梦儿的生活不易。林先把女款运动短衫送上："答应过给你弄的，这是国家队的队服。这是给孩子的见面礼！"林说着又在婴儿车上放了500元钱。

"大哥是真君子！真男人！好人！"梦儿抱着孩子把他们一直送到了涛哥的那辆更加破旧不堪的桑塔纳跟前才抹泪回转。

林在回去的路上就想："真君子、真男人、好男人的标准其实很简单：大概就是与人平等交往，与人为善，不轻易承诺，一旦承诺就必须兑现。尽可能地帮人于危难之时，男人说过的每一句话都应该是诺言。"涛哥也非常赞同林的观点，事实上这也是他们这一批"60后""老炮兄弟"们的江湖原则。

涛哥一行吃早餐时又为每人要了瓶啤酒，说是透一透有利于恢复。分别时约好晚上他来接上林一起去霞的自营饭店。林回到大哥家已近中午了，倒头便睡，直到傍晚时分被楼下传来的破桑塔纳的轰鸣声吵醒才起来。

"霞打电话了，说是要请你帮她一个忙。"去霞的自营饭店路上涛哥特别地提醒林道。

林不假思索地应承下来："没问题！都是发小队友，自当尽力！"

原来，霞做生意不可避免地要接触到许多男人，虽然霞的美丽帮助了她的生意顺利，但也带来了许多被骚扰的烦恼。整天都有一群苍蝇一样的男人围在身边，还都自称是她的情人，让她不厌其烦。今晚霞就约了那些人来做个了断。特别要求涛哥带上昨晚的那几个优秀男人，并让林唱主角。真实的用意就是要让那些男人在涛哥的这群兄弟面前自惭形秽、知难而退。

来到霞的自营饭店，这是一个沿街的二层小楼，加在一起也就能摆七八张大桌子。走进一层，两群先来的男人已经被霞泾渭分明地安排坐下了，霞的主位两边的座位还空着，明显是为涛哥和林预留的。

"今天周末，邀请我的好朋友来自家小店聚一聚。再就是为我的发小队友林送行。林很优秀，不久前离婚了，林是我多年的好朋友了。"她把"很优秀"几个字说得特别重，全部落座，霞端起酒杯招呼宴席开场。

"林很了不起！看看他的涛哥和一批兄弟，他在地方也一定很有势力吧？"对方有人附和。

涛哥不失时机地进一步配合道："是的，是的！那是当然！市府领导和局领导都很器重他！他才华横溢，在大学时代就是校文工团的舞蹈演员，还经常发表诗歌和散文。"

"哦！怪不得林的舞蹈、唱歌和诗歌都那么好呢！"霞故作恍然大悟的样子。

霞骄傲地赞赏引来那群男人的一阵赞叹，同时他们也低下了原本高昂的头。初步实现目标。

霞眉目含情地看了一眼左边的林，恰像是在征求男主人的意见。

"林哥，可以开始了吗？昨天你太累了，今天要早点儿休息才好！"霞的含羞语气里有一丝明显的撒娇。

霞又紧接着说："新朋老友就开喝吧，烦心事都别放心头啊。我和林一起先敬大家一杯！"

林只好与霞同时起立举杯，给人以关系非同寻常的强烈印象，要的就是这种让那群暗暗较劲儿的男人面面相觑的效果。

随着酒局的深入，在对方那群男人逐步了解了涛哥一行的工作单位与职务后，就只剩下主动敬酒的份儿了。

霞也阿庆嫂一样地挎着林的手臂左右逢源，事实上是把她讨厌的男人一个个地都礼送出境了。那群男人出于嫉妒，也或是感到追求霞已无望，竟开始争先恐后地为林和霞敬酒、祝福起来。很快就有人开始吐酒了。

"都喝多了！时候也不早了，我们也撤吧！他们也好早点儿休息！"涛哥抓住时机建议。他说的"他们"显然是指霞和林。

"谢谢涛哥！"霞礼数周全地送走了她讨厌的男人们。

涛哥以完胜的口吻开玩笑说："完成任务！霞妹放心吧，那群浑蛋不会再骚扰你了。你名花有主了！"

"你要好好感谢阿林啊！喜欢他的女人太多了！你们要舒服了，我们也该水中月快活了。"涛哥又意味深长地补充说。

随着涛哥一声招呼，桑塔纳又在变矮了之后呼啸着离去了。

一层已经是一片狼藉，残羹剩炙满地，浓烈的烟草味混合着呕吐物的臭味，实在是没法儿继续待下去了。

霞牵着林的手走上二层。

霞随后对林建议说："大厨都放走了，我就亲自炒两个小菜，我们再喝点儿红酒吧？有助于睡眠。"

"嗯，听你的！"林显然默认了今夜就睡在这里了，回答得很温柔。

二层的大包间干净多了，角落里还有用十几把靠背椅子拼对一起搭成的简易床铺。面对美艳的女人，林的幽默中夹杂着淡淡不安："你这里天天是新房啊？"

"你说的是什么啊？那不是床！是我午休和有时晚上太晚就留下来暂时休息的。你可别把我想歪了啊！"霞马上反驳。

没有开灯，就借着窗外路灯昏暗的光摆上一瓶红酒、两个小菜，他们笑着对饮起来，交流的主题更加深入，也更为广泛，他们从当年的体校时光一直回顾到眼下。

林感慨地回忆夸赞霞说："当年体校漂亮的女孩儿都扎堆地待在排球队了，不像我们田径队，长得黑不溜秋的。当时就觉得你很漂亮，没想到这么多年过去，你变得如此有魅力了。"

"你那时也是很特别的，是个胆大可爱的男孩子。其实我们都知道，你带队友中午用避孕套粘食堂饭票的事。反正你的成绩好，体校也不会开除你。说实话，那时有人追你吗？田径队里有几个吧？我也是动过心的，没想到你今天这么优秀。更没有想到我们还能一起在深夜里喝酒。"霞也沉浸在过去的回忆里了。

霞还是反复感谢林今晚的出手帮助。

两个孤独的人彼此依赖在一起完全符合有理数"负负得正"的计算法

则。他们是放松、安静、快乐的。白天聚友，晚上喝酒唱歌。乐不思蜀的日子过得飞快。一天，在小雨中林与霞顺着山下的小路漫无目的地散步，不知不觉地就走到了原来自己家的楼下。林的心一阵紧缩，他想起了离婚时暗自立下的考博并给女儿一个美好前程的诺言了。霞感觉到了林的恍惚，便问其缘由，林没有隐瞒地如实相告了。

"我很不舍得你离去，但男人就该干大事！是你该回到学校的时候了。你一定会成功的，因为你说考博不成功就不会再回来了，我就再也见不到你了。"霞善解人意又伤感连连。

"我若离婚了，你会娶我吗？"霞又若有所思地接着问。

"不会！据我所知，你们还有一个可爱的儿子。离婚，对大人来说是解脱，但对孩子来讲无疑就是地狱了。孩子不该承受大人的过错所带来的苦难。说实话，但凡我有一丁点儿的希望都不会离婚的，孩子没有完整的家太可怜了。因此，你一定要慎重！再说，我的心里也早已经有了一个难以割舍的女人了。"林不假思索但很真诚地说。

林又补充道："我是绝对不会伤害爱人的，我爱人的原则就是'爱她就让她幸福快乐'。"

当林再次见到霞时，已经是多年后考博成功回来度假了。霞最终还是离婚了，他们相见无语。涛哥的接风宴后，同样还是水中月喝啤酒、唱歌消遣。霞的歌依然还是《酒醉的探戈》，只是不再孤独。林的第一首歌当然还是《跟往事干杯》，只是不再苍凉。

6. 枫叶依旧红

20 世纪的 90 年代初，那时大学老师评讲师职称必须参加助教函授进修班，并拿到结业证才有资格。28 岁的林离婚后只能放下眼前很诱人的大排档生意进京闯荡，来北京体院参加函授的面授课程同时捕捉考研的机会。曾经，帆为蝇头小利坚决不同意他放弃每天都有进项的大排档生意去进修，导致了耽误职称晋升。为此，林与帆还发生过多次激烈的口角呢，倍感不被前妻理解和价值观相悖的孤独。

与帆的婚姻破裂后，除了女儿，林再也没有后顾之忧，毅然决然北上。

先去就读北京体育学院的助教进修班，欲去实现他对灵的承诺，更是去实现自己最初的梦想以及对女儿的默默承诺。

拿着简单的行李，也就是一个大纸箱子，林踏上了徐州开往北京的绿皮列车。这是林第一次去首都，一路上看着窗外华北大平原的景色，林竟有了莫名的激动。

或许和帆的离婚是命运使然。因为，如果没有和帆离婚的话，林不可能放弃家庭、离开女儿，去北京就读，也就不会有此时激动的心情。林在心里这样想着。

在北京丰台站下车，上102路电车，到甘家口转320路到蓝旗营，再转365路公交，经清华西门和圆明园东门就到了体院。

林报到简单安顿之后便在校园里面逛了一圈，体院先进的体育场馆设施给林留下了深刻印象。铁锈红的跑道上不时有训练的运动员跑过，林仿佛看见了自己当年跑向理想的影子。

"这里才是体育人该来的地方啊，在这里工作才是体育人的梦想啊。"林感慨。

"是阿林吗？你怎么来了？"这时，有人对林喊话。

"乖乖！怎么是你？"林一回头大喜过望，对他喊话的人竟是大学时的同学兄弟阿远。

原来，阿远大学毕业后果真报考了他喜爱的哲学专业的研究生，两次拼搏后终于考入北京一所著名大学的哲学系，毕业后被分配到体院做了哲学教师。

"阿林，地方的人事太复杂了，你的个性很难适应，你的抱负也难以施展。现在我校有在职定向培养的硕士研究生，你的外语底子还行，我知道你一直都在努力考研，也一直在争与灵分手时的那口恶气。干脆就考我们学校的吧，我也有些熟人，在信息上没准儿还能帮上你点儿忙。关键是我校有考前辅导班，你报名参加，自主命题对你的学习能力来说应该不是问题。北体是我国的最高体育学府，直属国家体委，知名学者、大家云集，毕业后发展机会肯定会比地方要多。"阿远中肯地开导着林。

"对！本科就想上北体，因为担心成绩不够就没敢填北体的志愿。工作后考了两次都没能考上，就报考它吧。再说与灵也说过要考就考最好的北体，也算是了却一个心愿吧。"至此，林又一次锁定了考研学校。

次日下午，同来报到的来自全国各地的几十位大学年轻教师在体院的北楼成教部的门口陆续见面了。林与几位来自本省高校的年轻教师志、前和允办完手续后就聚在门口的台阶上抽烟闲聊。他们几位来前互不相识的同乡，被按地区安排在了同一个房间。志和前的年龄略小，不时挤眉弄眼地围绕路过女生的长相评价几句，还围绕着不同地域女生的相貌与性格特点聊得津津有味。这时，允发现了楼门口右边有一棵核桃树，这是林第一次看到核桃树，更是对它的果实产生了浓厚兴趣。林原以为长在树上的果实，应该就是常见的表面沟壑纵横、有着麻麻点点的市场上销售的核桃模样，当林看见果实外包裹了一层光滑青色的皮，就原地向上纵跳摘下了一颗打算剥开青皮一探究竟。

"跳得还挺高，给我也看看吧！"这时身旁多了一位一口声音悦耳、身材窈窕、性感火辣的女人。林转过身来打量，这女子确实很漂亮，红润的脸庞，一对杏眼妩媚清澈明亮，半长的头发没有遮挡住白皙修长的脖颈上流下来的汗珠。红色的T恤包裹着丰满的上身，向下延伸到上翘饱满的半个臀，如连体的迷你裙一般，笔直的腿线条柔和流畅。

看到那女子风尘仆仆一副刚报到完的轻松样子，林主动友好地询问："你也是来参加进修班的吧？办完手续了？"

"是的！天真热啊，这里比我们那儿热多了。你就快打开看看吧！"她盯着林手里的核桃大方地回答并催促。她那如小女孩儿般探究事物时焦急可爱的样子竟让林的心颤动了一下，她忽闪着就像是邻家女孩儿渴望得到他的许可与他一起玩耍一般的眼神让林顿生怜爱。

林立即回答道："马上！你去找块半截砖头来吧！我掰不开。"

"好的，好的！"她答应着，服从地顺着林的目光向一堆建筑废料走去。她矜持中有一丝少女被男生指挥的不情愿被林捕捉到了。心的颤动随即弥漫开来，林没有阻止，竟是那种青春男女瞬间好感吸引的悸动，心也随即变得柔软而美好，止不住地想与她靠近。仿佛她那里就是他能够逃避孤独、排解烦躁的驿站一样。

林除去核桃外边的一层厚厚青涩的皮，露出核桃沙滩黄的本色。这个发现一定是完全颠覆了他们原来对核桃模样的认知，两人都有了如重大科学发现一样的兴奋。共同探究的小小成功合作拉近了他们初次见面的距离，接下来的谈话也随之变得愉快起来了。

林礼貌地率先自我介绍："我叫林，来自安徽地方的一所成人高校的体育系，条件很差。出来进修是迫不得已。我的专项是田径和武术，请多关照！需要帮助就请言语，我住在 106 房间。"

"我来自东北的一所师范学院的体育系，叫枫。专项田径，有时也上女生的健美操课。孩子才两三岁，要评职称不出来不行啊。请多关照！我住在 105 房间，不会是隔壁吧？"枫自然要接着介绍，对林似乎并不反感。

"不是隔壁，是一层楼不同的方向，应该都是在一起上大课的。"林似有遗憾地补充道。

"都是田径专项。那，你的主项是？"枫似乎也要更多地了解这位英俊消瘦、眼神忧郁，但仍不失为健美的男子。

"我的主项是 800 米，兼项是 400 和 1500 米。你呢？"林坦诚地回答，并为谈话的继续开了个好头。

"你可真够累的！吃了不少的苦吧？我的主项与你差不多，稍好一点儿但也够累的，是 400 米栏，所以才兼上健美操课的。好糊弄！有田径基础，改项很容易。好在我的体形还可以，还有些舞蹈基础，健美操课多在室内上，轻松多了！不然，只上田径专业课就真地要累死了。我们都不容易啊！但愿出来进修能好好地休息放松一下。"枫大概也吃惊于在一个陌生男子面前竟自然地流露了对他的关切、对自己的庆幸和委屈的情绪，温润的面颊随即飘上了一层红晕，在夕阳里更红也更可爱了。

"健美操现在高校很流行，我也试着上呢。一点儿都不难，什么时候我们交流一下动作组合？可别保留啊！"林发现了枫的那让他不忍的窘，就用新的话题岔开。

"你也会跳健美操？"枫看着林面露好奇的怀疑之色。

"就实话告诉你吧！我在大学考上的是田径，专选的是武术专业毕业，参加校文工团跳过独舞。正如你所说的有田径的底子，学什么都有优势。我在体育系除了上田径、武术、体操专业课，还要上每周 8 次的公体课呢。健美操没人上，我就试着接了。还算顺利，还在市里办班推广过第一套《青春健美操》呢。"林下意识地把与枫有交集的田径、舞蹈和健美操项目都和盘托出了。如果他是一只孔雀，这也是他当下最能拿出手的几根漂亮的羽毛了。

"你真的比我全面多了，还跳过独舞，你的健美操也一定不错。向你学习！"枫的话是由衷并且还有一丝羡慕的。

他们愉快地交流似乎没有停下来的意思，看样子还要向更加广阔的领域深入交谈。

不知不觉间，夕阳已经悄悄地染红了身边的核桃树。原本暴露在树叶之外青光袭人的核桃如覆盖了一层薄薄的红纱巾也变得温柔起来。

"林，一起吃饭去！有的是时间，先管肚子吧！都一起去吃吧？"看似已经站在附近等待很久的老乡允、志和前友好地邀请林。

"你们先去吧！我还有点事。"林委婉但明显地拒绝了。

允、志和前小声地嘀咕着什么，不满地离去，很快消失在了去食堂小路的尽头。

"这样不好吧，你去陪你的老乡吧。别让他们说你重色轻友。都是本省的老师，也好交流一下。"枫几乎是立即就意识到了用"重色轻友"有些不合适，就吐了一下舌头。而林则完全因这个成熟且魅力四射的女人所做的一个小女孩才有的顽皮动作震撼了。这是男女之间在高度信任、没有戒备时才会有的心海荡漾。

林反问枫："你也有老乡来吗？"

"我们一个系就来了 3 个，还有一个女的和一个男的，都是一个单位的。唉，也好也不好。好是可以互相照应；不好就是事儿太多，七言八语的讨厌。"枫似乎很不情愿他们的交往会被其他的世俗因素所干扰。

当晚，林的同宿舍老乡同学回到 106 房间躺进闷热的蚊帐里，开始了卧谈会，这是大学时代普遍养成的习惯。开始的主题主要是围绕各自的工作环境与事业发展。他们基本都是成了家、孩子在三五岁的"60 后"男人。离开年轻的妻子，总有渴望亲近女人的共同话题。

"还真有些受不了，带老婆来就好了。"最年轻的结婚才两年的志惆怅地感慨。

"是的！一个月呢，时间也太长了！如果带老婆来，能抽空一起去旅游，还能什么都不耽误。"比志稍年长的前也有同感。

大家当然明白什么都不耽误的"什么"所指的内容。

次日在教学楼的大阶梯教室上《测量与评价》理论课。与长相身材无关，女生的周围大都围坐了不少男生，其中就有林的三个同乡室友。上课的老师是闻名全国的大专家、后来还担任了这所大学副校长的邢教授，课程中的体育统计内容与林曾经的教学密切相关，林就提前来到教室，坐在前两排等候，以便能有与仰慕的大学者近距离接触、请教的机会。林课前环顾四周，看到枫坐在了大阶梯教室的后几排上，想了想就起身走了过去。

"嗨，枫！这门课很重要也很实用的。你不用心，是不容易顺利通过的！听专家讲课的机会本来也不多，你不应该坐到前排来吗？"林的态度是认真、关心且诚恳的。

"哦！我听说过体育统计课程确实很实用，写论文能用得上。"枫认同了林的话。

林接着还做出了欲拉枫的手的动作，枫动了一下肩，终未迎接林的手。但却说："好的，谢谢！我马上过去！"林在众目睽睽之下把被几个男生包围的漂亮女生邀请走了。一前一后，枫跟着林来到前排当然也就坐在了林的身边。引来众多女生惊异、男生羡慕嫉妒甚至是敌对的目光。

课间休息时，邢教授潇洒地拿出一整包红塔山香烟，撕开口点了一颗后就扔在了讲台上，示意前排的同学如果想抽就过来取。那可是28元一包的高档烟啊，同学们抽的大多是几元钱一包的地方杂牌烟。这真是一位和蔼大气的专家！林想着，也打消了最初的顾虑，上前拿了一颗与教授对抽起来，借机请教了几个棘手的问题。

继续上课，邢教授提问："我们学习统计，那么体育统计的实质是什么呢？"许久无人应答，邢教授向林投来鼓励的眼神。

林瞄了一眼枫后大胆自信地回答："就是研究体育运动中不同事件的概率问题。重点是要描述数据的分布特征并解决样本间的差异程度，也是检验样本与总体的关系。"

"举个例子，接着大胆地说！"邢教授再次鼓励难得发言的学生。

"例如，检验实验组与对照组的研究指标是否具有差异？一种新的教学或训练方法是否有效？……"林说出自己的理解。

"就再谈谈差异性水平！"邢教授继续提问。

"在正态分布下取 0.1 和 0.5 水平比较常用。就是通过检验，如果差异在 0.5 水平，即可说明它们有 95% 的可能性不是来自一个总体，如果小于 0.1 就意味着差异很显著了。"林专业地回答。

邢教授开始面露喜色了："基本正确！"

抽大教授的烟、主动回答提问的这些无异于大胆的举动赢得了教授的好感，当然也让同学们关注，重要的是也在枫的面前露了脸。

"你的胆子可真大！你是个自信、上进的好青年。我都替你紧张。"林落座后，枫倒有了些为林而有的紧张，但赞赏也很明显。后来，枫说当时真为他捏了一把汗，而且后来对他有好感，林这次表现的分量也占得比较重。

8 月北京的天空沉闷极了，尤其是黄昏。几天的上课接触，同学们也逐渐熟悉了起来，男女间无所顾忌地开开玩笑，甚至互约吃饭、散步都见怪不怪了。

晚上，宿舍里照例开卧谈会。

"听说有几个男生好像得手了，晚饭后看见他们肩并肩地出去了。"志很羡慕地通报了信息。

"林弟要小心，也要加快进攻节奏了。我看到几次枫和一个新疆来的混在了一起，看样子关系也差不多了。"允也善意地提醒林。

"还有一个叫琼的女生早和一个东北的好上了。"前也有信息。

听着这些七嘴八舌的反馈信息，林竟然有了说不出来的焦躁。一阵闷雷过后，紧接着就起风、下雨了。

"我出去走走，去凉快凉快！"林揣上一盒烟出了大门往右走去。林原想是去田径场的，但雨渐渐地大了起来，夏季的夜雨也是冷意阵阵。林就疾步走向路对面体操馆的门廊下，他知道门廊下的两边有水泥台子，可以坐下抽根烟躲会儿雨。夏季的天真是孩子的脸，说变就变。一支烟的工夫，雨过去了，遥远的天空依稀又有了星光闪烁。湿润的风、积水斑驳反光的沥青路面，路灯藏在宽大的白杨树叶丛中，努力地撕开遮挡，摇曳着浑浊的光。林看见一对对从校园不同的方向向北三楼的门口聚集的身影或依偎在伞下，或勾肩搭背，或牵手缓行，都是情意绵绵的样子。竟然都是本班的同学，因为在这个点回北三楼的也只能是同学。

谈不上是爱情的失落。确切地说，应该是林在忧伤烦闷里欲得到女性关心的自救愿望受到了挫折。林的心情随之也沮丧起来，他又有了一种在雨中舞蹈以抒发抑郁的冲动。身随意行，林舒展一下身体，似乎感觉到了悲怆凄美的《梁祝》舞曲的旋律在风雨里飘荡，眼前都是自己喜欢的却跟别人跑掉的枫。林在默念的凄婉旋律里跳着一串串抒情的舞蹈动作组合，自己都觉得极富感染力。

"干吗呢？干吗呢？不睡觉，练舞蹈啊？这是受了什么刺激了吧？"居然是枫发出的声音，她就像个巡夜的女王般询问阵前不安分的将军一样。

"刚才回楼的同学中有你吗？"林的心里竟泛起一阵莫名的酸楚。

"你是和那个新疆的在一起吗？"林接着又莫名醋意泛滥地求证。

"饭后他邀请我散步，都是同学，约我好几天了。今天我也没什么事，没法拒绝，就出去一起走了走闲聊一下。"

"你们都谈了些什么？你们牵手了吗？"林莫名其妙地质问。

"他就是说了他喜欢我。怎么可能牵手？你把我想成什么样人了？"枫愠怒地反问。

"我也喜欢你！你也能陪我散步吗？"林立即质问，自己都觉得很是莫名其妙。

"你也没有约过我啊！"枫嗔怪道，如小女人的样子。

"听说你和那个新疆的正在火热中，我是绅士，自然不会给你找麻烦的。"

"我现在不是已经在陪你了吗？"枫一定是感觉到了林的火辣期盼的眼神，竟有了一丝委屈的语气。

"刚回到门口遇见你的老乡允，是他告诉我的，说你出去有一会儿了，还说可能是去找我了。你说你出去找我干吗啊？要他们知道多不好！被我的同事知道就更不好了。"枫接着埋怨地解释说。

"你和新疆的男同学在一起就不怕被你的同事知道吗?"林显然是不满意枫的回答。

"我和他什么也没有!我怕什么?"枫显得理直气壮。

"你和我在一起就有什么了?"林依然不满地反问。

"你这个家伙!在统计课后女生们都开始有议论了。说你看上去很有才,你有刚毅的眼神却多愁善感,女人一旦靠近你就会很危险。"

"会有什么危险?"林用一种得意不羁的语气反问。

"你真是笨蛋!是装的吧?就是说女生一旦靠近你就可能会欣赏你、同情你、喜欢你,坠入你的情网。难道这还不够可怕吗?已经有女生对你暗示了吧?我同寝室的一个体操专业的山东女生就总爱谈论你,就好像和你很熟悉了一样。"枫大方地解释还用一个例子加以佐证自己的看法。

"你错了!你还不了解我的。我是绅士,我只能给你带去快乐!我尊重和爱护每一位我喜欢的,当然,也包括喜欢我的女人。一旦对方感到不适,我就会立即在祝福后优雅地离去,不会多停留一秒!"林发表了自己的见解。

"哦,这还差不多!够绅士!但你做到过几次呢?"枫扑哧一笑用不相信的语气反问。

"记不清了。"林做耸肩摊手状说。

"看来你还真有桃花运!这就更可怕了!用了心的女人都是很自私的,你每次离开得都不是那么容易吧?"枫接着继续顽皮地反问。

貌似恋人间的谈话没有让他们尴尬,反而让他们自然得不能再自然,就像多年的知心朋友一般。心的悸动带来甜美的感觉,他们竟也并肩踯躅着走向校园的深处,只是走却没有明确的目的地。

雨停风又起了。是风把树叶上的积水粗鲁地摇晃了下来,如春天里惬意的小雨。"三月里的小雨,淅沥沥沥沥沥淅沥沥沥下个不停,三月里的小溪,哗啦啦哗啦啦啦啦啦啦流个不停,小雨为谁飘?小溪为谁流?可知我满怀的寂寞。"林有感就轻声唱出了在大学每当寂寥时就会唱出的歌来。

"别唱了!但确实唱得不错!伤感寂寞得让人有点心疼。"枫在林的歌声里不知是赞赏还是有什么别的情愫了。

又是一阵风，与枫肩并肩的林感觉到了枫的一个冷战。林的手臂无比绅士怜爱自然地揽过枫的后背，可能是自己的手太凉，林竟感到枫的身体是烫烫的。"北京的8月，多雨的季节，冷风冷雨里多情的夜晚，孤独忧郁的舞蹈，他们化蝶，在花海之中从盛开到枯萎，从此没有离别。只有幽怨相依的夜晚太短、太短……"枫没有刻意回避林的拥揽，枫在林的轻拥下听林吟诵完即兴的诗歌。

"你会跟他去新疆吗？那里有戈壁残阳如血、大漠孤烟直，都很壮美的！"林依旧担心的意味浓烈。

"你太敏感、太认真！将来受伤的肯定都是你。"枫羞涩地一低头，似乎回应了林明显用了力的一拥。

"孤旅中的驿站，片刻的休息，邂逅佳人，一次雨夜陪伴，一次共赏夕阳唱晚足矣。即使受伤也是一次狂欢的酒醉。反正雨过天晴，我还要孤独地旅行……"林的快乐里又升腾起伤感来。

"这样走下去真不知道会发生什么了。夜深该回宿舍了！明天还要上课。"枫又是含羞轻语。

"我怕夜长梦多。今天，也就是现在我就想让你陪我散步。"

"嗯，真拿你没办法！但只能一会儿。我不想让同事说闲话！"

"我倒是想让同学们都知道雨夜我们一起散步呢，尤其是要让那个新疆的家伙知道。"林突然竟像丛林世界里的雄狮，迫不及待地要显示尤其是向竞争对手显示自己的存在。

"别再纠结了！我和他真的什么都没有。"枫极力宽慰着身边这个固执又有些可爱的男人。

林开心了，欢快得就像一个得到了心爱之物的孩子。他拉起枫的手就走，不知不觉地就绕到了校医院的后面。这里杂草丛生、小径网布，就如迷你版的荒原一般。再往北是一片小树林，那里没有路灯，更没有人类的眼睛。这些他们都应该是知晓的，也就不会再顾忌同事的碎语。

夏季的雨夜凉意袭人。湿漉漉的小树林到处都挂满了水珠，有一丝风水珠就会成片、成串地落下，他们拉着的手就没有松开过。肩靠在一起，毫不吝啬地向彼此传递着珍贵的温度，居然也没再感觉到一丝的冷。

苍茫的夜光下，林侧脸瞄了一眼枫在夜色里的剪影。也许枫也在渴望着发生点儿什么吧，林不能肯定，反正自己是这样的心绪。穿着花布短衫的枫随之变得温柔起来，裸露的柔美肩头散发出迷人的气息，那是雄狮不可抗拒的生命张力的气息。林情不自禁近似粗鲁地扳过枫的肩头让她面对着自己，强硬而霸道地要求："我想抱抱你！想看你的脸，想看你的眼，想……"林急促地呼吸，语无伦次。也为自己的想法涨红了脸，但愿她没发现，林想着。怀里的枫开始用力挣脱："你野蛮！你说过你是绅士的，你怎么能……"枫委屈地说着，像是高贵的公主受到了下人的冒犯。

那一刻，林没有松手反而更加用力地将她的头置于自己的下巴之下。枫一定是感觉得到了他有力的臂膀与胸腔内有力的心跳，以及不达目的绝不会罢手的顽强。"别弄乱了我的头发！"枫的声音是默许后才有的无力。林满怀飘荡着激情与柔情混合的情愫，枫也一定能感觉得到林在贪婪地吻着、嗅着她的头发。

"就这么好闻吗？我可没来得及洗头。嘻嘻！"枫作弄的语气没有让他退缩。林竟恶作剧地咬住她的头发甚至还啃了她的头皮。

"可怕的绅士，你是要吃了我吗？"枫似有怒气却无力挣脱。

"我就是要吃了你！我们早已拥有了彼此的一半！看看我们的名字吧！一个林一个枫，把彼此的一半给了对方，我们没有失去什么，我们就是打碎了自己，重新塑造也是拥有了彼此的一半。你中有我，我中有你！这就是命中注定的缘分。"

"这是你的文字游戏。不算数！但你确实很聪明！你对我无礼甚至野蛮，我也无法生气。你坏坏的，你是个危险的人物。她们说得没错！"

"但是，她们也没有验证我是否是危险人物的机会了。"

当他们安静下来，林才发现刚才在如梦如幻中疲惫不堪的身躯，饥渴的唇畅饮了甘泉。不然的话，现在抿抿嘴怎么还会有甜甜的感觉呢？枫在用手背擦拭着嘴唇，似乎还有双眼，揉眼的时候还有断断续续的抽泣声。至此，林明白了刚才一定是相拥时吻了她。

"怎么了，这是？像是受了天大的委屈似的。不哭，不哭！刚才还好好的呢！是我做错什么了吗？不委屈了！打我一下吧！如果是我惹的祸，就让我再抱抱你好了。"林假装吓坏了，重新揽她入怀，枫看见林认真的态度竟忍俊不禁破涕为笑了。

夏季清晨雨后的阳光，如无数根金箍棒一样直接生硬地从小树林东侧的缝隙跳动着就杵了进来。光芒如雾，芳草萋萋，清香扑鼻。雨夜过后的小树林深处成了晶莹剔透的珍珠玛瑙般的童话世界，身处散落的、成串的和成片的珍珠光影中的枫，美得就更加动人了。不知何时枫把散落的头发盘放在了头顶，修长的脖子便完美地暴露了出来，她如希腊神话里的高贵女王，脚下的塑料凉鞋也更似水晶一般。

"明晚一起饭后散步吧？"分别时林留恋地建议。

"你明晚约了别人散步吗？"枫却反问。

"老时间，老地点，不见不散！"

很神奇，两个旅行中互有好感的青年男女就这样签下了心的契约。在接下来的日子里，那片小树林似乎成了他们的专属领地，就是遇见别的同学，先离开的也是别人。

他们是开心快乐的，无论是室内的理论课还是室外的实践课，他们都能感觉到彼此不时关切的眼神。

一个下午的课后，当他们惯例似的拖后一起走出田径馆时，发现门口的大白杨树下有一支国家残疾人田径队在做身体训练。这些队员肤色黝黑，在垫子上挥汗如雨。旁边有人肩扛摄像机，还有一个记者手持麦克风做出要随时采访的样子。走在前面的同学都急匆匆地躲开了。林清楚地看见了记者手里的方形采访麦克风上的中央电视台国际频道的标识。"他们都躲开了，如果采访到你，就看你的表现了，一定能上电视的。我看班里也只有你能行了！"枫也要躲开，却鼓励林走上前去。

"请问这位老师，您对我国残奥会代表队暑期训练有什么看法？"走过摄像机位时，记者果然拦下他俩要做随机采访了。

"中国残奥队在国际赛场取得了辉煌成绩，他们暑期艰苦训练，表现了顽强不屈的奋斗精神。但我一直认为，他们的运动成绩不是最重要的。通过他们的表现，让全社会都来关爱、体贴、帮助残障人士才是最重要的。"林没有退路，只能回答了。

"谢谢老师的配合！对您的采访会于晚间十点在国际频道播出。"记者与林握手表达了谢意。

"回答得不错！你还真行！有点学者的味道。上了电视你就是名人了。我这两天的晚上看看国际台。"回去的路上，枫很骄傲地轻跳撞了一下林的肩膀说。

"播出了，播出了，形象不错，下面的字幕还写的是'北京体育学院青年教师'呢。这是一个好兆头，看来你与北体真有缘。你一定能考上的！"第三天上午，在教学楼一见面，枫就兴高采烈地告诉了林采访上电视的事。

已经决定考研的林在阿远的帮助下很快就弄齐了复习资料，并立即进入了备战状态，开始整体复习了。枫也主动承担了从食堂打饭的任务，还时常在教学楼和图书馆陪读。让林感激的是，每次分别时，枫都会在轻拥时善解人意地把纤细的手指插入他的头发中给予他宠爱与鼓励。需要与被需要是美妙的情感体验，就如与灵那时常做的一样。他们在愉悦里彼此也更加理解与依赖。

"你有时候真的就像一个长不大的男孩儿，需要女性母爱的安慰与鼓励，真是挺可怜的。我欣赏你的才华，我会在一定的限度内尽力帮助你的。大男孩儿！"枫的善良溢于言表。

"谢谢你！你把我放在心上，我没有不成功的理由了。"林总是感激万分地回答。

人总有脆弱的时候，但在脆弱里能够遇见真善就是幸福的了。

"枫病了！要见林！"一天深夜有个女生慌里慌张地来敲 105 的门。

"怎么了？怎么了？"林惊讶不已，晚上一起散步时还好好的呢。

林来到枫所在的 106 宿舍，楼道里有了嘈杂的脚步声。

"我就是肚子疼！"枫的脸色苍白无力地回应。

"怎么了？能帮上什么忙吗？必须要去校医院看看！"一会儿新疆的同学也急匆匆地推门进来了。

选择由谁来背去校医院就是个问题了，枫几经犹豫还是在女生的帮助下趴在了林的后背上。林感觉枫发烧了，而且温度还不会低，众人一起来到校医院的急诊室，确诊是急性肠炎。

"你们都回去吧！明天一早还有课，我请过假了，我看得晚一会儿没问题。"林主动承担了陪护任务。

枫在打点滴时昏昏沉沉地又睡去了。

"有你真好！对你竟然有了依赖的感觉。你真的很善良，够绅士，对女人会有很大的杀伤力。"枫醒来就对坐在床边陪护了一夜满脸倦容的林真诚地说，羞状连连。

"是的，其实，我的善良根植于内心。我在大学时代就崇尚我国秦汉、唐宋的君子遗风和欧洲的绅士风度了。骨子里迷恋贵族的精神气质并努力不懈地让自己去靠近。我对你有杀伤力吗？"林同样真诚且不乏幽默。

"你说呢？你看我不是已经被你击倒了吗？"枫甜甜地反问。

有了现实的好，就不得不考虑未来的路了。

进修结业前几天的晚上散步时枫问林："看你近日闷闷不乐，我也跟着不开心了。有什么心事吗？下周就结业回家了，你对未来有什么打算吗？"

"我愿意告诉你我的心事，如此你就会走进我的世界里了，但前提是你得愿意。"

"嗯，傻瓜！我已经来到你世界的大门口了，还看不出来吗？"

"我和妻子的价值观出现了严重问题，她爱财如命，看不到我的潜力，已经离婚许久了。她更不理解我要干大事业的心情，我是男人，我要在事业中体现我的价值。"

"那是够麻烦的。"枫担忧地评价。

"你知道我早决定考研了！一是事业发展的需要，再就是为了女儿的前途。"林坚定而悲怆。

"现在考研会很难的。你要想好了！你有把握吗？"枫关切而担忧。

"努力了就会有把握。我从不惧怕任何努力，尤其是关系到我的绅士尊严的时候。给你讲个朋友的故事吧。"

林简要地讲述了与灵的爱情故事。

"我迷恋并深陷在被她呵护的怀抱里，她的宠爱、鼓励我，宽容我的任性，只想看到我快乐。和她在一起我会有存在的安全感和幸福感。她甚至一度把我当作小孩子一样地对待。可是我们却天各一方，也不知道她现在过得怎么样了。我真的很想念她！"林讲完又无限怀想地说。

"你是幸福的，当然你的灵儿也是幸福的。虽然女人大都知道男人是永远也长不大的男孩子，但是没有多少女人会有耐心陪你慢慢长大。除非她是用生命去爱你，才会有柔美、温暖、安全的母爱情绪。"枫也伤感同情地评价。

"太正确了！你也是善良宽容的女人，分别在即，我对你的依赖也渐渐地清晰起来了。"林完全认同枫的观点。

"从心理学上分析，你给我讲了这个故事，就是因为你现实的缺失并想弥补你的缺失、得到那样的慰藉和爱情的安全感。对吗？"枫自信地判断并试探地问。

"我承认你的分析是正确的！你能给予我这些吗？我真的需要这些精神的力量来走出孤寂，迎接备考中各种难以预料的挑战。"林又变得很伤感了。

"我们'60后'都是真诚善良的，这是我们的时代经历造成的。我愿意帮助你！但我也许真的做不到像你的灵做得那样完美。"枫认真地回答。

"我不要你大张旗鼓地爱，有你静静地安慰鼓励与加油喝彩就足够了。"林充满怀想地松了一口气。

当善良遇见善良，苦难立即就会化为乌有。在善良的基石上，孤独也会因被呵护而变成盛装舞会的热闹拥挤。

至此，林离婚后的苦闷与对前路的迷惘以及对灵的不停思念，诸多情愫让林对女性的依赖暂时几乎全部都转移到了枫的身上，林至少有了被善良女人关注的感觉。这种感觉是心里苦闷又要成就一番事业的男人所需要的。

奋斗中的男人需要来自好女人的喝彩，男人的奋斗才有明确的心理指向。

但林努力把与枫的关系控制在偶尔的拥抱而不追求进一步发展的范围之内，有女性温柔的关切就已经足够了。林反复告诫自己："枫是个好女人，她已经给了自己她能够给予的一切。虽然有了爱的萌芽，但这也是上苍的恩赐，就要好好维护，就把她作为精神上陪伴自己的女人吧。不要给她带去不适，顺其自然，不要强求，让她快乐才好。"

拿到结业证的当天晚上，部里在教工食堂举办了欢送聚餐宴会，接着举办了联欢会，其实就是舞会。

舞曲之间穿插一些小节目。对别人的节目林流露出了不屑，身旁的枫当然知道林擅长武术和舞蹈，就怂恿林也来一个节目助兴并说就权当是送给她的告别礼物。没有时间准备了，林就借了枫手中的折叠纸扇，拿在手上就唰的一声打开又合上，就像戏剧中唐伯虎出场时常有的亮相那样，尽显潇洒。林随着随机播放的舞曲把自己擅长的武术和舞蹈第一次有机地融合在了一起，也成就了后来为兄弟所乐道独有的"武舞"或是"舞武"表演形式。林手中的折扇时而如剑如刀，时而如匕首，时而又像峨嵋剑。折扇开合恰到好处，身如游龙、步如八卦梅花，自是叫好声不断，当然来自枫的最为热烈。

一曲临近尾声，林收住折扇，以夸张华丽的华尔兹步法滑向枫，还做出了宫廷舞会上绅士邀请贵族淑女起舞的动作。

"真漂亮！真潇洒啊！别的女生眼都看直了。好像还嫉妒我了呢。"这是跳舞时枫对林自豪耳语的。

"是爱激发了我的创造力！"林甜蜜地回答。

美丽的女人在夏季总是最动人的。分别在即，同学们都很想把最美的一面展现出来，女生更是如此。枫本来就风韵袭人，今晚经过刻意装扮就更加妩媚迷人了。舞会上的女人受到男生的反复邀请总是骄傲的，但是枫和林似乎成了彼此的御用舞伴。不是没人邀请他们，好像是别人看到了他们不经意的缠绵不便打扰望而却步罢了。他们俩是骄傲幸福的，枫的温婉细腻与林的阳刚粗犷配合得恰到好处，他们跳得用心、用情，偶尔的缠绵悱恻感染了周围所有的人。

食堂里的几个挂满了蛛网、发黑的大吊扇，吱吱呀呀，努力转到了最高速度也没有起到什么降温的效果。食堂巨大的玻璃窗外不时有闪电撕破黑暗，预示着大雨即将到来。雨前的天就更加闷热了，室内的每个人都已大汗淋漓。很多人已经悄悄地开溜了，好在大雨的间隙领导宣布了宴会结束。有一对一对的，有三五成群的，他们一走出食堂就不见了踪影。林和枫当然知道他们是继续找地方喝酒或去漫步做最后的告别了。

校园里主干道旁高大的白杨树上的雨水，还是会随风不时飘落，滴在大汗湿透衣服的身上，感觉有些凉凉的。黑夜里他们可以自由自在放松地依偎着牵手漫步，紧握的手传递着彼此浓郁的离别忧伤。女性固有的温柔与体贴让枫建议："我们今晚都出了不少的汗，这样走下去一定会生病的。我们还是回房间擦一下换上干净的衣服，再拿把伞出来走走吧？"

回到北三楼，林换好衣服出来，才突然想起刚才并没有与枫约好在哪里会合。惆怅的林在小雨中就走到了田径馆前他们去年在雨中相拥坐下小憩的地方，还是那把铁质绿色的椅子，铁椅子在雨夜的灯光下闪着墨绿色的光。林走过去坐下点燃一颗烟暗暗祈祷，但愿枫也会心有灵犀地来这里找他。当林感觉有人过来时就立即摆出思想者雕塑的造型。果然是枫的声音："我在门口等你许久不见，我一猜你这个家伙就可能来这里了。你真行！这里也是我想要来与你做最后告别的地方。还摆出一个伤心思考者的造型，我们明天就要分别，你难过了吗？"

"让我独自等在这里这么久，你的心里还有我吗？还明知故问！我当然不开心！"林猛吸一口就狠狠地把烟蒂扔进路边流动的雨水里，看着它像一条风雨中飘摇的小船流进铁篦子下的排水沟内。

枫轻叹着撑开小雨伞，在椅子上铺开一个塑料袋就在他身边坐了下来："底下都湿了吧？快坐在塑料袋上吧！"林很感动，起身后没有坐下而是把塑料袋撕开尽可能大面积地重新铺好以便两人都能坐下。枫顺从地挨着他坐下，噘起小嘴："你还委屈得跟什么似的？你再仔细看看我穿的什么？"

女为悦己者容。林打量着枫，原来是她去年在这里时穿的那件红底白碎花的棉质连衣裙，林是多次表示过喜欢她穿这件连衣裙的。

"晚会回来时一身的臭汗，又没热水洗澡，为了能干干净净地穿着这件长裙来见你，我才第一次大胆尝试洗了冷水浴！我都快冻死了！你还委屈？"

林为错怪了枫而内疚了："是我不好，小心眼了。"

林又接着心疼埋怨："你真傻！出汗后怎么能洗冷水澡呢？何况你又是个女人！以后再不爱惜身体我就真生气了。"

"我真的喜欢你关心我的生气。"听了林的埋怨后，枫竟变得开心起来了。

林与枫即将要分别的酸楚涌上心头，眼眶竟有了潮湿。"我还能当面埋怨你几次呢？明天我们就要各奔南北，然后又是我独自继续在南去的列车上回忆我们在一起的时光。"林说着就轻拥过来枫。

"别伤感，我也是不想离开你的，我们就好好聊聊吧。"枫也善解人意、小鸟依人地依偎过来。

于是，他们开始了似乎是感情升华、又更像是结束这段感情的谈话。

枫安慰说："不要孤独，明天晚上你就也许就能回家见到家人了。而且很快你就可能是这所学校的新研究生了，你的才华会得到展现。你也必将会有一个美好的前程，我的心里有了你，忘不了你啦！"

"我事实上并不愿回去，回去也是看望父母和女儿。前妻也早已是别人的女人了。"

"怎么了？你还不幸福吗？你如此优秀，你的妻子还不满足吗？"

"一言难尽啊！在她的眼里我可能就是一个没钱、没权、没势、一无是处，不能给她带来幸福的穷书生，在她的眼里我竟还不如一棵草。价值观相去甚远，离婚也是命中注定的事啊。"林接着讲了与帆离婚的缘由。

"唉，实在过不下去也确实头疼啊！"枫唏嘘不已，也似有难言之隐，枫也接着说出了自己的苦衷。原来她的丈夫以前也是她的老师，是很优秀的。但因为她太漂亮妩媚，她的丈夫就一直对她不放心。猜疑臆想不断，夫妻间的这种氛围是很伤感情的。久而久之，争执在所难免了。以至于发展到限制她人身自由的地步。枫接着又讲了她最烦心的事情："去年暑假来进修时，有多嘴的同事把我在班级里与男生交往的事传到了他的耳里，我们大吵了一架。我就把你帮助我的事都告诉他了，他还是不依不饶，非说我与你的关系不正常。真的，去年我还只是对你的正直善良和才华有好感，绝没有发展到今天的程度。如果我爱上了你，也是他把我推到你的怀里的。我烦透了，随便他吧，大不了不过了，就都有自由了。"

"他爱你就够了。谁让你这样漂亮迷人呢？他是缺乏自信才如此作为的，你们有一个可爱的孩子，都在大学工作，又曾是师生，有感情基础，就好好过吧，互相理解、迁就些吧。"林为枫的处境担心，就为她排解道。

"我最讨厌他以爱的名义限制我的个性与自由。我渴望的是真诚互信轻松的爱情！否则，我也不会与你坐在一起。与你短暂的相处，我感受到了真正的理解与关心，我会很珍惜！"

"这一点我和你的感受是一样的，爱情是美好的，相见、相识不易，相爱更难。追求真爱是人生的美好体验，也是我们的权利。世事艰难，有一份自己的爱情慰藉是每个人都需要的。说实话，你真的爱我吗？"

"我不知道，心里一直不停地想你，每时每刻都想与你在一起是不是真的爱你？"

"我们短暂相守，却心心相印，感情难得，两年了，心的陪伴让我斗志昂扬地走在考研备战的路上，我不能让欣赏我、鼓励我的善良女人失望！我真的对你充满了感激与不舍。"

"我知道你对我的真情、对我的依赖，我也很开心。可是我们今后该怎么办啊？该是多么折磨人啊。既然相爱一场，我们就不能草率，要有面对一切困境的精神准备！"

"相爱就想长相守，我对所爱的女人们的态度是一样的，就希望她们幸福快乐！"

"所爱的女人们？你有过多少女人？"

"心的相守是爱的基础，身体的拥有只是水到渠成，共同的价值观念才是爱生长的土壤。"

林毫不隐瞒，又简要地讲了他与敏、灵甚至还有霞的故事。"只要她们幸福快乐，我真的就无所求了，哪怕是短暂的相爱也是想让她们幸福快乐的，对你当然也一样。"

"唉！你的重情重义会成全你的爱情也会伤害到你自己啊，也许这正是你最可爱的地方。你的爱情价值观配得上女人为你付出一切！我想问一下，如果我也离婚了，你会娶我吗？"

"别说傻话！你很优秀，你的男人不会轻易放手。当时我若有一线希望，我都会为女儿保留一个完整的家，让她健康地长大成人。而今我是穷学生一个，前途未卜，又怎么能把你拖入明显的苦难之中？"

"是我不够魅力吗？就不值得你拼搏一下吗？"

"你从男人看你的眼神里应该能感觉到你的魅力，能得到你是所有男人的梦想。"

"我当然知道他们迷恋的只是我的身体，我需要的是能欣赏我全部的人，人会慢慢地变老，没有心的交融怎么可能长久地依恋啊？你爱我什么？难道就没有对肉体的欲望吗？"

"当然有！老实说，第一次看到你曼妙的身材我就心动不已了。只是我把情与爱、灵与肉的统一看得比较重而已。"

风紧雨疾拉近了心的距离，伞就更小了。一阵风掠过，她浴后浓烈的女性气息夹杂着缕缕淡淡香水的芬芳涌入他的鼻孔。

林情不自禁地搂过她："真好闻！你什么时候也用上了香水？"

枫羞涩地说："我才不用呢，是出门时大连的室友杰给我洒上的，杰还开玩笑说，'你心急火燎地用冷水洗澡，还换衣化妆，一定是出去见哪个男人的吧？就是田径班的那个晚上带你跳舞的林吧？他真的很棒！明天就分别了，好好珍惜你们最后的快乐时光吧！我给你洒上真正的法国香水，他一定会更喜欢你的！'真的好闻吗？难怪男生都喜欢围着她转呢，许多女生都用香水，但内地很难买到国外的，她在沿海城市，所以才能搞得到真正世界第一的法国香水的。"

"真的！你不需要用香水来增加你的魅力，但是淡淡的香水有玫瑰的味道，确实让你今晚更加迷人。"林动情地说。

"你喜欢就好，明天分别后再见就无期了，再想跑出来相会就太难了。我们的爱会是什么结果呢？"枫羞涩地回应林的拥抱，伤感而无奈。

这也是林正在烦恼的："一定是没有结果的结果啊！如果有结果，漫长的相思过程就是结果了。最好的结果就是彼此在艰难的生活中不会再感到孤独，没有辜负特定条件下在寻求真爱的河流中产生的一朵浪花的绚丽。彼此的心里能给对方留下小小的一角就足够了。因为心的付出比肉体的奉献更难！心的付出是陪伴到地老天荒的誓言，肉体的奉献在我看来只是心在旅途中疲惫时的小憩。再次强调我的态度，就是只要我们在一起给你带来不安，我会立即转身离开！"

枫听了林的话则更加忧心："这样的话心会备受折磨，我们能做得到吗？我很了解你的，你貌似坚强，其实内心却很脆弱，你需要爱的慰藉远远多于我啊。前路漫漫，我又怎能像在一起时这样给你安慰，照顾你的生活？如果真的有一天我们有希望在一起，或者你特别需要我的时候，你一定要来找我！"

林保证："我一定会的！"

他们做到了，爱过才知情浓，酒后才知人醉。他们两心相守着度过了后来几十年的岁月，彼此幸福静好，把真爱掩饰在了彷徨的时光里。当他们再次见面的时候，已经是几十年后林应邀去枫的学校做学术交流的时候了。

为期两个暑期的助教进修班结束，林也顺利晋升为讲师职称。之后又经过与枫一年多的鸿雁传书获得不间断的精神动力，以及考研辅导班的努力备战，最终以优异的成绩考取了北京体育学院的研究生。

1994 年 9 月入学后，国庆节期间的一个周日，林与室友早早起床准备换季大扫除。

"请问林是住在这里吗？"忽然有人敲门，是一个女人的声音。

"难道是灵？她应该在美国啊！"记忆深处熟悉的声音让林大吃一惊。

林疑惑中打开门，果真是灵！只是她比分别时明显胖了不少。灵的身后藏着一个看上去有十来岁、模样帅气的小男孩儿，身穿背带裤，手里牵着氢气球，怀里还抱着一个遥控玩具车模。

"还真是你！什么时候回来的？吓了我一大跳！"眼前的一切让林仿佛在梦里刚醒来一般。

"灵儿、灵儿快过来！这就是妈妈常和你说起的你最厉害的舅舅。"灵的话把林拉回到了现实中。

"舅舅好！妈妈说你特别地厉害，会游泳，会打球，还会功夫呢。有舅舅在，就没有人敢欺负我了。是吗？舅舅教我打篮球、教我功夫！"灵儿见到林如见到偶像一样兴奋。

"班长，嫂子来了啊？"室友阿福热情地打招呼。

"班长，你儿子长得可真像你啊！"阿福看了一眼灵儿继续说道。

"阿福别胡说！她是我的表妹！"看到灵的表情怔了一下很是复杂，林急忙打住阿福的话题。

一屋原本就有 3 个人，再加上灵儿母子真没有落脚的地方了，恰好灵儿吵着要玩遥控车。

"屋里地方太小，走了！舅舅带你出去玩。"林顺势带着他们走出了研究生楼，去了大学的体育综合馆前。

"完成任务！我做到了！我兑现了一个小的承诺！"他们坐在台阶上后，千言万语不知从哪里说起，林掏出一个北京体育学院的信封，交给灵。

灵打开信封，原来是林的硕士研究生录取通知书。

"你受苦了！能进入这所学校可真不容易！8月份回国前我就知道你考上了。我把电话打到你原来学校的办公室，是想告诉你我和儿子要回国的事。"

灵长吁了一口气，娓娓道来："儿子会走路了，我和儿子就陪小黄去美国攻读博士学位了。儿子在附近的幼儿园一直到读小学，好在我的普通话还不错，我带孩子之余，在一个华人开办的培训机构里教授中文，聊以消遣，交了朋友，还挣了不少的外快呢。小黄博士毕业后回到北京的一所大学任教，同时开办了一家电子科技公司。你知道我是学财会的，我帮了不少的忙，我也是公司名义上的法人代表呢。落实归国人员政策，我就被安排在了他任职大学附近的一所中学带语文课了。"

"你过得怎么样？"灵问了林她今天见面后就一直想问的问题。

"我有了一个4岁的女儿，她妈是小学教师。不过，我离婚了，女儿暂时由她妈抚养。不过我工作后就会把女儿接到身边的，这是离婚协议里说好的事。"这也是林最不愿回答的问题。

"有盐水鸭吗？"中午一起吃饭，点菜时灵脱口而出。

多少年过去了，灵还能记得林最爱吃的菜，这让林的心竟然一阵绞痛。

"夫人，这里没有盐水鸭，只有烤鸭！"

走出饭店后，灵儿自动走在他们中间，他们一人拉着灵儿的一只手。一起回到研究生楼，就引得从食堂归来的同学们驻足观望。

"好幸福的一家！"

"班长的老婆真漂亮！"

"班长的儿子真帅！"

灵听到了同学们不同的评价后，脸上洋溢着羞涩、满足的光彩。

回到林的寝室，灵就开始忙碌了起来，洗完所有衣物，林五味杂陈地帮着晾晒完毕。

出租车到了。

林和他们母子告别："灵儿听妈妈的话，舅舅就教你功夫、带你玩篮球。"

"好的！不许耍赖！拉钩盖章！"

林怀着悸动的心拉了灵儿的小手指，又用拇指盖了"章"后，灵儿才放心地缩进车里心满意足地靠在妈妈的怀里。

灵出现得太突然，他们母子是那样的幸福快乐。林竟有了一种久远的祈祷变为现实一样的解脱。

分别后的几天，林的生日前灵来了电话，林一路跑到楼下门厅的传达室。

"快到你的生日了，我出面给你过一个30岁的生日应该可以吧？"林一拿起电话，灵即满心欢喜地问。

"普通朋友都可以的，何况我还是你的哥哥呢？"林百感交集地答应了。

林的几位同学兄弟都前来祝贺了。

"等一会儿！先唱生日歌吧！"灵插话。

"我的疏忽！都是我的疏忽！"灵看到桌子上没有生日蛋糕和蜡烛，随即又自责了起来。

"没事！我们早准备好了！"林的老四兄弟祥子说着从桌下竟端上一个大生日蛋糕来。来自东北的祥子虽然外表高大威猛剽悍，却心思缜密、为人忠诚厚道，深得兄弟们的喜爱。

灵插了3根红色蜡烛，将其点燃后舒心地对大家说："每根红色蜡烛就代表10岁，闭灯许愿吹蜡烛！"林双手合十，感激地看了一眼灵，开始虔诚地许愿，然后一口气吹灭蜡烛。

灵带头唱起了生日歌。

"按照家乡规矩，该新娘子点烟了！"老五兄弟雷子最爱起哄热闹。

"等一下！我的包里有，那是本来要留给林的几盒从美国带回来的烟。"灵从挎包里拿出两盒烟，撕开口，一一发给大家，又随手从桌前拿起那个在歙县长途汽车站时送给林的汽油打火机，拿在手上若有所思。

"还用着它呢？有机会我再给你买个更好的吧！"灵把这个已经磨得发亮露出金属底色的打火机放回原处，对林嫣然一笑地说。

"不！我就喜欢这个！"林没有丝毫犹豫地脱口回答。

灵和林都已经思绪万千了……

"都是过来的人了，兄弟面前就别藏着掖着了！二哥谈谈对爱情的感想吧！"来自湖北的老三兄弟斌的提议把气氛推向了高潮。

"爱情就是恋人之间不断地承诺，并为兑现承诺而不断进行努力的过程。爱也许不需要形式上的轰轰烈烈，但一定要有情感体验上的刻骨铭心。爱是一心想要对方快乐，自己不惜承受苦难厄运。爱更是责任，把对方的幸福视为自己神圣的责任。老三斌曾说过：'爱情是不能长期地建立在窝窝头之上的。'对此，我就非常赞同！一次吃窝头可能是爱人之间的浪漫；二次可以理解为是对浪漫的回忆；第三次一定是无奈、无聊的坚持；第四次就是不负责任了。因此，我们今天的奋斗一定要有未来与爱人在物质上获得自由的希望。否则，我们拿什么去爱我们的爱人？再就是，爱河里不可能总是风平浪静，也会有惊涛骇浪，要有陪伴搀扶、涉过苦难的河流到彼岸去看最美风景的坚定信念。"林注视着面颊微红的灵似是有感而发。

"二哥讲得好，讲得好！"兄弟们齐声赞叹附议。

兄弟们畅谈到几瓶白酒见底，一地的啤酒瓶子时才尽欢而散。

皓月当空，虫鸣悦耳，深秋的校园格外寂静。

"经历了那么多的不如意，但愿苦难的日子都结束了。"灵怀想地反复说。"一定会的！经历了严酷的冷暖，西山的枫叶才会更红更美丽。"林更是充满了怀想。

……

7. 强大的内心

12月底的一天下午，林正在寝室自习。研究生部李老师推门进来，神情沮丧地告诉林："林，你要有思想准备。"李老师说着递过来一份电报。

一种不祥的预感瞬间电过林的全身。

电报是旗发来的，内容是"父病故速归"。五个字犹如五把尖刀插在了林的胸口。那一刻，林几乎站立不住，泪水夺眶而出。同学们闻知立即行动，凑了一些钱，斌和祥子送林去了北京站匆匆登上了南下的列车。

临近年底，列车上兴高采烈的返乡人居多，想到自己是回家奔丧，林不禁暗自神伤。林在第二天下午终于悲哀地来到工人村位于街边的家门口。

林刚下车，就听到哀乐低回，家门口摆满了吊唁的花圈。

"快进屋看姨夫最后一眼吧，一会儿要送殡仪馆了。"林的表哥过来给林穿上孝衣，兄弟们搀扶着林跌跌撞撞地走进灵堂。林跪在父亲的遗体旁，看到父亲满脸乌紫，才知道父亲昨天凌晨感到胸闷，一口痰卡住了气管才导致窒息去世的。林知道，父亲原来就有气管和肺部疾病，

林扑到父亲身前，大声喊着："爸爸……"声泪悲恸俱下，似乎父亲只是暂时地睡去，还能被唤醒过来。

然而，身边的爷爷表现的一幕却让林立即就被震撼了，是那种刻骨铭心的震撼。老态越发显现的凤云瘫坐在环头前的地板上老泪纵横，清泪流过满脸沟壑落在老棉布的长袍胸襟上瞬间就被吸干了。凤云竟悲怆无声息地拿起旁边一沓子崭新的油印纸钱突然一张接着一张地往烧纸钱的瓦盆里边丢边念叨着"环儿啊！你都带去吧！到了那边用得着。别再苦自己了！你一辈子尽想着家，想着别人了。"凤云竟然是用他饱经风霜的手直接去翻弄着火盆里燃烧的纸钱，注视着它们燃烧殆尽。手上烫出了溜溜的水泡也没有收回。似乎是生怕燃烧的纸钱有一点儿烧不透、烧得不完整，他的儿子就带不走似的。这一刻，林真切地感受到了爷爷在三年困难时期里的中年丧妻、而今老年又丧子的巨大悲哀，自己也更加心碎。

"林啊！人死不能复生了。别太难过！你有出息在读什么博士了。"

"爷爷，我读的不是博士，只是硕士。"林强忍悲苦地向无比坚强的凤云解释说。

"是听你爸爸说的什么博士，反正就是读书人最有脸的事儿了。咱家还没有，要不你也弄一个回来吧？别难过了！你爸爸一辈子也不亏！儿女双全也享了几年的福。"凤云的要求更像是安慰已经悲怆不已的林。

与心爱的长子阴阳两隔，白发人送黑发人。凤云要强忍着的是何等的悲哀还反过来不停地安慰伤心欲绝的孙子，这需要有多么强大的内心啊？此时此刻的场景让在场所有的人为之动容、震撼。

殡仪馆的车来了，该启程了。经历了与亲人的生死离别才会真正地长

大，心才会强大。在殡仪馆的冷藏室，想着就此将与心爱的父亲生死两茫，林起身发出自己的坚定誓言："爸爸您就安心地去吧！生前您总说'你是研究生了，如果能继续上进，我们全家供你！'我记住了！您老放心！儿子一定继续努力，也给您弄个博士回来告慰您的在天之灵！如果考不上，儿子就不会踏上家乡的半寸土地了。"林在历经艰辛的4年后终于兑现了对亡父的承诺，那也当然更是对爷爷的巨大安慰。

林经历了父亲不幸去世的变故，陪着母亲过完第一个没有父亲的寒假后，万念俱灰地回到学校。灵来得就更加频繁了，因为灵知道没有自己关心的慰藉，林这个可怜的男人是无论如何也过不去这个坎儿的。每当林流露出因恐惧影响到灵的家庭和谐的情绪时，灵总是善良坦然地说："历史无法忘记，我们是永远的兄妹，你在困难里我就不会袖手旁观。若我在困难里你也不会装着看不见的。"

林对灵的善良是感激万分的。

第五章　阑珊记忆

1. 风　采

林通过在定向单招考研辅导班的全身心投入备考，当带着入学通知书和自己离婚后的全部家当，即两个分别装有书和衣服的大纸箱子走进研究生楼的那一刻，心情是极其复杂的：心爱女人灵当年绝情的话以及在教院工作时的不如意和破碎的婚姻所产生的思绪涌动着一起袭来。成了研究生，灵也回不来了啊。前路缥缈不定，未来等待自己的会是什么呢？反正要努力奋斗去证明自己，去热情拥抱崭新的生活，唯有这一点是确定的。

林所在的年级是个大班级，硕士班共有 40 多位同学，半数是定向单招而来的考研辅导班同学。博士班有 10 多位同学，因人数太少独立成班就没有了意义，研究生部就决定将硕士班和博士班混编成了一个大班级，由于林和梅在考研辅导班时表现出的凝聚力和协调能力及热心为同学服务，林就被指定为班长，梅为党支部书记。

再加上紧接着前来报到的 50 多位硕士学位班的同学入住研究生楼，年龄相仿的近 100 位"60 后"在课余时间就有了大量的人生感悟交流机会。他们多是为拿到硕士学位而奋力改变不如意的工作与生活现状而来，似乎都有难言的苦衷。他们大多在原单位想成就一番事业而不能如愿，或是因家庭不和谐、感情纠纷而苦恼连连。

现在远离家乡身心俱疲，在相对自由宽松的环境里渴望压抑的释放，尤其是渴望得到心灵的慰藉；于是各种情趣相投的小圈子逐步就多了起来。他们在学习上互相帮助，在课余生活中互相关照，一些男男女女很快就成了好朋友，彼此倾诉着自身的纠结与迷茫；彼此的依赖打发了不少的孤独寂寞，也随即创造了一种冲出牢笼一般的快乐时光。作为过来人，大家都给予了对方最大限度的理解与包容。

林与他们也有相同的经历与感受。在事业上，原本在家乡这种落后地区可以大展宏图，可是却连遭排挤而无法施展才华；在婚姻上，与帆劳燕分飞；在感情上，与自己曾经心爱的女人灵也是诸多磨难，倍感压抑。林固有的广结善缘、广交朋友的江湖情结让他很快就有了一批像大学时一样的同学兄弟，尤其是来自湖北的三弟斌与自己颇为相似；于是，两人成了无话不说的好朋友，经常一起以酒解忧。

斌浓眉大眼，相貌英俊，感情细腻，又很内秀，是女人喜欢的那种类型。斌很快就喜欢上了进修班里的一位颇具西域风情的女子，便有些蠢蠢欲动了。林的传统价值观并不支持斌随波逐流，但在严酷的事业迷茫、感情纠结与身心压抑的现实里，林最终对兄弟恪守的一条原则就是："对于寻求临时的依赖自救，以尽可能少的痛苦涉过暂时苦难河流的行为，态度是不提倡、不支持、不参与、不反对，顺其自然，只要不给对方带来不快就好。"林虽有灵不时地陪伴，但林始终提醒自己，灵毕竟是有自己家庭的女人。林每次看到灵都是千方百计地编造各种理由从家里、从单位溜出来看望自己。久而久之，深陷焦虑中的林也在不自觉中开始思量周围可以倾诉的异性对象了。

随着开设课程的增多与班级工作的深入，相应地，林和梅在班级工作与学习上的交流也渐渐频繁了起来。梅是运动医学专业，读书前做过体工队的专业队医，运动保健、拔火罐、针灸等损伤康复技术都非常精湛。

林因多年训练与伏案而患上了严重的腰肌劳损，时常发作，痛苦不堪。梅也就自然成了林的"保健医生"，常常在休息时间用心为林做针灸治疗。而林却格外地怕针，动辄就喊疼不已。但是，梅固有的女性细腻与轻柔的语言疏导总是能够驱散林对疼痛的恐惧。通过梅的不懈努力治疗，终于根治了林的腰肌劳损，林也把深深的感激记在了心底。

梅同时也是一位事业心极重的女性，对每门功课都追求完美，也是时常焦虑不堪。林同样是烦心事不断。他们有考研辅导班以来的真诚信任基础，自然就成为了彼此倾诉烦恼的最佳人选。他们作为班干部互相鼓励、互相理解、互相支持，都坚定一个心愿，就是不能辜负老师和同学们的信任，最真诚地竭力为同学们服务，都能顺利毕业拿到学位，不让任何一个同学掉队。

随着林和梅比较频繁的交往，也引来班级同龄的被梅称为"老帮菜"同学的笑话。老帮菜们说班长和书记倒是很般配的一对，林一笑而过。梅却一本正经地予以反驳，认真的样子总是让林忍俊不禁。林就戏称梅俨然是一个不开化的"老太太"。在繁重的学习、工作任务及严酷的现实面前，能时常得到美丽善良的梅的陪伴与心理疏解，林的心里开始渐渐泛起了微妙的涟漪。

一日午饭时，林端着饭缸上了女生楼的二层打算找梅共进午餐顺便谈谈工作。梅的房间就正对着楼梯口，林一上二层就习惯性地左右扫了一眼，竟然看见斌站在二层楼道右侧最里面的一间房门口，斌正撅着屁股在房门口的煤油炉子上炒菜呢。

那时许多女生都用自备的煤油炉子悄悄地生火做饭。林很好奇，就不声不响地走过去站在了斌的身后，看着斌快要炒好菜时，斌竟然还有房间的钥匙，兄弟间不必隐瞒，斌嘿嘿一笑："这是丹姆的房间，丹姆是我的女友已经很久了。她今天课多，我就负责做饭了。"做饭就是从食堂买来主食，再用煤油炉炒两个小菜而已。

林想起来了，丹姆就是刚进校不久的那位来自西北的舞蹈健美操专业的女子，确实很漂亮，白白的皮肤、大大乌黑的眼睛，长长的睫毛、长长的头发，尤其是高高的鹰钩鼻子给她平添了格外的妩媚与不羁的性感。自丹姆一进校就为许多男生所青睐。林也常听斌念叨对她的爱慕，只是没想到斌的进展会是如此神速。

"不就是你的二哥吗？你的班长，研究生部的名人！就在这里一起吃饭吧。"丹姆下课回来听斌介绍林时并不感到陌生。说完竟从桌子底下摸出大半瓶酒来。看来斌没少来啊！不然丹姆决不会知道斌有饭前爱喝一口酒的习惯，斌过上好日子了。林心里想着也为他们送上了祝福："祝福你们……哈哈！"

一会儿，斜对门的梅竟端着饭缸也串门来了。

"其乐融融，还开上伙了啊？菜炒得不错！但是要特别注意用火安全啊！许多女同学用煤油炉子开伙，部里已经有反映了，这可不是个长法。"

梅说着也就一并围坐下来夹了一口菜。

"好吃，就多吃一点儿！"林说着就给梅的饭缸里夹了许多的菜。意思是不想让她在这里唠叨说教，弄得大家尴尬。

"别嫌我啰唆啊！我们班的女生都把煤油炉子收起来了。不过，下课回来吃不上热饭也确实是个问题。"梅偏偏继续。

林和斌愉快地对饮着，丹姆和梅无拘无束地闲聊着。

梅还是关切地提醒："斌是林的好兄弟，也要注意些影响啊！我们都是老帮菜的朋友了，别过了头不好收拾。"

"谢谢书记提醒！我们会注意的！我们就是情投意合，互相帮助而已。你们也别太为难自己了，二哥已经够苦的了。如果愿意，你们也常来坐坐。"斌看了一眼林和梅，斌的"你们"语气稍重，显然指的是林和梅，林很感激，脸上却是一副无所谓的样子。梅却有了明显的探究欲，竟满脸羞红地对斌和丹姆说："你们可不许胡说！你们是怎么到一块儿的？"

"我们都很孤独苦闷，原来家里的日子都不好过。我喜欢丹姆的温柔美丽大方，不矫揉造作，干柴烈火呗！"斌还是一如既往地洒脱。

梅对他们的事似乎很感兴趣，就进一步顺着斌的话探究地问："干柴烈火？你们谁是干柴？谁是烈火？"

梅问的时候脸更加羞红。

"我们哪里还分得清谁是干柴、谁是烈火啊？"斌很惆怅。

"二哥，你们？你是烈火吧？"斌又话题一转地把聊天的矛头指向了林。

林则更加惆怅，若有所思地说："我们？不！没有我们！只有烈火遇到湿柴冒出来的浓烟熏出的泪。但我会用更大的耐心和更大的火去烤干湿柴的水，燃起熊熊的火焰！"梅不好意思地低头猛吃饭。

"我们都是过来的人了，要把握住自己啊。我们都是好同学、好朋友了，就更要集中精力学习，拿到学位才是胜利。"也许是梅感觉了林的微妙伤感就郑重地接话。

饭后哥俩下楼直接去了林的寝室，林是要好好与老三谈谈人生了。

"斌，你和丹姆以后有什么打算啊？这样下去，你们的压力一定会越来越大的。总在女生宿舍偷偷摸摸地过日子也不是个办法。"林先提醒斌。

"我们的爱情是真的，她的老公对她家暴很不好，我和妻子也是口角不断。我们都很烦，顺其自然吧！反正与丹姆分开是不可能了。不过你和梅提醒得都对！我们是要好好考虑一下了。我们原也打算搬出去租间房子的，总在宿舍里开伙也确实影响不好。"斌很苦闷地回答。

"先控制一下自己吧！别伤着自己和家人还有丹姆吧，说实话，我的婚姻早到尽头了。大家都不安宁，唉！这个年龄出来读书也是够烦人的。谁又能理解我们的苦衷啊？身心疲惫不堪，已经到了崩溃的边缘，在苦苦挣扎着求生啊。"林更是苦水连连。

"二哥，你若真对梅有意思，就大胆地去追求啊！三年始终一个人，太苦了！你和那个灵还有希望吗？她本来就是你的，你们就干脆努力在一起得了。"斌对着满面愁容的林就建议。

"苦是肯定有的，我的妻子太虚荣，价值观相悖，所以分手也是必然的。我是男人，是奋斗中的男人啊，我苦闷但也只能自己忍受了。灵也非常不容易，他们的夫妻关系也不是太和睦，灵基本是独自带着儿子，也很艰难。他们母子如能健康快乐，我就别无所求了！灵现在还算顺利安定，我爱她又怎么能去破坏她现在的状态呢？她在法律上毕竟是别人的妻，她时常能在为难之中来看我、照顾我，心里有我，我就已经满足了。梅也是一样，她也是别人的妻啊！越是在这样的时候，作为朋友就越要尊重她的意愿，她有一个儿子，梅温柔漂亮迷人，我喜欢她，可绝不能给她带去烦恼，这是我对所爱女人的基本态度。"

"这都是什么年代了？你也别太刻板了，适当地对自己好一点儿吧！其实同学们都知道你们互相的情义，她关心你，大家心知肚明。她是女的，她不主动也是很正常的。作为兄弟，反正我看不得你独自忍受煎熬遭罪。"斌坚持己见。

"不管是什么年代，男人爱一个女人，努力让她幸福快乐都是天经地义的事。都是过来的人了，她们承受的煎熬也许比我们要多过百倍。"林有不同意见。

林不想辜负兄弟的关心就接着表态："你的兄弟情我领了，努力对她们好！顺其自然吧。能走到一起，她们又很快乐，我不会拒绝！总之，我们

'60后'应该有自己善良的爱情价值观，这是我们的历史和经历造成的。"

哥俩在感慨万千之中一盒烟都快抽完了，没有疏解烦闷，反而觉得更加惆怅了。

一个周末晚饭后无事，林来梅的寝室小坐，随手翻看书桌上梅的影集，发现有一张梅的2寸黑白照片，青春靓丽，林怦然心动自然就想起灵的那张黑白照片来，拿在手上爱不释手。

看到林痴痴的神情，梅就打趣自嘲地说："那是做运动员时的样子，现在老了。"

"不老！不老！还没有现在漂亮呢。"林的由衷夸赞博得梅的开心一笑。

"绝对不能拿走我的照片！我们俩的交往已经够多了，不能再给同学们误会的理由了。"林趁机做了又一次试探，要求把照片拿走留念，被梅严厉拒绝了。

"那什么时候才可以拿到它呢？"林心有不甘。

梅很了解林需要被鼓励的性格，出于老战友的情义，她郑重其事地说道："你很有才华和能力，至少也要等你事业有成，大展宏图之时吧。"

"那就一言为定！当我有一天事业有成，也许是在美国的一个郊区乡村的啤酒馆里深夜里给你电话，那就说明我去了世界上体育最发达的国家讲学去了。"林豪气奋发。

林的豪言一出，就想起当年与那个中文系的琳旷野击掌为约的事来。心中暗自欢喜，因为又给自己增加了一个发展的新动力！因为在心仪的女人面前不能兑现承诺总是件会让人失去尊严的事情。夙愿一直未尽，但是林靠着久远默默承诺伴随的努力在十几年以后林应邀去了马来西亚做国际学术交流时，真的竟在马六甲海峡边上的一个乡村酒馆里深夜给梅打了电话，虽然不是体育最发达国家的郊区，但也算是做了阶段性地汇报。

经照片一事，梅当然明白了林对自己的情义，梅是善解人意、讲义气的，在林离婚后孤独的日子里也尽可能多地给了林适度的安慰，他们的友谊也更深了一步。

读了研究生后，看到在读研究生加入中共党组织的学生很多，林又燃起了加入党组织的希望，就第三次向组织递交了入党申请书。按程序先参加党课学习以提高对党的认识，再就是努力在各个方面好好地表现。成为入党积极分子后，身为班长的林的课程学习与班级工作也更加努力，工作与学习成绩有目共睹。作为研究生支部书的记梅也是信心十足："继续努力吧！入党是早晚的事！"

研究生楼前的白杨似乎又高大了一些，研究生二年级了，部里成立了研究生会。梅深得部领导的信任，被推举为主席，林因在班级里偶尔显露的文体专长就被梅委任为文体部长，老伙计默契配合，林的文体活动策划与执行能力得到了充分的发挥。适逢大学要举办首届"大学生风采礼仪大赛"，部里刚上任的主管学生工作的张书记非常重视，要求研究生会要以此为契机认真准备，充分展示当代体育研究生的风采并力争取得好成绩。梅作为研究生会主席负总责就更马虎不得，整日焦虑不堪。

"我可不想让你美丽的脸上再多几颗'焦虑痘'了。老太太你就放心吧！"林胸有成竹就这样亲昵地劝慰梅。

"不许嬉皮笑脸！这是我当主席，你当部长后的第一件事。我可不想让别人看笑话！我们经常在一起，已经有博士生们风言风语了。完不成任务，你就不要再来找我了！"梅认真极了。

林要迎接挑战了，当然是为了证明自己的能力，也更是为了看见梅的笑容。林马上行动起来，在整个研究生部全体学生中围绕比赛的 3 项，即自我介绍（语言表达）、特长展示和体形姿态（模特步）摸底盘点。

几经挑选全面衡量。男子选手确定为自己的同学兄弟来自山东的老六栋，栋的专项是体操但酷爱足球，阳光英俊，体形健美，尤其是歌唱得好，可作为特长。女子选手确定为学位课程班的利，利是东北人，声音甜美，擅长书法，专项是篮球，身材修长，风姿绰约。这两位选手都有突出的亮点。梅也同意了林确定的参赛选手，接下来就是按比赛科目备战训练了。

林对梅谈了自己的理解是，第一项自我介绍，展示的是语言表达能力，其实也是考验选手的写作能力与语言组织能力。如能先声夺人，势必在评委心里留下深刻印象。

梅完全同意了。林看过栋和利的自我介绍文稿后大失所望，都太过直白刻板，没有特点。林干脆自己动手，根据栋的家乡山东滨州孙子故里和利的家乡牡丹江畔的人文特色，重新起草出华丽流畅、充满人文情怀，突出当代研究生热爱家乡与个人为体育事业奋斗拼搏的自我介绍文稿，然后又逐字逐句地纠正发音。

接下来的特长展示就是关键了。考虑到唱歌太俗，林就根据栋平时的一段说唱，配上室友阿福的吉他和弦伴奏，初步效果还不错，基本表现了当代研究生的健康阳光、现代时尚的风采。

利的特长明显，就是现场挥毫。

第三项是展示形体姿态的模特步，这一项对体育研究生来说就相对简单得多了。林多年的舞蹈表演功底帮助他们理解"走台只是形式，关键是要表现出绅士和淑女高贵博雅的气质内涵"。表演框架设计完成后，梅和林的工作就主要是监督训练抠细节了。梅在地方体工队时参加过模特大赛，这一经验也派上了用场。另外，梅也主动担负起训练的后勤保障工作。林很累，但很开心，因为他可以名正言顺地与梅在一起。

比赛当晚出发前，林和梅督促栋和利分别做最后的准备。利本就会装扮，加上众多女生的参谋，现在更是光彩照人了。栋试了几件自认为满意的服装都被弟兄们否定了。正在犯难之时，林的好友、同时也是本年级的哲学教师阿远送来了他的背带西裤与配套衬衫，还有一副炫酷的墨镜。梅组织了20多位同学提前进入了比赛地点，占据了大学生活动中心大舞台左侧的前三排，以形成啦啦队的集团优势。梅还做了赛前动员，要求参赛选手放手一搏，又要求啦啦队助威的同学文明观赛、适度互动等，尽显领导才能与大家风范。

比赛开始后不久，张书记也悄悄地来到了同学们中间，研究生团队士气顿时大振。

第一项是自我介绍，男女选手轮流出场。前面出场的几位原来被视为主要竞争对手的管理学院、教育学院选手的自我介绍展示结束后，林就坦然了。因为他们的自我介绍基本都是征婚广告式的流水账，平淡无味。林对忐忑的梅自信一笑，梅欣慰平静了不少。果然，栋和利完成自我介绍后都获得了满堂喝彩。

第二项是最关键的特长展示。前几位基本都是唱歌、舞蹈及武术表演，谙熟舞蹈与武术的林认为他们的表演都达到了非常专业的水准并小声和张书记与梅交流着。

从梅的表情上可以看出，她的心又悬了起来。林安慰性地握了一下她的手，发现她的手心都是汗。林自信而坚定地告诉梅："我们的优势在于出其不意！放心吧，我的老太太！"林自己都感到吃惊竟自然用了"我的"，林此时只想让梅尽快平静放松下来。

栋一出场就令所有的评委和观众眼前一亮，朝气蓬勃，自信满满，又青春阳光。栋潇洒地对台下抱着吉他的阿福来了一个"开始"的手势。栋的说唱内容风趣，声音高亢，吐字清晰。阿福的和弦伴奏激昂流畅，节奏明快。十几个同学在阿福的指挥下按排练了上百遍的和弦伴奏配合着，台上台下和谐互动。明快悦耳的节奏与热烈的气氛形成了巨大的艺术感染力，并在以本科生观众居多的整个礼堂里蔓延开来。掌声雷动过后开始有学生呼出尖尖的口哨声，其中还夹杂着许多小女生的尖叫声。仿佛栋的节目就是专门代表他们发出的心声一样。

"完美！超出想象！"栋的表演结束后，林环顾四周对同学们大声评价。

接着，利就出场了。利的现场书法展示更是表现了当代女体育研究生宽厚人文博雅情怀的一面。

有前两项出色的表现作为保底，最后一项姿态展示就成了锦上添花之举。栋和利的阳刚与阴柔、俊朗与妩媚相得益彰。雷鸣般由衷的掌声说明了一切。

"战争结束了！我们现在能做的就是，耐心地等待宣布上台领奖，准备回家祝贺了。"林沉稳自信地对身边一直处于焦急中的梅说。

"你最大的特点就是把必须做成功的事当作一场战争来对待，还自信总能打得赢！将来也许能成就一番事业，我看好你的。加油！"后来梅不止一次当面这样评价过林。有来自心仪女人这样的评价，从此林努力拼搏就成为了一种习惯，同时也更加渴望亲近真诚给予了自己赞美的梅了。

全部比赛结束，经评委会短暂的统分后，评委主席首先宣布男子组比赛成绩并颁奖，取前八名，从第八名开始宣布。宣布到季军时还没有听到栋的名字，研究生阵营不禁屏住了呼吸。

"有没有搞错啊？"有同学开始不安。

"获得北京体育大学第一届风采礼仪大赛男子组冠军的是研究生代表队的——梁栋！"评委会主席话音一落全场雷动。

开心的梅第一次主动伸出纤细白皙的手示意与林击掌庆贺。

女子组利的名字直到倒数第二个才被宣布出来，研究生阵营又是一阵欢呼雀跃。

宣布团体名次时，大家都有了心理准备，梅兴奋地判断："一个冠军一个亚军，怎么也能有个团体的名次了。"

林就让张书记做好准备上台领团体名次奖，因为前面几个上去领团体奖的都是院系领导。

果然不出所料，研究生部获得了团体冠军。

"工作是你们干的，就让梅去领奖吧！"张书记推辞了。

"都是林编剧、导演的。还是让林上台去领奖吧！"梅马上也跟着坚决推脱。

"都是书记、主席领导有方！还是梅上台领奖最为合适！"林是真诚地要突出树立梅的威信，所以也拒绝了。

"你还要入党，你就多表现、表现吧！再说，我一个女的，也不喜欢抛头露面，你是个大男人可不能在关键的时刻掉链子啊。"台上评委主席已经第三次喊"研究生部"了，梅附耳对林说。

"是的，是的！男主外，女主内！"林很感激就不改幽默地回应。

"你说的什么啊？小心我修理你！"梅大概是听出了林的弦外之音，就含羞回应道。

领奖回来，3个奖项皆大欢喜。一个冠军、一个亚军和一个团体冠军。兄弟们急不可待地要给栋祝贺一下，"当然、当然！"林知道适逢周末兄弟们也是想喝上一口了，立即就答应道。

"不行、不行！班长好像还没来得及吃晚饭呢！空腹再喝一肚子酒，太伤身体了。我那里还有些饼干，班长一会儿上去把它吃了啊！"梅当即阻止了。

"听主席的！梅姐关心二哥，我们就回房间喝一小口等着二哥吧。"斌提议。

回到南楼，众兄弟都簇拥着栋去了斌的房间，斌那里总是有酒和五香花生米的。林不自觉地或者根本就是前面欢快带路似的直接去了梅的房间。梅拿出一包苏打饼干，居然还有一罐啤酒，这些东西瞬间驱走了林的疲倦。

"饼干和啤酒原本就是为你准备的。你信吗？就我知道你今晚可能没有时间吃饭。"梅看着林吃完饼干、喝完啤酒就轻声地说。"一切都在主席的掌握之中。我信！当然信！主席当然是始终关心兄弟的。"林的笑是无比灿烂的。

"总算是顺利完成任务了。你辛苦了！今天的表现都太完美了！真看不出来你还真有两下子！你真像个大导演似的，有条不紊，尽在掌握之中。"梅是更开心的。

"我何止是只有两下子？你慢慢会发现的！我在地方教委的团委和工会帮忙时做过大型演出的舞台总监，不客气地说，今晚我若参赛，至少拿个男子组前三名。我的特长舞蹈一定没问题，中长跑运动员的体形姿态就更不是问题了。"林是温暖甜蜜的。在自己有好感并愿意亲近的女人面前，他也就无所顾忌地展示自己人文最华丽的一面了。

"我虽然没有欣赏到你在舞台上的风采，可我已经领略了你在现实生活中的真实风采了。你真的很棒！是个有才华的爷们儿！"梅流露出一种美中不足的遗憾，也第一次毫不吝啬地当面赞美了林。

"这就够了！我终会拿到你的那张黑白照片的。不就是再打一场战争吗？"林忍不住再次暗示欲与梅进一步接近的意愿。

"我的老太太就别再遗憾了！下一次我一定亲自参赛！"在梅的感动里，林当即表示。

"以后不许再喊我'老太太'了！难听死了。我真的老了吗？"梅马上佯装生气。

"不老，不老！你还是我心目中的少女呢。就是心态老了，太苦了自己也苦了别人了。"林的话里似有苦楚。

"你快别胡说！我也是正常的女人，辅导班以来，你对我的关心与好感我都知道，可我们是班干部，我们的责任重大，大家信任我们，我们必须要把更多心思放在同学们的身上，一起顺利毕业、拿到学位才是最大的目标！听说我们还必须要通过英语四级，我们还要继续努力，不能胡思乱想的。"梅说着竟拧开台灯，打开英语书欲挑灯夜战，一副要逐客的样子。

2. 老伙计

林坐在梅身后的床上，感受着她的床上和身上随风散发的迷人味道。

"你学吧！我太累了！我要借用你的玉床休息片刻了。"林说完就要赖似的半靠半躺了下去。

梅转过头来对林嗔怪道："你还真敢躺下啊？快起来！一会儿英和勤一定也会回来的。她们看见可就不好了！"

林当然知道英和勤是梅的室友，也都是辅导班的老战友，她们也都隐隐地知晓自己对梅的那份越来越浓的依恋。

"没事，没事！她们早晚会知道的！"林的语气就好像他和梅已经好了很久似的。

梅的羞涩多于紧张："你可不许胡说！她们的事我不管，我们俩可是纯洁的同学关系。"

"我现在就让我们的关系变得不纯洁！"林听梅那么说他还是感觉大为受挫。反而逆反地强拉着梅也坐在了床上，说完还做出欲强吻的样子。

"真是拿你没办法，有时你真像个不听话的大男孩似的。我就吻你一下算是奖励，你就快走吧！"梅放弃了抵抗，这时突然有推门的声音。

果真是英和勤回来了，英进门一眼就看见了梅床边的男式大皮鞋和床上半靠着的林。

"哈哈！被捉奸在床了！一口气拿了3个奖，是该庆贺一下的！为我们老帮菜长脸了。"勤兄弟般地开起了玩笑。

"别怕！我们什么也没看见！领导睡觉我站岗，和谁睡觉我不讲！"英也顽皮地跟着起哄。

"胡说！看我撕烂你们的嘴！"梅愠怒地迅速站起追了过去。

在三个女人的嬉闹中，林安静地离开了。他知道梅有办法解释得清楚，因为她们都是老战友了。解不解释其实都不重要了，重要的是他和梅有了小小的一个吻，虽然梅安慰奖励性质地轻吻了一下他的额头。

又是一个周末的晚饭后，林浴后就去了梅的寝室。梅不在房间，林为了能舒适些，就坐在梅的床上，顺便就将双脚搭在椅子上等候。

"班长快把袜子脱了吧！都是破洞！你不嫌坷碜啊？我都替你坷碜。"是英的甜甜的东北口音。

"我会补袜子的，上体校时就会了。"这时林才注意到袜子的脚趾处确有几个明显的破洞，林很尴尬。

英走过来不由分说就以迅雷不及掩耳之势扯下了林松垮的两只袜子，捂着鼻子用手捏着，戏谑地边走还边摇晃着。恰在这时，梅也回来了。

"不许你们捉弄班长！"梅一定看到了林的尴尬和英的顽皮，就为林解围。

英反而继续摇晃着破袜子，用埋怨的口气反驳说："书记，你是怎么照顾我们班长的？看看他的袜子，多坷碜啊！"英说着就直接从三楼的窗子把林的袜子给扔出去了。

"我代表书记送给你双新的吧，以后可不许再穿破袜子到处转悠了。如果没有，我还会再送给你的！"随后英就从衣柜里拿出一沓白色的全棉运动袜，抽出两双扔给了林。

梅的室友们也是有意无意宽容地给林和梅创造接近的机会，她们或许了解林对梅默默依恋的苦楚。林为此还感激了她们几十年。

林工作多年后，曾去英所在的学校公干。老同学见面还说了当年"两双袜子的感情"是对"60后"同学兄弟姐妹情最好的诠释。

风采礼仪大赛过后，到了元旦前，学校又要组织全校教职工篮球联赛了。由于研究生部的学生很多都是参加过工作的教师，学校就同意研究生部的学生单独组队参赛。

梅拿着参赛通知交给林说："文体部长！又来活儿了。你要好好地表现！年底又该发展新党员了。"

对于篮球，林当然是不陌生的。他高中、大学以及参加工作后都是经常参加各类篮球比赛的。研究生部上下4个年级，篮球专业的学生很多，平时喜欢玩篮球的人也最多，高手云集，机会难得，都想一试身手展现自我。组队就成了件棘手的事。梅制定了组队原则是既要有各个年级的代表性，不能人为地制造矛盾，还要有竞技的高水平性，毕竟首次参加全校职工联赛的成绩力争进入前五名是首位的。

林马上成立了以篮球专业学生为主的组队选拔小组，开始认真选拔队员的工作，各个年级都想让自己的队员多一些，总是意见不一，吵闹不休。最后，张书记出面，确定了梅是领队，林是主教练，梅和林对组队有最终的决定权。如此，林才敢大胆管理，在各个位置上配置了心目中的最佳人选。为了平衡关系，林让出了首发阵容名额，放弃了自己最擅长的右前锋位置，只是以这个位置上替补队员的身份入队。

为避免别人说自己独断专行，林还专门成立了教练组。比赛开始后，教练组意见分歧较大，难以统一指挥，已经影响到了比赛，林就果断地解散了教练组，成立了顾问组，开始行使主教练之责。林能够听取顾问组的好建议，又善于调动队员积极性，终于打到了与机关队争夺冠军的阶段。至此，研究生部上下对取得历史性的突破都充满了怀想。毕竟，离第一个全校冠军近在咫尺。

机关队是被公认的历史强队，林不敢有丝毫的大意。预赛阶段的多场比赛，林为了所谓的藏锋低调，没有一次主动上场亮相。决赛时，双方比分咬得很紧，竟然一直打到了加时赛的份儿上。队友们通过平时练球时的磨合，当然知道林在右前锋的位置以及场上组织作用的实力，鼓励也是要求地让林上场！

早已摩拳擦掌并已看出对方战术漏洞的林上场了。林布置了初中打矿务局中学篮球赛时对杨庄矿学校几乎一样的战术；同时又针对机关队年龄偏大、体能较差的情况，安排采用前场人盯人与后半场联防的交替变换防守战术，意在拖垮对手，抓住机会快攻得分。但对方的主要得分手小中锋左突右冲，威胁很大，还频频拉到外线投篮得分。那人就是篮球专业出身的科研处长、后来做了这所大学校长的池教授。林果断叫了暂停，专门布置了两个人全力对池教授实施前后包夹防守干扰。战术安排十分得当，打乱了对方节奏，研究生部最终以2分的优势战胜了机关队，第一次获得全校教职工篮球赛的冠军。

捧得冠军奖杯，梅对林舒心一笑地评价："老伙计还真行！战争终于胜利了！再次圆满地完成任务，可以全力以赴搞论文了！"

又到了发展新党员的时候，支部意见还是不统一，林未能如愿。

后来听说的是，硕士班的党员基本同意，但是博士党员仍有些异议。梅作为书记据理力争，也是无奈。梅虽心有余却孤掌难鸣，很是苦恼，遂向研究生部张书记做了情况汇报。张书记一方面鼓励林不要气馁；另一方面要求林要多与博士党员交流沟通，至少也要找到症结所在。林随即开始了虚心征求意见之旅，多数博士党员都是一副讳莫如深的模样，就是不愿说出林入不了党的真实原因与差距所在。林很委屈，自感已经是十分诚恳了，可就是不明白自己还有什么地方不能让他们满意。又到了发展新党员的时候，林还是未能如愿。就这样时间一天天地过去。到了研三，梅和张书记都开始着急了。因为林作为学生干部在各个方面的表现都很出色，如果林的组织问题不能解决，就可能会给整个硕士生追求政治进步的积极性造成不利的影响。

关键时刻，还是张书记的睿智解决了对林以及其他硕士同学未来发展都至关重要的组织问题。张书记的做法是实事求是的，她根据硕士班党员与入党积极分子较多的实际情况，创造性地向学校党委组织部门提出了硕、博党支部分开设立的建议，很好地解决了研究生党员的发展问题，得到了学校党委的支持。

分开支部后，梅让党性和正义感都很强的栋和杉做了林的入党介绍人，林毫无悬念地加入了中国共产党。

林入党后，梅代表组织认真地与林做了组织谈话："你的努力没有白费，你对党有很深的认识。但作为老朋友，还是要告诫你，你有才华、有能力，但未免有时表现得过于清高和寡，这会遭人反感的，不要锋芒太露，要会团结大多数党员同志共同做事。"

很快又到了7月份，上一级要毕业了。研究生部要求研究生会准备一台毕业欢送联欢会，梅和林尤其是林就更加忙碌了。林好不容易确定了十多个节目，算上领导、同学的讲话，再加上自己的主持串词也有一个多小时，够一台的容量了，林这才放下心来。

一天下午，毕业欢送联欢会在学校小白楼一层大厅即将举行。最后一次演出前的彩排，梅临阵督查，生怕有一点儿闪失。调试灯光音响时，林检查了所有能够使用的灯光并设计了运用方案，很专业地与工作人员交流，梅不时向林投来赞赏的一瞥。林在这样熟悉的场合里看其到他同学彩排，心中的表演欲也不断地升腾开来。林在不知不觉中就随着别人的音乐做了几个舞蹈动作组合，不过瘾，就又随手拿起表演武术同学的短穗剑练了几个动作。

"太漂亮了！我知道你不是吹牛了。班长真是会舞蹈和武术的！干脆班长也来一个吧？还从未没见过文体部长的表演呢。"是梅发出的赞叹与要求。

"好！班长必须来一个！"同学们纷纷起哄附和。

在大学文工团做过多次大型表演舞台总监的林早有了预案，这是舞台监督管理的常识。林早有保底的节目，就是为冷场或乱场等意外情况时准备的。看着梅和本班同学期待的眼神，林就在节目单中可能是低潮的地方，把自己的一套剑术加了上去。

林用的是武术专业毕业考试的那套剑术，随着《霸王别姬》音乐伴奏的跌宕起伏，林加入了大量的身体舞蹈语汇，这种表演形式在林助教函授班结业时就实验过一次。与其说是武术表演，还不如说是"武舞"更确切。在歌词"我心中你最重"时，林看了一眼正在全神贯注看着自己表演的梅，做了一个旋子扫剑的高难度动作，接着就是一个马步刺剑动作亮相。

"太潇洒、太专业了！"这是武术专业的下一届同学发出的，专业学生的评价带来了区域观众的一阵骚动。

"这是多年以来研究生部组织得最为像样的一次联欢会。"整场演出大获成功，在研究生部工作多年的李老师与薛老师连连称赞。

林的舞台调度与主持人的人文风采以及表演能力展示得淋漓尽致。

在回去的路上。

"你不要命啦？地板上还有不少的油渍你没看到啊？你做的那个旋子多危险啊！摔伤了怎么办？"还处在出色完成任务兴奋中的梅流露出对林的担心。

"这不是还有你吗？我有私人保健医生。"林趁机表示了对梅越来越浓的依赖感。

"反正不许你以后再冒险了！我又不能待在你身边一辈子。就喜欢冲动！都三十好几的人了？还让人操心！"梅的嗔怪是真诚的关心。

"女为悦己者容，士为赏己者雅啊。我是为你一个人而表演的，你还看不出来吗？真是个傻女人！"被自己爱慕的女人因关心而埋怨，其实是甜蜜幸福的，林脱口而出。

梅有丝兴奋地告诉林："哦！差点忘了，丹姆下午告诉我说他们又搬新家啦。在校外不远的一家农民老式四合院内，让我们周末去做客。"

林听后就不仅仅是兴奋而是莫名的激动了。

来到斌租住的北京典型的一处农家四合院。走进院子时，林情不自禁地拉起了梅的手，梅没有像往常一样强烈地抗拒，林也就紧紧地握着了，感觉有汗。

"我们应该有点绅士风度，这是结伴做客，是小范围好友的'家庭聚会'，不必过于拘谨！否则，反而会让主人感到不安。更何况他们是有希望我们的感情能更进一步发展的善意。"林温情地疏导。

梅听后放松多了。

斌的家是进门右手边东面的一大间偏房，简易的厨房就在过道的屋檐下。见面后，两个女人就愉快地接管了厨房事宜，亲热地聊起了私房话。林和斌哥俩则坐在院中的柿子树下抽烟、喝茶、聊天，等候开饭。她们忙活了许久，准备开饭了。斌作为男主人进屋去干摆放桌椅的体力活儿。

"干吗呢？欣赏风景吗？"梅出来，站到了林的身后。

"女主内，辛苦啊！"林早感到了梅的气息就开起了玩笑。

"大男子主义！"梅看似不满地一甩头。

"我也不想大男子主义，我也想要给你做饭吃。你也得给我机会啊！我在开大排档时可是研究过烹饪的，三级水平还是有的。要不咱俩把西面左手边的偏房也租下来，我也做饭给你吃？我们4人聚会串门儿也能方便些。"林马上加大了试探火力。

林接着指着一对大大的连枝并蒂如桃心形状的青柿子借题发挥："你看它们多恩爱啊！一起发芽开花，一起从青涩到甜蜜的成熟，真的就像你和我，要不然就让我吃了它吧？"

"它没熟的时候不好吃，你也吃不了的。"梅似意味深长。

"那我就耐心地等到秋天吧。不过我可得看好了，防止别人也会惦记。"林看着梅回答道。

4人一桌，远离了学校全无了拘谨。斌发现了林的惆怅与梅的矜持不安，斌和丹姆就开始了打趣敲边鼓的工作，丹姆先发话："梅姐，你看林多优秀啊！我敢保证喜欢他的女生不止你一个。你们都是老朋友了，情投意合还死撑着不承认。我都为你们累！你们在一起也能互相照顾，少些烦恼。我和斌就很珍惜缘分，将来能够走到一起最好，不能如愿也没有什么遗憾了。我们度过了快乐的时光，对得起彼此的缘分也就知足了。"

斌也助阵道："我们'60后'小的时候过得苦，工作后也备受倾轧，想有所作为也是抱负难展。好不容易才有今天的机缘，也真的该为自己活一把了。"

林立即表明了惯有的态度："你们说得都有道理！斌是知道的，考研辅导班时我就很欣赏能吃苦、玩命复习、端庄优雅的梅了。但我的看法是，相识不易、相爱更难，各自的心里能为彼此留有小小的一角遮挡风雨就足够了。大张旗鼓、轰轰烈烈不一定会带来好结果啊。"

斌在唏嘘中提议为了缘分喝一杯，而且都得喝。一瓶二锅头被分成了4杯，林看着梅端起酒杯面露难色地抿了一小口。

"酒有去路就行了！一家管一家吧！"林说着就抢过梅面前的酒杯，覆盖着酒杯边沿梅的唇印一口灌下，顿时感觉仿佛肠胃在燃烧，林喝得太急感觉很辣很辣，竟含泪欲滴。

"你就别逞强了！你的酒我就替你喝一半吧？喝坏了身体，照顾你还是我的事。我可没有那么傻！"梅不由分说起身夺过林正要连续喝下的酒杯，也是一饮而尽。梅有没有覆盖着自己的唇印林无法确定。但梅喝得太猛，林急忙去扶着站立不稳、面如桃花的梅慢慢坐下。

"有我在，不需要你逞强！"林爱怜地埋怨，怜香惜玉之情溢于言表。

梅反过来安慰起林来："你不知道我们那里的女人也是能喝一口的吗？你照顾好自己就行了！"

林和梅惺惺相惜的言语动作显然是感染了丹姆，丹姆杏眼迷离地对斌要求："斌哥，你看看他们！我也要我的男人帮我！"丹姆隐含的意思太明了不过了。

梅只是长叹了一口气，对丹姆这一次明显的暗示并没有强烈地反感。

夜色阑珊里突然传来一阵闷雷声，就像远方滚来的宇宙战车的轰鸣，轻轻晃动的灯突然熄灭了。"短路了，我给你们送根蜡烛！"这时房东来敲门。接着就有几个巨大的闪电把夜幕撕得七零八落。

"看来要下大雨了！怎么办呢？肯定是打不着车了。"梅担忧了起来。

丹姆淡定地说："不怕！如果下大雨，就不要走了，好在床大，4个人横过来睡是没问题的！"似早有打算。

"好的，好的！烛光晚餐可以继续！今夜就不醉不归了！"斌和林齐声响应，兴高采烈道。

斌燃着蜡烛，烛光摇曳着温柔的红。

"进校不久时，听女同学说班长有个漂亮的老婆，她还在楼下看你们踢足球，这是怎么回事？今天难得，班长就说说吧！你可不能犯重婚罪啊！"梅似乎很想了解眼前醉意渐浓，流露着丝丝忧伤的林就挑起了一个新的话题。

"梅，你放心！我哪里有什么漂亮的老婆？我没有重婚！你知道我早离婚了，她只是我大学时代的而今重逢在京城的前女友。她是看我可怜就经常来看看我，关心一下而已。"

同样的夏季，同样的雨，同样的烛光，不同样的女人，只有相似的心情，林终于吐露了憋在心里许久的话。

林接着就把灵的故事和与帆的苦涩婚姻简要地述说一遍。

梅插话评价："你对妻子的要求是太高了吧？要求太高就很难和谐了。"

林酸楚不已地讲了自己的生活价值观："我的要求一点儿都不高，我很传统，只是要求妻子能够理解我、疼爱我、鼓励我，为我的奋斗喝彩。为了爱人能过上好日子，我从不畏惧吃苦！为了几个小钱，我开大排档、买衣服、贩过烟，甚至还种过蘑菇，你们能体会我作为大学教师干这些营生的纠结心情吗？"

"你看问题很准，男人确实不容易啊。这个问题其实很普遍，我看你完全可以写篇议论文章投稿了。你有这个才华，或许能够引起社会反响，没准儿还能挣点儿稿费请我们撮一顿呢。"梅用鼓励的眼神看着林，发表了意见。

也许美丽善良女人的认可与鼓励就是男人激发潜能的重要动力吧，林在半个月后就整理出一篇随笔《妻子，我想对你说》，随后将其投稿到《北京青年报》社会版，居然还被加了编者按发表了出来，林挣到了第一个30元的稿费。林倍受鼓舞。自信高涨，也更加感激并渴望得到梅的持续鼓励了。

林忧伤不已又充满希望地表示："明年就毕业了，等我完成考博大业后如果灵离婚了，我会争取与灵走到一起的。"

丹姆听罢长吁短叹，感慨万千："命运多舛，没想到班长的爱情故事竟如此凄美！你和你的灵也算是患难之交，不过就要苦尽甘来了。但她目前毕竟还有家，你们的交往也必须要注意分寸，免得鸡飞狗跳。你就是用情太深，伤害到自己了吧？也正是你用情太深，才会有像灵那样重情的女人为你甘愿付出一切的啊！

梅更伤感地看着林说："说实话，我也很想帮助你、关心你，可我不会像你的灵那样惯着你、宠着你的。你要完成学业，你是要干大事的，所以你要学会坚强、学会克制！你在苦难经历里铸造的能力和才华不能付诸东流，如果灵能顺利离婚，你们的苦日子也就到头了。"

她们关心的开导与安慰的激励让林反而更加思念在同一座城市的灵，也更加依赖眼前理解自己的梅。林拼命压抑着要立刻见到灵并得到她慰藉的纷乱思绪，委屈得不能自已。酒精的力量、情感压抑的折磨与疲惫让林一会儿就趴在桌子上了。

"二哥喝多了！我们就一起休息吧！"斌善解人意地建议。

梅正色道："绝对不行啊！你们撑不住的时候就先去睡！我坐着就行了。"

林强撑着和斌继续对饮着，大雨如注，窗外如挂了个大大的水帘，使人感觉像置身于水帘洞般与世隔绝。昏昏沉沉中，林和斌终于躺在了大床的两头，中间地带的大空处也铺好了两个位置，丹姆调好摇头电扇使其尽量能够扫过整个床面，梅还在拉着丹姆聊天。

"丹姆！你们叽叽咕咕的，你不来我睡不着！"斌下半夜在睡意朦胧中呓语呢喃。

"斌总像个大男孩，每天都是这样缠人的。梅姐，男人们可能比我们想象得要脆弱得多。他们其实也挺可怜的，尤其是像林哥这样貌似坚强又想做大事业而身边却没有女人陪伴的男人。"丹姆的语气充满怜爱与母性的光亮，她说着就无奈地爬到床上中间靠近斌的位置上去侧躺下了。没人陪聊天了，梅也开始不断地打起了哈欠。

"梅也将就一下休息吧！不然我起来下去坐着，你上来睡会儿吧？"林绅士十足地建议，同时也连打几个哈欠。

"太热了吧？你近来也是太累了，又喝了很多的酒，我给你扇一会儿蒲扇吧？让我们劳苦功高的班长也能好好休息一下。"梅自然而然地坐在了床上靠近林的一侧摇动着蒲扇，林还是满头大汗；梅又下床去拧了一个凉水毛巾，回来给林擦了脸和湿漉漉的颈脖；林顿感舒适凉爽，眼前都是灵宠爱自己时的影像中很快就有了悠长鼾声。雨住风起，室内舒适多了，丹姆居然可以打开窗子、停下摇头扇了。

又一会儿林甚至还感到了身上有点冷，醒来，发现身上不知何时多了一条毛巾被单。不用问，一定是细心的梅给盖上的！林想着也感激着、幸福着。再次睡去时，林的手碰到了已经抗拒不了瞌睡而面对丹姆侧身躺下的梅的后背，这时竟然听到了丹姆轻微愉快的鼾声，林抬头借助于摇晃的烛光看见丹姆枕在斌的臂弯里温柔得像一只猫，斌的手在她的身上轻轻地拍打。林纠结极了，浑身发热，如燃烧的火。他试图去靠近梅的世界，梅感觉到了他的企图，抑或发现自己面对着一对情侣的温柔太过尴尬，就转过身来，愠怒地移开林的手，林在黑暗中依然感觉到了梅对他投来的严厉警告的目光。

与梅面对面了，林呼吸着她的气息再也无法忍受煎熬的折磨与长久以来内心深处的呼唤，竟抓过梅的手放在自己滚烫的胸腔上，让她感受他剧烈的心跳。林追寻着梅用力抽回去的手，紧握着直到蜡烛流完最后一滴泪，屋内又陷入进黑暗之中。

凉爽中梅的气息也更浓，林想用手臂为枕以便梅也能睡得更舒适些，林长长的手臂翻过梅的身体却落在了丹姆的后背上，无形不安的尴尬在弥漫，丹姆没有埋怨，只是碰了一下熟睡中的梅，用几乎听不到的声音说："梅姐别太过分啊！你也别让二哥太难受了。"梅转过身来幽怨地看着林，感觉着他心的悸动，在梅轻轻安抚般地拍打中，渐渐平静下来的林想得最多的就是：绝不能让梅为难！柿子没熟，不好吃，也吃不得。

灯光骤亮，又来电了。林的耳畔一会儿传来了窸窣的声音，斌和丹姆竟起身蹑手蹑脚地准备走出去呢。

梅警惕地发问："你们干什么去？"

"天快亮了！我们去买早点，你们俩就再休息一会儿吧。"

他们走后，林纠结极了。翻身也许梅不会拒绝，也许没有也许。在林的焦躁纠结与煎熬之中，梅动了一下侧躺的身体，轻轻地把一只手臂插入林的头下。

"别再烦躁折腾了！就好好休息一下吧！待会儿吃完早餐就抓紧回校，还要看书呢。"

"嗯！谢谢！"林无限温顺地回应。

梅的手臂如宁静的港湾，让疲倦的水手躺在了海风习习的摇篮之中，呼吸着彼此的呼吸，林的眼角流下了一串长长感激的泪珠，落在了梅的手臂上。

"我怕！"林恐惧的是，这种安全感只是转眼即逝的瞬间。

"不怕！我只能给你这些了，你就不要委屈了。"

"我也不知道为什么！就是想哭！"

也许，女性在柔美的母性里给予被需要的慰藉都有相似的行为吧。

梅擦了林的泪花，接着就把纤细的手指插入到他干枯的头发里轻轻地按压。林居然感觉那就像是灵过去对他常做的那样，林瞬间就被梅善良的女性柔情所包裹了。

"顺其自然！决不能再让她为难，更不能伤害她这个好心的善良女人啊！如果有一点儿爱，也要让善良的她快乐啊！"这就成了林此后内心对梅坚定的承诺了。

4人的早餐是愉快惬意的，林感激更是感慨地说："谢谢你们！这个雨夜我会终生记住的。它激发也升华了我的某些情感！也让我记住了兄弟们的情义！也让我清晰地看见了我们'60后'身上神性的光芒。在孤独的日子里有你们的陪伴，寂寞的时光就成了欢乐的旅程。"

"是啊！有情的相守，孤独的旅程再长也只是瞬间。今天我们就此别过，也是给斌和二哥送行了。"丹姆也跟着感慨。

"送行？去哪里？我怎么不知道！"梅吃惊不小。

林憨憨地一笑："我和斌这两天就要去南京参加奥运选拔赛的论文现场科研拍片工作了。怎么能不和你告别呢？就是昨天告诉你，柿子也熟不了啊。"

"去、去！"梅打断了林的话。

雨后天晴，挂着水珠的树木格外青翠。出来路过那一对青涩的连枝柿子，发现它们更是发着熠熠的清光。

林停下脚步指着它们无限期盼地对梅说："什么时候才能吃啊？"

一旁相送的斌和丹姆当然不解，一脸茫然。

"别急啊！秋天到了，自然就是收获的季节了。"梅似在疏解着林的惆怅。

林从南京拍片回来，在国家体科所解析完片子，之后回校处理数据。紧接着林在研究生部大搬家以后异常疲惫，加上与灵纠缠的烦躁终于病倒了。梅自然多了许多的关心问候，林的心暖暖的，同时对梅又平添了几分的依赖。

一次梅晚自习回来路过林的寝室就来探望，还给病中的林轻轻地盖了盖被子，林又一次有了拥抱她以寻求慰藉、表达感激的冲动。

在艰苦的岁月里，林和梅尽在不言中地相互支撑着进入到了研二下半年的论文写作阶段。为追求论文完美而日夜工作，焦虑不堪的梅也病倒了，她身体虚弱，两个眼角起满了如霜一样白色的小痘痘。

"这是焦虑痘，别太拼命了！"林安慰地戏说。

自此，林也就主动独自承担起班级工作，更加频繁地出入梅的寝室了，尽力关心与监督梅的休息与康复，梅是感动的。林感觉虚弱的梅竟然是如此让人怜爱，并且林也感觉到了梅对自己也同样有着隐隐的陪伴需要。

随着对研究数据的深入认识，面对宝贵的解析数据，同样追求完美的林也陷入了迷惘之中。林想，如果用这些数据糊弄一篇二三万字的硕士论文是足够的。但是，如果想进一步精细研究，取得更多有价值的成果。就必须推翻原来的研究设计，重新开始。这也就意味着要投入更大的精力以及耗费最为宝贵的应届考博复习时间。

林在进退两难之际，科研能力极强且经验丰富的梅让林果断地选择了后者。

梅发表了自己的看法："数据难得，就是再吃一些苦而已。再说，如果在论文上能有创新性的真知灼见，那就是值得的啊。也是对自己三年的拼搏有一个学术交代，免得将来后悔莫及。同时也能多积累经验，为今后持续的研究奠定逻辑起点基础。"

林感受着梅的真切关心豪情而坚定地表态："我们吃的苦已经够多了，再多一些又何妨？就冲着优秀标准而去吧！不就是再打一场战争吗？"

林没有回头路可走了，他选择了艰难但有可能取得更大成绩的崎岖道路，又一次主动把自己逼到悬崖边上。主意已定，林也就义无反顾了。在梅的注视下，林收起原来的设计提纲，又在一张白纸条上工整地书写了"去他的！推倒重来"的口号，并把它贴在书桌前的墙上。

"像个爷们儿！"梅给予了林最需要的鼓励。

"什么是像？我本来就是！"林愉快地接受了梅的鼓励，也表示了必须是个爷们的豪情。

梅安心离去后，林就画出跳远助跑最后三步到起跳过程动作夸张的线条图，也贴在墙上的醒目处，开始思考新的研究设计了。林长时间全神贯注地盯着线条图，记忆中沉淀的跳远技术知识在脑中激烈地反复碰撞、重新组合。思考中，那些线条竟仿佛连续运动了起来。林在跳远技术体系里自由地翱翔，围绕决定跳远成绩最重要的因素"速度"陷入了深深地思考。

当时国内外跳远训练学界，都将寻求训练突破的目光集中在了"助跑速度利用率"这个指标上了。林却敏锐地发现中国优秀选手的这一指标实际上并不比国际优秀选手的差，甚至还要好于世界优秀跳远运动员的这一指标。但是，为什么成绩却远远低于他们的呢？据此，林创造性地提出了"助跑速度绝对利用率"概念的假设。林很兴奋，因为他在梅的鼓励启发下清楚地看见了自己可以得到的重要研究结论。校园的大喇叭响起时，天也透亮了，林的新研究设计也基本完成了。

"刚才打饭路过你的门口，看见你房间的灯光还亮着，我就知道你这个家伙一定又是进入战争状态了！思考了一宿吧？身体还是很重要的，不要太急了。快趁热吃了吧！"门开了，是梅送来了早餐。林捧过热热的豆浆和包子，感激留在心里很久，很久。

"数据太多了，你可以尝试着把指标数据归类，把相同、相近的指标群命名成几个关键的因子，然后再研究因子之间的关系以及对成绩的影响。这也是不错的研究方案。"梅出门时又奉上科研心得，之后才安心地离去。

"谢谢梅主席！英雄所见略同！"这也正是林一夜思考而无法最后下定的决心。

当过跳远专业运动员的梅听了林关于新概念的假设后也很兴奋。她表示："新概念是拓展科学研究领域的逻辑起点，盯住它！求证、论证你的假设，我凭直觉，如果成功就势必带来跳远训练的重要革新。硕士论文能提出一个崭新的可以指导实践的科学概念就已经是很了不起的成果了。加油！我看好你的研究！"

年底，论文撰写工作也到了攻坚阶段，一层学位班的同学都放假离校了。林在自己218号狭小的房间里无法展开所有关键的几万个数据，就干脆找学位班的同学借了一层最里面、最安静的129号房间。地方宽敞了，林可以把数据模块分类平铺在桌上与地面上，一目了然，查找与集成使用数据的速度快多了，工作效率大为提高。看着完成的论文草稿，想着可以按计划年后回来合成打印，林的心情放松了不少。

长夜漫漫，一层最里面的129房间寂静如墓，林孤枕难眠，思绪万千，想想自己而立之年一事无成，还躲在象牙塔里苟延残喘，家破人伤，爱情残破，孑然一身，苦苦支撑。也不知女儿咪咪可好？那是林一想就会心痛的事。还有灵可好？这个谜一样的让自己心疼又时常挂念的女人。我疲惫不堪时真的也需要爱人的呵护和爱人的怀抱啊。我的坚强都是伪装出来的。谁能解我心痛？谁能听我诉说？谁能给我怀抱？拼搏到何时才能结束？一连串的扪心自问，却都没有明确的答案，林心中的苦伴着一串串忧伤的泪变成了一首歌词《男人心》。

男人心

想爱的时候不总是能爱

爱过的已成云烟

在滚滚红尘里啊
你看他信马由缰风流倜傥
可知他常把自己
逼在悬崖无路可逃

你看他羽扇纶巾谈笑风生
可知他也常陷于思考的象牙塔
以酒解忧彻夜难眠
你看他孤狼般跋涉豪情万丈
可知他柔情似水需要人来陪

你看他冰冷的枪管紧贴着滚热的胸膛
走过雪原豪情万丈
可知他想拥抱篝火躺上火炕

你看他大漠孤烟豪情万丈
可知他心在流血如隔壁残阳
他没有唐宗宋祖的梦想
却不妨碍他们成为自己的偶像
你看他逐鹿中原豪情万丈
可知他遍体鳞伤战马汗尽
他有子牙子龙的抱负
却没有离渭水出常山的机缘

你看他饮马长江豪情万丈
可知他剑胆琴心柔肠寸断

他是秋的落叶
有一丝风就想飞

回到枝头的绿
那是他的梦想与回忆

他是冬季屋檐下的冰溜
遇一丝温暖就会流泪不止啊
想到夜半听雨的她
她在思念、在孤独
他就一定会在孤独着她的孤独

林默默地流着泪写完放在桌上，又爬回还有余温的被窝里依旧还是泪流不止。林现在最想把这首歌词给那些曾经理解他并给他柔情、快乐、安全感与幸福感的女人看了。是灵，当然还有梅，只是梅的成分现在更重了一些。

"烟味大死了！还窝在床上？看来老伙计的论文是完成得差不多了。起来，快起来！我下午就回家过寒假了，是来和你告别的。顺便给老伙计再带次午餐，先放在暖气片上了，饿了就起来吃吧。"是梅推开了虚掩着的门进来了。

"你这个家伙啊，就是不让人省心！总这么折磨自己可不行！"梅忧伤地读着《男人心》歌词，又对他埋怨不已。

梅一脸的忧郁，边看边赞赏地评价："看到你一个大男人躲在角落里哭泣真的让人心疼！写得还不错，节奏感很强，也反映了你的真实精神世界。很忧伤感人！有些文学天赋。我看完全可以投稿发表了。"

"既然你都认可了，那我就找机会试试！"林信心满满。

20多年以后，这首诗歌果然发表在了《中国诗歌》杂志上。

"你快过来啊！"林看着暖气片上梅的饭缸，凄厉地呼唤着。

"真拿你没办法啊！就抱抱你吧，可怜的老伙计。"在老朋友的脆弱呼唤声中，梅的同情、怜悯与心疼，也许还有一丝被需要的女性柔情终于混合在了一起。

梅在纠结的无奈里为林的不幸而潸然泪下："别怪我啊！我是没有办法走出那一步的。我感觉到了你很苦，你如此优秀，你和那个漂亮的灵还有过真爱，可为什么你们就不能长久地在一起啊？你竟然独身一人，还有你的女儿。你今后可怎么办啊？"

"开学很快！你也快回家吧！保重身体！明年就毕业了，一切都会好起来的！"梅尽力安慰着忧伤不已的林。

他们在长久挣扎的压抑煎熬与纠结自责中积聚了一股挣脱苦难束缚的力量，如春天的小草冲出泥土的力量，如火山岩浆吞噬一切阻碍的力量，那是生命的力量，更是美好人性的力量。那一刻他们知道他们的心不会再分开，因为他们有苦难里凝结的真善情义。

开学了，梅固有的矜持，彼此的学业压力以及林对亡父的考博承诺，再次压制并封存了他们刚刚燃起的那一丝来之不易的爱火。

5月，毕业的答辩季，万事俱备，同学们都开始准备答辩与毕业典礼的服装了。答辩前，林因囊中羞涩而一筹莫展。灵来的时候竟心有灵犀地带来了林眼下最急需的西装、领带与白色的短袖衬衫。

"灵，你怎么知道我需要这些行头？"林感激中带着诧异看着一包东西发问。

灵扬了一下美丽的下巴自豪地说："你忘了我也是住在大学里的吗？小黄工作的大学也是5月开始研究生答辩，满校园里都是这样装束的学生。试试吧，肯定合身！为孤身一人的哥哥分忧做些力所能及的事，本就是我这个做妹妹的分内责任。"

林穿上白短衫、黑裤子和棕色皮鞋，系上红领带，果然显得利落挺拔、格外精神。

"有个好妹妹就是好啊！"林充满感激地说。

"你现在可是我儿子的偶像，他过年回来已经说了多次要来找舅舅玩玩。现在也春暖花开了，找个周末出去玩玩吧？你也需要放松一下迎接最后的论文答辩了。"灵扭过头话题一转。

"好吧！就这个周末！"林不能让关心过自己的人失望。

周末的早上，林还躺在床上看书，灵果然带着灵儿走进了宿舍。

"舅舅懒蛋，快起床带我去吃肯德基！"灵儿一步三跳地来到林的床前，就与林来个大大的熊抱。

"灵儿别闹！让舅舅起床洗漱，我们去楼下的车里等着。"灵反应一下，又立即骄傲地解释道："我在美国时就学会开车了，现在小黄单位的效益还行，就给他配置了一辆国产爱丽舍牌的轿车，主要是我开着上下班和接送儿子。"

吃完早餐后即就去了香山公园，当林和灵牵拉着灵儿快到"鬼见愁"时游人摩肩接踵地多了起来。

"别的小朋友都是大人背的，我也要！"灵儿身体故意耍赖下坠，同时噘着小嘴直嚷嚷。

林不能让灵儿失望就顺从地把他抱到路旁的大石头上，无比怜爱地说："舅舅背灵儿喽！"

"舅舅！舅舅！我们超过前面的。好吗？"灵儿搂着林的脖子小声要求说。

"没问题！灵儿搂紧了，舅舅要踩油门了！"林这才注意到前面有几对身背小孩的家长。林没有让灵儿失望，连续赶超了几对父子。

这下热闹了，狭窄的台阶山道仿佛立刻变成了攀登竞赛场，你追我赶了起来。林强大的腿部力量转化出了强大的动能，最终在可见的距离内率先登顶。

"舅舅真棒！我们是第一名！"灵儿挥舞着拳头高喊道，如得了世界冠军一般。

相应地，其他几个孩子就表现得非常失落。

灵过来抱下儿子后瞥了一下周围的几对家长温馨地对林说："你永远都是最棒的！快看灵儿，他开心得都快疯了！看来灵儿很喜欢和你这个舅舅在一起，我也真是太忙了，你以后可要经常带他玩啊。"

"尽全力吧！能给你分担一些劳动也是我的心愿，你快乐就好！"林看着偶像一样地盯着自己的灵儿立即就答应了。

站在山顶，林看着灵身穿着紧身夹克、牛仔裤，戴着大墨镜，脖子上系着一条红色纱巾，纱巾在风中飘扬着，英姿飒爽中透着风情万种的妩媚。

"舅舅，我还要到你的食堂去吃饭！"回到学校，灵儿还是很兴奋。

灵儿饭后拍拍肚皮一副心满意足的模样，这是林和灵都想看到的。

回到寝室，林很累，但想想通过自己的努力给了他们母子一点快乐也是很值得欣慰的。

毕业临近，日子仿佛又回到了从前。梅和林还是一如既往地关心着同学们，只是关心的重点从日常生活转移到了检查、督促同学们的论文进展情况上来了。"必须全部通过答辩，全部拿到学位，不能有一个掉队！"这成了书记和班长的信念。

答辩季开始，梅和林做了分工，组织答辩轮空的同学几乎去参加了每一位同学的答辩会，为答辩的同学鼓劲帮忙，同时，还要按学校的要求完成布置毕业班的宣传展板。梅和林就挤出时间带领有艺术天赋的斌和团支书栋收集记录三年历程的老照片、撰写展示文稿，紧张忙碌了两周后，展板终于放在了校园内主干道的路边，好评连连。

梅对着展板注视良久轻松地说："三年就这样过去了，总算没有辜负老师和同学们的信任啊。"

"我们当然是无愧于三年的时光了，我们如穷人家里的大哥大姐那样带着一大群弟弟妹妹走了过艰难。只是苦了自己太多，太多！"林也感慨不已。

全部同学答辩结束，梅和林又抽空组织了平时很少外出游览的同学去了西山和景色迷人的密云水库，让同学们尽情感受到了班集体的温暖与浓浓的同学情谊。分别前林即兴写下一首诗回顾了三年的同学情谊。

七言：风波本是一家亲

> 而立相逢清河畔，杨柳依依求学途。
>
> 陋室回响多少辩，峥嵘岁月文字狂。
>
> 心雄体育新文化，立志何曾怕路遥。
>
> 风云激荡白杨下，三载韶华笃南楼。
>
> 春时烟花随风舞，夏季疾雨伞下昵。
>
> 秋高西山赏月影，冬日圆明福海白。
>
> 学成离愁千里远，君去东吴我留燕。
>
> 远隔秋水千层澜，别前同学密云怀。
>
> 在水一方篝火燃，雨打秋枝无夜眠。

晨起仰望烽火台，涵洞山洪牵梅回。

马车登高第一瀑，蓬小万唤比肩挨。

秋波何须怨秋风，风波本是一家亲。

毕业典礼后，林和梅众望所归分别获得了"优秀学生干部"和"品学兼优研究生"称号。他们携手站好最后一班岗，直到送走最后一位同学后才开始收拾自己的行李。几天前还热闹非凡的南楼，今天突然就变得冷冷清清了。三年朝夕相处，熟悉的笑脸和声音转眼烟消云散。

林去了梅的房间，帮她捆扎好大件的行李后心情沮丧地回到了自己的寝室，看着自己从冲刺考博开始养了半年多的那盆草早已枯萎，想着应届考博的失落，就最后一次给那盆草浇透了水，并把它端到阳台上，希望它不会死，明年的春天还能生机盎然。做完这些，林想着考博的失利黯然神伤，开始了自己的最后收拾。

有人敲门，是梅。

梅进来，看到林种植了一把草的花盆里往外溢出的水，关切、担心，又不忘鼓励老伙计地说："我看你的情绪不对。很担心！也是过来与你做最后的告别，我马上就要去火车站了。从此我们各奔东西，你多保重！接着考，你一定能行的！你在给你养的草浇水吗？你是班长，你的小草精神文化也是我们全班的精神财富。你一定行！你就是一棵顽强的小草啊。反正等你渡过难关，明年春天来的时候，你就会发芽成长的。"

"你的黑白照片的事还算数吗？"林一时无限惆怅。

他们当然都知道那张小小的两寸黑白照片只是一个象征，预示着林得到了它也就完全地得到了她的认可，梅也就实现了希望林变得更加优秀的期望。

梅又一次郑重承诺并充满期望地回答："当然算数！但我更希望看到老伙计的成功！"

林第一次听梅喊自己"老伙计"时，那还是在几前复习考研结束，自己在水房里情绪低落地烧书的时候，感激的情愫几乎是瞬间就撞打开了林记忆的闸门。

那是三年多以前，考完最后一门专业课走出考场，林总体感觉很不错，与考友交流后更加坚信自己的分数能够过关。极端疲惫的林实在是不想再看见眼前堆积如山的复习资料。必胜的信念支撑着他把大摞的看着就心烦的复习资料抱到了水房，蹲在那里一根火柴将它们化为灰烬。林一张一张地翻看，撕下，投入火盆之中，就像是为逝去的人烧纸钱的仪式。林是想对近半年尤其是最近两个月抛家舍业、冷落女儿全力备战的艰难历程做一个但愿不要再重复的"祭奠"。

"老伙计，你太玩命了。别走极端啊！你把资料都烧了，你就这么自信你今年一定能考得上？赶快回家去带你的女儿吧！"这时，有人蹲在林身旁拍了一下他的后背，说出关心理解的话语。

林转头，看见的是高挑、漂亮善良的女考生梅，梅也是学习拼命的人，他们同为"60后"，在复习中经常互相帮助、探讨交流，对彼此有一定的信任了解。

林也关切地回应："老伙计，你也憔悴多了，考得应该也不错吧？但愿不要明年再来复习了。你也快回去带你的儿子了！"

一句"老伙计"，他们理解了彼此的艰辛。后来梅考上并担任了支部书记，林担任了班长。从此，也开始了他们三年班级工作的默契配合，以及后来几十年真挚情义的历程。

这一次，林又何尝不是情绪低落啊？林再也控制不住对梅三年来给予自己的理解与力所能及的慰藉的感激。林在感激之中突然拥抱了梅，那是感恩与不舍兄弟情义的自然流露。梅没有再抵抗，而是在这一刻彻底回归了女性的宽容与柔情。

梅拥抱着轻轻拍打着林的后背说："你一定要坚强些！我们是1994级的船长和政委，应该庆贺我们的航船安全、胜利抵达终点。没有一个人掉队！你这个船长干得很漂亮！你真的很优秀！想嫁给你的女孩子将来肯定多得是！"

"我就想娶你！"林悲从心来，脱口而出……

"别胡思乱想！你还有考博大业未完啊！你下一步怎么打算啊？"

林说出了深思熟虑后的计划："北漂打工复习，直到考博战争完全胜利结束！"

梅在无限的担心中也给予了林此时最需要的鼓励："那会是一条很艰难的路啊。不过我相信你能成功！你是个爷们儿！我看好你！"

林刚刚送走梅退回房内，点燃一根烟后就神情恍惚地坐在书桌前看着灵和女儿的照片发呆。

这时门开了，"刚才离开的那个女人是谁？"进来的竟然是灵。

看着室内整装待发的行李，灵不满地发问："你就这样准备悄悄地溜走了？你毕业了，就不打算与我和灵儿告别了吗？我只知道你最近毕业，没想到你真是狠心的人！我是来你们学校附近办事才顺便过来看看你的。"

"应届考博失败了，但我绝不能对亡父食言！必须接着考，直至成功。"林义无反顾地表示。

灵还是忧心忡忡地说："毕业了，那你住在哪里呢？又靠什么生活？要不就去我那里吧？我也能照顾你！"

"我准备北漂，打工的地方应该没有问题。在学校周边的城中村租住也不会有太大问题的。"林一副深思熟虑的样子回答。

灵太了解林了，看着林坚定地说："但你要记住！放下顾虑吧，你的心思我明白。在你实在支撑不住的时候，还有我这个永远的妹妹是你北漂京城最后的庇护所。"

"嗯！谢谢！我记住了！但我不会再去找你了！等我的好消息吧！我会成功的，因为我的承诺都必须兑现。"林态度坚决而自信地回答。

第六章　北漂岁月

1. 北漂序曲

很快，林回乡看望家人后就迅速返回到了京城，开始集中精力准备以破釜沉舟北漂的心态完成考博大业。无论是为了在灵和她的父母面前彻底地证明自己的优秀，还是为了自己对亡父的承诺，抑或是为了给女儿一个美好的未来，考博都是林必须完成的"大业"。

北漂首先就要解决生计问题。还好，在钢研总院工作的老同学准的帮助下，林在钢研院下属的技贸公司找到了一个担任总经理助理的打工机会，每月800元工资，奖金不定，不解决住宿。

这已经很不错了。工作落实后，住宿问题又冒出来了。从老家回京，林第一站去了原室友阿福供职的民办高校，看看能否先住几天，但没能成功。

当林走出阿福供职的学校大门踏上拥挤的过街天桥时，夕阳已经落在了路对面高高的楼后面了，看着天桥上的几个衣衫褴褛卖力叫卖小商品的落魄男人，想着自己返回京城的第一夜尚无着落。难道真的要去实施到车站或者去圆明园大水法的乱石丛中度过回京北漂第一夜万般无奈的预想方案？林自然而然地就想起了灵。穷途末路之时去灵那里或寻求帮助，她一定不会拒绝甚至还会欢迎的。但是，自身难保的他不可能给她带去安定幸福快乐的生活。

林下定了孤身漂泊、实现自我的决心。就接着又去了五弟雷子供职的一所大学的体育学院，雷子热情接待了林。雷子一向义气，给林接风，自然喝了不少的酒。

"二哥如果不害怕，去解剖运医教室住如何？"酒后，雷子拿床被褥说。

"有个地方混两天就足够了，我再想办法。"林很满足了。

兄弟二人黑夜来到位于教学楼顶层的解剖室兼运动医学教室，雷子打开教室的灯，黑色人造革面窄窄的治疗操作床并排摆放着。雷子进一步介绍说："靠窗台的一张稍大的盖着白布铺着白塑料纸的床就是尸体解剖床，墙壁四周的橱窗内放的瓶子里装的都是泡在福尔马林中的人体器官标本。"雷子的介绍顿时让林毛骨悚然起来。雷子酒劲儿上头，林送他到楼梯口，看着他沿着楼梯跌跌撞撞地下楼。

幽深漆黑宽阔的楼道格外寂静，林壮胆回到室内，心里长叹一声："唉，也罢！而今背井离乡无家可归，穷困潦倒漂泊沦落至此，已是无路可逃。唯有振奋精神鼓起战士的血性，拼杀出一条血路了。只要涉过苦难的河流，对岸就会有遍地的花草芬芳，还有我的爱情和我的家园。庇护我的父亲虽然已经故去，但他依然会保佑我。我是林！我经历的苦难已经够多，也许厄运能够打倒我，但绝没有什么力量能够打败我！更没有什么力量可以阻止我走向目标！"

想到这里，林也自然想起了大学时代最欣赏的拜伦的诗句："无论我是睡在冰冷的石条还是动荡的甲板，次日凌晨总是生机勃勃。"还有毕业时观看的苏联电影《山村女教师》中的台词："挺起了胸膛向前走，天空树木和沙洲。"

苍凉悲怆而坚定自信的声音回荡在宽敞的教室里，这是林每逢艰难时刻就会大声朗诵的诗句。林不知怎么又突然想起高尔基的《童年》中主人翁不信邪夜睡棺材上的情节来。不屈的勇气与血性战士的豪气赶走了心中泛滥的恐惧。林竟以逆反恐惧的心理毅然把被子移到较宽的解剖床上，又随手从课桌上拿来较大的人体股骨标本作为枕头，在隐隐的福尔马林的味道里闭灯在黑暗里躺下了。

8月的北京真是多雨啊，阵阵雷声响起，极目窗外的苍穹闪电恰似魔鬼的眼睛忽闪忽灭。雨点急促地敲打着宽阔的窗，犹如魔鬼的手指甲在玻璃上弹奏着地狱的小夜曲。矗立在黑黢黢墙角处的整副实物人体骨骼标本仿佛也在不甘寂寞地与阴风起舞。

狂风挤进窗的缝隙，如魔鬼的发梢掠过林的面庞，缠绕在林的脖颈上。奔波的疲惫强拉着林渐渐走入梦乡，漫漫的长夜仿佛凝固了一般，没有融化的时候。终于，夏日的阳光挣扎着在弥漫的晨曦中绽放出耀眼的光芒。

雷子送来了早餐，一如上学时的那般幽默："二哥吉祥！一套班子，一根油条、两个鸡蛋。吃早餐吧！"哥儿俩相视一笑，在摆满人体骨骼标本的课桌上共进了早餐。

"二哥如果认为这里还行，晚上就来住吧。白天经常有课，在这里看书可能不太安静。"

这是林北漂岁月的第一夜和第一顿早餐。林记住了它的味道，更记住了兄弟的情义，也掀开了他与雷子几十年不变兄弟情新的一页。但林想的是，这是雷子授课的地方，在这里长住与复习一定会给刚参加工作的雷子添大麻烦的。

于是，林坚持要回体院附近再想办法。林大致讲了拟在体院附近租房复习与钢研院打工谋生的事情。

"二哥在北京漂，公交车就是'瞎子拉二胡——完全不靠谱'！没有自行车是绝对不行的！我的这辆你骑去吧，我的工资还可以。我再买辆二手的就行了。"雷子雪中送炭的一辆山地自行车解决了林的燃眉之急，这正是林目前最急需的交通工具了。

一日，林从打工单位回到租住房，没顾得上吃晚饭就开始了复习。晚上约七八点钟，林大汗淋漓，热得实在难熬，就想去院子里打盆水，回来擦洗一下。刚出房门，就看见院子里有 4 个租客——2 男 2 女正在围着一张小桌喝酒、聊天。

林路过时听到了他们的对话。

"博士，咱村又来新人了哎！"

"画家，这哥们儿来了有些日子了，天天灯亮到深夜，早出晚归应该是个学生吧？"被称为"博士"的人回答。

"大家好！我叫林，新来的北漂。以后还请多多关照！"林停下来打招呼，他们也就热情地邀请林坐下喝一杯聊一会儿。

林寒暄着坐下，画家热情相邀："同是天涯沦落人，相逢何必曾相识！哥们儿也一起喝一杯吧！"林原本没吃饭，就说："等等！"林迅速返回房间拿出几天前买的一瓶二锅头，算是凑了份子，这才心安理得地重新坐下加入他们的饭局。

原来，被称作"博士"的是今年毕业于清华大学，在北京漂泊创业的。画家是从西安来京寻找发展机会的流浪画家。其中的一个女子来自黑龙江，在一家公司打工，做销售经理，叫云。另一个女子来自四川，在娱乐业就是附近的歌厅做领班，叫香。

画家头发蓬乱，还扎个小辫子，虽是夏季，脖子上还系着一条手指宽的红色带子；但并没有给人多余的印象，个性张扬，艺术感十足。

博士戴副超厚的眼镜，看上去很是斯文。

云两只衣袖高高地挽起来，很是干练的样子。

香的口红浓艳，在院子里昏暗的灯光下依然像是刚喝了新鲜的猪血一样，花色短衫的领口拉低得不能再低。

租住在这里的人注定都有难言的坎坷与无奈的故事。

几轮酒下肚，大家竟都有了一见如故、相见恨晚的感觉。他们4人更是口无遮拦，打情骂俏起来，显然已经是很熟悉了。

酒酣耳热话多，都是苦水连连。

博士原有好的分配留京工作，由于关键时刻没能力给关键人物打点，留京工作的名额被别人顶替了；现虽有专利技术在手，但没有转化资金，无法让技术进入市场变现。博士遭老婆白眼后愤而离婚，老婆带着8岁的儿子也已经改嫁给了一个有钱人了，没有留给他证明自己的机会。

画家的老婆原是他美院的同学，感情甚笃，但也是终日埋怨丈夫不成大器，还终日外出写生难以顾家，竟难耐寂寞发展到与人私通，一日被突然回家的画家捉奸在床。现虽名为夫妻，实则各奔东西了。画家自认为才华横溢，发誓进京发展，不成功便成仁。

云颇有姿色，职业大专营销专业，毕业来京应聘了一家大公司做销售经理，协助老板拿下过几笔大单，虽提成可观，但也已成为老板的情妇，还常被老板原配指骂，出头无望。老板还诱骗她勾引官员或重要客户，实际上已经成了老板的公关肉弹，苦不堪言。

香实际上就是在附近的九景园歌城担任管理十几个陪唱、陪跳、陪喝三陪小姐的领班，也是受尽屈辱。下面的姐妹为谋生计，有的早已经沦为娼妓了。香也难独善其身，经常不堪骚扰，尊严扫地。

"香妹！来新人了，炒两个川菜吧！很久没吃上了。"画家指使香同时眼睛死死盯住香的高耸得有些夸张的胸部，垂涎欲滴，香不但没有回避，反而挑衅似的把胸部往上托了托。

"云妹你也别闲着，你不说包了猪肉大葱的饺子吗？去下饺子啊！"博士同样命令式的口气指使云。

至此，林也明白了，他们4人其实就是2个抱团取暖共渡苦难的临时夫妻而已。

几盘川菜和饺子上桌后画家提议："大家共同沦落在此也是缘分，就请大家满饮此杯！以后互相关照才好。"说着起身给每人的二锅头口杯斟满，林知道这种口杯能装3两多酒，既然是新人就先干为敬吧。

"祝福你们顺利快乐！都有不同的故事，但有同样的心酸。暂时浴火炼狱，日后必一飞冲天！"林悲愤满怀地端起酒杯，说完一口灌下。

"像我们西北的汉子！"画家带头响应，也是豪气地一口饮下。

博士端杯皱眉，云拍了他一下说："你个东北汉子就不是男人啊？"

博士只有一仰脖子饮尽，把空杯留在空中让众人检查。两个女人推推搡搡、挤鼻子弄眼，竟惺惺相惜地也交杯喝了下去。

"今天高兴！走！我请你们接着唱歌、喝啤酒去吧？我那里也来新人了。"香主动请客，林要看书便百般推辞，但江湖情结涌动就没经得住他们的盛情。香带队走出院门，步行转了几个弯就来到九景园的大铁门前。敲击铁门环，引得护院的大狼狗狂吠不止。不一会儿，两个叼着烟卷、敞着胸护院模样的人过来打开了大铁门上的小门说："香姐你可回来了，今晚有几拨客人点名找你呢！"

香招呼着大家走进一了个大包间，安排坐下后就开始介绍规矩："我的面子，包间费免了，啤酒5元一瓶，坐台妹妹的劳务费最低30元，大包间里面还有一个小包间，能否进入'包中包'，就看你们自己的本事了。"

香介绍完嘻嘻一笑，妖娆绮丽。

紧接着，所谓的新人们，即十几个年轻的穿着暴露的浓妆女子便鱼贯而入，在包间里搔首弄姿地站成两排，大的有二十七八岁，小的十七八岁或者更小。

"博士好!"

"画家好!"

有小姐打招呼后就径直走到他俩面前亲昵地坐下了,但是看到香和云一脸的醋意后又迅速起身离开站回到了队列之中。林的书生矜持让他难以张口,最后香很大度地给画家和博士安排了两个相对年轻漂亮的女子说:"今天开心!你们就放开玩吧!也算是带带我的两个新妹妹。但别过火啊!"香的话让画家和博士面面相觑,尴尬异常。

香看见林在一旁抽着闷烟,也安排一个女子坐下,说:"林哥哥也别单着,我请客!就一起放松一下吧。"

林看着他们搂抱在一起卿卿我我地跳着像摔跤一样的舞,听着鬼哭狼嚎般的歌声,兴趣全无。但也无法脱身,就受邀与身边的女子唱了一首《在雨中》,接着又单独唱了一首毕业前跟雷子学的《天意》,赢得满堂喝彩。

反正是开唱了,林又趁兴唱了暑假回老家和老炮兄弟们学的《千纸鹤》和《忘情水》。林唱的时候泪眼迷离,心早已飞出九景园去茫茫的夜空中寻找他心爱的灵甚至还有梅去了。

画家和博士带着女子跳着跳着就默契地轮流跳到包中包里去了。接着就是一阵浪声浪语。

尽兴而归,林感慨万千,内疚自责,竟然在跋涉途中也去了这样自己常常表示不屑的安逸寻乐之地。

2. 我心永恒

歌罢回来,走进院落,画家和博士各带香与云各回去了自己的房间。房东提醒早点儿熄灯后也就回屋了,似乎对他们的行为早已司空见惯。

林回到自己的租住屋,满脑子都是灵的影子,睡意全无。就打开书本夜战了,他是要把失去的时间找回来的。林听到房东打扫院中落叶的声音时,再看看闹钟已是凌晨5点多了,想到昨日贾总的话,林就收拾一下,然后直接就去公司上班了。

昨天贾总对林说:"勤杂大嫂家里有急事请假了,全公司机关的开水没有人负责了。6 间办公室，每间 3 个暖瓶，如果你愿意早来一会儿把这活儿也干了，每天增加 15 元的补贴。"林算算每月能多 450 元，加上工资就有 1000 多元了，即欣然同意了。

谁知，这活儿比想象的要费劲得多。下午下班前各个办公室把空暖瓶放在楼道里的门口处，次日凌晨打完后再放回原处。暖瓶是外边有铁皮罩子的仿佛要打算使用一千年的那种，死沉。每天要提前一个小时到达公司才行，因为锅炉房一开门就已经有人在排队了。去晚了很可能就打不上了。

18 个暖瓶，林要分 3 次，相当于爬 18 层楼才能运完。第一次下来，林的两手手指就被勒出了深深的红印，火辣辣地疼。林感到了委屈，自然就想起曾经百般呵护、宠爱过自己的灵了。

林一次艰难地干完回到自己的办公室坐下。

"灵，我的手疼！"林在不知不觉中就拨通了那几个他一生都不会忘记的数字，那是灵办公室的电话号码。脆弱里夹杂着委屈和无助，因为林坚信从善良的灵那里能够得到他立即想要的可以让自己度过或至少能够稀释暂时痛苦的慰藉。

听林讲了打工以来的大致情况，灵近似于大吼："这样的条件你还怎么复习考博啊？没有我照顾你的生活是绝对不行的！你的身体最重要，你可以不考虑我和你自己，但你总要考虑你的女儿吧？"

林一时无语……

一个周四下午下班前灵的电就话到了，灵说周一和周五全天都没有排课，明天就是周五，她必须要去看看林的租住地才能放心。

林恍惚间就说了地点。

晨跑是林上学多年养成的习惯。次日，从体院晨跑完满身大汗地回到租住院子的路口，林就看见了那辆熟悉的蓝色轿车，它停在那里就如上学时它时常停在研究生楼附近一样令他感到亲切。灵这么早就来了，还带了早餐。

"快伸手给我看看！"刚走进小屋，灵就关切地抓过林的手。

"不干了！我们不干这活儿了！我们也不差那点儿钱儿！"灵看到林的手掌发肿发红的勒痕，心疼得直落泪。

灵善良真诚地说："你考研时我没条件也没帮上你啥忙，你也吃尽了苦头，现在我有条件了，就是一般的老乡我也要帮忙的，何况我还是你的妹妹呢？你考博我想帮你点什么，看着你登高，登上学位生产线的最高处。"

"把钥匙拿来！还是我先帮你好好收拾一下。活像个猪窝！"灵环顾小屋的四周摇摇头即接着说。

林默默地点点头。

林下班回到租住屋，完全变样了。书桌上铺上了大方格的台布并安放了一个崭新的台灯；床边用几块砖摆了一个台子，上边放置了一个精致的台式电风扇；墙边的塑料袋里有各色水果点心和奶粉。干净整齐的书桌上有灵留下的便签：我和房东商量接了插线板，你可以使用台灯和电扇了，这样你学习时会更舒适。我侦查过了，门口小饭馆很多，来不及就出去吃！但以后天凉了还是要自己做，这样比较卫生。这里没有暖气，室内有个炉子冬季也会暖和些。"

看着灵留下的话，林的内心充满了感激，也坚定了绝对不能再给灵带去纠结的信念。林想得最多的就是：在心底记住灵的善良，唯有战胜孤独艰苦奋斗考上博士才能不辜负灵的善良与真诚。

冷清的空间让林在感受灵的温暖里又陷入了无边的孤独之中，就写了一首小诗激励自己。

当我　告诉自己　因为

当我想哭时

告诉自己

不要流泪

因为风暴不会永远不住

当我孤独时

告诉自己

你不是一个人在战斗

因为分别只是暂时

相拥才是永恒

当我脆弱时

告诉自己要坚强

因为这一切

总比八百米决赛的冲刺

要好过得多

当我想你时

告诉自己

你也在想着我

因为心若相属

就是地老天荒

告诉自己

只有挺过这一关

你的旋子转体三百六

还能那样飘逸潇洒

因为梦没灭

当我的生活艰难时

告诉自己

"60后"男人的每一句话

都是诺言

因为许多兄弟都知道你在北漂

半途而废不是"60后"的品性

8月中旬的一天，贾总安排林去首都机场货运楼往南非发锯片样品。上午，林提着样品从学院南路打了一辆被称为"黄虫"的黄色面包车。

花费120元，耗费了2个多小时，才艰难地到达目的地，在经过了烦琐低效、遭受无数的白眼后，林终于办理完手续回到公司；再骑车回到租住地时，已是华灯初上了。

天气沉闷，看来又要下雨了。

林用一个煎饼馃子匆匆地打发了晚饭。回到房间，拧开台灯、台扇，刚看见女儿的大幅照片，联想到这个暑假也没能安心地陪上女儿几天，又想到今天耽误的一下午学习时间还遭受了无数的白眼，就感到心中特别烦闷。刚看一会儿书，又有人敲门，原来是房东。

"你天天熄灯最晚还开电扇，这个月要多交几块钱电费的。这是你老婆来商量好的。你也是的，有家不回非要一个人出来受罪？"

"好了，好了！就多加5块钱，我很忙。请您快走吧！"林无法也不能解释，只是很不耐烦了。

房东嘟囔着，不满地离开了。闷雷滚滚说到就到，林再也静不下心来看书；想到沦落至此，壮志未酬，郁闷委屈，孤独寂寥，甚至无奈地与流浪汉和娼妓为伍，前路茫茫，满腔悲愤。

林逐大声背诵着曹操的《短歌行》："对酒当歌……唯有杜康。""也罢！不能辜负此时的情怀。"

林想到此，烦躁中已经不知觉走出了院子，在街头的小卖铺买了半斤花生米和一瓶二锅头，踌躇着就来到小清河边，他把花生米倒入口袋，形单影只地提着二锅头酒瓶沿着小清河就漫无目的地向上游走去。雨前的风阵阵扑来，看着天空一片片依稀可见的星斗，林就开始一片一片地数星星。

"我不孤单！天不弃我！"如果数到的星星是偶数就不喝，林这样告诉自己。但结果多是单数。

下雨了，林又逆反地张开手掌去接雨，感受落在手心里的雨点是单数还是双数。最后是单数也喝一口鼓励自己："上苍欺我，我偏要在孤独中奋起，与命运做最顽强的抗争。"就这样，无论感觉落在手心里的雨点是单还是双林都喝，喝一口就从口袋中摸出几枚花生米就着，任泪水与雨水交融横流。

看着小清河的水在茫茫的夜色中汩汩东流，瓶中的酒也已所剩不多，林突然疯了一样歇斯底里地对着苍凉雨夜凄厉地高喊："故国神游，多情应笑我，早生华发。人生如梦，一尊还酹江月。"当把酒瓶掷入了河中时，林泪眼迷离中看到激起的浪花居然都是偶数。

林昏沉沉蹒跚着回到房间已是午夜了。刚坐下就有人敲门，是画家："天太闷了！林来我房间陪兄弟我喝一杯如何？"本已喝多的林碍于情面还是勉强去了隔壁画家的屋，竟无菜也无酒。

画家从床下翻了好一会儿才摸出一瓶陈年的西凤酒，可是弄了半天也没有打开生了锈的铁瓶盖子。

"难到连我最好最可靠的朋友也要欺我不成？欺负我？我就让你粉身碎骨！"画家急了自问。画家涨红了脸从床下随手拿过来一个盆，又从桌子上拿过一把菜刀。画家在盆上左手拿住酒瓶，右手用菜刀背对着瓶颈处就用力地敲击了下去，就像医院的护士敲击注射液玻璃瓶颈一样。酒瓶颈应声破碎，玻璃碴儿与酒一起倒入了盆中，画家欣慰地仔细拣出玻璃碴儿。

"我敬你！我先来！"画家说完就半跪半趴下去，高高地撅着屁股像猪吃食一样地把头伸进盆里舔吸了一大口。林也学着画家自残的样子喝了一口。奋斗中男人的苍凉感油然而生，好在林的口袋里还有剩下的十几粒花生米，分了。就这样一人一口地又喝干了盆里的酒。看着画家最后一口竟然把盆里泛着微黄的盆底子都舔得干干净净。

"哥们儿，你的那个歌厅领班娘们儿没在这个盆里面撒过尿吧？"林感到一丝悲凉，就苦中作乐地戏谑问。

画家抬起头，满眼通红、支支吾吾地回答："记不清了！没问题！反正还是西凤的味道。"

画家说着，竟起身拿起画笔在一张刚绷好的画布上画了一对硕大逼真的乳房，说："是香的，像吗？她也该下班回来陪我了。在我看来，只有青楼女人才有情有义啊。"

画家说完就开始发泄般地胡乱踢打他已经完成过或即将完成的那些靠在墙边的作品，直到完全破坏为止。

"多么优秀的作品！那些道貌岸然的所谓艺术大家的伪君子们竟然毫无鉴赏力！就是嫉妒我！你们可以羞辱凡高，但凡高永远不会死！即使他割下了自己半个耳朵也掩盖不了他的光辉，因为时间从不会说谎！"画家边撕边凄凉地大骂，然后便号啕大哭了起来。哭声在雨夜里竟是那样的悲情凄凉。

"那个以前口口声声说要爱我一万年的女人现在可能正在和她的情夫缠绵吧？通通都是骗人的鬼话！虚荣无耻！总有一天我会功成名就地带着香这

个包容我、欣赏我的善良女人荣归故里。让那个浪娘们儿和她的情夫躲在阴暗的角落里自惭形秽地去死吧。"画家发泄一通后，又悲愤满怀地咒骂背叛自己的妻子。

"好了，哥们儿！我们只有让自己变得无比强大，那些羞辱过、背叛过、鄙视过我们的敌人、小人才会瞬间变得无比渺小。到那时，无比的强大与无比的渺小之间是不会有战争的。你只需一个不屑的眼神就足以让他们自惭形秽了！"听罢画家的话，林的心突然由苍凉又变回悲凉了。林安慰着画家，更像是在安慰自己。

画家豪情大呼："林兄弟说得好啊！痛快！我等正在劳我筋骨、苦我心志之时！拿酒来！再喝十八碗！"

"两个猪又在发什么疯？一定是喝了不少的酒，又没有什么东西吃了吧？真不让人省心！我马上回房给你们做一些吧。"这时香下班回来推门走进画家的屋，看到的是一片狼藉。

"谢谢，不用了！你照顾好你的画家吧！我要回房看会儿书了！"林感激地回答后就起身告辞了。

香关心地说："男人酒后没人照顾怎么能行？还喝得这么多。你先回，一会儿她们都回来我叫一个去陪陪你啊。"

"谢谢香！真的不用了！我很忙！"林离去时看见画家早已把头埋在了香的怀抱里，画家孩子一样嘤嘤地哭泣埋怨："你怎么才回来啊？没人管我了，我孤独了，我难受极了。"

"宝贝不委屈！妈妈回来了，马上就给宝贝洗澡，带宝贝睡觉，我的宝贝是天才的大画家。不哭！明天还要继续画画儿呢。"

"嗯，我乖！我会听妈妈的话！我一定会成为一流的艺术家！"香的同情呵护里闪烁着善良母爱光辉的话几乎是瞬间就让画家平静了下来。

林听了他们的对话，在悲凉之中也感受到了他们患难里的真情与人性的美好。

林坚信，不幸的人在厄运里靠着善良也是可以变为幸运的。最大的厄运也许就是孤独了。但孤独里的故事又是怎样的凄美啊！若想成就大事，就必须先要战胜孤独。如果能喜欢上孤独，你将战无不胜了。林回到自己的房间感慨万千。于是提笔写下一首诗自我激励：

一个人的战斗，我喜欢

也许是我累了

也许是我真的累了

我感觉是一个人在战斗

既然是战斗就要有对手

可我没有

如果非要有——是的，有

那就是我自己

打败别人我没有任何问题

因为我相信自己的勇敢与智慧

打败自己

已经打败过许多次了

可这一次我突然没底了

好像认不清自己了

懦弱胆怯自卑了

我清楚地知道

这根本不是我啊

很久以前的我告诉我

你必须一个人去战斗

有人陪你战斗

是你的运气和福气

没人陪你也要战斗

就像很久以前那样

告诉自己

只要不愿意倒下

就没有什么可以把你打趴下

既然一个人的战斗是你的宿命

那么好吧

就让孤独寂寞来得更猛烈些吧

像过去的你那样

就像那个曾经就着孤独喝酒的男人一样

干掉自己的孤独

成就自己的成就

就像以前那样干得漂亮

既然一个人的战斗是宿命

我不会再祈求陪伴

小清河上空的星斗和飘过的雨

会知道

谁在孤独着我的孤独

我承诺

必然永远不会让谁孤独

一个人的战斗

我喜欢

一场霜就把院内柿子树上无精打采的叶子全都染上了一层厚厚的柠檬黄，黄得像夕阳里败落的向日葵。转眼秋风起，院内落叶已成冢。看着陪伴了自己一夏的绿叶枯萎归于泥土，林的心是苍凉但不悲凉。遂写下一首《咏叶》贴在书桌前以勉励自己。

咏　叶

落叶成冢秋将尽，身碎为肥伴根眠。

看似今生命已绝，苦寒冷雪孕新生。

待到惊蛰融冰雪，再借春风登枝巅。

元旦上午，林的公司发放福利，每人发了一张海淀剧院的《泰坦尼克号》电影票，票面价格是120元，时间是1月2日即周五晚上8点的。林听说这个片子很火爆，是部爱情片。下午快下班时，贾总拿来几千块钱，让林下班顺便去中关村的双安商场给客户买点儿他事先看好的新年小礼物——羊绒围巾，200多元一条。

林来双安买好礼物后，就被货架上的一条女式大红的羊绒围巾吸引住了。它实在是太红了，红得像太阳、像燃烧着的火、也像长长的晚霞山的围脖。林几乎是马上就联想到如果它能围在灵雪白的脖子上该是多么美丽。但要300多元，自己的钱加上剩余的公款就只有200元多了。

如果先回租住地取钱再返回，那时商场早就关门了。林一筹莫展，陷于绝望之中。有了，林竟然想到了自己身上的那张电影票。林告诉售货员无论如何也要为他留下那条红色围巾后就直奔不远处的海淀剧院了。一到售票窗口附近，就有两个竖着大衣领、故意压低长帽沿的人过来询问：

"要票吗？很火的电影，100元！里面要买120元呢！"

"我也有，你要吗？"

林遇到黄牛了。讨价还价后，林把公司发的票以80元的价格转卖给了黄牛。林如愿以偿地拿回了那条红围巾，如获至宝。

2日午后阴沉的天空即飘起了零星的雪花，大的如鹅毛，小的如春天的柳絮。没有风，也不觉得特别冷。林7点坐上105路公交车，几站地就到了海淀黄庄站，对面就是海淀剧院了。

一个孤独寂寞的男人去看爱情片，想必一定是去寻找自己的精神家园的。

从电影里的船撞上冰山的那一刻，林就在悲苦的想象里与爱人的手紧紧地握在了一起。想象的时空清晰而具体，林也一分为二地既是自己也是自己的爱人了。爱人一个劲儿地说杰克不该跳进冰冷的海里去救露丝；当杰克即将沉入海底时，爱人又指责露丝没有一同跳海去陪杰克。

"这个主题曲真好听！真感人啊！"在凄婉的《我心永恒》主题音乐中，林在悲苦的想象里与灵的手握得更紧，林动情地暗自评价。

"这有何难？你知道我的英文还行，我练会它，就能经常唱给你听了。"爱人紧紧依偎着林回答。

"抱抱我！如果我们是电影里的这两个人，我们就必须要么一起活着，要么一起死去。留下一个实在是太可怜了！"想象里的灵靠在林的肩头伤感不已地说个不停。

"杰克做得对啊，他爱她当然就要给她活着的希望。如果露丝也一同跳进海里，杰克不仅白死了而且还会更难过的。"林也在想象里动情地回答。此时的林事实上已经想好了如何处理那条红围巾了。

散场后，林走进像冰窟一样的屋里，拿出红围巾贴在胸前喃喃自语"抱抱杰克！"然后就心里吟唱着《我心永恒》的旋律默默地走出房门来到厚厚积雪的院子里，林知道东院墙边有一个不大但很深的坑，林来到坑前蹲下把怀中柔软温暖的红围巾放在了坑中深处，又用冰冻的枯叶和雪埋上。他知道这是与灵从此就告别、埋葬与灵爱情的倔强仪式。心虽然很痛，但也必须做出这样的决断！林告诫自己不能再心有旁骛，否则既撕碎自己的考博梦想又损害了灵的幸福生活。

3. 登　高

4月的一天，林在晨练时遇见了读硕士时的同学老大毅，毅当然也就知道了林北漂租房打工备考的事情。毅关切备至并邀请林去他位于体院家属区红四楼的家里住，还能在楼下的教工食堂正常吃上热乎饭，以保证林在最后的1个月冲刺阶段能有安静的学习环境。原来，嫂子出国进修去了，外间可以提供给林使用。

近一年的北漂终于等来了再次考博的时刻。考试前夕，林由于生活没有规律、饮食不当和长期熬夜而患上了痛风病。

第二天上午疼痛稍有好转，林就坐在床上抬高下肢看书。硕士导师马老师突然进来了，还送来了几包进口饼干和奶粉，要林注意休息加强营养，并带来了天大的好消息——马老师已晋升为正教授，具有博导资格了。林信心大振。林知道老师很同情自己的遭遇，也欣赏自己的工作能力、人品和才华，只要分数能过线，顺利进入复试，自己的优势就会凸显出来。

林更加拼命地复习了，考前去研究生部确认报名、拿准考证时，见到了负责招生工作的李老师，李老师对林的经历十分同情感慨。李老师关切地问了林毕业后的情况，看到毕业还不到一年的林竟是如此憔悴不堪，已近5月了还穿着毛线背心。此时，李老师的鼓励安慰和泛着泪光的眼神让林终生难忘，也让林又一次理解了患难时的慰藉胜过顺境时的何止千倍啊！

既然要背水一战，就要找到生死战斗的最大短板，短板当然就是英语科目了。林的打工公司有份英文报纸 *CHINA DAILY*（《中国日报》），一天贾总看见林在翻弄英文报纸就不相信且激励性地说："如果这份报纸你没有生词了，你的英语考试一定没有问题。否则，你就安心地在这里跟着我继续做助理吧。"

"我应该可以做得到！"此时的林太需要这样的刺激与激励了。这是吃苦与韧性、血性与懦弱的顽强较量。林承诺后也就当真了，林就是采用最笨但也是最有效的带着英语词典读英文报刊的方法，发现一个生词就查一个且标在旁边。好在报纸上出现的生词都是很实用的高频词，两个月过去了，林竟然可以做到主动地把看到的相关钢铁行业的重要经济信息自觉翻译好整理出来交给贾总做参考。林把此举当成是总经理助理的分内职责，当然也深得贾总的赏识。

毅自是非常关注林的复习进度，就在考前拿出英文词汇量测试表让林测试，毅也十分吃惊林的测试结果——居然在一万单词量以上了；如此，在英语考试中分数占比最大的阅读理解题林应该没有什么大问题了。林又创造性地整理出了各种题型主题的写作模板，天天背诵默写，终于可以随时围绕政治、经济和社会热点主题轻易地写出要求 800 字以上的考博作文了。英语考试的写作问题也可以宣告解决了。专业基础课《教学论》与《运动训练学》都是第二轮复习了，林自认为已经达到融会贯通可以授课的地步，也可以松口气了。田径专业课深得马老师指导，更是胸有成竹。

5 月初，林终于迎来了隐隐期盼已久的考试。

第一门考英语，前夜林怎么也睡不着，就披衣下楼，从小卖部买回来几瓶啤酒和半斤凉拌猪头肉及一袋花生米，林又是想要借用酒精的力量催眠了。林边看英语边喝啤酒，4 瓶喝完已经是后半夜了，不但没有了睡意反而还更加精神了。

闹钟在 7 点准时响起。林去水房洗漱完毕，又用冷水冲了头，就打算直接去考场 8 点参加考试。

下楼路过家属区大门口的小卖部，林立即就看见了柜台上的那部红色的收费电话。那是林自暂时搬出原来的租住地，下班后与外界联系的唯一通道。大战在即，莫名的紧张还是牵着林走向电话。潜意识里，林太需要用一丝鼓励的慰藉无论是谁的都行，来让自己平静下来并鼓起勇气了。

"是灵吗？我就要去南教学楼的考场了。第一门是英语！"林的语气一定是紧张还夹着一丝恐惧的。

"你终于还是等来了你想要的战斗，你一定能行！你准备得已经很充分了，就是去走个过场、做份作业而已。不怕！我就在你的身边陪你登高！一直都在！我若能安排好课就会去考场接你。中午争取陪你吃饭。"灵善解人意地给予了林此时此刻最需要的安慰。

真的很神奇，放下电话，平静下来的林信心倍增，步履坚定。

林第一个到达考场，一会儿，负责监考的李老师抱着试卷就来了。李老师看见林满脸的倦意就责问道："林，又是一个通宵没合眼吧？跟你说了要注意休息，可你就是不听！"林能感觉到李老师的语气里有埋怨，但更多的是心疼。

充分准备后迎来的英语考试让林如探囊取物般地顺利。林轻快地走出考场时。一阵轻风把楼门口海棠树上的几片大大的花瓣摇落在了树下一个穿着大红风衣的美丽女人的头上。不用问，一定就是林潜意识里现在最想见到的灵了。

"我就说你能行的吧？我一直都在陪你登高、为你祈祷呢。我知道下面的专业课考试对你来说就更是一马平川了。那是你的强项！"看到林轻松自信的表情，灵实际上比林还要开心得多。

"明天我不在，你能想着我继续取得 800 米的冠军吗？"灵嫣然一笑接着就说了那句她第一次去林的学校在赭山瞭望塔下他们分别时的话。

"嗯，一定！"林回答得还是那么坚决。

第二天下午，考的是林准备最充分的专业基础理论课，林握笔的手指已经磨出了血泡却浑然不知。考试结束铃声响了，林还在奋力不停地写着，生怕知道的写不全就会功亏一篑，在灵面前食言，使尊严受损。考生都交卷了，林还在写，脸上的汗水不时地落在试卷上、毛线背心上。李老师可能已经站在林的身后许久了，她不由分说就一把夺过林手中的笔，用力地拍在桌上。

"手都起泡了，行了！交卷吧！"

几十年过去了，林每当回想起这一幕心中都会充满感激。

第三天上午，最后一门考试是加试田径专业技术。灵居然一早就来了，陪着林吃了早餐，又坚持要送林走进最后的考场。

"灵，今天是周一，你上午是有课的，你还是回去上课吧。"林不愿让灵因为自己误课、调课而承受心理压力，但林对灵的突然出现还是充满感激的。

"没事！我已经与同事调过了，如果我不能按时赶回去，他们会帮我上课的。这是你的最后一门了，最后的冲刺登顶小妹必须要陪你登高的。"灵胸有成竹地回答道，以让林尽可能地放松。

事实上，灵的到来让林完全驱散了最后一门考试前的焦虑与不安。林为了展现自己的专业技术全面以得到高分就顽强地选择了技术含量较高的"跨栏跑"，就是完整地跨过5个栏架。灵不能进入室内田径馆的考场就站在门口不停地向内张望，红色的上衣格外醒目。起跑上道前，林还回头看见了灵举起的象征鼓励胜利的拳头手势，就如那次林跑1500米比赛她在终点附近的看台上注视着自己一样。必须拿下！林起跑至跨越前3个栏架都很顺利。跨第4个栏时，由于体力不支，剐蹭了栏架，接着起跨腿的膝关节就重重地剐蹭碰到了栏架，栏架随即就翻了，林也重重地摔倒在了跑道上。莫名的力量强拉着林几乎是立即就爬起来继续跑完了剩余的2个栏架。

最终，林以专业技评接近满分的成绩结束了第二次的考博之旅。看着灵的车驶出校门，林回到房间立即就总结经验做了全年完整的复习计划，并立即着手新一轮的复习。林想的是："不拿到录取通知书，就不能说是胜利！也就意味着还要继续北漂战斗，无法回老家向家人向亡父交代。当然也是辜负了灵的安慰。"

考试结束，林继续住在毅的家里，边打工，边复习，只是暂时不用再回租住房了。在焦急地等待了2个多月后，7月的一个周末下午，林在复习时就听到李老师在楼下喊他，窗下的小路是李老师从学校回红五楼她家的必经之路。

"林，你下来一下！有事！"林的心随即也怦怦跳了起来，从往年来看录取的日子也差不多该到了。

"林，考得挺不错！收拾收拾回家好好调整一下，准备9月回来继续上学吧！"李老师说着就递过来一个大学的专用信封，里边装的正是《1998级博士研究生入学通知书》。

"把通知书当面交给你。一是为了安全；二是可以省点儿挂号邮寄费。别难过了，都过去了。好好回去休养吧！你9月份要早点儿回来，可能还会让你接着当班长呢。你提前来还能帮忙接新生报到呢！你知道部里的老师太少了，实在是忙不过来。"林的泪水夺眶而出，李老师也陪着落泪。

看着李老师的背影消失在楼头小路的转弯处，林回到房间再次拿出录取通知书反复仔细地查看了每一个字。苍凉的情绪竟多于喜悦，林感觉父亲的遗容好像也在对着自己微笑。

林的泪水也再次忍不住地夺眶而出，林没有控制更不想去控制，就让它尽情一直不停地流淌吧。

"阿林，阿林！大喜，大喜！"这时楼道里传来急促的脚步声和兴奋的呼喊声，作为本校教师的阿远当然也知道了他始终关注的兄弟已经被录取的事情。

"可以昂起你绅士的头！可以告慰先人，告慰自己，告慰那些女人了！"阿远激情宽慰道。

至于是哪些女人？林的脑际快速地闪过：首先就是灵，这个曾呵护自己到没有原则的美丽女人。还有梅，这个激励了自己三年善良宽容的老伙计。当然还有那个给自己生下可爱的女儿，又绝情离家的自己在她眼里不如一棵草的帆。还有霞，那个陪伴自己度过离婚后最悲苦日子的多情漂亮的女队友。必然地，还有女儿未来的妈妈，只是现在还不知道她是谁，但自己的博士身份一定会帮助自己未来遇见一位善良的、爱自己女儿的温柔女人。

4. 真善之光

林在硕士毕业前，复习、应届考博是林眼下最大的事了。紧张复习中的一日午休后，林竟想起寒假回乡在火车上认识的那个贸然喊他哥哥的叫大伟的山东女孩儿来。林想想关心一下也是应该的，就信步来到楼下的传达室，按着大伟所留的号码给她的亲戚家打了个电话。大伟说亲戚已经把她安排在城里的一所中等职业学校读书了，还说她时常会想起他，让他去她的学校看她或者她来看他。

林说这是绝对不行的！自己要复习考博士，毕业前很忙，已经到了即将崩溃的边缘。大伟就反复强调让林下周三晚上9点务必要收听北京广播电台的《星期三之夜》栏目，说是有礼物要送给他。

林对这个栏目也很熟悉，那是一档点歌互动节目，常有好听的怀旧歌，也是林和兄弟们爱听的栏目。下周三晚饭后，几个同学兄弟像往常一样8点多就聚拢了过来，有的还带了二锅头，林拿出常备的花生米，就边聊边喝边等。这也是他们进入论文撰写阶段以来主要的娱乐交流形式之一。9点到了，收音机里准时传来主持人熟悉的磁性声音："我是梧州桐，按惯例先讲一个小故事：几天前一个漂亮的小姑娘在雨中来到台里，我能想象得出来柔弱的她撑着伞走在风雨路上的模样。她说她要给她在北京体育学院读研究生、正在艰苦备战考博的林哥哥点一首周华健的《风雨无阻》，希望她的林哥哥能战胜困难，如愿考取博士研究生。她也是风雨无阻地来到台里的，我很感动。希望她和她的林哥哥都能战胜眼前和未来的所有困难，风雨无阻地走向美好！下面我们就一起来欣赏周华健的《风雨无阻》。"听着歌，林饮下一大口酒，这是感谢大伟这个小女孩儿的良苦用心，也是激励自己放手一搏。

林一躺下，眼前就浮现出与大伟在列车上相识的情景来。

那是研二年底的寒假，林来到北京站，出乎意料地买到了一张票居然还是座位票。在中国春运人口大迁徙的归途中，能有一张票而且还是有座位的是多么不容易啊！林找到座位坐下，车都快要开了，靠车窗的座位居然还是空着的。林大喜过望，空间大意味着他可以半躺下，不用旅途太劳顿了。

列车开动的时候，有个学生打扮的女孩儿着急地对林喊话："老师傅！请问您里面的座位有人吗？"喊话的女子吃力地拖拉着一个大大的行李箱，红扑扑的脸上挂满了汗水。

"暂时还没有人。快过来坐吧！"林说着，就起身把行李架整理一下，又帮她把大箱子放了上去。

"真是运气太好了。谢谢老师傅！"那女孩坐下后就开心地感谢说。

刚三十出头的林在短时间内听见有人连喊了他两遍"老师傅"，感觉还是有点刺耳，就愠怒似的反问："我老吗？我有那么老吗？"

那女孩吐了下舌头又盯住林的脸看看说："不老、不老！是我刚才失言了。我太冒失了！抱歉，抱歉！"她有点不好意思地又吐了一下舌头，可爱且顽皮。

列车出发后，列车员来例行查票了。林是学生半价票，掏出研究生证放在茶几上以备检查。她好奇地拿在手上翻看，一脸羡慕崇拜地说："还是研究生呢！不老，不老！比我也就大个十三四岁。"

"老了，老了！"林摸着清瘦下巴上的胡茬自嘲地说。林也注意到了由于近期论文收尾工作过于劳累，乱糟糟没有了光泽的长头发早已遮住了双耳，后面的头发都搭落在灰色破旧军大衣的毛翻领上了。

"你看上去真有点像大革命时期的地下党或者是逃亡的学生运动领袖。"小姑娘盯着林继续评价说。

林听到"大革命时期"和"学生运动"这两个词，立即就对身边的女孩儿平添了不少的好感。旅途漫漫，他们从五四运动谈到北伐再到第二次世界大战直至中华人民共和国的成立，他们的交流逐渐多了起来。

林本善谈，对中国革命史早就烂熟于心。闲着也是闲着，正好聊天解闷。林有问必答，侃侃而谈，对重要时期的年代、人物和背景都介绍得清清楚楚。再加上林固有的成熟男人的磁性声音，引得对面和邻座的旅客都不时过来围听而且还不时地提问。林更加专注地讲解，自己都感觉真有点在大革命时期，共产党人在群众中宣传革命道理的味道了。身边的女孩子则不断地给他递水杯，让他润润嗓子，眼神也更加崇拜了。

围观旅客提出的问题越来越刁钻奇特，林有点难以招架了。正好这时列车快到济南了，车厢里开始骚动起来。济南是个大中转站，要下车的旅客比较多。

"散了吧，都散了吧！我哥也要歇歇喝口水、吃东西了。"趁此机会，女孩儿对围观的旅客下了逐客令。

"我什么时候成了你的哥哥？"林惊异样地看着身边大胆泼辣的女孩儿问。

围观者散去后，她拿出随身携带的糕点热情地与林分享，他们也就自然地回归到了原本两人之间的交流。女孩儿是山东人，叫大伟，是在北京的亲戚家帮忙带孩子的。作为回报，年后亲戚会给她安排在城区的一所职业中专里读书。林看着身边这个大胆、大方又善解人意的漂亮女孩儿，心里不时闪现出与灵在列车邂逅的片段来，那时的灵也应该是在大伟的这个年龄。

林好奇地问："大伟像是男孩子的名字，你家应该没男孩子吧？或者说你就是老大？"

大伟肯定地点点头："是的！我是老大，我还没出生时父母就把名字就起好了，你还会算命啊？"

林摇头："我哪里会算命啊？我是靠心理学和中国传统家庭对子女的期盼心理推测出来的。你父母希望老大是男孩子，所以事先起了男孩儿名；结果你是女孩儿，你的父母又下意识地把你当男孩儿看待了。所以你有股子男孩子的劲头。"

"你分析得完全正确！"大伟更加佩服了。

"你毕业后要干什么呢？"大伟对林很感兴趣的样子歪着头问。

"我打算继续考博，反正熬过三年硕士了，就继续再坚持三年读到底吧。"面对女孩的真诚林如实相告。

"你真厉害！真不容易！那一定会是很难的事。我就想中专毕业后留在北京打工，还是北京的环境好、机会多，如果能在北京成家就更好了，也能给家里省许多的麻烦。"大伟没等林发问就在感慨过后直接说出了自己对于未来的想法。

在枣庄下车前，他们自然友好地交换了在北京的电话联络方式。

林告别李老师和毅又通知了始终关心自己北漂的灵后就带着博士研究生入学通知书回到了家乡，林没进家门就直接去了父亲所在的公墓。林潸然泪下。心中一声长叹："儿子终于兑现了对您老的承诺。我终于可以回来祭奠您老了！"

林祭奠完父亲接上女儿就去了矿山看望母亲。"我儿不易，但总算是考上了。你爸爸在天上也该高兴了。"

8月底，林带着家庭的重托和沉甸甸的兄弟和小妹资助的几千元钱含泪离开故土，再次踏上了北去的列车，这次离家是要去北京读博士研究生了。

善始善终，林回到打工的公司辞职并道别。林和老同学淮以及贾总在钢研院餐厅喝酒话别，贾总递上林最后一个月的工资和奖金。同时，向淮做最后地挽留："淮处长，感谢你的推荐！林的工作能力尤其是英语水平得到了全公司上下的认可。公司也快股份制改革了。发展前景会很好，我建议林干脆留下来做个高管得了。即使读了博士将来又能怎么样呢？"贾总说的是对的，两年后公司成功上市了。

林也非常感动。千恩万谢："没有公司的收留与帮助，让我上午工作下午复习我不可能顺利地完成考博大业。这段工作经历必将为我的人生留下一笔巨大的财富。"林讲得当然也是对的。后来，林博士毕业后留校在企业性质的出版社担任社长助理与部门经理，能够很快上手，并做出不错的业绩，无不得益于这段担任国企总经理助理的工作经历。

林回到学校，就立即投入到了协助研究生部接待新生的工作之中。博士研究生的住宿条件很好，两人一间。一天傍晚，林在整理打扫房间，室友还没来报到呢。

虚掩着的门被轻轻地推开了，进来的居然是大伟。林很纳闷，还没有告诉她自己考上呢。

"你去年应届没考上也不告诉我一声？但我预感你一定会接着考而且一定能考得上。你今年考上了还是没有告诉我，害得我打了一大通电话才知道你住在这里的。反正我这两年的9月都会打你们研究生楼下传达室的电话询问。"大伟进门，不由分说就双臂环吊在林的脖子上，眼里闪烁着喜悦与埋怨的泪光。

"我还要感谢你为我点的歌《风雨无阻》呢！"林很感动大伟的关心，就真诚感激地回答。

一年多未见，大伟长高也长胖了不少，林居然从她的身上能感觉到有一丝小女人的味道了。

林很冷静，赶忙推开大伟道："你还是个孩子，不能这样的！"

大伟翘起小嘴："你胡说！你的眼睛告诉我，你也是喜欢我的，我干脆明说了吧！在火车上我就被你吸引，喜欢上，不，是爱上你了！"

面对这个自己并无反感的纯情少女的大胆表白，林不知所措地用面颊迎接了她羞涩而滚烫的唇。

"天太黑了！我明天一大早再走吧？正好我也能帮你收拾收拾，也没有个女人能帮着你。你老婆就没有送你来上学吗？"大伟的口气就好像自己是个完全成熟的大女人似的。

"她太忙了！还要带孩子。"林悲从心来，眼前都是灵和梅的影子。

"你累了，就先去休息吧！有我这个能干的女人帮你收拾就行了。这么多的衣服和被罩都还没有洗，我也只能明天一早再走了。"大伟坚持留了下来。

夜深人静了，大伟还是出出进进不停地洗晾着衣服没有要离开的意思，表现得就像是林的十足的女人似的。

林想想也是，深夜一个女孩儿独自走那么远的路也确实不安全，自己送她回城区不好打车，也更不合适。林就一个心思："绝不能再任由大伟的想法发展下去了。"

"收拾得也差不多了，你辛苦了！就在我的床上歇一会儿吧。天一亮就有公交车了。"林说完就在另外的一张床上和衣躺下了。一天的劳累让林很快就入睡了。

午夜时分万籁俱静，林突然感觉到了一股美妙动人的温馨味道涌入鼻孔。他发现不知什么时候大伟像猫一样地躺在了自己的身边。

林不由地就想起了与灵在歙县的那一夜来，大伟也差不多正是灵那时的年龄。林的手不由地轻搭在了大伟的手臂上，虽是瞬间就滑落了下来，但也感觉到了丝滑的肌肤散发着的强烈的小女人气息。大伟长长的睫毛在一汪委屈的泪水里，如雨后田里倔强青涩的秧苗，渴望成长，生机勃勃。林的手心渗出细密的汗珠，覆盖在她的手臂上，不能爱抚，无法也更无力离去。大伟一定是感觉到了林的艰难无奈与纠结挣扎，大伟鼓起勇气干脆拖拉着林的手在她的身边游弋。一会儿，大伟又转过身来羞涩地注视着林的那双与自然欲望做顽强抗争的眼。极力表现得像个完全成熟的女人，以便能减轻林的巨大心理压力。大伟的努力没能让林挣脱理智的枷锁，反而激发出了林恪守理智的毅力。那就是："绝对不能得到她！她对你只是崇拜与信赖，只是你的成熟吸引了她初开的情窦。绝不能亵渎她的纯情与爱啊！她给予了你真善，你就一定不能伤害她！她会感激你的！"就这样，林在理智的地狱之门和本能快乐的天堂之门前苦苦挣扎着。

"我也不小了，也快17岁了，你不要有任何的压力，我什么都懂的。我爱你！可我没有什么好东西能送给你，我就想把我第一次的男女尝试送给你，让你在疲惫之中能获得一点点我给你的快乐。这也是我现在唯一的最能拿得出手的东西了。"大伟还在做着最后的努力。

"谢谢你，大伟！我已经感觉到了你的爱，这就足够了。你是上苍给我送来的宝贝，我只能加倍爱惜而不能亵渎。"林感动得流泪了，轻轻拍打着大伟的后背。

大伟也是泪流满面了："我也感觉到了你真心的关心和爱护了。值了！我没有看错我用心所爱的大男人，我的好哥哥！我把你放在我的心里了！得不到你的爱，我就把你放在心上。祝福你永远幸福快乐！你的寝室有电话，告诉我号码，好吗？我偶尔打个电话总可以吧？"

"当然可以！因为我们是兄妹！"林终于如释重负。

这样的时刻，林不可避免地开始思念灵，那个也喊他哥哥，给他幸福，又给他苦难，又伴随他走出苦难的女人。

大伟能感觉到林在理智与欲望中挣扎的艰难。

大伟颤抖着发出最后努力地呢喃："林哥，我真是自愿的！你就要了我，成全我吧！我真不要你娶我。我爱你！我不美吗？难道你就一点儿都不动心吗？"

"你真的很美！得到你这样的女孩儿是男人的梦想！我喜欢你就自然就不会去害你！你给予了我真善，我当然就必须报以你真和善！你必须要把你最珍贵的留给你未来的丈夫。否则，你的一生都不会幸福了。阴影会伴随着你一辈子的。要了你而又不能娶你，我也会一生不得安宁！灵就是这样。"林只剩下感动了。

"灵？你的女友？你的妻子？"大伟好奇地追问。

"是的！你起来穿好衣服，我给你讲我和灵的故事。"

大伟极不情愿地起来穿好衣服坐在床边。林松了一口气，慢慢地讲起。

"灵真傻！为什么要结婚？她为什么还不离婚？"大伟听着不停地插话。

"灵过得很好，至少比跟着我好，我就满足了。她常说：'只要两心相属就一切都是属于彼此的！也不会分开。'把爱放在心底，没有辜负年少时的诺言就很不容易了。"

听了林的故事，大伟终于渐渐平静了下来。

"说不喜欢你就是欺骗我自己，也是欺骗了你！就让我做你的好哥哥吧！我会尽可能地关心你的。"万分纠结的林真诚相告。

"有个好哥哥，我就开心满足了！你是负责的好男人，别笑话我夜里的冲动，我是真想和你在一起的！少女都是有一个浪漫爱情梦的。心随了你，就心甘情愿地要把自己最好的东西给了你啊。"

"真诚谢谢你！谢谢你的厚爱！对不起！我有我的原则，就是用真善报以真善！对爱我的和我爱的人，我是绝不会害她的！明知是火坑，就更不能看着她跳下去了。"

大伟的泪花在晨曦里格外明亮，也格外让人心疼。林搂过她瘦小的双肩，拭去了她面颊上的泪痕，又吻了她的额头，避开了火烫的唇。

清晨时分，林终于把大伟送到了车站。车来了，大伟在风中丢下一句话："你坏！你的负责任与挣扎赶走了我的身体，却让我的心更疼！为你也是为了我。你真好！我真的看见了你的身上有真善的光，有你做哥哥我知足了。"林默默地把一句祝福留在了心里："让我感动、让我忧愁的善良女孩儿，前路珍重！你一定会有美好的爱情和生活的！"

年底的一天下午，大伟来了，还带来一盒糕点："哥，快放假回家了吧？我来看看你！"期末考试结束，林的来帮忙整理内务的恋人琴也在，就一起去楼下的大排档吃晚饭了。

期间，大伟看出了琴的警惕，就顽皮一笑："我是林哥哥在列车上邂逅的小妹，哥哥可是个好男人！我职校毕业，在王府井一家工艺品商店工作。看到哥哥有你这样漂亮的大姐姐在他的身边悉心照顾，我以后更不会再来了。拜托你就好好地陪着我哥吧！我也要和男朋友也是我的老板明年一起去广东开分店了，他是北京的当地人。"

"是的，你哥是个善良的好男人！你也是个好女孩儿，到南方一定会有美好的未来。"琴听后很开心并送上了祝福。

几周后，大伟打来了电话。

"哥，不好了！我出事了！"大伟的语气很是惊恐。

林大惊问其缘由，原来是她不小心和男朋友怀孕了。

林马上给出自己的意见："你的男朋友是什么态度？如果他爱你，你们就赶快结婚吧！不要拖下去，孩子大了就被动了。"

大伟忐忑不安地说："他还在犹豫中，如果不能结婚麻烦就大了。"

"你先别急！保重身体！找个机会，我和他谈谈吧。"林安慰道。

林拨通了大伟男友的电话："我是大伟的哥哥，你是她的男朋友吗？她很单纯善良，她告诉了我你们的事，你会娶她吗？"林又问了他一些基本情况。

忧心的林出于保护竟下意识地使用了警告的语气："你们年轻人的冲动我管不着。但请你不要伤害她！她的事我不能不管！我们都在北京，希望我不会去找你！到时候就都不好看了。"

林的最后一句话明显带有狮王不惜一切捍卫家庭成员的意味，那是从心底凝结着所有能量发出浑厚的足以穿透荒原、足以让敌人心惊肉跳的低吼。

大伟的男友马上表态："大哥放心！我会好好地爱她！她和我说过她有一个了不起的非常疼爱她的哥哥，我们已经打算年后结婚，然后就去南方创业了。"

林放下心来，还倾其所有准备了一个红包送了过去。从此就再也没有见到过这个让他担心牵挂的女孩儿，再次听到大伟的声音时，她已经是一个4岁男孩子的母亲了。

"哥哥好！哈哈！我把电话先打到你原来宿舍楼的传达室，他们说你早毕业留校工作了。我就再打到你们学校的一个部门，我也不知道。还好，看来哥哥的名气还挺大，他们居然知道你办公室的电话。真巧！你好吗？结婚成家了吧？我和丈夫从南方回北京了。还行，有了车有了房还有了儿子！儿子都已经4岁了。"

听大伟一口气介绍完近况，林真的彻底释然了："祝贺你，小妹妹！干得不错！加油！我就说过你一定会幸福的！"

5. 北漂落幕

林博士生入学报到并帮忙完成接待新生进校的工作后，已是9月初了。也是大概去年正式住进租住屋的时候，林再次走进北漂的租住屋内。他是要办理退租与搬运东西的。炉火早已熄灭，床铺和桌面布满了厚厚的尘土。

天渐渐暗了下来，小院里好像又热闹了起来。林出去打水洗脸，准备回校吃晚饭。画家、博士、云和香他们4个人又在那里围着小饭桌周末聚餐了。老友相见免不了坐下来聊聊叙旧。

原来他们也是月初才刚返回来的。

他们聊起了各自一年来的变化。博士的专利转让应用终于有了眉目，有风投公司愿意出大价钱购买了。画家的几幅画作也发表在了权威的美术杂志上了，近期还有望在城里繁华地段开办自己的画廊呢。云又拿下了几个大单，自是赚了不少。香还是老样子，只是穿着更加妖娆性感而已，但也由于业绩出色在歌城有了一定的股份。都有收获，个个兴高采烈。

正在兴头上时，繁星点点的天空竟飘起了稀疏的雨点，几片枯叶如断线的风筝一样冉冉地飞落在了饭桌的菜盘里。

画家嚷道："还是回我的屋吧。重新开张！"大家手忙脚乱地搬运起来。画家的房间比较大，但杂乱无章。确切地说，是画室、卧室、会客室和厨房的综合空间。

四周摆放了不少的画作，光是香的大幅裸体油画就有好几张，有站姿、坐姿还有一幅没有完成的卧姿。

看到搬回的菜不能再吃了，林大方地邀请说："你们准备准备，你们都是我曾经的互相激励的患难朋友。我也如愿考上博士了，大家也都有收获，就算是一起祝贺祝贺吧。我去饭店炒几个菜回来请大家吧！"

画家带头欢呼："林讲情义！我们就等着你添酒回灯重开宴了。"

香和云也忙着用现有的食材炒菜，林回来时一手提着装满一次性饭盒的大兜子，一手提着两瓶家乡口子酒。画家翻箱倒柜地又找出一瓶陈年西凤酒。博士也回房拿了一瓶北大仓酒。

很像样的一桌菜、4瓶地方好酒。窗外细雨沙沙，窗内觥筹交错。几番敬酒祝福，几番快意江湖。画家爱意连连地瞟了一眼香，又瞟一眼香的裸体油画，问："相由心生，香是我画过的最美丽可爱、最性感迷人的女人了。诸位能谈谈对性感与爱的理解吗？"

"我认为，性感就是性特征在异性眼里的明显程度，是男女之爱的基础。"博士抢先发表了见解。

博士又鼓励地看看林，林就接着发表了自己的意见："性感有物质性身体的性感和精神的性感两种。仅仅建立在身体性感基础上的爱就是荷尔蒙的释放，要满足的是生理需要，短暂也不完美。而建立在精神性感基础上的爱才是唯美长久的吸引。"

"都是扯淡，在我看来，性感就是男女之间渴望上床的意愿大小！"画家玩世不恭地插话。

"流氓！还是林哥和博士说得在理！"香反驳画家道。

画家把矛头转向了香和云："你们也从女性的角度来谈谈对男性性感的理解吧，这是艺术家不能回避的问题。"

"男人要敢于担当，言必行，行必果，敢于在逆境中奋起。爱一个女人就爱到底！例如，我的画家就非常性感！博士和林都是本质善良还敢于奋斗，也都是女人眼中值得付出真爱的性感男人。"香几番相让后不再推辞也发表了看法。

"好，好！我们同意！"香的发言博得大家的一致赞同。

又是几杯豪饮。画家起身深情地宣布："北漂一年的沦落人都到齐了。我代表我家香宣布：我们决定结婚了！还要特别地感谢林在去年我最悲苦时的安慰！等我的画廊开张，我就能带着我的香功成名就地回西安了。当然也要去拜访我的前妻和她的情人。还是林当时说得对，只有我们自己变得无比强大。"

博士激动地接着拉起云的手也郑重地说："我也代表我们家云宣布：我们也要结婚了！前妻爱钱，只是我不再需要证明给她看了。"

林受到大家的情绪感染也起立表态："我也代表我们家未来的女主人宣布：我也终究会再次走进神圣的婚姻殿堂！祝福你们！爱她就让她幸福快乐吧！只要我们善良、努力、敢责任担当，在困苦中始终闪耀着人性的真善之光，我们一定就会有美好的未来！你就只管善良、努力，把其他的就交给时间好了。"

第七章　爱在旅途

1. 你是否

"你真该有一个善良包容你的女朋友了，将来你的女儿毕竟是要跟着你学习生活的。你要做好准备……"林博士入学后，灵和关心林、了解林的老师们已经多次这样对林说了。

新生进校，依照传统，同乡总是要聚会一次的。主要目的一是互相认识、相互关照；二是学长给学弟、学妹介绍学校情况，讲讲学习方法，以及为人处世的经验。林是老北体了，年龄大又是博士生，那时博士还是稀罕物。林理所当然地被邀请在饭前讲话。做过教师，声音又富有磁性的林自然讲得入情入理，表现出了极强的亲和力和强大的气场。聚会中不停有人过来敬酒寒暄、合影留念。最后，走过来的是一个大二的女生，白白净净的，一双水汪汪的大眼睛顾盼含情，长发披肩，穿着背带牛仔裤，更显得活力四射。但她不像其他学妹那般泼辣大胆，落落大方中又流露出浓郁的羞涩之情，她自我介绍叫琴，是望江县人。

她那白皙的尖下巴竟然像极了灵。林想，男人第一个深爱的女人也许会影响他一生对女性的审美判断吧。琴胆怯地端着硕大的啤酒杯站在林的身后，竟然流露出农村女孩儿淳朴中少有的一丝风情。可能是也喝了些酒的缘故，琴白净的面颊上一对大写意般的酒窝布满了红晕。林心里想："她应该是在情窦大开的年龄"。林的心头竟顿生一种莫名的情愫，便绅士一样有意减缓琴的不安，主动起身邀请她坐到自己的身边来。琴小嘴抿了一口啤酒，动作甚为可爱。林急忙拦下，不让她干了那整杯的酒，后来想想当时对琴竟有了下意识的保护欲望呢。

"你的嘴上怎么都是水泡，也少喝一点儿吧！他们都敬你酒，你一定会喝多的。"琴自然流露了对林的关心。

林这时才注意到由于比较忙，可能着急上火了，嘴唇上真的有一溜水泡，隐隐地作痛。"真是个善解人意、心细、会关心人的女孩儿！"林在心里评价的同时也想起了灵反复说过要自己关注身边女子培养女友的话。

那年的雪下得特别早。12月中旬的一个周末早晨，大雪纷飞，中午时地上就有了一层厚厚的积雪。林坐在窗前就想起了那个叫琴的同乡小学妹来，在隐隐的好感里为她写下了第一首诗——《你是否》。

你是否

你是否在空中雪花舞蹈的时候

会像我一样

坐在窗前去寻找

那两片纯洁而柔软的雪花

手拉着手在天上散步

紧紧相拥融为一体

一起坠落化作天的泪、爱的水

滋润着自然的干涸

也埋下春的希望

你是否也有同感

漫天雪花如茫茫人海

我们在苦苦寻觅

我们不怕回归泥土

死亡并不恐惧

漫长的旅途

心的孤寂才是真正的恐惧

你是否看见了我

就像我看见了你一样

在这最后盛大华丽的天庭舞会上

阿远周末来研究生楼找林玩。还说雪中的圆明园一定会很美，提议约几个同学去圆明园打雪仗玩，晚上再小聚一下。大家一致同意，但是没有女生的参与总是显得无趣，于是大家纷纷开始想办法约女生。林首先想到的就是琴，便往她住的北楼打了电话。好不容易才接通了电话，林主动约比自己年龄小很多的学妹很是紧张。

"你那里下雪了吗？"林在不知所措中张口便问。

同在一个校园南北楼之间直线距离不足 200 米，竟问出了如此小儿科的问题。后来，林的这句问话被兄弟们取笑为谈恋爱时搭讪的典范。

还算顺利，琴如约来到林的南楼博士生寝室。阿远带队，一行十几人逃票钻进圆明园入口处不远的栅栏豁口。雪中，圆明园里的残垣断壁显得格外苍凉，从随处堆放的雪下隐藏的精美石雕上还能感受到圆明园昔日的富丽堂皇。也能感受到她在烈火焚烧中的剧痛与惨遭踩躏后的屈辱。但这些都丝毫遮不住她的美。

有女生参与的游戏总是令人愉快的。男人们也是奋勇争先的，林一直在看着脖子上缠着红围巾的琴。琴一路奔跑一路给林输送着团好的雪球，男人们一路从大水法打闹到福海附近的小石桥上。林已是大汗淋漓，就脱去外套扔在了雪地上，琴会意上前捡起，弹去浮雪抱在怀里，就像抱着她英勇男人的战袍一样。琴不远不近地跟着林跑，爱意连连地为林加油。林的心里暖暖甜甜的。打闹间隙，同学们合影，林专门以雪和假山为背景给琴拍了一张。最后放大到 8 寸，挂在案头，上面写下的"纯洁如雪白玉无瑕"也就成了他们爱情起始的见证。

因为阿远的经济条件最好又一贯仗义疏财，十几人的晚餐聚会就被阿远安排在家属区教工食堂的小餐厅里了，林和琴自然邻近坐下。

看到林爱吃的菜，琴就不停地给他夹菜："今天累了，爱吃的就多吃点儿啊。"琴大方地关心与成熟的表现自然引来阿远和同学们的起哄。琴的羞状连连让林有了一种甜蜜的震撼，当然也让林回忆起灵给他夹盐水鸭的那一幕幕来。那种被女人呵护的感觉是他内心的呼唤。他们相视一笑，竟恰如热恋已久的样子。琴的微笑如春天的涟漪荡漾在林枯萎的心海。

阿远看在眼里就有意撮合，几天后又邀请林他们去家里搞文化沙龙。为使林和琴的接触更加自然，阿远还邀请了其他几位男女同学。阿远有意安排林和琴去厨房洗菜烧水，厨房里有一台上层是煤气灶下层是烤箱老式灶台。林和琴也不熟悉，不知怎么就随手打开了烤箱的开关。许久，烤箱压力增大，发出了吱吱呀呀的声音，仿佛随时都要爆炸了一般。

突然轰的一声，烤箱盖不堪膨胀的压力即向外弹开了。林没有瞬间犹豫，就把琴拉在了身后，同时侧身用右侧身体挡了过去。弹开的烤箱盖正击打在林的右膝上，烤箱盖的铝合金把手随即深深地凹陷了下去。琴吓坏了，回头就扑在林的肩头，就这样他们自然而然地就完成了第一次拥抱。

"疼吗？骨头没事吧？你不该为我去挡的！"琴看着林的右膝红肿的一片，眼里满是关心和心疼。

林憨憨一笑，也有试探的意味说："不疼！我是男人，是绅士！能揉揉就好了。"

"嗯，我来帮你！"琴说完就蹲了下去，温柔地来来回回抚摸轻揉着林的膝关节。琴的长发不时地掠过林裸露的肌肤，两人都感觉到了有一份肌肤相亲的柔情在狭小的空间里弥漫。

"林，你很勇敢，也是为我才受伤的，我就经常去你的寝室帮你洗洗衣服吧，算是补偿。"琴嫣然一笑地把一丝尴尬融化在了第一次的肌肤相亲里。

"你很善良！今后就麻烦要你多多关照了。"林当然求之不得。

从此，琴每天都会来林的寝室帮忙，让林感动的是琴还会为他打好洗脚水并看着他躺下才会在祝福晚安后离去。

林在读硕士时表现就很好，如今单身，个人问题自然就得到很多老师的关心以及众多知情女生的关注。林非常疼爱女儿咪咪，书桌前面最显眼的地方就贴着咪咪的大幅照片。很多对林有好感的女生来玩时，林总是不可避免地介绍女儿的情况，多数时候那些女生也就望而却步了。

一天琴来玩，帮林洗好了衣服后就坐在桌前摆弄电脑，林就给她粗略讲了女儿的情况，琴看着咪咪的照片静静美好怀想地说："你们离婚了，只是可怜孩子了。女儿多可爱啊！我想和你一起把咪咪养大成人！听说你们博士毕业就能留京工作，还能解决老婆、孩子的进京户口问题。"

林对这个到目前为止唯一明确表示不嫌弃女儿的善良女生有了爱的勇气

和冲动，只是还不知道她的恋爱情况。林不敢贸然表白，就把琴的事告诉了自己最为信赖的研究生部的也在为他张罗对象的张书记。张书记很重视，为慎重起见，张书记还专门跑到琴所在的系去做了一番调查。"是个善良、品行端正的农村女孩儿！上学期间没有明确的对象，但家乡的情况不明。只要你是真心喜欢她，你可以试着追追看！反正没结婚都有追求选择机会的。"张书记调查回来反馈的意见让林很兴奋。林的热情和文采也逐渐打开了琴的心扉。

天更冷了，一次林送琴回她的寝室，走到南北楼之间学校锅炉房旁的大树下时，能看见琴住的北二楼的灯光了。

"我发现我真的喜欢上你了！我每天都想见到你，可以吗？"林与琴告别时，深情地向她试探性地表白。

"嗯！"琴娇羞地点头默认。

自然地，林拉住琴的手，很紧，彼此一定感受到了坚定的力量。目送琴走进宿舍楼，林回到寝室，提笔写下一首诗《送恋人》，第二天送给了琴。

送恋人

我知道

这只是暂时的离开

可我还是止不住地想念

我知道我们未曾真正牵手

可我却似有分手一样酸楚的感觉

竟然与我仅有的那次初恋时的分手一样难受

我想要你回答甚至确认

在你孤寂中我会在

你的脑海一闪而过

我又不想你回答

万一是一声叹息

也足以摧毁我那一点点

因为挂念你而有的快乐

我不想失去这一丝挂念的快乐

所以还是这样好

你待在原地享受没有打扰的宁静

让我在无边无际的孤独中

什么都可以想什么都可以不想

我还是做那缕掠过你面颊的风吧

无论你愿还是不愿

你总能感受到我的存在带走你的温度

我还是做那阵敲打你窗上的雨点吧

无论你愿还是不愿

你总能感受到我的热情和伴你入眠的问候

我还是做你远足时飘在空中的那朵云彩吧

无论你愿还是不愿

它总在你的身旁陪你遐思直到落日

我还是做你楼前的那棵树吧

无论你愿还是不愿

你总能感受到

你外出时我的叮咛

默默无言守候你的平安归来

我还是做冬日里的阳光吧

无论你愿还是不愿

你总会感觉到我的温度

下意识想待在我的怀抱长久地停留

"你真傻！我天天都会来看你的。"次日，琴看到诗也很感动。

2. 街头投掷课

1999 年的 5 月，林读博二时正赶上了美国恶意轰炸我驻南联盟大使馆的恶劣事件。全国愤怒！北京高校学生更是群情激愤，不时传来北大、清华、人大等高校学生纷纷走上街头最后自发游行到美国、英国等其他北约国家驻我国大使馆抗议的消息。但是，体育大学却迟迟不见动静，阿远和林本是书生意气、爱国强国与民族主义情怀深植于心中之人，早已义愤填膺。

午饭后，阿远来找正在小憩中的林慷慨激昂地说："国家都这个样子了，你们还有心思安卧？"

一拍即合，应当投身其中关注事态发展进程抒发爱国主义情绪。由于学校还没有明确指令本校师生可以走上街头，贸然参与抗议活动可能是要冒不小纪律风险的。阿远和林就招集几位党员同学在林的房间碰头商议是否参与活动的事情。阿远和林都参加过类似的活动，其他几位都是刚入校的党员博士生。决心已定的林和阿远慎重地提议大家伸出右手叠在一起并庄重承诺："国家受辱，雪我国耻！我是自愿参加抗议活动，自己承担所有后果！绝不连累其他党员！"大有慷慨赴义之势。

誓言毕，林热血沸腾就回想起了1984年在安师大读书时中国女排三比零完胜日本队首获世界冠军，同学们在田径场聚会庆祝时把被单子浇上煤油燃着用标枪挑着奔跑喊出"祖国万岁"口号时豪情万丈的情形来。林立即揭下自己的雪白床单，指挥大家一起用剪刀撕成白布条，又用毛笔蘸上红墨水在布条上书写了"雪我国耻、还我英灵、血债血还、爱我中华、振兴中华、人若犯我我必犯人"等字样以便到时系在额头上以示爱国决心，并谓之"敢死带"。几人骑上自行车向东城的使馆区出发了，在使馆区附近的一个居民院落，说明来意后院落主人热情地同意林他们在此寄存几辆自行车。他们步行前进很快就加入了其他高校学生的人流中涌到了美国的使馆前，情绪激昂的学生被手挽着手、里三层外三层的武警战士拦在了院外。愤怒的学生高喊着爱国口号开始往美国使馆院内投掷石块，石块就是路边人行道上砸碎的混泥土草坪地砖，可能是这些学生的力量太弱了，4层高的使馆楼仅有第一层的玻璃被部分砸碎了。尤其是高高飘扬的美国国旗还在挑衅似的迎风飘扬。气得学生们咬牙切齿。愤怒的呼喊声排山倒海："烧了它！烧了它！"阿远和林此时也只有一个心愿，就是冲进去降下美国的国旗—烧了之才能缓解心头之恨。

悲壮的冲击开始了，那是海啸冲上沙滩的气势，林和瘦小的阿远冲在了最前面。

但是，我们的武警战士严格地执行了铁的纪律，做到了对激动的学生"打不还手，骂不还口"。但就是不能放进去一个愤怒的学生。看到学生必胜的气概与歇斯底里的呼喊，许多执勤的战士也是泪流满面，可就是不松手啊。愤怒的学生开始采用人梯战术了，前面的学生趴在地上和武警战士的身上，一层层地就像趴在进攻路上的铁丝网上一样。阿远身轻又冲在最前边，林全力地拖着他，看得真切，有几次差一点点儿就抓住院墙最顶端的铁栅栏了。抓住了就可能翻过去了，但总是生硬地又被严格遵守纪律的武警战士给拽下来了，每每功亏一篑。

精疲力竭，看到再冲下去也是无望。阿远和林就暂退一旁休息商量再寻机会，他俩坐在路边的斜坡上抽烟休息时，惊喜地看到了有体育大学标志的几辆大客车驶来了。原来，学校接到通知可以有组织有秩序地开展抗议活动了。100多位同学的到来，阿远和林就像在孤立无援即将失守的阵地上终于等来了援军。他俩赶快兴奋地迎上前去，发放了"敢死带"缠在额头上。这是一支威武雄壮的生力军，阿远指挥唱起了《志愿军军歌》等爱国歌曲。口号震天，歌声嘹亮。很快地就引起整条街道上各路示威抗议队伍的共鸣。体育大学的旗帜后也聚集起了长长的队伍。林为自己是体大的一员而感到无比自豪。林和阿远引导队伍豪迈地前进，当他们再次涌到到美国使馆的门前抗议时，已经是下午了。这里是全天的焦点地区，美国使馆前的旗子依旧飘扬，二层楼以上的玻璃窗依然在明媚的盛春阳光下熠熠地反光如常。其他院校的学生明显是心有余而力不足，仍然向院内不停地投掷着石块，只是再也听不到玻璃的破碎声。

林焦急万分，便站在人行道边堆起的地砖稍高处开始拼尽全力用沙哑的声音指挥体大的学生："请同学们让出3米宽、尽可能长的助跑道！注意助跑最后几步的交叉步，做出左侧支撑、最后用力、鞭打动作加快出手速度。目标是二层以上的玻璃窗和那块尿布旗。千万注意不要伤着武警战士！他们也是在执行纪律！"做过田径教师的林把这里当成投掷课教学训练场地了，声嘶力竭地重复着投掷技术要领。

体大的学生就是不一样！在其他院校学生呼喊的"体大万岁！""向体大

学习！"的助威声中，四层的最后一块玻璃被击得粉碎。那面可恶的旗子也被砸得犹如一块烂布尿片似的挂在那里仿佛在诉说着悲凉，忍受着屈辱。具有政治敏感的阿远和林适时又带头喊出了"强身健体！爱我中华！保卫祖国！"的口号，带动了整条街区的学生振臂高呼，响彻云霄。许多学生热泪盈眶，尽情地抒发着爱国主义情绪。

在一浪高过一浪"体大万岁！"的欢呼声中，体大方阵骄傲有序地撤出使馆区，完美收官。

回到宿舍小酌庆祝，林坐在没有床单的床沿上，阿远宽慰林："历史会记住你的床单！它必将化作血性抗争的民族精神。"琴在一旁默默而骄傲地看着林这位"不省心"的男人沉吟地说了一句："看来林是一个有责任有担当的男人，我正好还有一条多余的床单可以捐献出来。"

"将来你嫁给林一定是不会错的。"同学们紧接着起哄，开心的笑声瞬间充满了寝室。

3. 磨　砺

抽烟是林多年的习惯了，每个假期返校时，林的弟弟都会悄悄地往林的行囊里放上几条老家香烟，一般能管个大半学期。极其困难时林就去校外的烟摊子批发每条不到 10 元的劣质烟。

林属统招博士生自然是没有了工资，但 33 岁的林个性十足，又不愿总是靠家人资助。林的全部生活和学习经济来源就只能仅仅依靠博士生的每月 323 元的国家助学金，还是异常地艰难。

好在林持有《大学教师资格证》和《讲师职称证》，这时在大学竞技中专兼课的兄弟老大毅看到了林下半月的窘迫，就让出了自己的《体育游戏》课并推荐林去上课，每周 4 个学时、每个学时 12 元，如此林每月就增加了 192 元。马老师也行动起来推荐林去田径教研室上跳远课，每周是 5 次课，每次课 15 元，林又是 300 元到手。这样，林辛苦地备课上课加上助学金就有每月 815 元了。林的日子好过多了，为了生存的艰苦教学实践让林还是获益颇多。对体育游戏课的思考为后来跟随导师去马来西亚学术交流讲座体育游戏创编提供了思路，也成为林后来策划全国趣味化活动性游戏文创大奖赛的逻辑起点；跳远课的探索感悟直接为林发表多篇论文奠定了基础。

1999 年底，林的博士论文开题工作要开始了，各种文档繁多，没有电脑就太麻烦了，但花几千元买台新电脑只能是奢望了。自林与琴恋爱后就没有再去联系过灵，虽然林知道如果让灵资助一台新的 586 电脑她一定不会拒绝。关键的时候，还是李老师伸出了援助之手，在了解到林的实际困难后，李老师就把自己女儿淘汰下来的一台 286 电脑送给了林。林用代课打工的积累和家里以前的资助用 3000 多元更换了部分如主板、内存条、CPU 等配置把电脑硬是升级成了 586，林如虎添翼了。

就在这台电脑上，林学会了许多软件应用并最终完成琴的毕业论文和自己博士论文。同时还发了一笔小财并锤炼了科研能力，还提高了知名度，就是业余时间为阿远介绍的本科生辅导、修改毕业论文，一篇有二三百元的劳务费。遇见家境贫寒的学生，林就免费指导，林的寝室一度竟成了"本科论文辅导站"，"生意"火爆，本科论文内容丰富，思维活跃，教学相长。林也因此在扩大了科研视野的同时落得一个好名声，还大大缓解了经济压力。

国家资助的博士论文科研经费是 7000 元，扣除 500 元评审，答辩费还有 6500 元，想做一篇博士论文实在是太困难了。这时我国的体育产业初见端倪，林在导师的鼓励下论文题目就选择了"中国田径市场服务营销管理研究"。借助于马老师在田径界的威望与众多朋友，林被老师介绍推荐到了中国田协的市场开发部去进行论文实习。在那里，林查阅整理获得了许多珍贵的第一手资料，协助领导参与了大量市场开发方案策划的制定，为论文撰写以及个人的体育市场人脉资源积累都打下了坚实的基础。

强烈的生存感也许就是人类战胜困苦并获得发展的最大勇气。当时正值我国塑胶跑道行业的起步阶段，为保证跑道质量符合各级各类的比赛要求，中国田协开展了田径场地竣工验收工作。林就不辞劳苦地提着器材跟着专家协助验收，每块场地有 500 元的验收劳务补助费，场地验收得多了，林的业务水平提高得很快，加上林恪守广结善缘的家风，从不向施工企业要财、要物，还诚心帮助企业解决技术问题，林在业内的名气也渐渐地大了起来。验收的机会也越来越多，林的经济积累也逐渐地丰厚了起来。几乎每周都要外出。

生存环境艰辛有时也不一定是件坏事。两年后到实习结束时，林大概验收了近 300 片标准田径场地。原本田径专业的林也因此爱上了体育场地设计施工和材料领域的研究工作，后来竟达到了可以为用户根据实际场地尺寸与水文资料设计施工图纸的水平。每套图纸全靠手工绘制与计算器计算，一套草图也能挣 1 万元左右。林就这样靠不断学习与吃苦耐劳彻底解决了论文调研差旅、图书购买，以及改善生活和恋爱的经费问题，还可以有所积累并不时为家乡的女儿买些礼物了。

林的体育文化创意策划能力的磨砺还是从 2000 年适逢北京国际马拉松（以下简称"北马"）诞生 20 周年开始的。田协领导还有时任田管中心的亚龙主任要求北马 20 年大庆的参赛人数要首次突破万人大关，市场开发还不能低于 400 万元。林配合开发部陈部长开始了大量卓有成效的开发方案策划与不停的商业谈判工作，其间也是辛苦异常。但最终还是凭借合理的策划从红河卷烟厂获得了 800 万元的赞助，还有 550 双安踏运动鞋、几百箱农夫山泉瓶装水，以及大批的 T 恤衫和毛巾、跑步方便包等实物；又通过与国旅、青旅及高校的合作反复细化参赛项目分组，解决了参赛人数要求突破万人的要求。还开创了北马的半程马拉松、5 公里迷你马拉松和专门为残障人士设计的轮椅马拉松等项目创新，很好地完成了领导交付的任务。艰难的市场实战也为林的博士论文理论升华提供了坚实的案例基础。从中领悟总结的体育文化活动策划、谈判与实施技巧也成为林在几十年以后敢于博弈全国性大型体育文化创意策划，直至进入国家级智库担任体育与健康文创研究中心主任奠定了宝贵的理论与实践基础。

林出色的工作赢得了领导的赏识，毕业后若能留在这里工作应该是最理想的事业归宿。宝贵的市场开发实践与以前开大排档和贩卖服装经历的理论升华帮助林的博士论文初步构建了体育项目市场营销管理的基础理论体系：包括体育项目市场的概念、体育项目市场体系、体育项目产品理论、体育项目目标市场决策、体育项目产品渠道决策、体育项目产品订价决策和体育项目市场营销计划的实施控制模式。这些研究成果成了林一生的财富与安身立命的看家本领。凭此，林也参与了国际田联北京中心的市场开发工作并取得了不错的业绩。这些磨砺也为林二次参加工作后敢于以杂志为平台尝试国际体育文化活动策划提供了底气。林也真切地认识到：任何经历都是成长的营养，有时逆境可能比顺境的经验更加宝贵。

4. 那一夜

什么是兄弟？可能就是在危机和有好事的时候能第一个想到你的人。

深秋的一天深夜，林的寝室电话骤然响起。传来的竟是阿远的焦急声音："你快带些钱来救我！我被扣在'红太阳'了。"林知道"红太阳"是他和阿远以前去过的一家歌厅。原来，是几个快要毕业离校的学生请阿远去聚会唱歌娱乐，结果那几个学生没有付账就都悄悄地离去了。由于是别人请客，阿远就没多带现金，最后结账时才被扣下的。林赶忙喊醒多个同学借足了钱就打车赶去了。林走的时候还带上了一把英吉沙匕首，以防万一。当林心急火燎地赶到歌厅时看见的是，歌厅老板带几个看场子模样蛮横的小混混夹着惊魂未定的阿远站在一个乌烟瘴气满地啤酒瓶子的包间里。

林右手始终在口袋里握住刀柄镇静地开口问道："阿远！他们没难为你，没打你吧？"一旁的老板听到林如此说就急忙回应："没有的事！都是朋友！钱也不多，实在没有就算我请客好了。"

林也故作很江湖味地声张虚势："都是出来混的，一码归一码！欠账还钱是规矩，但是如果打了我的兄弟就是另外一回子事了。"

付清欠款，林就在街边的大排档要了两个小菜，一人一个"小二"给阿远压惊。"小二"就是2两装的二锅头酒。林再次认真地询问："阿远，你要说实话！他们到底有没有打过你？咱哥们儿讲规矩！欠账还钱天经地义，如果你挨揍了，今晚必须要找回面子的！否则，今后就别说我是你的兄弟了，我丢不起那人。"林说着就把刀从口袋里掏出来放在桌上，接着悠悠地说："我们是'60后'的兄弟，我们那个年代的兄弟是有规矩的。兄弟犯事，我可以批评你、甚至揍你，但别人不行！兄弟就是我只要站着你就不会趴下。"两人碰杯："为'60后'的兄弟喝一口！"

多年以后，林看电影《老炮儿》结尾时脑海总是不停地浮现出自己那么多新知故交的兄弟身影，其中就有这次舞厅接回阿远的画面。林思念兄弟们有感写下了一首小诗。

兄 弟

——致电影《老炮儿》里的六哥

兄弟是没有性别之分的

一句兄弟

高昂的头已向心中的关帝

深深地叩下 从此

我站着 你就不会趴下

一句兄弟

命运便相融相依 从此

你的喜怒哀乐 我陪着

无怨无悔一直到老

为了那个义字

为了维护天道衍生出的理儿和规矩

我们会含笑奔赴死亡

但永远不会死亡

因为手拉着的手不会分开

在险恶纷乱的江湖

我们从未曾感到

孤单与恐惧

一句兄弟

你的微笑 你的豪情

平添我多少勇气

1999 年适逢中华人民共和国成立 50 周年，这时阿远创作的《适者生存》与《强者生存》等书在社科出版界已经声名鹊起了。阿远很有政治敏感就策划了一套献礼性的丛书《红色中国》系列 5 本，阿远了解林有一定的人文素养，就邀请林一起加入。动机很纯粹：一是可以引导林把社科兴趣深入研究转化为成果。二是可以带着林开拓些挣钱的路子。阿远周末就带林去国家图书馆查阅复印资料，回来就编辑加工录入。可以说是阿远把林领入到了浩瀚的人文知识海洋里。从提纲拟定、资料查阅范围到加工撰写，阿远把多年的创作技巧都手把手毫无保留地传授给了林。林最终才得以完成《将军落马》和《残酷斗争》2 本个人有史以来独立编撰的图书。这 2 本都是关于中共党史与中国革命史方面的内容，林获益匪浅。虽然最后没有正式出版，但是，林留校出版社工作面试时就是靠打印出来其中一本的部分内容，才初步证明了自己具有获取、筛选、储存知识、加工和编辑这些出版行业基本职业能力的。

又是一个周末，阿远为趁热打铁地明确林与琴的关系，就在家中安排了沙龙饭局。阿远认真地对琴说："林是我的好兄弟！好朋友！他是一个有才华有创造性的好男人，未来的前途不可限量。从本科到博士喜欢他的女生很多，但我看得出来他很爱你，他是认真的。我就送给你们一个礼物，算是做个见证吧。"阿远说着即拿出一对玉佛和观音，分别给琴和林戴上。

兄弟俩畅谈世事自是喝了不少的酒，阿远回房睡去后，林就在客厅的沙发上躺下了，琴自然主动留下照顾。

"我爱你！嫁给我吧！你知道我是结过婚又离婚的，还有一个女儿。你还是个大姑娘吧？如果你不愿意，我也是十分理解的。"林在梦中热烈地拥吻了琴真诚地表白。

"我愿意！你是好人，我也不想骗你。我以前谈过对象，是我的中学队友，他在地方上大学，现在已经来往不多了。当时也是糊里糊涂的，如果……"琴幽幽地说。

林不假思考就说出了多年前对有类似担忧的灵说过的同样话："是你过去的一切才造就了现在的你，我爱的是现在的你，当然就不会在乎你的过去！只要今后你能处理干净，就是对爱情的最大尊重了。"恪守传统价值观的林心情是极其复杂的，他当然知道琴的"如果"大致应该是什么内容，但林还是往好的方面去想。自己靠实力还是有信心完全征服她的，要相信自己！

"他最近可能要来北京找我。"琴接着不安且不好意思地说。

"也好！最终的决定权在你，我会完全尊重你的意见。但我也不畏惧竞争！如果需要，我可以像普希金一样为爱情去决斗。"林表现得很坚决，也很大度。

"我爱的是你！我早决定过了！只有你才能给我一个美好的前途。他来得正好，就一切做个了断吧。"琴坚定地回答。

2月初，琴的前男友果真来了，琴问林可否去见他，林说："当然可以！就快刀斩乱麻吧。"琴走后，林还是很担心的，琴和前男友毕竟相处多年。林烦闷极了，就换上运动服去了田径场，他又是要用不停地跑去平息心中的焦虑了。

心情复杂的林也不知跑了多少圈，琴突然出现在了林的面前并拦住了他。原来是琴去了林的寝室，室友告诉她林穿运动服出去了，琴就心有灵犀地找来了。"你是想累死自己啊？我心疼了！别担心了！晚上他住在同乡那里了。他还说你是研究生，他也要考呢。都处理完了，他明天就回去了。"琴抱住林心疼地解释说。

林感动得几乎快要落泪了，他是为自己无谓的担心，也为琴对自己的真情，更是为他们真爱的萌芽。林又问了他们分手的原因，因为林担心琴是因为自己是博士生就甩掉了她的本科生男友，林从心底不喜欢易变的女人。还好，责任不在琴，而是因为琴的前男友上了大学后很快有了新欢就主动把琴给抛弃了。

琴仍然有怨气地诉说："有什么了不起的？一个地方大学的体育系，我当时心里就发誓要找一个要比他还优秀一百倍的男友了。"

林自信地告诉琴："我看你也不用再找了，那个人就是我了！他与我不是一个量级的，将来就更没有可比性了。相信我的奋斗会让你获得你对自己的男友所要求的一切！"

"那我就永不变心地跟定你了。"琴心情大好放松地保证。

两颗心已经紧紧地依偎在了一起。当林听琴讲前男友也想考研并要与琴在未来比个高低时，林依旧表现得很绅士，充满自信地表示："如果需要，我是可以帮助到他的，毕竟你们以前是朋友，就是单单的老乡我也应该帮助的，但他必须自己来找我。这是我的度量。再就是直到我们结婚前你都可以反悔，但你必须要提前告诉我！可我也知道你不再会有反悔的理由了，因为我的爱没有人能比得了。我会好好地爱你，不会给你离开我的任何机会了。

更重要的是，我比你的前男友优秀得太多了，你也绝对不会舍得离开我的。"

"你真好！你真的很善良！你有大男人才有的宽广胸襟。"琴完全放松了下来，在林的怀抱中感动地评价。

林也很感动且无比认真地回答："绝对不是因为我有宽广的胸襟，男人在争夺爱情上是没有任何胸襟的。而是因为我真的爱你！但是，你也要知道，婚姻不怕出轨，就怕在所谓的相爱里一方从一开始就没有在轨道上。"

"你一定是想得太多了，我如果不忠于爱情，我一定会暴病而死的！"琴更加认真地发起誓来。

不断兑现承诺的过程就是爱，这是后话了。林说的当然都努力兑现做到了。后来的情况是，当琴的前男友千辛万苦地考上研究生时，琴在林的指导下早已考上研究生并毕业了。当那人留京工作时，林早已与琴结婚，双双留京，并拥有稳定舒适的工作，林也早已在全国最高体育学府晋升为副教授，并在业内小有名气了。

这一爱情过程，也让林对曾经说的话又有了更深刻的理解，那句话就是："爱情就是不断地对爱人承诺，并为不断地兑现承诺而奋斗的过程。打铁还需自身硬，捍卫爱情最好的方式就是要力图做到比爱人的曾经和现在身边的男人各个方面都要优秀得多，免得他们还能吸引爱人的注意力。"

婚后，琴用爱和努力相夫教子，家庭殷实幸福，也评上了高级教师技术职称。此时，那人还是个中级职称。在琴与前男友谁更优秀之争中，靠着林的支持琴完胜，赢回了自己被抛弃时丢掉的尊严与荣誉，也更证明了自己的优秀和选择的正确。

"60 后"的爱情中从来就不缺乏浪漫的仪式感。

那年的 12 月 11 日是个周五，长时间的折磨让林难以承受，林决定最后与琴摊牌了。正好周五晚上室友外出。林就让琴坐在书桌前，拿出一张白纸画成两栏，让琴分别写出嫁给自己与不嫁的理由，让琴做最终选择。

琴在嫁的理由栏目下写下了：真爱我、有才华、浪漫、朋友多、勇于奋斗等。在另一栏里写下：抽烟、喝酒、不爱惜身体等。林最后用简单的加减法总结出嫁的理由多于不嫁的理由。这时，林的手表指针正指在 7 点 57 分的位置上，林郑重其事仪式感十足地说："你还有最后的 3 分钟决定时间。

7：57、7：58、7：59，如无不同意见，我们从此就正式确定恋人关系了。相爱永远！绝不变心！"琴重复一遍。林就拿出那张琴在雪中的照片，在"纯洁如雪、白玉无瑕"下庄重地写下了"7：57、7：58、7：59"3个时间并解释了其含义："7（妻）是5（我）的7（妻）；7（妻）5（我）8（发）达；7（妻子）和5（我）9（长久）！"写好后，林就用图钉把琴的照片与女儿的照片深情地并排贴在了一起。

完成这一个庄重的仪式后，林又从彻底负责任的角度再次诚恳地注视着琴说："再次确认地强调最后一次！我的年龄确实比你大很多。我的个人情况你也是很清楚的，我离过婚，还有一个女儿。可你还是个大姑娘啊！你的年龄又不大，你一定要慎而再慎！但你也必须要明白！不是我要强迫你，从别人那里硬扒得你，而是现在我们彼此已经走进了彼此的生活方式而无法分开了。只要你愿意跟随我，我就会负责到底！直到你毕业前都可以改变主意。"

琴又是欲言又止地说："如果……你知道的。那你……"

林表情复杂地声明："你总是这样问了我许多次了。既然你模糊地不愿说明，就再也不用说了。但是如果你明说，我们都还是有重新选择机会的。虽然我的年龄比较大也离过婚，但我对未来爱人的要求没有丝毫降低！我不想强迫你，其实，我真不想知道你的如果是什么。免得……我看重的是纯洁的心灵高于一切。"

"那我就放心了！还有一点我不想骗你，为了能顺利地上大学，我的年龄是改过的，只是我爸改得有点多。"

"这样，我的压力就小多了，大个几岁总比大十几岁要道义些。你能明说我很开心！"林的心情一下子轻松多了。

"你也放心吧！我家里说了，你是博士，能够帮我留京工作，年龄大些，离过婚带孩子都不是问题。我留京真没问题了吧？"琴再次安慰性地确认让林很感动。

"放心吧！我的奋斗现在主要就是为了女儿，我也得先成家才能办理女儿的进京户口，然后才能接她来身边读书的。只要我们结了婚，你的留京当然就没问题。即使你分回老家的县城也能再调回来，国家是有政策的。"林听了琴的话便坦然地承诺了。

琴注视着墙上并排的两张 8 寸黑白照片，也神情坚毅地对林再次承诺："农村培养一个大学生不容易，只要能留京工作，家里也能沾沾光有面子，我也就彻底地放心了。相信我一定能和你一起把咪咪养大成人！"

林漂泊不定的心终于再次找到了归宿。第一次在对琴的感激与爱恋中与她热烈拥吻，也就是情定南楼了。缘分真是令人难以捉摸的事情，5 年后的同一天，他们的儿子居然在他们的定情日出生了。有了儿子以后，儿子的生日就成了这个家庭的两个重要节日了。

既然答应了，林就必须努力地去兑现自己的承诺。在没有任何背景帮助的艰难条件下，林基本靠情商确定了把琴留在丰台区一所中学的工作单位。虽然单位不甚理想，但总算是留京了。从此，琴对林的爱慕欣赏甚至是崇拜又多了几分。

琴的工作落实后，林和琴就在首体对面的海鲜城安排了一次答谢晚宴。阿远陪同，宴毕酒多。走过天桥准备打车返回体院时，出租司机看到醉醺醺的几个人就要拒载，阿远与其发生口角。司机下来不由分说便与阿远扭打在了一起，无奈阿远瘦小力薄，被司机打倒在地。同去的老乡同学钧也义气地冲了过去，飞身凌空侧踹竟然扑空，没有击到对方自己反而重重地摔倒在了地上，肘关节与脸部摔出了道道血痕也躺在了一边。蛮横的司机还不肯罢休，又迅速回到车后打开了后备箱，拿出冬季发动车常用的铁棍摇把走了回来。林见此情形，知道再不出手后果难料。

高度警惕的林悄悄调整身形，用了在灵的学校制伏小胡子时几乎同样的习武看家招数，司机应声倒地，林接着一个大力下劈，战斗彻底结束了。琴在一旁吓得浑身发抖，竟也想冲上前去为林助阵，就像当年灵的表现那样，这这让林非常感动。因为一个人越是下意识的行为就越真实，一个弱女子竟要为自己出手，没有真爱是绝对做不出来的。

"没事的！有我在，任何时候都不需要你动手的。保护所爱的女人是男人的责任，都结束了。"林迎上去抱住琴安慰道。

琴还是非常担心地说："我知道你不会有事！但你出手太狠！我就怕你把别人给打死了！"

太晚了，阿远独自打车回去，钧只好让出首体自己的宿舍，林和琴就在那里待了一宿。这是林和琴第一次深夜单独处于一室，长夜缠绵，他们有着说不完的情话。琴抚摸着林有点破皮的手，深情而心疼。

"林，跟了你，我以后也放心了，你有男人气概，能保护我。只是以后别再打架了，太吓人了！我真害怕你受伤！你若出了事，我该怎么办啊？"

"我是武术专业的，不会主动惹事，但是如果遇到事，我也丝毫不会手软！尤其是事关尊严和荣誉的时候，再就是谁伤害了我的爱人。无论是对谁我都会出手更狠，否则就白活了。打了那么多次架还没受过什么大伤呢。有了你，我会更注意的！"林尽量让琴放心。

寒夜让他们贴得更紧。

"你是非常优秀的男人，但你也很传统，你真的就不在乎我的过去？"琴很动情，也有点不放心地反复问。

"这个问题以后不许再说了！我确实是很传统的。你每次这样问，我的心都会流血。我已经告诉过你了！我爱的是现在的你！就和我一样，是过去的一切才造就了现在的你和我。我们只能怨恨上苍没有让我们在多年前相逢想爱。所以我们不必过分纠结于过去的一切！只要今后我们对彼此忠诚，就足够了。我过去也有过几段感情经历，但她们都背叛我或者因有难言的苦衷离我而去了。可以说，是她们共同把我培育好然后才交给了你的。从某种意义上说，我还要感谢她们呢！"林又真挚地安慰琴，尽力不让她有任何的精神压力。

琴再次认真地承诺："你放心！我是一个农村的女孩儿，我受的家庭教育是，要爱上你我就会爱你永远！忠诚永远！"

他们憧憬着美好的未来，琴很温柔体贴，只恨长夜太短。

琴正式工作后，学校给她安排了一间两人的单身宿舍，有了第一个月的工资。

2000年10月，北京马拉松赛后，林的博士学位论文写作也到了初稿加工阶段，同时开始着手寻找毕业的工作单位。林诸事猬集，琴也不能常回体院照顾早已经焦头烂额的林，林也确实没有时间往返于丰台与海淀之间。恰好琴的室友很快又有了另一间独立寝室。林干脆就把电脑以及大量的资料搬去了琴宿舍，去与她同住了。这也是他们婚前最快乐的日子。白天琴去上课，林就在房间写论文，下午课后他们就手拉手去校外农贸市场买菜，回来做饭。晚饭后一起看电视，然后长夜缱绻，他们还戏称这是"试婚"。就这样，在琴的悉心照料下，"蜜月"结束，他们收获了纯美的爱情，林也顺利地读完了几十本市场营销方面的参考书，完成了博士论文。只是林用功过度，林的头顶正中间秃了一大块，琴听说用生姜切片涂擦能刺激毛发再生，从此，给林涂擦生姜片就成了琴最重要的工作。

他们有了点儿余钱，就先为林买了一部手机，有了手机后联系工作就方便多了。林工作的第一志愿当然是中国田协的市场开发部，在那里实习的林已经是得心应手了。陈部长也极力推荐，谢亚龙主任开始是同意的，后来不知什么原因又不同意了。

同为"60后"的陈部长惜才，又把林推荐到总局的装备中心，吉祥部长热情接待了林，并对林说可以考虑在体育用品展会部门工作，但也暗示不会有福利分房。这一会展工作与市场营销相关联，是林可以胜任的。但不解决住房让林和琴难以接受，因为林面临结婚与接女儿进京上学，房子都是最最重要的基础。

几经周折，还是在马老师和惜才的邢校长的大力推荐下，林留校出版社工作很快就确定了下来。来年春天，林和琴在丰台街道办庄严的国徽下领取了结婚证。春末，林留校手续办理完毕，学校给分了一套不大的被称为"眼镜房"的住宅，也就几十平方米。但总算是个小两居室，三口人足够用了。拿到钥匙，林很兴奋。马上带着琴前去查看，接着就开始打扫，只是墙壁脱落严重，卫生间和厨房更是破旧不堪。在原有基础上尽量打扫干净，琴的贤惠本色第一次显现了出来，琴迅速下楼，没有去买而是去从阿远家借来了拖把、扫把就开始收拾起来。林又回宿舍把能搬过来的东西都搬运了过来，当晚他们就买了一些食物、两瓶啤酒，以地为席，在属于自己的家里共进了晚餐。在干净的水泥地板上铺上席子度过了第一夜，虽然蚊子嗡嗡地盘旋不止，但是林还是又一次沉浸在了兑现爱的承诺的快乐里了。

"老公的承诺一定会逐一兑现的，等把女儿接来就完美了。"琴更加快乐。

第二天，导师和师母就一起专程来查看林的房子。看到条件如此简陋，便心疼地关切林，这让林铭记永远。好在师母是在一家建筑公司担任工程师，师母当即表示可以尽快安排工人来免费帮忙整修一下房间，其间还不断亲临检查施工质量、督促施工进度。

一周后整修基本完毕，师母看到厨房没有厨台，又吩咐工人先用三角铁焊一个三层简易的厨台，厨房基本可以开伙了。房间使用基本成型后，师母安排的施工人员就撤离了。留下最后的工作就是用漆再刷一下房屋的踢脚线。琴知道家乡的咪咪已经开始放暑假了就建议："老公，你还是辛苦一下自己干吧！我想先回家乡带带女儿，她肯定知道我们也该放假回家了。我就先回，要不，你和我都不会放心的！你再整理一下也抓紧回去我们一起带女儿。"

为了早日回家，送走琴，林就挑灯夜战了，赤膊上阵，仍是汗流不止。突然感到一股凉爽的风吹过后背，林知道黎明来了，铁锈红漆的踢脚线也快刷完了。躺在凉席上，林一觉醒来已是下午了。就差家具了，这时导师又来关心地查看，导师看见焕然一新的屋子也非常满意。导师又环顾四周父亲般关怀地对林说道："天这么热，没有空调肯定不行，还要有衣柜、电视和冰箱！我要换床了，你就把我和你师母结婚时的床搬过来用吧。你们刚工作没有经济基础，我先给你拿一万元用着，先买空调、冰箱、电视吧。不够再告诉我！"

林和导师的师生情更似父子情。19年后惊蛰的那一天导师不幸因病辞世，林悲痛欲绝，在告别仪式上，林以儿子之礼在八宝山告别大厅门口答谢了每一位前来吊唁的人，并代表学生含泪朗诵了令人肝肠寸断的悼文：

悲歌：悼恩师马元康教授

星黯淡，原是恩师长归隐。长归隐，驾鹤西去，归期隔世焉。恩师为我呕心忙门事（注：林硕博皆是恩师的开门与关门弟子），学海七载（北漂一年）窗不寒。窗不寒，父辈视吾，疼子家破，一路操劳成新家儿女康顺。德学高品教诲不倦，助顽劣终有小技安稳度年华。

窗不寒，马来夜市繁华，蒙古草原放舞狂，紧随师父顿开眼。

田径事，名成九零亚运会。亚运会，誉盛谦恭播四海。播四海，仗剑西亚行中国声音隆。老骥伏枥，沥血国际田联东亚事。东亚事，田径文化日月新，东亚田坛永留中国声。

惊蛰万物惊恐日，原是泰斗陨落时，哪有节气这一说？

恨，天公不公丧我恩师。梦回湖州，太湖呜咽翻波皆为泪。

祈，恩师一路走好，安息等来生，告慰心碎人。

叹，命运多舛，几日通电尚安好，而今忙音再无接。

愿，好人好报，西去应无险，来生不会远。

呜呼恨，恨己身无力子孝病榻前。

呜呼恨，恨师不辞而别师生踏孤旅。

5. 不会让你赌输

整理好婚房暑假回到老家，林和琴两家即紧锣密鼓地开始筹备婚礼。日子就定在暑假中吉利的 8 月 18 日，林和琴的新房就安在旗家（林回去常住的北屋）。琴的家人也从老家赶来，被旗安排在当地最好的宾馆，这里也成为琴出嫁时的临时娘家驻地。

结婚当日，没有租用婚车，林就带领几个统一着西装短衫、系着红领带的兄弟涛哥、龙、健和建平兄，徒步去宾馆接亲了。从宾馆到大哥家约有两公里的路程，林就一直拉着琴的手走在繁华的城市街道上，林的侄儿和外甥提着大嫂租来的婚纱缓缓前行，这也成为当地难得一见的婚礼景观，引来无数人的驻足围观。

"还有这样的？接新娘子居然还是步行？"

"真是新潮！真是寒酸！"

"老婆，让你受委屈了！租用婚车要花很多的钱，我现在还没有这个条件。谢谢你能嫁给我！注定我们要牵手走过艰难，同甘共苦。但你一定要记住！既然你敢嫁给一无所有的我，这无益于一场豪赌。我就一定不会让你赌输！因为我一直都会是庄家！你见过赌场上有庄家输的吗？我保证我们一起奋斗一定会有一个美好的未来！我一定会找一个结婚纪念日给你补办一个像样的婚礼。"林听到议论也很觉得对不住琴，就深情地表白，也是豪情地激励自己。

琴深情回应："我愿意与你同甘共苦、建设美好的家园。你是最优秀、最棒的，我相信你！"

只是没想到他们的艰难会来得如此之快。

婚礼在家乡电厂的大食堂举行，几十桌亲朋好友齐聚一堂。婚宴中，林正在招呼弟兄们痛饮并接受来宾的祝福。服务员过来说吧台的电话里有人找林。林不情愿地过去接过电话听到的竟然是林的前妻帆的声音。林以为帆会祝福几句，却没想到把她想得太善良了。

"这么快就结婚了！我和女儿你就不管了！你有良心吗？"帆开口就指责说。

林愤怒了但还是耐着性子说了两句："莫名其妙！别没事找事！今天是我的大喜日子，我不想和你讲话！"

林说完就拍下电话，谁知一会儿帆又来电话了。这次林就没有耐心了："我很忙，请不要再打扰我了！我不想与你讲任何话了！"拍下电话的同时告诫吧台服务员："谁来的电话都不要告诉我了。"

送走最后一位朋友，林和琴及几个好友一起走着回大哥家。刚到楼下就看见大哥旗家的单元楼道门前的路上人山人海，人们正在围观一个撒泼的女人表演呢。

这个女人竟然是帆。只见她披头散发，满脸泪痕，或者说是汗水和泪水，以及鼻涕的浑浊混合物，帆不停地叫嚷："林没有良心，上了研究生就抛弃了我们母女。"林的心中当即就充满了恶心，一丝怜悯都没有。

若不是几个好兄弟拉住，林真想上去抽她几个耳光。

兄弟们拉住怒火中烧的林："大喜的日子，没必要与这样不堪的女人理论！她就是纯心来搅局恶心人的。你不要上当！她再闹事就直接报警好了！你们先上楼！我们来处理吧！"

林是真的没有想到，帆作为一名教师竟然也会如此不堪，当街撒泼丑态百出。林拉着琴像躲避瘟神一样地绕开人群极速上楼去了。知道真相的亲友向围观的人们解释过后，围观的人便开始数落这个撒泼的女人了。

"早知如此，何必当初！是你死活要离婚，今天是人家的大喜之日，你上门如此吵闹就是无礼了。也丢人啊！何况你竟然还带着女儿！"

"早知如此，何必当初！还有脸闹？真丢脸！找个没人的地方撞死得了。"几位认识帆的同事实在看不下去了，就拦下一辆出租车把她硬塞了进去。帆显然也是听到了议论，或是她还有一丝残存的自尊，也便就坡下驴灰溜溜地爬进别人拦下的出租车，悻悻地离开了。

此时，林的心里只剩下鄙视与不屑。

经帆一闹林却坚定了这一个信念就是，必须要尽快地把女儿带走，决不能把女儿留在这样的女人身边。还要加倍地对琴好，努力给她最好的生活！把琴今天所受的委屈都用美好的生活偿还回来，帮琴挽回所有失去的尊严。否则枉为男人！更辜负了琴的大义与深爱。

但是，林与琴都能感觉到，这可能只是帆系列闹剧的开始。

林愧疚地对善良的琴说："真对不起！真没想到她是这样的素质，以后你可能会因为女儿还要受她的委屈。"

琴看着一脸惆怅的林就反过来安慰："没事的！是她丢人，又不是我们！看来当初你离开她完全是正确的选择！以后只要我们过得好就行了，别管她了！开心点儿！今天是我们该高兴的日子。"

6. 归去来兮

在凤云的长子环离开人世约 10 年后的一个冬季，皖北大地银装素裹，耄耋之年抱病卧床达一年之久的凤云病情更重了。但 83 岁的寿诞庆典还是要举办的，虽然凤云的长子不在了，但还有长孙。寿宴上，凤云不停地自语："我这一辈子也值了，能去地底下见我大和我娘，还有我的一大群兄弟好友了。3 个儿子，9 个孙子，2 个重孙，人丁兴旺开枝散叶了。方圆几十里就数我老梁家最兴旺发达了。一辈子值了！"凤云在百感交集的沧桑里自豪地流露着对家族走向兴旺发达的殷切希望，更像是对自己一生责任担当成果的总结评价。

"只是人生的两大苦我都赶上了。中年时赶上了困难时期有丧妻坐牢流亡之苦，老年又有丧子之痛。这是我一辈子的不如意啊！但是我都挺过来了，没有被打倒下！记住！我死后要与你娘埋在一起的，她活着的时候没享过什么福，三年困难时期还遭了大罪，我要去照顾她了。"凤云在回忆中说着潸然泪下，两行浊泪撒在衣襟嘱咐着石墩和军。

又过了一年也是在冬季，凤云无力地躺在老屋里的老床上终于迎来了自己的弥留之际。

凤云的9个孙子闻讯都在第一时间赶了回来合围坐在床边，还有井沛全家守在屋内。趁着凤云片刻的清醒，林百感交集地要求爷爷再讲讲过去的故事，林坐在床边点燃一颗烟递到凤云的嘴边，凤云吸着烟满足地微笑着也幸福地重复着过去讲过多次的故事片段。

"你们都要记住了：广结善缘，对人好，对家好，对国家好，往长里看一定是不会吃亏的。"凤云微笑着对儿孙最后地嘱咐，更像是对自己一生生活经验的总结。

凤云仿佛也从自己的故事片段里获得了巨大的精神力量，他的眼里满是燃烧的激情，流露着还能够继续担当的勇气与厚重、家国情怀的光亮。他竟还振奋精神地要求要到家里的田野里去走一走，再去看一眼老塘和那棵陪伴了几代人见证了家族兴衰的大枣树。然而，病痛的折磨已经无法让他站立起来了。孙子们只能出去用手机拍照回来满足爷爷的最后愿望了。

凤云最终还是在弥留了几日后，以家族中罕见的84岁高龄溘然长逝了。

在皖北农村，葬礼的规模与样式气氛不仅是对逝者的怀念和一生的评价，更是对整个家族声誉的考量。

出殡前夜守灵，老宅院前的大灵棚里，凤云的孙子和族人以及他仅存的生前好友，感慨万千地回忆着他的好、他的壮举。灵堂里烛光长明，不息的火盆里纸钱的灰烬厚厚的如浅色的雪、灰色的棉。北风呼啸着吹过稀疏的早已焦枯了叶子的大枣树盘旋着挤进高大灵堂芦棚的缝隙，纸钱的灰烬围绕着孙子们的身边久久不落。请来的土戏班子在灵堂前通宵达旦地弹唱，那是凤云生前喜欢的地方土戏的综合。悲哀的唢呐声在冬夜里仿佛凝固了，挂在旁边老枣树上的枯枝上，与寒风凄厉地和声就如要竭力地去唤醒沉睡的老人起来走向原野一般。

次日上午出殡前的一刻，在冬季难得出现的温润阳光里又飘起了大如鹅毛的雪花；灵堂外不时传来悲切的哭泣，那都是闻讯迟来的人们，有喊"舅舅""叔父"的，还有喊"义父""大大""干爹"的，念叨着老人曾经对他们的恩情祭拜不止。迟来吊唁人们的悲怆哭声在无尽的哀思里也彰显了传奇老人一生的善良仗义与侠肝义胆责任担当的荣光。

临近晌午，不能再耽搁了。按照当地最传统最隆重的下葬仪式，出殡队伍是由孝子贤孙高挑着白帆引导在前，再由二十几个精壮小伙子抬起厚重棺椁，后跟着长长的送葬队伍向祖坟老陵出发了。林最爱听爷爷讲过的故事，每每爷爷的眼里都是守着他的老牛，林想，爷爷何尝不是像是老牛一样地付出啊？出殡前，林坚持要为爷爷再扎几头纸牛陪伴。

老宅通往老陵的道路泥泞不堪，厚厚黄黑色的黏土沾在鞋上。抬棺人的每一步都是无比地艰难。老人说："下葬路难走，是亲人逝者不愿意走啊！"送葬队伍的哭声也随之更大了。纸钱漫天飘逝落满了下葬路，老塘黑波哀愁，大枣树仿佛也在风中呜咽，唢呐声碎。

走过自家的地头，似乎是逝者知道自己就要幸福地落叶归根了一样，抬棺人竟然顿时感觉轻松了不少。墓穴被安在了一圈大坟头的中间，是一块被称为"怀抱子"的福地。那或许是先祖的召唤怀抱子，老人无愧于生时的才能在死后安享在祖先的怀抱之中。那一刻，子孙们都被祖先的庇佑感和深厚而绵长的家族情怀所震撼了。

林的爷爷虽然永远地归去了，但他的精神与情怀却真切地融化在了他子孙的血液里。

第八章　妈妈谢谢你

1. 相信我能处理好关系

林既然与琴结婚了，女儿咪咪就理应要改口称呼琴为妈妈，这样才符合伦理纲常。可恶的是，帆竟然告诉咪咪："后妈都很坏，还要拿打气筒往孩子屁股眼里打气的。"还有更恶毒的诽谤之言，都是咪咪恐惧悄悄地告诉林的。咪咪受帆的教唆，拒不改口，只同意把"阿姨"改称为"妈咪"，这样对琴也太不公平了。

林很生气，看着新婚妻子的委屈就严厉斥责女儿太不懂事。一时间，父女之间剑拔弩张。

琴善良宽容地说："别逼女儿了！喊什么不重要，就慢慢地来吧，相信我有耐心、有能力、也有信心处理好关系的。"

咪咪这时读小学五年级，户口还没有迁走，林若想一次性带走咪咪是不可能了。林与帆势如水火，林通过电话与帆沟通，要执行离婚协议条款，迁走女儿户口的事情。但帆始终无理取闹、百般狡辩，就是不同意执行协议。还振振有词地说林在北京居无定所，没有抚养孩子的条件。遇见这样无理的前妻，林苦闷至极。琴却反复劝解："我们还是先回京把家安置好，她也就没有孩子生活不稳定的理由了。我知道你爱女儿，我们有协议在手，不怕！大不了就是打一场争夺女儿抚养权的官司而已。"林想想也是，毕竟法律优势在我不在她，琴说得有道理。

回到北京，家里给了一些钱又有导师的一万元在手，琴和林最开心的事就是业余时间携手逛建材城与家具电器城了。省吃俭用、精打细算，努力建设美好家园，早日接回女儿就成了他们共同的心愿。

琴不辞劳苦，每天上下班路上挤公交车都要四五个小时，琴把周末全部都用在建家大业上。林每次因心疼而安慰琴时，她总是反过来安慰林："我能撑得住！只要能尽快接回女儿，看到你的笑脸，我再苦再累也值了。因为我爱你！"

咪咪的进京户口指标必须要在咪咪过来读小学六年级之前落实到位，如此才能不影响咪咪在北京接着读初中。办理落户比想象的要困难得多。

林骑着自行车从小区、街道派出所和区分局户籍管理处反复奔波咨询，焦头烂额。

真是朋友多了路好走。这时，一个林曾帮助解决过施工技术问题的叫向阳的，伸出了援助之手；向阳整日开着他的红旗轿车拉着林穿梭奔走，为林节省了大量的时间。

辖区派出所的一位叫华的喜欢武术的户籍民警与林常交流练武心得，很快与林成了兄弟般的朋友，华十分体谅林爱女儿的苦衷。林初去华的办公室就看到墙上挂满了辖区各界百姓赠送的感谢锦旗。林在感觉踏实的同时也真切地感受到了基层公安热心助人的温暖。华在公安系统人脉广泛，人缘颇好，不辞辛苦地带着林去了许多相关的上级部门。在那里，林得到了热情周到地接待。林多次要向华表示感谢，华总是说："即使我们不是朋友，帮助辖区大学的老师依法合规地尽可能快速地解决后顾之忧也是我们公安的责任。"

在华的鼎立协调沟通下，两个月就把事情大致落实了。剩下的主要是回老家与帆谈判移交、迁户口带走女儿的事了。利用寒假，为减少与帆沟通的麻烦，琴还特地给帆带了礼物，并请帆吃了一次饭，由于帆的抵触，谈话未果。时间紧迫，林调动了所有能够调动的与帆能讲上话的关系。原因有三个：其一，女儿去北京对未来的发展有利，女儿很快面临小升初，北京的教育资源在全国是上游的；其二，北京的区位优势对女儿将来高考较为有利；其三，林和琴的教师社会地位较高，工作与收入稳定，住房条件较好，可为女儿提供一流的卫生医疗条件。之后，林便开始了走马灯似的谈话，试图说服帆。几轮下来，帆仍是愚顽不化，就是不同意迁出女儿户口；实际上就是故意为难林，让林也不得安宁。但为了防止帆冲动误事，以便最大限度地保护女儿的安宁，林还是强忍一触即发的怒火，找来当地的政商法律界甚至是江湖大腕级兄弟们一起商量对策。政界的是市领导；商界的就是当地最大商场的董事长潘哥，潘哥是老江湖了，直接请律师出面。律师的意见是：林有协议在手，打赢官司没有任何问题，但对方不配合会造成接下来的执行异常困难，还会给孩子造成难免的心理伤害，后患无穷。而这些是林和琴最不想看到的局面。一群朋友商量完后，林感觉希望渺茫，垂头丧气地回到大哥家时已是深夜了。琴关切地询问了结果后，竭力安慰有点万念俱灰的林还善良地预计："放心！不管怎么说，她也是个教师。应该明白孩子在首都发展是件好事！她不明事理，她的家人应该会明白一些的。要不你明天再找她的家人做做工作吧。"林无奈地回答："为了女儿的前途就死马当活马医吧。"一夜无眠，林的脑海里不断闪现咪咪跟着帆走向毁灭的画面。离婚后的奋斗不止就是为了可怜可爱的女儿啊。如今万事俱备，绝不能功亏一篑啊。

次日凌晨，琴突然惊呼："老公！你怎么两鬓全白了？别再焦虑了！应该还是有希望的！"

林万般无奈之下，强打精神，选择周末带上很多礼物忍辱含泪地登上帆父母家的楼，帆的父母和两个妹妹以及大妹夫都在，林又是苦口婆心一番，简要说了一下近况。当听了林读完博士留校工作，有房还有较好的收入情况后，帆的父母眼睛一亮竟懊恼不已地一起指责起帆来了："帆真傻呀！当初若不死活要离婚的话，现在应该和咪咪一起迁往北京了吧？她的肠子都悔青了。林，不怨你！只能怪她自作自受，没有这个命。"帆的妹夫接着说："是的！按规定博士留京工作是可以带家属进京的，帆也能解决工作问题，也不要在这里瞎折腾了。"帆的两个妹妹也说："咪咪去北京是最好的选择！那里的教育条件好。另外，我姐带个女儿在身边还兼职做生意，也不好再嫁人了。"

帆的一家子竟然流露出后悔的表情来了。林为了顺利带走咪咪就强装笑脸地聊了一会儿，最后告诫："帆把钱看得太重，好好的老师不做，早晚不是好事。"此话不幸被林所言中，但那是几年以后的事情了。

2. 爱丽舍

琴为了林的心情，又去约帆谈了几次，林感觉到了琴的委屈与无奈。琴做了一个继母能做的一切，林唯有把对琴的感激放在心里。对这个识大体、顾大局、深爱着自己的女人唯有默默承诺："难得的贤妻良母，决不能让人家认为她嫁错了人，我要让她在首都过上尽可能好的生活！"数年后，林的努力奋斗终于换回了能够给琴的一切。

功夫不负有心人，在众多朋友和琴的努力下，帆的脑子终于开窍了。

"许多人都说你老婆是个善良的好人，为了咪咪也付出了许多，你们带女儿我也放心了！人家年龄小，你要对她和她家的人好一些啊。不要像对我们家似的！"一日，林接到了帆的电话。

已经被帆折腾得焦头烂额的林很不耐烦地回话："她家人都很善良，家里条件比较好，也不贪财，更没有指望靠女儿发家致富。不管怎么说你也是咪咪的生母，只希望咪咪去了北京后，你能给咪咪一个安静的学习生活环境，平时少打扰她，我就感激不尽了。我会让女儿在寒暑假见你的。"

千辛万苦之后，女儿的户口最终落在了林和琴的户口本上。琴又在最短的时间内为咪咪布置了独立舒适的房间；8月底，又办好了咪咪小学六年级的入学手续，小学就在他们居住的小区内。

咪咪开学第一天，琴特地向单位请了半天假，早早起来为女儿做好早餐，帮女儿整理好漂漂亮亮的新衣服，又为女儿梳理好头发并用发卡固定成咪咪喜欢的发式。虽说学校就在小区内自家的楼后，琴还是牵着咪咪的手亲自送她走进校门；琴送完咪咪回到家顾不上吃饭就急急忙忙地赶去公交车站前往远在丰台的学校上班；下午下班又是在公交车上站了3个多小时才回来的。从此，琴心急火燎上下的楼脚步声就印在了林和女儿的记忆里了。

琴傍晚回来一进门看见咪咪，就自责："都是妈咪不好！太忙了！没有来得及赶回来接你放学。想吃什么？妈咪给你做饭。"琴自责完就一头扎进厨房继续忙碌。咪咪爱吃肉，是典型的食肉女孩儿，肉菜是每顿都必不可少的。饭后，琴还要辅导咪咪完成家庭作业，然后再收拾房间、洗衣服，直到晚间新闻时。晚间新闻是林最爱看的栏目，此时已经是夜里10点多了。

每天如此，琴的身体吃不消了，常常是躺下没有几句话就鼾声悠长了。

林看琴疲倦不堪，就多次建议："你学车，咱们也买辆车吧？这样或许能减轻你上下班途中的奔波劳顿。"

"你说得轻巧，可是钱呢？我们没有积蓄，现在又是三口之家，女儿上学要花钱的地方还多着呢。等等再说吧！"琴总是立即反驳。

林坚持道："你就先学车拿到驾照。我打听过了，我们可以贷款买辆两厢的夏利，全部办好也就 3 万元左右！"

好说歹说，琴总算答应先学车了，可是一问学费要好几千元，琴又想退缩，林即鼓励她："看我现在的收入情况应该是没问题的，我就努力再多策划些选题，多看些书稿。"

真是老天都眷顾林的爱妻之心。女儿进京的第二年，正赶上林的单位公车使用改革，如果下属部门敢于签署净利润连续 5 年递增不低于 15% 的协议，单位即可先奖励部门负责人一台 14 万元左右的轿车；如果完不成利润增长指标，就从负责人的工资、稿费、奖金等收入中逐步扣回。

林经过粗略测算，问题应该不大，即使完不成，自己的收入也还得起，就权当从单位无息贷款吧。关键还有出于荣誉和胆略的考量，不敢签署买车协议就意味着退却，就意味着不敢接受挑战，也就意味着爱妻还要继续辛苦地挤公交上下班，或者最多是开辆两厢夏利车。在机遇面前，退却不是林的作风。何况这时琴就要拿到驾照了。林多么希望能给琴和女儿一个惊喜啊，那时北京的私家车才刚刚兴起。林的斗志又一次因为爱情而被激起了。

林与其他 4 位签署要车协议的同事去了汽车市场，林选择了一辆净车 14 万元的勒芒蓝色的雪铁龙血统的爱丽舍牌轿车。在琴拿到驾照的当日，林就带着琴和朋友向阳去办理了提车手续，然后即把车开了回来。林接着就拜托向阳陪着琴上路练车，琴本来在驾校就学得扎实，没几天就能独自驾车上路了。

"'爱丽舍'的名字真好听，它就是我们爱的美丽家园啊。"这是琴开车上下班后常挂在嘴边的话。

"我没有嫁错人！你是真爱我真疼我的。我的那个只会吹牛的队友是永远也比不了你的。他被分配到一所中专学校就到处吹嘘得不得了。"妻子多次这样自豪地说。

"看来你与前男友还是常联系啊？"林故意面露不悦。

"我就是要让他知道我比他过得好，我的选择是对的。"琴表现得很强势，但林一点儿都不生气。

林总是如此地劝慰琴："既然以前好过，就不要再斗气了。都互相祝福吧！你当然过得比他好！你的度量大一些，他会更难堪，免得无事生非。"

"我根本是不想与他有一丝联系的。但每年春节回县城时，同学队友、老师教练总是要聚一聚的。他还是改不了喜欢吹牛的臭毛病，居然还想占我的上风，真是可笑！"琴一副胜利者的优越感。

林也开心，就半开玩笑地说道："他怎么能和我的妻子相提并论？我们只会更好的，因为我爱你！他的配偶也永远比不了你的配偶。一个男人为爱情战斗的目标只有一个，就是要比他老婆周围的男人都要优秀得多，无论是哪一个方面。例如，你曾经说过他爱学习有文采，我就会比他更爱学习更有文采了，免得他还能吸引你的目光。"

靠着这种默默的承诺与自我激励，林在20多年后居然出版了最能够表现他文采的《抒情诗随笔集》。

琴是她的同学里第一批开车上下班的人。

"老婆现在是越来越自信了啊！"林常这样夸赞琴说。

"我的自信还不都是你给的吗？你能不断地兑现诺言，我就会更加自信了。"琴总是爱意连连地回答也是激励林。

国庆节前的晚饭时，咪咪嚷着要去看看天安门的夜景。"我们家有车，老公，走！就带女儿去转转！咪咪学习累了，就满足她吧。"琴收拾好餐桌开心地建议。琴早就找物业把停车位安排在了自家的楼下。一家三口开心地下楼来到车位前，咪咪兴奋地要求："让我来开车门！"琴把电子遥控钥匙交给了咪咪，咪咪故意走到离车很远的地方用遥控打开车门。清脆的遥控开锁声是那样的悦耳。琴驾车，林坐在副驾上，咪咪坐在宽敞的后排，上了车就开心地说："真棒！累了我还能躺着呢。"

车缓缓驶入了宽阔的长安街，灯火辉煌，花坛锦簇。看到有一辆相同品牌的车迎面驶来，咪咪格外地兴奋："妈咪、爸爸，快看！跟我们家一样的车，颜色也一样，真漂亮！"琴高兴地回答："这算什么？我们以后还会有更好的车呢。"林看着窗外车流如潮，车内爱妻和女儿正在开心地交谈，回顾往昔，就内心激荡不已地接话："你妈咪说得对！我们一定还会有更好的车，还会有更大的房子。任务就交给你的爸爸好了!"

对职业编辑而言,策划选题费和编校费是重要的收入来源。林为了女儿和琴衣食无忧地生活,也为了证明自己的价值,尤其是要隐隐地向帆证明自己远比一棵草要优秀得多。因为林的心中有一个永远的痛,就是帆曾经广而告之宣泄的绝情话:"林就是个穷光蛋,别人把他当个宝,但他在我的眼里还不如一棵草。"

从此,为了爱而倔强、血性反弹的林进入了十年如一日的疯狂工作模式。那时每本30万字的书稿大概能有两三千元的书稿编校收入,这就相当于教师岗位的课时费一样。有车后的第二年,林就一口气完成了77本,以后每年平均都维持在60本左右,加上工资和销售提成,林每年的收入基本稳定在了十几万元。

或许,学历不是最重要的,学历、经历和阅历的融合能力才是奋斗男人的真正力量。林曾经开大排档与贩卖服装的市场经历与在博士论文研究过程中学习的市场营销基本理论,以及北漂打工做总经理助理的心得起到了至关重要的作用。

每月的新书出版领取编校审稿费时都是林最开心的时候,因为他可以预见的快乐成就感都一定会在当晚出现;当林回到家把装了现金的信封交到琴的手上时,总会得到妻子的柔情鼓励:"老公真棒!明天又能去银行存上了。咪咪想要什么就说!老公继续加油!你是最棒的男人!"

林工作3年后的10月,要第一次参加副高级专业技术职称副编审的评审了。由于林的编辑与销售经营业绩突出,水到渠成,顺利过关,副编审也算林给自己11月的40周岁生日送了一个大礼。紧接着到了12月,儿子恰巧在林和琴的定情日中午诞生了。奶奶顺着大孙子金蛋、二孙子银蛋的名字就给三孙子起了乳名铁蛋,寓意结实如铁,健康成长。林充满怀想地为儿子起了学名为"森",比自己的"林"字多了一个"木"字,寓意是期望让儿子能站在自己的肩上,一代更比一代强。高级职称、生日、儿子诞生、定情日四喜临门,家庭和事业发展都上了一个新台阶。

自古以来,有孝心的男人总会被天道所照顾。林的母亲想念小孙子,琴也非常理解林想接母亲来京小住以尽孝道天伦的心情。琴的娘家人也是络绎不绝地来京。现在的房子明显变得拥挤起来。这时他们已经积攒下几十万元了，就商量再贷款购置一套大一点儿的房子。

林与琴看了学校附近的几处楼盘，最后看中了一套120平方米三居室的房子。全家人努力一下，可以一次性付清六七十万元的全部房款，以后也不会有太大的经济压力。可是当准备交定金时，却又被告知已经没有房出售了。售楼员又殷勤地带他们去看了号称是在该小区最好位置的一栋有电梯的点楼。点楼的位置确实不错，靠近小区大门与地下停车场入口处，南北通透，前后无楼遮挡。只是要100多万元，林与琴在4层近170平方米的4室2厅的大平板毛坯房里转悠了半天，琴面露欣喜，甚至开始盘算如何装修，如何给女儿和儿子买家具，以及如何给林布置一个书房的事了。因为林经常在家加班，一直都想有一个像样的书房。妻子只是感觉囊中羞涩，迟迟下不了最后的决心。林不能让琴失望，既然说过要让她过上尽可能好的日子，就要努力地兑现承诺。林在潜意识里更是无法承受母亲来京却没有舒适的居住条件。林豪气怒发："老婆子！只要你满意，就买了吧！这是我们的第二个爱丽舍，就是我们爱的美丽家园！不用为钱发愁，相信我有养家的能力！"琴只好同意了："只是老公要更加辛苦地工作挣钱了。"就这样，林出于爱情的承诺和青天可鉴的孝心，商贷了40万元，终下决心买下了妻子满意的又一个"爱丽舍"。

母亲芳来到北京的一日晚饭后，看电视时突然带有遗憾地对林说："我工作了一辈子，还没有坐过大飞机出去旅游过呢。电视里常说成都的麻辣火锅好得很。"

"这还不容易？儿子和你儿媳妇陪同，马上就订本周末飞往成都尽可能大机型的机票。"林当即表示。

成都当地做建筑生意的正刚兄弟夫妇盛情接待了林一行，入住了五星级酒店，还用新买的轿车去了凌云山看了乐山大佛，上峨眉山还看见了难得一见的佛光，一路上林和琴都是伴在芳的两侧悉心照料。林知道母亲爱吃鱼类和辣子，顿顿都是黄辣丁等河鲜火锅。

一次正刚夫妇在一家花园式的饭店宴请吃河豚。河豚炖汤白白浓浓得像乳汁一样，河豚肉质鲜嫩，汤汁极其鲜美，芳大为开心，连称好吃。

"这里的鲫鱼就是比我们那里的好吃！"芳开心竟然还不忘幽默了一把。

因为小河豚确实像极了鲫鱼。正刚兄弟很给力，芳连续吃了5条。

林悄悄告诉母亲："妈妈，您吃的鲫鱼都能买下一卡车我们那里的鲫鱼了！"

芳看了一下餐桌上矗立的招牌，顿时恍然大悟了："乖乖！800元一条呢！"

看见芳开心了，正刚更是开心地表态："老妈喜欢吃河豚，是有福的人！现在我和林哥每天三顿都吃得起河豚！"

"你们是好兄弟，林特别像他的父亲，他爸爸就有一帮子好兄弟、好朋友，我放心了！"芳欣慰极了。

一行尽欢，相约找机会再来这一家成都专门做河豚的饭店。后来由于芳发病后年事已高再也无法远行，林没能带母亲再赴成都那家河豚馆就成了心中永远的遗憾。

其实，林的行为都是"广结善缘、广交朋友"家族文化的长期熏陶的结果，林与正刚兄弟的交往就很能说明这一点。

林比较擅长田径场地的设计与施工、检测与验收工作。那时的正刚还是一个实力弱小的仅仅能参与场地基础施工工程的小承包商，正刚也逐渐知道了场地施工最多的利润还是在于合成面层施工。正刚欲转型把擅长的基础施工与拓展面层工程结合起来大干一场，但苦于对塑胶合成面层材料厂家和价格、工艺标准，以及施工流程等技术信息的匮乏而无法得以展开。机缘巧合，与林相识后，正刚折服于林的专业知识与行业信息资源，林也钦佩正刚的为人风格与创业气魄。在林的无私咨询服务中两人很快成了好朋友，在林的倾力扶持帮助下，正刚的体育场地设施业务扩展迅速，收益渐丰。为感谢林的情谊，正刚就想拉着林紧密合作，也是想创造一个改善林经济状况的名正言顺地参与自己公司的分成机会，就真诚提出要林同意在他的公司占股百分之一的建议。林当然清楚在一家年收益几千万元、规模越来越大、收益前景巨大的公司占股百分之一意味着什么。那时有商贷在身的林也确实很需要钱。但是，这种做法显然是违背自己的祖训与家风，林又想到正刚创业的不易，即明确地拒绝了正刚的好意。

在林多次的婉拒之后，正刚也越发佩服林这样的兄弟了。讲道义、讲义气、真诚的兄弟之间一定也是执着为彼此着想的。在林一次出差成都的时候，正刚夫妇及一群朋友热情宴请了林，宴前正刚再次郑重地旧话重提要林考虑同意在占股协议书上签字。林当然还是在诚挚地感谢后再一次地婉拒了。席间，原本酒量一般的正刚竟频繁地与林海喝了起来，林又警觉了起来。果然，在兄弟醉眼迷离之际，正刚竟拿出事先准备好的占股文件和签字笔摆在林的面前恳请林签字。即使喝了再多的酒，林在这一点上始终都是清醒的：绝不是为了金钱利益的目的才广结善缘、广交朋友的！林的举动自然赢得了在座所有朋友的钦佩。

兄弟二十几年过后再见，正刚很骄傲地说："靠着最初体育场地基础与面层施工积累的管理经验和资金已经可以挺进投标路桥、机场和城市公园管理的工程项目了，当初名不见经传的小公司获得了包括建筑'芙蓉奖'在内的多个奖项，年利润早已以亿计算了。这里还有林哥的功劳呢。想想林哥当时拒签占股百分之一的份额，现在也算是个钱了。有困难就一定要找小弟啊！"林由衷地回答："兄弟的情意永远是第一位的，但你能这样说，我还是很感动的！"

林的商贷每月还3000多元，无伤家庭经济生活大局。林在工作中更加努力，为了爱的承诺四处出击，不放过任何一个赚钱的机会。谁曾想，在十几年之后，这套以尽孝心和爱情下决心买下的房子会增加十几倍的价值呢？这也为林发病后住房升级成地库电梯入户、7室2厅3卫5凉台的复式奠定了资金基础。每当有人羡慕，林都会这样回答："你只要有孝心，敢于兑现爱的承诺，其他的放心地交给时间就好了。"

林欲尽快还清商贷的最稳妥但也很辛苦的机会就是重操旧业，利用周末帮助田协及其他机构竣工验收运动场地，帮助企业做施工设计，频繁地外出讲课。林一度被琴称作"空中飞人"，就是林几乎每个周五都起飞出发去外地，周日晚上再乘最后一趟航班从外地飞回。连续几年的拼搏，琴看到林辛苦的劳作也是心疼不已，多次劝说："老公别这么玩命了！我们精打细算，过日子是没有问题的。"但林还是一如既往，养家是男人的责任啊，每当累得快支撑不住的时候，林总会想起，并对琴说出与她结婚时手拉着手从宾馆步行回家的路上所说的话："你若敢嫁给一无所有的我，我就不会让你赌输！因为我一直都是庄家，你见过赌场的庄家有输的吗？"

凭借着体育赋予自己的创造性，林是一个总是能给自己找到发展动力的人。林留校出版社工作的第一个岗位就是读者服务部，即图书零售与邮购书店的经理。林欲施展拳脚扩大销售以增加收入，几经思考的结果是：首先要为自己的产品找到需求，即市场；然后，品牌与广告宣传同时跟进，再配合价格折扣策略吸引顾客就能成功一大半了。

艰苦的市场调研是必不可少的基础性工作。这也是当年和龙第一次贩卖红公鸡失败后最深的启示。林在基层学校工作过，深知基层学校一方面极其缺乏体育专业技术资料；另一方面则更缺乏专业图书资料信息。学校体育部门即使每年有一定额度的图书资料购置经费也难以花得出去。林当然知道人脉资源就是生产力的道理，林接着就加强与本科、硕士和博士同学的联系，顺利完成了市场调研工作并确定了市场营销策略，接下来就是细化执行方案了。林看到书店的产品单一，就又想到了做农民的二叔以前说过的生意经"卖货要卖堆山货""货到地头死"，以及爷爷卖烟叶时的教诲"见利就走生意能长久"。

"堆山货"就是品种要多，要能给消费者选择与决定替代品的余地而不至于离开你的摊位。"地头死"就是经营的资金链绝不能断，见利就走，不要贪多。这些都蕴藏着朴素的市场营销真理啊。林借助体育大学的背景，竟然大气魄创造性地提出要把小小的读者服务部书店建设成"国内最大的体育专业图书与音像制品集散地"的工作目标，并将此字样贴在了书店进门的显著位置，暗示在这里可以买到国内所有品种的体育图书与音像资料。有了目标，林就开始从全国的出版社进货，解决了丰富品种的问题。建立会员制打折促销解决了稳定的客户问题。当时没有网络可供信息快捷传递，林就以身作则带头手写信封向全国预判目标市场邮寄订购资料单。林算过一笔账，一个信封、一张订购单和5角钱的印刷品邮资，总成本约7角钱，几百种图书信息的征订单只要卖出2本就可以收回成本还有盈利；加上图书馆以及部分重点中学的体育组和研究生部的1992级到2001级的毕业生通信录，第一轮就写了几百个信封；有征订或意向征订的竟然占四分之一强，初战告捷，说明市场策略的正确。林鼓足干劲开始通过各种学术会议收集更多的需求信息，开始着手建立庞大的客户群资料库，然后再从客户群中根据客户购买的量与品种细分市场。就这样一年下来，书店销售与邮购销售业务大增，当年就实现了利润翻一番的业绩。后来每当有人夸赞林写得一手好字时，林总是会感激地说："那都是工作写信封的回报。"第二年传统业务再如法炮制保持稳定的基础上继续拓展。

机会总是留给勤于思考的人。林根据高校教师职称评审多需要正式出版学术专著和教材的客观情况，林研究并完成了系统地拓展图书选题业务规划后，胸有成竹的林就向时任副总编辑后来担任社长的飞汇报了工作设想。一拍即合，飞也早有此想法。在飞的努力支持下，在出版社原有两个编辑室的基础上专为林成立了第三编辑室。

从此，林就获得了极其宝贵的图书销售和选题编辑两个出版行业的发展平台资源。飞是业务能力与市场洞察力都极强的社领导，飞利用林的博士同学多的优势及博士生扩招的趋势，鼓励林深入挖掘博士毕业生的出版资源，在飞的支持下，林尝试创建了《中国体育博士文丛》（以下简称《文丛》）系列出版项目，项目公布后不久，终于有了往届博士同学的响应，他们成为这套代表我国体育高水平学术专著、出版社学术典型品牌的发展到近300本规模丛书的第一批开创者。林感谢他们，也记住了他们的名字：他们是首都体院的王文生教授、颜天民教授，清华大学的仇军教授（第一位系统研究中国体育人口的专家），东北师大的苗大培教授（第一位系统研究中国体育生活方式的学者）等。有了第一批成名学者的书稿，从此，醒目的黄皮异型16开本的《文丛》的形式也就最终确立下来，影响力剧增，后来毕业的体育博士大都以能加入《文丛》为荣。林的心血换回了热心为博士服务口碑的同时，编辑学术水平也得以大幅提升，稿源不断。由于《文丛》是与作者协作出版，社里资金压力与风险都较小，每年不仅为出版社贡献了现金流经济效益，同时也为繁荣体育学术的社会效益作出了重要贡献。受此经验启发，林又择机开创了《体育运动新思维新方法丛书》，也达到了一定的规模。凭借广泛的人脉，广结善缘、真诚服务的态度，以及高质量高效率工作，林在工作的前几年就在体育和教育系统赢得了很好的口碑。靠作者介绍与自身不断地拓展，林的选题与承担的机构大型出版项目也越来越多，个人与部门收益自然都获得了大幅度增长。5年过后大盘点的结果是：林管理的部门平均净利润增长居然达到了连续5年递增140%，协议奖励的车也就开的踏实多了。

3. 蓄 势

虽然林的学历是留校工作单位有史以来最高的，博士学位似乎是他的唯一优势。留校谈话时，领导也流露出之所以把林留校出版社也有出于将林作为后备干部培养的考虑。这是一个大学的中层处级单位，与林在地方服务的成人高校大致同级。林联想到在地方为谋求一个体育系主任（科级）位置以施展才华却连受旧势力排挤的遭遇，心中充满怀想，同时也暗下决心要干出一番事业回故里扬眉了。

第一次的全体员工年终大聚会就让林真切地感觉到了理想真的很丰满，但现实也确实是太骨感了。

作为成名书法家的社长兼总编杨先生，他睿智大气具有崇高的威望。

杨先生做完年度总结后又特别提到了林，接着说："林是我社唯一的博士，是我费了很大的劲儿才要来的。他年轻、学历高，是我社未来的希望，我也快到站了，大家要多关心爱护他！让他尽快成长。"

单位的一把手带有明显好感的介绍自然让员工们另眼相看，也让林感到很兴奋。只是这种兴奋很快就被几个老资格的部门主任的拙劣表现给林带来的莫名担心所替代了。

社长的器重自是引来大家频频地对林敬酒寒暄。

"先生这么快就选好接班人了吗？我可是鞍前马后跟了您很多年的人啊！"一个大大咧咧、一头腻云满脸通红的健硕女人端着酒杯给社长敬酒带有发嗲语气地说。

"学历高能说明问题？我们可是扎扎实实地从库房打包开始干过来的。博士刚来就是科级的部门主任？"又一个男人过来对杨社长敬酒后耳语。

坐在杨先生身旁的林不会听不到，但是林出于礼貌大局就回敬了这两个对自己有明显敌意的男女。

"博士敬酒是要用大杯的！"那女人似乎酒量很大，就跋扈地要求林。

看着林忍着不快与他们应付完后，就有看不惯他俩明显排斥欺负高学历新人的同事过来善意地提醒林："刚才那个女的叫淑，是从附近大学通过高层关系调来的体育老师，负责办公室的工作，没什么真才实学，还装腔作势地摆官架子，一心拍马屁就想着往上爬。那个男的叫全，负责编辑部，是个捞钱的好手，你可要提防着他俩。他俩经常既合作又争斗。"

林正式工作后即感到了隐隐的竞争压力，出版社里人才济济，无论是编辑还是发行人员都是业绩显赫。时任社长兼总编的杨先生更是经常告诫林："未来若想成为一名出版机构的管理者，必须要熟悉出版工作的全部流程才有资格。"并建议林从最基层的图书零售与邮购业务做起以积累市场营销经验，同时发挥学历高、专业知识面广与行业人脉资源丰富的优势尝试作者资助选题的新型业务。

作为读者服务部的主管，林习惯坐在书店内观察思考。一日中午大雨如注，书店里来了一位夹着大公文包的中年知识分子干部模样的顾客，林顾不上吃饭就热情接待了这位不速之客。原来他的公文包里是一本即将完成的书稿，林注意到书稿扉页上的书名是《西藏登山运动史》，林大致翻看了一下就被主要章节与党和国家领导人接见中国登山队的珍贵历史照片所深深吸引且震撼了。林对此书的第一印象就是：史料价值、弘扬爱国主义及体育精神的价值巨大。林专业的交流让作者感到很兴奋，但作者也有苦恼，就是还没有找到有意愿出版此书的专业出版社。相谈甚欢后，作者理解地表示可以资助部分出版经费但必须保证出版质量并在尽可能短的时间内完成出版。水到渠成，此书落户北体大出版社。接着，林加班加点精耕细作地编辑加工稿件。

万事开头难，林终于强服务、高质量地如期完成了自己编辑职业生涯的第一本专业图书，社会效益与经济效益双得，皆大欢喜。凭此，林在社内编辑圈渐有口碑，靠着专业的强服务与自己总结的此类业务拓展模式，林在两年内的出版选题策划已接近100种，单位和个人收入的大增也给林增添了巨大的自信心。

在林担任第三编辑室主任后。林的行政岗位也随之正式调整为正科级。林的干劲随之也更大了。40周岁的林喜得贵子，还与人合作出版了两本专著。这一年林唯一的遗憾就是竞聘出版社的副社长岗位未能如愿，但林没有气馁，毕竟副高级职称顺利过关。他此时想的最多的还是：只要有工作阵地，有没有"处级番号"都不会影响自己施展才华和抱负。对于一个在地方工作时曾饱受坎坷的"60后"来说，能够不断地证明自己才是最重要最迫切的事。林把副高级专业技术职称证书放进办公桌里后，就开始瞄准并积极准备5年后的正高级职称评审所需要的工作业绩与科研成果业绩了。

工作业绩就是经营业绩，是要靠真金白银说话的。

那时大学公共体育教材市场似乎是一夜间就火爆了起来，出版行业都知道教材的发行量稳定、风险小而利润大，但唯一的前提就是大学要认可使用出版社推荐的教材才行。大学体育部的负责人是关键，好在林的本、硕、博同学中有很多在大学体育部担任领导工作的。林凭着这些宝贵的人脉资源开始尝试进军公体教材市场，那时公体教材同质化情况非常严重，千篇一律，明显缺乏校本特色。庞大的市场基本上被另外两家出版社所垄断，各类出版社几乎都欲参与其中分得一杯羹，竞争异常激烈。

或许，"60后"体育生涯熏陶的的血性潜意识里最不惧怕的就是竞争。林于是就另辟蹊径，大胆提出了与教材使用单位联合开发研制编撰教材的新服务模式。就是由教材使用单位人员担任主编与编委的思路与想法。这一服务模式与大学自主教材建设以及教师评职称要编写教材的科研需求高度吻合，林在地方高校时就上过公体课并做过研究，体育项目理论与实践都有相当的积淀。名为联合开发研制，实际上为了迅速占领市场，多是林自己无偿地承担了大量的资料收集整理甚至是编写工作。凭借这种专业的强服务，林的业内威望也得以迅速提升，换来的就是越来越多的客户认同与业绩的突飞猛进。

工作4年后的2005年，林管理部门的发行码洋就是册数乘以单册定价就已达到了300多万元，利润约在码洋的20%。可喜的是，公体教材同时也带动了学术专著与专业教材的选题出版。为进一步扩大影响力，专业系统地实施开发教材研制工作，借全国高校体育教学指导委员会在北体开会之机，林报请社长批准创造性地成立教材研究机构，并邀请到了出席教育部教指委的全国知名专家学者在林的办公室门前参加了揭牌仪式。从此，林的办公室门前又多了一块"北京体育大学出版社教材研究中心"的金字招牌，这也是林创造性地成功对本单位无形资产的第一次培育与开发应用的实践活动。林的办公室在书店隔壁，专业人流量巨大，人来人往，林的办公室整日里高朋满座。

干啥就吆喝啥，林开始关注国家教育与体育政策导向，及时总结并提出独到的见解。与教材出版意向单位讨论、确定能够反映特定学校体育传统特色教材的编写提纲就成了林日常的主要工作。林总是在耐心倾听过后认真思考，提出的提纲建议总能让人耳目一新。如果意向单位缺乏参考资料，林就竭诚帮助查阅资料并主动承担部分难度较大章节的撰写任务，深得合作者的赞扬与由衷感谢。

凭此，2006年，林管理部门的销售码洋已超过500万元，专著选题也超过60项；终于出现了林所期盼的教材与专著互为借力滚动快速发展的大好局面，这是林梦寐以求的。相应地，林也正式进入了"早八晚九"甚至"早七晚十"的疯狂工作模式。同年出版社启动事业单位企业化管理深化改革，一方面是由于林管理的读者服务部与第三编辑室教材开发及学术专著合作出版的业绩突出；另一方面也是得益于林的市场营销管理能力显现，飞就试点改革成立了以林为总经理的"教材专著事业部"。试点后林有了更大的经营自主权，也有了验证博士论文《体育市场营销管理理论研究成果》的机会。

林不辞劳苦地东西出击、南北征战，业绩成效颇丰，也深得飞的器重与分管校领导的赏识。

北京奥运会临近，国际大公司纷纷涌入北京，都欲借巨大的奥运无形资产平台实现一本万利品牌扩张的广告宣传目标。体育产业日渐火爆，无疑，能从中分得一杯羹将是市场能力最有力的证明。林也只能利用体育出版寻求证明的机会了。

真是踏破铁鞋无觅处。一日，著名奥运学者也是林的老师——海教授拿着一本书稿找到林。原来是现代奥运会创始人皮埃尔·顾拜旦的回忆录，这当然是一个应时应景的重大选题！此前已经出版过德、英、法和西班牙语的版本，中国举办奥运如果没有中文版本将是一个巨大的遗憾。林出于本单位的品牌培育意义及大国的国际体育责任担当甚至是政治意义，就很想免费出版以免这本好书节外生枝、花落别家。因为，林凭直觉这类选题在奥运年应该会有很大的市场前景，但林粗略估算费用也是不菲，即面露难色地表示还需请示领导才能决定，并让海教授几日后再来听信。

出版社领导讨论开始，林信心满满地简要介绍了免费出版该书的各种重大意义以及市场前景。

"是个几十年难遇的选题！此书意义重大！可以考虑免费出版。"飞也有同感。

"虽然是个不错的选题，但是未来的销路如何？万一砸在手里也是不少的损失啊。"全副社长还是表示了对市场风险的担心。

"海教授是林以前的老师，水平很高、影响力也很大。但是不能顾及师生情面让我们自己去冒险啊。"淑副社长的意见就明显带有林要借免费换得师生情的私心意味了。

几日后海教授再来询问。

林无奈地表示："真是抱歉啊！我们毕竟是企业不是公益出版社。领导意见不统一，学生位卑言轻也爱莫能助了。要不老师直接去求助分管校领导？"

"你们就知道挣钱，就算了吧！梅赛德斯奔驰也是国际奥委会的合作伙伴，在他们公司驻中国总部的政府公关部门我也有些朋友，可以去找他们谈谈看。关键就看你们的谈判和策划水平了。"海教授自然是很失望但也提供了可能得到的赞助信息。

林准备了完备的捐赠包括清华大学在内的国内几十所知名高校范围的公司品牌推广方案，胸有成竹地走进北京的奔驰总部。方案几经修改，林甚至细化到把精装纪念礼品版本的书签都文创设计成了带有奔驰标志的金属材质，几轮交流过后，皆大欢喜，最终梅赛德斯奔驰为本书赞助了5万欧元。

此举过后，出版社不仅没有任何风险地赢得了包括国际奥委会、中国奥委会在内的广泛社会赞誉积累了无形资产，还在第一次印刷前就有20余万元的进账。林也用实际的行动再次证明了自己的选题策划与市场营销能力，分管校领导还多次公开赞赏了林的开拓精神。

在一片的赞扬声中，竟传来当初极力反对者淑的嫉妒声："是他的运气好，瞎猫碰到了死耗子。还是我们领导的决策正确！"

林心想："问题是，他们睁着牛一样的大眼，还不是比我这个瞎猫还瞎吗？即使是我的眼真瞎了，但我的心永远都是明亮的。"林淡淡地一笑而过。

北京奥运会后又迎来了学校新一轮的中层干部竞聘，这也是林第二次参加竞聘了。

有分管校领导和社长的认可，林势在必得，欲上新的平台谋划文化创意拓展大干一番事业；但暗流涌动世事难料，林在希望中再度失望。但唯一值得安慰的就是，想建立功业的元帅一定需要能攻城略地的将军。在飞的努力下，学校同意给了林一个带有安慰性质但没有正式"番号"的"社长助理"职务，并在全社大会上进行了宣布；林总算是成了社务会成员进入了社级领导的行列。林在再度的失落里也激发了更大的斗志，他决定要用更大的业绩来证明自己。恰逢出版社启动转企工作，飞未雨绸缪，试行分社管理体制，林的部门也顺势变成"教材专著分社"。分社的自主权与责任也更大，相应地，林的工作量也更大、工作热情也更加高涨，结果就是身体透支而更加疲惫，业绩当然也更突出。林的分社自主策划选题，自己造货发行，连续3年高幅度地实现销售码洋与净利润的高增长。

2010年前后，受电子图书产品的冲击，实体书店销售业绩大幅度下滑，连累出版社经营业绩严重受挫。发行部门收入锐减，林的竞聘对手、分管营销业务的淑副社长脸上就挂不住了，因为，大家都没有忘记竞聘者在竞聘大会上的豪言壮语。

问题总是要解决的，在员工的议论纷纷中，飞在年底结算前召集了社务会。

飞亮明了此次会议的主题："任务完不成，员工收入下降，尤其是奖金问题，发行人员的意见已经很大了。大家都很着急，社务会要讨论一个解决的办法。"

"在这种电子图书冲击形势下，就是神仙也完成不了现在的任务。更何况主要是我社的策划选题不行，没有好的产品，发行就是'巧妇难为无米之炊'啊。"淑上来就埋怨市场形势恶劣尤其是本社编辑部门的策划选题不行，把没完成任务的责任推得一干二净。

"问题并不是每一个部门都没完成任务啊，完成任务部门的奖金不能受拖累。如果说编辑部门没有好产品供发行部门销售，那么，编辑部门也可以说，都是好产品而是发行无能呢？我实事求是地先声明，我和林的部门都是超额完成任务的。所以，我们的部门奖金是一分都不能少的。"全副社长负责编辑当然不愿去替淑背这个黑锅。

"编辑与发行永远都是出版社的一对互相挑剔的孪生兄弟，离开了谁还都不行！它们是出版社的两条腿，应该多从自己的身上找原因。最好能建立起一套编辑和发行人员都参加的选题会议制度。发行不订货，编辑就没有策划选题费；编辑没选题，发行就无货可发，也就没有了发货提成收入。这些也都是员工的切身利益问题。"会议的火药味渐浓了，全的话让林也无法置身之外了，林就中肯地发言，本意是想让会议先冷静下来。

"哼，你说得轻巧！谁不知道教材都是学校固定的没有任何风险的订购，专著都是作者提着钱来资助出版的，教材专著分社当然是不会亏损的。"淑急躁中就把林分管的部门无所顾忌地竟也牵扯进去了。

"我分管的工作是风险比较小。但是，问题是如何能让学校主动地订我的货？如何又能让作者积极地提着钱来找我出版而不是去找别人呢？其中的努力，你当然是不会懂的。"林体会到淑明显有否定自己的创新性努力的用意也有点搂不住火了即脱口反击。

"林说得有道理！例如，只有人看见我手里拿的大项目多、收入多，可是又有几个人能知道我平时在背后时刻关注、研究政策和处理公共关系所付出的劳动呢？"全与林明显有同感即站出来声援了林的意见。

"你们都有能力。要不就换着干一干？"淑把矛头又突转向了全。

全很不满，看了一眼飞和林，低声嘀咕："哼，谁怕谁啊？没能力干什么也是白搭！"

林接过全的话幽幽地附和全说："狼领着一群羊也能干掉一头狮子，但是一头羊就是领导一群狼可能连一只狗都干不过。"

林的意思再明了不过了，就是形成战斗力的关键在领导而不要把自己的无能全推给下属。

"企业管理内部轮岗也是正常的管理要求，要不我们报学校领导明年开始也实行内部轮岗试一试?"飞分明是感受到了大家针尖对麦芒的火气就息事宁人地试探。

"我同意! 我也该换个岗位歇歇了。好在我长期分管营销工作,在发行一线了解到了市场需求信息,对策划选题会有很大的帮助。"淑第一个表示了赞同,语气恰像她在重要岗位长期劳苦功高似的,同时也流露了可以分管编辑工作的意愿与自信。

"我也同意! 反正我在编辑、发行和音像都做过大项目。我干什么都没问题。"全也同意了。

"就我一个是编外的班子成员,我的能力最弱。但我会服从社务会的安排! 不就是再学习锻炼吗? 反正我干什么都是绝活。"林不情愿但更不甘示弱也只能同意了。

就这样,为扭转颓势,出版社内部的分社领导于2009年实行了轮岗。淑如愿地分管了编辑部门,全接手了林已经做得风生水起的教材专著分社,而林就不得不到任淑原分管的、业绩下滑严重、以传统发行为主要业务的营销分社了。

学校领导同意轮岗正式宣布了新岗位后,林即被推到了一个悬崖边极其不利的尴尬境地。因为发行业务历来都是出版社利润的贡献大户,林只知道发行业务的业绩不好,但让林绝没想到的是接手时的利润竟然滑坡到了负129万元!

"这样的底子扭亏为赢谈何容易? 别拿自己的职业荣誉开玩笑了。""如果你打赢了,又说你是瞎猫碰到死耗子。会有人不高兴! 甚至还会继续难为你,给你继续使绊子。如果你打输了,一定会有人看你的笑话。又说你出风头活该了!"会后好友就不无担心地告诫踌躇满志的林。

也许是林勇于挑战的豪情与受命于危难之际的担当发出的必胜誓言刺激了分管营销部门的前任淑,淑等着看笑话的言行还是让林感受到了入职以来所未有的压力。

"有一点我必须说明! 我接手的净利润是负129万元,在同等条件下,如果通过我的管理净利润哪怕是到了负128万元也算是进步的。行吗? 另外,你要支持我用全新现代企业制度的管理方式。"上任新岗位前,林郑重地向飞提出自己要求。

"当然！评价的基点一致才公平，才能看出业绩和能力。你若能止住下滑也是大功一件！同时，还要兼顾好你的期刊管理。"飞同意了。

淑分管时采用的是简单地下达任务、各自为战、各扫门前雪、她年底收租子的管理方式。这种管理方式是很轻松的。但也有一个必要前提——发行业务片区的任务分解要合理科学，下属都能完成你分配的任务才行。否则，如果员工完不成任务，领导就绝无完成任务的可能。

面对人心涣散、缺乏斗志又悲观失望的发行团队，林的第一步就是调查研究——谈话聚人心，以求改造目前颇有团伙心理的队伍。

林意识到，团伙是各顾各地没有统一大目标、难成大事的一群人，他们之间很难真正地关心和互助，只有个人的利益高于一切。团队则是有共同的奋斗大目标，是成员之间荣辱与共、同舟共济、共享胜利果实的一群人。

于是，林找到飞说："淑作为社领导拿到了奖金，但是她的员工没有功劳但有苦劳地干了一年，都是一条大船上的水手，没有基本的奖金是不合理的。船没到达目的地，责任主要在船长。我要求把营销部门的奖金按全社平均奖金发放，哪怕是年底多退少补也要先发了奖金让员工过个好年。主要是给员工起码的团队获得感、尊严和荣誉感！"

"很好！你讲的有一定道理，我也有这个想法。但你也要有思想准备，明年底是要算总账的。"飞很理解林的苦衷。

"如果完成不了任务就扣我的工资和奖金。大不了我立军令状！"林为争取到员工的利益义，也是让自己处在骑虎难下的境地以调动潜力即义无反顾地回答。

"原则上可以！"飞当然非常满意林的回答。

员工在不抱任何希望的心境里竟然拿到了部分奖金，每个人都喜笑颜开。林趁机开会，这也是他团队建设计划的一部分。

"大家必须要明白，工资是你胜任岗位完成任务的报酬，奖金则是对你超额完成任务部分的奖励。我是船长，我拿到了奖金，大家是船员，也都拿到了奖金。如果船员没有奖金，我这个船长绝对不会拿一分钱奖金的。这就是团队！到年底时如果我们部门总体上完成了任务，但有没完成任务的员工也拿到奖金，这就只能说明没完成任务的船员占了完成任务船员的便宜。这是很没有面子的事情！因为你分了别人的钱，而本来别人是可以获得更多奖金的。这是事实！都在一条船上，大家是一个团队，别人把自己的钱分给你是团队的情分，不分给你也是天经地义的本分！所以，我带头也要求大家做到：你若有智慧就拜托你为团队贡献出你的智慧，如果你没有智慧就拜托你多流汗水。如果你既没有智慧又不愿意流汗，那么就拜托你走人。目前就营销分社完不成任务还有基本奖金，那是因为我们沾了总社完成任务的光，分了别人的钱，搞得大家都没有面子。我们的利润负100多万元已经是在谷底了，因此，我们除了反弹已别无选择！"

林恳切真诚且含有相当胆识和魄力的一番话与大家产生了强烈的共鸣。林期盼的局面终于出现了，大家纷纷表态要统一思想奋力工作、强化团队意识并积极踊跃地建言献策。这是林施展管理才华的团队基础。

有血性担当的人总是能够把压力变为机遇，再把机遇变为发展的动力。连续竞聘失利的林在主客观上都太需要组织一场漂亮的反击之战并取得胜利来证明自己了。很幸运，林在陌生的转折路口又想起了他曾经高度认同的跟上时代发展，"一变，咱还得是绝活！"的创新奋斗精神。

"一变，咱还得是绝活！"这句话好像是林看过的电影《神鞭》里的一句台词，那是主人翁在清末残酷的火器时代挨打的现实面前，忍痛剪掉自己的传统功夫所使用的大辫子，改用火枪时自信而豪情万丈地说出的。林对这句话当时就产生了强烈的共鸣。不就是再学习吗？为了适应新局面并获得发展，以前再擅长的技能该扔也得扔。"一变，咱还得是绝活！"林有了这样的认识，自然也就找到了新的出路。

林首先就是加强图书市场营销理论学习，引入现代企业管理理念。通过精细化管理保证现金流、加强市场调研、控制无效造货、降低不必要的业务支出等精准措施，林轮岗的当年就实现止住业绩下滑的颓势。既然方法正确，就在正确的方法中多付出些努力好了。

果然，轮岗第二年度业绩就实现了逆势增长。至轮岗约定的第三年，发货与回款都达到了出版社历史的最好水平。这是一项很艰难的工作，但林做到并还有了通过再学习获得"要变，咱还是绝活"的美妙感觉。至此，林基本熟悉并管理了出版行业的编辑策划与出版发行等核心业务流程。

同时，为丰富出版选题资源发挥自己的多学科优势，体现努力为社会服务的时代责任，林在做好繁重本职工作的同时还相继担任中国体育科学学会、中国建筑学会体育建筑分会委员，中国体育场馆协会场馆运营与开发工作委员会常务副主任，中国教育学会体育与卫生分会理事，中国高等教育学会体育专业委员会理事，全国体育标准化技术委员会设施设备分技术委员会委员，北京市体育标准化技术委员会委员。大量的社会兼职也让林有机会出现在体育的诸多领域并发出自己的声音，这为林不断蓄势日后成为所谓的行业精英奠定了坚实的阅历基础。

"60后"的林在并不顺利甚至还是逆境的环境里对"蓄势"有自己独到的理解，这是林善于观察思考从文学作品、成功人士的身上和自然科学的原理中以人文的视角研发出来的具有自主知识产权的个人实用的蓄势理论方法指导体系。

林认为，自然科学中势能的数学表达式是"mgh"，其中，g（重力加速度）是常量；h（在社会上或工作单位的职级高度）也无法迅速地提高；那么，自己能可控改变的变量就只有 m（自身的质量）了。自身质量是一个社会学的概念，大致包含政治、文化素质与专业素质以及人文素质等，并且还要将这些素质变成素养才能增加自己的 m 值，以增加自身的势能或势力。有了这种理解，林的综合素质尤其是人文素质的提高就非常迅速了。人文素养的提高也为林带来了更大的格局。

4. 格 局

或许，格局就是一种人生事业的担当目标，抑或是一种努力活成自己想要的样子的奋斗情怀。反正，这个目标和情怀即格局总会指引着你的行为倔强地向更大的目标挺进。

林在出版社工作 9 年后，又接受了新的挑战。出版社原来的一本日文杂志面临生存绝境，已经长时间不能正常出刊而濒临被吊销刊号的边缘。刊号可是出版界的稀缺资源，为了保住刊号，学校领导和社领导想方设法地将其改为了中文期刊并更名为《运动》。

"这一内涵丰富几乎涵盖了体育全领域的杂志名称为今后的迅猛发展奠定了强大的内涵基础。"林看到期刊更名的批文也兴奋地发表了意见。

飞征求林的意见："我知道你一直都想做杂志，你是社里唯一的体育博士，你的编辑和经营管理水平也提高很快，若有兴趣，《运动》交给你管理如何？我会全力支持你。"

林是开心的，也是充满感激的。因为林自从听说社里有本杂志需要重新启动后，作为社长助理曾多次明确表达过想做并且有信心做好期刊管理的意愿，"要变，咱还是绝活！"林未雨绸缪早就研究分析了体育期刊的生存发展环境与营销策略了，胸有成竹。林开心的是有期刊在手，可以迅速扩大影响力，为更好地扩大自己分管的教材专著工作行业人脉圈又多一利器。感激的是社长给了自己新的表现才华与能力的机会和平台。看到林信心十足，飞欣慰地表示："要你做就给你充分的权力，就让你担任主编与实际上的杂志社社长，发挥你的聪明才智自主经营。争取做出较大的业绩，也能为参加下一次中层岗位竞聘创造条件。"

机会来之不易，林深知这又是一项只能成功而绝不能失败的工作，因为社里不仅仅是只有自己一个人具有做好期刊管理的意愿与能力。从此，在飞的器重与扶持下林就掌握了出版社教材专著出版与唯一期刊运营的核心资源。林也调动了全部潜能与工作热情进入到了个人新的发展阶段，为此林默默感激飞的信赖很多年。"你若信任我，我就不让你失望！叶公好龙绝不是我辈所为！"也成了林在创刊艰难初期心里告诉自己最多的话。

"我做杂志的时候他还在读本科呢，我才是最有资格的。真不知道他是用了什么手段？他做主编只会哗众取宠，博士花架子没什么真实的研究能力。"这是林担任主编后传来的淑等常有的评价。

后来林了解到，淑确实是在一份专业期刊做过编辑，但最后却成了让人贻笑大方的"高干组织部长"。原来，淑在编辑部手低眼高，谁都看不起，和谁都对着干。结果，她苦心打击排挤的3位同事都委屈地因祸得福顺势调离了编辑部，最终凭才华、人品进入了管理机关还都先后成了司局级的领导。

别人的蔑视对有血性的人来说，也许从来都不是什么坏事。林为证明博士的真才实学就奋力成功地连续申报承担了 6 项研究课题：部级 5 项、校级 1 项，总课题经费达到了令人羡慕的 100 多万元。第一个承担了课题"国内外运动训练基地现状研究"和"运动队训练基地科学配置方案"，这两项研究成果转化的学术专著《国内外运动队训练基地选编》《运动队训练基地科学配置研究》确立了林在运动训练基地设施建设与发展领域研究的前沿地位。

但是，林真正为广大体育人所认可的、被打上作为所谓行业精英标签的，还是他受邀在一系列国际国内论坛上或代表中国专家或以国内知名学者身份出现时的出色表现。林靠着对爱情承诺的不断兑现、学者梦及连续竞聘失败后倍受竞聘对手诽谤的血性反弹情绪的召唤，林的学术成果一路高歌猛进。

不懈的努力总有回报，机会悄然而至。

2010 年 7 月，林在中国人民大学数码谷会议中心举行的"国际体育经济与文化发展论坛"上代表中国学者发表题为"后奥运中国体育产业核心要素分析"的主题演讲，这是林第一次参加国际论坛并发言。

也许，你本人的表演永远都不是最重要的，但与你同台的演员却可以反过来证明你的价值与影响力。

与林同台演讲的有韩国奥委会主席、美国 NBA 总裁、"三五"国际汽车拉力赛总裁等一批国际体育产业大鳄。论坛自然受到国内外多家主流媒体的关注，在当日中午，央视的午间新闻做了长达 10 秒钟的新闻报道，以林的演讲形象为背景的视频就占了约 6 秒，午间新闻过后的几天里，林接到了全国多地体育界朋友兄弟的祝贺与邀请到各地作学术报告的电话或短信。

紧接着，2010 年 11 月，在"首届中国学校体育场地与器材发展论坛"上，林又受邀发表了"学校体育场馆核心价值的回归与发展"主题演讲。就在此次论坛上，林与另外两位学校体育著名学者一起被增补为具有较高学术门槛的中国教育学会体育与卫生分会理事、中国高等教育学会体育专业委员会理事。至此，林在中国学校体育领域有了自己的学术地位，这是本来担任体育教师的林以前可望而不可即的社会兼职荣誉。

新的岗位与社会兼职又一次激发了林的创造性，也为他拓展了更为广阔的活动空间。

2010 年 12 月，在南宁成立《运动》杂志广西工作站后，紧接着林就在"首届中国·东盟体育产业论坛"上发表了"体育产业链的核心要素分析——兼论中国体育产业的发展"主题演讲。演讲大获好评，还接受了东盟多个国家记者的采访。

杂志的创刊工作比想象的要艰难得多，事务极其烦琐。林购买了大批期刊管理专业书籍研读，并结合自己博士论文《关于市场营销管理研究成果》心得与实际设计了完整的工作路径。

第一步当然是期刊的定位，就是要解决"我是谁"的问题。由于"运动"的内涵太过丰富，林就顺理成章地将其确定为体育行业全景式期刊即"体育人了解体育全貌的窗口"。随即也确定了主要栏目《政策法规》《体育教育》《运动训练》《大众健身》《体育产业》等。

有了"期刊定位"，第二步市场定位就简单多了，就是明确"为谁服务"的问题。林就想到了要为所有的体育人服务，主要包括教育口的体育教师、体育口的教练员和急需刊发论文的研究生等群体。

第三步就要解决期刊的形象问题了。培育、开发并利用无形资产是林在初涉商海卖服装和大排档及在中国田协博士实习时就有深刻感悟了。

当然首先就是《运动》的汉字刊名。林每天进入北体的西南正校门时都会看到毛主席塑像下的毛主席手书的"发展体育运动，增强人民体质"草书中的"运动"两个字，就是它了！大气磅礴，使用此手书同时也是对毛主席关怀体育运动发展心愿的缅怀与纪念。从此，毛体的"运动"就登上了《运动》杂志的封面。

由于杂志主要的服务对象都在体育和教育系统，为进一步加强杂志的权威性及行业影响力，林深知期刊没有体育和教育两大部委的参与和支持是难以迅速发展的。

这时的林一筹莫展，就想到了去请教自己的大学老师、时任国家体育总局竞体司副司长的潘志琛博士。潘博士也是林在安师大体育系 1978 级的大学长。林自然知道潘博士是管理过体育期刊的高手，他曾担任过《中国学校体育》杂志的副主编，当时该刊的发行量曾一度接近过月订量 8 万份，这可是当时期刊界的甚至是今天都难以企及的业绩。

林说明来意，潘司长很开心自己大学毕业留校任教的第一批学生能有一个热门的工作岗位。

潘司长接着就语重心长地告诫林："体育期刊目前总体数量偏少，体育教师和教练员评职称对发表论文的需求旺盛，找你帮助的人一定会越来越多。一线教师和教练员都很不容易，记住千万不要贪图小便宜收受财物。那是一个能够广结善缘帮助人、成全人、广交朋友的平台。记住办杂志也是办教育啊！也是提高自身学养、修养和施展我们师范大学毕业生教育强国初心抱负的好平台。必须要格外珍惜！"此番教诲竟与林的家风高度吻合，林自然铭记于心了。

林即顺势提出希望竞技体育司能够作为本刊业务指导单位的请求，潘司长也认为《运动》期刊能够主动贴近总局、自觉为总局服务的想法很好。同时又格外慎重地表态："能够主动为竞技体育服务，这是件好事。我当然会支持！但还要与司其他领导商议后才能确定。"

几日后，当林忐忑地再次来到潘司长的办公室时，看到的是自己起草的"关于请求总局竞体司作为指导单位的请示报告"上有老师和司其他领导签署的同意意见。悬在林心头多日的石头终于落地了。林拿着批示，又如法炮制地写了要求教育部体育卫生与艺术教育司作为指导单位的请示报告并请求潘司长引荐。

那是林第一次走进教育部的大门，心情非常焦虑也更加忐忑不安。"这是件好事！我们非常欢迎你们的杂志能为学校体育做宣传与科研服务工作。研究过了，我们会全力支持你！欢迎与我司的工作好好对接，为学校体育事业作出实际的贡献。"时任体卫艺司司长的杨贵仁博士看完请示报告后当即表示。

林一脸的诧异，杨司长是刚刚才看到自己的请示报告啊，这也太顺利了吧？

杨司长略作停顿又接着说："体育总局的潘司长已经打过好几个电话了，他也是位老体育期刊人了，潘司很关心体育期刊的建设与发展。还反复说明你是他的校友和学生，并嘱咐我在可能的范围内尽可能地给予支持。"

林每次整理文件看到两部委职能司的批示，林总是感恩潘老师关怀培养学生的良苦用心及对体育期刊工作的眷恋与默默支持。尤其是潘老师的"办期刊就是办教育"的嘱咐也成了林多年的办刊原则。

潘老师身上始终的师范毕业生的国家事业责任感与重视文化教育尤其是"教育强国"的情怀一直深深地感染着林。

潘老师在国家体委科教司教育处和科技处担任处长的时候，就时常给几个在京的学弟兼学生念叨说总算可以做些教育的事了。他的工作调整到竞技体育司后读了博士依然情系教育，他的博士论文就是关于运动员文化教育方面的研究。

当潘司长刚从熟悉的竞技体育管理与奥运备战岗位提拔到自剑中心主任的领导岗位时，一次师生小聚，出于对老师的关心，林等几个学生都感觉非常可惜。林就说出了担心："一是老师在总局机关主要的奥运备战工作业务精湛，北京奥运会的备战与成果也受到了高层领导的认可；二是对自剑中心业务比较生疏还有奥运的夺牌任务，老师个性强、追求完美，将要承担的个人荣誉的风险与压力是可想而知的。还不如在机关混个正司级职务平稳过渡到退休得了。"

潘老师坦然且语重心长又信心满满地回答学生："在机关混当然是相对比较容易的。但是，必须要尊重领导的全盘考虑，服从组织的安排，国家的需要高于一切！同时这也是组织对我的信任。虽然我对自剑中心的业务不是太熟悉，这是挑战但也是机遇。不就是继续学习吗？相信你们老师的学习能力与责任感！想做事做大事，有血性在哪里都能证明自己！"

伴随着夜以继日的付出，潘老师做到了，当然也又一次证明了自己。在雅典奥运会上自剑中心的成绩取得了历史性的突破，为将来打下的基础，终于在伦敦奥运会上有了自行车金牌的回报。在一片赞誉声中，潘老师没有停下思考与实践的脚步，他又开始雄心勃勃地瞄准并布局自行车、击剑与马术文化发展社会化的问题了。

百业待兴之时，林又听说潘老师要调整到排球运动管理中心担任主任职务了。潘老师到任排管中心以后，与林见面时除了嘱咐尽可能地发挥期刊的教育功能与传授期刊管理经验外，关于他自己的工作谈得最多的还是"教育强国"的情怀初心。他的视野更广阔且更具高度和更加侧重深远的教育意义。

春节师生小聚，学生们还是流露了对老师从已经做得风生水起的岗位再次调整到一个崭新领域的担心。

潘老师还是惯常的坦然，只是多了不少迎接挑战并自信能做得更好的兴奋："在中国，没有哪项运动能像三大球，尤其是女排那样能够提升民族自信心了。现在备受国人关注的三大球成绩不太理想，尤其是女排战绩滑坡更是饱受诟病。中国女排已经不再是一个简单的运动项目了，它承载了太多的国家荣誉与民族情感，这是历史形成的。我能有机会参与并组织女排复兴并对国人宣传教育女排精神的工作，这是组织对我的高度信任！也是我个人职业生涯的荣幸！"他说着激动的目光里一定是浮现了：1983年，林还在读大三时，中国女排第一次战胜日本队首获世界冠军并开启五连冠伟业的那场胜利后，体育系学生在田径场高喊"爱我中华！祖国万岁！"的口号奔跑的热烈场景。

"那天就是你小子吧？挑着一团火跑在最前面。"潘老师指着林陷入了激情的回忆。

林如实回答："是的！当时实在是太兴奋了，看见有同学点火，我就回去把一个旧床单浇上煤油用标枪挑着就疯狂地跑了起来，没想到后面还跟了那么多的人！"

潘老师还沉浸在爱国情绪的兴奋里："师大毕业生的国家责任感不能丢啊！尤其是'教育强国'的使命感无论在什么单位都要始终保持才对啊！林在期刊媒体界就更应如此了。把我们的工作当成一场教育运动就是不忘师范毕业生的教育初心，下面也要配合我做一些女排精神的深入研究与策划宣传工作。现正值文化大繁荣大发展的时期，女排为国增光、艰苦创业、勇于创新、顽强拼搏的精神内涵其实也就是中华体育精神的重要内涵。中国人太需要这种精神了！这是体育为民族复兴事业作出的特色贡献。任何弱化与淡化这种精神的行为都是犯罪！竞技体育说到底是要靠成绩说话的，就像企业要靠真金白银说话一样，空洞的说教毫无现实意义。目前女排处于低谷，弘扬女排精神，女排太需要从自身做起，再次创业振兴女排的成绩了。"

潘老师的话锋一转也流露出了自己眼前的忧虑："问题的关键是让女排

重回巅峰，就目前来看领军的主教练非郎平莫属啊。郎平有丰富的运动员训练经历和带队经验，深受全国老百姓的喜爱，是中国女排的旗帜性人物。但是请郎平出山谈何容易啊？她在恒大有优越的条件，有很大的训练管理自主权。但是再不容易也要做成啊。"

但是潘老师还是对此充满了信心："心诚则灵！我上任后已经正式和非正式地与郎导沟通交流过几次了，虽然问题还是不少。但是根据我的判断，郎导对国家女排是有深厚感情的，也非常感恩国家对她的多年培养。有这两点作为保障，我就有信心用真诚去打动她出山。"

说起来容易做起来难啊。又是两个月过去了，一个周末的夜晚都 11 点多了，林的手机骤然响起。

传来的竟是潘老师的声音："林，你下来到家属区门口的小饭馆来陪我喝一杯吧。不用带酒！我已经回家拿了两瓶家乡的口子酒了。"

同住在一个家属区的前后楼，老师平时很少这么晚还打电话的，而且还要喝一口，林想老师一定有大事发生。春寒袭人，林从夜色里走进明亮的小饭馆看到的是潘老师满脸的倦容，白净的脸庞上满是平时少见的黑色胡茬，眼睛还有些发红。

林在诧异间落座。老师斟满两大杯家乡的白酒，发出的是疲倦但难掩兴奋的磁音："我从广州回来刚下飞机，熬了几天，终于可以暂时松口气了。恒大老板很支持工作，郎导原则上同意来北京执教了！下面就是竞聘程序了，但也不能大意。虽然郎导执教国家队是众望所归，但公开的竞聘程序是让她有尊严而合理合规地平稳入主国家队的必须。尤其是不能给媒体界留下郎导出山只是看我潘某人面子的印象！免得以后干扰郎导上任后的组队训练工作。"潘老师以人为本的管理理念给林留下深刻的印象。他接着教诲："一个人的能力总是有限的，工作要靠大家干。当然干大事需要专业的智商，专业智商不高可以用情商来弥补，情商就是人本主义。如果你没有专业智商，又缺乏情商，你最后就只有心灵的创伤了。"老师的这一教诲让林受益久远。

后来的情况是，潘老师尽可能地多方协调满足了郎导的生活和工作的合理要求，充分放权，在媒体面前同时出场看见的总是他把郎平推在最前面，彼此尊重，充分调动了郎导的工作积极性。潘老师做到了，靠的就是他"三顾茅庐"的真诚与国家责任的担当，他完成了外界看似不可能完成的任务。功夫不负有心人，中国女排在相继夺得世锦赛亚军和世界杯冠军后，终于在里约奥运上完成了时隔12年重得奥运冠军的梦想。

在女排站在奥运最高领奖台上举国欢腾，万人空巷的喜庆氛围里，远在家乡做康复的林在电视机前却泪流满面。那是林为潘老师的不易和厄运磨难而流下的。因为，不久前林才听说了自己的老师"出大事"，就是被带走协助调查了。陪同观看赛事直播的当地体育局官员当然知道林作为潘主任的学生此时复杂难过的心情就安慰说："林别难过了！历史不会忘记任何一位为国家作出过贡献的人！我们相信你的老师，他也是我们的好领导和好朋友，他此时无论在哪里也一定会感到欣慰的。"

"即使他有过失，但功是功、过是过，接触很多年了，潘主任的人品与事业心是得到行业公认的！"

"他只是被带走协助调查而已，你也别太难过了，我们都相信他一定会得到应有的公正对待。"

"潘主任丰富的管理经验和高超的管理艺术与负责的事业心是国家所需要的宝贵财富。下届奥运会在日本举行，那是中国不能输掉的奥运会，尤其是女排的成绩，因为日本的女排也曾辉煌过，日本也需要这个成绩来提升自己民族的自豪感，并借此打压中国的民族自信心。日本本土作战，优势占尽，同时也会拼命备战。比赛争夺势必会异常激烈。潘主任的经验还是能为国出力的。"

朋友们的宽慰让林平静了不少。

林不由地就回想起放暑假回乡恰巧在大学家属区门口遇见潘老师，老师风尘仆仆地提着那个大而破旧的公文包准备去开车上班时的情形来。

林那时早已耳闻国家体育总局反腐风头正劲，屡屡传来中上层官员被带走调查的事情。师生见面，潘老师嘱咐鼓励林回乡要加快康复步伐，回来还要继续围绕女排精神协助研究完成制定《中国排球大文化建设与发展纲要》。

看潘老师这个时候还在考虑排球发展的大格局观。林还是大胆地表达了自己的担心："老师，听说总局近来出了不少的事，有个副局长好像都被带走调查了。"

潘老师从容地回答："你放心吧！你要相信你老师的品格！"

林回乡不久就听说了老师的厄运降临，这是林无论如何都不能接受的。紧接着的几天里体育界的同乡开始互相打听表达了对老师的关切，林反来复去都总是那几句话："不打听，不议论，不传播，静静地祈祷等待就好。"

林在训练间隙，还是按照老师的思路完成了《中国排球大文化建设与发展纲要》的草稿。林坚信心中解不开的疙瘩终一日会化为乌有的。

有了相关两大部委所属相关部门的支持与指导，林创刊工作的第四步就是解决核心团队建设的问题了。又是在潘司长和杨司长的直接过问下，林顺利地邀请到了两大部委职能司和中央教科所下的 3 位具有博士学位的处长学者担任副主编。至此，当时被称为体育杂志中最高大上的 4 位博士组成的主编团队就此正式诞生了。

体育总局竞体司训练处的龙博士负责竞技体育版块；教育部体卫艺司体育处的元博士负责学校体育版块；中央教科所的键博士负责教科研版块；林负责体育人文版块兼顾全面管理。主编团队不计报酬地开足马力宣传推广与组稿，顺利于 2009 年 9 月正式创刊。封面的毛体草书"运动"和"指导单位：国家体育总局竞技体育司、教育部体育卫生与艺术教育司"赫然在目。创刊工作初战告捷。

正式出刊后，林不敢有一丝松懈，第五步就要解决组稿、推广与发行的问题了。很快龙副主编出面在总局办公厅的协调与支持下，《运动》官网与总局官网首页实现链接，杂志的知名度又上了一个新台阶。接着，林又从国际田联在全球范围内建立的 10 个发展中心推广田径运动的案例中得到启发，开创了《运动》杂志地方工作站的推广营销模式，工作站主要承担地方区域的宣传组稿、征订推广和先进经验的挖掘整理报道工作。到 2016 年前后，已经建立起近 20 个工作站，几乎覆盖全国体育教育系统。

同时，由于宣传推广得力，《运动》稿件堆积如山，已经远远不能满足作者的刊发要求了。为最大限度满足一线教师和教练员的发稿需求，也是为了增加经营收入，林适时报飞批准将杂志由月刊扩容改为半月刊，大大缓解了稿件的刊发与收入的增加问题。

一个人敢于不断进取的心气也许就是来自不断成功的心理体验与时刻保

持准备出击的心态，机会总是留给有准备的人，新的发展机会又幸运而至。

2011年，由总局竞体司管理、地方体育局承办的《少年体育业余训练》杂志正式回归总局青少年体育司。中央相关文件下发后，中国青少年体质健康问题就已经成为全社会的热点。林的爱国情怀与民族主义情结又一次被激发了出来。梁启超的"少年强则国强，少年雄于地球则国雄于地球"常让潘老师与林心潮澎湃。如今的中国青少年体质状况堪忧，身体素质各项指标甚至已经落后于邻近的日本与韩国。作为体育人，林常与一批同人痛心疾首地讨论这一问题，一致认为中国缺乏青少年体育的舆论宣传和理论引领及实践指导。这一杂志回归青少司后相对应地也更名为《青少年体育》。林很振奋了，潘老师当然理解林要拓展事业空间的想法。

男人间历史形成的真挚情谊与共同价值观的结合太美妙神奇了。又是在潘老师的指点下，飞带着林又是一番请示协调沟通。2012年下半年，出版社凭借综合实力和已有的办刊经验，尤其是潘老师大力支持的优势，最终从几家竞争对手中脱颖而出，如愿拿到了该杂志的承办出版权。从此，林带领团队就开始了一套人马两块牌子（《运动》和《青少年体育》）的崭新高强度工作。《青少年体育》开始为双月刊，知名度不高，出刊周期长且版面紧张的弊端很快就显现了出来。

这显然又是一场不能失败的战斗。如果失败了，搭进去面子受损的就不仅仅是自己了；林靠着惯有的承诺感，唯有奋力图报而没有其他的选择了。有了《运动》杂志成功的创刊经验，林就如法炮制了。首先是刊名的汉字，林坚持从毛体字库中选择，期刊的指导委员会也是不可缺少的，林就建议主管单位青少司的司长担任了主任委员，并由各省体育局的青少处长担任委员，一个行政意味极强的指导委员会就这样诞生了。经过两个月的精心准备，由学校副校长担任主编，林担任常务副主编，学校方方面面专家学者组成的编委会也宣告成立了。同时，也完成了上级领导和编委会同意的主要栏目设计方案，接着就是按栏目协调与征文组稿填空了。终于在2012年10月出版了第一期，12月出版了第二期，当年实现盈亏平衡，此举也标志创刊的成功。林年底又申请变更为月刊并顺利通过，次年即有稳定的盈利了。林始终恪守的还是"办杂志就是办教育"的工作理念。

在单位内部的一片杂乱质疑声中，林再一次证明了自己。为让林专心于两个期刊，飞配合出版社内部机构调整，成立了以林为社长的"媒体运营与期刊管理分社"。媒体运营的概念内涵很宽泛，这为林充分发挥组合营销手段博弈体育文化市场提供了广阔的空间。期刊与传统出版项目互为推动，林管理的分社经营业绩利润与林在业内的知名度都得以大幅攀升。

紧接着，林就不满足与眼前的小光环了。他开始瞄准了下一个目标，这时学校的《学报》、《运动》和《青少年体育》3 本期刊已经同时成为国家广电总局成立后首批认定的专业学术期刊。林认为自己早有的依托大学建立大学学术期刊群，以引领国家体育行业理论创新的设想也基本成熟了。

林凭着一腔热情几经上书受挫后，好友善意奉劝："你就别再折腾了！做好《运动》升级核心期刊与国际化就足够了，也就对得起自己的工资和理想了。你的设想又是一个骑虎难下的目标。"

林当然不会气馁，林对"骑虎难下"有自己的理解，并从中受益颇多。林常常思考的是"骑虎本身很威风，本就是一件很难的事情，既然骑上去了为什么还要下来呢？更何况能被称之为'虎'的事情一定都是你最愿意做或不得不做的，对你的感受和你的事业甚至是你的荣誉与尊严都有高度相关的大事！与骑虎相比，骑马要容易得多也够威风，但马的目的地只能是青草地。骑虎很危险，但骑虎更威风！虎的目的地总是有肉吃啊！想想自己在走过的成就自己今天的道路上做了多少骑虎难下的事啊？自己从考硕、考博到留校工作，干的几乎都是具有较大挑战性的骑虎难下之事。只有这样的事才能激发自己的潜力和创造力，诱发出自己的血性、个性、韧性和源源不断的创造性啊！"

做任何事情都会受到自己无形的理念所左右。潘老师所说的"跟着蜜蜂你会找到花丛，跟着苍蝇目的地也就只能是去厕所了"，很有哲理。潘老师倡导的"办期刊就是办教育"一直是林办期刊的总理念。

林除了受师范毕业教育强国的初心影响外，就是深深地受到 20 世纪初新文化运动的那一批旗手诸如陈独秀、李大钊、鲁迅等以《新青年》杂志为阵地的先贤们站在人本主义的基石之上高举民主与科学大旗，传播新文化唤醒国民的教育强国的情怀了，可见杂志的力量之大、影响之深远。每想于此，林总是心潮澎湃，"60后"高度的社会责任感与时代的紧迫感也会随之油然而生。

针对当时我国体育领域存在的诸多不民主不科学及忽视以人为本的不文明现象，林还曾联系一大批体育青年学者试图以《运动》杂志为阵地发起一场配合民族文化大发展大繁荣国家发展战略的体育新文化运动，并率先在几个论坛上做了"加强体育文化建设，时代呼唤体育文明"的主题报告，引起了不小的共鸣。在此基础上又撰写了《加强体育精神文化建设，助力中华民族伟大复兴事业》与《拒绝娘炮，体育呼唤血性》等文章，竭力倡导体育文化向更深的层次发展，以充分发挥体育文化的教育与强国功能。

岁月无声地流淌。当林再次在分别的地方见到他尊重的潘老师时，已是潘老师游历几年后归来了。已到了退休年龄一身轻松的老师身体更加健硕，格局也更大。林特地选择在儿童节这个特殊的重新开始意味颇重的日子师生再聚。

随着林在体育人文社会学领域的研究不断深入，也伴着"圣代无隐者，英灵尽归来"的时代召唤，以及潘老师过去常教诲的"格局就是目标，大格局就是服务社会的大目标"的启迪，林欲把研究成果转化为现实操作，要实现学生时代萌发的要创立一个体育实用新专业的愿望也更为迫切；当然还有其多次参加大学中层管理岗位竞聘均告失利的困惑，萦绕心头久久不散。

林思前想后倍感不解也时常苦闷不已。

"你在新时代里凝结的才华必须要回馈于这个时代，而不能白白浪费，有负于自己和国家。不要有狭隘的地域和本位主义观念，视野可以再放宽一些。对国家好的策划最终都会被认可的。我们都是'五性'男人！"困惑之中，潘老师的话语终于让林顿开茅塞。

几个月后，林即欣然应邀担任了另外两所同类院校的客座教授之职，也开启了林作为大学的中层管理者创建体育实用新学专业的征程，这是后话了。

在老师的接风宴会上林感慨千万，回忆走过的艰难之路和老师的教诲与兄弟般地指点，就写下了一首七言诗。

京蓟门桥相府饮师洗尘宴

> 帝都沉夕路尚敞，驱车三环上高楼。
>
> 北门饮师思酣然，轮台遥望贺兰山。
>
> 风雨羁泊飞难进，壮年宝剑九州篇。
>
> 美人胡为隔秋水，贡玉堂前色无颜。
>
> 幸得出道识君早，获得胜过万卷书。
>
> 今日过坎重上马，明朝格局与梦同。
>
> 台城柳枯坠黄土，八公山下草正齐。
>
> 千里淮河去不返，心轻万事皆絮飞，
>
> 迷花中圣建安骨，绿玉仗复谢公屐。

很快，退休后的潘老师就被聘请出山担任了中国管理科学研究院体育发展研究所的所长，该机构是具有很高学术与管理能力门槛的国家级智库平台职务。他认为，中国的体育事业各领域发展依然比较薄弱，应站在体育发展产学研的角度倡导发挥体育的教育功能，从培养、引导国民的体育生活方式入手开展产业布局的基础性工作；同时也开启了他的体育强国职业生涯的新征程。

在林的事业顺利，其人文研究成果与知名度都显著提升，并连续在中国共产党成立 89 周年与 90 周年被评为优秀共产党员后，林迎来了他的第三次单位副职竞聘；但还是没能如愿加冕所谓的"番号"，林的郁闷可想而知了。此时在林的心中，番号已经不仅仅是地位与待遇的问题了，而成为了林的心中必须要解开的事关个人尊严的"结"了。

林总结教训得到的启示：要把真才实学转化为可以落地服务于单位或社会的方案并实践成功且被广泛承认才是真的才干。于是，林发挥人文研究特长，抓住行业关注的热点和焦点深入研究运动安全风险管理与体育文化创意产业的理论与实践；受邀担任了中国人力资源开发研究会风险管理分会体育行业专家组常务副组长等多个具有国家发展战略意义的社会职务。

林在迷惘更是在默默地努力中，机会终于还是来了。又是潘老师的点拨提携与推荐，林应聘担任了中国管理科学研究院体育发展研究所体育与健康文创研究中心主任，这是一个被社会认可的正处级岗位。

这一职位也让林彻底化解了近20年来"番号"的纠结，也让林得以有了尽情挥洒体育与健康文创才华的机会。在上任的签约仪式后，林填了一首词表达了对老师的感激之情，也表达了自己走出迷惘纠结的愉悦。

曲玉管·签约中管院体育所体育与健康文创中心　并序

辛丑岁秋，幸遇圣代，深感体育强国与健康中国战略之唤，国际体育与健康文化创意潮流正盛，自恃小才不忍空置。神游唐宋厚蕴人文，得师携。众义弟酌中聚意皆同文创促体识。逐加盟国家智库，欲施小计于巨事以助国强梦。

两鬓斑青，常言坎壈，江天又近寒霜满。无奈颍川使酒，杭爱山远。偏又行。少陵怀想，杜牧扬州，美人忍久隔秋水？尽寻长安，小才欲济无舟。心快快。

幸遇好时，不应恨、与时际会，扬帆去棹当期，潮平岸阔风长。好讯来。忆跋涉路苦，铁衣如雪，痴志文创，兴入金门。

5.兑　现

林为了爱下决心商贷购置了那套近170平方米的新房，不久即装修完毕了，琴欣喜地购置了全套新家具，很快就入住了。林看着母亲幸福地逗弄孙子在宽敞的客厅里来回快乐地玩着滑板车，尽享天伦之乐，琴更是乐此不疲地收拾屋子。林才有了奋斗的初步成就感。

爱就是不断地承诺及不断为兑现承诺而努力的过程。

但林还是冷静地告诫自己："毕竟还有贷款在身，现在的成就是十分渺小的，甚至是微不足道的。更大的成就在不远处等着你呢。"有了新的目标，新的动力也随之而来，为了爱而勤奋工作就成了习惯。很快就存够了一次性还清贷款的钱。真是无债一身轻，家里的生活条件迅速得以提高。生活算是真正走上了正轨。

　　住进新房不久，林以前最担心的前妻帆的事还是不可避免地发生了。林和琴从不干涉女儿与帆的联系，也断断续续地知道了一些帆的事，帆遇到了大麻烦。大致是生意太过贪大，竟与煤炭有了关联，借了亲朋好友许多的钱。在煤矿长大的林当然知道做煤炭生意除了要有专业的营销背景，资金也绝不会是个小数目。一旦资金链断裂，轻者倾家荡产，重者性命难保，这是常有发生的事。

　　年底，林驱车全家开心地回乡过年了，但咪咪总是表现得闷闷不乐还时常暗自流泪。细心的琴儿经询问才知道了真相，原来是帆不堪负债的压力，加之身体患上了疑难杂症住进了外地的一家医院。大过年的，帆独自躺在医院，咪咪因此才伤心不已的。

　　咪咪怯怯地要求林可否陪自己能去医院看望一下帆。林很为难，因为当初帆大闹婚礼的一幕总也挥之不去，林无论如何都无法告诉琴的。因为，琴是最无辜的。"她不仁，我们不能无义。孩子关心苦难里的妈妈没有错！就算为了女儿的心情，我们都该去一趟的。而且最好全家一起出动去探望一下最好。"琴得知原委后即大度地建议林。

　　让林没想到的是，琴的看法竟得到了全家的赞赏，林的大哥大嫂带队，林的弟弟妹妹都行动了起来。4个小家4辆车在大年初五这个重要的日子浩浩荡荡地出发了。出发前，琴还特地准备了厚厚的一摞慰问金并写上女儿和儿子的小名，以便能最大限度地安慰帆。

　　当一行人走进帆在外地医院的病房时，多人病房里只有帆一人孤苦伶仃神情悲哀无力地躺在最外边的病床上，看见咪咪带头一行提着慰问品鱼贯而入的人群，帆也是百感交集地流下了感激的泪水。

　　"天这么冷，你们一定不好赶车吧？"帆关切地先问候大家。

　　"不用赶车！大大、小叔和姑父都有自己的车了。我家还有两辆车呢，保证爸爸妈咪上班单双号都不用限行。"咪咪抢先骄傲地回答了帆。

　　"听咪咪讲她将来大学毕业想去国外留学，林、琴，你们不用担心留学费用！我的困难是暂时的，到时候我也出一半的费用吧！"帆依然要面子强势地表态。

　　"你养好身体，照顾好自己的生活就行了。钱很重要，但不是万能的。

家庭幸福和睦才是奋斗的目标，我会按协议办事的。"林对已经憔悴不堪但依然为了面子强撑的帆悄悄地安慰。

"林，也只能这样了。你是说话算数的！"帆一定是想起了离婚协议中的核心内容了，惭愧地回答。

"唉！咪咪给你添麻烦了，当初……"分别前帆微红着脸对琴欲言又止。

"没什么！都过去了。咪咪很乖，也很用功，你放心养病啊。"琴依旧大气如初地回答。

虽然琴上下班有了私家车，但是毕竟丰台离地处海淀的家还是太远了。为进一步减轻妻子的工作辛劳以便提高生活质量，已经有了初步影响力的林还是用了一年的时间积极准备，几经推荐介绍才终于把琴调入海淀区内离林的大学很近的一所名校。也为接女儿进京读初中创造了条件。林为爱又兑现了新的承诺。

小升初时，咪咪确定在琴供职的初中学校读书后，就回老家看望妈妈，谁知竟被帆固执地留下在老家读初中了。完整的家瞬间即瓦解了，咪咪原本可以在京读初中的3年宝贵时光也就此断送了。

从此，每个假期或者只是几天的小长假，林和琴也会尽可能早早地驱车回老家看望女儿，尽最大的力量承担起管教女儿的责任。但情况还是越来越糟糕：一是咪咪的学习成绩不理想；二是由于帆欠账不还被追债而东躲西藏的舆论盛传不止，帆自顾不暇，根本没有时间管教咪咪的学习。

3年后，咪咪该上高中了。面对成绩很不如意的女儿，帆也着急了，作为教师的她非常清楚这个成绩在地方上高中的话考大学希望渺茫。帆就主动打电话给林，要求把包袱一样的女儿送回北京继续读高中并接着参加高考。

早过了高中入学招生的时间，琴只好去央求校方。校方看在是本校子女的情面上，才勉强同意了咪咪参加补招考试；考试范围就是全国统一的初中教材，但是成绩要大致说得过去才行，这已是大大的照顾了。

咪咪考试的结果不达标，校方也爱莫能助。这下琴可急坏了，原本想，在老家市重点初中学习的咪咪怎么也不至于考成这样的。面临无学可上的局面，咪咪当然也明白没有高中学籍就不能参加高考。

咪咪也开始不断地埋怨帆当年的武断，后悔自己没有跟着妈咪在京读初中。看着咪咪无助可怜地流泪，琴安慰道："咪咪不怕！妈咪再想想办法吧，我的女儿一定会有学上的。"接下来的几天，琴焦头烂额地到处联系，还好，靠着同事的帮助，咪咪终于在北医附中上了高中。只是离家比较远了，让咪咪独自骑自行车或坐公交车上下学，琴都不放心。琴就决定每天开车接送。琴言出必行，从此就风雨无阻了。每天起早做饭，先送儿子去小区门口幼儿园的班车，接着再送咪咪去学校，然后回单位上班，下午下班就去接咪咪放学。自从咪咪上高三后，琴就更忙了，除了接送、督促学习，还要经常去参加咪咪的家长会。咪咪把琴的辛劳看在了眼里，更记在了心里。林感觉到了女儿与琴的关系更加和睦融洽，很是开心，就欣慰地对琴说："由'妈咪'到'妈妈'可能就差一步之遥了。""不急！顺其自然吧，我有信心。"琴总是这样回答。

咪咪读高三了，家长会也随之多了起来。一个周末，琴开完家长会回来后忧心忡忡地对林说："女儿近来表现得可不怎么样啊。上课总走神儿，主要还是与同学的关系处理得不好，与北京当地的几个女孩常有口角。"林听后立即就紧张了起来，担心女儿的心理环境不好会影响到女儿的复习备考。

真是越怕什么，什么就来找你。一个中午，琴语气担忧且焦急地打来电话给林："老公！你快先去女儿的学校看看！我马上有课，实在不能脱身！女儿刚才来电话说是和同学打架了。"

林立即赶往北医附中，在校门口见到了女儿，女儿满面泪痕地哭诉，原来是中午吃饭时，因为打开水与几个原本关系就不融洽的北京当地女孩儿发生了口角，以至于发展到动手的地步。是对方先动的手，又是以多欺少，这是林绝对不能接受的校园霸凌行为。林当即决定拨打了110报警，要为女儿讨回公道。

警察的介入惊动了学校领导，课后，琴也着急地赶了过来。当事者都被带到了校领导的办公室。对方一个染了黄头发、有点流里流气、老大模样的女生气焰颇为嚣张，拒不承认错误，还暗示这事儿没完。琴以教师的身份动之以情晓之以理地教育对方，校领导听到琴宽容大度与人为善的话很是感激，随即严厉批评了带头动手打人的黄毛女生，并以要处分乃至开除警告之。作为教师的琴当然知道，如果高考前受处分或被开除，这个学生的前途就可能就真的葬送了。琴对校领导和当事者表态："只要她们知错就改，好好学习，并向我女儿道歉，就不要再追究了。"

黄毛女孩儿一伙可能也意识到了问题的严重性，或者被琴的善良与大度所感染，纷纷过来拉住咪咪的手表示了歉意。咪咪终于笑了，愿意接受道歉，并表示以后互相谦让。

回到家里，琴还是做了一桌子咪咪喜欢的饭菜压惊。咪咪吃着可口的饭菜，谈论着下午纠纷的解决，"没人敢欺负我，我的爸妈就是厉害！"咪咪笑了，也渐渐完全地从中午以来的惊恐与委屈的阴霾中走了出来。咪咪突然起身，绕过小饭桌来到琴的面前抱住了琴深情地说："妈妈！谢谢你！"

林听得真切，咪咪第一次称呼琴为"妈妈"而不是以前的"妈咪"。那一刻，琴和女儿的泪水都是成串地落下。这时最幸福的莫过于林了，女儿回房间学习，林斟满一大杯酒一饮而尽。林是由衷地为琴感到高兴，琴多年如一日的忍辱负重、含辛茹苦与爱的付出终换得女儿的成长与发自心底的认可。林也是更为自己高兴，家庭和睦才是自己最期盼的啊！琴也动情地对林说："我兑现了我们结婚当天对你说的'别逼女儿！喊什么不重要，我有耐心和信心处理好关系'的承诺。"林的眼睛潮湿了："谢谢老婆！真不容易！但你做到了！我会爱你到永远！我也会更加努力地去实现我对你说的'你敢嫁给一无所有的我，我就不会让你赌输'的诺言。"

北京奥运会那年，咪咪终于要参加高考了。琴怕耽误女儿备考，又害怕女儿独自在京没人照顾，就决定不回老家过年了。还让家人先把儿子接回老家去陪奶奶，自己和林要全力陪伴女儿备考。这也是林和琴婚后唯一的一次在外地过的春节。

春节期间，琴听说颐和园有游园庙会，就要带女儿去放松一下心情。女儿走在林和琴的中间还开心风趣地说："享受一下独生子女的待遇真开心！"来到庙里，无论碰到的是什么菩萨，琴都要虔诚地跪下祷告一番，保佑女儿能顺利考上大学。

"爸爸，你看！路上都是越野车了。我妈妈也太辛苦了！你是不是该用你的私房钱给我妈妈换一辆 SUV 了？"下山回来，咪咪坐在不太宽敞的车里又激将似的对林要求说。

林胸有成竹地回答："当然！我早就准备好了。等到你妈妈生日时我会给她一个惊喜！"

"别听女儿胡说！女儿上大学以及将来出国留学都还要花很多的钱呢。"琴马上插话表示反对。

"琴！以后除了工资，稿费和讲课费等其他收入我就不再上交了。在你的生日之前我准备好应该是没有任何问题的。你就放心吧！"林信心满满。

一路说笑，回到家里，琴还主动要求咪咪给帆及她的姥姥等家人打电话问候新年好，然后就开始督学习。

琴听说新东方教育机构有高考补习班，就开始要咪咪报名参加，能补习的课程，只要时间允许就都报名，效果还不错，后来女儿考了500多分。林还说过："应该给新东方送面锦旗表示谢意。"女儿总是幽默地回答："我妈妈在那里花了那么多的钱，新东方应该给我们送锦旗才对呢。"

紧张的高考开始了，咪咪要自己去设在石油附中的考场，琴不放心，坚持和林一起要像其他的家长那样每场都接送、陪考。每场看着咪咪走进考场后，琴和林就在烈日下稀疏的树荫或校门对面的小区屋檐下，与众多的家长一起焦急地等待考试结束的铃声。当咪咪最后一场出来扑向琴的怀抱并告知考得还不错时，琴才回头对林欣慰一笑。

过程很艰辛，结果较完美。虽然没达到重点线，但在京上个一本是没有问题了。几经选择评估，琴建议填报了北京服装学院英语系的志愿，这是琴出于咪咪毕业后要出国留学的需要。

在琴的生日前，忙里偷闲。一日林应邀与朋友一起携带夫人去郊区温泉度假。其中一位领导朋友开的是一辆黑色的SUV，端庄大气，朋友们纷纷围上去欣赏评价。主人介绍说这是一款日本原装整车进口的城市越野车，叫"斯巴鲁森林人"，排量2.0，要是排量2.5的就更好了！全时四驱，驾驶舒适，并邀请朋友们试驾。

"真不错！空间大，动力强，关键是品牌'森林人'中有你和儿子的名字，我看这款车就是专为我的老公和儿子生产的！可就是太贵了。"琴兴高采烈地试驾一圈回来对林赞不绝口又有遗憾地说。

林看着流露着喜欢但依然面有疑虑的琴，语气坚定得不容反驳地对琴道："只要老婆喜欢，就是它了！也是我们女儿的心愿。一周后就是你的生日了，还来得及！"

回到家第二天，林就催促琴带着儿子先去汽车市场的斯巴鲁专卖店看看。

"恰好有一辆黑色的，排量也恰是2.5。销售员还带我和儿子玩了一个漂移呢，儿子可开心了！就是办完可能需要近30万元了。算了吧！换一款便宜的吧。"琴在电话里还是犹豫地说。听妻子还在犹豫，林就立即表态："既然你和儿子都开心，你们就在那儿等着，我马上就赶到！"

"今天，我就必须看着老婆把专为你的老公和儿子生产的车开回家！"林放下电话，拿着准备好的卡就出发了。

"刷卡只要一秒钟，得默默辛苦好多年啊。"林刷完卡，琴还不忘幽默一下。

"只要努力，肯用脑子能吃苦，世界上没有比挣钱更容易的事情了。因为我爱你！"林顿生豪气。

"我家先生真棒！这也是我们的又一个爱丽舍！我们的美丽家园啊。"琴欣慰无比。

琴开着自动挡全景大天窗的新车带着林和儿子回家了，林又兑现了一个承诺，沉浸在了全家喜悦的幸福之中，幸福生活掀开了新的一页。

4年转瞬即逝，咪咪大学毕业了。咪咪的留学英语考试成绩达标，开始申请留学目的地了，琴让咪咪自主选择了英国伯明翰的阿斯顿大学的市场营销专业。

出发前夜，咪咪说帆带着小姨也要到京来为她送行。林真是懒得再见她们，但琴还是一如既往地大度表示："就看在女儿的面子上还是热情接待一下吧！千万别提女儿留学费用的事了，就算给女儿出国前的一个好心情吧。"琴大概是想起了帆答应要为女儿留学承担一半费用的事。

实际是，这时帆的生意已经完全崩盘，生活都濒临绝境，而且病情也日渐加重了。

"资金周转出了大问题，咪咪的留学费用暂时拿不出来了。等我渡过难关后再补给你们吧？"难改的虚荣让帆依然大言不惭。

"我们都是成年人，咪咪是我的女儿，我会为她负责到底的。你就别再提咪咪留学费用的事了，只希望我们以后都别再干扰咪咪的学习，拖她的后腿了，你自己把欠亲朋好友的钱先都还清就行了。"林很恳切地建议。

帆还想再说什么，林没有兴趣了，就借故匆匆告辞了。后来的情况是，帆在咪咪的留学费用上一分未出。

次日一早，林的一家一起去了机场，在国际出发大厅与咪咪告别。咪咪拿出一次性相机拍摄了全家合影，幸福的泪花始终挂在脸上。

"妈妈，谢谢你！"咪咪走进安检口，又折返跑了回来扑进琴的怀抱，撒娇里带着真诚的感激。

"我兑现了与你定情日当天在你的宿舍里说的'我想和你一起把咪咪养大成人'的诺言！我们都做到了！辛苦没有白费，值了！女儿会有更好的前途的！你开心我就开心了！"琴看着女儿幸福远去的背影无比欣慰地对林说。

"我们也会有更好的生活！"林动情地搂过妻子。

林拼命工作，琴精打细算，保证了女儿在英国的所有开销。咪咪也很听话努力，按时完成了全部课程，顺利地拿到了硕士学位。还有更大的好消息，就是咪咪有了如意郎君，男友也是留学英国的硕士毕业生，很能干，毕业回国后即被派往非洲从事建筑工程项目管理去了。咪咪利用所学与英国的留学经历在英国开了一家国际贸易公司，终于可以自食其力地谋生了。几年后，咪咪与男友终于要走进婚姻的殿堂了。夫家条件很优越，有庞大的家族企业，林和琴终于可以松一口气了。琴未雨绸缪，看准时机就为女儿在北京郊外的风景区购置了一套房产作为主要的嫁妆。大喜的日子，林的全家都应邀去了男方家，参加女儿的婚礼。

女儿出嫁当日，林感慨万千，自然也想起了与帆离婚的当天下午与4岁女儿的合影后在照片背面写下的"爸爸会陪伴你，直到你拥有了一条属于自己的航船"。女儿终于长大成人，真正有能力独立踏上幸福的旅程了。林即兴写下了一首《五言：女儿大婚感》。

五言：女儿大婚感

生于动荡年，长于多事秋。

入睡楼下转，进食藏猫猫。

至亲劳燕分，垂泪童年时。

父女情似海，假期楼头盼。

孤父北上勇，岁寒女儿成。

为父不食言，终得京城欢。

故土滋事起，梦断一念间。

运违归故里，痛失三载学。

幸得继家慈，一路到英伦。

今去夫家远，复回在何秋？

莫念京城舍，尽勤夫家事。

妇道置心里，幸福始终岁。

惠风悦新柳，爱媛婚纱华。

拭泪咽无语，谁人知我伤。

地阔亦咫尺，相见一夜间。

父衰尚能饭，余心顾弱弟。

父渐离拐远，有志依旧雄。

磕绊寻常事，过眼云烟散。

女有最后盾，即是为父命。

咪咪幸福地依偎在林和琴的中间，林的诗中回顾了艰难的过去和父女深情及对女儿永远的爱。当咪咪读到"幸得继家慈，一路到英伦"时，她也一定是回想起了从 10 岁进京，直至今天琴的不易和辛勤的付出，满含热泪扑在琴的怀里再次感激："妈妈谢谢你！您辛苦了！"

6. 真善无敌

林工作的 20 多年过去了，岁月静好无声地流淌。

多年没有灵的信息了，但林一直都在为灵的幸福快乐而祈祷。然而，林在一次同乡的聚会上居然听到了关于灵的最坏消息：原来是灵的丈夫小黄患了重病不能自理，加上自己的原家庭穷困潦倒而无法像丈夫健康时那样照顾自己的家庭，矛盾激化，灵已经憔悴不堪正在闹离婚呢。加之他们的公司经营也出现了要命的资金周转问题。灵本爱面子，现在却到处求乡人借钱搞得尊严全无。

林听说后感到非常难过，林当然知道灵的骨子里个性好强，求人借钱肯定是要承受不可估量的尊严压力。林很想直接帮助灵，但又不得不考虑到两人的历史给予灵及其家人的感受，搞不好就适得其反。

林陷入了苦闷，毕竟多年不联系了，林就想着如何才能让灵有尊严地接受自己的帮助。林当然也知道，哪怕是一丁点儿善良真诚的帮助或安慰，对一个身处厄运里的人都会是多么的金贵。每每想起北漂求学路上灵给予的帮助和慰藉，林就更为灵担忧了。

林终于在同乡的一次聚会上与灵自然地见面了，真相大白：问题是他们自营公司订货客户的资金不能很快地回笼，供货商的货款与银行贷款又催得急。哪怕是能够先还上一些银行的利息也行，如果不能尽快解决，打官司就是免不了的事。被逼无奈，自己多病的父母都背井离乡忍辱地跟着亲戚去南方做二房东的营生以求赚点儿小钱养老了。尤其是灵的父亲更是多病缠身已经几次送医院抢救，随时都有生命危险。灵当前的最大困难还是巨大的经济压力。

"还有我这个哥哥呢，不怕！"林竭力安慰着脆弱的灵说。

"先设法渡过难关就都好了！你有时间再看看吧！"分别时林递给灵一个早就准备好的信封。

好妹妹：

在几个月前同乡的聚会上，听说了关于你的不幸，我也很难受！你为何不告诉我呢？你与小黄即使没有爱情，但也还有几十年的亲情啊。亲情就是在困难时的守候与支持啊。你和灵儿幸福生活无忧，小黄功不可没。你必须要有起码的感恩之心，以后不要和小黄再提离婚的事了。你现在生活得很好，你的留京工作以及你们对你家的帮助，都是小黄打下的底子。你能幸福快乐正是我所期盼的！我曾经说过'我对你说过的每一句话都是诺言'，诺言都是必须要兑现的。信封里有张银行卡，是我办了以备急用的。这些年，里面也断断续续地应该存了有五六十万元了。密码是我的生日，就当是我还你的，当年在江城你帮我还的我借门房张大爷的那五元钱吧。更何况我也说过要万倍十万倍地还给你的，就让我兑现那个遥远的承诺吧！大不了你先拿去应急。万别推辞！

信守承诺、希望你永远都好的哥哥

又是几个月又过去了，没有灵的一点儿消息。林的脑海里竟然浮现出了泪流满面的灵与坐在轮椅上的丈夫，在法庭上被法官质问的场面，林感到担忧却又无能为力。

初秋的一天，灵突然来电，语气欣喜而放松："供货商总算撤诉了，我们保住了荣誉，也保住了公司，为东山再起留下了希望。真的多亏了你的雪中送炭！我把你的支持告诉了小黄，他总算是说了一句让我高兴的话：'你没有看错人！一定要代表我谢谢林！'找个时间我好好地谢谢你吧？"

"太好了！但感谢我就没必要了，我也不需要！你们过得好，我就开心了。"林欣慰地回答。

接着到了10月份，灵焦急地又给林打了电话："哥，真不好张口，我的中教一级职称已经满5年了，今年可以申报高级教师了。今年的机会特别好，我们教研组够参评高级条件教师的职称英语考试都没过关。但是，他们的一级职称年限都比我长。我的优势是，这几年小黄帮我做了积极的准备，我参与了不少他的课题，他帮助发表了几篇论文，我的科研成果应该是最多的。但最要命的是，我的申报材料太杂、太乱、太多。我都快急疯了！时间太紧张了，怎么办啊？小黄肯定是指望不上了。他太忙，身体还没完全康复，我整理材料的水平又实在不行。实在不好意思，打电话就是想看看你能否帮个忙了？"灵说着就要落泪了。

"还有我呢，不怕！你把所有的相关材料都发给我吧！我是专业编辑，能帮上你，我很开心，恰好我近来也不是很忙。整理材料对我而言就是小菜一碟。放心吧！"林马上安慰地回答。

灵的材料确实很丰富，就是太杂乱无章了。好在林考博时是研究过《教学论》的，教育学的普遍规律都是相通的。林奋战几天终于完成了初稿。灵在学校层面顺利通过了。可问题又来了，灵还要参加并要通过区级评审组的答辩才行。撰写规范答辩稿的任务又落在了林的肩上。完成15分钟的答辩稿，林又挤出时间带着灵熟悉了几遍，直到灵流畅为止。林又根据国家教育发展政策及自己理解的中学语文教学现实，模拟了各种可能的提问。

答辩被安排在一个周六的下午。终于等来了灵通过答辩的信息，林久久地看着信息，想着灵的不易，即欣喜若狂地回复："祝贺灵妹晋级高级教师！事业又上了一个新台阶！"

林与灵的情感纠结让彼此都能明显地感觉到因无奈与为难所带来的厌倦。"无奈"是因为几十年真实情感的惯性无法做到以人的意志为转移而无视；"为难"则是因为无论你是有意还是无意，情感的欲罢不能都会给彼此的家庭和社会评价带去不可避免的客观伤害。

无论是在什么历史情况下发生的爱情，当无法继续，或者打扰到对方时就应该在祝福后优雅地离开。虽然很难，但这也是真善之人的必然选择。这也或许就是"60后"所受的教育和经历形成的价值情怀，该坚持的原则再苦也必须扛。林写下一首诗记录自己的心情。

无奈非无情

不愿你身心疲惫

我真想用离开

换回你快乐的模样

如夏末的绿离开枝头

无声无息

也如秋的叶离开枝条

决绝的悲壮义无反顾

更如风中的云

相聚是缘离也是缘

无怨无悔

离开真的很难

绿在枝头

才有生命的感觉

哪怕是在最后的时光

烈日的烘烤

撕破他的躯体

枯萎了他的血管

叶在枝丫

才能彰显活着的荣光

哪怕是在最后的时光

在悲凉的风中

摇曳着诀别的舞蹈

相聚成云

那是泪的交融

那种甜蜜无与伦比

那种柔情美轮美奂

哪怕只是一瞬间

怎舍得离开

离开不是无情

都是无奈

冬就要来了

所有的生命都要轮回地收敛

我也难以例外

在黑暗的深渊中

我曾拼命地呼唤

不可能有期待的回声

那是你快乐的讯息

只有更加的孤独

在苦难的河流里

我也曾奋力地游

感觉到的彼岸

原是蜃楼般的缥缈

我们都累了

无法抗拒我们的宿命

林所有与灵纠葛的苦难似乎都无声地结束了，灵也慢慢完全地淡出了林的生活。

可是让林做梦也没有想到的是，一年的深秋，平时基本没有联系的小黄突然打来的电话彻底打破了林刚刚开始的宁静。

"林主编，告诉你一个非常不好的消息，灵有一天外出回来，在办公室就晕倒了。去了医院检查，结果很不好，灵本来就患有高血压和心脏病以及内分泌紊乱的问题，现在又患上了子宫肌瘤和乳腺癌，她还被确诊为直肠癌的早期。"

"怎么会是这样啊？那么多的病！那现在可怎么办啊？"林一下就蒙了，也因忧伤不已而抽泣。

"别急！灵已经在 301 医院住院了，大学帮我找了最好的专科大夫。医生说子宫肌瘤与直肠癌问题不大，直接切除就行了。乳腺癌要稍微复杂一些，除了手术，还要配合化疗等手段，但也是有希望的。但她必须要配合治疗，保证营养，保持良好的心态。可是，她现在情绪低落，连正常饮食都不能保证，我都快急死了。你若有时间就来帮帮忙开导开导灵吧！"小黄又接着自责："也怪我！前段时间，她总说胸疼、半边身子凉，还去看了几次中医和西医，我也没太在意。灵长期抑郁，也都是我不好！"电话那头的小黄显然是听到了林的抽泣，给了林最大的安慰。

"我一定会去的！要不惜一切代价治好她的病！要请全国最好的医生！我们不缺钱！"

林的一句"我们"把他们的命运紧紧地连在了一起。

"是的！我们不缺钱！我们团结一致，就一定能战胜困难！"小黄显然也是受到了"我们"的感染。

当林愁容满面地走进冷清的双人病房时，小黄正在阳台上情绪低落地对着窗子抽闷烟。灵穿着蓝白相间的格子病号服半躺在床上，床头柜上的饭盒显然已经放了许久。

小黄起身招呼："林主编来了，太好了！你快劝劝灵吧！你妹子几乎不吃饭了。"此刻，林竟有了多年前去医院看望前妻帆时欲哭无泪的感觉。欲哭，是因为灵和帆都是曾在青春洋溢的少女时代就与自己相爱过；无泪，则是因为灵多年在工作中争强好胜、不堪重负，在丈夫病中长期郁闷与高度紧张的情绪中拖垮了自己。

"我要出去迎迎灵儿，儿子是第一次来这个新病房。你们多聊聊，林，辛苦你，一定要让你妹吃饭吃药啊！"小黄说完就出去了，似乎是在专门为他们腾出谈话的时间和空间。

"你也别管我了。唉！我们本来在一起是最美好的结局，是我没有把握住机会。这就是我的命，怨不得别人，死了也解脱了。"灵的声音微弱且充满悲哀，情绪消沉，灵的脸如病房的墙壁一样没有一丝血色。

灵的话让林一时哽咽随即就悲从心来地脱口而出："别的我不管！反正我就要你吃药吃饭！我要你好好地回到原来的样子。必须！我也需要你这个健康的妹妹！"

听到林的最后一句话，灵的面颊泛起微微的红晕，眼角还闪着忧伤的泪光。

灵还是悲伤连连："太迟了！我知道我的身体，已经扩散了。我恨啊！当初我应该以死抗争的，或者我们应该私奔的。如果那样，我们的结局该是多么完美啊。"。

林也是心死的感觉，就想从死亡线上把灵拉回来："我也有错，怪我那时我不够优秀，对你也不够努力。但都过去了！你必须先要好起来！你若不好，小心我……"

"我若不好，你会干吗？你说啊！你还会骂我，抽我屁股？说真的，我还真想看你发火的样子，更想你骂我，抽我呢！"灵可能是感觉到了林的担心与根植于心底的真善就嬉笑着反问。

"你别嬉皮笑脸！我真想抽你，你把我曾经的灵魂家园搞成了这个摇摇欲坠的样子。等你康复了，到时候再新账老账一起算吧。"林再次悲从心来。

灵终于开心了一些说："曾经爱过真的也值了。你这个可恶的家伙，我为什么总是要心甘情愿地听你的话啊？"

"因为我是你曾经的君王啊！"林百感交集即脱口而出。

"哦！我差点忘了！你还是我曾经的君王呢，以后还会是吗？"灵嫣然一笑。

"当然！现在你的君王就命令你吃饭吃药！"林坚定地说。

"遵命，皇后要吃饭喽！皇上要去护士站的微波炉热一下。回来还要老爷喂我吃的！"灵顽皮依旧地竟笑出声来了。

"遵命，我的皇后！"看灵同意吃饭，林的开心溢于言表。

林快步端起冷饭去了护士站，回来后，在嬉笑中林喂完了饭，又看着灵吃完药，然后扶她躺下。

"妈妈！舅舅！我们来了。"是灵儿的声音，灵儿的呼唤让灵幸福地微笑起来。

林趁机鼓励："所以，你必须首先要好起来，我们才能延续不老的青春啊。"

"嗯，我会的！我听君王的，但愿哥哥能经常来陪我。我就会听话！"或许是求生的本能让灵对林流露出了一种在深渊中把林当作最后一根救命稻草似的乞求眼神。

"一言为定！我查过资料了，现代医疗科技对付你的病是有成熟方案的。但你必须要配合治疗才行！"林微笑着坚定地承诺后又鼓励。

"灵今天表现得不错！看来只有你哥才能管得了你啊，要麻烦你哥经常过来了。"小黄进来后，大概是看到了空空的饭盒和药盒心情大好。

"我一定会的！"林心情复杂极了。

"大家都希望你能快些好起来，你就不能由着性子胡来，要绝对听医生和你老公的话！"林又转向灵说。

"嗯！我一定会的！"灵认真保证。

林看他们一家到齐就要告退了。

"天黑了，灵儿去送舅舅下楼慢点儿。哥哥再来啊！"灵叮嘱道。

"记住我说的话。加油！"林极力控制住伤感，又回头给了灵一个坚定的眼神和握紧拳头的手势。

"你也记住我说的话！"灵同样回应着，用了同样坚定的眼神与手势。

"灵的手术什么时候开始？"林还是不放心就示意小黄跟出来，进一步问。

"要下个月初了，医生反复说现在灵最重要的是调养身体，增强营养，增加体力和免疫力，还要有积极乐观的情绪最重要。"小黄强调。

"天冷了，如果可以，你可以在中午或下午阳光好的时候陪她多去走走，晒晒太阳！灵对战胜病魔渡过难关应该是有信心的，只是你要多辛苦了。"林交代。

"只要灵能渡过劫难，我累死也愿意啊，只是你也要多操心了，我能看出来灵愿意听你的话。"小黄充满感激地说。

"我会尽全力的！"林的心里五味杂陈，来到车前，与小黄握手告别，彼此都感受到了彼此的拜托与信赖的力量。

又是一个周末的下午，暖洋洋的阳光洒在医院住院部的小花园里，林搀扶着灵在落满花瓣的小径上漫步，一会儿阳光不再温暖，夕阳如巨大熄灭的火球落在了高楼的后面。阳光没了，冷风便趁机来袭，林轻轻拥着灵。

"林，一起散步多好啊！以前我们怎么就想不起来经常在夕阳里漫步呢？"灵倚靠着林的肩头轻声遗憾地说。

"以前是我们太自私了，我保证今后再也不会了！等你好了，我会抽出时间陪你散步，看落日。"林拉着灵凉凉的手开始自责起来。

"不行，不行！你是说我没有魅力了吗？"灵马上含羞地做出挥舞拳头状。

"你瞎想什么呢？我只是害怕你撑不住青春的家园，灵魂就要四处流浪了。如果家园垮塌了，灵魂回不了家，与死了还有什么区别呢？"林悲伤不已。

"绝对不会的，林，你放心！你的灵魂家园一定会再次坚固无比的！有你的真善之爱陪着我，我就无所畏惧！我会把你曾经的家园修复得更加美丽坚固！就像那些年我不在你的身边，我的关心陪伴着你一样。你勇往直前才有了今天的成就，才有了如今我们的真善之情。"灵忧伤里的信心几乎让林落泪了。

林当然知道真善之情无敌的力量。那些年，灵去了国外，但孤独无助的林确信灵的挂念就在身旁，也确信两心相属就一切属于彼此，他不会孤独。靠着坚定的真善之爱，林才走过了漫长包括改变命运的北漂艰难之路。如果真善之爱能成为灵的救命良药，我还有什么做不到的呢？林悲催地想着。

他们抹去彼此眼角的泪花，彼此有了新的承诺。林郑重地宣布："现在重新制定纪律：第一，每天君王两次电话或信息查岗，监督你的吃饭和吃药情况，你必须如实汇报并严格执行医生和陪护家人的要求。第二，君王每周至少来医院看望一次，表现好有奖励。第三，如果遇到经济问题，必须汇报，君王将不惜一切想办法去解决。从下周开始执行！鼓掌通过！"

林说完率先鼓掌，灵也跟着鼓掌，露出了难得自信的笑容。林搀扶着灵回到病房时，灵的笑容依然挂在红扑扑的脸庞上。小黄已经打好饭回来了，灵拧开保温饭盒语气夸张地宣布："饿死了！今天走得不错，肯定超过了医生要求的几百米了！开吃！"

"加油！"饭后，看灵吃好药，林离去时回头又向她竖起了大拇指。

"嗯！加油！"灵也习惯地回应一个大拇指。

"我们一起加油！"一旁的小黄也备受鼓舞。

林认真地执行着与灵重新制定的"纪律"。一个月后的周一晚上，小黄兴奋地给林来了电话："灵的体检结果报告出来了。医生说灵的身体可以支撑手术了！只是可能还要麻烦你，灵说她害怕，手术时希望你也能抽空过来一趟。"

"没问题！告诉灵我一定会去的！"林回答得义无反顾。

其实，当时刚出差到外地的林也是矛盾重重。一是按原计划他最快也要等到周五下午才能回京，如果周二晚上提前飞回去赶上周三上午灵的手术，就会耽误太多的工作。二是，手术时小黄也一定会在场，如果灵的情绪失控，大家都会很尴尬。

当晚，灵的信息就到了："SOS！哥哥周三上午一定要来啊！我怕再也见不到你。有你在我的身边陪伴，我就无所畏惧了！"这已经是灵第二次给林发"SOS"了，林再次感受到了灵的脆弱与恐惧。

"我一定会在的。保证把送你进手术室，并等你出来送你回病房。"林能想象出灵的无助与胆怯，眼角潮湿地答应了。

"不许骗人！你说过你对我讲的每一句话都是诺言的。我心安了！"

来回几个信息后，林再也无法入睡，就立即改签了周二晚上的提前返京机票。

周三上午是灵手术的日子。

冬季医院里长长的由病房通往手术室的楼道里温暖如春。躺在推车上的灵身上盖着柔软洁白的棉被，窗外耀眼的阳光与呼啸的寒风里竟有小雪飘舞。灵的漂亮刘海遮住了她的双眼，灵不停地扭动着深陷在枕头里的头，似乎想要欣赏窗外的太阳雪景。林会意当即快走两步，上前轻柔地撩开灵的刘海说："灵，看到太阳雪了吧？许个愿，这是个好兆头。一切都会没事的！"灵抽出被窝儿里的手，抓住了林的手就再也没有松开，就像那个江北之夜寒冷的夜晚一样。

灵不时紧张且恐惧地看着林，又望望小黄。就这样，林和小黄一左一右地紧握着灵的手，直到手术室的门口。

陪护必须止步了，小黄心疼地俯下头贴在灵的脸上说着什么安慰鼓励的话语。林注视着灵哀求等待的眼神，也俯过身去轻吻了一下灵的额头，耳语道："妹妹加油！我等你出来。"当紧握的手滑落在指尖时，灵的泪水在眼眶里一直打转但终究没有落下来。灵的表情坚毅而从容。手术室门眉上的红灯"手术中"亮起，小黄与林用力握手，跟在后面恐惧的灵儿过来与林相拥，无助与无尽的担忧弥漫开来。林拍了拍灵儿的后背："灵儿放心！一定会顺利的！"

漫长的等待，时间如凝固了一般。等待里难以抗拒的焦虑与压抑推着林走进手术室旁的卫生间，林打开窗子在斜扫的寒风中抽了半盒香烟。安静的楼道仿佛能够听到雪花落在窗子上的声音。2个多小时过去了，手术室的大门终于打开了。灵儿和小黄一步冲到灵的推车前。

"一定还好吧？"林则快步走向主刀大夫充满信心地询问。

"病人很配合也很坚强，祝贺你们！手术非常成功！"大夫放心地回答。

林回到推车前转达了主刀大夫的意思，大家齐声祝贺。

"妈妈真棒！"灵儿依偎着灵含泪祝贺。

"老婆真棒！"小黄握住灵的手深感欣慰。

"妹妹太牛了！"林含着泪花对灵竖起了大拇指。

"手术成功了，只能说是过了第一道关。但接下来还有化疗及其他的辅助的后续治疗手段，请务必要给病人加强营养，家属要记住，恢复一段时间后就要适当地做做康复锻炼了。让病人保持积极乐观的心态与战胜疾病的勇气和决心尤其重要!"回到病房,管床大夫反复交代。

按照医生关于要多吃绿色环保食品的吩咐,林时常驱车几十甚至上百公里去郊区的农村集贸市场尽可能多地买来真正绿色环保的鱼和禽类,让灵的家人拿回去加工,好给她补充营养。每天两次的电话或信息鼓励,每周一次到医院探望或陪灵做康复锻炼,林从未间断。

"生灵儿时要能喝上这些,灵儿一定会更加强壮的。"喝着真正的土鸡汤和野生鲫鱼汤,灵有一次打趣地对林说。

"现在好好地补,听说国家要放开二胎了,没准儿你还能再折腾出来一个儿子呢!"林也打趣回道,更是鼓励。

"是吗?"灵故作认真状,难掩羞涩。

"只是你太辛苦了。我必须要努力康复了!"看着疲倦但很开心的林,灵总是这样说。

"真乖!不辛苦!只要你能健康快乐!"林也总是这样宠爱地表态。

一次陪灵康复训练后,灵伤感了:"就要过春节了,你也要回老家了吧?快回去吧!你的家人也盼着与你团圆呢。我会听话努力康复!我们就在方便时直接通电话吧?但你要保证一开学就来看我!你不在,我还是会很担心的。"灵说着就要哭出来的样子了。

"我保证!"看着灵重新变得开心,林就给了她一首早已准备好的诗歌,然后才放心地离去。

我有一个小梦
——带小妹去看一个完整的春夏秋冬

春天
带你去看漫山遍野的花海沐浴和煦的风
夏天
带你去看满天星斗找到最亮的属于你和我的那两颗
秋天
带你去登上城市的最高处赏月

邀请嫦娥和吴刚小酌桂花酒
纾解嫦娥的寂寞吴刚的苦
冬季
带你去看芦苇荡皑皑的白雪
听阳光的声音看丹顶鹤翱翔
这一刻结束了一个轮回
便成了永恒
每年春夏秋冬最美的时节
心会在那一刻相依交融
哪怕只是一瞬间

灵很快就回了一首诗，表达了要用爱战胜病魔的决心。

我也有一个小梦
我的小梦就是
和你一起去实现你的小梦
我们共同走过了千山万水
我怎能丢下你独自前行
让你独自去经受黄沙漫漫
与戈壁冷风
我必须陪伴你
走完剩下的所有的春夏秋冬
你的梦里有我
就像我的梦里必须有你一样

　　林和灵都没有食言。林过年回来后就在第一时间去看望了灵。灵已经基本上可以自理了，也胖了不少，尤其是有了完全康复回归的信念。灵的主动训练意识明显增强，也更加刻苦。小黄自然是心情大好，也仿佛也回到了从前的健康状态。

转眼春暖花开，灵的进步非常大了。有时还能单独下楼去买点儿小东西，还开始嚷着要回单位工作了。但医生是绝不能允许的，并告诫道："要等到5月份的全面检查后才能决定。"

总之，算是看到了灵回归正常生活的希望。

进入5月，灵儿的生日也要到了，灵就对小黄说要一起在医院附近找个饭店给儿子过一个生日。

聚会中，小黄、林与灵儿都要喝一杯，林和灵儿当然是没事的，心照不宣地对饮，不知不觉中林已有半斤酒进肚了，林不想让读大四的灵儿多喝，灵在一旁很欣慰。

小黄说："借儿子的生日，我必须要敬林主编一杯酒！"这是他们4人第一次正式的聚会。

"你们都不能再喝了，老公的病刚好，医生说要防止复发。哥哥平时的酒也不会少喝，就更不能多喝了，也不自觉，要是也患病了，我就只有死了。你们就以茶代酒吧！"看到小黄给林加上又给自己满上，灵发火了。

"我们是一家人，以后都要自觉爱惜身体啊！"两个男人乖乖地换上了茶水，相视一笑，小黄说。

"对！我们是一家人！我们都要自觉爱惜身体！回病房吃蛋糕吧，免得趁我不注意你们又偷着喝！"灵是最开心的了。

"我要回了。你们一家回病房吃蛋糕吧！"林想借机告辞。

"那怎么行？刚才还说是一家人呢！哥哥不吃灵儿的蛋糕怎么能行？"灵坚决不许。

"下半年灵儿就大学毕业也要找工作了。可怎么办啊？"吃完蛋糕，小黄又焦虑了起来。

"别急！这不还有他的舅舅吗？一起想办法吧！"灵马上接道。

"必须尽力而为！"林感觉到灵的这句话是专门对自己说的，就回应道。

说完林告辞了，灵的话脱口而出："灵儿去送送爸……"声音很小，但4人都感觉到了一丝尴尬。好在灵发现不妥又及时改口道："灵儿去送送吧，把你舅舅的外套拿上，让他开车前穿上！"

林上车前与灵儿拥抱："再次祝灵儿生日快乐！要多帮助家里照顾妈妈，

多鼓励妈妈康复训练，直到她完全回归！"

"舅舅放心！从妈妈顽强战胜病魔的过程里我懂得了真善无敌的力量！没有你们亲情一样的爱，妈妈是不可能过了这个坎儿的。"

"是的！你进步了，该谈女朋友了吧？"

"已经谈了一个了，我还断断续续地和她说了你和妈妈的事呢，我要学您，做个顶天立地的男子汉！努力奋斗，承诺了就努力去兑现！"

"加油！有困难找舅舅！"林很欣慰，亲昵地摸了摸灵儿的头说。

林今晚是无比开心的，主要是灵有了希望；他们夫妻也更加和睦恩爱。林就更加辛苦了，作为体育学的博士，林利用专长根据灵的实际情况指导她进行身体功能恢复训练，还与管床大夫一起商量制定了灵的完整康复训练计划。

医生一次当着大家的面赞扬了林："你确实很专业！你对人体生理、解剖与营养学的研究都很有根底啊！难怪有人说'体育老师可以做半个外科大夫'呢。"

"我哥是体育学的博士、教授和主编呢！"一旁的灵骄傲地插话。

加上灵的刻苦训练，灵的进步非常明显。连医生都很吃惊。

看着林几乎每个周末都是焦急地早出晚归，琴也很是诧异，但也从不过问。她知道林的事业刚步入正轨，社会应酬特别多，但林还是心情沉重地对一脸狐疑的妻子做了简要地说明。

"我以前的一个女朋友的丈夫患上了重病还没完全好，她自己又患上了癌症，情况很不好，我得帮帮她！她也是一位中学教师。"

"她家太可怜了，你们以前的关系一定不一般吧？这样的时候能帮上忙就多帮帮她吧，只是你自己别太累了，我也心疼你啊！"琴听后潸然泪下。

林又一次感受到了琴的善良与宽容，就用化名大致讲了灵的故事，妻子听后还表现得很幽默风趣："你们的故事都可以写成一本小说了，一定会很感人的，你就是男主角也没事的，我的男人配得上是男主角。都过去了！"

"是的！岁月如风也无声，但都过去了，那是时代造成的悲剧。我还真想写本我们那个年代的爱情小说呢，好让妻子完整地了解'60后'丈夫的爱情观与生活价值观。如果真能出版，就当作是给老婆写的一份长长的情书吧，没准儿还能畅销呢。赚的稿费还可以给你再换辆车作为生日礼物呢！"

"你最棒！你能行！我知道你一直都有一个作家梦。写吧，但别把自己写丢了就行。"妻子如恋爱时的样子，一如既往地鼓励道。

"我是幸运的，一生都被爱包围呵护着，如果我能有所成就，那也是爱成就了我的一切啊！"林非常开心。

转眼又是两个月过去，到 7 月份了，周末，林还是尽可能多地去医院陪灵锻炼。

一个下午，在医院的小花园，一位比较熟悉的护士大姐大概是看出来林经常来陪灵锻炼，当然也看见了灵在林面前表现出来的撒娇依赖与偶尔的小女人的羞涩，就当面开起了玩笑。

"灵老师，你真幸福！他不仅仅只是你的表哥吧？"

"大姐！看透不说透才是好朋友啊！"灵羞涩而快乐。

"当然，当然！真爱无敌！你们还是在践行中华文化传统价值观呢。"护士大姐继续幽默地打趣道。

灵一甩头挽起林的手臂靠在林的肩头小声地说："什么啊？他是我的表哥也是我的君王！"

散步回来，回到病房。

"现在是贵宾单间病房了，小黄还真有能力。我的君王，我要你帮我洗澡，今天出的汗多了点儿。"灵继续撒娇。

"你不是已经早可以自己洗了吗？再说小黄也该来了吧？"林故作为难状。

"他今天事多，我也告诉了他你会来陪我锻炼，并且会和我一起吃晚饭，他应该在晚饭后来了。"

"这样不好！会影响到你们夫妻之间关系的！"林听灵这么说就更不同意了。

愉快的晚餐过后，灵坚定地说："再过两个月也许更短的时间，你的灵魂家园就会修缮完毕。我承诺过的，你曾经的家园会更加坚固美丽。我不会食言！"灵自信地说出了林此时最想听到的话。

年底的一天，林上班刚打开 QQ 就看到灵的留言："真是岁月催人老啊！

灵儿大学毕业，然后就要找工作了，怎么办啊？我都快愁死了。小黄是指望不上了，他也没有多少朋友，你这个舅舅可不能不管啊！附件是灵儿的简历，你就试试看吧。不然还得把他送到国外去读硕士，一走就得好多年，我可不放心，也不舍得！"

"不急！有我！"太想为灵分忧的林没多想就回复了。

林开动脑筋，还真在一个国家部委找到了一个同乡，从那里得到了招聘的信息。

灵儿努力准备，顺利进入复试，最终如愿进了某部委机关的下属单位，灵的心病顿消。

灵儿正式报到上班前，小黄和灵执意要一家三口设宴感谢林。

这是他们4人第二次正式坐在一张饭桌前。

小黄的身体更好了，灵也基本回归到了健康的状态，林也又一次兑现了承诺。

"灵儿先敬舅舅一杯酒吧！"小黄先让灵儿先敬酒。

"我和灵也要敬林一杯的！"小黄随后又端起装满酒的杯子。

"灵就不用了吧，她的身体刚好喝高度白酒不好，还是咱们男人喝吧。灵儿帮妈妈喝吧！男子汉了，是可以喝点儿的。"林看灵也是满满的一大杯白酒，急忙劝阻道。

"谢谢哥哥的帮助！"但灵还是坚持自己喝了。

林竟然一时无语，小黄端杯起身，感慨万千地说："你们兄妹几十年了，是没有血缘的亲兄妹啊。真是不容易啊！"

"是不容易！但都过去了。"听小黄说完，灵就哭了，哭着哭着又笑了。

"灵儿工作落实了，婚礼也就快了。林，亲家是大学教授，说是婚礼上要代表家长致辞，我还真是有点紧张呢。"小黄显得很不自信。

"咱也不差的，你是留洋的博士，也是正高职称。"林鼓励小黄。

"但我还是心里没底，你作为灵儿20多年的舅舅，也是家长，灵儿也很崇拜你，你以前也经常带他玩的。要不还是你来吧？"小黄五味杂陈地推辞着。

"我看可以！毕竟老公康复不久，行动还不是十分便利。"灵立即表示了同意。

灵儿跟着也表明了态度："舅舅也是教授，还是两个杂志的主编呢，还有那么多的社会职务，如果爸爸到时候确实不方便，舅舅当然也是可以的！"

"不合适啊！到时候视情况再说吧！"看着灵儿的眼神林不再力拒。

灵儿婚礼前几天的周末上午，林接到了灵儿的电话："舅舅！"灵儿除了过重大节日如中秋、春节或林的生日，平时很少来电话问候的，"今天晚上，我与妻子小杨和妈妈，还有您，一起吃个饭吧？"灵儿接着说道。

林很高兴地答应了，心想这一定是灵安排的，要不就是灵儿真的长大了，想在婚前和自己谈谈话。

晚餐被安排在城里一家装潢得古色古香的徽菜馆。

皖南农村的大水车放在入口处，门厅的墙壁上挂满了放大的皖南古街古建筑的老照片，林一走进去就有置身皖南古街中的感觉。灵身穿红色碎花棉质上衣，与小杨在窃窃私语。饭桌中间的盘子里亮着两根小巧的红蜡烛。林仿佛一下子就回到了歙县古街的那个小酒馆里了，感慨着岁月的不易。

酒宴开始。

"过几天儿子就要结婚了，感谢舅舅、妈妈一直的操劳与关心！我和小杨先敬舅舅、妈妈一杯酒！"灵儿端起酒杯。

灵儿深情地表白："其实我很小的时候就知道了一些事情。尤其是上了大学以后，妈妈陆陆续续地给我讲述了一对青年男女感天动地的爱情故事，讲的轨迹与我生活的轨迹大致吻合，而且妈妈讲的时候还总是流泪。我就隐隐地知道妈妈可能是在讲自己的故事了。我很感动也很震撼！这样无私、唯美的爱情现在只有在书本上才能读得到了。但是命运对妈妈、爸爸、舅舅和我都是很不公平的。尤其是对妈妈。"

灵有着无尽的感慨："妈妈很满足了！我们的真善之情也许没有轰轰烈烈的形式，但却有刻骨铭心的内容。过程很艰难但也很精彩，结果也很圆满！我和你舅舅很幸福！此生无憾无悔了！"

灵扫视一下桌面愠怒道："怎么没有盐水鸭？灵儿你们记住了：你舅舅最爱吃盐水鸭！你们以后在一起吃饭一定要点这道菜啊！他一个人能吃下半只的！"

"妈妈！你都和我说过一千遍了！今天碰巧了店里真没有！"灵儿显得有些不耐烦了。

灵提醒道："今天是我们自己家人一起吃饭，能告诉你们的我都会尽量告诉你们，除此之外，你舅舅还爱喝一口酒，抽几口烟，我若忘记了，以后就交给你们了。他是工作狂，事业心重，你们要代我多尽关心的责任啊。"

灵儿婚前，灵兴高采烈地来到林的办公室："儿子结婚，你这个做舅舅的也该穿得体面些！我给你准备了与灵儿同样品牌的西装，到时你就穿上吧！我也会穿上红礼服的。"

"灵儿那么崇拜你，你为他的成长也付出多多。为什么那天你不答应在灵儿的婚礼上由你代表家长致辞呢？如果你代表家长致辞，我们不就完美了吗？"灵接着又埋怨不已。

"那是不行的！我们不能太自私了！小黄才是最有资格在灵儿婚礼上代表家长致辞的人。他的善良、宽容与付出早已感动我了，到时候再看具体情况吧。"林不同意，但看到灵渴望的眼神就没有再坚持下去。

"林，你想知道一个天大的不是秘密的秘密吗？"灵又认真且神秘兮兮地说。

"你就别神秘了！就快说吧！"林急于解开谜底。

"你把大学时你的那张练武术的照片拿出来再仔细地看看。你有没有发现灵儿与你那时的模样很像很像？就连我的父母都说就跟一个模子刻得一样。"

"其实……那只是巧合而已，优秀的男人当然都会有相似的地方，只是你放大了相似的地方。"林真的不想直面这样的问题，就极力地搪塞过去。

"提醒你一下，还记得我和灵儿刚回国第一次去你的研究生宿舍，一见面时，你的室友说的什么吗？"灵又追问。

林当然是不会忘记当时室友军说的话，林再次陷入了无尽的忧虑与疑惑之中就说："因为灵儿是你的儿子。我当然就会把他当作是自己的儿子。"

"本想让这个秘密永远地烂在过去时光里的。可是那样对我们都太不公平了！"

林一时无语……

灵儿的婚礼由专业的婚庆公司操办，在一家五星级酒店的宴会大厅如期举行。双方亲友数百人齐聚一堂，热闹非凡。

在婚礼进行曲的伴奏与聚光灯下，当灵儿牵着美丽的新娘走向前台时，灵含着幸福的泪水在人群中寻找着林的目光，四目对视的一刹那，林回想起这个女人为真善之爱的付出，在备受非议的折磨中含辛茹苦地带大灵儿的艰难历程，泪水也是夺眶而出，那是为灵的幸福而流下的。

舞台背景的大屏幕上循环播放着记录灵儿成长历程的照片。林从里面竟发现了一张自己带着灵儿在公园里玩耍时发黄的黑白照片。林更加感觉到了灵的不容易。

双方家长致辞环节要开始了。双方主要亲属在台下被左右分明地安排成了两大阵营，坐着等待主持人按惯例先请女方家长致辞。杨教授拿出婚庆公司准备的千篇一律的只是改了姓名的打印稿照本宣科。台下的亲友发出了嘻嘻声，更有甚者还小声议论："大学教授在女儿的婚礼上还要照稿子读。"这可能是参加的由婚庆公司操办的婚礼太多而听到了同样内容的缘故。小黄也拿到了打印稿。但他胆怯了，求援似的看看身边的灵又看看林。

"还是让灵儿的舅舅来吧！"灵一把拿过小黄手里的稿子，塞在了林的手里。

"对！对！这样更好！这也是老婆和儿子的心愿。"小黄心里五味杂陈，只得顺水推舟。

林只能答应了。好在主持人有备案，介绍了林的身份职务职称以及重要的社会兼职。林走到高台的麦克风前，他已经在国内国际学术论坛上经过多次演讲的历练了。林对这种阵势早已习以为常，今天情况特殊，他的心情也格外放松。

"由于灵儿的父亲黄教授身体不适，就由我这个做舅舅的代劳了。尊敬的杨教授和夫人以及各位亲朋好友，感谢大家！百忙之中来参加孩子们的婚礼。见证他们幸福的时刻！相爱不易，相守更难！愿他们的心永远相属，身永远相伴，直至地老天荒。愿你们幸福永远！我就送你们一首多年前写的一首小诗吧！《如若相爱》。

如若相爱

如若相爱

你会无时无刻不想知道我的状况

是喜是忧

如若相爱

你会感受到我的脆弱

需要你不断的承诺

让我缺乏的安全感变成磐石

如若相爱

请不要误解我的猜疑

那是因为你太优秀

爱你的人不止是我一个

我怕失去你

如若相爱

彼此的家在对方的心上

每天都要回去很多次

每次回去

都想作永久的停留

如若相爱

你会有深夜拿起电话的冲动

只想问问你的梦里是否有我

如若相爱

生气的时候一句

傻瓜，爱你永远，我会懂

如若相爱

风雨之中，身边总有你

泥泞中一次搀扶一次回眸

我会更加爱你

　　如若相爱

　　在充满诱惑的世界

　　牵着的手不会松开

　　如若相爱

　　拼搏的路上

　　耳边的加油

　　你最棒

　　再苦我也会

　　笑着并把最棒变成现实

　　如若相爱

　　我和你都是我们的

　　林饱含深情地吟诵这首诗的时候，灵不时掩面而泣，她一定也想起了林在艰难求学时对她说过的诗歌里的某些话语，林的发言得到了满堂喝彩。

　　新人交换戒指后，主持人宣布该向家长敬茶改口了。台上只有4把椅子，男方父母在左边，女方父母在右边，双方落座，台上没有林的位置。

　　林在台下没有动，也不能动。台上敬完茶，一对新人又端着茶杯走下台，款款地来到了林的跟前。

　　"舅舅辛苦！喝杯茶吧！"

　　"舅舅真棒！"看着林喝茶后，灵儿与林拥抱一下，悄悄耳语。

　　"诗歌真美！谢谢舅舅的祝福！我与灵儿会相爱到永远！"小杨也学着过来拥抱。

　　"不多，先拿着吧！你们的父母不容易，婚后要好好地孝顺父母，你们好好相爱，我们就放心了！"林随后递上两个厚厚的红包。

　　灵和小黄也在一直注视着这边的一切，不时地抹着欣慰的泪水。

7. 选　择

　　时光无声地流淌到了2014年初春的一天。明媚的阳光透过玻璃窗洒进林的办公室里，飞社长拿着几个文件兴冲冲地一早就来到了林的办公室。主要有三个文件：一是国家发改委关于年度文化创意资助项目的申报书；二是学校正高级专业技术职称评审的通知；三是学校将进行新一轮中层干部聘任工作的通知。

林看到这三个文件也是非常兴奋的，因为这三件事都与自己的切身利益息息相关。

林以前也听说过发改委文创资助项目的支持力度很大，动辄就是千万级甚至更高额度的资助，但体育系统还未曾得到过类似项目。

"今年学校同意出版社独立申报。社里决定集全社之力冲击一下，争取能有所突破。知道你一直有些文创的思路，就由你来挑头具体负责这一很有挑战性的申报工作。你看如何？目前的当务之急是确定申报项目的方向与具体项目名称！又快要中层竞聘和职称评审了啊。我看你的状态肤色都不是太好，还是要注意身体健康的！"飞的最后几句明显流露了对林个人发展及健康状态兄弟般的关心之情。

"作为你的社长助理也近10年了，除了常规工作也没有什么特别突出的业绩。既然社里信任我，你还一直把我当兄弟。我就全力以赴地干呗！看看现在国家的形势与对体育的要求及我社的体育出版内容优势，毫无疑问，就选择全民健身领域吧。"林在看到文件时就已经开始剧烈地思考了。因此，林几乎没有停顿就脱口而出。

"英雄所见略同！我就先按自己的理解组织力量草拟申报书，你要尽快确定项目名称，再审阅定稿然后按时间、程序，最迟两周以后完成上报。项目负责人和联系人就都填你的名字了，只是你要多辛苦了！"飞也同意申报方向定在了全民健身领域并进一步要求说。

"越快越好！先定名称！确定后随时可以告诉我。同时休息时还要考虑职称评审材料和竞聘报告。"飞最后嘱咐交代完即匆匆地离去了。

林送走飞，回到办公桌前即开始针对文件要求设计资料查询与项目内容框架方案了，在短短的两天夜以继日地搜集查询海量文献工作过后，林终于完成了几万字的项目依据与提炼后的项目名称"全民健身知识集成服务产品开发"。当林深夜打印好纲要材料决定次日上班去向飞汇报，刚松口气时，突然就感到一阵的头痛欲裂。林摸摸头竟发现原来是横向排列的抬头纹居然呈纵向排列了，而且疼痛是顺着竖起来的额头皱纹向后脑勺延伸的。

林当即就有了一丝恐惧但没有引起重视，林只是想可能是最近两天太累，睡一觉也许就没事了。

当次日上午，林虽然感觉头部还是隐隐地疼痛和身体乏累不堪，但还是表现得一身轻松的样子走进了飞的办公室。

"你的脸色怎么这么难看？要不去医院看看吧？项目名称很好！就这么深入细化申请报告吧！我随后再把电子版发你的邮箱里。"飞很关切地问后就递过来厚厚的一本申报书。

林忍着不时袭来的头痛还惯常地和飞打趣：项目的名称当然好！社长看看我这个聪明脑袋的皱纹都是竖着的呢。真没有时间去医院，时间太紧张，下周就要先报总局，可能还要进行预答辩的。等干完这一票，必须要去三院检查一下了！"

林抱着足有几斤重的纸质版的申报书回到办公室打开电脑就看见了飞发来的申报书的电子版邮件。

林看着贴在电脑桌面显著位置上标有申报最后期限的黄色便笺就坐不住了。飞传的邮件好一会才下载完毕，林看见的字符是 60 多万字。林叹了口气自语："看来要拼搏一下又要打一场战争了！凡事都有轻重缓急，还是先准备竞聘报告吧。竞聘结束后还有 3 个全天的时间对付这几十万字也足够了。"

大学的中层干部竞聘会议如期在大报告厅开始了。出版社是一正两副 3 个管理岗位，林竞聘的当然还是副职，竞争对手还是原来单位的淑和全两个副职。林携着近几年的管理经营业绩、连续多年科研积分在出版社排名第一的科研成果，及众多社会组织兼职服务社会的影响力，志在必得地再次走上了竞聘发言席。

"他以为是博士、有些科研成果，靠我管理打下的底子做些业绩，就想和我争？个别领导对他好是没用的。他还是个陪练！"林听到淑竞聘前散布的言论即想起了一段话："当你证明了你的能力，同时就一定会证明一些人的无能并得罪他；当你证明了你的聪明，同时一定也会证明一些人的愚蠢并让他认为是你伤害了他。"

当林发言结束后自信满满地走下发言席时扫了一眼在台下第一排就座的由校领导组成的评委席，多数评委都是赞赏的表情，但主要校领导的表情复杂甚至有些怪异。林又有了不祥的感觉。果然，在当晚公布的名单中没有林的名字。

既然生活还要继续，所谓的"番号"也就不是人生的唯一了。那么，就让所有的不如意变成你真正崛起的力量吧。林这样想着，自然就把注意力放回到了申报书上。

3天的时间，要完成60余万字的申报书定稿，在周五下午上报总局并通过预审答辩。若只是像书稿一样单纯地审阅这几十万的文字本不是多么繁重的工作量；但是，林却高标准地按博士论文研究的规格模式把申报书的主要内容分成了三大块，即选题的依据、研究路径方法和产品形态展现以及市场效益预测。核心观点与操作过程的陈述都是需要重新撰写或完善设计的，如此，这当然就变成非常艰巨的工程了。林以前申报的最大项目也不过是百万级，而这次是两千万元啊！仅仅是一项精细化达到千万元级的预算表就让林的脑袋大了几圈。当下的材料、器材设备与用工服务价格都需要一一询价，工作的量和强度都是大大超乎想象的，更何况林的身体还处在极度的不适之中。这时的林面临艰难的选择，自己不是具有正式番号的社级领导，由于身体不适推掉眼前的社级工作自然也无可厚非。但林又想想，一是自己答应过飞要全力以赴寻求突破的，现在撤出显然就是不讲义气；二是刚刚竞聘失利就撂挑子，一定会给人以被打倒了、度量太小有失风度的口实也太失面子。

林又反过来想了许久，这个时候撂挑子，显然更对不起飞在上次竞聘失利时煞费苦心地给自己争取到的"社长助理"一职，而且自己靠着这一虚职也取得了不少的业绩。再就是自己近一段时间思考研究的申报工作很可能也泡汤了，毕竟这种申报金额高达两千万元的巨型项目不是谁都有能力随时接手的。再就是，输也要输得体面，要有尊严地离开赛场，更何况人生事业的赛场很大，比的也不是仅仅一个竞聘项目。

林有了这样的深度思考后，那么也就只能振奋精神选择继续策马狂奔了。紧接着，职称评审工作又要开始了，淑也要参加，林就更马虎不得了。好在林前期做过充分的材料积累准备，林很顺利地在学校评委会过了关。

"祝贺！但不要声张，也别高兴得太早！你们出版专业还要报去出版主管部门再次评审的，但基层通过后上报的一般不会出现太大意外，往往只是走个过场而已。但是如果有举报或……就难说了。"林述职完毕通过评审走出会场时，一个同情林竞聘失利又为林幸运地通过正高职评的领导在楼道里遇见林就悄声地提醒。

这时，淑也述职完毕满脸失落的样子出来了。都是一个单位的，淑居然没有像其他单位的竞争对手那样对本单位的林表示一下象征性的祝贺，这也是林预料之中的事，因为按惯例一个单位一次不可能通过两个正高级职称。突然间，林解读着淑的表情，自己的心情竟变得复杂了起来。

围绕国家资助项目要服务国家，要做到自身理解的选题有政治高度，研究要有理论宽度，操作要体现专业深度的申报要求。林在两天半的时间里基本靠咖啡、香烟和泡面顽强地抵抗注意力分散，抵抗着疲劳与饥饿，终于在周五中午前还是按计划完成了申报书的审阅删减和定稿打印。

当林在热乎乎的打印稿前吃完泡面放松地点上申报过程里的最后一颗香烟时，出版社唯一的一辆商务车传来了熟悉的马达声。

"林，该出发了！办公室要我两点前把你送到总局。"司机师傅琦在门口大喊。

每一个单位的司机师傅似乎都是本单位的头号消息灵通人士，因为他要经常开车陪领导外出。一个多小时的路程，聊天自然是打发无聊时光的最好方式。

"博士，你知道你这次竞聘为什么你又没有干过那个娘儿们吗？"琦师傅驾车一出校门就选择了一个他认为的林感兴趣的话题。

林当然知道琦师傅口中的"那个娘儿们"是谁，她就是一个现任的副职淑，每次竞聘都会把林理所当然地当成假想敌，比林年长了许多，在林看来是胸无点墨又嫉贤妒能、爱摆领导架子的跋扈女人。

"唉！好男不和女斗啊！"林探口气幽幽地回答。

"你真是读书读傻了，那应该是'好男不和好女斗'才对啊。"琦师傅反驳说。

"那，你就说说！"林对此自然流露出了浓郁的兴趣。

"你应该是知道的啊？老领导早讲过社里就你一个博士，能力又强，按理说你早该当社长了。现在弄得当个副的还这么难？那娘儿们可没闲着，她总到处说总局领导和校领导中都有她的同学，你也要学学她出去拉拉关系，到关键的时候才有人替你说话的。不然，你再努力干死了都没用。目前社里就一个正高职称是社长，我知道正高的工资跟处长差不多。你就图点实惠的吧？这次就你和淑能申报，你可要注意了！防人之心不可无啊，她放过话，她若评不上，谁也别想！过了学校这一关还要报到新闻出版的上级呢，她说过上边也有她的人。"琦师傅同情过后又善意地建议提醒林。

不知不觉中林抬眼看见了总局大楼就说："谢谢你的建议和提醒！顺其自然吧，群众的眼睛是雪亮的。中午不堵车，可真快，马上要到了。"

"一会儿你上去，我就在车里等着你，社长说了今天的车全程跟着你。"

在材料预审答辩中林对答如流，预料之中从几家竞争中顺利胜出。因为每个系统只能上报发改委一项，下面就是等待发改委专家组的评审结果了，林终于松了口气。

"怎么样？怎么样？"当林拖着疲惫的身躯一到车前琦师傅就关切地问。

"第一关总算是过去了！可以撤退回家睡个好觉向社长汇报了。"林轻松极了。

回去的路上。林的手机响个不停，原来是有几拨外地的客户和朋友竟然像约好了似的集中到京了。

"看来你是休息不成了。都知道你重感情，讲义气，晚上还要喝点儿了吧？你也太累吧？"琦师傅很关心地问。

"那是肯定的，近几天就没怎么躺下休息。你到别人的地方，别人给了你一碗汤，人家来到你的地方，你怎么也要给别人一碗面条吧？这就是江湖。分别单安排宴请他们是不可能有时间了，性情相近就一锅烩吧。看来你也不能休息了，先送我回办公室带上我的一箱家乡酒再送我去饭店，饭后可能还要辛苦你送些客人回宾馆或车站什么地方呢。"林在疲倦中作好了安排。

几拨二十几位新朋故友就这样在饭店围绕一张大桌子坐了下来。林热情洋溢竟把原本不熟悉的一群人组织在一起如开业务研讨会一般，林振奋精神礼仪俱到，觥筹交错众人尽欢，只是林感觉更加疲惫不堪了。宴毕林又与几位约好次日去办公室继续讨论未尽事宜，当林热情地送走每位客人和龙一起步行回到家里时已经是午夜时分了。

琴次日上午没课但还是一早就匆匆地走了。虽然林感觉头痛得厉害很想让琴陪自己，但各有各的江湖，林尊重妻子从不干涉她个人的事情。琴离开后，林还想着昨日之约，定好闹钟7点准时起床去卫生间洗漱。让林没有想到的是，这竟然成了他未来多年悲催日子的开始，疲惫而且头部隐隐持续作痛的林站在洗脸盆前突然感觉身体左侧一软，就摔倒在卫生间潮湿冰冷的地板上了。客厅里林的手机铃声不绝于耳，林很想奋力站起去客厅接电话。但身体左侧一丝也不听使唤，眼皮重如千斤，疲乏之极。林真是感觉困啊，就想睡一觉。但是，此时无边的恐惧已经笼罩着了林。林的脑海里不停地闪现出马季等一串可能因此而逝去的名字，时而清醒时而糊涂的意识告诉林，反正是绝不能就此睡去！大不了坚持到琴回家，自己总会得救的。在漫长的与死神相拼杀了4个小时过后，林靠着琴一定会回来救自己的信念，林胜利了。

熟悉的开门声与急迫的呼唤声终于响起，老公，老公我回来了，你在哪儿？林无法用语言描述那一刻的百感交集。后来林才知道，是别人久等而找不到自己，就把电话打到了琴那里。琴回来后也很懊恼自责，如果不出去见朋友而让疲倦的林独自在家，可能一切就能避免了。当处于半昏迷状态的林躺在急救狭窄的担架床上后，琴就不停地和林说话，在响着警笛的急救车上琴紧紧拉住林的手，一刻也没有松开，仿佛一旦松开，林就会落入万丈深渊似的。

"假如……一双儿女就靠你了。"林伤心欲绝且恐惧至极竟努力说出了这样的丧气话。

"闭嘴！没有假如！没事的！一切都会过去的。你是负责任的男人！"最关键的时候，或许只有深爱的人才会知道用"责任"两个字能够调动爱人最大的生命意志力。琴含泪脱口而出。

"是的！我还要继续做负责任的男人！这不，我在鬼门关优雅地散了一圈步又回来了。"林强忍着眼角的泪顽强地在短暂的清醒里回答。

然而，林当然知道自己的病即使死不了也难免后半生会拖累家人。林不能不想起那句"夫妻本是同林鸟，大难来临各自飞"的话来。不是林不相信爱情，而是，他的潜意识里确实是不想拖累琴了。大概是琴也感觉到了林的不安情绪，在昏睡了几十个小时清醒后的林在重症监护室看到的第一个短信竟是身边的琴发来的："听着熟悉的鼾声，心中有无限的幸福感，期盼着这份鼾声陪伴我至终老，你是我的精神支柱，我们一定要相依相偎到永远永远，永远……昨天上午看见你倒在了卫生间，我肝肠寸断，我发誓这辈子再也不离开你半步了，冰冷的卫生间地板蹂躏着你的身躯，地狱般的4个小时过得那么慢，你用你坚强的毅力等待我回家。相信我！我会用我的爱为你撑起一片蓝天，让你成为世界上最幸福的男人，带着一双儿女，相亲相爱走到老。"

林反复地读着短信已是泪流满面就拉着琴的手感激地表示："你的短信会感动我到永远。如果……我真的希望你飞走，我爱你就就不想拖垮你，爱你就要让你幸福快乐！这是我不变的价值观！但你毫不犹豫地选择了不离不弃。我一定会好起来！让你继续去做最骄傲的女人。你若陪我涉过苦难的河流，我就带你去对岸看最美的风景，如果你愿意，我还可以把最美的风景都送给你。"

医生会诊后，来到病房压低声音地告诉琴："你家先生错过了脑梗抢救的4小时黄金期，他的右脑皮层本就有些先天性遗传的血管狭窄，加上过度疲劳导致机能与免疫力下降，已经大面积梗塞。好在没有压迫语言中枢，你要有心理准备，他的下半生能够躺在病床上就算是胜利了！康复过程会很艰难，很漫长。"

医生的声音很小但还是被林听到了那句"下半生能躺在病床上就是胜利"的话就如雷鸣一般。几周过去，林完全恢复了清醒意识后就总是想起医生断言"下半生能躺在病床上就是胜利"的话语。清醒后的林真切地感到自己将面临一生中最艰难的选择了。可以选择在病床上吃喝拉撒、无所作为、苟延残喘地等死，但在这一过程中要拖累自己所爱的全家人，在绝望之中永无出头之日啊。当然，也可以选择拼搏一下让自己康复到生活自理或半自理的状态，只是要咬牙忍痛地坚持身体练习才有希望。这时的林，两个人扶着在床边站立一下都是疼痛难忍，左侧如筛糠一样。就选择拼搏吧，组织一场战斗而已！林作出了明智选择。什么是真爱你、不忍你在苦难中的人？一定应该是那些理解你并知道怎样激发你的潜能走出极端困苦的兄弟姐妹们。

可能，人类精神的力量是人类自身都永远无法解释清楚的神奇。

林整日看着自己最爱的家人们忙碌焦虑不堪，尤其是大哥大嫂和弟弟妹妹抛家舍业地从老家前来照看，颓废、自责与自暴自弃、认为自己"已经是个废人了"是林常有的心态，往日的笑容早已无影无踪就更不愿说话了。

知夫莫过于妻，一天护士长查房进来就笑吟吟地与琴寒暄。

"你老公的病房都可以开花店了。他的朋友可真多呀！每天都是络绎不绝的。他一定是个模范好男人吧？"护士长看见林的床头柜和床边的窗台上到处都是成束的祝福鲜花就对琴说。"是的！我的老公真的很棒，他的朋友兄弟们都很喜欢他！"琴依旧自豪地回答。

护士长刚离开，琴就温情地对林鼓励说："我依然为你骄傲！连护士长都羡慕了。你有这么多的朋友兄弟为你担心，为你祝福。所以，你必须要尽快地好起来回到他们的中间去才行啊。否则，你欠的情就无法偿还了。这可不是你的为人啊！"

"是的！你一定知道我也深深地爱着他们，这是兄弟们给了我现在最需要的鞭策。我一定会重新站起来！"林微笑着信心十足地承诺，看着有了一丝难得笑容的琴。

雪上加霜的事也总是不期而遇。学校人事处传来了林在出版主管部门的评审竟然没有被通过的消息。林的失落沮丧是难以言表的，林本来想用职评的胜利来抵消一些竞聘失利阴霾的愿望顿时化为泡影。刚看见一丝光亮的林又仿佛再次陷入无边的黑暗里。

"你看看那些脑梗压迫到了语言中枢的病人，你就幸运得多了。你至少还可以讲话，还可以思考，你的右手还可以写字，这就够运气的了！练练用一只手敲键盘就可以写你的论文了。"丽来探视时看着林还在用右手发短信就安慰他。

"即使你坐在轮椅上也不会太影响你的学术讲座交流。"你的身体不方便运动就转型人文领域的研究也是可以的，本来你的人文积淀就比较丰富了。反正不能就此垮掉的啊！"龙也常来鼓励。

"二哥，快好了出院回来吧！你不在，兄弟们的酒场秩序都乱了，需要你回来整顿一下了。"栋深情地要求。

夏季的一天，梅也从外地专程赶来医院看望林，林注意到了梅竟然还是一瘸一拐地走进病房的。原来是她的膝关节老伤又复发了，可能是梅来时走得太急，离去的时候腿似乎疼得更厉害了。林的心里很难受也充满了感激，就嘱咐陪护的家人用自己的轮椅推着梅去楼下等候的出租车。梅在离去的最后时刻又转头对林鼓励说："老伙计，你以前总是大谈五性体育精神，现在你终于可以自己实践了。不就是打一场康复战争吗？你是个爷们儿！"

真诚的关心与发自肺腑的精神鼓励，对一个曾经自认为是金戈铁马而今却身处厄运里的男人真的是太重要了。

每当安静时，林就会想起兄弟朋友各种各样的鼓励语言和梅重提的五性体育精神。那就是长期体育生涯赋予人的血性、个性、创造性、韧性和人性品质。当然敢于战斗与不服输的血性才是五性精神的核心。林心想：自己刚刚踏上漫长的康复之路，所需要的不正是自己总结的这五个宝贵品质吗？

或许，生活的启示明灯总会以各种方式给不断跋涉的人照亮脚下的路。一天下午病房的电视栏目《动物世界》的内容竟然给了林深深地震撼，电视内容记录的是一匹因受伤掉队的老狼千辛万苦地回到辽阔草原的经历。

林的灵感是，选择的最高境界就是没有选择！狼的身上是具有鲜明五性品质的。既然他选择了回归草原去证明自己的荣光。那么，不管是多么的遥远与艰难，他也只能走下去。事实上。他选择了别无选择的选择就是不停地跋涉。那么，自己既然选择了不让爱自己的人为自己忧伤，而且只有一条路：康复。如此，自己也只剩下选择别无选择的选择了，就是必须选择与厄运做最顽强地抗争，还要努力变得比发病前更加优秀，因为只有如此，爱我的和我爱的人才不会再为我悲伤。

一天，飞来探望林并带来了一好一坏两个消息。"发改委文创资助项目申报的 2000 万元虽然没能如愿拿下，但最后还是资助了 600 万元，这已经是个重大突破了；另外，上次你的职评在上面主管部门意外没有通过，学校也很不理解！反馈的消息说是可能是有人在上面做了些不该做的事。"

"您别说了，我早有预感！江湖秋水多，文章憎命达，魑魅喜人过。"林立即插话用杜甫怀念李白的诗隐喻了一定会有小人捣鬼的预感。

"不过，你也别担心！好人自有天庇佑。新一轮的职称评审又要开始了。你的情况特殊，业绩就摆在那里，学校研究后要我转达，你这次在学校层面就不需要述职而直接通过了，校长也要我转达说要你全力安心康复不要对职称问题考虑得太多。我想，有校领导直接出面，你的正高职称一定会很顺利的。还有就是今年的文创资助项目很快也要开始了，要不咱就再接再厉地干上一票？问题是选择哪个方向？我还没最后决定。"飞又透露了让林振奋的好消息。

"太让人振奋了！一定要代我向校长问好，并感谢他对我职称问题的关心，我唯有做出更大的业绩回报学校了。待在医院里太急人了，医生说我的情况已经稳定了，是可以居家康复的，可以从事脑力工作只要别太累就行。我想尽快出院回岗上班，我挂着单拐也已经可以走十几米了！够从办公室到卫生间的来回距离了。办公室门前还有大片平整的空地，边工作边锻炼可能更有利于康复。"林听到好消息就待不住了，当即热切地表达了回岗工作的愿望。再加上琦师傅前几天来看望时透露的信息，说是分管办公室的那个娘儿们讲林占着茅坑不拉屎，离岗养病还拿着在岗标准的工资，还有年终奖金不合规定，要扣除，那可是每月好几千呢。林就更要尽快回岗了。

"别太急！你自己决定，只要不影响康复治疗就好。但是社里积压的工作也确实太多了。"飞略微思考后即表态了。

林嘿嘿一笑提出了新的要求："在出院之前，我想找找工作的感觉，也不能总在病房里开我的部门会。我见过你的那个棕色的小笔记本电脑不错，要不就先给我用？从我的部门支出再给你买一台新的？"

林有了飞的笔记本电脑，接着即购置了无线网卡就在病房里开始遥控管理常规工作和病前未完的项目了。

"我因病没在岗是事实，一切都按规定执行是必须的。实事求是地讲，我的部门没有因为我的离岗就没完成任务反而还略有增长。那么，是不是虽然在岗但却没有完成任务的领导也该扣除岗位工资呢？每个人的管理方式不一样，但关键还是看结果。"林想到淑提意见扣掉了自己的岗位工资就申辩。

一周后，林由琦师傅和助手接出院，当天就迫不及待地直接回到办公室按计划旋即召开了部门全体会，了解工作现状部署接下来的工作。

这时，得到林回岗消息的飞第一时间也赶来探望。稍停一会儿，飞就带着林来到了最东头的一间门口开阔还好停车且离卫生间最近的房屋。并随即做了安排："考虑到你的不便，你的办公室就调换到这里吧。比原来的还大一些。咱们也迷信一把，等把这一间粉刷一下，再更换全套的办公家具，焕然一新冲冲喜后你再搬过来正式上班吧。"

"感谢领导关怀！但费用？那可是一笔不少的开支，作为你的助理，我不能再给你添麻烦了。情况复杂人心难测，你也已经不容易了。免得落人口实说你总给我搞特殊让你受连累。其他领导……"林感激飞的良苦用心，但还是流露了对刚回岗就调换办公室还添新家具的担忧。

"这个你不用担心！费用就从我个人的年度奖金中支付。这是我的权利！我的钱我愿意，别人不会有意见的。"飞立即打消了林的顾虑。

"那我就放心了！社长高风亮节用自己的奖金给积极回岗工作的困难员工改善办公条件，是值得让人尊敬的义举！我就笑纳了，保证努力工作把失去的时间找回来。"林的感激溢于言表。

一个板台办公桌、一组文件书柜、一套组合沙发，还有一卷宣纸供林练习书法。林坐在窗明几净崭新的办公室里，职评机会难得，正高专业技术职称也是对自己职业编辑生涯的交代；同时，也是为关心自己职评的校长最大程度地减轻压力，材料过关都是第一步首要完成的工作。既然选择了完美，就要为完美而努力。林把宝贵的业余时间全部用在了准备参加第二次正高职称评审的工作之中，为增加材料分量，林利用两周的时间又完成了一部个人专著——《中国青少年校外体育互动中心发展研究》，并用自己的课题经费使之出版。这也是以前在努力的积淀中迎来一个绚烂的爆发而已，否则，神仙也难在两周内完成一本几十万字的学术专著。资料丰富，业绩突出，校长又出面关心困难职工，把林的评审材料拿到附近有出版专业职称评审权的学校参评，林坐在轮椅上读完了述职报告。报到上级主管部门非常顺利地获得通过，林也随即成为了当下社里的第二个正高职称的编审。

其实，林在困苦之中是靠诗歌创作来获取源源不断的精神动力的。一个秋天的上午，在业内诗歌创作颇有名气并已成为副司级领导的兄弟龙来看望林，他此时已经担任中国网络诗歌学会的副理事长了。

"你老在家里窝着也不利于康复，建议你先和学会签约成为签约诗人，逼着自己保证思维活跃持续创作，然后再去参加全国性诗会的评奖活动，成为真正的诗人也有利于你的人文研究。我想先推荐你在《中国诗》杂志上发表几首亮亮相，再寻求出版诗集。你看如何？"龙善意激励地作了安排建议。

"我看过你创作的诗歌。就把你所有的诗歌整理整理，你也需要正式出版一本诗集来提振一下士气，以加快康复步伐！"龙接着又鼓励。

"就干一把！从大学时代以来断断续续地也写了几百首了。正式出版诗集，也确实是我转型作为体育人文研究者的一个小梦想。诗歌总是诞生在自己焦虑彷徨的心境和别人质疑的目光里。猛烈的爱恨情仇感觉和明确的指向才是诗歌创作的原动力。感谢龙弟的点拨与鼓励！我就拼搏一下试试！"林是充满感激的，林也是真的需要选择在厄运里血性地证明自己依然不是个"废人"。

林翻开几个已经发黄的记录诗歌的笔记本，再加上工作后尤其是发病以来创作的百余首。还好，精选汇集了100余首及病中感悟的随笔。取名《林中路：抒情诗随笔集》。之所以取名为"林中路"，是因为林始终都认为人的一生就犹如在林中摸索不停地选择前行的路一般。有感于此，林写下了一首诗作为这本书的开篇题记。

林中路

林中的小径四通八达

就如老农腿上暴露的青筋

林中许多地方原本没有路

林中路

与人生路无异

崎岖坎壈而不可预测

当你探索着走过后

回首才会发现

你竟在林中

走出了一条属于自己的路

当然你也看到了

别人没看过的风景

林中路

与人生路无异

常与欣喜不期而遇

前提是你必须在路上

有时看着像路

可走着走着它就没了

当你果断地爬过一个坡

有点儿疲惫

却又欣喜异常

原来坡下就是你预想的目的地

林中路

与人生路无异

让你学会

站在交叉路口的静气与选择

给你生活的启示受益多多

林中路

与人生路无异

草丛里的花瓣

会让你明了

她经历了含苞待放的美

享受了盛开时

招蜂引蝶的甜

她就必须承受

怒放过后的残

你还会得到更加宝贵的启迪

前提是你必须在路上

小路上枯萎的落叶

会让你明了

命运的轮回

让它离开了

高高枝头的风光

你会为它

脱去往日的绿

而忧伤不已

甚至垂泪神伤

你也会为它

在严寒默默地坚韧之后

大地惊蛰冰雪消融之时

再借着春风重登枝头

为它欢呼祝福

你会瞬间感悟

这都是缘于

它有重回枝头的梦想

也有绿的基因

更有默默忍耐的毅力

林中路

与人生路无异

惊恐总在深处

有时薄雾如纱

仿佛置身于仙境

走进去

原是瘴气弥飘

双脚已近沼泽

上面还有动物的遗骸

林中路

与人生路无异

惊喜总在深处

常常又在不经意间

有时你口干舌燥

坚持着再行几步

成熟的野果

已在你的面前

那是你在高档的超市

见不到的甘甜仙果

前提是你必须在路上

林中路

与生活之路无异

迷惘时你可以无畏地接着走下去

也可以在犹豫中从新选择

甚至还可以回头

总之路很多

而且就在脚下

只是会遇见不同的风景

给自己不同的心境而已

前提是你必须在路上

　　林再次体会到了"朋友多了路好走"！出版界、印刷界、营销界的朋友兄弟得知此事后都伸出了援助之手。学校党委宣传部和工会出面主办该书的首发仪式，从重量级嘉宾、饮用水、纪念品和招待会的赞助商都寻求到了。中国传记文学会的万伯翱会长、著名书法教育家杨再春先生、首都体院钟秉书校长及葡萄牙驻中国大使馆文化官员宝拉博士等一大批文化界的知名人士出席并给予了高度评价。

　　诗集的出版给予了林继续前行宝贵的动力。林发病前承担的《国家队运动员人文素质培养系列知识读本》编撰项目的结题会在大学的国家队训练基地公寓如期举行，几十位国内一流知名人文专家学者出席，其中就有《体育与哲学》分册的主编、北体大的远教授，《体育与社会》分册主编玲教授，《体育与美学》分册主编、中国人民大学的琼教授，《体育与历史》分册主编、北京师范大学的东教授。但总主编是林和训练局运动员文化教育中心的亚刚校长。林再次体会到了，演员本身永远都不重要，重要的是你和谁同台演出。如期完成，时任校长的池教授到会致辞祝贺。

"林博士很有号召力啊，他还在康复中就能组织起这样全国规模的结题会是很不容易的。"招待晚宴上池教授评价。

林动情地接话说："不是我有多大的号召力，而是大学和校长的面子！兄弟朋友们很给力，总算如期完成了。现在我的武功废了，好在脑子还好使。既然我们选择的是一条前人没有走过的路，我们也只能去承受前人没有吃过的苦，当然也享受到了前人没有得到的荣誉。"

"阿林依然还是有血性、个性和创造性的，当时开题时就有人质疑，一个搞体育的，却非要承接文科的项目，而且还是一个系列四个分册，问题是团队在林博士的带领下我们干成了！这就是本系列读本要培养运动员的五性精神。编撰过程就体现了五性精神。"湖南来的童教授激动地说。

"林博士通过从生病瘫痪卧床到今天能够坐在这里主持会议的过程就是顽强血性品质的反映，他经常写诗歌的特立独行就是鲜明个性的表现，他的身体会越来越好的过程也会证明他的康复训练过程中表现出的韧性，这套书就是他的创造性体现。"湖北的青教授接着评价。

"只是创造性还显不够直观，若是再搞个发明专利什么的就更能说明体育人的创造性了。"早知道林有搞体育器材发明的西安文教授趁机激将说，文教授和林是多年的好朋友了，她当然知道林一旦下决心去做骑虎难下的事情一般都能成功。

"既然可以用一项发明专利来说明体育人的创造性，成交！就搞一个！选择了就干了，就跨项干一个非擅长领域足球的。"林自然感激朋友的良苦用心，即起身豪情插话。

林回岗工作后不久，就发现国家出版管理部门连续发文要求严把图书质量关。敏锐的林立即向飞提供了信息，也表达了对本社出版物质量的担忧。林认为这是社长助理的分内职责，林的这一感悟是他在北漂打工担任国企总经理助理时就培养出的工作习惯。林随即调来十几本近年来本社出版的教材，尤其是经常赶进度的大学公体教材及科普图书，很快就发现了质量隐患，主要是思想性和科学性错误及文字与图表差错率可能超万分之一标准的问题。

这时的班子成员主要分工是，淑副社长分管营销，全副社长分管电子音像，林分管品牌与无形资产培育开发及期刊并协助社长进行社级项目管理。只是图书质量还没有明确的社级领导分工责任人。如果图书质量出了问题造成负面影响，就势必会影响到林分管的无形资产培育工作，林出于助理身份职能责任遂向飞建议班子成员分工应明确图书质量管理的事情。并暗示自己由于通过硕博训练具备体育学科知识体系较为完整的优势，可以承担全社的图书质量管理之责。

"你提的问题很重要也很及时！我也隐约发现了这个要命的隐患。当然，你作为我社唯一的专业博士和分管社无形资产培育是最有资格分管质量管理工作的，交给你负责，我是放心的。但是，质量管理就要质检，质检就要多看稿件，多看稿件就有多得审稿费的实际利益问题啊。有人会认为质量管理的工作不是太累还能多挣钱。所以，还是要开次社务会来研究决定的。"

"图书质量管理主要是管理方式和建立管理体系机制问题。再厉害的将军也不可能亲自上场去参加每一场具体的战斗，他的职能重在管理控制质量风险，设计建立一套可行的质量管理流程。如果让我负责，我宁愿不要一分钱的质检审稿费，因为这是管理岗位分内的工作。管理岗位工资里已经包含你的常规管理工作付出了！"林胸有成竹自然很失望就当即表态。

"好吧，你的顾虑可能是对的。但我要提醒你，无论是谁负责，对于这项重要工作都要通过社务会明确下来并签字上报校分管领导，免得将来万一出了问题问责时没人承担，最后还都是你负责全面工作社长的罪过。不信你就走着瞧！"林郑重地提醒。

社务会开始了，似乎都是各怀心腹事的样子。

"受电子书的冲击，现在全国的实体书店销售业绩都普遍下滑得厉害，书店不订货，每个社的发行都困难重重，今年的回款肯定是又难以完成任务了。这样一来一定会影响到我个人的年终总收入。"淑先说了一通分管的营销业绩滑坡的众多理由及对个人收入下降的担心，给人的感觉就是她要通过分管图书质量多审稿来弥补总收入的损失。

"受电子图书的影响是网络科技发展的必然现象，每个社都有压力。在市场竞争激烈的背景下，墨守成规地守着一个新华书店发行主渠道早晚会死的，当务之急是设计开拓建立多种渠道，诸如，用二渠道满足民营书店，用直销专有渠道服务院校及个人用户。当然，这是一项非常艰巨且艰苦的工作。"林因轮岗分管过发行工作就友好地说出改善营销工作的体会。

"你的意思就是说我的营销工作墨守成规，不称职了？"淑对林的发言很敏感。

"淑副社长，你别激动！我没有诋毁你工作成绩的意思，我的意思是说现代市场营销的多渠道才是王道。当然，谁都知道修渠很辛苦，就像林县人民修'红旗渠'一样，但是一旦修成即可一劳永逸了。我只是站在社里整体发行业务的角度善意地给你提个建议而已。"林对淑的不理解甚至是敌对的态度感到委屈，也很生气，但为了团结大局还是强抑一触即发的火气诚恳地陈述。

"不要偏题了！我们还是讨论一下图书质量管理的分工问题吧？分管图书质量管理肯定要质检稿件，关键是按什么标准支付质检审稿费？还是要坚持社会主义多劳多得的原则。"淑显然是感觉到了一丝尴尬即转移了话题。

"我同意多劳多得的原则，大家都说说大致的标准。"飞很民主地要大家发言。

大家不约而同地看看陷入低头沉思中的淑，似乎都感觉到了淑对这份可以预见的增加额外不菲收入的分工势在必得。认为说多说少都不合适，干脆就都缄默不语了。

"林是博士，知道你一直在关注风险管理研究。你有什么考虑？"眼见会议即将陷入僵局，飞看看林说。

"我没有太多的考虑。但是，借用风险管理科学的一般原理只是感觉应该从宏观上提高风险意识着眼，从微观上的合规入手。在什么岗拿什么钱，当然也要担什么责，这一点应是肯定的。分管者不宜也不可能去通读检查每一本书，最多也就是随机抽检。因此，套用一、二、三审与各校次的报酬标准显然都不合适。建议分管者还是将重点放在'管理'二字上，建立并完善现有的质量管理体系与工作流程的设计。当然，也要重点稿件必看与随机抽检相结合。"林自然会意，并且还想到这可能是飞要提议自己分管的前奏，就放松地发言了。

"图书质量是个非常重要的大问题，为向学校明确责任以示重视，我建议还是从我们校管的三个干部中出一个来分管吧？"淑扫了一眼飞和全，明显或者就是故意地遗漏了林，林当然理解淑的语言和动作的真实含义，就是林是没有资格分管这项重要工作的，因为只有林不是学校任命有所谓"番号"的正式社级领导。

"我自身的工作确实太忙了。你们是知道的，我负责的几个奥运大项目还在紧张地进行中，我没精力也没能力再增加分管这项重要工作了。"全率先表态。

按照淑提出的校管干部标准，林事实上已经被排除在外了。现在就只剩下飞和淑两个人了，飞要主持全面工作分身乏术，最终，淑如愿地分管了全社的图书质量管理工作，自是多了些报酬。飞主持分工完毕签字并向校分管领导做了书面汇报。图书质量管理的责任人从此便明确了下来。

会后淑离去时轻快的脚步声流露出了她的心满意足。

"能者多劳，你就别和她争了！虽然你可能是最适合的人选，但是……就让她干吧。唉！我还是心里没底啊。"看见林闷闷不乐，飞就安慰林说。

"现在的选择已经决定了未来的结果。我把丑话先说在前面，我看高层发的那几个文件的架势和语气措辞，肯定是下了决心要改变图书质量现状的。从历史经验来看，杀一儆百，树几个行业典型也不是不可能的。我的感觉很不好！我们虽然有社务会议记录的背书签字为凭，万一，你作为负总责的领导也难脱干系。"林说出了自己的担心也是再次提醒飞。

"我是顾全大局以工作为重的，但我也是真看不起淑高高在上与飞扬跋扈的做派。你知道我和她的区别吗？其实就是，她能做的工作我都能做。而且都比她做得好，但我做的工作她连想都想不到。十几年的事实已经反复地证明了这一点！不是吗？大家都知道她一直想谋求个正职安全退休，为了私利不择手段，只可惜总是天资不足画虎类犬反倒成了'母猪穿时装走 T 台——样子在变可还是猪的脑子'。她每次竞聘都天然地把我当作她的最大对手不惜诽谤诋毁，我很荣幸，只能说明我比她强。但那不是我的错！即使你把凡·高的另一只耳朵割下来也无法掩盖住他的光辉，因为时间从不会说谎！"林不再隐瞒心中积压的鄙视。

两年后，林担任主编长达 10 余年的《运动》杂志的行业影响力剧增。林已经开始着手再拼搏一下使之进入中文学术核心期刊的工作了；同时，也开始了信心满满地规划申请《青少年体育》英文刊的工作。

这时学校更换了领导，受上级的要求，学校急于办一份英文学术期刊以更好地配合学校国际化的进程；很不幸，在国家严控期刊总数量的背景下申办了二年未果。这时竟有人急功近利地建议领导走捷径，就是用《运动》的刊号变更为英文刊。林本就要着手实施刊国际化的发展战略，林看到了大展宏图的希望，林很快就将长期思考的期刊国际化并有信心把英文刊用三五年的时间做成 sci 和 ssci 期刊的思路与整体规划设想，并自信地与领导做了交流。林还顺便将自己多年的基于大学产业发展研究的建议也毫无保留地贡献了出来。

"你的建议都很好！我们会尽快研究。"领导离去时认真地告诉林。

林很感动领导的平易近人。然而，林再度失望透顶。因为直到学期末也没等来领导的反馈意见，而且变更后的期刊也没有让林继续负责管理。就这样，10 年艰辛路换得风生水起的《运动》也寿终正寝了。林的心情可想而知，那段时间林常想起的诗句除了杜甫的"志士幽人莫怨嗟，古来材大难为用"之外就是钱起的"献赋十年终未遇，羞将白发对华簪"的悲哀了。

失望之中的林感到自己必须再次做出选择了，以便能善始善终地走完"60 后"职业生涯的最后几公里。此时，林可以选择负气地闹闹小情绪以谋求一个更好的岗位。因为似乎有理由这样做，毕竟，自己倾注了 10 余年，几乎是全部的心血打造的从小到大、从名不见经传到声名鹊起并有望成为核心的期刊就这样消亡而自己却没有得到一个简单的"说法"。

关心林的人都很同情林心中的委屈与不解，但闹情绪撂挑子不是林的风格。几经思考后，林反而有些逆反地选择了一条个性十足的反弹之路。那就是从毛主席的一句诗词"花落自有花开时，蓄芳待来年"中所获得的宝贵精神力量。林暗下决心不能沉沦，而是要等待机会另辟蹊径奔赴远方，那是他的梦想尽头了。

前进动力和方向的灵感多来源于平时的思考和实践的感悟。中共十九大报告中把"军民融合"上升到了国家战略的高度，多年前的那个雪夜从派出所领回偷菜学生时与警察的那段对话也居然萌动起来，有过中小学学军活动经历的林即开始了聚焦体育如何融合军队，服务国家武装力量的路径问题真是值得研究了。

真是机缘巧合！林被一个记者兄弟推荐去北京武警总队第十四支队给武警战士讲座体能训练，林欣然同意。

当林挂着单拐在掌声中走进支队办公楼三层讲座会场的时候，林看到的都是20岁左右的武警战士，林很吃惊竟然从中发现了有好几位挂着双拐、身上缠着绷带的战士。

"走进绿色军营是我一生的梦想，中学毕业时没能入伍赶上对越自卫反击战的战场就已经让我很遗憾了。现在军民融合是国家战略，如今我能用所学为军营做些事情就是我最大的荣幸！"林来到主席台把拐杖靠在后边，起身就向台下敬了一个标准的军礼动情地说了开场白。

林充满人文情怀的动作和开场发言自然赢得了全场的掌声雷动。

"你们认为你们的军事体能训练的最大难点是什么？"林对坐在最前排的一位腿部有伤的小战士提问。

"最难的就是全军大比武中的负重5公里跑项目了。我的腿就是训练中受伤的！"小战士的话引起了一片附和声。

"这种非战斗减员是很不应该的啊！其实，军事考核的5公里跑与竞技体育的5000米跑相比，除了需要负重之外，跑的动作技术结构、肌肉用力特点以及呼吸与生理供能特点都有很大的相似之处。那么，军队体能训练为什么不能移植借鉴竞技体育的最新科技呢？"林的思路大开急转就发问，更像是扪心自问。

那位小战士探究欲十足地继续问道："那么，还有就是大比武前训练和受伤后应该怎么办呢？"

"问得好！比武前后完全可以借鉴甚至可以直接移植竞技体育科技中赛前身体训练计划的制订、心理训练调整与运动损伤的预防和康复，以及运动营养科技。而且这些科技都是现成的成熟的，只要建立一种把竞技体育科技略加修改拿过来就能使用的机制就好了。这可能就是最好的军民或军体融合了！"林充满怀想展望地回答。

林从十四支队讲座归来又接着应邀去了宁波大学。也是太巧了，那天正是习近平总书记视察威海炮台看望潜艇战士的日子。林看到这条电视新闻当时就思考：潜艇官兵如何能在狭小的空间里进行科学有效的体能训练，以保持随时可以参加战斗的体能状态？

"这是一个重要的研究课题，我们这里的海军就有这样的需求，我们可以贯彻军民融合与当地驻军开展横向联合科研攻关。"宁波大学体育学院的建岳院长当即表示了赞同。

林从宁波归来就回地方度暑假了。为掌握更具体的第一手资料，林回乡后在地方领导朋友的帮助下很快就完成了在当地军分区和消防武警支队的交流调研工作。林暑假归来有了一线调研的真实感悟，落实军民融合战略的思路也更加清晰。林顺着讲座的思路与调研灵感一蹴而就即完成了题为《大力实施竞技体育科技　融合服务社会助力新时代》的学术论文，并被推荐在《中国体育报》的理论前沿版发表了。引起了广泛关注，林认为实现自己某些设想的机会成熟了。随即就根据研究成果向学校递交了"关于建立军民融合特种体能训练研究院"的完整建议方案，林又是苦苦等待未果。

进入新时代，伴随着"圣代无隐者，英灵尽归来"的召唤，以及不断强化的"位卑未敢忘忧国"的"60后"执念，林的格局变化势必给他带来更多的梦想和捕捉更大发展新机会的意识。

一次偶然的朋友小聚，行业大家、学术高手云集。席间林结识了一位著名高校系统科学研究的知名蔡教授，蔡教授竟然很敏感地在联合国框架内运作批准成立了一个新机构即"联合国人类命运共同体与不同文明机构委员会"，而且还断言此机构一定会放在中国。

一行交谈甚欢。

"构建'人类命运共同体'理念是由中国领导人原创提出，并被写入党章和宪法中的理念，再看看现在的中国在国际事务中的作用和负责任大国的担当形象，此机构理所当然地要放在中国。这个理念的内涵太丰富了，如果没有体育……"林认为这也一定是体育界的大事就接话说。

"林博士，你从体育的角度也谈谈人类命运共同体的构建。"蔡教授看林对此表现出了浓郁的兴趣就对林要求。

"你们还记得在2008年北京奥运会时的主题口号吗？"林却环顾四周反问。

"同一个世界，同一个梦想。One world,one dream."有人马上回答。

"对！奥运会秉承团结、友谊、进步的发展理念就是人类体育命运共同体最显性的表现。"林脱口而出自己的理解。

"我很欣赏你的理解！体育是人类命运共同体的重要组成部分。有兴趣吗？共同推进,共同做些好事。"蔡教授发出了邀请。

"我求之不得！"林在刚听到蔡教授透露的这个联合国新机构后就已经开始思考人类体育命运共同体的概念问题并寻求参与合作的可能性了。

生活从来都是福祸相倚。一个春寒料峭却阳光难得的周末中午，林也趁机来到所住小区花园里拄着单拐练习走步。

"喂喂，师傅好啊！"有人在林的背后打招呼。

"你好！你也是本小区的？"林诧异地回头，看见的是一个知识分子模样、看上去与自己年龄相仿、走路也不是很利索的陌生男人。

"看样子你也是患了脑梗吧？这个病就是要多锻炼的。"那人很热心地建议。

"谢谢你！医生也是这样说的。"林很感激有路人的关心。

林本善社交，那人也很健谈。原来两人竟然是同年同月的生人且是同一年得了同样的病，更为巧合的还都是造成了身体左侧的行动不便。两人自我介绍后便在花径旁的椅子上坐下畅聊了起来。那人姓黄，是中医大学管理学院的教授。这一看似的闲聊却聊出了彼此都欲捕捉的战机。他们开始自然是围绕康复心得一个主题，后来的话题不可避免地向各自事业的发展蔓延开来。

"我从事风险管理研究已经多年了，致力于推动风险管理成为一个新职业进入国家职业的分类大典。中央高层很重视我国的风险管理事业。我的团队现在已经拓展到很多行业了。你们体育行业呢?"黄教授介绍。

"体育行业最大的风险就是运动安全风险。这也是我的体育人文研究的重要方面,但是,风险管理概念引入体育行业的时间不长,体育行业风险管理的人才资源非常匮乏。如何培养体育风险管理的专门人才是头等大事。"林把话题引向了自己的行业,意在捕捉一些实用的合作机会。

"这个问题应该不难解决!我同时还担任着国家发改委下中国人力资源开发研究会风险管理分会的负责人,协会职能改革后,国家认可的《风险管理师专业能力证书》培训就是我们的分会负责执行的。我们可以通力合作,有我们的专业与你们的行业相结合,大力培养体育风险管理师为体育事业基业长青保驾护航应该是大有可为的事业!"黄教授很兴奋地展望了起来。

"现在要求开足开齐体育课,但情况很不乐观,根本原因就是学校体育运动安全风险应对措施不足,缺乏有效的风险管理工具。理论的工具性都是相通的,专业与行业结合正当其时,我会努力促成体育风险管理师的培训合作!"林也很兴奋地发现了这必将是一个体育行业的应用型新专业的雏形,就爽快地回答。

跟上时代发展,"要变,就是绝活",绝活的基础是自己成为高手才行。经黄教授介绍,林自费插班参加了《国家高级风险管理师能力证书》的培训班,并获得了体育行业的第一个《高级风险管理师专业能力证书》,这一证书大大拓展了林的人文研究视野,也让林研究生时代要建立一个体育新专业的梦想更加清晰了。

很快,林与黄教授的合作就进入实质阶段。他们通力合作,成立了中国人力资源开发研究会风险管理分会体育行业风险管理专家组,林担任了常务副组长。林终于可以整合专业与行业资源开展体育风险管理师培训以及运动安全风险管理行业标准的研发工作了。得益于此,林邀请到了国内知名院校的十几位专家在武汉体育学院的主导下编撰完成了《中国学校体育运动安全风险治理概论》专著初稿。显而易见,凭此林距离创建一门体育新专业的梦想又进了一大步。

至此,林在康复过程中宣布转型人文领域研究,捕捉事业发展机遇的学术与专业建设研究平台就锁定在了建立军民融合军事特种体能研究、人类体育命运共同体研究和体育运动安全风险研究。

虽然林在多次竞聘失利后时有"不才明主弃，壮志逐年衰"的悲愁，但林还是以"60后"固有的责任感，主动地把这些明显符合国家发展战略的体育专业建设策划方案整理出来，在第一时间上报到了学校，很遗憾都没有明确结果。但是这些成果也没有白白浪费，几经周折都分别在其他院校落地了。虽然林很可惜这些呕心沥血的研究成果没能被所在的单位所用以证明自己的能力与事业担当，但也无可奈何。

作为"60后"不断奋斗中林，个性是十分鲜明的，在应邀担任了每一所体育院校的客座教授并参与该校学科建设后都欣然在讲座后留下一首诗，抒发走出狭隘服务社会的不变情怀。

临江仙·感聘南方院校客座教授

劲过秋风楚天阔，东湖续写文章。岂安遗梦碎京华。月华待霜落，

岁寒知柏直。怀想始终美商君，八千里路云天。无才空望金门远，

慕陶三径酒人多。去路终无悔，来程尚可期。

七言·感聘北方院校客座教授

蹉跎白首二十载，愧面腹中宝剑篇。

几度春风不与便，目断铜雀锁二乔。

多情笑我扬州梦，颖川使酒恨事多。

养晦学种先生柳，蓄涵人文游唐宋。

怜爱美人渡秋水，德明争忍虚前席。

本欲江海寄余生，燕然未勒怯故人。

北国秋高黑土沃，真知千里见格局。

岂言材大难为用，苦心古柏叶自香。

七星剑销西洼地，只缘魑魅喜人过。

春梦秋云容易散，铁衣如雪尚能征。

江山花间晚照多，何须把酒守东篱。

生活还要继续。可能还是上苍的怜悯，林终于从诗词中找到了自己的精神家园。浩瀚华丽的唐诗宋词里有太多太多的怀才不遇与不甘沉沦并在厄运里依然充满希望、追求美好的灿烂诗篇了。这些都给予林心灵的疏解以及血性顽强抗争的精神力量。

林常常想的是，杜甫的"出师未捷身先死，长使英雄泪满襟""志士幽人莫嗟怨，古来材大难为用""唯将迟暮供多病，未有涓埃答圣朝"，道出了有志书生多少的无奈心酸与遗憾啊！杜牧的"东风不与周郎便，铜雀春深锁二乔"，又流露了多少的怀才不遇与报国无门的呐喊啊！当然还有李白"长风破浪会有时，直挂云帆济沧海"的美好愿望，更有王维"行到水穷处，坐看云起时"的淡定豁达。"安能摧眉折腰事权贵，使我不得开心颜？"大不了就像苏轼那样"小舟从此逝，江海寄余生"，也不是不行。自己与先贤们相比总还是要幸福得多的，至少是生活还可保无虞。又何必抱怨"艰难苦恨繁霜鬓"呢？

林在郑州诗会获得"实力诗人"奖后，林当年与琳的击掌声常常在耳边响起。那已经不是出版一本诗集去兑现体育生的承诺那么简单了，林要继续践行自己所说的"远方不是天涯的尽头而是梦想的尽头"的远方之路了。

"'60后'怀旧题材小说日渐火爆，体育界还没有什么大部头的纯文学作品呢。听龙说你在构思一个长篇，能写诗的人写小说就比较容易了。我们都是'60后'，你就好好地创作，要为我们不易的'60后'代言，就看你有没有勇气动笔了，我们都会帮你！"同是"60后"的作家新朋友棣在诗会的送行宴上也鼓励林。

林倔强又豪迈地在欢送晚宴上对兄弟们宣布："就让'60后'不停地走向远方吧！那是我们梦想的尽头。不等了！回去就启动长篇计划。我要把身体的事故变成一个故事，再把这个故事变成一个美丽的传说。然后，再把这个传说变成一个不老的传奇。"

"这显然又是一个'骑虎难下'的举动啊！"龙很为林担忧。

"骑虎如此威风，既然骑上去了，我干嘛还要下来呢？我想，在只有一只手可以敲击键盘的苍凉里如果能做出几件有意义的事，当然也包括长篇小说或是影视剧本，就应该可以是一个故事了。我靠着体育的五性精神从软瘫在床到现在可以来参加盛会。未来还有什么可惧怕的呢？"林端杯豪气英发地反问。

选择去做"骑虎难下"的事情是林鼓励自己常用的个性十足的方法。他选择了更大的格局，当然也就要去完成更多的可以帮助他把事故变成故事的实践了。

深秋时节，一个重阳节的当天，林的窗外银杏树的叶子如满树的黄菊在风中相依摇曳。林有感而发就大声地背诵出毛主席的诗词："人生易老天难老。岁岁重阳，今又重阳……"

"哥哥的办公室里再放上这个就更像'战地黄花分外香'了。"一个熟悉的声音接话，原来是灵身着大红色的风衣端着一盆黄色的菊花悄然地站在了门口。

"哥哥恢复得如何了？我来你的学校附近办事，知道你爱浪漫，今天重阳节是传统赏菊的日子，就顺便买了盆菊花来看看你。你还真在浪漫地背诗呢。"灵看出了林的疑惑进门就解释。

"你才出院一年多，我就能从网上看到你四处讲学的报道了。真为你高兴！但你还是不能太累的。我查了资料也咨询过许多医生，都说你的这个病是需要经常被鼓励建立信心，还要保持持续锻炼的。你说实话！你坚持锻炼了吗？哥哥，我可不想看到你总是这个样子！我要你回到从前的健康！还要能带我和灵儿去郊游爬山。"灵看着林颤微微地扶着墙挪步就快落泪的样子要求林。

林保证说："成交！你就放心吧！我会努力康复的。只是……"

"只是什么？只是你还要疯狂地工作，没有时间锻炼？不行！我不管！我还要制定纪律，反正我每周没课的时候就会过来陪你，看着你锻炼。行吗？"灵以不容反驳的语气说。

"遵命！只是你会太麻烦的。还会……"林充满了感激又疑虑重重。

"哥哥，你别不承认！你很脆弱，尤其是你现在的时候，你也很需要我常来陪你一会儿，给你信心。做你的妹妹几十年了，我还不了解你吗？你不要有顾虑！你的康复最重要！你要加油！我也给你背一首诗吧？是印度诗人泰戈尔的《最遥远的距离》。"

这是泰戈尔最经典的诗歌之一，林当然也会背诵。

"嗯……"林点点头，此时除了感激已再无别的情愫了。伴着灵真诚善良的关心，林振奋精神，工作与康复齐头并进。很快，飞再次传来了好消息，继上年度拿下 600 万元后，林主要参与的发改委当年度的文创资助项目《中华武术挖掘整理推广应用》再获得了 500 万元的资助。

又一次灵来看林锻炼正赶上林的硕士同学聚会，基本都是灵当年常来看林时就认识的，也就一起参加了。席间大家看见林的事业与康复效果大有进步，就谈到了心理暗示对一个人成长的作用。

"古今中外，在悲催的经历和人文积淀后形成的心理暗示都是行动的心理指向或是执念。我的……"林也发表了看法似乎又意犹未尽。

同学辉问："班长，听校办说你们又拿下了一个发改委的项目，发财了吧？你的发明专利也开始量产了，你在中管院体育所的文创研究中心也上任了正处级'番号'的主任岗位。好像你的长篇小说也快杀青了。还听栋说你搞的几个文创大案也就要落地了。是吗？在这个过程里你有什么指引你的心理暗示吗？一定有的！就给兄弟们说说吧？我们也能得到些收益。"

林说："都是兄弟，我们就一起聊聊。我的心理暗示语其实就是常常默念'格、目、任、千、长、艰、复、系、基、雷、心'11 个字。"

雷子插话："说得再细一点！别吞吞吐吐的！"

"兄弟们都知道我一直都有几个梦想，其中最重要的就是自认有些小才想为单位做点大事，但始终'欲济无舟楫，端居耻圣明，坐观垂钓者，徒有羡鱼情'啊！竞聘 3 次，搞得我就像个官迷似的，很不爽。搞发明专利，一是承诺过的事情就必须得干成；二是君子爱财取之有道，如果退休后还苦无三径之资就真苦逼了。专利产品一旦量产也就能为实现退休后的庄园梦奠定资金基础。在康复中启动长篇小说工程，那更是一个遥远的梦了，只想要说明'60 后'的价值观包括爱情观与为国家担当的责任感是不会过时的。研究运动安全风险管理，那是要去实现学生时代就萌生的要建立一个体育新专业的学术梦想。努力建立人类体育命运共同体研究机构，这是生在红旗下、长在红旗下的'60后'为国担当情怀的必然。

"这也就是我的心理暗示 11 个字中的第一个'格'字即是格局，就是心中要有为国家和民族担当的大目标。第二个'目'字是代表目标，有了格局就会有目标。第三个'任'字当然是指任务，毕竟任务是目标的具体化。第四个'千'字就是代表'千里跃进大别山'，有了目标分解后的任务，就要以刘邓大军千里跃进大别山的义无反顾去完成任务占据战略要地的勇气。第五个'长'字是代表长期，有时奋斗的过程会是很漫长的，一定要有打持久战的心理准备。第六个'艰'字是代表艰苦，过程往往是会很艰苦坎坷的。第七个'复'字是代表复杂，过程不会很简单，往往会出现各种意想不到的因素。第八个'系'字是代表系统，做事要有整体全面的系统观。第九个'基'字代表的是我的网名'基督山伯爵'，要克服千难万险去获得贵族般的综合实力。第十个'雷'字是代表雷霆万钧。第十一个'心'字就是你的初心。只有当你在努力获得了'基督山伯爵'般的实力后，你才有可能以雷霆万钧的气势去兑现你的爱恨情仇，去践行你的初心。"

斌总结说："太棒了！这就是班长病后常说的人文情怀吧？"

灵面露羞红的也接着发表意见："我家林，不！是我的林哥哥，他的人文情怀一定会帮助他去实现他所有的梦想。敢于承诺并兑现承诺才能敢于担当，敢于担当才能不断进步。"

"灵妹的语文老师没有白当，总结得很到位了！说到底能成就大事的一定是有人文情怀的人。人文情怀就是与人为善、广结善缘、尊重人的存在和价值。"林看着灵深情地总结说。

林发病回岗工作的两年后，学校的办公用房迎来了大调整。出版社作为教辅单位被整体迁出了校园去租用校外的写字楼办公。淑副社长负责整体调换办公用房的工作。

林作为班子成员，理应与其他成员的办公室相对集中而且面积也要相当。然而结果却是，在班子成员中只有林的办公室面积最小，而且距离卫生间和电梯间也最远，关键是林的进出还要经过大厅里密集交错地排列着的几十个工位。

林当然感觉很憋屈，这简直就是明显地折腾人。林得到的信息居然是："林不是学校正式任命的中层管理干部。不能享受和他们一样的用房面积标准。他的行动不便可以请长期病假在家休养啊。干吗非要来上班？"

"博士，这下不方便了吧？领导中就你的办公室最小，光线也不是太好，再看看他们的，都是大玻璃窗。也太过分了吧？"换完办公室就有要好的同事不断地过来问候林。林没再去找书记和飞理论，而是选择了沉默。虽然林是有理由表示不满的，因为林至少名义上还是所谓的班子成员。

"这也许是人家的好意呢？这点儿事难不住我！这简直就是天然的被迫康复场所啊。我观察过了，卫生间的距离是远点，多走点路锻炼没准还能康复得快些呢。只要我扶墙过去，大胆地拼搏脱拐走两米进入卫生间后就有得扶也就安全了。"林却总是这样回答。

倔强的林真的干脆不用拐杖而是选择了扶墙走。真是神奇得很，扶着墙走和拄着拐走用力的方式还是有本质区别的。扶墙走更接近于正常行走的动作模式。

林就这样咬牙倔强地坚持半年过后，居然可以徒手走出 5 米远了。林大喜过望，就想，不要小看了这个短短的徒手步行的 5 米啊，它应该是 50、500、5000 米的开端，关键是找到了那一瞬间的身体平衡与美妙的用力感觉而重拾自信。

人生中"塞翁失马"的故事应该是经常发生的。

在写字楼的新办公室工作一年后，林几年前就慎重地提出的图书质量安全隐患还是无声地成了无法承受的事故。在国家出版管理部门和教育部教材图书质量的抽检中，社里竟有多本图书上榜而且不合格的名次还挺靠前。一夜之间网上疯传不止，舆论哗然。此事件对出版社和学校的声誉都是颇大的负面影响。领导震怒。很快，问责处罚相关责任领导的消息就甚嚣尘上。

林听到这个消息后心里当然明白本社分管图书质量的直接责任人是淑，因为，那是社务会上签字承诺过的事情。

但是，不久后的结果却是飞被没前兆地调离，也没有新的明确任命，实际上是被不明不白地免职了。大家都以为此事应该会告一段落了。谁知，组织与纪委、监察与财务等部门接着又走马灯似的来社里调研谈话。在严峻的大背景下，给人的印象是，调研的问题除了要拔出图书质量管理这个"萝卜"外，似乎还要带出些"泥"来才能罢休。员工们议论纷纷，问责调查似乎没有要停下来的意思。

"单位不能一日无主啊！班子只剩下我和全两个副职了。大家都要努力工作！"这时的淑却异常活跃了起来，不停地找人谈话，四下插手工作，给人的强烈印象就是她似乎看见了她常说的要在退休前谋取个单位正职的最后希望。

林听了淑的言论觉得很好笑。

全副社长平时是很少主动地给林打电话的。一天来电竟要林去他那里聊一聊。

林走进全副社长明亮的办公室，看见他正在忙着收拾装箱呢。

"怎么，要换办公室了，还是要高升了？"林接过他递过来的水杯诧异地寒暄。

"你肯定也知道，社里近来出了不少的事。你是社里在编的老人了，你管理的部门业绩很不错，运营也正常，如果上级有人来调研谈话，肯定会先找你的。世事难料，拜托到时候给兄弟多多美言几句啊！兄弟也快退休了。唉！"全开门见山地说明了此次主动邀请林聊天的主题。

"这个你大可放心！我会实事求是，我还是很佩服你工作认真、有管理大项目经验和能力的。成人之美、广结善缘是我一贯的为人作风。"林明确标表明了决不会落井下石的态度。

"我估计可能很快就有空出的位置了，十几年了，我是清楚你的能力和工作意愿的。你对这次的图书质量问题有什么看法呢？你可以写个东西，我给你报上去。也该有你应得的岗位了。"全很感激林的态度就关心地给林透露了他认为是林一定会感兴趣的信息。

"谢谢！图书质量安全风险是有规律可循的，建立一个质量风控体系是必须的。那我就尽快完成初稿，你再帮着修改修改递上去吧？反正是不能再出现这类问题了。出版社发展到今天很不容易，我在这里工作也近20年了，还是有感情的。不能毁在我们的手上！"林真诚地回答。

林这时已经研究风险管理基础理论有一段时间了。把基本原理结合出版社实际，林很快就完成了《关于尽快建立出版社图书质量安全风险管理体系的建议》交给了全，林等了几天没有回音，却传来了全也被调离的消息。

林出来路过全隔壁淑的办公室，看见的也是办公室的主人在收拾物品的样子。难道？林没敢多想。

"我不会有事！我是身正不怕影子歪。"在调查组找人谈话期间淑四处散布说。

"影子歪不歪，取决于用什么光源投射你的什么角度。但是你要真正立得直才行！就是用斑斓的光照射在一泡屎上，那泡屎也不会变得可爱。"林还是觉得很可笑。

果然，当调查聚焦在图书质量管理过程的直接责任人后，淑作为分管图书质量的社级领导直接责任人当然也是同样的结局。都到了即将退休年龄的一正两副就这样黯然悄无声息地离开了社里的办公室，去了其他的教辅岗位也没有得到新的任命。没过多久，书记不知是因为别的什么原因也被调离并很快被免职了。

至此，所谓有"番号"的班子成员两正两副都退出了职业舞台。硕果仅存的班子成员只剩下了林一个没有正式番号的"社长助理"。

后来传出的信息是，林虽然作为班子成员应该也在问责的行列，但是，由于林不是学校正式任命的中层干部，社务会关键重大决策的背书上自然也就没有林的签字。不参加决策自然也就没有责任。

"班子成员唯有林安然无恙。如果林争得了那个所谓的'番号'也就晚节不保难独善其身了。争个什么啊？到头还是一场空。比赛还没结束他们就已黯然退场，你还可以在你的狭小阵地上干着自己喜欢的事儿。也是天道轮回了！"在这场人事地震过后，林的同事好友自然为林感到庆幸。

"我本是真想要这个番号好好承担责任干些事业的。虽然'有为才能有位'，但我走过的路让我更相信'有位才能更有为'啊。假如我有了真正的决策权或者管理这项工作，也许是可以避免一些灾难的。至少这次的质量风波会小得多。但是，历史甚至是现实都无法假如的。当下的一切结果都是你当初的选择，没人逼你！"林总是用这些话回答但心里却没有感到一丝的庆幸反而都是悲哀。

第九章 回 归

1. 爱的起点

又到了暑假，林被困于课题、项目与期刊发展的瓶颈，以及身体的极度不适之中，路过枫所在的城市，触景生情，就给枫写了一首小诗《我多想》。

我多想

我多想在列车路过你城市的站台

看见你还是穿着那件

红底白花的棉质连衣裙，长发飘飘

我多想

我多想你还是那个模样

只是没有了忧伤只有快乐

我多想

我多想在熟悉的站台遇见

渐渐陌生的你

区别只是那次是我送你走下列车

而这次是你去站台来看我

我多想

我多想隔着车窗的一个眼神

我们就能穿越时空回到从前

哪怕是然后，以后再也没有然后

"我知道你一定是遇到了天大的麻烦，我感觉到了你的脆弱，你很想我，我也是。你是最棒的！我为我们的曾经感到骄傲。没有什么事能够打倒你的，你遇到的麻烦一定是暂时的。"枫心有灵犀地回了信息。

看过枫的信息，林的心情好了许多，林回到了老家后，枫还是不放心，又打了电话询问，林在感激的同时也知道了枫的苦处。枫晋升正教授资格有好几次了，但每次都是功亏一篑，原因多多。今年形势较为有利但还缺乏一些研究课题和论文。林马上焦急起来，他只希望她快乐，他不能想象她无助的模样。林利用自己的科研专长马上行动起来，与她一起商量课题名称与构想，又与她分享了自己要结题的项目。一个月后，枫的申报材料齐全了。开学进入评审阶段，林的心又提了起来，毕竟还没有宣布通过评审。一日夜里枫终于发来了通过评审的信息。林立即开心地回："祝贺枫儿教授事业再上新台阶！你可以睡个安稳觉了。"林很开心，因为他兑现了一点点"爱她就努力让她快乐"的承诺。

二十几年过后，正处于身心疲惫不堪的林接到了枫所在的学校学术讲座的邀请，林欣然同意了。挣扎里的林非常渴望能得到枫那安慰、鼓励的眼神，并坚信善良的枫依然能够帮助重新让他振作起来。

列车晚点，动车组发出一声长鸣，仿佛是在证明自己4个多小时奔跑的疲倦，然后才缓缓驶入站台。林也关上了回忆的闸门。总会见面的。只想看看她的容颜，了却一个小小的心愿，寻求一丝慰藉，并坚信善良美丽的枫一定能理解他的苦衷。与其说林来讲学，还不如说是来寻找自己可靠的安慰。因为林深信他心里的陪他度过忧烦的那枚枫叶依然美丽，依然可以给他急需的真诚善良的柔情慰藉。

接站的人群里没有枫的身影，林很失落。接站的中巴车驶入她的学校恢宏厚重的正门，林想完全不去想枫，但是枫的那有点不羁的笑容却顽强地出现在了他的脑际。失落的是没能第一时间就看见她，忧心的是自己还能得到她的慰藉吗？自己的出现会打扰她的安宁生活吗？

林环顾讲座，会场没有枫的身影。她应该知道自己今天会出现在这里的，因为门口的讲座海报上有自己的名字，枫是不是在有意回避自己呢？不见也好，她的丈夫也一定会在场的，不能带给她不适啊，林想着。但又坚信善良的枫一定会来见他。

果然，在讲座即将结束时，林在会场的一个远角落里看见了依然长发披肩的枫，短暂对视的目光里都是鼓励、牵挂和骄傲。全体合影留念结束后，林就提议当年的同学合影留念。为避嫌，林邀请了枫夫妇一起合影。

"你怎么搞成这样了啊？我真的很难受了。"合影后，枫送林回到宾馆，看到憔悴不堪甚至还有些许颓废的林，枫的眼睛潮湿了。林瞬间就感受到了被她关心的温暖。

"你的眼神告诉我你又非常需要我的安慰了。是吗？"枫过来善解人意，轻轻地拥抱了他，摸摸他的头，又把手指插入他的头发之中，就如那时他痛苦时她曾经做的一样。

"我真的好多了！精神的力量总是很神奇的。"林开心而充满力量。

"我老了，不再美丽了。你还能对我如此依赖，我还能给你一丝安慰的快乐，我很开心！"要离去了，枫又开始不停地感叹她美丽的容颜已逝。

"你的美丽是你的善良，是我们过去美好的感觉。我所依赖你的，主要是你的善良而非你过度关注的你的容颜。看到你开心就好了！我也开心多了，不枉此行了。我们都是善良的人，就应该开心地活着。北方初冬的枫叶还是很漂亮的，那是因为它经历了夏秋的风雨，冬季才会火一样的红。"林安慰着直到枫的脸上重新挂上灿烂的笑容。

"再送给你一首小诗吧！"林看着突然飘起的雪吟诵道：

改变的容颜　不变的感觉

二十年不算太久
也不算太短
茫茫人海滚滚红尘
那一年的夏季
你们求学相识在一个
美丽校园里叫北三楼的门口
门口核桃树的果实正泛着青涩的光
你们在短暂的时光里

埋下了一颗注定要成为美好故事的种子

来不及浇灌

又匆匆别离

二十年后的冬季

那粒无人知道的种子

竟顽强长成了又一次相逢

你们再次相逢转眼又奔南北

道别的清晨天空飘起了雪

我说那是上苍给予你们相逢的祝福

他说的确是个好来年的昭示

她说

你们别胡扯

那分明是悲伤的苍穹滴下的凝固的泪

淡淡的忧伤里

她反复感慨不易的岁月

带走了她美丽的容颜

那一刻

她也一定看见了他

岁月浸染的两鬓灰白

他说来一张分别那年同样姿势的合影

他们说不一样的容颜

却是同样的感觉

我说

不变的感觉

就是你们续写传奇的阳光

因为

青春的容颜

早已刻在了彼此久远的记忆里

一个轻拥绽放了温暖的面颊

现在好了

她不再纠结渐逝的容颜

在他的眼里

她看到了她永远不老的青春模样

生命的张力灿烂的笑容

让天仙惭愧落雁成群

在她迷离的眼里

我想

她也同样看见了他

难老的青春感觉

运动场上身影矫健

折扇在手游龙戏凤

舞池中洒脱倜傥

辩论之中羽扇纶巾

车站分别

他们没有

想象中的忧伤

只能感觉到

轻弥的苦涩

和浓浓的期盼

是下一个相逢

那是对视的眼神

告诉彼此的

改变的容颜不变的感觉

灵儿婚后一年的 5 月，一个周日上午，林刚走进安静的办公室准备赶稿子，还没沏好茶，桌上的电话就急促地响了起来，林不情愿地拿起电话。

"我就知道你个工作狂一定在办公室！哥哥，小灵儿媳妇母子平安，今晨落地，八斤多，与灵儿出生时的模样几乎一模一样。你做舅爷爷，我也做奶奶了！儿媳的父母要来帮忙带孙子，我暂时没同意。我的身体很好，我要尽量亲自带！你也抽空来看看外孙子吧？我多想和你一起分享这份来之不易的幸福啊。"传来的竟是灵的兴奋难抑的声音。

"祝贺！祝贺！我会尽快赶过去，真不容易！只是老太婆你又要辛苦了。"林更是真挚地为灵的幸福感到开心。

林放下电话，立即就去了商城，凭着想象选了一大包玩具枪、坦克和各种遥控车等想当然的男孩子的声光电类的玩具，然后就出发了。

林走进妇幼保健院的单人房间，灵的一家都在。

"祝贺！祝贺黄教授荣升爷爷的特高级专业技术职称！"林进门就幽默地对扔掉了单拐、可以蹒跚挪步的小黄道贺。

"祝贺！祝贺你也高升舅爷的特高级专业技术职称了。我们都做爷爷了。"小黄心情大好地与林握手。

"哥哥来了？还给小灵儿带这么多的玩具！快快过来坐下抱抱小灵儿！"灵坐在沙发上，面露疲惫，慈爱地抱着襁褓中的婴儿。

"真漂亮！和灵儿还真是像啊！老子英雄儿好汉！"林坐在灵身边，接过孩子抱在怀中就祝福评价一番。灵从袋子里拿出一个拨浪鼓，逗弄着孩子说："小灵儿，快喊舅爷，舅爷最疼你了，还给你买了很多的漂亮的玩具呢。"

又是一年的秋天，北京最美的季节来到了。小灵儿2周岁多了，国庆节刚过，灵儿来电："舅舅，妈妈说周末要带小灵儿一起去香山看红叶，问问您也能一起去吗？"

"当然！"林很欣慰地回答，他也是想看看灵康复的真实进展。

午后公园门口见面，灵竟穿了20年前在这个季节和林带灵儿来这里时的相似衣服。牛仔裤、马靴和短款的紧身夹克，还是大红的纱巾缠在白皙的脖颈上，面色红润，显得格外风姿绰约，精神十足。

"看来宝贝妹妹是完全康复了？"林开心地玩笑着。

"我答应过你的，要让你曾经的灵魂家园变得更美丽更坚固的。我做到了！你想巡视了吗？"灵一甩头流露着往日的骄傲与不羁。

"家园的外观说明家园的内部结构与装修都是一流的了。祝贺你彻底战胜了病魔！也祝贺你免去了一顿狠揍！"林幽默如常。

"我是谁啊？以后不会再给你骂我、抽我的任何理由了。向着山顶进发！"灵发话，像个登山小分队的指挥官。

小灵儿是最开心的了，挥舞着小手牙牙学语，从一个怀抱移到另一个怀抱，顺着人流向山顶涌动。接近山顶时，人多起来了，还是看到了有许多孩子骑在父亲的肩头向上攀登。灵舒心地用力握了一下林的手，示意他看看那些坐在父亲肩头兴高采烈的孩子。

"要不我再来一次？保证还是第一名！"林愉悦怀想地向灵建议。

"那是当然！但用不着你再累了，还是让灵儿自己驮着他的儿子吧。你看灵儿的身体多棒！多像你年轻的时候啊！阳光健康，英武潇洒！该让灵儿承担起自己的责任了。"灵也是无比欣慰。

"儿子骑大马了！"灵儿把儿子放在路边的大石上高声宣布。

"儿子坐好！爸爸要踩油门了！"小灵儿骑好，小杨一侧扶着，灵儿回头看看林和灵。

灵儿的这一句话，一定是让林和灵都想起了那次林驮着灵儿也是在这里攀登的场景了。看着他们小家三口一路欢笑、其乐融融地率先登顶，林拉着灵也尽可能快地跟上。

山顶聚齐，秋风依然扬起灵的纱巾，灵与林自豪相视，会心一笑，无尽感慨无声地随风而去。

林解开风衣把小灵儿裹在怀中，舐犊之情温暖了全家。灵儿过来思绪万千地对林说："舅舅！我真的忘不了那次您扛着我登上来的情景，您和妈妈都太辛苦了，为我付出了太多太多！以后就是我扛着你们的时候了。"

"爷儿俩聊啥呢？也不管我这个老太婆了？"一旁的灵也凑了过来。

"聊男人的事！"灵儿大男人味十足地回答。

"对，对！我的灵儿是大男子汉了。再加上你舅舅怀里的小男人，你们三个男子汉很快就能在一起喝一杯了！"灵幸福地憧憬着。

"你抱小灵儿！让你舅舅歇会儿。"灵又接着安排。

灵儿三口去忙着拍照了。灵起身站在了山顶护栏的铁索边，灵的长发飘飘，林的心一动，就回忆起大学毕业，灵去码头送他过江去江城北站，倚靠在轮渡栈桥铁锁链上时的情景来了。

林情不自禁地说："灵不易啊！好好珍重！你的幸福快乐最重要！"

"功德圆满了，我是多么幸福啊！"灵舒心满足一笑地回答。

林浮想联翩地说："多少年心酸磨难早已成风，吹尽铅华，留下真善美的大爱，我挂念你一生值了！真的好想再听你说一遍'心若相属就一切属于彼此'啊！那是我们那个年代最美的爱情宣言啊！"

灵回应道："我说，我说！'心若相属就一切属于彼此。'但还是你的'爱她就让她幸福快乐'才是我们那个年代最美的爱情承诺啊！你是兑现了你的诺言，可是你吃了多大的苦啊。"

林感慨说："你比我付出得更多啊，你一个弱女子该承受了怎样的苦难啊？我真的时常感觉很对不起你！"

灵反驳说："别胡说！我们哪里还有谁对不起谁啊？如果要真有，那也是我不够好。当年，唉！不堪回首啊！"

林看向远方说："是的！往事不堪回首，但那是我们无法左右的真实历史。我们无愧于历史，才能安然接受上苍赋予我们今天的一切。"

灵接道："好好珍重！走过的路够长，但未来的路更长啊。你是最优秀的男人，你的理想那么多，你的学者梦、诗人梦、作家梦，还有你的庄园梦，你一定会逐一实现的。你一定能行！我会像以前那样关注你的每一点进步，并为之自豪！你要继续加油！为子孙留下你不屈于命运的故事，让他们去继续你不老的青春，续写你不老的传奇。"

林自信地回应："放心，灵！几十年前你就说过我是最棒的，靠着真情的力量，我正在把你的鼓励与期望变成现实。不完全是为了自己年轻时的抱负，更是为了我们那个年代的人刻在骨子里的社会与时代的担当情怀。我还要不知疲倦地奔向远方，远方不是天涯海角而是梦想的尽头。只要梦想不灭，我就不会停下脚步。"

灵感慨道："林，你讲得太好了！灵儿和小灵儿也一定会成为你这样的男人！"

林看了眼灵说："他们会超过我一百倍！我们这一代人的所作所为，物质的和精神的都会成为他们通向美好生活道路上的宝贵财富。这样，我们的奋斗和付出和磨难才有意义！"

在林和灵如沧桑过后老朋友一样轻松坦然的谈话中，不知不觉中太阳开始西沉。余晖里的红叶恰如发着燃烧前的光亮，仿佛有一股风就会让大山燃起熊熊的大火一般。

"宝贝们，下山吃好吃的去了，老头儿要请客喽！"灵的开心表现在每一句话和每一个动作上了。

"老宝贝林哥！大宝贝灵儿！二宝贝媳妇！小宝贝小灵儿！下山喽！"灵接着开始点名似的呼唤，引来周围人羡慕的目光。

林扛着小灵儿走在了最前面，兴致盎然地不停地向小灵儿说着什么。灵紧跟在一侧，不时回头对灵儿和小杨兴奋地转述着："舅爷可能和孙子谈哲学、文学、植物学呢，反正老头儿什么都懂。"一路欢声笑语来到了车前。

"你舅开心，灵儿今晚就陪舅舅喝一杯吧！饭后我开车。"灵儿开车，林坐在北漂时就熟悉的副驾位置上，灵和媳妇抱着孩子坐在后排，小灵儿的手不停地抚弄着林的头发，还能随灵的引导偶尔蹦出"舅爷"两个字。

灵开心极了："都是一家人，看来小灵儿和老头儿的关系不会错了。"

车直接开到了一家徽菜馆。灵儿点菜时第一个就点了盐水鸭，赢得了灵赞赏的微笑："我可以放心了，儿子记住了！"林和灵儿开心地对饮，谈着工作见闻与体会。"哥哥下个月该49岁生日了吧？干脆就按我们老家的规矩直接过五十大寿得了！"灵看见了林的两鬓灰白，眼角又伤感地潮湿了。

"是的！到五十的天命之年了！最大的成果就是我的家人和你们都因有我贡献的努力而幸福快乐，我很满足了！孩子们都很忙，就别折腾了。"林感慨万千。

"必须过！上次正式过，还是你舅舅30岁时我和灵儿刚回国的时候呢，都20年了，都是我这个妹妹做得不好！"灵当即反对，夹杂着五味杂陈地自责。

"一定过！也是对你获得重生的庆祝！"灵的自责让林很难受，就马上答应了。

"这还差不多！我安排好会提前去找你。"灵欣慰极了。

　　林的生日前两天，灵来到林的办公室："哥哥！你庆生的地点，我们就去那次你兑现江城吉和街的承诺时带我在王府井买衣服后去的地方吧？我知道你喜欢那种欧洲情调，或者可以去郊区泡温泉，能保健，还有点儿'仙女池'的味道呢。"

　　"嗯，那就去郊区的温泉吧，晚上还要和家人一起过的。"一听到"仙女池"林竟忍不住地想落泪，那里有两人太多无法忘却的美好记忆了。

　　林的生日一早，秋阴渐晴，天高云淡气爽，仅有的几缕白云在蓝天的背景里如泼墨写意的山水画一般。林驾车一路北去，深秋暖融融的阳光明亮而柔和，身边的灵还是游香山时的装扮，只是夹克里面穿的是件红色柔软的丝质紧身衬衣，高绾着的发鬓一丝不乱，显得格外温暖妩媚，林的心一阵悸动，不时转头打量这个令他无法割舍的女人。

　　"小妹今天真的非常美丽！看来一定是完全复原了。"林由衷地赞叹。

　　"当然美丽，今天是我的君王大寿，本宫当然是最好的状态。我昨天还特地做了美体保健与发式护理呢！"已经完全康复的灵顽皮风趣如常含羞顾盼，秋波绮丽。

　　他们走进大山深处温泉宾馆的套间，灵放下手中的大包小包就开始整理布置。她首先拿出一个小巧精致、上有"哥哥生日快乐！"字样的蛋糕，插上5根红色蜡烛后心满意足地自语："好了！等会儿宾馆送饭菜来，我们就能开始庆生了。遗憾的是，只能用烤鸭代替盐水鸭了。那怎么行？我早从网上订了真空包装的，并且带来了。"

　　灵又起身道，"等一下啊，我放音乐！"灵竟然带来了那个已经更加破旧不堪、砖一样外壳发亮的索尼单卡录音机，它居然还能播放出熟悉的邓丽君金曲。灵又拉上窗帘打开台灯蒙上从脖颈上取下的大红纱巾。

　　瞬间一缕缕温柔的红就飘在了房间里的每一个角落，熟悉的旋律仿佛也把他们强拉回到了几十年前遥远的皖南。

　　林的心中充满感激，不禁暗暗感慨："这是怎样的一个让我时刻心动、让我感激的女人啊！"

　　一曲曲音符把他们温柔地拉回到了他们漫漫艰难的旅途之中。

　　灵忧伤地感慨："历经了多少磨难啊，我们在爱中毁灭了爱，也在爱的废墟上重生了爱。如果没有你的真善大爱，我真的死过千百回了。至少这一次我是死定了。"

"你又敢说死？我看你是真想找骂、找抽了！"听灵又说了"死"字，林面露不悦，故作抬手状。

"呸！呸！呸！"灵急忙顺从地收回了那个不吉利的字眼。

"祝贺你这次死里逃生！真不容易啊，吓死我了！"林长舒一口气仍心有余悸地说。

"真对不起，亲爱的哥哥！让你担惊受怕了！以后我再也不敢了。我忽视了我在你心中的分量，更忽视了你在我心中的分量。"灵感激的柔情溢于言表。

他们似乎是在梦里回到了那个只有快乐、无忧无虑的从前，忧烦的现实不知觉中就被抛到了九霄云外……

"'60后'的哥哥今天50岁，'60后'的我也快50岁了，女人50岁还能有什么魅力啊？"灵突然又伤感了起来。

林只想让刚刚走出苦难的灵快乐就温情脉脉地说："小妹，女人的魅力真的与年龄无关。你也许是少了青春年少的激荡活力，但却多了岁月洗涤后的高贵博雅，依旧能震撼我的心灵，散发着醇厚且回味绵长的生命穿透力，让是我心动不止。你依然魅力四射。岁月从来不败善良女人的美。"

"那你还等什么？在君王的生日里就让我们再醉一次，找回一点儿我们青春的模样吧！"灵举起酒杯重新变得如少女遇见情人时的秋波荡漾。纠缠在一起的越聚越浓的真诚感激，与劫后余生的心忧和心疼顷刻间化作旱季荒原上空的疾风暴雨，真善的光芒照亮了他们心田的每个角落。他们仿佛听到了雷鸣，看见了闪电……

灵激动得泪水横流："真美啊！真没想到我还能回到美丽的感觉里。谢谢你陪我战胜死神，让我的青春不老，也让我更加热爱生活！"

随着真善的旋律，他们仿佛飞回到了爱的起点，去开启那段刻骨铭心的真善征程，旅途漫漫……

林伤感里也有自豪地回忆："我们邂逅在列车，心动在大雪的江堤，承诺在赭山砖塔下的伊甸园，难忘在8月皖南那个雷鸣电闪的雨夜，磨难在江城的小家、孤旅的站台、远隔大洋天各一方的 10 年。重逢在京城。苦难的北漂岁月，为了那份真善之情而遍体鳞伤。我们搀扶依偎着走过荆棘沙砾，翻越崇山峻岭，涉过多少苦难的河流，几经生死才走到了今天。岁月无声，但又处处有惊雷响起，提醒着我们走在真善、真爱的道路上走向美好的生活。我们可以忘记过去，可我们却无力抹去从前烙在心底的一切啊！"

灵听了林的话后柔肠寸断地说出了对真善之爱的感受："我们一起涉过了苦难的河流，也一起看见了对岸最美的风景。我们没有儿戏。只有我心永恒是能够真切地感觉得到的，我们很骄傲，我们感受了一场真善之爱。你真的不会理解，爱情对于一个女人一生的意义，它可以是她生命的全部，记得你过去常说要寻觅灵与肉统一的爱，但在我看来，肉体的奉献是很容易的，因为本能的力量可以为肉体的欢愉找到一千个理由。而心的奉献则是追随一颗心，决定了就没有回头路了。"

灵的话让林有了不少的欣慰："你能知道这些就好啦！也不枉你在生死线上走过了一回！你多幸福，我也是，我们该为儿孙们好好活着！还有你的丈夫，是他的努力，你才有了今天的生活啊。他用爱与宽容为你付出了多少啊，你也用爱与悉心的照料使他重新站了起来，让他重回巅峰的状态去成就他的价值。那是割舍不断的亲情力量啊！好好维护吧！幸福的路还长得很！"

灵对爱的理解似乎又深刻了一步："是的，我们不能太自私了，你的小妻子也是不容易的。那年的短信事件误会后她还是接纳了你，表现出了对你极大的宽容。她若不是真的爱你，我们也没有今天了。如今，你的女儿长大成人、自立更生，你们的儿子健康成长。琴是个了不起的女人！你也真该全心全意地爱她一个了。她只会更加爱你，作为女人，我能知道她的不易啊！"

"你能这样考虑问题，我真的很欣慰了。"林由衷地赞赏。

深秋的黄昏，一阵风吹过之后，暮霭就浓浓地笼罩了下来。林与灵的手机几乎同时响了起来，他们看了来电显示后没有了以前的犹豫和紧张。

"亲爱的老婆，你何时回来？灵儿和小灵儿等你回来一起吃晚饭呢。"这是灵的丈夫小黄的关切声音。

"老公，今天是你的生日，你要尽量早点儿回家！我和儿子、女儿等你回来一起吃生日蛋糕呢。"这是林的妻子琴的温情话语。

“一会儿就回家了！”林和灵几乎同时对着手机回答。

他们没再有迟疑，远山上的晚霞如烟，车与心一样轻松地顺着山间小路向灯火阑珊的城市奔跑。山间公路两侧的小河像极了皖南的山溪，只是没有迟归的牧童与悠扬的笛声。那是他们真善之情的开始，也是理解爱的本原“爱她就让她幸福快乐”的地方。顺着黑山扈路经过大觉寺，这是他们以前来过的地方，灵又沉浸在对往事的回忆中了。

“大觉大悟真的很难啊！”灵如经历炼狱后一样地感慨。

“是的！悟出爱的真谛的过程有时要经历撕心裂肺的痛，有时甚至还要经历生死磨难的啊。”林感同身受。

“我们真的了不起！经过炼狱，凤凰涅槃了。我们终于成佛了。”灵为所经历的心路感到自豪。

“其实人本就是生活在鬼和佛之间的，生活就是修行，心有善念，在哪里都能修得正果。”林也是自豪欣慰的。

“我们在爱中生，也会在爱中死，但在真善的基石之上，无论生死，我们都很快乐！感谢你一路陪我修行！”灵难掩激动。

“是我首先要感谢你的！说到底，还是你最本质的善与宽容让我在苦难的修行里找到了真善之爱的原点。”林吐出了肺腑之言。

“鸟儿们被惊起，还会回家吗？还能找到回家的路吗？”这时随着大觉寺暮色霭霭里的钟声，惊起的群群飞鸟在茂密的树林上空盘旋，聚散飘忽，灵又担心道。

“放心吧！鸟儿们劳作觅食就是为了回家，它们脑中家的磁场会引导它们回家的。天凉了，只有那里才温暖。”

“我们也回家吧！没有白路过大觉寺，浴火真的重生了。虽然浴火很疼。”灵在欣慰里写着忧伤。

“雄鹰换羽一定也会是很疼的，但春天来的时候它才能飞得更高。趁着天还没有黑透，回家还有光亮。小黄近来好吗？”林突然又想起了灵的丈夫来。

“还行！快寒假了，他的工作还是那样忙碌，饭局不断。我们打算寒假去海南过年了。考虑到海南的冬天有利于他继续进行康复训练，我就做主在琼海买了房子，已经装修好了，去了就能住。”灵儿在欣慰里轻松极了。

"太好了！那里冬季的气温高，小黄的康复一定会突飞猛进的。真希望他能尽快地完全好起来，你就能轻松多了。你就可以在你的女同事和闺蜜面前依然做最幸福的女人了。"林的高兴与祝福是由衷的。

"谢谢你的祝福！哥哥放心！新的一页已经翻开了。"

"哥，我们打算周六就出发去海南了。明天是周四，上午学校组织学生去植物园参观游学，8点出发，下午3点返回，中间有七八个小时呢。"寒假临近，灵还是习惯性地给林来了电话，声音里流露着淡淡的忧伤。

林的心又陷入了犹豫，但没有纠结是否要像过去那样在长时间的分别前在她的自由时间里赶去陪她。

"你别误会！不是要与你见面，我就是与你告别。寒假到了，你多保重！我也会陪小黄做好康复训练的，争取回来给你惊喜。他真的状态不错，周六先到海口休息一下，周日他有讲座，当天下午就回琼海我们的家了。"灵马上轻松地回答。

"太好了！你们的苦日子就要真正结束了。加油！"林无比欣慰。

"妹妹真棒！我们真棒！"林放下电话，许久还沉浸在新生的喜悦里，就忍不住给灵发了信息。

"哥哥真棒！我们真棒！"灵几乎是秒回了信息。

林和灵的字里行间都是久违的轻松喜悦。

这份轻松喜悦是走过泥泞沼泽后脚踏实地的安然，也恰是长久的囚徒除去枷锁镣铐后的释然，更像是笼中鸟重返天空的豁然。

他们此时一定是看见了苦难河流对岸遍地芬芳的花草和幸福永远的精神家园。

2. 再出发

林再也没有了情的纠结负累。如果说当下的结果都是你当初的选择，那么，未来的结果就要取决于今天的选择了。

中国管理科学研究院是经老一辈革命家陈云同志批准成立的国家级智库性质的机构。相应地，林担任主任的体育发展研究所属下的体育与健康文创研究中心就具有了先天性的平台优势。但是，林深知平台优势是需要人和事才能显现出来的，否则再绚丽的光环也会很快地黯淡下去。

长期的思考让林很快就组建好了管理团队。邀请到了一家中央新闻单位的处长然和一个大型少儿教育发展中心的董事长滨担任了副主任，办公室主任就由栋担任了。这样中心与公司一体化的人员配置极有利于林发挥行政管理与文化市场组合营销的能力，以便尽快做出业绩。

"天生我材必有用"！林在感受了所谓的处级"番号"解开心结才有的奇妙地出口气的快乐后，连续3次竞聘副处级失利的阴影才算全部散去。

文创研究中心的名头无疑是响亮的，成立的新闻有多家重量级媒体报道参与了采访报道。

中心的第一次办公会开始了。

"哥，不！开会时应该喊主任了。主任就别再纠结你的那个3次竞聘了！有了正式的大舞台，何必还再去纠结你曾经失去的那几次走街串巷的卖艺演出机会呢？问题是我们中心下一步要去哪里？干什么？"栋主持会议，即用他幽默的方式先引导大家发言。

"主任，既然咱是国家级智库平台，出场亮相之举就不能太小家子气了！"然接着建议。

"是的，我完全同意然的意见！除了要有巨大的社会效益，还要能创造经济效益。"滨的意见明确。

林自信地阐述了自己的观点："对！双效益才才是我们追求的目标。从我以前申报国家文创资助项目的成功经验来看，文创项目还是要体现'三度三点'，即项目的立意要有政治高度，项目的研究设计要有理论宽度，项目的执行要有专业深度。然后就去追踪热点、围绕焦点、制造亮点领导潮流。我建议，我们可以将思路聚集在国家目前强烈关注的青少儿体育与健康领域施展文创才华。"

"我看方向没问题！青少儿是最大的群体，目前这个关系国家和民族未来的大群体的体质健康状况不是太令人满意。看来主任早有想法了。你干脆就一口气说清楚吧！"栋同意了林的见解后又要求。

"落实领导人的'享受乐趣，增强体质，健全人格，锤炼意志'的要求，就是最大的政治。就围绕这个主题开干吧？"然补充说。

"是的！既然英雄所见略同，主任就说说你的思路吧？"滨也接着插话。

林说了大致的想法："我初步的想法是组建一个中国青少儿趣味健身系列赛事的城市联盟，五六个甚至更多的联盟成员城市每年举办一站由全体联盟城市成员参加的同项目的趣味性通关赛事，年终在北京鸟巢举办总决赛。问题是遴选哪几个城市很重要，也是难点。"

"遴选几个城市应该不是什么大问题。在文化自信背景下符合国家发展战略的文创活动一定会受到城市欢迎的！就交给我来主要负责联系有意愿的城市吧。也能发挥我们中央新闻单位主动为地方服务的职能。通过趣味性系列赛事，还可以连带拉动地方的文体旅产业，地方当然会欢迎！"然信心满满地表态。

"我从事少儿教育十几年了。少儿体育的正规化、规范化与标准化一直都有待研究。建议大家可以把注意力放在幼儿体育上，空间也是非常大的。"滨还有建议。

林最后说："是啊，幼儿是青少年的基础，滨的建议让我回想起多年前在外地讲课看到会场孱弱的大学生时讲的一段话：'你们都是大学生，几年毕业走上社会工作岗位后，就会成家，就会成为民族未来的父亲和母亲。说实话，对你们现在的体质健康状况，我是很不放心！更何况你们还可能随时会拿起武器走向战场去保卫国家，你们觉得你们的身体行吗？如果真的到了那个危险的时候，还要靠我们这帮早已做了爷爷的老家伙扛枪拼刺刀去保卫你们，你们好意思吗？'每每想起那个场面，都会让我下决心鼓吹大力发展少儿体育。"

会议结束后的当晚，林久久无法平息要倡导推动文创青少儿体育活动的澎湃心潮。一篇展示当下情怀与未来格局的散文也打好了腹稿。

我有一个小梦想

作为"60后"半老不老的人，我时常回忆起小时候的灿烂岁月。那时真的没有名牌运动鞋服，也没有名目繁多的校外兴趣班可上，更没有漂亮的电子智能玩具。但我们却能通过参加学工、学农、学军和兼学别样的丰富实践活动，培养了几乎无所不能的生存、生活技能，以及血性、个性、创造性、韧性和人性这些宝贵的品质。每当看到当今邻国的孩童能够虎狼般轻松地跳过五级甚至更高的跳箱接着滚翻的视频，再转眼看看同龄人的孙子。唉！没有比较就没有伤害！我也只能剩下一声长叹与一壶老酒了。于是便有了老夫的梦想，不吐不快。

我时常在深夜里担忧地哭泣。革命先驱孙中山先生百年前就曾呼吁"强国必先强种，强种必先强身"，"种"便是年轻的一代啊，我害怕了！我真的害怕现在懦弱而缺乏祖辈一代血性的孩子无法传承起中华民族绵延奔流了七千年的澎湃热血。

我时常缩在历史的长河里焦虑地哭泣。我害怕！我真的害怕现在柔弱的孩子无法承担起中华民族未来合格的父亲和母亲的责任。

中华民族曾创造过辉煌的文明享誉世界民族之林，也曾经受过巨大苦难的历史。但我们坚韧不拔，誓言民族要伟大复兴，还要用大国智慧惠及全球。

我们凭什么去实现这个无限光荣的大梦想？于是，老夫便有了一连串看似卑微的小梦想。

我有一个小梦想，就是希望中国的儿童少年都会爬树，虽然不必都像嘎子那样能把手枪藏在湖边高高树上的老鸹窝里，能爬树至少还可以说明孩子有胆量和一副好的身板。

我有一个小梦想，就是希望中国的儿童少年都会玩分组的战争游戏。哪怕他们只是骑着竹马、挥动着战刀一样的枝条模拟着无畏的冲杀。喜欢这类游戏至少还能说明他们勇敢智慧、善于合作，面对真实的战争才不至于手足无措。虽然我们从来不崇尚战争，但我们也知道，只有熟悉战争、能把握战争、能打赢战争才能制止战争。

我有一个小梦想，就是希望中国的儿童少年都能够远离电子产品和网络走进阳光下的自然，哪怕只是去玩玩和泥巴，甚至没有水知道用尿也行。至少说明他们还有创造性的审美冲动和简单手工制作的创造能力。

我还有一个小梦想，就是要让中国的儿童少年都能够拥有民族复兴所必备的五性品质。即鲜明自尊的血性、张扬自信的个性、源源不断的创造性和坚忍不拔的韧性以及博爱厚德的人性。遗憾，对于如何培养孩子这些品质？我至今一头雾水，也未曾在家庭、学校里看见希望。

我有一个小梦想，就是想让中国的儿童少年都能理解下面这首《运动吧少年》歌词的用意并广为传唱。

我无比骄傲，我的身上流淌着七千年的文明热血。

我无比自豪，我终将是这个世界上最伟大国家未来的主人。

我也无比担心，孱弱的身体扛不起来我的祖国未来。

都说运动，可以让我们健康、坚强、智慧！

运动吧少年！为了五千年不断的荣光。

运动吧少年！为了自己能够做民族未来合格的父母亲。

我们不会忘记，我们曾被人家打得很惨！

辽阔的土地被人抢去，

富饶的资源被人霸占，

我们铭记！

那至少是因为体弱国更弱，体弱种不强。

我们铭记！少年强则国家强！

我们铭记！时代需要我们拥有野蛮的体魄！

我们铭记！时代需要我们拥有文明的精神！

运动吧少年，因为我们深爱着我们的大中国！

啊……运动吧少年！因为我们深爱着我们的大中国！

我最想用梁启超的话结束这篇短文："少年雄于世界则国雄于世界，少年雄于地球则国雄于地球。"

有了这样的事业格局与情怀担当，林带领团队建立了全国体育与健康文创研究专家库并很快完成了"全国本科/高职/中小学/幼儿园趣味化活动性游戏文创大奖赛"等多个文案并付诸了行动。

三年后，学校组织和人事部门的领导来到了林的办公室。林事先就得到了通知，他们是来与林做退休前的惯例谈话的。

"林，你已经辛勤为国工作了40年了。祝贺你光荣地走完了职业生涯的最后一公里！"组织干部先开始了例行谈话。

"只是遗憾没能为党工作50年，但退休不退岗，还要在许多社会兼职岗位上继续战斗，先凑够50年，完成工作初心以后再考虑完全退休后的生活安排。"林风趣地回答。

"您还有什么打算？"组织干部接着问。

"继续走在去远方的路上！我的远方不是天涯海角，而是我的梦想尽头，梦想不灭就接着往下走了。"林深情地回答。

"你管理的期刊进步很大！如果你突然离开……"人事干部又担心地问道。

"不忘初心，听党指挥，作风优良！我明白！如果事业需要的话，我就继续工作。把年轻同志扶上马再送一程。'60后'的教育和生活经历可让党和国家放心！他们是随时听候党和国家召唤的最可靠的一个群体！"林还是深情地表态。

"感谢你们'60后'的付出！历史会记住你们的！几天后就是你在编辑职业生涯的最后一个生日了。知道您爱写诗填词，有什么感想？"

"那我现在就填一首《定风波》。请多多指教！"林在无限的怀想中即兴轻轻吟出。

定风波·退休谈话感

林中路艰漫天霜，芒鞋难行非路穷。百步九折赏峰容，何惧？岁月无声露华浓。

文创布阵刀枪涌，樽酣，黄叶气岸风雨中。慕陶三径聚资雄，望见，枫火寒里林更红。

整个谈话过程，林始终都是洋溢着因自己是"60后"的一员而骄傲自豪的表情。

后 记

当你爬上了一个险坡，你一般不会急于去欣赏与坡下不一样的风景，也不会马上就去想接着该要去哪里，而是首先回头看看你走过的路。平坦顺利也好，崎岖艰难也罢，都不重要了，重要的是你居然爬了上来；然后，你才会平静地回顾爬坡过程中遇到的事以及由此产生的心情。显然，"坡"可以是你原来设定的一个目标，也可以是你度过的一段不易岁月。爬过一个坡的感觉才是你的真正收获。人类也许就是在这种过程感觉的反复体验中才逐渐走向成熟的。对我而言，首部文学作品即将付梓显然是一个不小的坡，而且还翻过去了。如常人一样，站在坡岗上，我也是没有立即去想着下一步该走向何方，而是第一时间回头看看自己走过的路。真的很险甚至多少有些不可思议，那是一条稍有不慎就可能坠入万劫不复之深渊的小路。坐下喘口气竟想起泰戈尔的几句话来：一是"你今天受的苦、吃的亏、担的责、扛的罪，到最后都会变成光，照亮你的路"，再就是"厄运都是化了装的幸福"。此时能想到这几句话难道不是个大大的收获吗？当然是！那么，接着往哪里走、如何走的问题也就不是问题了。

回想在键盘上敲下最后一个字符后，竟能自如起身给左侧行动不便近7年之久的自己泡上了一杯家乡的绿茶，接着又点燃了创作过程中的最后一支烟卷。当时，在蓝色的烟雾里浮现最多的词汇就是"坟墓与埋葬"和"洗礼与新生"。创作过程的痛苦感终于可以埋葬在坟墓里了；灵魂与肉体的新生与洗礼感也油然而生。

我自豪地敲下最后一个回车键，稿件的50余万字在网络上将簇拥着奔向出版社，那是一个怀胎十几年，耗时70多个月才产下的婴儿，他是美或是丑都不重要了，重要的是他诞生了，他的名字叫《岁月无声——致"60后"不老的青春》。想到3个月后样书就会送到我的孤狼居，我竟突然有了欲哭无泪的感觉。欲哭是苦中释然的喜悦，在可以预见的时间内，不必再在深夜里踉踉跄跄着挪步去春寒袭人的晾台，那个一度是我精神家园的地方，点燃一支烟并祈求在蓝色妖姬一样的烟圈里去寻求构思纠结的答案；也不必在针灸电针无情跳动摇摆时让思考的痛与肌肤的痛再去叠加，更不必担忧在创作的虚无世界里不能自拔。无泪则是因为自己做了自己想做的事，虽然不易但也没有垂泪自怜的理由，那是孤狼奔赴远方草原——梦想尽头路上的必然。再累也没有停下脚步休息抹泪的时间。在悲情里不会悲鸣，我时常感到苍凉但不会再感到悲凉。认识自己，打碎自己，重塑自己，真的是很难以想象的"残忍"，但毕竟都过去了。一位作家朋友说得好："如果你不能忍受孤独就千万别碰写作。"我忘记了孤独中的痛却记住了孤独中的那种自由和快乐，可怕的是那孤独中的小小快乐却如一个疼痛的人顽固地迷恋那一口可以缓解一缕疼痛的鸦片，为追求那种自由的快乐而难以自拔。

在选择出版机构的时候，再度陷于深深地纠结迷惘之中，我就像是一位身心俱疲、潦而不倒的落魄男人，抱着一个婴儿去为他寻找一位既要出身名门又要慈爱善良的母亲落户一样心焦。试着找了几位，都因他身体单薄而未能如愿。正在为本书出版愁闷之时，我又一次深深地感受到了，雪中送炭的是朋友，但饥中赠食的一定是朋友加兄弟。机缘际会，在乡人的竹林贤居幸运地同文质彬彬里张扬着内蒙古草原豪情与大气的睿泰集团北京公司总经理祁兰柱先生和流露出古鲁国儒雅仁善之风的中国民主法制出版社刘险涛老师坐在了一个小桌旁。兰柱说，"60后"品质个性形成的道德伦理土壤折射着一段不能忘却的历史，共和国的一个特殊群体"60后"题材的作品会有自己应有的地位。险涛老师不吝指点，道德伦理中蕴含着丰富的法制内涵，家国情怀的血性与个性意识是非常宝贵的；作为编辑同行，他们在选题策划立意、框架结构把握，情节设计，人物形象刻画方面所表现出来的职业敏锐洞察力与专业见地及敬业精神让我受益匪浅。紧接着中国民主法制出版社的资深编辑高文鹏老师不吝赐教，传经送宝。拙作也终入豪门——中国百佳出版单位：中国民主法制出版社！拙作付梓之际，好友建议总要找几位文学大家与体育文化名人联袂推荐一下，以壮行色才好，我又一筹莫展起来。就异常忐忑地把想法告诉了公认的文学编辑界最美丽、最具才华与侠义心肠的《人民文学》编辑、作家、散文家杨海蒂编审，她欣然同意并立即助我谋划行动，封面上才有了出席我的诗集首发式时结识的中国传记文学会会长万伯翱先生、河北省作家协会主席关仁山先生、江西省作家协会副主席江子先生，以及我的大学老师兄长潘志琛博士的大名。中国田径界泰斗马元康教授是我的硕博导师，他推荐拙作是他生前就说好的事。故恩师的仙名依然出现在了封面的推荐阵容之中，这也是我对恩师的深切缅怀与告慰。

回首艰辛的创作过程与走过的路，心潮澎湃，更感书中"60后"男人的情怀沧桑与遥远的梦想，打开电脑就把曾经发表过的也是书中的一首诗一蹴而就改写成了本书的主题歌。

"60后"男人心
——《岁月无声》主题歌

想爱的时候不总是能爱
爱过的已成云烟
在滚滚的红尘里啊

你看他信马由缰风流倜傥
可知他常把自己
逼在悬崖无路可逃
你看他羽扇纶巾谈笑风生
可知他也常陷于思考的象牙塔
愁肠待酒舒

你看他孤狼般跋涉豪情万丈
可知他柔情似水也需要人来陪

你看他冰冷的枪管紧贴着滚热的胸膛
走过雪原豪情万丈
可知他也想拥抱篝火躺在火炕

你看他大漠孤烟豪情万丈
可知他心在流血如戈壁残阳

你看他逐鹿中原豪情万丈
可知他遍体鳞伤战马汗尽

你看他饮马长江豪情万丈
可知他剑胆琴心柔肠寸断

他是秋的落叶
有一丝风　就想飞
回到枝头绿的梦想与风中摇曳的回忆

他是冬季屋檐下的冰瘤
遇一丝温暖就会流泪不止
想到夜半听雨的她
她在思念　在孤独
他就一定会孤独着她的孤独
思念着她的思念
岁月无声
默默地流淌
却处处惊雷
他也许可以忘记过去
但他却无力抹去从前
向着真爱奔去
不畏坎坷疲倦
向着远方奔去
那美丽梦想的尽头

也许，走过一段艰难的路，你才能明白是什么给了你勇往直前的精神力量。现在可以坦诚地告诉兄弟们了，那就是诗歌！尤其是我们"60后"的时代偶像毛主席的诗词。当康复与创作极端困苦时，每每想到毛主席的"花落自有花开日，蓄芳待来年"，就总会给予我忍耐中战胜困苦的无尽勇气和希望。当工作生活中不可避免地面对质疑甚至是诽谤时，他的"不须放屁，试看天地翻覆！"总能给予我豁达的释然。当豪情消减、血性与创造性不足之际，还是毛主席的"世上无难事，只要肯登攀。可上九天揽月，可下五洋捉鳖。谈笑凯歌还""踏遍青山人未老，风景这边独好"和"不管风吹浪打，胜似闲庭信步"的诗句让我重燃豪情。

凭借五性（血性、个性、创造性、韧性和人性），在完成本书创作的同时，发表了中篇小说《老把式》兑现了对爷爷的承诺；获得了一项国家发明专利并开始量产；也完成了读博士时要与同学合作创建一个体育新专业即"体育风险治理"的整体规划；最开心的还是加盟国家级智库中国管理科学研究院体育发展研究所，并担任了体育与健康文创研究中心主任，从此可以携发病以来积淀的人文研究成果与感悟与众兄弟自信地去遨游博弈体育与健康文化创意的辽阔海天，继续走在去远方逐梦的道路上，一起向未来！

梁林

2021 年 11 月 10 日
于北京上地硅谷